Von Richard Dübell sind bei Bastei Lübbe Taschenbüchern lieferbar:

12935 Der Tuchhändler
14393 Der Jahrtausendkaiser
14757 Eine Messe für die Medici
15102 Die schwarzen Wasser von San Marco
15354 Das Spiel des Alchimisten
15441 Im Schatten des Klosters

Über den Autor:

Richard Dübell, geboren 1962, lebt mit seiner Frau und zwei Söhnen bei Landshut. Nach dem erfolgreichen literarischen Einstieg mit seinen ersten beiden Historienkrimis DER TUCHHÄNDLER und DER JAHRTAUSENDKAISER bescherte sein dritter Roman EINE MESSE FÜR DIE MEDICI dem Autor zum ersten Mal den Sprung in die Bestsellerliste. Seither zählt er zu den beliebtesten Autoren im Bereich des historischen Romans.
Richard Dübell ist Träger des Kulturförderpreises 2003 der Stadt Landshut.

RICHARD DÜBELL

DIE TOCHTER DES BISCHOFS

ROMAN

BASTEI LÜBBE TASCHENBUCH
Band 15641

1. Auflage: März 2007

Vollständige Taschenbuchausgabe

Bastei Lübbe Taschenbücher und Ehrenwirth in der Verlagsgruppe Lübbe

© 2004 by Richard Dübell
© 2004 by Verlagsgruppe Lübbe GmbH & Co.KG, Bergisch Gladbach
Titelillustration: akg-images/Cameraphoto (oben)
akg-images (unten)
Umschlaggestaltung: Bianca Sebastian
Satz: Dörlemann Satz, Lemförde
Druck und Verarbeitung: GGP Media GmbH, Pößneck
Printed in Germany
ISBN: 978-3-404-15641-2

Sie finden uns im Internet unter
www.luebbe.de

Der Preis dieses Bandes versteht sich einschließlich
der gesetzlichen Mehrwertsteuer.

*F*ür R.C. und P.M. und für Sam,
der einmal dasselbe tun musste

Die Sünde liegt nicht in der Tat, sondern in der Absicht. Um eine wirkliche Sünde zu begehen, muss der Täter sein eigenes Moralgewissen verletzen; nicht nur das der anderen.
Pierre Abaelard

DRAMATIS PERSONAE
(ab initio orditi)

RAYMOND LE RAILLEUR
Vagant
Neigt dazu, den rechten
Augenblick zu versäumen

ARNAUD
Anführer einer Gauklertruppe
Ist der Ansicht, dass
manche Dinge einfach
passieren, oder nicht?

CAROTTE
Gauklerin
Glaubt an die Bedeutung
des eigenen Gewissens

GUIBERT
Kaplan
Verfügt über feste
Grundsätze

JEAN BELLESMAINS
Bischof von Poitiers
(historisch)
Ein Mann auf einer langen
Suche

FIRMIN
*Cluniaszenser, Assistent
von Jean Bellesmains*
Ist verschwunden

MEISTER HUGUE
*Wirt des Zufriedenen
Prälaten*
Hat seine Gäste und jede
Menge Gewicht verloren

FOULQUES
*Knappe, Verwalter und
Freund Robert Ambitiens*
Besitzt einen festen Leitsatz
und hat eine große Liebe

ROBERT AMBITIEN
Freier Ritter
Will sein Leben auf neue
Beine stellen

JEUNEFOULQUES
Pferdeknecht
Foulques' Bastardsohn

SUZANNE AMBITIEN
Ehefrau von Robert Ambitien
Nicht nur Gegenstand der
Begierde

BALDWIN, BAVARD, THIBAUD, RAOUL,
VINCENT, HIPPOLYTE
Cluniaszensermönche
Nicht mehr alle von ihnen
sind noch am Leben

JEHANNE GARDER
Die Schöne, der Engel, die
Königin der Herzen
Ihre wundertätigen Hände
haben selbst ein Wunder
nötig

BERTRAND D'AMBERAC
Ein Mann auf eigenen Füßen
Rückt Raymonds Bild des
neuen Standes wieder
gerade

DES WEITEREN:

Arnauds Truppe, stets auf
der Suche nach dem
nächsten Brotgeber

Ein Vizegraf, der einen
anstößigen Umgang pflegt

Einige erschreckende
Vertreter des neuen
Standes in Chatellerault

Einige nicht ganz so
erschreckende Vertreter
des neuen Standes in
Poitiers

Eine Menge Hungriger vor
der Klosterpforte

Roberts Burgknechte,
schweigsame Burschen
allesamt

Suzannes Zofen, vom
Schöpfer ungleichmäßig
ausgestattet

Ein Stadtwächter mit Sinn
für Tauschgeschäfte

Ritter, Mönch und
Bauersleut' und ein paar
Ketzer, Ausgestoßene,
Gesetzlose, Verfemte und
sonstige vom Glück
Vernachlässigte (die übliche
mittelalterliche Fauna)

IN IHREN HISTORISCHEN ROLLEN:

ALIÉNOR POITOU
*Königin von England, Herrin
der Troubadoure*
Eine Frau mit mehr Energie
als Möglichkeiten

HENRI II PLANTAGENET
*Noch König von England,
Graf von Anjou, Herzog der
Normandie, derzeitiger
Ehemann von Aliénor Poitou*
Hat in seinem Leben drei

schwere Fehler gemacht:
seinen ältesten Sohn
voreilig gekrönt, sich
Thomas Becket zum
Feind gemacht und
seine Frau mit der
schönen Rosamonde
betrogen

HENRI PLANTAGENET D.J.
gen. El Jove Rey, Freund der
Troubadoure, designierter
König von England
Fordert sein Recht von
seinem Vater, und wenn es
sein muss, mit Blut

WALTHER DE CHATILLON
Vagant
Hat rasch erkannt, wie der
Hase läuft

GUILHEM IX POITOU
gen. der Troubadour,
ehemaliger Herzog von
Aquitanien, Großvater
von Aliénor
Grandseigneur,
Weiberheld, Spaßvogel
und Dichter,
in den Erzählungen
immer noch so
präsent wie zu seinen
Lebzeiten

PIERRE ABAELARD
Philosoph, Kirchenlehrer
Hat in seinem Leben alles
gewonnen und alles
verloren

BERTRAND DE BORN,
GUILHEM LE MARECHAL, PEIRE VIDAL,
GAUCELM FAIDIT,
BERNARD DE VENTADORN u.a.
*Sänger, Troubadoure, Dichter,
Herzensbrecher*
… und vermutlich allesamt
Ketzer!

Ein Abschiedslied

»So was passiert, oder nicht?«
Arnaud der Gaukler

1.

Raymond traf beim Unterstand ein, als Arnaud dem Neugeborenen die Augen zudrückte.

Die Mutter war zu erschöpft, um mehr zu tun, als leise zu weinen. Carotte und die anderen Frauen der Gauklertruppe, deren Namen Raymond ebenso wenig geläufig waren wie derjenigen, die das tote Kind zur Welt gebracht hatte, schluchzten umso lauter. Arnaud sah zu Raymond auf, als dieser sich durch den Ring der Pilger hindurchdrängte, die gaffend um die Szene in der Ecke des Unterstandes herumstanden. Sie nickten einander zu.

»Er ist mit offenen Augen zur Welt gekommen«, sagte Arnaud, »aber gesehen hat er sie nicht mehr.«

»Die verfluchte Kälte«, erklärte Raymond.

Arnaud zuckte mit den Schultern. Eine der Frauen breitete eine feuchte Decke über die Mutter des toten Kindes und nahm sie in den Arm. Das leise Weinen veränderte sich nicht. Es klang so dünn, wie das Greinen des Neugeborenen hätte sein sollen, aber das Neugeborene lag still und stumm in Arnauds großen braunen Händen. Raymond fühlte, wie Bedauern in ihm aufstieg um das Leben, das keine Chance gehabt hatte, und sah weg.

Arnaud band mit geübten Bewegungen die Nabelschnur ab und richtete sich auf, den kleinen Leichnam in den Händen, ein großer, fast absurd muskulöser Mann mit olivfarbener Haut und langem, gekräuseltem Haar, der selbst in der Kühle des Frühlingsregens nicht zu frieren schien. Er sah sich um und winkte den Männern seiner Truppe zu, die sich etwas abseits mit betroffenen Gesichtern zusammendrängten.

»Es ist deins, Maus«, sagte er. »Nimm Abschied.«

Einer der Gaukler trat zögernd vor. Mit jedem Schritt, den er aus dem Halbdunkel des Hintergrunds nach vorn machte, verlor er ein paar Jahre, und als er vor Arnaud und Raymond stand, war er nur noch ein höchstens achtzehnjähriger Knabe, der sich bemühte zu erfassen, was eigentlich geschehen war – ein verwirrter Junge, der deutlich hinter dem üblichen abenteuerlichen Aussehen der Gaukler hervortrat, in seinem Fall mit Kalk und Fett gefärbtes und steil nach oben gekämmtes Haar sowie einer Menge Ohrringe in einem Ohrläppchen und einem Geißbärtchen an der Unterlippe. Sein Anblick versetzte Raymond einen Stich; der Junge kam ihm vor, als sei er nur wenige Jahre von dem Kind entfernt, das ihm Arnaud übergab. Maus starrte den Leichnam an, und seine Unterlippe begann zu zittern.

Arnaud wandte sich ab; die Pilger, die um ihn und seine Leute herumstanden, schien er kaum wahrzunehmen. Er war sein halbes Leben herumgezogen, um vor Publikum aufzutreten und seine Späße zu machen; Raymond vermutete, dass Arnaud es nur natürlich fand, wenn auch etwas vor Publikum stattfand, das weniger zum Lachen war. Ganz und gar nicht zum Lachen. Raymond fand es schwer, den Blick von dem blau angelaufenen Körper zu wenden. Maus schüttelte den Kopf wie jemand, der nicht wieder damit aufhören kann. »Was soll ich denn damit machen, was soll ich denn damit machen?«, flüsterte er.

Raymond klopfte Arnaud auf die Schulter und drängelte sich wieder nach draußen ins Freie. Der Regen fiel dicht und so kalt, dass seine Hände selbst in den feinen ledernen Handschuhen froren. Zusammenhanglos überlegte er, dass sich alle seine Instrumente wieder hoffnungslos verstimmt haben würden, bis er die nächste trockene Unterkunft erreichte. Was soll's, dachte er dann, es ist ohnehin weit und breit niemand in Sicht, für den ich spielen könnte. Jean le Maréchal hatte die Großzügigkeit von Königin Aliénor und ihrem ältesten Sohn, Henri dem Jungen König, über alle Maßen gerühmt – doch das war zehn Jahre her, nichts war mehr so, wie es einst gewesen war, und Jean le Maréchal kämpfte auf der Seite des jungen Königs in der Normandie, anstatt Lieder zu komponieren oder auf den Turnierplätzen Frankreichs zu brillieren. Bernard de Ventadorn, der sich selbst ohne Scham als den begabtesten Troubadour bezeichnet hatte (»Es ist kein Wunder, wenn sich kein Sänger mit mir vergleichen kann!« – heiliger Hilarius, der Mann hatte ein gesundes Selbstvertrauen!) und mit seiner leidenschaftlichen Verehrung für die Königin ihrem Ehemann Henri Plantagenet schon auf die Nerven gegangen war, als Henri und Aliénor einander noch in Liebe verbunden waren, hatte sich ins Kloster zurückgezogen und bemühte sich, sein Leben zu bereuen. Raymond verachtete ihn, während er ihn gleichzeitig darum beneidete, ein warmes Plätzchen gefunden zu haben, ohne wie die meisten anderen seiner Zunft die Flucht nach Flandern, in die Champagne oder über die Pyrenäen an die spanischen Höfe anzutreten.

Hauptsächlich aber dachte er an das tote Kind, während er in den grauen Himmel spähte und den Regentropfen zusah, wie sie aus ihm herunterstürzten. Er blinzelte, als sie sein Gesicht trafen. Gott hatte es entstehen und heranreifen lassen, und dann hatte er es zu sich genommen, noch bevor es eine Chance gehabt hatte, etwas mit dem Geschenk des Lebens anzufangen. Wenn das Geschenk ein Irrtum gewesen war, dann hatte Gott ihn reichlich spät bemerkt. Raymond sah sich um, die schlammbedeckte Straße, die nassen Felder, die kümmerlichen Getreidehalme, zwischen denen immer noch viel zu viel triefend feuchte Erde zu sehen war (wenn sie nicht in einer Seenlandschaft aus flachen Pfützen standen, die das Grau des Himmel widerspiegelte), das unterentwickelte Laub an den Bäumen. Der Frühling war fast vorüber, und der Süden Frankreichs ertrank in Regen und erstarrte in der

Kälte, und das nun schon das dritte Jahr hintereinander, der Herr stehe uns bei. Wo war das süße Aquitanien geblieben, reich an saftigen Weiden und prächtigen Wäldern, überquellend von Früchten und vom Wein süß wie Nektar? Raymond öffnete den Mund und ließ ein paar Regentropfen auf seine Zunge fallen, ohne durstig zu sein. Süß wie Nektar, ganz bestimmt. Wenn auch das ein Irrtum Gottes war, dann blieb zu hoffen, dass er auf ihn ein wenig schneller aufmerksam wurde.

Neben ihm räusperte sich jemand. Er wandte sich um. Carotte nickte ihm müde zu und rieb sich dann Tränen und Regen über das nasse Gesicht. Dutzende von Zöpfchen, die sie in ihr rotes Haar gedreht hatte, um zu verbergen, wie kurz es nach der letzten Läuseschur noch war, hingen traurig herab.

»Hallo Raymond«, sagte sie heiser, »ich dachte, du wolltest noch eine Weile in Chatellerault bleiben?«

Die Pilger begannen leise miteinander zu tuscheln. Sie trugen die breitkrempigen Hüte und schweren Mäntel, die als Wahrzeichen der Santiago-Pilger beliebt geworden waren, in den Händen lange Stöcke – unterwegs über die Berge nach Compostela, mit Poitiers und dem Grab der heiligen Radegonde als nächstem Ziel vor Augen.

»Wie ein Tier im Stall; ist das nicht eine Schande?«, erklärte eine Stimme aus ihrer Gruppe.

»Stimmt.«

»In der Kälte und dem Regen.«

»Da hatte es keine Chance.«

»Äääh, das arme Geschöpf.«

»Der heilige Jakob erbarme sich seiner.«

»Und der heilige Martin von Tours!«

»Amen.«

»Ihr müsst es beerdigen.«

»Wir werden euch helfen.«

»Es ist noch nicht mal getauft.«

»Wo sollen wir hier einen Diakon herbekommen?«

»Aber das ist doch nicht nötig; es ist doch ein Mönch unter uns.«

Raymond und Carotte drehten sich um. Die Pilger hatten in ihrer Mitte einen Raum um einen Mann entstehen lassen, der in seiner grauen Kutte und dem langen Reisestock genauso ausgesehen hatte wie einer von ihnen. Die Kapuze verbarg sein Gesicht fast vollständig.

Arnaud trat auf ihn zu. Der Gaukler überragte den Mönch beinahe um Haupteslänge. »Ist es wahr, bist du ein heiliger Bruder?«

»Erkennst du nicht, wenn ein Diakon Gottes vor dir steht?«, fragte der Kirchenmann. Seine Stimme war hell und brüchig; er war derjenige aus der Gruppe der Pilger, der das mit der Schande gesagt hatte. Raymond musterte seinen Rücken und begann zu ahnen, dass er es anders gemeint hatte, als seine Reisegefährten es auffassten.

»Dann hast du ja die Diakonweihe; noch besser.«

»Ich bin Diakon.«

»Das reicht, um die Taufe zu spenden, oder nicht?«

Der Diakon antwortete nicht.

»Würdest du ...?« Arnaud deutete mit dem Daumen über die Schulter zu Maus hinüber, der mit seinem toten Sohn in den Händen immer noch völlig verloren dastand.

Der Diakon schüttelte stumm den Kopf.

»Warum denn nicht?«

Der Diakon zögerte ein paar Momente; wie es zuerst schien, aus Verlegenheit. Als er sprach, wurde klar, dass er nur nachgedacht hatte, ob er sich so weit herablassen sollte, Arnaud seine Gründe zu erklären. »Woher sollte einer wie du auch wissen, dass es dazu heiligen Werkzeugs bedarf?«, sagte er schließlich.

»Das einzige Werkzeug, das du brauchst, sind deine Hände«, erklärte Raymond und fragte sich selbst, weshalb er sich einmischte. »Öl und Weihwasser kannst du dir sparen, der Regen würde es ohnehin schneller abwaschen, als du Amen sagen kannst.«

Die Pilger nickten; ein paar ließen den Schatten eines Grinsens auf ihren bartstoppeligen Gesichtern erkennen. Der Diakon stand stockfsteif vor Arnaud.

»Sind die beiden überhaupt Mann und Frau vor dem Sakrament?«, fragte er und deutete auf Maus und die Mutter des Kindes auf dem Boden.

Arnaud kratzte sich unter seinen langen Locken und blickte zu Boden. »Als ihm klar wurde, dass sie schwanger war, ist er nicht weggelaufen. Ich finde, das zählt. Oder nicht?« Sein breiter bretonischer Akzent ließ seine Worte ungeschickt wirken, und seine verlegene Körperhaltung tat ein Übriges. Raymond fragte sich, ob es nicht besser gewesen wäre, wenn er einfach gelogen hätte. Wie hätte das kleine Diakönchen den Unterschied bemerken sollen? Die Pilger spitzten die Ohren. Wenn Raymond sie richtig eingeschätzt hatte, waren sie einfache Leute, die das Problem, dass die Leidenschaft eher über die Menschen zu kommen pflegte als der Priester mit seinen Sakramenten, aus ihrer nächsten Umgebung kannten. Sie mochten die Gaukler heimlich fürchten, wenn sie durch ihr Dorf kamen, doch die Tragödie vor ihren Augen brachte ihnen die Menschen hinter ihrer bizarren Aufmachung näher.

»Äääääh, na komm schon, Bruder Guibert«, sagte einer der Pilger, den die Stimme schon vorher als Frau verraten hatte. »Du liebe Güte!«

Der Diakon wandte sich ihr zu. »Ich habe etwas mehr Respekt verdient, erst recht von einem Weib.«

»Bitte«, sagte Maus, dessen Stimme noch jungenhafter war als sein Aussehen, »ich meine ... äh ... es kann doch sonst nicht zu den Engeln in den Himmel kommen.«

Die Stimme Guiberts war kalt. »Und an welche Engel glaubst du?«

Maus spähte verwirrt unter Guiberts Kapuze. Man konnte sehen, dass er tatsächlich versuchte, ein paar Namen zusammenzubekommen. Raymond, der den Hintergrund der Frage sofort verstanden hatte, biss die Zähne zusammen und schüttelte den Kopf.

Der Diakon wandte sich zu den Pilgern um, seinen bisherigen Weggefährten. Nun erkannte Raymond ein jugendlich bleiches Gesicht unter der Kapuze. Der Mann war glatt rasiert, nicht viel älter als Maus, der seinen toten Sohn mit ausgestreckten Armen hielt; jünger als Raymond, viel jünger als Arnaud, der mit etwas Mühe sein Vater hätte sein können.

»Wer weiß, wo dieses Volk herkommt«, sagte er. »Vielleicht aus dem Provenzalischen und hat die dortigen Ideen mitgebracht?« Er gab sich keinerlei Mühe, von den Gauklern nicht gehört zu werden. Sogar die weinende Mutter in der Ecke hob den Kopf und starrte ihn an. »Seid ihr so naiv, dass ihr nicht wisst, dass ein Geweihter sich nicht verunreinigen darf? Dass er über solchem Schmutz steht, wie wir ihn hier sehen? Ist euch nicht klar, dass ich durch die Weihe mehr geworden bin als ihr: ein rechter Diener des Herrn?«

»Du bist ein rechter Esel vor dem Herrn«, sagte Raymond. »Wieherst schon über die Disteln, bevor du geschaut hast, ob es nicht doch nur Blumen sind.«

Der Kopf des Diakons schnappte nach oben. Seine Augen bohrten sich in die Raymonds. »*Vade retro*«, zischte er.

Raymond grinste, obwohl er sich noch immer fragte, weshalb er sich einmischte. Die Gaukler, so herzlich sie in den letzten beiden Tagen mit ihm umgegangen waren, gehörten nicht zu seinen Freunden.

»Ich *vade* ja schon«, sagte er. »Den ganzen Tag *vade* ich schon im Schlamm der Straße, das brauchst du mir nicht extra zu befehlen.«

Die Pilger kicherten. Die Augen des Diakons wurden schmal vor Zorn.

»Wir sind keine Katharer«, sagte Arnaud.

»Wie willst du mir das beweisen?«

»Und wie willst du das Gegenteil beweisen? Bei der Nässe

kriegst du keinen Scheiterhaufen zum Brennen.« Die Pilger kicherten erneut und nickten zu Raymonds Worten, und dieser dachte: Nun sollte ich aber wirklich endlich meinen Mund halten.

Guibert musterte Raymond schweigend. Der Blickwechsel sagte Raymond deutlich, dass der junge Mann erkannte, wer sein eigentlicher Widersacher war. Arnaud war nur ein hilfloser Bär, der Guibert mit einer Umarmung hätte zerquetschen können und dennoch vor Nervosität nicht wusste, wie er seine Worte zu wählen hatte.

»Und das Balg, ist das vielleicht nicht in Sünde gezeugt worden?«

»Bitte«, versuchte es Arnaud erneut, »die beiden sind jung und waren voller Hitze, sie werden es nachholen, oder nicht?«

»So spricht der Wurm, der sich den ganzen Tag im Dreck suhlt und sagt: Gestern war gestern, heute lebe ich, um morgen soll der Herr sich kümmern, was schert mich die Reinheit meiner Seele?«

Arnaud senkte den Kopf. Wie der mächtig gebaute Mann vor dem schmächtigen Diakon schrumpfte, ließ in Raymond die Galle aufsteigen, und er vergaß seinen Vorsatz wieder, nun endgültig nicht mehr Partei zu ergreifen. »Wir bitten nur um die Taufe für das tote Kind, sonst nichts«, murmelte Arnaud.

»Und warum nicht gleich die Letzte Ölung für die Sünderin?«

Die Frauen der Gauklertruppe schrien empört auf. Selbst die Pilger murrten. Guibert warf den Kopf zurück. »Habe ich nicht die Pflicht vor dem Herrn, meine Hände rein zu halten?«

Arnaud seufzte und wandte sich ab. Maus ließ die ausgestreckten Hände sinken. Die Pilger zuckten mit den Schultern und spähten bereits in den Regen hinaus, ob sie ihre Reise fortsetzen konnten. Auch Raymonds Pferd wieherte und scharrte mit den Hufen. Niemand mochte etwas sagen; das Plätschern des Regens, der vom Grasdach des Unterstands auf den Boden rann, war überlaut.

»Habt ihr eure Sünden bereut, damit der Herr euch vergeben kann?«, fragte der Diakon schließlich. »Es ist Zeit, daran zu denken, wie wir selbst enden werden.« Er sprach im gleichen Moment wie Raymond, der sowohl die Stille als auch den aufsteigenden schlechten Geschmack in seinem Mund nicht mehr ausgehalten hatte und hervorstieß: »Ich werde die Taufe vornehmen.«

O mein Gott, warum tue ich das?, fragte er sich.

Arnaud und Maus blickten auf und gafften ihn an. Carotte, die sich wieder zu den Frauen gesellt hatte und versuchte, die auf dem Boden Liegende durch Massagen warm zu halten, warf Raymond einen scharfen Blick zu. Er fing ihn auf und fühlte sich schuldig, als ob er das, womit er noch gar nicht angefangen hatte, bereits vermasselt hätte.

Die Pilger stießen sich an. Guibert ballte die Fäuste. Tu was, bevor dich der eigene Mut verlässt, dachte Raymond. Er streifte die Handschuhe ab und klemmte sie unter den Gürtel, trat auf Maus zu und nahm ihm das tote Kind aus den Armen. Es war erstaunlich schwer und erstaunlich kalt. Raymond bemühte sich, sich sein Grauen nicht anmerken zu lassen. Er kniete nieder und legte das leblose Ding auf den Boden.

»Wer nichts zu tun hat, kann das Grab ausheben«, sagte er, nachdem er nachgedacht hatte, ob es sich weniger endgültig ausdrücken ließ, und nichts gefunden hatte. Die Mutter des toten Kindes begann wieder zu weinen. Die Männer starrten ihn an.

»Ich mache das«, stotterte Maus, »ich mache es.«

Arnaud stand plötzlich neben Raymond. »Wir können es in ein paar Lumpen einwickeln.«

»Geh zu meinem Pferd. Auf der linken Seite hängt ein Leinenbeutel. Wir können es dort hineintun.«

Arnaud brachte den Beutel. Raymond hörte, dass Guibert mit den Pilgern sprach, doch diese waren weder zum Gehen zu bewegen noch dazu, gegen Raymond einzuschreiten. Raymond schnürte den Beutel auf und legte die Bruchstücke der Fiedel auf den Boden. Arnaud pfiff durch die Zähne.

»Das sieht so aus, als hätte die jemand als Prügel benutzt, oder nicht?«, brummte er, stockte und starrte Raymond an. Sein Mund ging auf. Die Pilger kicherten. Raymond schloss die Augen und fühlte, wie ihm die Schamesröte ins Gesicht stieg. Aufs Neue fragte er sich, warum er sich einmischte. Arnauds einfaches Gemüt war nicht das Einzige, was ihn von den Gauklern trennte, und er wünschte sich, er wäre an diesem Unterstand einfach vorbeigeritten. Arnaud räusperte sich und sagte nichts mehr, und Raymond atmete im Stillen auf; man musste Gott für die kleinen Gefälligkeiten dankbar sein.

»Wie ist der Name?«

Maus sah verwirrt auf. »Was meinst du?«

»Das Kind: Welchen Namen soll es bekommen?«

»Richtig, du musst es ja auf einen ... äh ... Namen taufen«, sagte Maus töricht. Sein Gesicht arbeitete. Er warf der Mutter einen Hilfe suchenden Blick zu, aber sie starrte nur leer zurück. Plötzlich hellte sich Maus' Gesicht auf. »Raymond!«, blökte er.

Raymond schloss die Augen und schüttelte dann den Kopf.

»Nein, das geht nicht«, erklärte er, sanfter, als er gedacht hatte, dass es herauskommen würde.

»Äh ... nicht?«

»Ihr solltet es Arnaud nennen.«

Der Anführer der Gaukler räusperte sich. Maus blickte von ihm zu Raymond und zurück und begann plötzlich zu lächeln. »Das ist eine gute Idee. Ja, wir nennen es Arnaud. Und sollten wir noch mal eines kriegen, dann kann es ja immer noch ... äh ... ich meine ...« Seine Stimme verlor sich, und er schlug den Blick wieder nieder.

»*Arnaud, ego te baptizo in nomine Patris et Filii et Spiritus Sancti, Amen*«, sagte Raymond und legte eine Hand auf die kalte Stirn des Kindes. »Ruhe in Frieden, und möge deine Seele bei den Engeln freudig aufgenommen werden«, fügte er aus eigenem Antrieb hinzu. Er schlug das Kreuzzeichen über den kleinen Körper und wischte mit einer Hand voll Regenwasser über das Gesicht. Als er aufsah, wurde ihm bewusst, dass sowohl Carotte als auch Guibert ihn mit weit aufgerissenen Augen beobachteten und dass in beiden Gesichtern, begleitet von völlig unterschiedlichen Emotionen, die Erkenntnis aufblitzte, dass Raymond nicht improvisierte.

Maus hatte mit einem Stock eine flache Grube in die andere Ecke des Unterstands gescharrt; zwei von den Pilgern hatten mit ihren Stäben geholfen. Raymond winkte Maus zu sich heran, und gemeinsam zogen sie den Beutel über den Körper des Neugeborenen. Raymond trug es zu der Mutter hinüber und überredete sie, die Hand auf den kalten, kleinen Kopf zu legen und dem Leichnam den Muttersegen mit auf den Weg zu geben. Sie war beinahe blind vor Tränen, und ihr Körper zitterte vor Kälte, Erschöpfung und vom stoßweisen Schluchzen, das sie nicht unterdrücken konnte; Carotte führte ihr die Hand. Raymond erkannte, dass die Unselige noch jünger war als Maus. Sein Herz war noch schwerer als das Bündel in seinen Händen. Als der Beutel zugeschnürt war und nur noch vage Umrisse andeuteten, was sich darin befand, wurde es ihm ein wenig leichter.

Sie begruben den Beutel in der Ecke des Unterstandes. Als das Erdhäuflein darauf lag, begann Maus zu weinen, sichtlich mehr aus Verwirrung als aus Schmerz um den Tod seines Kindes; sein Schluchzen griff dennoch wie eine kalte Hand in Raymonds Inneres und drehte dort etwas erbarmungslos herum.

Alle sahen ihn an und warteten darauf, dass er etwas sagte. Sein Kopf war leer. Was wollten sie hören? Tröstet euch, das Leben findet unter der Herrschaft des Todes statt, seid froh, dass die Mutter die Geburt überlebt hat (und betet, dass sie die nächsten paar Tage auch überleben wird), der Herr hat's gegeben, der Herr hat's genommen, verflucht sei der Name des Herrn, Amen?

Wahrscheinlich war es nicht das, was sie zu hören gewünscht hätten.

Raymond drehte sich abrupt um und ging zu seinem Pferd hinüber. Guibert stellte sich ihm in den Weg und musterte ihn demonstrativ von oben bis unten. Dann spuckte er vor Raymond auf den Boden. Raymond hatte nichts anderes erwartet. Er blickte auf den Fleck hinunter. Die Pilger, die sich nicht um das kleine Grab geschart hatten, beobachteten ihn atemlos.

»Dabei ist es hier drin doch schon nass genug«, hörte sich Raymond sagen. Seine Finger zuckten, und der plötzliche Hass auf den Jüngling, der mächtig in ihm aufstieg, obwohl er über die verächtliche Geste nicht überrascht war, ließ seine Stimme gepresst klingen. Die anderen hörten nichts dergleichen; wie die Gaukler war auch Raymond daran gewöhnt, vor Publikum eine andere Sprache zu reden, als sein Herz ihm eigentlich diktierte. Er ging um den Diakon herum, widerstand der Versuchung, ihn dabei mit der Schulter zu streifen, marschierte steifbeinig zu seinem Pferd, nestelte den Ledersack auf und fischte die Laute heraus. Die Saiten waren verstimmt und klangen in seinen Ohren schrecklich, als er mit einer Hand darüber fuhr; er drehte probehalber an den Saitenwirbeln und war sich bewusst, dass er es wahrscheinlich noch schlimmer machte. Auf dem Weg zurück zum Grab räumte er die zerschmetterte Fiedel mit dem Fuß beiseite. Er hätte sie in Chatellerault lassen sollen; sie war jenseits aller Reparatur, und eigentlich wusste er nicht, wozu er die Bruchstücke wieder eingepackt hatte. (Tatsächlich wusste er es genau: Sie war das eine Instrument in seiner Sammlung gewesen, das er wirklich meisterhaft beherrschte, und es war schwer, sich von dem Stück zu trennen, das ihn wenigstens ein Stück weit über den Durchschnitt erhob.) Er war auch mit der Laute gut, aber die Fiedel... Die Fiedel hatte in den wirklich besonderen Momenten seines Spiels in seinen Händen zu leben begonnen.

Er schritt darüber hinweg. Am besten wäre gewesen, er hätte sie mit dem toten Kind begraben.

Als er das Lied spielte, das Cercamon als Klagelied für den Tod Herzog Guilhems vor über vierzig Jahren komponiert hatte, fühlte er nichts. Erst als er die Laute wieder einpackte und der Pilgergruppe nachschaute, die unter der Führung von Guibert weiterzog und im Dämmerlicht des vergehenden Regentages über die Straße ins Zwielicht glitt, dunkelfarbene Figuren in einer Welt aus Grau und Braun, traten Tränen in seine Augen. Unsinnig und völlig absurd wünschte er plötzlich, er hätte irgendetwas tun können, um das Kind zu retten. Die Pilger sahen aus, als wären sie die verhüllten Engel des Todes, die die kleine Seele mit sich nahmen, und es gab nichts Endgültigeres als diesen Anblick der vermummten Gestalten, die mit dem sterbenden Tag verschmolzen.

Arnauds Hand fiel ihm so schwer auf die Schulter, dass er zusammenzuckte.

»Danke für das Liedchen«, sagte Arnaud und starrte ihn neugierig von der Seite an. »Was ist los?«

»Nichts, nichts!«, stieß Raymond hervor und wischte sich heftig über die Wangen. Sein Gesicht brannte vor Verlegenheit. Es brannte noch mehr, als er erkannte, dass Arnaud die Stücke der Fiedel in seinen Pranken hielt; ein Stück des Halses baumelte an einer nicht gerissenen Saite herab und unterstrich die Lächerlichkeit eines Musikinstruments, das auf dem Rücken des Musikanten zerbrochen worden ist. »Es war ein *blanh*; ich habe ihn nicht selbst gedichtet.«

Arnaud zuckte mit den Schultern. »Es hat sich schön angehört, oder nicht?«

»Warum hast du dir von dem Pfaffen so viel gefallen lassen?«, fragte Raymond. Sein Ärger prallte an Arnaud ab. »Was geht es ihn an, ob die beiden ein Ehepaar sind oder nicht? In den kleinen Bauerndörfern warten sie auch nicht mit dem Kindermachen, bis irgendwann mal ein Klerikaler vorbeikommt und die Paare segnet.«

»Du hast ja gehört, was er uns unterstellen wollte.«
»Na und?«
»So was kann gefährlich werden.«
»Wenn es ein Bischof im Dom sagt oder ein Priester von der Kanzel brüllt, ja. Aber so ein lächerliches kleines Bürschlein, das noch die Wickelfalten am Hintern hat ...«
»Du redest dich leicht.«
»Ich war ja auch der Einzige, der mit ihm geredet hat.«
Arnaud zuckte mit den Schultern. »Die Hälfte unserer Zunft hängt den Lehren von Montsegur an, da liegt es ja nahe, oder nicht? Was regst *du* dich darüber so auf? Die Welt ist überall voll Missgunst.«
»Ach, zum Teufel!« Raymond winkte ab und schnürte den Ledersack zu. »Genau, was rege ich mich eigentlich auf?«
Arnaud stand mit hängenden Schultern neben ihm, ein Hüne, der ein gutes Stück größer war und neben dem sogar Raymonds Pferd zierlich wirkte. »Na ja«, brummte er, »eigentlich ist es mir auch gar nicht wirklich darauf angekommen. Bei allem, was man dem fahrenden Volk unterstellt, fällt eine Verleumdung mehr oder weniger gar nicht mehr auf.«
Raymond nahm Arnaud die Stücke der Fiedel aus den Händen. Arnaud, erleichtert, begann sich am Kopf und dann zwischen den Beinen zu kratzen, während er damit kämpfte, ob er weitersprechen sollte. Raymond unterdrückte den Impuls, die Fiedel einfach über den Rücken seines Pferdes auf die Straße zu schleudern. Er hatte keine Ahnung, was er mit den Teilen anfangen sollte, außer wild fluchend darauf herumzutrampeln.
»Ich konnte ihm schlecht die Wahrheit sagen«, sagte Arnaud. »Er durfte doch nicht erfahren, dass Maus und Sibylle Bruder und Schwester sind.«
Raymond stand der Mund offen.
»Sie sind ... was?«
»Na ja, so was passiert, oder nicht?«
»Nein«, sagte Raymond fassungslos, »so was passiert nicht.«

Arnaud zuckte erneut mit den Schultern. Es sagte mehr als jede Erwiderung. Raymond wandte sich ab und begegnete Carottes Blicken. Ihre großen grünen Luchsaugen brannten in ihrem blassen Gesicht. Es war nicht zu erkennen, ob sie den Wortlaut ihrer Unterhaltung gehört hatte; sie kauerte immer noch neben Sibylle und rieb deren Gelenke. Maus saß mit den anderen Männern, näher beim kleinen Grab als bei der erschöpften Mutter und den Frauen. Sie unterhielten sich halblaut und spähten hin und wieder blinzelnd durch das lecke Dach des Unterstandes. Bruder und Schwester. Sie sahen sich nicht ähnlich. Selbst wenn, Raymond wäre es vermutlich nicht aufgefallen; dazu war er zu sehr mit sich selbst beschäftigt gewesen. Carottes Augen funkelten und sahen in ihn hinein. Er blinzelte ihr zu und versuchte ein Grinsen, doch im Inneren fühlte er sich von der Intensität ihres Blicks beklommen. Sie blinzelte zurück und lächelte. Vielleicht sah sie doch nicht so sehr in ihn hinein, wie es den Anschein hatte.

»Warum kommst du nicht mit uns?«, fragte Arnaud.

Raymond drehte sich um und starrte ihn an. Arnauds Hände nahmen ihre kratzende Tätigkeit zwischen den Beinen und am Kopf wieder auf.

»Ich meine, das in Chatellerault hat ja wohl nicht geklappt, oder doch?« Arnaud machte eine ungewisse Handbewegung die Straße hinunter. »Wir können uns doch zusammentun. Wir wären die ersten *ioculatores*...« Er sagt *ioculatores*, Akrobaten, Jongleure, dachte Raymond, als würden sie an Herzogshöfen auftreten und nicht in den zertretenen Salatköpfen eines Stadtmarktes, aber statt dass er Belustigung über Arnauds geschwollene Wortwahl empfand, regte sich Achtung vor dem widerborstigen Stolz des Gauklers. »... die mit Musik auftreten. Hei«, er stieß Raymond plötzlich in die Seite, »und Carotte tanzt dazu, oder nicht? Händeklatschen und Füßestampfen, und Carotte tut so, als ließe sie die Kerle unter ihre Röcke schauen! Die werden uns die Bühne einrennen! So was hat's noch nie gegeben: Musik auf den Marktplätzen, und es ist kein Choral und nicht das Gröhlen der Bauern auf dem Dorffest, sondern richtige, echte Musik, von einem Könner dargeboten, wie sie sonst nur die Herren zu hören bekommen. Hei, Raymond, das wäre doch was, oder nicht?«

Immerhin, dachte Raymond, während er Arnaud sprachlos anstarrte, ist er mit seinen Leuten im selben Saal beim Vizegrafen von Chatellerault aufgetreten wie du. So weit seid ihr nicht auseinander, du und er (wenn man es mit dem Maßstab des Erfolgs beim Publikum maß – dem Publikum im Saal von Jaufre von Chatellerault –, dann war Arnauds Truppe sogar höher einzuordnen als er. Nun ja, immerhin hatte er, Raymond, ein paar schmerzhafte Sekunden lang auch für größere Belustigung gesorgt, es ließ sich nicht leugnen, beim heiligen Hilarius nicht und allen sieben Todsünden!).

Aber es gab noch eine Grenze zwischen einem wie Raymond le Railleur, dem fahrenden Sänger, dem Vaganten, dem Interpreten von Tenzonen, Pastourellen, Kanzonen und Sirventen, seinen selbstparodistischen *gaps* und seinen Liebesliedern, für die er die Musik meistens aus dem Stegreif erfand, mit seinen Bittgesängen in geschliffenem Latein und seinen satirischen Gedichten in melodiöser *langue d'oc*; und einem wie Arnaud mit seinen Leuten, Gauklern, Akrobaten, Seiltänzern, Volksbelustigern und Kindererschreckern (wohl eher Kinderbeerdiger, aber der Gedanke passte im Moment nicht in Raymonds Stimmung), seiner inzestuösen Truppe von Halbketzern und Aspiranten auf den nächsten Strick oder Scheiterhaufen.

»Du kannst es dir ja überlegen«, meinte Arnaud.

Raymond nickte. Er wurde sich bewusst, dass Carotte ihn die ganze Zeit über gemustert hatte. Er sah auf seine Hände nieder, mit denen er immer noch die verfluchte Fiedel festhielt.

Arnaud und seine Leute waren ehrlos, rechtlos, vogelfrei. Selbst der große Arnaut de Maruelh, der Troubadour, der sich Bedienstete hielt, die seine Kompositionen unter die Leute brachten (oder – sehr diskret – seine Liebesbrieflein an die Adressatinnen, die Spezialität eines seiner Bediensteten, der deshalb *pistoleta* genannt wurde, »Brieflein«), suchte sich sein Personal nicht unter den Gauklern. Und wenn man es recht betrachtete, war Arnauds Angebot genau andersherum. So weit war es mit Raymond gekommen.

Er hätte die Fiedel wirklich mit dem toten Kind begraben sollen. Beide – das tote Kind und das zerstörte Instrument – waren Symbole für die Hoffnung auf ein Leben, das nicht mehr stattfinden würde. Hätte er nur eher die Zeichen erkannt.

Raymond besaß Ehre und Rechtsstand. Das trennte ihn von Arnaud und seinesgleichen. Und wenn ihm im Winter auf der Straße der Arsch abfror, würde er sich vermutlich an diesem kleinen Unterschied wärmen, bis ihn der Teufel holte.

Ach, zum Henker, dachte Raymond. Ich bin noch nicht am Ende. Der Junge König wird den Plantagenet mit seinen Beamten bald zum Teufel jagen. Und bis dahin – gibt es immer noch Poitiers!

»Ich nehme an, du bleibst über Nacht bei uns, oder nicht?«, fragte Arnaud. »Dieser Unterstand ist das einzige halbwegs trockene Plätzchen zwischen hier und Poitiers, und das erreichst du heute vor dem Dunkelwerden nicht mehr.«

Er hatte Recht. Raymond fühlte Carottes Blicke. Er nickte wieder, diesmal als Zeichen der Zustimmung. Und immer noch hielt er die kaputte Fiedel in der Hand.

2.

Nachdem sie ein Feuer geschürt hatten, scharten sich die Gaukler um ihn, als wäre sein Abschiedslied etwas Besonderes gewesen. Sie klopften ihm auf die Schulter und bedankten sich und boten ihm von ihrem kalten Fleisch an, Reste von der Tafel aus Chatellerault, wie man sie ihm nicht mitgegeben hatte. Er konnte es nicht unterlassen, verstohlen Maus und die im Halbschlaf dahindämmernde Sibylle zu mustern, die Geschwister, deren Kind er begraben hatte. Wie hatte es geschehen können, dass sie nach all den Jahren, die sie aneinander geschmiegt auf einer Strohschütte in der Ecke einer Bauernkate die Nächte verbracht hatten, plötzlich feststellten, dass der nackte Schoß, an die Rundung eines nackten Hintern gepresst, hitzigere Gefühle hervorrief als das Teilen der vagen Körperwärme? Wahrscheinlich war es doch so, wie Arnaud gesagt hatte: Es war einfach passiert. Als Sänger sollte ihm die Macht, die die plötzliche Liebe besaß, eigentlich geläufig sein. O Brüderchen, o Schwesterchen; wenn ihn Arnauds Mitteilung nicht so sehr aus dem Gleichgewicht geworfen hätte, wäre ihm vielleicht noch eine spöttische Pastourelle dazu eingefallen (*»Hab dich so lange gekannt, bis ich dich endlich erkannte«*, oder: *»Hab das Blümlein gepflückt meinem Schwesterlein, und ich meine es so, wie ich's sage«*). Er schüttelte den Kopf. Alles nicht gut, und vor allem: Wenn er an die beiden dachte, sah er den kleinen Erdhügel in der Ecke des Unterstandes vor sich und Maus, wie er den Diakon um die Taufe bat, damit die Seele seines Kindes sich zu den Engeln gesellen konnte. Es waren keine Bilder, die das Dichten eines Liedes unterstützten.

»Kein Wasser? Reicht dir der Regen? Graf Jaufres Bissen sind scharf gewürzt!«, hörte er Arnaud sagen und bemühte sich zu begreifen, was er gefragt worden war und wozu er den Kopf geschüttelt hatte.

»Das Zeug hatte schon einen Stich«, rief Carotte, »und sein Küchenmeister musste tiefer in das Gewürzschränkchen greifen als üblich.«

»Lieber eine Menge Geld ausgegeben, als das Gesicht verlieren.«

»Lieber eine Menge Geld ausgegeben, als dass den Gästen das Essen wieder aus dem Gesicht *fällt!*«

»Wollet ihr mir vielleicht Flusswasser andrehen?«, fragte Raymond und lächelte.

»Ganz sicher wollten wir dich nicht bitten, dich mit offenem Mund in den Regen hinauszustellen«, erklärte Carotte. Ihre Lippen glänzten rot vom scharfen Gewürz, und auf ihren hohen Wangen waren Flecken von der Wärme des Feuers, neben dem sie kauerte. Sie lachte laut.

»Danke, dann verzichte ich. Wenn ich Flusswasser trinken soll, muss ich immer an den Bischof von Rouen denken.«

Arnaud grinste. »Was ist mit dem Mann?«

»Nur eine Antiquität, nichts weiter.« Raymond erinnerte sich daran, dass am Ende dieser Geschichte eine Hand voll Toter wartete, und das war nichts, was erzählt werden wollte, schon gar nicht heute. Antiquitäten: sinnlose Geschichtchen, die nichts vom göttlichen Heilsplan erzählten. In keiner seiner Geschichten, ob sie nun wahr oder erfunden waren, konnte Raymond viel göttliches Heil entdecken, doch heute fiel es ihm zum ersten Mal unangenehm auf. Die Gaukler sahen ihn seltsam an. Verlegenes Schweigen machte sich breit.

Raymond erhob sich, um die Situation zu retten, und ging zu seinem Pferd hinüber und brachte den Weinschlauch zurück, den er sich – wenigstens hier war er einmal vorausschauend gewesen, dem heiligen Hilarius sei Dank – in Chatellerault hatte füllen lassen, bevor die Geschichte mit dem aufgebrachten Pfeffersack und Graf Jaufre passiert war. Als er ihn im Kreis herumgehen ließ, seufzte einer der Gaukler ebenso genüsslich wie sehnsüchtig.

»Wir hätten auch als Pilger über Land ziehen sollen, da würden wir jede Nacht in einem Hospiz verbringen und fette Suppe und Wein schlürfen.« Er schmatzte und verdrehte die Augen. Die anderen lachten vorsichtig, unsicher, ob die Bemerkung angesichts des Zusammentreffens mit Guibert und seiner Pilgergruppe nicht ebenso unangebracht war wie Raymonds Weigerung, die Geschichte des Bischofs von Rouen zu erzählen. Unwillkürlich trafen Raymond einige Blicke.

»Das dachte sich Helinand d'Autun auch«, sagte Raymond.

Sie zögerten einige Sekunden. »Helinand wer?«, fragte Carotte schließlich.

»*Baron* Helinand d'Autun«, betonte Raymond. »Ein Seigneur, der sein Gut in der Nähe von Cluny im Herzogtum Burgund hatte und der sich an jedem Tag, an dem er ausritt, von Pilgerscharen umgeben sah, die sich noch das Fett von den Backen wischten, wenn sie von einem der Klöster in seiner Nähe aufbrachen.«

»Ist man tatsächlich so freigebig zu den Pilgern?«, staunte Maus.

»In Burgund füttern sie sogar die Heuschrecken, wenn sie nur eine graue Kutte anhaben.«

Die Gaukler lachten, Raymonds vorheriges Zögern war vergessen.

»Ihr wisst ja, wie es mit den Seigneurs ist.«

»Nein, wie ist es mit ihnen?«

»Ständig klamm«, sagte Raymond.

Die Gaukler wieherten. »So wie Graf Jaufre«, rief einer, und sie wieherten noch lauter.

»Jedenfalls kam Baron Helinand auf eine gute Idee, um seine Finanzen zu schonen. Er schleppte seine ganze Familie, in Sack und Asche gekleidet, zu den verschiedenen Hospizen und zu allen Armenspeisungen und päppelte sie mit der Klostersuppe.«

»Das gibt's nicht«, stöhnte Carotte.

»Der Mann hielt jahrelang durch, weil er sich und die seinen in immer wieder neue Verkleidungen hüllte und sich so unerkannt in die Reihen der Bettler und Pilger schmuggeln konnte.«

Die Gaukler schüttelten voller Neid die Köpfe. »He, Arnaud, stell dir mal vor: Carotte mit einer ... äh ... Pilgerkutte!«, rief Maus. Carotte errötete und warf ihm einen mörderischen Blick zu; vermutlich hinderte nur Maus' heutiger Status als einer der Hauptdarsteller in einer realen Tragödie sie daran, ihn auf der Stelle bei lebendigem Leib auszuweiden.

»Habt Geduld, Freunde«, sagte Raymond mit der Stimme eines Diakons, der von der Kanzel predigt, »zuletzt flog er doch auf.«

»Na endlich.«

»Gott ist gnädig.«

»Man muss ihm nur ein bisschen ... äh ... Zeit geben.«

»Schuld an seiner Entdeckung war Helinands Nachbar und Rivale, der plötzlich unabhängig von Helinand dieselbe Idee entwickelt hatte. Die Streithähne standen sich eines plötzlichen Tages am Suppenkessel Auge in Auge gegenüber. Man schritt sofort zu Beschimpfungen, in die sich die jeweiligen Familien einmischten und bei denen schließlich auch die Schlangestehenden Partei ergriffen. Von da war es nicht weit zu Tätlichkeiten. In deren Verlauf wurde viel gutes Essen verschüttet, viel Geschirr zertrümmert, und viele Gliedmaßen wurden verbogen, bevor der Abt des Klosters mit seiner Torwache eingriff und mit wahllosen Knüppelschlägen auf Köpfe und Leiber die Sache für sich entschied. Wie es heißt, dehnte er die Züchtigung auch auf etliche jüngere Mönche aus, die das Spektakel begeistert angefeuert und sich infolge ihrer unterschiedlichen Parteinahme zum Teil bereits gegenseitig an den Hälsen hatten.«

»Gib ihnen«, brummte Arnaud begeistert.

»Der zuständige Bischof war über den Fall so empört, dass

er sich um die Exkommunizierung der Schuldigen bemühte; aber das göttliche Strafgericht war ausnahmsweise mal schneller. Nicht lange danach führten Helinand und sein Nachbar eine ordentliche Fehde gegeneinander – und bissen schon beim ersten Zusammentreffen beide ins Gras, übrigens die einzigen Todesfälle des ganzen Scharmützels. Ihr Besitz fiel an den Herzog von Burgund.«

»Und was hat der dazu gesagt?«, fragte Carotte.

»Ist nicht überliefert.« Raymond lächelte. »Wahrscheinlich bekam er vor Lachen keine Luft mehr.«

»Ja«, sagte Arnaud, und es wirkte so merkwürdig, dass keiner wusste, ob er lachen oder betreten sein sollte, »das Leben ist schon lustig, wenn man es lässt.«

In der Nacht schlüpfte Carotte aus dem Wagen heraus, in dem die Gaukler zusammengedrängt schliefen, und zu ihm unter die Decke. Sie kuschelte sich an ihn und drängte ihre kalten Füße zwischen seine Waden.

»Wie schaffst du es nur, bei dieser Kälte hier draußen so warm zu sein?«, stöhnte sie. »Selbst im Wagen ist es kalt und klamm.« Sie schlang die Arme um ihn und seufzte. Raymond war vor Überraschung stocksteif.

»Nanu, Herrin, sollte es Euch nach einem Minnesang dürsten?«, fragte er schließlich aufgeräumter, als er sich fühlte.

»Hör auf mit den geschwollenen Reden, Raymond.« Sie küsste ihn kurz entschlossen auf den Mund. »Hör überhaupt mit dem Reden auf für eine Weile, ja?«

Alles an ihr war fest und sehnig: die schlanken Arme, die kleinen Brüste, ihr flacher Bauch, ihr Po, ihre Oberschenkel, selbst ihre Scham mit dem dichten roten Haargekräusel war ein fester Hügel, der sich erst seinen Fingern, dann seiner Zunge und schließlich seinem steifen Geschlecht leidenschaftlich entgegendrängte. Sie gehörte nicht zu denen, die laut stöhnten oder ihrem Liebhaber ins Ohr flüsterten, sie keuchte stattdessen und zerraufte sein Haar und kratzte in seinen Rücken und seine Pobacken und empfing seine Stöße mit wilden Gegenbewegungen, bis ihre Lust ihn mitriss und er im letzten Moment an den *coitus interruptus* dachte und sich über ihren festen, sehnigen Körper ergoss. Dann sank er auf ihr zusammen, bemüht, einen Teil seines Gewichts mit den Armen abzustützen, und küsste sie. Die Feuchtigkeit zwischen ihren Körpern wärmte sie und verhieß schon jetzt einen weiteren Ritt auf der Woge der körperlichen Liebe. Im Moment jedoch waren beide, Carotte und Raymond, damit zufrieden, einander nah zu sein und sich in die Augen zu sehen. Sie hatte die Beine noch immer um seine Hüften geschlungen; ihre Schenkel waren heiß, aber ihre Füße so kalt wie zuvor. Er wusste, dass sie auch gekommen war, weil sie instinktiv einen Akt des Lebens dem Akt des Todes entgegensetzen wollte, den sie heute Nachmittag vollzogen hatten.

»Es gibt Kräuter, die eine Schwangerschaft verhindern«, keuchte Carotte nach einer Weile, »außerdem hilft es, wenn man herumhüpft und zu niesen versucht.«

»Du kannst nicht herumhüpfen, wenn ich dich festhalte.«

»Was du für Maus und Sibylle getan hast, war eine gute Tat.«

Raymond zuckte verlegen mit den Schultern.

»Der Diakon hat es gemerkt, nicht wahr?«

»Was gemerkt?«

»Hältst du mich für dumm?«

»Ich weiß nicht, wovon du sprichst«, sagte Raymond und zauberte ein Lächeln auf sein Gesicht. Carotte starrte ihm in die Augen. Plötzlich begann sie zu schielen, als er etwas vor ihrer Nasenspitze baumeln ließ. Sie griff danach und hielt es fest.

»Meine Halskette«, sagte sie. »Der Knoten ist aufgegangen.«

»Nnnnein«, sagte Raymond.

»Hast du ihn aufgemacht? Hinter meinem Nacken, ohne dass ich es merkte?«

»Jjjjja.«

»Donnerwetter«, sagte sie beeindruckt. »Wo hast du das gelernt?«

»Derjenige, der es mir beigebracht hat, würde sicher nicht wollen, dass ich seinen Namen verrate.«

»Damit könntest du auf jedem Markt als Beutelschneider ein Vermögen verdienen.«

»Ja, und mir selbst eine Halskette erarbeiten. Eine aus Hanf, die der Mann mit der schwarzen Maske mir umlegt...«

Er nahm ihr die Kette aus der Hand und legte sie wieder um ihren Hals. Sie hob den Kopf, doch er zog die Finger schon wieder zurück. »Fertig.« Sie ruckte an der Kette; er hatte sie in Windeseile wieder zusammengeknotet.

»Du vergeudest ein Talent«, erklärte Carotte, und es war unklar, ob sie seine Fingerfertigkeit meinte oder das, worauf sie vorher angespielt hatte. Raymond lächelte sie wieder an.

»Na gut«, sagte sie. »Was willst du jetzt tun?«

»Meinst du jetzt im Moment oder jetzt gleich danach?«

Sie gab ihm einen Stoß mit einer Ferse in den Hintern. »Sei ernst«, sagte sie.

»Ich weiß nicht.«

»Du hast gehofft, eine Weile in Chatellerault bleiben zu können.«

»Natürlich. Mit viel Glück sogar über den Winter, in den dieser Frühling wahrscheinlich nahtlos übergehen wird.«

»Wir ziehen über die Berge nach Aragon.«

»Was ist in Aragon?«

Carotte lachte unlustig. »Zuerst mal: Sonne und trockenes Wetter.«

»Das sind gute Gründe.«

»Am Königshof sind Musik und Tanz willkommen. König Alfons bewundert die Dichtkunst, seit er damals mit Sancho von Navarra in Poitiers zu Gast war.«

»Damals«, sagte Raymond, »als noch Leben war in Aquitanien.«

Carotte erwiderte nichts. Sie bewegte sich unter ihm, und der plötzlichen Melancholie zum Trotz spürte Raymond, wie sich wieder die Lust in ihm regte. Carotte bewegte sich nochmals. Im Inneren des Wagens drehte sich einer von Carottes Kameraden um und furzte im Schlaf. Raymond und Carotte sahen sich an und kicherten unwillkürlich.

»Das war die untere Hälfte der Tonleiter«, erklärte Raymond.

»Ein Sänger erkennt in allem die Musik.«

Raymond prustete und drückte sie enger an sich. Das grobe Geräusch hatte plötzlich wieder die Frage in ihm geweckt, was er hier eigentlich machte unter diesen Menschen? Doch Carottes Nähe war zu angenehm, und er schob seine Bedenken von sich.

»Wir werden in Poitiers Halt machen.«

»Wegen …« Raymond nickte mit dem Kopf in Richtung der Ecke, in der Sibylle ihr totes Kind auf die Welt gebracht hatte.

»Ja. Sie ist zu geschwächt, um die Reise mitzumachen. Es würde sie umbringen.«

Es ist nicht gesagt, dass sie es überhaupt überlebt, dachte Raymond. »In Poitiers gibt es ein Hospiz. Man wird sich um Sibylle kümmern.«

»Wir haben alle zusammengelegt. Die heiligen Frauen werden bestimmt Geld verlangen.«

»Ich hoffe, Arnaud hält sich mit der Auskunft zurück, in welchem Verhältnis Sibylle und Maus zueinander stehen. Sonst hilft euch alles Geld der Welt nichts.«

Carotte musterte ihn. »Für einen, der von der Liebe singt, bist du ganz schön engstirnig, wenn sie dir in einem ungewöhnlichen Gewand begegnet.«

Raymond schnaubte. »Bruder und Schwester, na hör mal …«

»Warum kommst du nicht mit?«

»Wohin? Nach Aragon?«

»Ja.«

»Nein, das ist ... nein ...«

»Warum nicht? Peire Rogier ist dort, und Elie de Barjols, das sind doch keine Kleinen.«

»Was soll ich dann noch dort?«

»Was willst du hier? Herzog Richard ist in Paris und hofiert König Philippe, der Junge König und sein Bruder Geoffroy toben sich auf Turnieren an der Dordogne aus, Königin Aliénor ist gefangen in England, und die Beamten des verfluchten Plantagenet sitzen in Le Mans, Poitiers und wo du sonst noch willst ...«

»Es heißt, der Junge König und Geoffroy de Bretagne rüsten sich zum entscheidenden Schlag gegen den alten Henri.«

»Ja, ja. Henri Plantagenet hält ja bloß alle Festungen und Burgen, die auch nur im Entferntesten von strategischer Bedeutung sind, und seit Jung-Henris und Geoffroys Bruder Richard sich ihm unterworfen haben, ist auch noch das strategische Geschick der Plantagenets auf einer Seite vereint. Bist du der Träumer, oder sind sie es?«

»Ich setze auf Jung-Henri. Seit der Alte ihm die Krone aufgesetzt hat, ist er der rechtmäßige König.«

»Nicht mal der alte Plantagenet akzeptiert ihn als König. Hat er die Macht etwa an ihn abgegeben? Oder warum lehnt sich der Junge gegen seinen Vater auf?«

»Henri Plantagenet ist im Unrecht.«

»Seht her, ein sturer Poiteviner!«

»Seht her, ein *treuer* Poiteviner!«

Carotte starrte in die Nacht außerhalb des Unterstands hinaus. Ihre Hände waren warm auf Raymonds bloßem, kaltem Rücken. Sie fuhren leicht an seinem Rückgrat auf und ab; es war ein heimeliges Gefühl. Wenn nicht die Berührung ihrer nackten Körper gewesen wäre und die warme Feuchte ihrer Lust dazwischen, wäre es wie das sanfte Streicheln eines Sommerwindes gewesen, der durch die Gräser strich, während man sich nach einem Bad in einem kühlen Bach die Wassertropfen von der Haut trocknen ließ. Carotte wandte sich Raymond zu und lächelte. »Armer Raymond«, sagte sie, »alles hat sich verändert, aber du willst es nicht wahrhaben. Du ziehst herum, aber in Wahrheit wünschst du dir, dass alles ruht. Du trittst auf der Stelle und verwechselst Stillstand mit Standhaftigkeit.«

Carotte strich ihm über die Wange. Ihre Worte waren leidenschaftlich, nicht böse, und dennoch schlug jedes von ihnen eine Saite tief in seinem Inneren an. Sie drehte seinen Kopf, bis er in die Dunkelheit der Nacht jenseits des Unterstandes hinaussah. »Da draußen, da steht auch alles still. Du bist doch nicht wie die dort, die ängstlichen Bauern, die sich heute wünschen, alles wäre so wie gestern, während sie gestern wünschten, alles wäre so wie letztes Jahr. Weißt du, warum die Leute uns hauptsächlich fürchten? Weil wir Unruhe verkörpern, weil in der Zeit, in der wir im Dorf oder in der Stadt sind, nichts ist, wie es vorher war. Sieh dir doch bloß mal die Figuren an den Kirchen an: Fortuna, die das Glücksrad hält. Sie hat so viel Angst davor, was die Bewegung des Rades bringen wird, dass sie sich die Augen verbindet. Es heißt, Veränderung bedeutet Verfall. Ich glaube, Stillstand bedeutet Verfall.« Sie drehte seinen Kopf zwischen ihren starken Fingern wieder zurück und lächelte zu ihm hoch. Schließlich küsste sie ihn. »Und weil die sturen Poiteviner geglaubt haben, es gehe ewig so weiter wie bisher mit dem glanzvollen Leben unter Königin Aliénor und ihren Söhnen, Wein, Weib und Gesang – und nebenher besiegen wir mal kurz Henri Plantagenet von England und seine brabantischen Söldnertruppen, ein Kinderspiel! –, sind sie jetzt ganz unten.«

»Jeder ist irgendwann mal unten«, sagte Raymond und zuckte mit den Schultern. Er war froh, einen halbwegs launigen Abgang aus Carottes Predigt gefunden zu haben. Ihre Worte trafen ihn mehr als die hochnäsige Verachtung Guiberts. Er hatte ein einziges Mal in seinem Leben die vorgezeichnete Bahn verlassen. Anders war es nicht mit seinem Gewissen vereinbar gewesen; und dennoch hatte es ihn so tief verletzt, dass er sich geschworen hatte, es nie wieder zu tun, und den rechten Zeitpunkt, Aquitanien zu verlassen, natürlich verpasste.

»Ja«, sagte Carotte und wand sich unter ihm hervor. Sie drückte ihn mit ihren kräftigen Armen zu Boden. Er wehrte sich nicht. »Und jetzt bist du an der Reihe.« Sie schwang sich auf ihn, die Tatsache nicht achtend, dass die Decke davonrutschte und ihre nackten Körper der nächtlichen Kühle und dem feuchten Dunst aussetzte, der in den Unterstand zog.

»Es so zu tun ist eine Sünde«, sagte Raymond.

»Pierre Abaelard hat gesagt, nur wer gegen sein eigenes Gewissen verstößt, sündigt.«

Raymond verdrehte gespielt die Augen. »Heiliger Hilarius, diese Sünderin ist belesener als die Äbtissin von Fontevrault.«

»Ich höre nur zu, das ist alles. Komm mit uns, und bring mir das Lesen bei, dann wirst du erst recht dein blaues Wunder erleben.«

»Ich habe in der letzten Stunde schon jede Menge Wunder mit dir erlebt.«

Carotte nahm seine Hände und legte sie auf ihre Brüste. Sie waren kalt, die Brustwarzen hart. Als Raymond sie vorsichtig streichelte, fühlten sie sich an wie zwei Perlen auf dem kühlen Samt eines teuren Stoffes. »Was du vorhin mit deiner Zunge getan hast, war auch eine Sünde«, sagte sie.

»Wenn man es mit Abaelard nimmt, nicht.«

Carotte grinste. »Dann hast du also kein schlechtes Gewissen deswegen?«

»Nicht im Mindesten.«

»Also war es keine Sünde.«

Raymond schaffte es, mit den Schultern zu zucken. »Wer kennt sich da noch aus?«

»Wenn es eine war, dann sehen wir uns eben in der Hölle wieder.« Nach einigen Küssen murmelte sie in sein Ohr: »Was willst du denn in Poitiers?«

»Bischof Bellesmains residiert dort. Der Mann hatte schon alle Fäden in der Hand, als Aquitanien noch von Königin Aliénor und Herzog Richard regiert wurde anstatt von den Kastellanen des Königs von England. Ich will mich in seine Dienste stellen.«

Sie küsste ihn wieder und bewegte sich verführerisch. Nach einer Weile murmelte sie wieder: »Komm doch mit uns. Komm mit mir.« Sie strich über sein Haar und dann über sein Gesicht. Ihre Hand war nass und kalt von seinem Haar, sein Haar war nass vom Regen. »Wo es warm ist.«

»Nein«, sagte er, »meine Zukunft liegt bei Bischof Bellesmains.«

»Warum willst du allein bleiben? Allein ist man nichts.« Sie musterte ihn. »Ich verstehe dich nicht.«

Er konnte ihr nicht erklären, dass mit ihnen zu ziehen genau das war, wovor er sich fürchtete: so weit zu sinken, dass ihm nichts anderes mehr übrig blieb als ihr rechtloses Leben. Beide sagten nichts mehr, aber ihr Liebesakt hatte die vorherige Leichtigkeit verloren und war eher wie das Aneinanderklammern zweier Verzweifelter.

In der Nacht hatte er einen Traum, in dem er als versoffenes Wrack den Gauklern die Begleitmusik zu ihren Darbietungen lieferte, während die Kinder mit den Fingern auf ihn zeigten und kicherten. Eines der Kinder war nackt und winzig klein, und die Nabelschnur hing wie eine obszöne Appendix von seinem blau angelaufenen Körper. Es lachte am lautesten. Durch den Suff hindurch spürte er die Verachtung der Kinder, die Verachtung der Zuschauer und am meisten die Verachtung der Gaukler. Selbst für ihre Verhältnisse war er zu tief gesunken. Die Sonne schien grell aus einem tiefblauen Himmel. Er war, wo es warm war, aber sein Herz war eiskalt vor Selbstekel.

Raymond erwachte schwitzend und dankbar, dass Carotte nicht mehr neben ihm lag. Das Tageslicht, wenn es so etwas in dieser Welt aus Gräue und Trübnis und Regen gab, war nicht mehr allzu fern. Er raffte seine Sachen zusammen und stahl sich grußlos davon wie ein Dieb. Der Eindruck des Traums verschwand nicht einmal dann vollständig von ihm, als er schon lange auf der Straße war und der Unterstand nicht mehr als eine Erinnerung, unsichtbar und weit weg im Dämmerlicht hinter ihm.

Die zerbrochene Fiedel hatte er auf den kleinen Grabhügel gelegt, wie eine Opfergabe an einen heidnischen Gott. Zu spät fiel ihm ein, dass die Gaukler es als rührende Geste missinterpretieren würden – wo es doch nur Ausdruck seiner entsetzlichen Angst vor der Zukunft war.

Poitiers, ich komme, dachte er.

Ein grosser Dummkopf

»Ich glaube, du musst noch üben.«
Sire Robert Ambitien

1.

Poitiers lag im dunstigen Licht des frühen Regenvormittags wie ein geduckter Haufen flacher Schatten. Die Stadt war von einer hohen Mauer umfangen, die man an einigen abschüssigen Stellen im Norden, wo die Abhänge des Hochplateaus zum Zusammenfluss von Clain und Boivre abfielen, abgestützt hatte, weil die nasse Erde zu rutschen begann. Hinter der Mauer: nass glänzende, steile Holzdächer, Hausfassaden, die vor Feuchtigkeit schwarz waren – würde man sie anfassen, das Holz wäre weich und glitschig und würde einem unter den Fingernägeln bleiben. Dazwischen fanden sich ein paar steinerne Bauten: Notre-Dame-la-Grande, gedrungen zwischen den Häusern und doch die größte der Marienkirchen, die Westfassade förmlich überwuchert von Skulpturen, schindelgedeckte Ecktürme, vor wenigen Jahren erst fertig gestellt; der Bischofspalast gegenüber dem Westportal; das massive Kirchenschiff von Saint Jean, einem Lagerhaus ähnlicher als einem Tempel; Sainte Radegonde, eigentlich nur ein prachtvoller riesiger Stein über der Gruft der darunter begrabenen Heiligen, der Neubau noch nicht länger beendet als der von Notre-Dame-la-Grande, und die Baustelle von Saint-Hilaire-le-Grand, hundertjähriges beharrliches Wachsen und Verändern über dem ursprünglichen alten Holzbau, nicht wenige der Steine in ihren Mauern verschleppt aus den Ruinen des römischen Amphitheaters in der Nähe; verstreut überall jede Menge weitere Gerüste und hölzerne Kräne, Kirchen und Stadthäuser in allen Stadien des Umbaus, der Fortschritt der Baustellen war erstorben in den neun Jahren, die seit der Gefangennahme Königin Aliénors auf der Straße nach Chartres ins Land gegangen waren. Auch die Steinbauten waren nass und sahen darum nicht weniger gemein aus, von den Simsen zogen sich lange schwarze Bärte über die Fassaden, und in den Mörtelfugen spross Moos, das Einzige, was zurzeit wirklich zuverlässig wuchs. Zu den Steinbauten gehörte natürlich auch das Stadtschloss der Herzöge im Zentrum der Stadt, sein großer Saal war jetzt ohne das Lachen und die Musik, die Königin Aliénors Liebeshof hatte erklingen lassen; auch an den Flanken des Schlosses hingen noch die wetterzerzausten Seilgerüste, auf denen die Maurer und Steinmetze versucht hatten, Aliénors Umbaupläne zu verwirklichen. Im großen Saal zählte ein Kastellan von Henri Plantagenet die Lösegelder der Barone und Grafen, die sich zusammen mit des Plantagenets Söhnen gegen den König von England empört hatten. Im Norden erhob sich schließlich das Cluniaszenser-Kloster des heiligen Jean von Montierneuf ein kleines Stück außerhalb der Stadtmauern.

Die Stadt war nicht mehr, was sie gewesen war, und das Wetter ließ es zu, dass man es ihr ansah: Poitiers die Mächtige, Poitiers die Schöne, Poitiers die Perle von Aquitanien, sie war mit dem Überschwang der Herzöge Guilhem dem Troubadour und seinem Sohn Guilhem Poitou gewachsen, hatte die Eifersucht der jungen Königin Aliénor von Frankreich ertragen und die Reue der alternden Königin Aliénor von England genossen und starb jetzt den Liebestod, den der Krieg Weib gegen Mann und Söhne gegen Vater ihr bereitete. Wären nicht die Pilgerstraße nach Santiago de Compostela und die Haupthandelsroute von Nord nach Süd und Ost nach West durch die Stadt verlaufen – nicht einmal das nüchterne Leben, das die Kaufleute in ihre Mauern trugen, wäre ihr geblieben. Stolzes Poitiers, stolze letzte Hoffnung von Raymond le Railleur. Immer noch imposant anzusehen, erhob es sich in den stetigen Regen aus den Feldern, die von den verzweifelten Bauern längst nicht mehr mit Merkel und Kalk, sondern mit menschlichen und tierischen Fäkalien gedüngt wurden und von denen der Gestank in den Himmel stieg.

Die Torwachen an der Ponte Joubert ließen Raymond warten, obwohl sie nichts zu tun hatten; immerhin hatten sie sich herabgelassen, ihm Auskunft zu erteilen, dass der Bischof zurzeit in der Stadt war, bevor sie ihn fürs Erste vor dem halb geöffneten Tor stehen ließen. Raymond hatte Zeit, die öden Häuser der Pfahlbürger zu betrachten, die sich am hiesigen Ufer des Clain hinzogen. Eine kleine Gruppe Kinder in schmutzigen Hemden starrte ihn an, schmutzige Finger in ebenso schmutzigen Nasen, die Knie unter den kurzen Hemden blau vor Kälte, wo sie nicht von einer schützenden Schmutzschicht überzogen waren. Raymond dachte an Carotte und an ihre Bemerkungen bezüglich anderer Methoden der Empfängnisverhütung und sah sich plötzlich als Vater dieser Kinder, der hoffnungslos auf die nächste Hilfsarbeit wartete, während ihm und seiner Familie der Magen knurrte, und Carotte als magere Vettel, vorzeitig gealtert, ebenso hoffnungslos wie er, beide zutiefst bereuend, dass sie damals den Kräutern und dem Herumhüpfen und dem Niesen vertraut hatten. Das war eines seiner Probleme: Er sah sich stets in Szenarien, in denen die Hoffnung so weit entfernt war von ihm wie der Mond, und es schnürte ihm vor Angst die Kehle zu. Die Kinder waren nur eine weitere Variante des Bildes Raymond-wie-er-völlig-heruntergekommen-neben-der-Straße-stirbt und fügten zur Angst um sich selbst auch noch die Verzweiflung einer Verantwortung hinzu, die er nicht zu erfüllen vermochte.

Bischof Jean Bellesmains, dachte er. Meine letzte Chance. Wollt ihr Eure Christenpflicht an einem Hoffnungslosen erfüllen, Ehrwürden? Ich habe Spottlieder gegen die Kirche gesungen, aber der Spott ist mir vergangen, und wenn ich gewusst hätte, was ich heute weiß, hätte ich mich ein wenig mehr zurückgehalten.

Hätte er? Man hatte ihn Raymond le Railleur genannt, Raymond den Spötter. Hätte er damals geglaubt, dass es so weit mit seiner Heimat kommen würde, dass die wenigen übrig gebliebenen Herren (Graf Jaufre, der verdammte Geizkragen) lieber mit den Pfeffersäcken paktierten als mit den schönen Künsten?

Nein, dachte er, nein, ich habe es noch nicht einmal geglaubt, als ich Walther de Chatillon an einer Wegkreuzung traf, er auf dem Weg nach Norden, ich mich vollkommen sicher wähnend in Aquitanien, und er mir erklärte, dass der Süden erledigt war mit der Gefangennahme von Königin Aliénor und dass es nun auf den Jungen König Henri ankäme, das Land vom Griff des alten Plantagenet zu befreien.

»Dieser unsägliche dichtende Cluniaszensermönch Richard nennt den alten Henri den Herrn der Nordwinde und seine Söhne die jungen Adler«, hatte Walther geprustet. »Ich wette, dass dem Nordwind bald die Puste ausgehen wird.«

»Und bis dahin ...?«

»Spielt die Musik woanders. Ich verdinge mich bei Jung-Henri, er ist doch als so großzügig bekannt, und wenn so ein Reimeschmied wie Bertran de Born dort gelitten ist, dann finde ich auch meinen Platz.«

Man bedenke, Walther de Chatillon war nicht irgendeiner aus der Sängerszunft. Die Herren hatten ihn gefragt, ob er bei ihnen spielen möge anstatt umgekehrt. Während er selbst, Raymond – dem wollen wir doch mal ins Auge sehen –, tatsächlich nur irgendeiner war.

»Warum gehst du nicht nach Paris?«, hatte Raymond gefragt.

»Weil der junge König Philipp Dieudonné den Sängern den Kampf angesagt hat, kaum dass der alte Louis, sein Vater, unter der Erde war. Er sagt, er gibt das Geld lieber den Armen.« Walther hatte mit den Schultern gezuckt. »Außerdem: Wer will schon nach Paris, dieses Lehmhüttendorf? Viel Glück, Raymond, ich hab's eilig!«

Nun ja, er hätte Walther überholen sollen auf dem Weg zu Jung-Henri; er hätte ihn bei fünf Meilen Weg um vier schlagen sollen, dann hätte er vielleicht eine Chance gehabt. Aber er musste ja unbedingt ein treuer Poiteviner sein.

Zu spät, Raymond, dachte er, zu spät, wie immer. Wenn du noch Spott hast, dann spotte über dich selbst.

Und im gleichen Atemzug zwinkerte er den Kindern zu, machte eine Grimasse und dachte über eine passende Bemerkung zu den lahmärschigen Wachen nach, die sie gleichzeitig zum Lachen bringen und ihnen klar machen würde, dass Raymond ihre Schikane wohl durchschaut hatte. Die Kinder reagierten nicht. Sie gafften ihn an. Er konnte den Blicken nicht standhalten und wandte sich ab.

Was würde Poitiers für ihn werden? Die Stätte der Niederlage von Alarich oder die des Sieges von Chlodwig? Der Triumph von Charles Martel oder der Untergang der Sarazenen?

Poitiers, ich komme, dachte er erneut.

Der Bischofspalast lag ein kleines Stückchen außerhalb des Stadtzentrums, nicht wirklich weit, nur so weit, dass es auffiel. Poitiers war die Stadt von Guilhem dem Troubadour gewesen. Er hatte stets das Zentrum allen Seins eingenommen und keinen Vertreter des Klerus neben sich geduldet. Jean Bellesmains, durch mehrere Ämterwechsel von demjenigen seiner Vorgänger getrennt, den Herzog Guilhem in der Kirche mit dem Tod bedroht hatte, hatte an der Geografie der Macht in Poitiers nichts geändert. Er hatte es nicht nötig gehabt; das Zentrum befand sich nun dort, wo er war. Der Platz vor Notre-Dame-la-Grande war gepflastert und voller Leute. Es lohnte sich nicht, einen Markt abzuhalten. Die Stadtbehörden hielten dennoch einen, aber die Magerkeit des Angebots war eher dazu angetan, die Menschen noch weiter zu demoralisieren. Vor der Westfassade von Notre-Dame-la-Grande lagen Bretter und Seile eines noch nicht aufgerichteten Gerüsts; scheinbar hatte sich ein Stifter gefunden, der für etwas Farbe an der Figur von König Nabuchodonosor oder eines Apostels sorgen wollte. Es konnte nicht schaden, wenn man sich um den Glanz der Kirchen verdient machte und Gott auf die traurigen Zustände im Süden Frankreichs aufmerksam wurde. Raymond zerrte sein Pferd am Zügel hinter sich her und steuerte auf den Bischofspalast zu.

Er überreichte einem Dienstboten das jahrealte, speckig und mürbe gewordene Empfehlungsschreiben und versuchte, sich keine Sorgen darum zu machen, als dieser es lustlos wegtrug. Das Schreiben war neben seinen Instrumenten Raymonds bedeutendster Besitz: Es trug das Siegel des Vizegrafen von Lusignan. Wenn der alte Herr sich auch mittlerweile wie die meisten anderen seines Standes in die Normandie abgesetzt und seine Güter im Süden einem fantasielosen Verwalter anvertraut hatte (eigentlich waren nur die Herren der Gascogne im Herzogtum geblieben, doch die waren zu sehr mit ihren Fehden untereinander beschäftigt, als dass sie Bedarf für einen Sänger gehabt hätten), so besaß sein Siegel doch noch Gewicht in Aquitanien.

Jedenfalls war das zu hoffen. Raymond hatte das Schreiben seit der Unterwerfung der jungen Plantagenets nicht mehr aus der Tasche gezogen, aus dem reichlich komplizierten Gedankengang heraus, dass er es lieber gar nicht wissen wollte, wenn dieser ganz spezielle Talisman seine Kraft verloren hatte. Stattdessen zog er es vor, mit der ungewissen Hoffnung auf seine Wirkung zu leben als mit der Gewissheit, dass das Papier nur noch zum Anzünden nass gewordenen Holzes taugte. Warum hatte er es dann heute verwendet, anstatt sich auf seinen Charme zu verlassen?

Weil es meine einzige Hoffnung auf einen Audienztermin vor Ablauf dieses Jahrhunderts ist, dachte Raymond und seufzte im Stillen. Und weil man die Königin irgendwann auch mal einsetzen muss, wenn man das Schachspiel gewinnen will.

Er wusste, dass er sich mit diesen Worten selbst zu überreden versuchte, das Schreiben herauszurücken.

Man ließ ihn in einem kleinen Saal im Erdgeschoss des Palastes zurück, in dem seine Stiefelabsätze und sein Räuspern so laut widerhallten, dass er nach kurzer Zeit auf jedes Umhergehen und jede Lautäußerung verzichtete. An einer Wand hing in einer Nische ein schweres Kruzifix, dessen Metall das wenige Licht mit einem trüben Goldglanz einfing. Raymond bekreuzigte sich davor und beugte das Knie, aber er kam nicht umhin zu denken, dass der Kreuzweg des Erlösers mit dieser goldenen Last um etliche Stationen kürzer gewesen wäre. Der Wert, den es darstellte, und seine Unterbringung in diesem vergleichsweise nachrangigen Raum innerhalb des Palastes sollte deutlich machen, mit welcher Gelassenheit Bischof Bellesmains mit weltlicher Macht umging; sein Vorgehen war plump und erfüllte dennoch seine Wirkung. Als Raymond sich wieder erhob, wurde ihm klar, dass er statt zu beten sarkastische Gedanken gewälzt hatte. Mit Hilfe von oben war nach dieser Demonstration von Unbußfertigkeit wohl nicht mehr zu rechnen.

Während er wartete, trat kein weiterer Bittsteller durch das Tor. Der ohnehin verhaltene Marktlärm drang nicht durch die Mauern. Es schien, als existiere der Bischofspalast in seiner ganz eigenen Sphäre, ausschließlich geschaffen, um Raymond zu empfangen, ein steinernes Spinnennetz für eine ganz bestimmte Fliege, die von weit her gekommen war, um genau in dieses Netz hinein und der Spinne in ihrem Zentrum in den Rachen zu fliegen. Ohne den Traum der letzten Nacht und die Erinnerung an die Kinder in der Pfahlsiedlung hätte Raymond wahrscheinlich die Nerven verloren und den Bischofspalast schon längst wieder verlassen.

Natürlich spielte es auch eine Rolle, dass er sein Empfehlungsschreiben noch nicht wieder zurückbekommen hatte.

Nach einer erstaunlich kurzen Wartezeit wankte ein anderer Dienstbote in den Saal, ein Mann, der so alt war, dass er bei jedem Schritt zu Staub zu zerfallen drohte. Er spähte kurzsichtig zu Raymond hinüber und winkte ihm.

»Raymond le Railleur, der Sänger?«, erkundigte er sich, als würden sich überall im Palast Besucher in Wartestellung befinden und er hätte die Übersicht verloren.

Raymond zwang sich ein Lächeln ins Gesicht. »Der bin ich.«

Der alte Mann beäugte ihn neugierig, dann drehte er sich um und stapfte wieder zurück, von wo er gekommen war. Raymond nahm es als Aufforderung, ihm zu folgen. Sie durchquerten den Saal und kamen durch eine Tür wieder ins Freie, in einen Innenhof, der an zwei seiner Seiten einen Kreuzgang besaß. Der Hof selbst war mit Kräutern bepflanzt, die in ihrer Kümmerlichkeit an das Getreide auf den Feldern erinnerten. Die Arkaden waren mit Fresken bemalt, von denen die Farbe abblätterte. Dunkle Schimmelflecken krochen vom Boden her an den Wänden hoch und fraßen Heilige und Sünder gleichermaßen. An einer der Säulen des Arkadenganges stand eine breitschultrige Gestalt, in eine tiefschwarze Kutte und eine ebenso dunkle *cuculla* gekleidet, und winkte beide näher heran. Raymond sah, dass der Mann sein Empfehlungsschreiben in einer seiner Pranken hielt und damit ungeduldig gegen seinen Oberschenkel klopfte.

Er kniete nieder und küsste die Hand des Bischofs. Jean Bellesmains musterte ihn mit starrem Gesicht, ohne etwas zu sagen. Der Bischof war groß und besaß eine imposante Leibesfülle; sein auffällig schlichter Habit war ohne Borten und Verzierungen; aber er hatte viele Ringe an den Fingern und eine feine Goldkette um den Hals, an der ein ebenso feines Kreuz baumelte. Sein Kopf war kahl, die Wimpern waren so dicht, dass es beinahe aussah, als habe er sich die Augen mit Kohle umrandet, er hatte eine scharf gezeichnete Nase, die einmal gebrochen war, und einen sinnlichen Mund. Wenn er nicht braune Schatten unter seinen Augen gehabt hätte und die Haut an seinen Wangen nicht schlaff und teigig und ungesund gewesen wäre, hätte man ihn schön nennen können. Raymond hatte sich den Mann vollkommen anders vorgestellt.

Jean Bellesmains' Aufstieg in der Kirche war eng mit dem Problem verbunden, das die Kirche aus den Lehren eines Pierre Valdes und den Gedanken der Katharer gemacht hatte. Er stammte aus Canterbury, was in zweierlei Hinsicht von Bedeutung war: Er war einer der wenigen englischstämmigen Kleriker Aquitaniens gewesen, und das schon vor der Niederlage von Königin Aliénor und ihren Söhnen gegen König Henri Plantagenet; außerdem war er zu den heutigen Zeiten nicht unbedingt als Freund des englischen Königs bekannt – was daran liegen mochte, dass man ihm eine enge Beziehung zu seinem damaligen Mitschüler in Canterbury, dem Märtyrer Thomas Becket, nachsagte. Bellesmains hatte nach dem Mord an Becket sogar Reliquien des Märtyrers nach Poitiers gebracht. Hier residierte er mittlerweile seit mehr als zwanzig Jahren als Bischof und davor hatte er einige Zeit als Abt im Kloster Saint-Jean-de-Montierneuf fungiert. Vor etwa fünf Jahren, 1178, tat Bellesmains sich plötzlich als Sekundant des päpstlichen Kardinalslegaten bei den Gesprächen mit den Häretikern in der Languedoc hervor, nahm kurz danach am Dritten Laterankonzil teil und hatte seither das Ketzerproblem nicht mehr aus den Augen gelassen. Im letzten Jahr hatte er den greisen Bischof Guychard von Lyon dabei unterstützt, die Anhänger von Pierre Valdes zu exkommunizieren, obwohl dieser von Papst Alexander in seinen Zielen bestätigt worden war, die waldensischen Lehren sich sogar gegen die manichäische Ketzerei der Katharer wandten und das Laterankonzil eigentlich nur die »Reinen« als Häretiker geächtet hatte. Nicht wenige waren der Ansicht, dass Bellesmains' flammende Wut gegen alles, was nicht den direkten Lehren der Kirche folgte, ihn über kurz oder lang aus dem Stuhl des Bischofs von Poitiers in andere, mächtigere Positionen innerhalb des Klerus heben würde, doch bislang saß Bischof Bellesmains wie schon die zwanzig Jahre zuvor als einziger ernst zu nehmender Machtfaktor aus den Zeiten des alten Aquitanien in Poitiers und schien keine Ambitionen zu haben, diese Stellung zu verlassen. Er war jetzt über sechzig Jahre alt, und nur wenige konnten sich wirklich daran erinnern, dass es je einen anderen Bischof von Poitiers gegeben hatte.

»Du siehst so heruntergekommen aus wie ein Gesetzloser«, sagte der Bischof.

»Ich musste im Regen übernachten, Ehrwürden.«

»Das müssen in diesen Zeiten auch andere.«

Stimmt, und sie sehen danach auch nicht besser aus als ich, dachte Raymond. Laut sagte er: »Ja, Ehrwürden.«

»Was sollen die Handschuhe?«

»Ich schütze meine Hände vor Verletzungen. Sie sind mein Kapital.«

»Das sind die Hände eines Schmieds auch. Zieh sie aus. Sie sind respektlos.«

»Ja, Ehrwürden.«

»Du kannst aufstehen.«

»Danke, Ehrwürden.«

Raymond stellte überrascht fest, dass er und der Bischof gleich groß waren. Jean Bellesmains' wirkte wie jemand, der alle anderen um mindestens Haupteslänge überragte. Er erwiderte den Blick Bellesmains' und lächelte und bemühte sich, seine Hoffnungslosigkeit angesichts dieser Begrüßung zu verbergen. Er streifte die Handschuhe ab und schob sie in den Gürtel. Bellesmains musterte ihn von oben bis unten. Er klopfte noch immer mit dem zusammengerollten Empfehlungsschreiben gegen seinen Oberschenkel. Raymond sah bewusst nicht hin. Der Bischof wandte sich zu dem alten Dienstboten um und blickte ihn so lange schweigend an, bis der Mann sich verbeugte und davonschlich.

»Du hast in Chatellerault für einen Skandal gesorgt«, sagte der Bischof. Raymond blinzelte. Wenn er gehofft hatte, noch vor den Gerüchten in Poitiers anzukommen, dann war seine Hoffnung eitel gewesen. Er fragte sich, wie es sein konnte, dass Nachrichten schneller reisten als ihre Verursacher, doch tatsächlich war es fast immer so. »Ich möchte wissen, was passiert ist.«

»Es war ein Missverständnis, Ehrwürden.«

»Das lass mich entscheiden.«

Raymond seufzte. »Graf Jaufre hatte an diesem Abend eine Gruppe Pfeffersäcke eingeladen.«

»Kaufleute«, sagte der Bischof. »Ehrliche, hart arbeitende, gottgläubige Händler – im Gegensatz zu kriecherischen, arbeitsscheuen, ketzerischen Bänkelsängern und Spielleuten.«

»Ja, Ehrwürden.«

Der Bischof wandte sich ab und sah sich selbst dabei zu, wie er mit dem Empfehlungsschreiben gegen sein Bein klopfte. »Weiter«, brummte er.

»Ich habe vermutlich das falsche Lied gewählt...«

»Du hast versucht, der Ehefrau von Graf Jaufre den Hof zu machen wie ein Troubadour, dabei hast du weder Adel noch Ehre; und selbst wenn es so etwas wie die *fin amor* gäbe, hättest du nicht die Klasse, sie zu besingen.«

»Ich dachte...«

»Und das ausgerechnet in Chatellerault. Als ob du nicht wüsstest, dass Herzog Guilhem der Troubadour, Großvater der Königin von England, seinerzeit Gräfin Amauberge den Kopf verdreht und sie als seine Mätresse gehalten hat.«

»Das hatte nichts...«

»Wir reden hier von der Frau, für die Herzog Guilhem eigens einen Turm an seinen Stadtpalast hier in Poitiers hat anbauen lassen. Die er vor den Augen von Graf Aimery einfach aus Chatellerault herausgeführt hat, mir nichts, dir nichts! Angeträllert mit ein paar Liedchen, und schon lief sie ihm hinterher!«

»Ich wollte keineswegs andeuten...«

»So eine Fühllosigkeit! Wir reden hier von den Großeltern von Graf Jaufre!«

Es war, als ob Raymond gar nicht redete. Bischof Bellesmains machte nur Pausen, um Atem zu holen. Seine Stimme war leise und tief und raunte mehr, als dass sie klang, und mit dieser raunenden, zwingenden Stimme fuhr er in seinem Satz fort, sobald er wieder genügend Luft hatte.

»Nicht einmal das Mindestmaß an Feinfühligkeit hast du bewiesen. Jeder verdreckte Bauer hätte über dieses Thema in Chatellerault den Mund gehalten, schon gleich zweimal, wenn man ausrechnet, um wie viele Jahre Gräfin Odile jünger ist als Graf Jaufre. Und dann fängst du an, die Gäste von Graf Jaufre zu beschimpfen. Hart arbeitende Händler, die ihre Güter unter Einsatz ihres Lebens von Stadt zu Stadt transportieren. Was glaubst du, wer uns bis jetzt vor einer Hungersnot bewahrt hat, wenn nicht die Händler, die den Überfluss aus anderen Landstrichen bis zu uns bringen? Gott hat uns die Strafe für das fröhliche Leben unter dem Vater und dem Großvater der Königin auferlegt, und lediglich die Bemühungen der Händler machen diese Strafe erträglicher. Sie haben keinen Spott verdient, schon gar nicht von einem wie dir.«

»Ja, Ehrwürden.« Herr, lass es vorübergehen, dachte Raymond resigniert. Wenn er mein Vorsprechen als Zumutung empfindet, warum lässt er mich nicht von einem seiner Dienstboten in den Hintern treten und hinauswerfen? Fehlt ihm in der letzten Zeit die Gelegenheit zum Predigen?

Der Bischof hörte mit dem Klopfen auf und hielt das Empfehlungsschreiben in die Höhe.

»Und dann kommst du zu mir mit diesem Fetzen aus der Feder eines würdelosen alten Greises, der zuerst dachte, Herzog Guilhem dem Troubadour nacheifern zu müssen und sich nicht entblödete, am Hof des Jungen Königs Henri in Martel von *fin amor* zu gurren. Ein Verräter außerdem wie alle Lusignans, der, als der alte König von England seinen Sohn besiegte, ein Schiff bestieg, um über den Kanal zu segeln und den König um Gnade zu bitten!«

»Guy de Lusignan ist zu Henri Plantagenet übergelaufen?«, staunte Raymond, anstatt sein demütiges »Ja, Ehrwürden!« hervorzustoßen. Er griff nach dem Empfehlungsschreiben, bevor der Bischof es fallen lassen konnte. Aber Bellesmains hielt es fest, bis Raymond seine Hand darum gelegt hatte, und ließ es nicht los. Seine Blicke bohrten sich in die Raymonds.

»Ein Überläufer, ein Trottel und eine Wasserleiche. Wie es heißt, wurde er gleich nach dem Ablegen aus Barfleur seekrank. Als er sich draußen auf dem Kanal zu tief über die Reling beugte, ging er über Bord – und da er sich nicht mal Zeit genommen hatte, sein Kettenhemd abzulegen, so eilig war es ihm mit der Fahrt nach Southampton, ging er unter wie ein Stein. Da hätte er sich vermutlich gewünscht, wie seine sagenhafte Ahnherrin Melusine einen Fischschwanz wachsen lassen zu können.«

»Das wusste ich nicht...«

»Ob du das wusstest oder nicht, ist vollkommen gleichgültig. Dieses Schreiben hätte nicht einmal dann einen Wert, wenn es von Kaiser Heinrich gesiegelt wäre. Ich habe keine Verwendung für einen Sänger, und schon gar nicht für einen mit dem Gefühl eines Ochsen und der spitzen Zunge eines Reptils.«

Bellesmains ließ das Papier los, und Raymond nahm es an sich, seinen Goldschatz, der ihm plötzlich vorkam, als habe jemand mit kaltem Lächeln an dem Gold gekratzt und ihm gezeigt, dass es nur eine dünne Schicht über wertlosem Blei war. Obwohl er bereits nach wenigen Augenblicken sicher gewesen war, dass seine Hoffnung, bei Jean Bellesmains wenigstens über den Winter zu kommen, vollkommen sinnlos gewesen war, ging ihm erst mit den letzten Worten des Bischofs auf, wie aussichtslos seine Lage wirklich war. Er fühlte sich wie betäubt. Das Empfehlungsschreiben war auf einmal zu schwer für seine Finger. Es fiel mit einem müden Flattern auf den Boden.

»Hast du auf dem Weg hierher fahrende Akrobaten getroffen?« Die leise, sich auch bei der letzten Tirade kaum erhebende Stimme des Bischofs kam wie vom anderen Ende des Kreuzgangs.

»Nein, Ehrwürden.« Die Lüge kam unbewusst auf seine Lippen.

»Man erzählt sich, dass ein Kind tot auf die Welt gekommen und am Wegrand verscharrt worden sei. Jemand habe ihm noch die Taufe gegeben. Jemand, der die Weihe nicht besaß. Sakrileg.«

»Tatsächlich, Ehrwürden?« Es schien nichts Unwichtigeres zu geben als das. Raymond hatte Mühe, sich auf die Worte des Bischofs zu konzentrieren.

»Dieser Jemand sprach die Worte allerdings genau wie einer, der das Geheimnis der Priesterweihe kennt. Jemand, der zum Diener des Herrn ausgebildet ist und der die Gnade und diesen Dienst verschmähte und stattdessen mit den Akrobaten zieht.«

Raymond starrte den Bischof an. Der Bischof starrte zurück. Raymond fiel auf, dass die Augen hinter den dichten Wimpern von fast bernsteinfarbenem Braun waren: die Augen eines Luchses. Es wirkte nicht so, als könnte man vor diesen Augen eine Lüge allzu lange verbergen.

»Du weißt nichts über diesen vom Glauben Abgefallenen?«

Der alte Dienstbote schwankte durch den Kreuzgang näher und stellte sich neben Jean Bellesmains auf. Er hatte ein zusammengerolltes Papier in der Hand, das Raymonds Empfehlungsschreiben ähnelte. Der Bischof unterbrach den Augenkontakt und wandte sich dem Dienstboten zu. Während dieser seinem Herrn etwas ins Ohr flüsterte, bückte sich Raymond nach seinem wertlos gewordenen Schatz. Seine Knie waren weich, und sich wieder aufzurichten war eine Anstrengung. Er bereitete sich darauf vor, abrupt verabschiedet und nach draußen geleitet zu werden; um die Wahrheit zu sagen, mittlerweile wäre er froh gewesen, wenn sein Hinauswurf so schnell wie möglich stattgefunden hätte.

Bischof Bellesmains verdrehte die Augen und sah den Dienstboten finster an.

»Er sagte, er würde auf meine Antwort warten?«

»Ich habe ihn gebeten, im Saal zu bleiben, bis Ehrwürden

sich entschieden hätten, ob das Schreiben gleich beantwortet würde oder später.«

Jemand räusperte sich von der Tür her, durch die auch Raymond gekommen war. Der Bischof blickte auf, und seine Augen verfinsterten sich.

»Verzeihung, Ehrwürden«, sagte eine fröhliche, unbekümmert klingende Stimme, »der Diener bat mich, ihm zu folgen...«

Der alte Mann riss empört den Mund auf. Bellesmains gebot ihm mit einer Handbewegung zu schweigen. Er hielt das Schreiben in die Höhe.

»Gibst du mir wenigstens so viel Zeit, es zu lesen?«, knurrte er.

Raymond sah sich nach dem Neuankömmling um: ein mittelgroßer, stämmig wirkender Mann in Raymonds Alter, in jede Menge Leder mit Beschlagnägeln und breiten Gürteln gekleidet. Sein Gesicht war das eines in die Jahre gekommenen Jungen; eine Augenbraue war von einer Narbe zweigeteilt, die ihm zugleich ein verwegenes und ein komisches Aussehen verlieh. Er grinste mit schlecht gepflegten Zähnen, so weit es die Breite seines Gesichts zuließ. Als der Bischof zu Ende gesprochen hatte, warf der Neuankömmling erst Raymond und dann dem Bischof einen raschen, eindeutigen Blick zu: Warum schickst du ihn nicht weg, damit du es endlich lesen kannst? Raymond kniete nieder und senkte den Kopf, um den Abschiedssegen zu empfangen.

2.

»Was machst du da unten?«, grollte der Bischof.

»Ich bitte um den Segen.«

»*Ich* sage, wann ein Gespräch beendet ist, nicht du.«

Raymond erhob sich wieder, überraschter denn je. Bischof Bellesmains reichte das Schreiben seinem Dienstboten.

»Wenn *ein* Ding von Wichtigkeit erledigt ist, wende ich mich dem Nächstwichtigeren zu«, sagte er. Das Grinsen des Mannes in der Tür erlosch und wurde nur mühsam wieder zum Leben erweckt.

»Selbstverständlich, Ehrwürden. Ich bin nur in Eile, denn ich wollte noch in den Dom, um die Messe zur Sext zu besuchen, und dann muss ich wieder zurück... Ihr wisst ja...«

»Die Wandlung findet nicht ohne mich statt; reichlich Gelegenheit also, den Geist des Herrn heute noch über dich kommen zu lassen. Wenn dir die Zeit im Saal zu lang wird, kannst du im Zufriedenen Prälaten warten, du kennst ja den Weg.«

Das Grinsen des Mannes wirkte wie festgefroren; in scharfem Kontrast standen seine Wangen, die sich langsam röteten.

»Vor der Messe in die Trinkstube? Aber Ehrwürden...«

»Meister Hugue wird sich freuen, dich wiederzusehen. Und mein Diener weiß, wo er dich finden kann.«

»Ehrwürden...«

»*Was denn?*« Wenn der Bischof seine Stimme doch erhob, war sie gewaltig.

»... ich danke für die Gnade und werde mich in Geduld fassen.«

Bellesmains wandte sich Raymond zu, als hätte die Störung nicht stattgefunden. Er reichte dem alten Dienstboten das zusammengerollte Papier mit einer brüsken Bewegung, ohne hinzuschauen. Der Alte pflückte es aus der großen Faust des Bischofs und gaffte Raymond so ungeniert neugierig an wie vorher im Saal.

»Ist noch was?«, grollte Bischof Bellesmains.

»Die Sext, Ehrwürden ...«

»Ich weiß selbst, wann sie beginnt.«

Der alte Mann zögerte und schien nach einem weiteren Thema zu suchen, das ihm den Aufenthalt in Hörweite dieses offenbar interessanten Gesprächs sicherte, fand jedoch nichts, das plausibel erschien, riss sich los und taumelte in seinem unregelmäßigen Gang durch die nun wieder leere Tür davon. Raymond ahnte, dass er ihn noch nicht zum letzten Mal gesehen hatte.

»Folge mir«, sagte der Bischof zu Raymond.

Sie marschierten um eine Biegung des Kreuzganges herum. Das Licht im Innenhof des Bischofspalasts war trüber geworden, ungeachtet der Tatsache, dass es auf Mittag zuging. Vor den Öffnungen der Arkaden hing wieder ein dichter Regenvorhang; Rinnsale und Lachen wanden sich über den steingefliesten Boden oder legten sich schwarz schimmernd in den Weg. Es schien, dass der Regen die Schatten unter die Arkaden drängte und dort festhielt. Eine Gestalt mit Kapuze und Überwurf tappte langsam durch den Kräutergarten und jätete Unkraut; das Einzige, das hier mit einiger Üppigkeit wuchs. Das Wasser tropfte in trägen Fäden von der Kapuze des Mannes und dem ausgefransten Saum seines Überwurfs.

Die Kapelle lag hinter einer schmucklosen Tür. Sie war voll Kerzenlicht und duftete so betäubend nach heißem Unschlitt, dass Raymond nach Luft schnappte. Die erhitzte Luft war nach der Kühle draußen wie ein greifbares Ding, das sich über sein Gesicht legte und die ersten Atemzüge erschwerte. Der Bischof trat vor den Altar und bekreuzigte sich; dann wandte er sich um und ließ die Arme an seinen Seiten niedersinken. Sein schwarzer Rock saugte jedes Licht spurlos auf; vor dem goldflackernden Hintergrund und den rot und ocker gehaltenen Fresken an der Wand wirkte er wie sein eigener Schatten. Von draußen klang dünn die Glocke zur Sext von Notre-Dame-la-Grande herein. Bischof Bellesmains sah nicht einmal auf.

»Warum bist du hier?«

Raymond kam sich angesichts dieser Frage vor, als habe er die vorangegangenen Augenblicke nur geträumt. Er brauchte einige Zeit für die Antwort, die nicht über seine Lippen wollte. »Äh ... ich wollte Ehrwürden bitten ...«

»Nein!« Der Bischof winkte heftig ab. »Warum bist du hier – in Aquitanien?«

Raymond starrte Bellesmains an. Sein Mund arbeitete. Der Bischof hob eine mit Ringen gepanzerte Faust.

»Erstens«, sagte er und streckte den Daumen aus. »Herzog Guilhem Poitou stirbt auf der Pilgerfahrt, vermacht das Herzogtum seiner Tochter Aliénor und gibt sie in den Schutz des Königs. Der König von Frankreich stirbt drei Monate nach Guilhem und vermacht sein Königreich seinem zweiten Sohn Louis und dessen Frau – Aliénor. Die Herzogin von Aquitanien ist jetzt Königin von Frankreich. Zweitens!«

Statt dem Daumen den Zeigefinger folgen zu lassen, streckte Bellesmains den kleinen Finger aus und wackelte ihn mit der anderen Hand hin und her.

»Nach der Pilgerfahrt ins Heilige Land werden die Königin und der König von Frankreich geschieden, weil man entdeckt, dass sie zu nahe verwandt sind; der kleine König Louis ist plötzlich ganz allein und weint. Die Königin jedoch ...« Bellesmains nahm den Ringfinger zu Hilfe. »Die Königin wird drittens die Frau eines ungeschlachten Schlagetots namens Henri Plantagenet, Graf von Anjou, und dieser wird ein Jahr später von der zittrigen Hand Stephan de Blois' zum König von England ernannt. Jetzt ist die ehemalige Herzogin von Aquitanien die ehemalige Königin von Frankreich und neue Königin von England.«

»Ich kenne die...«

»Viertens: Der König von England hurt herum und zieht sich den Zorn seiner Königin zu.« Der Mittelfinger erhob sich. »Sie kehrt in ihre Heimat zurück und nimmt die drei älteren Söhne – Henri, Richard und Geoffroy – unter ihre Fittiche. Aquitanien blüht auf, oh, es blüht auf... wie ein fauler Pilz im Sommerregen. Liebeshöfe, Poeten, Sänger, Troubadoure... was das Herz sich erträumt! Der alte Henri glaubt etwas ganz Schlaues zu tun und ernennt den jungen Henri schon zu Lebzeiten zu seinem Nachfolger, dann tut der alte Henri etwas noch Dümmeres und lässt zu, dass seine Männer den heiligen Thomas Becket ermorden, und er kann noch so viel Buße tun und sich geißeln, niemand wird ihm jemals glauben, dass er nicht erst gejubelt hat, als er die Todesnachricht bekam.«

Bellesmains funkelte Raymond an. Als Letzter war der Zeigefinger an der Reihe. »Fünftens: Der alte König von England tut weiter dumme Dinge und nimmt den jungen Henri als Geisel. Königin Aliénor verhilft ihm zur Flucht, der junge Henri drängt jetzt mit Gewalt nach der Krone, seine Brüder folgen ihm in seinem Machtanspruch, ganz Aquitanien tut es auch, der Krieg beginnt, der alte Henri gewinnt Schlacht um Schlacht, die Königin mischt sich selbst ein und reitet verkleidet nach Chartres, wo sie von den Söldnern ihres Mannes erkannt und gefangen genommen wird...«

Bischof Bellesmains brach seine Aufzählung mitten im Satz ab. Seine Hand schwebte noch einen Augenblick länger vor Raymonds Augen, dann fiel sie herab.

»... und die Tage Aquitaniens sind gezählt.« Bellesmains ließ langsam den Atem entweichen.

»Ich weiß das...«

»Gar nichts weißt du!«, brüllte Bellesmains los. »Fast hundert Jahre, wenn man Guilhem den Großvater und den Guilhem den Vater mitzählt, fast hundert Jahre hat Aquitanien in

Sünde geblüht! Aber seit Königin Aliénor gefangen ist, hat sich all das lächerliche Getue endlich aufgelöst: die Sangeswettbewerbe, die Liebeshöfe mit ihrem Gegacker, die gespreizten Pfauen und Speichellecker, die Schöntuer, die Möchtegerns, die nassforschen Heißsporne, die sich für neue Helden halten, die überspannten Sänger, die sich für ihre von fern angebeteten Damen einen Finger abhacken lassen, weil der Dame der eingewachsene Nagel nicht gefiel, die kichernden Weiber, deren Brüste oben aus den Kleidern gepresst werden wie die einer Nutte, die ständig in Habacht stehenden Höflingsschwengel und die ebenso ständig offenen Pforten der feinen Damen. *Was* weißt du? Weißt du, dass das bedeutet, dass die Zeit für Troubadoure, Vaganten und Spielleute in Aquitanien endgültig vorbei ist?«

Raymond wusste nicht, was er zu diesem überraschenden Ausbruch sagen sollte. Der heiße Unschlittgeruch machte ihn schwindlig.

»Warum also bist du hier, du Esel? Von deiner Zunft treiben sich nur noch zwei Sorten hier herum: die Dummköpfe, die die Situation falsch eingeschätzt haben, und die Hoffnungslosen, die wissen, dass sie nicht die Klasse haben, den Wettbewerb an den Höfen außerhalb auszuhalten. Zu welcher Sorte gehörst du?«

»Wahrscheinlich zu beiden.«

Der Bischof schüttelte den Kopf und lachte humorlos auf. Die Kapelle hatte zwei Bänke in vorderster Reihe. Bellesmains wandte sich brüsk ab, ließ sich ächzend auf einer nieder und wies auf die zweite. Raymond setzte sich zögernd. »Unsinn. Wenn du ohne Hoffnung wärst, wärst du nicht zu mir gekommen.« Die Stimme des Bischofs klang wieder so leise und scheinbar unbeteiligt wie zuvor.

»Dann bin ich wohl lediglich ein Dummkopf.«

»Du hast gehofft, ich lade dich für eine Weile in den Bischofspalast ein.« Er machte eine geringschätzige Handbewegung zu Raymonds Empfehlungsschreiben. »Dachtest, ich bringe dich zumindest über den kommenden Winter, während du deine Fühler nach einem lukrativeren Angebot von einem der ehrgeizigen Barone in der Umgebung ausstreckst und hoffst, dass dein Lapsus in Chatellerault bis dahin in Vergessenheit geraten ist. Du hast vermutlich geglaubt, wenn du mir ein bisschen zuredest, könntest du in mir noch den Eifer entfachen, es dem guten Bischof Gilbert nachzutun und diesen Ort christlicher Gelehrsamkeit in eine Menagerie von hohlköpfigen Bewunderern und Oh-Ehrwürden-von-Euren-Lippen-tropft-die-Weisheit-wie-der-Honig-aus-der-Blüte-Salbaderern verwandeln.« Bischof Bellesmains tippte sich an die Stirn. »Ich bin kein zweiter Gilbert de la Porrée. Und du bist ein Dummkopf.«

»Ich sehe jetzt, dass dies nicht das richtige Haus für fröhliche Geschichten und Lieder ist«, erklärte Raymond.

»Nein, durchaus nicht.« Der Bischof beugte sich plötzlich vor und sah Raymond aus nächster Nähe in die Augen. »Und doch werde ich dich in Dienst nehmen.«

Später dachte Raymond, dass er zu diesem Zeitpunkt noch aus der ganzen Geschichte herausgekommen wäre. Vielleicht hätte er so schnell wie möglich aufstehen und die Kapelle, den Palast und die Stadt verlassen und sein weiteres Glück mit Arnaud und seinen Leuten versuchen sollen. Doch Bischof Jean Bellesmains hatte ihn so vollkommen überrascht, dass er wie gelähmt sitzen blieb und den Bischof anstarrte wie das Kaninchen die Schlange. Er fühlte das Blut in seinen Ohren rauschen.

»Gib mir diesen Wisch«, sagte der Bischof. Raymond reichte ihm das Empfehlungsschreiben. Bischof Bellesmains hielt es an eine Kerzenflamme, ohne es aufzurollen. Nach ein paar Augenblicken flammte das Papier auf. Raymond ächzte und wollte aufspringen.

»Als Lohn für deine... nun: Gefälligkeit... werde ich dir ein wirkliches Empfehlungsschreiben ausstellen. Eines, das dir beim Jungen König Tür und Tor öffnet.«

Das Papier taumelte zu Boden, nur noch ein handtellergroßer Fetzen, der auf den Steinfliesen weiterbrannte und ein dünnes, schwärzliches Ding zurückließ, das aussah wie ein verfaultes Blatt vom vorletzten Herbst. Das Siegel von Lusignan zischte und blubberte, bevor es zu einem blutfarbenen Fleck erstarrte, nicht anders als die vielen Unschlitt- und Wachsflecken der Kerzen auf dem Boden.

»Die zwei betrogenen Söhne des Plantagenet erheben sich aufs Neue«, sagte Bellesmains. »Diesmal wird der Junge König gewinnen; Henri Plantagenet hat sich einen Bärendienst damit erwiesen, die Königin einzusperren und Herzog Richard zum Kampf gegen die poitevinischen Barone zu zwingen. Das gesamte Poitou steht gegen ihn. Und welche Hofhaltung hat Jung-Henri geführt, als er nicht mehr war als der designierte Thronfolger! Turniere, Sangeswettkämpfe, was weiß ich. Wie wird er es erst halten, wenn er wirklich der Herr über England und halb Frankreich ist...« Bischof Bellesmains verzog verächtlich das Gesicht. »Für den Fall, dass du ein nicht ganz so großer Dummkopf bist, wie es den Anschein hat, sichert dir das die Zukunft.«

»Warum wollt Ihr das tun?«, hörte sich Raymond fragen.

»Weil es mir im Himmel vergolten wird, wenn ich helfe, einen Köter aus dem Straßenschmutz zu zerren.«

Der Bischofsring und ein oder zwei andere funkelten, als der Bischof die Finger verschränkte. Er erwiderte Raymonds Blick noch einen Moment länger, dann sah er auf seine Hände nieder. Raymond erkannte plötzlich, dass Bellesmains sich nicht sicher war, ob er das Richtige tat. Die Erkenntnis hätte ihn mit Zuversicht erfüllen sollen, doch stattdessen verlieh sie dem ganzen Gespräch noch mehr Unwirklichkeit. Der Bischof atmete ein und hob den Blick.

»Ich möchte, dass du jemanden für mich suchst. Es ist mein persönlicher Assistent, ein junger Mönch aus dem Kloster des heiligen Jean von Montierneuf. Ich vermisse ihn seit vierzehn Tagen und habe in dieser Zeit kein Lebenszeichen von ihm erhalten.«

Raymond schaute ihn verblüfft an. »Ich verstehe nicht ganz«, sagte er.

Jean Bellesmains bewegte sich ungeduldig und schnaubte laut. »Du sollst seine Spur aufnehmen und ihn wieder zurückbringen«, knurrte er. »Was ist daran so schwierig zu verstehen?«

»Warum fragt Ihr nicht einfach im Kloster nach? Vielleicht macht er Bußübungen?«

»Es gibt keinen Grund, Witze zu reißen. Wie sollte ich im Kloster nach ihm fragen, wenn ich dort habe ausrichten lassen, er wäre in meinem Auftrag für längere Zeit im Land unterwegs?«

»Und warum habt Ihr diese Geschichte erzählt?«

Der Bischof seufzte. »Die Regeln der Cluniaszenser sind streng. Verfehlungen werden dort nicht so leicht nachgesehen, und ohne weiteres zu verschwinden, zählt zu den schlimmeren Vergehen. Ich möchte ihm seine Zukunft nicht verderben durch eine verzeihliche Dummheit, die er vielleicht begangen hat. Deshalb habe ich ihn vor dem Abt in Schutz genommen.«

Bellesmains wandte sich halb um und begann, an einer der brennenden Kerzen herumzufingern. Als er den Wachsstift abbrach, der sich an einer Seite der Kerze gebildet hatte, rann das heiße flüssige Wachs über seine Fingerspitzen. Er rieb es zu einer kleinen Kugel, ohne sich anmerken zu lassen, dass er die Hitze gespürt hatte.

»Bruder Firmin – mein Assistent – ist einer der brillantesten Köpfe, die mir untergekommen sind. Einer wie er stellt die Zukunft unserer Kirche dar. Ich will ihn erhalten und seinen Werdegang fördern.«

»Ein Sänger, der einen Mönch suchen soll. Jeder andere eignet sich für diesen Auftrag besser als ich.«

»Davon bin ich nicht überzeugt«, erwiderte Bellesmains und lächelte zum ersten Mal an diesem Abend.

»Ehrwürden, ich bitte Euch: Ich habe noch nie nach einem verschwundenen Menschen gesucht. Alles, wonach ich jemals geforscht habe, war eine neue Geschichte oder ein paar Verse einer alten, die mir entfallen waren. Ihr habt Euch den Falschen ausgesucht.«

»Wieso glaubst du, dass deine Lage es zulässt, mit mir über meine Entscheidung zu diskutieren?«

Unter Raymonds Achseln tröpfelte der Schweiß hervor, obwohl es nicht wirklich heiß war in der Kapelle. Doch die vielen brennenden Kerzenflammen machten die Luft stickig wie in einer Grube.

»Wir haben auch keine Zeit mehr für Diskussionen. Der Abt wird schon misstrauisch.«

Der alte Dienstbote schien genau auf dieses Stichwort gewartet zu haben. Er öffnete die Tür und schlotterte herein. Bellesmains sah missmutig auf.

»Ehrwürden, die Sext...« Der Blick des Alten ruhte auf Raymond. Jetzt hat er es schon bis in die private Kapelle Seiner Ehrwürden geschafft, sagte dieser Blick, möchte zu gern wissen, was so Besonderes an ihm ist. Raymond wusste plötzlich, dass Bellesmains seinen Auftrag keinem seiner Dienstboten anvertrauen konnte.

Der Bischof sah von dem Alten zu Raymond und zurück. Plötzlich zuckte er mit den Schultern und erhob sich. Er schüttelte sich, wie ein Hund Wasser aus seinem Fell schüttelt.

»Du hast bis nach der Sext Zeit zu überlegen«, sagte er zu Raymond. »Wenn du wirklich so dumm bist, Bedenkzeit zu erbitten.« Er zupfte den Alten am Ärmel, und dieser schaute überrascht von Raymond zu Bischof Bellesmains. »Lass meine Gewänder herauslegen«, knurrte Bellesmains. »Muss ich dir Beine machen?«

Der alte Dienstbote trippelte enttäuscht davon. Raymond und der Bischof fixierten einander, bis er den Weg nach draußen bewältigt hatte.

»Wenn ich wirklich so ein Dummkopf bin, warum wollt Ihr die Aufgabe dann ausgerechnet mir übertragen?«

»Willst du das Empfehlungsschreiben oder nicht?«

»Natürlich will ich es.« Bastard, dachte Raymond. Verdammter Bastard.

»Weshalb bist du aus dem Dienst für Gott ausgeschieden?«, fragte Bellesmains.

»Sagt Ihr es mir, Ehrwürden.«

»Zu wenige fröhliche Lieder, nehme ich an.«

»Es war ein moralisches Dilemma«, hörte Raymond sich sagen. »Den dornigen Weg zu predigen und selbst den einfacheren Weg zu gehen. Zu antworten: Gottes Wege sind unergründlich, wenn man gefragt wird, warum ein unschuldiges Kind sterben muss. Zu sagen: Es ist alles in Gottes Plan, wenn ein ganzes Dorf hart arbeitender Bauern an einer Seuche stirbt. Zu befehlen: Beugt den Nacken in Demut, denn Gott will es so, wenn der Seigneur so viel Zins einfordert, dass die Pächter über den Winter hungern werden. Stets die simpelsten Antworten auf die komplizierten Fragen zu geben, stets dem gleichen Muster zu folgen, nie ein Problem zu lösen, nie die persönliche Verantwortung zu übernehmen, sondern immer zu sagen: Gott hat es so gewollt, Gott hat es so gewollt, Gott hat es so gewollt...«

»Unsinn«, sagte der Bischof. »Wie lange hast du gepredigt?«

»Nie. Ich habe schon vor der Weihe aufgegeben.«

»Dem toten Kind die Taufe zu geben war eine Sünde.«

»Nach den beschränkten Maßstäben, die ich auch hätte lehren sollen, ja.« Raymond ballte die Faust und schlug gegen seine Brust. »Mir erschien es als das einzig Richtige.«

»Willst du wissen, warum ich dich ausgewählt habe? Weil du so heruntergekommen bist, dass dir niemand ein Wort glauben wird, selbst wenn du dein Schweigen brichst und herumerzählst, was du tun sollst.«

Raymond starrte den Bischof erbittert an. »Ich danke für die Gnade, Ehrwürden.«

Bischof Bellesmains schloss die Augen. Zu Raymonds

Staunen grinste er. Er wedelte mit der Hand, ohne die Augen wieder zu öffnen oder sich darum zu kümmern, was Raymond tat. Raymond war entlassen.

Als Raymond sich in der Tür zur Kapelle noch einmal umdrehte, starrte der Bischof auf das Kruzifix auf dem kleinen Altar. Inmitten des Lichtschimmers war ein schwarzer Fleck voller düsterer Gedanken. Raymond wandte sich grußlos ab und ging.

Der Platz vor Notre-Dame-la-Grande war menschenleer. Aus dem Bischofspalast hinter ihm wehte ein Luftzug den Duft von gebratenem Fisch herüber. Raymond erinnerte sich daran, dass das Letzte, was er gegessen hatte, das wenige trockene Fleisch gewesen war, das die Gaukler mit ihm geteilt hatten. Schräg gegenüber hing ein Wirtshausschild, eine Art Berg mit einer fleischfarbenen Rübe obenauf und einer Beschriftung, die auf dem in der Feuchtigkeit aufgequollenen Holz nur schwer zu lesen war: Der zufriedene Prälat. Raymond fragte sich, ob der Mann, dem der Bischof vorhin die Aufmerksamkeit verweigert hatte, dort saß und seine alte Bekanntschaft mit dem Wirt erneuerte oder ob er, wie angekündigt, die Messe besuchte. Er wog seine Börse in der Hand; wenn er die Kosten für die Suppe, die der Wirt anbieten mochte, und für die Unterstellung seines Pferdes abzog, würde er beinahe bankrott sein. Er fragte sich, ob Bischof Bellesmains außer sein Versprechen einzulösen auch einen handfesteren Lohn bereit war zu zahlen, zum Beispiel einen, den man beim Wirt auf dem Tisch klingen lassen und einen anständigen Schluck Wein dafür bekommen konnte. Ja, und dann war noch die Frage zu klären, ob Kühe fliegen konnten und ob wirklich alle Engel auf einer Nadelspitze balancierten.

Raymond wandte sich von der Herberge ab und zerrte sein Pferd hinüber zu Notre-Dame-la-Grande. Die Sext schleppte sich hin, die Wandlung konnte nicht vollzogen werden, weil Bischof Bellesmains noch immer fehlte. In den hinteren Reihen wanderten einige Messbesucher gelangweilt herum, führten Gespräche oder hielten sich die Bettler mit Fußtritten vom Leib; die meisten lauschten jedoch den für sie unverständlichen Worten des Diakons und atmeten in tiefen Zügen die von Weihrauch gesättigte Luft ein – die Gegenwart des Herrn war mit allen Sinnen zu genießen. Raymond hielt sich am Rand und dachte über den Auftrag des Bischofs nach, den er noch mit keinem Wort angenommen hatte und der dennoch bereits seiner war. Wollte er das Empfehlungsschreiben? Und wie er es wollte. Er war sich im Klaren, dass er für diese Chance, in Aquitanien bleiben zu können und dennoch sein Auskommen zu finden, den Assistenten des Bischofs an den Haaren aus der Hölle herausziehen würde, wenn es nötig wäre. Und wie wollte er das anfangen? Er blickte leer in das Gesicht des Standbilds der heiligen Radegonde, deren hohle Augen über das Geflimmer einer Reihe von Unschlittlichtern ebenso blicklos zurückstarrten. Was fragst du mich, Abtrünniger? Hast du jemals zu mir gebetet, als es dir noch gut ging? Wann ging es mir jemals gut, *sancta* Radegunda, hahaha? Selbst bei meiner Geburt wäre ich beinahe erstickt, wie meine Mutter nicht müde wurde zu erwähnen (besonders bei dem letzten Gespräch, das wir jemals miteinander geführt haben), ganz blau warst du und hättest mir beinahe auch noch den Tod gebracht, aber der Herr hat dich und mich gerettet, und wie dankst du ihm die Gnade? Indem du seine Weihen ablehnst und dafür sorgst, dass alle mit Fingern auf deine Mutter zeigen? Ich wollte, du wärst damals gestorben.

Weder der Dienst an Gott, den er abgelehnt hatte, noch der Dienst an der Musik, der ihm danach als Einziges geblieben war, hatte ihn auf die offenbar einzige Aufgabe vorbereiten können, mit deren Erledigung er sich würde retten können. All die Lieder, all die Geschichten ... Was würde Roland von Roncesvalles an seiner Stelle tun? Oder Parzival? Die Epen konnten ihm keine Hilfe geben, höchstens ein Beispiel, wie man es nicht machte. Roland hatte ins Gras beißen müssen, weil er zu starrsinnig gewesen war, auf seinem Horn um Hilfe zu tuten, und Parzival war vor dem Heiligen Gral gestanden und hatte ihn nicht einmal erkannt. So viel dazu, was wir aus den Heldengesängen für das wirkliche Leben lernen können, dachte Raymond. Vielleicht hätte er doch mit den Gauklern ziehen und lernen sollen, wie man die Laute mit den Zehen schlug, während man mit den Händen brennende Fackeln jonglierte und einen schweren Stein zwischen den Zähnen hielt.

Die Kirche bot Raymond kein Asyl, das zu ertragen gewesen wäre. Der Diakon schwadronierte in Latein über die Katharer und dass ihre Lehren ausgerottet gehörten, und mit ihnen alle falschen Lehrer und alle vom Weltgeist verseuchten Philosophen sowie alle Juden, Heiden, Muselmanen, Prostituierten und Weiber. Als er sich zu den spottlustigen Sängern und gottlosen Gauklern vorarbeitete, verließ Raymond die Kirche wieder; beinahe wünschte er dem Diakon, dass Bischof Bellesmains endlich käme, bevor ihm die Namen für die zu Verdammenden ausgingen.

3.

Der Berg mit der Rübe obenauf war in Wirklichkeit das Portrait des zufriedenen Prälaten, das ein Künstler mit mehr Eifer als Geschicklichkeit auf das Wirtshausschild gepinselt hatte. Meister Hugue, der Wirt, hatte mit der Darstellung auf dem Schild wenig gemein: Die Kleider um seinen Körper schlotterten nicht weniger als die grauen Hautfalten in seinem Gesicht. Dennoch hatte er dem unbekannten Meister dafür Modell gesessen, man mag es kaum glauben. Meister Hugue in seiner heutigen Gestalt ähnelte mehr einem hungrigen Novizen als einem Prälaten. Die Gäste blieben aus. Mit den Pilgern, die auf dem Weg nach Santiago de Compostela kurz bei Sainte Radegonde oder Saint Hilaire hängen blieben, war kein Geschäft zu machen; wo vor nicht allzu langer Zeit noch Geschrei, Gesang und die eine oder andere gut gemeinte Schlägerei die Trinkstube füllten, starrte Meister Hugue nun ganz allein vor sich hin und trank einen Wein, der ihm nicht mehr schmeckte. Man konnte die Gedanken hinter seiner Stirn förmlich sehen: Einen der Stallburschen und eine der Schankdirnen hatte er bereits zum Teufel gejagt, wie lange sollte er den anderen beiden noch Kost und Logis gewähren? Aber die zweite Schankdirne spendete Meister Hugue in den stillen Nächten in seiner Herberge den nötigen Trost, während Madame Hugue leidenschaftlich schnarchte – und außerdem würde er damit nur noch öffentlicher machen, was alle ahnten und was nur Meister Hugue noch verbergen zu können glaubte: dass er pleite war. Ein Hoffnungsloser *und* ein Dummkopf, der dachte, weiterhin den überlegenen Geschäftsmann spielen zu können; er blickte triefäugig auf, als Raymond die Tür öffnete und die wenigen Treppenstufen in die Schankstube herunterpolterte.

Meister Hugue wechselte die Miene wie jemand, der ein Festmahl erwartet hat und stattdessen einen Becher abgestandenes Wasser bekommt. Dann setzte er ein professionelles Lächeln auf und verbarg die Enttäuschung darüber, dass nicht eine ganze Gruppe, sondern nur ein einziger Reisender seine Schankstube betreten hatte. Schließlich erhob er sich und schlurfte auf Raymond zu, seine Hosen und seine lederne Schürze mit einer Hand festhaltend.

»Hunger und Durst, *seigneur*?«, fragte er und lächelte heftig. »Ich bin Meister Hugue, der Wirt. Willkommen.« Meister Hugue drehte sich um und wies über die leeren Tische und Bänke mit einer Geste, die zu einem Raum gepasst hätte, der vor Gästen überquoll. Stille hallte in der leeren Schankstube wider. Im Hintergrund stand eine Schankdirne und polkte gelangweilt in der Nase. Ein einziger Tisch war von einem Mann besetzt, der der Tür den Rücken zugewandt hatte und sich nun umdrehte. Es war nicht der Mann aus dem Bischofspalast. Er musterte Raymond mit ausdruckslosem Blick.

Raymond hatte seine finanziellen Möglichkeiten bereits mehrfach überschlagen. »Nur Durst, Meister Hugue. Was hast du anzubieten?«

»Darf's Anjou-Wein sein?«

»Einen hiesigen«, sagte Raymond zu Meister Hugues Enttäuschung. Die Schankdirne erhielt einen Wink; sie schleppte sich lustlos davon, ohne den Finger aus der Nase zu nehmen. Raymond setzte sich und legte den Ledersack mit seinen Instrumenten auf die Bank. Die Laute klang melodisch. Meister Hugue blickte auf den Sack und sah dann Raymond dabei zu, wie er die Handschuhe abstreifte und beiseite legte.

»Ist der *seigneur* ein fahrender Sänger?« Meister Hugues Stimme war bemüht neutral.

Raymond verfluchte sich dafür, nicht vorsichtiger gewesen zu sein. Ein fahrender Sänger bedeutete schon zu guten Zeiten: ein Gast mit schmalem Beutel (außer man hieß Philippe de Thain oder Jaufre Rudel, aber diese Herren pflegten nicht in Herbergen abzusteigen). Er dachte an die Enttäuschung im Blick des Wirts, als er die Schankstube betreten hatte. Nun stellte sich heraus, dass sein Gast sogar noch einer von der chronisch klammen Sängerszunft war. Sollte man sich erst einmal die Börse des Gastes zeigen lassen? Raymond interpretierte all diese Gedanken in das Zucken, das über das Gesicht des Wirts lief. Er versuchte ein gelassenes Lächeln und nickte.

Die Augen des Wirts leuchteten auf. »Singst du heute hier in meiner Stube?«

Raymond war so überrascht, dass er stotterte. »Heute ... hier ... ich dachte nicht ...«

»Komm, sing für mich. Du kannst umsonst übernachten. Heute. Die anderen Nächte. So lange du willst.« Der Wirt sah ihn beschwörend an. »Solange du singst.«

Raymond gab Meister Hugues Blick zurück und bemühte sich, der unerwarteten Gesprächswendung zu folgen. Dabei hätte sie so unerwartet gar nicht sein müssen. Die Schankstube war leer und kalt und roch nur schwach nach Rauch und Essen; hier hatte sich schon lange keine größere Gesellschaft mehr aufgehalten. Nimm das und schau dir den mageren Wirt an – eine Fastenkur, diktiert von Sorge und Zukunftsangst.

»Für die Unterkunft?«

»Ich habe eine separate Kammer unter dem Dach. Du kannst sie haben, dann passiert deinen Instrumenten nichts.«

»Und ich singe dafür?«

»Du kannst auch Verse aufsagen oder Geschichten erzählen, wie du willst. Hauptsache, du bringst Gäste in meine Herberge. Hier war schon lange keiner mehr von deiner Zunft. Es heißt doch, wenn zwei oder drei zusammenkommen, wird gesungen; anders herum funktioniert es genauso. Wenn sich herausstellt, dass ich etwas Essen verkaufen kann, erhältst du auch die Kost frei. Vielleicht kommen ja mehr als zwei oder drei zusammen, wenn du aufspielst.« Meister Hugue hätte dem muskulösen Arnaud nicht unähnlicher sein können, doch ihre Worte waren beinahe dieselben. Raymond war froh, als das Schankmädchen mit dem Krug kam. Meister Hugue schickte sie unwirsch weg und trug ihr auf, Anjou-Wein und zwei Becher zu bringen. Er setzte sich unaufgefordert zu Raymond. »Geht auf meine Rechnung«, erklärte er.

Das Schankmädchen kam diesmal etwas schneller zurück. Der Wirt schenkte ein. Das Mädchen stand unschlüssig da, den Finger diesmal im Mund statt in der Nase, und starrte Raymond an. Er lächelte höflich. Sie war landläufig hübsch und roch aus der Nähe nach Schweiß, schmutzigen Füßen und ungewaschenem Geschlecht. Carotte hatte nach einem Leben auf der Straße gerochen, auf eine saubere, animalische Weise. Der Wirt sah den Blickwechsel und schob Raymond den Becher hin. Das Schankmädchen lächelte zurück und knabberte weiter an ihrem Finger.

»Das auch, wenn du willst«, erklärte Meister Hugue. »Aber nur wenn du vorsichtig bist, ich will nicht als Winkelhaus ins Gerede kommen... Du hast ja deine eigene Kammer...« Über sein Gesicht jagten ein paar widerstreitende Gefühle; wenn Raymond gewusst hätte, dass das Schankmädchen eigentlich als Matratze für Meister Hugue diente, hätte er sie zu deuten gewusst. So dachte er lediglich über einen Weg nach, aus dieser neuen Falle zu entkommen, ohne jemanden vor den Kopf zu stoßen.

»Ich habe ein Gelübde abgelegt...«, sagte er.

Der Wirt zuckte mit den Achseln. Das Mädchen gaffte Raymond weiterhin an, als habe sie nichts verstanden. Dieser kramte in seiner Börse und holte ein paar Münzen heraus, fand zu seiner Erleichterung einen Viertelsou und drückte ihn ihr in die Hand. Sie grinste und ließ das Geldstück unter ihrem Rock verschwinden, wobei sie ihm einen Blick auf schmutzige Knie und weiße Oberschenkel gönnte, der bis weiter hinauf möglich war, als Raymond es sich gewünscht hätte. Endlich trollte sie sich, mit kleinen Hüpfschritten wie eine Schäferin, die versucht, den Schäfer zu einem kleinen Schäferstündchen hinter den nächsten Felsen zu locken. Raymond stöhnte innerlich und wandte sich dem Wirt zu. Meister Hugue hob ihm den Becher entgegen. »Lass uns anstoßen«, sagte er. »Auf bessere Tage. Darauf, dass der Junge König mit der Herrschaft des alten Plantagenet ein Ende macht. Sohn gegen Vater, Bruder gegen Bruder, seit zehn Jahren klingen die Schwerter lauter als der Gesang, heilige Radegonde! Wenn Gott der Herr und der heilige Martin von Tours nicht auf mich geachtet hätten, wer weiß, was aus meiner Herberge geworden wäre. Tanzen, Lachen und Singen vergehen ganz in all den Sorgen; jämmerlichere Zeiten hat kein Christenmensch gesehen.«

Raymond hob zögernd seinen eigenen Becher. Der Wirt tippte mit seinem dagegen und hielt Raymonds Augen mit den Blicken fest.

»Sing für mich«, sagte er.

Raymond seufzte.

Nach der Messe kamen ein paar Männer in die Schankstube, ließen sich lärmend nieder und verlangten nach dem Wirt. Meister Hugue stand auf und warf Raymond beschwörende Blicke zu, und da Raymond dem Flehen des Wirts irgendwann nachgegeben hatte, holte er die Laute aus dem Sack und begann sie zu stimmen. Die Männer tauschten sich über die Verhältnisse im Herzogtum Heinrichs von Sachsen aus, der eine der Töchter Königin Aliénors und Henri Plantagenets zur Frau genommen hatte – »Der alte Löwe ist am Ende!« und »… was man von seinem Schwiegervater Henri Plantagenet nicht behaupten kann …« und »Ich habe mit einem gesprochen, der sagte, das Wertvollste würde verwüstet, die Höfe verbrannt, die Menschen den Plünderern preisgegeben, Pferde und Zugvieh weggeschleppt und die Häuser aufgegeben!« und »… da lobe ich mir die Verhältnisse hier, seit der alte König unter seinen aufständischen Söhnen aufgeräumt hat...« und »Böööh, Lambert, wie kannst du so was sagen, hast du keine Liebe zu Königin Aliénor?« und »... ich liebe es, wenn meine Waren sicher von einem Ort zum anderen kommen, sonst nichts...« und »Lambert ist ein Schweinehund, aber er hat Recht!«. Gelächter und allgemeines Schulterklopfen – und die Männer waren endlich bereit, dem nervös neben ihnen stehenden Wirt zu lauschen.

Er hörte, wie der Wirt von der Qualität seines Weines schwärmte und fragte, ob die Herren sich warmes Essen zuzuführen gedächten. Der einsame Zecher im Hintergrund der Schankstube drehte sich zu Raymond um, als dieser an den Saiten zupfte und an den Wirbeln drehte, um die Spannung zu korrigieren, und sah ihm zu. Der Wirt sagte: »Wir haben sogar Musik, meine Herren.«

Raymond hätte sich denken können, dass es nicht klappen würde. Meister Hugues Herberge hatte von den Reisenden gelebt, und selbst wenn es nicht mehr viele Reisende gab, so fühlten sich die Poiteviner doch nicht bemüßigt, das Defizit durch eigene Besuche auszugleichen. Auf den Straßen aber waren hauptsächlich die Händler (die Pfeffersäcke, mochte der verdammte Bischof sagen, was er wollte!) unterwegs.

»Ein Spielmann?«, rief einer der Gäste. »Was hast du alles in deinem Sack? Schall und Laut oder bloß ein paar leise Klampfen?«

Sie waren zu fünft, in Reisegewänder gekleidet und schmutzig. Die Gewänder sahen unter dem Schmutz robust, einfach und teuer aus. Ihre Gesichter waren gebräunt, sie waren oft genug draußen, um von wenigen Sonnentagen, die es bis jetzt gegeben hatte, profitieren zu können, und sie kamen weit genug herum, um auch Gefilde zu erreichen, auf denen der Zorn Gottes nicht ruhte. Ihre Waren warteten vermutlich vor einem der Tore, während ihre Faktoren und ihre Wagenführer die Zollformalitäten erledigten. Sie liebten das Klingen von Münzen mehr als die Harfe und das Klackern der Rechenkügelchen in der Rinne mehr als das Tambourin. Raymond packte die Laute wieder ein.

»Ich spiele heute nicht«, sagte er ruhig.

Er hatte sich die ganze Zeit über gefragt, was er in Chatellerault hätte sagen sollen. Das wäre es gewesen.

»Na, Wirt, was sagst du nun?« Der Pfeffersack grinste. »Entpuppt sich dein teurer Wein als ein ähnlich faules Ei wie dieser Gaukler?«

»Das ist ein Missverständnis«, sagte Meister Hugue. Er warf Raymond einen durchdringenden Blick zu.

Raymond stand auf und kramte in seiner Börse. »Ich glaube, ich sollte den Wein besser zahlen.« Er wusste, dass der Krug, um den er nicht gebeten hatte und der noch halb voll war, ihn ruinieren würde. Er ließ die Münzen auf den Tisch fallen, genügend halbierte und geviertelte Sou, um zu beweisen, wie es um seine Finanzen stand. Nicht einmal seinen Becher hatte er ausgetrunken.

»Was soll das?«, zischte der Wirt, der herübergeeilt war. Die Händler hatten sich bereits wieder anderen Dingen zugewandt. Einer von ihnen stand auf und spähte zur Tür hinaus in den Regen. Er machte eine Bemerkung darüber, dass nur ein Hund bei diesem Wetter draußen unterwegs sein sollte, und die anderen stimmten ihm missmutig zu.

»Ich habe mich geirrt«, sagte Raymond.

»Wir hatten eine Abmachung...«

Raymond sah die Szene wieder vor sich, als spielte sie sich direkt in der Schankstube ab: Der alte Jaufre von Chatellerault, der blass und schwitzend zwischen den lärmenden Kaufleuten saß und wirkte wie ein Jagdhund, der sich mühsam das Beißen verkneift, weil er Angst hat, sonst nichts zu fressen zu bekommen; seine nicht mehr ganz jugendliche Gattin Odile, deren Lächeln so verkrampft war, dass sie in einem Augenwinkel einen Tick entwickelt hatte; der Pfeffersack, der so laut und drastisch erzählte, dass Raymond mit seinen Liedern nicht mehr dagegen ankam; und die schlechte, die überaus und endlos und überwältigend schlechte Idee, aus dem Stegreif ein Spottlied auf den Pfeffersack zu dichten ...

»Ich habe mich geirrt.«

Raymond floh nach draußen. Die Händler schenkten ihm keine Beachtung. Wenn er noch eine Bestätigung gebraucht hatte, dass das Angebot des Bischofs seine einzige Chance war, dann hatte er sie soeben bekommen.

»Firmin ist, was man in der landläufigen Meinung als hübsch bezeichnen würde«, sagte der Bischof. »Er ist groß, blondhaarig und hat eine weiße Narbe auf der Stirn wie ein kleiner Halbmond.« Er dachte nach. »Seine Augen sind dunkel.«

Raymond betrachtete einen der Blutegel, der leise zuckend in der weißen Armbeuge des Bischofs saß. Ein dünner Blutfaden war hervorgesickert, hatte sich um Jean Bellesmains glatten Unterarm gewunden und war dann eingetrocknet; das Blut des Bischofs hatte unter einem zu hohen Druck gestanden, als dass der Egel nach dem ersten Schnitt gleich alles hätte aufsaugen können.

»Wann ist er verschwunden?«

»Ich habe keine Ahnung. Es ist nicht so, dass ich ihn täglich brauche; oft ist er eine Woche oder länger im Kloster, ohne dass ich ihn rufe. Ich kann dir sagen, wann ich ihn zuletzt gesehen habe: Es dürfte etwa zwanzig Tage her sein.«

»Was könnte er für einen Grund gehabt haben, wegzugehen? Habt Ihr Euch gestritten?«

»Ich streite nicht mit meinen Dienern.«

»Wurde er im Kloster für etwas bestraft, das er ausgefressen hatte?«

»Firmin gehört nicht zu denen, die die Regeln im Kloster verletzen.«

»Habt Ihr Euch schon überlegt, dass er einem Verbrechen zum Opfer gefallen sein könnte? Die Straßen sind nicht unbedingt sicher.«

»Auf dem Weg vom Kloster bis zu mir? Das sind keine tausend Schritte. Unfug.«

»Er könnte ja außerhalb der Stadt zu tun gehabt haben...«

»Ich habe ihn nirgends hingesandt. Der Abt auch nicht.«

»So kommen wir nicht weiter, Ehrwürden.«

»Wenn ich mir die Fragen über Firmin selbst beantworten könnte, hätte ich ja wohl keinen zerlumpten Herumtreiber zu Hilfe genommen.«

»Glaubt Ihr, dass Firmin so tief in den Schmutz gefallen ist, dass nur einer wie ich ihn dort finden kann?«

Der Bischof sah Raymond gleichmütig an. »Willst du mir mit deinen unpassenden Bemerkungen irgendetwas sagen?«

»Nein, Ehrwürden.«

In einer Schüssel lagen ein paar weitere Blutegel, prall und rund. Sie sahen aus wie glänzend schwarze Kötel in einer dünnen Suppe aus Blut. Der Egel an Bellesmains' Arm war jetzt dicker als vorher. Man konnte nicht sehen, wie sie wuchsen, aber wenn man eine Weile wegsah und sie dann wieder betrachtete, hatten sie immer an Umfang zugenommen. Raymond fand es schwer, den Blick von dem Exemplar zu wenden, das sich gerade an Bellesmains' Blut gütlich tat. In einer anderen Schale lagen Blutegel, die noch nicht zum Einsatz gekommen waren, dünne schwarze Fäden im Vergleich zu ihren satten Kameraden.

»Woran hat er zuletzt gearbeitet?«

»Bei mir? Er hat meine Korrespondenz archiviert und Abschriften von den wichtigsten Schriftstücken angefertigt.«

»Ihr möchtet Euren Briefwechsel der Nachwelt hinterlassen?«

»Ein Monument der Wahrheit in dieser Welt von Fälschungen und Betrug. Firmin ist dafür der Richtige. Ein Mann der Wahrhaftigkeit, der die Lüge verabscheut.«

Das ist neben seinem Aussehen die erste wirkliche Information, dachte Raymond. Firmin ist also ein fantasieloser Erbsenzähler, der lieber einen Freund an den Galgen liefern als die Lüge aussprechen würde, dass er ihn nicht unter seinem Bett versteckt.

»Was willst *du* der Nachwelt hinterlassen?«, fragte der Bischof.

Eine Kopie deines Empfehlungsschreibens, dachte Raymond, auf das ich auf dem Sterbebett mit eigener Hand kritzeln werde: Seht her, seht her, Raymond hat es geschafft!

»Vielleicht kann jemand meine Stiefel brauchen, wenn ich gestorben bin«, sagte er laut.

»Was wirst du jetzt tun?«

»Ich weiß es noch nicht.«

»Du machst dir hoffentlich keine Erwartungen, hier unter meinem Dach wohnen zu können.«

»Um ehrlich zu sein, davon war ich ausgegangen.«

»Unfug. Ich lebe nicht mit einem von deiner Sorte im gleichen Haus.«

»Ihr könntet Euch täglich von meinen Fortschritten überzeugen.«

»Wenn ich wissen will, wo du stehst, lasse ich dich holen.«

Raymond sah zu Boden. Verflucht, für die Kosten des Bechers Weins hätte er mindestens eine Nacht irgendwo bleiben können.

»Du bist vollkommen mittellos«, sagte der Bischof. Raymond blickte auf. Bellesmains verzog das Gesicht. »Aber du stinkst nach Wein und Wirtshaus.«

Bellesmains spannte die Muskeln seines entblößten Unterarmes, dann tippte er mit dem Finger an den prall gesaugten Egel. Nach einigem Drücken und Zupfen löste sich das Maul und gab die Wunde frei. Bellesmains legte den Blutegel zu den anderen in die blutverschmierte Schüssel und drückte sich dann ein fleckiges Tuch auf die Stelle, an der das Tier gesaugt hatte. Einer der Dienstboten erschien wie auf einen geheimen Wink, nahm die beiden Schüsseln an sich, verbeugte sich wortlos und entfernte sich. Bellesmains lehnte sich zurück, schloss die Augen und seufzte. Dann spähte er unter das

Tuch, sah, dass die Blutung nachgelassen hatte, rollte die Ärmel seines Hemdes und seines Rocks wieder über den Arm hinunter und musterte Raymond nachdenklich. Schließlich bückte er sich und sperrte eine Truhe auf. Sie befanden sich in einer Kammer, die wahrscheinlich Bellesmains' Arbeitsstube war. Eine Fensteröffnung ging auf den Platz hinaus. Bellesmains hatte den Rahmen mit dem ölbeschichteten Pergament auf den Boden gestellt, um mehr Licht in den Raum zu lassen. Ab und zu wehte ein Regenschleier herein. Die Truhe war gefüllt mit Tonröhren, Codices und ledergefassten Mappen. Das Arbeitszimmer roch nach feuchter Mauer und verschimmelndem Holz. Raymond bildete sich ein, dass es nun nach dem Blut des Bischofs roch.

»Ist das die Korrespondenz, an der Firmin arbeitet?«

»Ja.« Bellesmains drückte Raymond einen Bogen Papier mit kreuz und quer gekritzelten lateinischen Bemerkungen in die Hand. Er schwankte, als er sich aufrichtete, und seufzte noch einmal. Als er sich hinsetzte, war es eher ein Niederplumpsen.

Raymond versuchte nicht, so zu tun, als könne er nicht lesen. Das Gekritzel schien die immer wieder aktualisierte Gliederung einer Ordnung zu sein. Die Schrift war lang und steil und kippte nach allen Seiten um; bei vielen Aufschwüngen waren die Buchstaben ausgefranst und die Tusche in dünnen Klecksen nach oben verspritzt, als hätte sich der Schreiber nicht die Mühe gemacht, die Feder zu drehen. Über manchen Wörtern lag ein schwacher Abdruck eines Handballens.

»Firmin schreibt mit der linken Hand«, sagte Raymond.

»Unsinn. Die linke Hand gehört dem Teufel.«

Raymond zuckte mit den Schultern. Der Bischof nahm ihm das Papier aus der Hand und schloss den Deckel wieder. Er warf ein paar Münzen darauf.

»Das reicht für den Wein, den du getrunken hast – vermutlich in der Annahme, du könntest ihn dir jetzt leisten, weil ich für dich sorge. Für diese Fehleinschätzung will ich dich aus christlicher Nächstenliebe entschädigen.«

Raymond betrachtete die über den Truhendeckel verstreuten Münzen. Eine war hinuntergerollt und lag auf dem Boden. Der Wert des nicht getrunkenen Anjou-Weins von Meister Hugue war damit ersetzt, und es würde sogar noch etwas übrig bleiben. Nicht genug, um ihn über die nächsten Tage zu bringen, aber immerhin. Raymond fragte sich, wie viel Stolz er noch an den Tag legen durfte. Dann bückte er sich und sammelte das Geld ein. Sein leerer Magen rumorte.

»Die Unterkunft kannst du dir ja ersingen«, erklärte Bischof Bellesmains. Für einen Moment schien es weniger spöttisch zu klingen, als vielmehr eine Frage zu sein, und für diesen einen kleinen Moment dachte Raymond, wenn er jetzt sagen würde: Nein, Ehrwürden, ich kann es nicht, ich habe das Gefühl, dass die Lieder in meinem Herzen erloschen sind – dann hätte sich Jean Bellesmains erweichen lassen und ihm einen Platz auf der Strohschütte seines Saals zwischen seinem Gesinde überlassen. Raymond sah in das Gesicht des Bischofs und schwieg, und der Augenblick war schon vorüber.

»Gibt es noch etwas, was ich wissen müsste?«

»Sag meinen Dienstboten, wo ich dich erreichen kann.« Bellesmains rieb unbewusst über die Stelle, an der der Blutegel angesetzt gewesen war.

»Sobald ich es selbst weiß...«

»Wenn etwas von dieser Geschichte durchsickert, wirst du dir wünschen, du wärest anstelle des Herrn Jesu am Kreuz gestorben, denn was ihm geschehen ist, wird ein Kinderspiel sein im Vergleich dazu, was in diesem Fall mit dir geschieht.«

»Von einem Mann in Eurem Amt hätte ich eine mehr geistliche Drohung erwartet«, hörte Raymond sich sagen.

»Ungehorsame Könige werden exkommuniziert, ungehorsame Hunde werden getreten.«

»Exkommunizierte Könige kriechen zu Kreuz. Getretene Hunde beißen.«

»Manchmal«, sagte der Bischof. »Meistens bellen sie nur.«

Er streckte die Hand aus. Raymond kniete nieder und küsste den Ring. Als er sich wieder erhob, legte Bellesmains ihm die Hand auf die Schulter.

»Geh mit Gott, mein Sohn«, sagte er. Raymond war zu verblüfft, um darauf zu antworten.

4.

»He, du! Sänger! Warte mal!«

Zwei Männer eilten über den Platz auf Raymond zu. Er sah sich unwillkürlich zum Bischofspalast um, ob es ihm noch gelingen würde, in seinen zweifelhaften Schutz zu fliehen, dann ließ er den Sack mit den Instrumenten zu Boden gleiten und packte den Griff seines Dolchs mit der anderen Hand. Die Männer kamen heran und blieben vor ihm stehen. Sie lächelten.

Zu seinem Erstaunen erkannte Raymond in einem von ihnen den Mann wieder, der versucht hatte, bei Bischof Bellesmains Gehör zu finden. Er hatte erhitzte Wangen und zerzaustes Haar und atmete heftig, als wäre er weiter gelaufen als nur über den Platz. Der andere war der einsame Zecher, der im »Zufriedenen Prälaten« gesessen hatte, als Raymond hereingekommen war. Raymond lächelte vorsichtig zurück.

»Du bist doch ein Sänger, oder?« Der Mann im Lederzeug deutete auf seinen Begleiter. »Foulques hat es gesagt.«

Raymond nickte zurückhaltend.

Der Mann hielt Raymond die Hand so plötzlich entgegen, dass dieser zusammenzuckte. »Ich bin Robert Ambitien. Wie ist dein Name?«

Raymonds Hand wurde so kräftig gedrückt, dass er sich wünschte, seine Handschuhe nach dem Besuch bei Bischof Bellesmains wieder angezogen zu haben. Robert Ambitien lächelte über die ganze Breite seines ungepflegten Gebisses.

»Ich bin Raymond...«

»Er dort ist Foulques Outil; Foulques, mein bester Mann!«

Robert Ambitien schlug seinem Begleiter auf die Schulter, dass dieser freundlich grinsend in die Knie ging.

»Wie Foulques le Bon, der Graf von Anjou, der einmal dem König schrieb, dass ein ungebildeter Herrscher nur ein gekrönter Esel sei?«

Foulques zuckte mit den Schultern, aber er grinste weiter. Im Licht besehen, war er ein blasshäutiger, gedrungener Mann mit einem brandroten Haarschopf und einem Gesicht, das nicht weniger jungenhaft war als das Roberts. Beide mochten etwa gleich alt sein; Foulques war vielleicht zwei, drei Jahre jünger. Er war ähnlich in Leder gekleidet, nur weniger aufwendig. Raymond verstand, dass er einen Herrn und seinen Knappen vor sich hatte.

»Wie? Anjou-Blut hast du ja genauso viel in den Adern wie ich, was, alter Freund? Solltest du in Wirklichkeit der Bastard eines hohen Herrn sein, ohne dass ich es weiß?« Robert lachte und wandte sich wieder an Raymond. »Hat der Bischof dich in seinen Dienst genommen?«

»Nein...«

»Hervorragend! Dann nehme ich dich in Dienst!«

Raymond blinzelte. »Ich verstehe nicht...«

»Ich nehme dich in Dienst. Ich, Robert Ambitien, Seigneur von meines Schwiegervaters Geldes Gnaden, Besitzer eines veralteten *dominions*, eines schlammigen Dorfes, von zweihundert Pachtbauern, fünfzig Kühen und ungefähr ebenso vielen Schweinen, Ziegen und sonstigem Viehzeug, ein paar Wäldern voller Wildschweinen, die die Felder umgraben, die Mistviecher... hab ich noch was vergessen? – und außerdem Besitzer einer hässlichen Ehefrau – ich nehme dich in Dienst. Du sollst für mich singen. Was genau verstehst du daran nicht?« Robert fuhr sich mit einer Pranke durch das Haar und breitete dann die Arme aus. Er grinste wie jemand, der Geld dafür bekommt.

Raymond war seinem Wortschwall halb verwirrt, halb amüsiert gefolgt. Nach und nach erwachte die Erkenntnis in ihm, dass Robert die Lösung seines nächstliegenden Problemes darstellte: Jetzt wusste er, wo er die Nächte verbringen sollte.

»Ich bedaure, dass Bischof Bellesmains Euch meinetwegen warten ließ«, erklärte er. Robert starrte ihn an. »Vorhin, meine ich. Als Ihr ihm das Schreiben übergabt ...«

»Du warst das?« Robert winkte ab. »Was soll's? Er hätte mich sowieso warten lassen, oder? Wie lang hast du warten müssen, bis er geruhte, dich vorzulassen?«

Raymond machte eine ungewisse Geste und zog es vor, die Wahrheit zu verschweigen.

»Na also«, sagte Robert. »Nichts für ungut. Nun, Raymond, hast du auch noch einen zweiten Namen? Von der Lerchenzunge, vielleicht, oder der Balladenspieler?«

»Man nennt mich Raymond le Railleur.«

»Keine Lerchenzunge, sondern eine Spottdrossel?« Robert zuckte zurück und warf einen Blick zu Foulques. Dieser zuckte die Achseln.

»Er wollte nicht für den Wirt und die Händler spielen.«

»Das nenn ich Stolz haben! Sehr gut.« Robert sah halb beruhigt aus. »Die Pfeffersäcke werden immer dreister. Da gibt jede Mücke ihren König. Wo wären sie denn mit ihrem Kramerzeug, wenn wir Herren nicht dafür sorgten, dass die Straßen sicher sind, hm? Gut, dass du deine Perlen nicht vor diese Säue geworfen hast.«

Foulques sah wegen der groben Worte seines Herrn einigermaßen betreten drein. Sein rotes Haar war widerspenstig, aber er hatte versucht, ihm einen geraden Schnitt zu geben, und er hatte sich nach der Mode, die seit einigen Jahren für die Herren galt, sorgfältig rasiert. Wenn er sprach, zeigten sich gerade, so gut wie möglich geputzte Zähne. Sein Herr dagegen sah aus, als wäre er gerade aus dem Bett gestiegen.

Das ist er auch, dachte Raymond. Statt in der Sextmesse im Dom war er im Obergeschoss des »Zufriedenen Prälaten« und rammelte irgendeine Dirne, die er sich besorgt hatte. Von wegen Eile, um in die Andacht zu gelangen; wenn er in der Kirche gewesen wäre, wäre auch Foulques dort gewesen. So wartete der Knappe treu in der Schankstube, bis sein Herr genug hatte. Was er davon hielt, war ihm nicht anzusehen; dass er sich nicht beteiligt hatte (während nur wenige Schritte über den Platz entfernt der Gottesdienst stattfand), mochte auf Roberts Befehl hin geschehen sein, doch wahrscheinlicher war es Foulques' eigene Entscheidung und warf ein deutliches Licht auf seinen Charakter.

»Wer gegen die Gesetze seines Standes aufbegehrt, hat noch nie Erfolg gehabt«, bemerkte Foulques. Robert zuckte mit den Schultern; Raymond sah sich versucht, es ihm gleichzutun. Er hatte seine Zweifel, ob es sich bei den Krämern nicht in Wahrheit um einen ganz neuen Stand handelte, der drauf und dran war, die dreiteilige Gesellschaftsordnung in *oratores*, *bellatores* und *laboratores* über kurz oder lang neu zu gestalten.

»Einen, der der Geistlichkeit und den Herren eine spitze Zunge anhängt, kann ich nicht brauchen. Dazu gehörst du doch nicht, he?«, fragte Robert.

Raymond wollte etwas erwidern, doch Foulques kam ihm zuvor.

»Ich möchte noch gern zur Non in die Kirche, Robert. Hast du was dagegen?«

»Geh nur, geh nur. Bete für mich mit, mein Freund, einverstanden?« Robert grinste. »Aber bete laut, wenn du's für mich tust, bei meinen Sünden hört der da oben ein leises Gebet nicht.«

»Der Herr hört alles«, sagte Foulques und lächelte. Er nickte Raymond zu und schlenderte ohne übertriebene Hast, aber auch ohne Zögern zum Kirchenportal hinüber. Als Raymond nochmals an Roberts Frage anknüpfen wollte, war der Mann im Lederzeug schon beim nächsten Gedanken angelangt.

»Pass auf, ich brauche jemanden, der ein Fest organisieren und veranstalten kann. Wie sieht's da bei dir aus?«

»Woran habt Ihr denn gedacht?«

»Robert, ich bin Robert. Sag Robert zu mir, du bist doch kein Knecht.«

»Nein, das nicht...«

»Ich wette, wenn deine Lieder keiner mehr hören will, dann greifst du auch zum Schwert und nicht zur Pflugschar.«

Im Moment greife ich nach jedem Strohhalm, dachte Raymond. Er sagte nichts, sondern lächelte nur. Robert nickte. Er dachte einen Augenblick lang nach, dann wies er mit einer Kopfbewegung auf den »Zufriedenen Prälaten«.

»Wollen wir es uns da drin gemütlich machen? Hier draußen wird es mir zu nass...«

»Der Wirt und ich vertragen uns nicht mehr so gut.«

»Na gut, ich habe ohnehin genug. Also, das Fest...«

»Wie groß soll es denn sein?«

Robert starrte ihn an. »Machst du Witze? So groß es geht. Ich lade doch nicht Seine Ehrwürden, Bischof Bellesmains, zu einem kleinen Umtrunk ein.«

Also etwas, das dich auf der Leiter zu Ansehen und Rang ein paar Stufen höher hebt, wenn es zu einem Erfolg wird. Und dich auf jeden Fall, Erfolg oder nicht...

»Das wird dich ruinieren«, sagte Raymond.

Robert warf sich in Positur. »Wer sagt dir denn, dass du es mit einem armen Schlucker zu tun hast?« Er winkte noch im gleichen Moment ab. »Tatsächlich hast du es mit einem zu tun. Das hast du nicht gedacht, was?« Er lachte und stieß Raymond an. »Meine Burg ist eine Baustelle, meine Wälder undurchdringlich, meine Felder stehen unter Wasser, meine Bauern sind dämlich, und mein Weib ist so hässlich wie das Arschloch des Teufels. Bin ich ein armer Hund oder nicht?«

»Zweifellos.«

Robert wurde ernst. »Ich kann dir zu essen und ein warmes Dach über dem Kopf bieten. Wenn alles so ausgeht, wie ich es mir wünsche, werde ich sicher nachher auch noch Verwendung für deine Künste haben. Abgesehen davon werden sich alle, die mir nacheifern wollen, um dich reißen. Du bist ein gemachter Mann. Wenn du das Fest vermasselst, ist es um mich geschehen. Um dich natürlich auch. Dir müsste ich in einem solchen Fall die Eier ausreißen und in den Hals stopfen, bis du daran erstickst. Was hältst du davon, he?«

»Das ist wenigstens mal eine handfeste Aussage«, sagte Raymond. »Nicht vage wie das, was ich heute schon gehört habe.«

»Warum? Was hast du gehört?«

»Nicht wichtig. Wann soll das Fest beginnen?«

»In vierzehn Tagen, allerhöchstens.«

»Heiliger Hilarius. Das ist zu knapp.«

»Später geht es nicht.«

»Warum nicht?«

»*Warum nicht?* Mann, wo hast du denn deine Ohren? Die Spatzen pfeifen es von den Dächern: Bischof Bellesmains ist auf dem Sprung. Wahrscheinlich hat ihn sein alter Freund Guychard wieder nach Lyon gebeten, um irgendwelchen beschissenen Ketzern das Feuer unterm Arsch anzuheizen. Er wird in spätestens drei Wochen abreisen. Wer weiß, wann er von dort zurückkommt. Nein, es muss vorher stattfinden oder gar nicht.«

»Und ohne den Bischof macht das Fest keinen Sinn...« Und wenn ich bis dahin nicht herausgefunden habe, was mit Firmin geschehen ist, kann ich mir das Empfehlungsschreiben aus dem Kopf schlagen. Raymond hatte plötzlich das Gefühl, den Tag in leichtsinniger Weise vertrödelt zu haben. Zwei, höchstens drei Wochen. Nicht lange für jemanden, der nicht weiß, wo er anfangen soll.

»Die Herren in der Umgebung können sich nicht für mich stark machen. Das kann nur der Bischof.« Robert kratzte sich am Kopf. »Du siehst, ich spreche offen zu dir.«

Möglicherweise war Robert ein Glücksfall. Mit seinem Sitz als Basis und der Aufgabe, das Fest vorzubereiten, war es möglich, die Umgebung zu durchforsten, Leute auszufragen, unauffällig in Poitiers umherzuhorchen... Die Organisation des Festes war ein Klacks, eine Aufgabe, die Raymond im Schlaf beherrschte. Roberts Frau würde ihm helfen, die Vorbereitung des Haushalts auf die Festlichkeit war traditionell Frauensache (weshalb man auch gern Sänger und Spielleute mit den restlichen organisatorischen Arbeiten betraute, denn auch diese rochen irgendwie nach Weiberarbeit); und wenn sie so hässlich war, würde sie wahrscheinlich für ein paar Nettigkeiten dankbar sein und Raymond nicht so scharf auf die Finger schauen wie sonst unter Herrinnen üblich...

»Ich bin einverstanden.«

»Ha! Ich wusste es!« Robert schlug Raymond auf die Schulter. Raymond ging ebenso in die Knie wie Foulques vor ihm, nur dass Foulques es gespielt hatte. Er rieb sich die Schulter. »Ein Mann, ein Wort. Das mag ich.« Er sagte noch etwas, aber seine Stimme ging in den Glocken unter, die plötzlich loslärmten und das Ende der Messe zur Non verkündeten. Der gepflasterte Platz schien sich unter dem Dröhnen zu ducken und die Pfützen zwischen den Pflastersteinen zu erbeben. Robert schüttelte den Kopf, dann bekreuzigte er sich.

»Was?«, schrie Raymond.

»Ich habe gesagt: ›Lobet den Herrn!‹«

»Amen!«

Das Portal unter den Reihen und Arkaden aus biblischen Figuren und Allegorien in der Westfassade von Notre-Dame-la-Grande öffnete sich und ließ die Messbesucher heraus, allen voran den Diakon mit seinen Messdienern, die die Hände für Almosen aufhielten. Die meisten der Kirchgänger drückten sich an ihnen vorbei und strebten so rasch wie möglich ihren Zielen zu. Der Diakon machte ein finsteres Gesicht und schreckte damit auch die ab, die schwach genug waren, in ihren Börsen zu kramen und nach kleinen Münzen zu suchen. Foulques ragte aus der Menge heraus, nicht zuletzt deshalb, weil sich eine lärmende Meute um ihn gebildet hatte, durch die er sich halb lachend, halb augenrollend arbeitete. Die

Meute bestand aus zerlumpten Bettlern und Krüppeln. Offenbar gab Foulques Almosen. Als er beim Diakon anlangte, drückte er auch ihm etwas in die Hand; der Diakon riss sich zusammen und segnete ihn, und Foulques beugte das Haupt. Dann schlenderte er auf sie zu. Robert schüttelte den Kopf.

»Deine Großzügigkeit bringt dich noch selbst an den Bettelstab!«, schrie er.

Foulques wartete ab, bis er heran war. »Freigebigkeit, Barmherzigkeit und Frömmigkeit sind Tugenden«, erwiderte er ernst.

»Natürlich, mein Freund, natürlich.« Robert packte Raymond am Arm wie etwas, das er eben erstanden hatte. »Er hat zugesagt, Foulques. Gut, dass du auf ihn aufmerksam geworden bist. Was täte ich ohne dich?«

»Willkommen«, sagte Foulques und hielt Raymond die Hand hin.

»Ich hole jetzt meine Audienz bei Seiner Ehrwürden nach. Wenn ich wieder zurück bin, brechen wir gleich auf. Wir brauchen ohnehin Glück, wenn wir heute noch ankommen wollen. Es ist ein ganzes Stück Weg.«

Das Glockengeläut erstarb langsam. Raymond zögerte und fragte sich, ob er Robert begleiten und den Dienstboten des Bischofs Bescheid sagen sollte, wo er zu finden war – und wie es auf Robert wirken würde.

»Ich werde Seiner Ehrwürden ausrichten, dass ich nur seinetwegen einen frommen Sänger engagiert habe, der mir die Haare vom Kopf frisst«, sagte Robert. »Das wird ihn gnädig stimmen, oder?«

Robert stürmte davon. Foulques und Raymond sahen sich an. Eine kleine Pause entstand, in der sie sich gegenseitig musterten. Raymond stellte fest, dass er den ruhigen Knappen, der die Manieren besaß, die seinem Herrn fehlten, auf Anhieb mochte. Foulques hob die Brauen und sah Robert mit einem Blick hinterher, der deutlich sagte, dass ihm das Verhalten seines Freundes und Herrn manchmal zum Wundern Anlass gab, dass er aber im Ernstfall bedingungslos und ohne nachzudenken auf seiner Seite stand. Raymond stellte sich die beiden Männer vor, wie sie in einer Schlacht Rücken an Rücken standen und die Angreifer abwehrten, im Zweifelsfall die letzten beiden ihrer Seite, die noch auf den Beinen waren. Er fühlte einen kleinen Stich des Neides auf eine Freundschaft wie diese und beeilte sich, den Schmerz nicht auf seinem Gesicht erscheinen zu lassen.

»Ich helf dir, den Sack zu tragen, wenn du ihn mir anvertraust«, sagte Foulques, doch Raymond griff unwillkürlich selbst danach. Erst da merkte er, dass er mit der Linken noch immer den Dolchgriff umklammert hatte.

Was den Zeitpunkt ihres Aufbruchs aus Poitiers betraf, hatten sie kein Glück. Robert tauchte erst wieder aus dem Bischofspalast auf, als die Glocken zur Vesper riefen, wütend über die Verspätung und zugleich aufgekratzt. Der Bischof hatte zugesagt. Foulques holte die Pferde. Robert und Foulques hatten nicht abgesattelt, und Raymond war ohnehin sofort reisebereit. Sie wandten sich zur Porte de Rocherreult, die sich zwischen Feldern und Gärten am äußersten nördlichen Ende der Stadt auftat, nach dem Kloster St. Jean de Montierneuf. Raymond musterte den Klosterbau. Er wusste, dass er so bald wie möglich zurückkehren und dort seine Nachforschungen aufnehmen musste. Die Arbeit, Roberts Fest zu organisieren, würde ihn oft genug in die Stadt bringen, um weitere Musikanten, Spielleute und Gaukler aufzutreiben und – falls Roberts Vorräte nicht ausreichten und ihm das Jagdglück nicht hold war – sich auch um Wein und Essen zu kümmern. Er hätte zufrieden sein können, wie sich plötzlich alles gefügt hatte, Bischof Bellesmains' Auftrag, Robert Ambitien und seine Pläne, aber er war es nicht. Die Klostergebäude wirkten wie eine abweisende Festung; die Frage, wie er als gottloser Sänger hineinkommen und sich unauffällig dort umsehen sollte, war ihm keine Herausforderung, sondern entmutigte ihn eher. Kopf hoch, Raymond, dachte er, alles ist besser, als es noch heute Morgen war, doch es gelang ihm nicht, sich selbst davon zu überzeugen. Ich habe nur Hunger, sagte er sich, ich hätte doch mit Robert in den »Zufriedenen Prälaten« zurückkehren und ihn dazu überreden sollen, den Wirt zu einem Bäcker oder einem Fleischer zu schicken.

»Die Not ist groß bei den armen Leuten«, sagte Foulques. »Seht Euch die Menge dort bei der Klosterpforte an.«

»Worauf warten sie?«, fragte Raymond.

»Auf die Armenspeisung. Der Abt von St. Jean führt sie nun jeden Tag durch.«

»Ich dachte, es seien Pilger.«

»Die kommen erst noch«, erklärte Robert. »Die stecken noch weiter im Norden und Osten im Schlamm der Straßen fest.«

»Manche der Herren kümmern sich um das Fortkommen in ihren Verantwortungsbereichen nicht so, wie es der Brauch verlangt.«

»Wohingegen ich, mein Freund, in die Befestigung des Pfades, der durch meinen Besitz läuft, jede Menge Arbeit investiere, und wer kommt durch? Kein Schwein.«

»Es ist Herrenpflicht, die Straße in Ordnung zu halten...«

»Du hast ja Recht, Foulques, aber manchmal frage ich mich...«

Foulques lächelte. Robert grinste und lehnte sich hinüber, um seinen Freund auf den Oberarm zu schlagen. »Tapferkeit, Freigebigkeit, Barmherzigkeit... was noch...?«

»Frömmigkeit«, sagte Foulques.

Robert nickte und blinzelte Raymond zu. »Ich schaffe es nie, alle vier aufzuzählen.«

»Du schaffst es auch nicht, alle vier einzuhalten«, bemerkte Foulques.

»Foulques und ich, wir haben eine Abmachung«, erklärte Robert. »Wenn er in den Himmel kommt, wird er ein gutes Wort für mich einlegen, da ich wahrscheinlich unten in der Hölle sitze.«

»Und was ist dein Part an der Abmachung?«

»Wenn es dort unten fröhlicher zugeht, nimmt er mich mit hinunter«, sagte Foulques.

Robert lachte wiehernd und schlug sich auf die Schenkel, dass sein Pferd zu tänzeln begann. Raymond bemühte sich zu lächeln. Ihr solltet selbst als Komödianten auftreten, dachte er bei sich, wenn ihr in Fahrt seid, braucht ihr mich gar nicht.

»Das Archiv des Klosters bewahrt einen Schatz an Schriften, Büchern und Bildern; und außerdem alle wichtigen Urkunden, die hier erstellt wurden, seit Charles Martel die Muselmanen bezwang.« Foulques Stimme klang ehrfürchtig. »Viele Pilger kommen nur hierher, um sie zu sehen, obwohl der Abt und der Archivar vorsichtig sind und nicht jeden dort einlassen.«

»Die passen auf das Papier genauso gut auf wie auf ihre vergammelte Knochensammlung«, warf Robert ein.

»Es sind Heiligenreliquien.«

»Was, die Papiere?«

Foulques verdrehte die Augen. »Nein, aber die Papiere sind ebenso heilig. In ihnen wohnt der Geist Gottes und der heiligen Männer, die sie geschrieben haben.«

»Woher willst du das wissen, du kannst ja doch nicht lesen, was drin steht!«

»Ich weiß auch nicht, wie viele Borsten ein Wildschwein hat, aber ich weiß, dass es gut schmeckt.«

»Das nenn' ich eine Philosophie!«, rief Robert und lachte. »Du solltest nach Paris an die Universität gehen und sie unterrichten, mein Freund. Für so eine Lehre würdest du nicht mal exkommuniziert werden.«

Raymond drehte sich im Sattel um und betrachtete den Gebäudekomplex, während sie aus dem Tor ritten. Das Rätsel um Firmins Verschwinden fing wahrscheinlich nicht dort an, aber ebenso wahrscheinlich war das Kloster eine Station auf seiner Lösung.

»Kannst du lesen, Raymond?«

»Ja.«

»Und Musikinstrumente spielen?«

»Ja.«

»Und singen?«

»Ja.«

»Und beim Tjost den Gegner bis in die Zuschauertribünen hineinstoßen?«

»Nein.«

»Dem Himmel sei Dank«, sagte Robert und grinste, »ich begann schon, mich unterlegen zu fühlen.«

Bei Einbruch der Dunkelheit war Roberts Stimmung weniger launig. Sie hatten ihre Pferde von der Straße zwischen die Bäume geführt und hockten um ein Feuer, das nicht in Gang kommen wollte, obwohl Foulques es mit trockenen Flechten aus einer seiner Taschen fütterte. Sie waren kurz nach dem Verlassen der Stadt von der Straße nach Angers abgebogen und hatten sich nach Westen und dann nach Süden gewandt, die Straße nach Parthenay überquert und bis zur Boivre kaum ausgeprägte Karrenwege zwischen Feldern und Waldstücken benutzt. Am Nordufer der Boivre wand sich ein Pfad nach Westen, der mehr war als die Karrenwege der Bauern und weniger als die Straße nach Angers. Weiden säumten den Weg, aus deren knollig zugeschnittenen Köpfen die neuen Triebe wie dünne Peitschen ragten, noch kaum belaubt und weit zurückgeblieben hinter der Jahreszeit. Raymond, der mit der Umgebung vage vertraut war, ahnte die Straße nach Niort einige Meilen im Süden und die Route nach Parthenay ebenso weit entfernt im Norden. Sie ritten in das Gebiet zwischen den beiden Hauptverbindungswegen zur Küste, die Strecke über Parthenay nach Nantes und die über Niort nach La Rochelle, hinein. Erst das Kloster Fontenay im Norden der zerklüfteten Küsten- und Moorlandschaft des verlandenden Marais Poitevin war wieder von Bedeutung, dazwischen: namenlose Dörfer wie zufällige Spuren in der Landschaft, bedeutungslose Herrensitze wie Warzen darauf. Raymond ahnte, dass Roberts

Koketterie mit der Ärmlichkeit seines Besitzes gar keine Koketterie gewesen war. Der Mann würde sich mit einem Fest, wie er es plante, tatsächlich ruinieren.

»Wenn der Bischof schon am zweiten Sonntag von heute an kommen will, sind es weniger als vierzehn Tage Vorbereitung«, sprach Raymond in die ungemütliche Stille hinein.

»Dann werden wir uns ranhalten müssen.«

»Viele Dinge dabei sind die Arbeit der Herrin.«

Robert sah nachdenklich aus. »Dann wird sie sich auch ranhalten müssen«, sagte er schließlich.

»Werde ich einen Helfer bekommen?«

Robert und Foulques wechselten einen Blick. »Ich habe genau den richtigen Mann für dich«, erklärte Robert.

»Na gut. Wie hast du es geschafft, den Bischof zu überzeugen?«

Robert grinste. »Ich habe ihm deinen Auftritt angekündigt.«

»Und was hat er dazu gesagt?« Raymond hatte das Gefühl, zu schnell nachgefragt zu haben. Foulques hob den Kopf und sah ihn an, aber Robert achtete nicht darauf.

»Er sagte, er hat noch nie was von einem Raymond le Railleur gehört. Du siehst, wenn du das Fest für mich ausrichtest, kannst du bekannt werden.«

Raymond nickte. Der Bischof hatte so reagiert, wie es zu erwarten gewesen war. Raymond fragte sich, was er erwartet hatte. Tatsächlich hatte er die Wünsche von Jean Bellesmains voll und ganz erfüllt; er hatte sich aus seiner unmittelbaren Nähe entfernt, und wie die Dinge standen, würde niemand auch nur im Entferntesten darauf kommen, dass eine Beziehung zwischen dem Sänger von Robert Ambitiens Fest und Bischof Bellesmains bestand. Der Bischof musste zufrieden sein. Zu seinem Missvergnügen stellte Raymond fest, dass er darüber erleichtert war.

»Was kannst du am besten?«, fragte Robert.

Raymond gestattete sich ein Lächeln. »Wein trinken, gutes Essen vertilgen und dem Herrn den Tag stehlen.«

Robert starrte ihn an. Foulques schüttelte den Kopf und lächelte, aber bei Robert war der Scherz nicht gut angekommen. »Das reicht aber nicht«, grollte er.

Raymond sah zum Fluss hinüber, der in ein paar Dutzend Schritten Entfernung hinter dem Weidendickicht gluckerte. Die Stämme der Weiden standen mit den Füßen im Wasser, das von schlammigem Grünbraun gewesen war, solange man es im Tageslicht hatte sehen können. Der Regen, so stetig er auch fiel, reichte nicht, um den Strom vollends über die Ufer treten zu lassen. Es war wie ein zusätzlicher Scherz eines zu Hohn aufgelegten Gottes: Eine Überschwemmung hätte die Felder wenigstens mit fruchtbarem Schlamm gedüngt und für die kommenden Jahre einen Ausgleich zu den mageren Ernten der letzten Zeit garantiert. Foulques erhob sich und kramte in den Ledertaschen herum, die von seinem Sattel hingen.

»Wir haben noch ein paar Fladen und eine Hand voll Dörrfleisch«, verkündete er. »Alles hart und zäh, aber zum Überleben reicht es. Zu trinken gibt es allerdings nur Flusswasser, die Schläuche sind leer.«

»Ich habe noch einen Rest Wein«, warf Raymond ein.

»Dann wollen wir mal brüderlich teilen«, rief Robert, wieder besser gelaunt. »Foulques, teil das Festmahl aus.«

»Kennt ihr die Geschichte vom Wein des Bischofs von Rouen?«, fragte Raymond.

»Ich kenne nicht mal den Bischof.«

»Sehr gut. Also, der Bischof von Rouen – ich sage nicht welcher und wann er lebte, damit mich die Geistlichkeit nicht eines Tages für diese Geschichte drankriegt – also der Bischof von Rouen besaß eine gewaltige Schweinezucht.«

»Was soll das heißen, ›damit dich die Geistlichkeit nicht drankriegt‹? Kommt jetzt irgendeine ketzerische Zote?«

Raymond, der an dieser Stelle seiner Erzählung in der Regel mit der Frage unterbrochen wurde, wie es die Gemeinde geschafft habe, den Bischof unter seinen Tieren zu erkennen, blinzelte überrascht.

»Nein«, sagte er, »nichts Ketzerisches. Nur eine Geschichte.«

»Na, von mir aus. Erzähl weiter.« Robert beäugte ihn misstrauisch. »Dass Bischof Bellesmains dich nicht kannte, heißt hoffentlich nicht, dass du es mit den Rebellen von Montsegur hältst?«

Foulques ließ sich wieder neben dem Feuer nieder und teilte das Essen aus. Er hatte zwei gleich große und eine kleinere Portion vorbereitet; die kleinere nahm er selbst. Er lächelte Raymond über das Feuer hinweg an.

»Wie hat man den Bischof denn unter seinen Viechern erkannt?«, fragte er.

Robert sah ihn verblüfft an. Dann begann er zu lachen. »Erzähl schon weiter!«, rief er und steckte einen Streifen Dörrfleisch in den Mund. »Und gib den Weinschlauch rüber.« Er hielt sich die Hand vor die Lippen, als ihm ein Teil des Fleisches beim Reden beinahe herausfiel.

»Anders als heute war das Wetter besser«, fuhr Raymond nach einem kleinen Zögern fort, »sodass die Felder keine zusätzliche Düngung brauchten. Dem Bischof stieg der Mist schon an den Hals, und es war nicht zu sehen, dass seine vielen Hundert Schweine deswegen ihre Darmbewegungen eingestellt hätten.«

»Schweine sind tückisch«, erklärte Robert. »Wenn sie dich aus ihrem Verschlag oder aus ihrem Schlammloch heraus anschauen, weißt du genau, dass sie darüber nachdenken, wie sie dir an den Kragen können. Nur ein Schwein am Spieß ist ein gutes Schwein.«

»Also, was tut der Bischof von Rouen?«

»Er lässt den Mist von seinen Pächtern wegschaufeln, ist doch klar. Schweinemist stinkt wie die Hölle. Ich hatte einen Schweinestall hinter meinen Mauern, aber ich hab ihn ins Dorf runterschaffen lassen. Lieber lass ich so eine Sau zu mir hoch treiben, wenn ich Fleisch brauche, als dass ich den Geruch um die Nase haben möchte.« Er kicherte. »Ich nehme an, irgendeiner von den Pächtern hat sie jetzt in seiner Hütte. Was soll's, die Tiere werden sich an den Gestank gewöhnen müssen.«

Raymond stellte fest, dass es schwierig war, Robert eine Geschichte zu erzählen. Nach jeder seiner Bemerkungen war es schwer, den Lauf der Erzählung wieder aufzunehmen, und das sorgsam aufgerichtete Gerüst, an dem die Pointe aufgehängt war, lag in Trümmern. Raymond hatte sich eine Erzählweise angeeignet, die auf die instinktive Mitarbeit der Zuhörer angewiesen war: Wenn sie die Fragen stellten, die Raymond zu stellen suggerierte, trieben sie die Geschichte voran. Robert allerdings schien das Talent zu haben, auf die falschen Fragen zu kommen. Jede seiner Bemerkungen schien darauf abzuzielen, die Erzählung so schnell wie möglich zu beenden, dabei saß er über das Feuer gebeugt da und hörte Raymond mit vollen Backen zu. Foulques hätte sich vermutlich behänder geschlagen, doch er schwieg.

»Ich glaube, der Bischof ersann eine flüssiger ablaufende Lösung als den Einsatz von unwillig schaufelnden Knechten.«

Robert fixierte ihn. Er schluckte den Brocken hinunter, den er in seinem Mund gewälzt hatte, und spülte mit einem langen Schluck aus dem Weinschlauch nach. Er setzte ihn ab, spähte mit einem Auge in das Spundloch, schnalzte anerkennend mit der Zunge und setzte ihn noch einmal an. »Wie geht's weiter?«, fragte er.

Raymond seufzte. Er wünschte sich, nie mit der Geschichte angefangen zu haben. »Der Bischof kippte das Zeug karrenweise in die Seine.«

»Na ja«, Robert setzte den Weinschlauch schon wieder ab, »keine schlechte Idee.«

Raymond versuchte einen Blick mit Foulques zu wechseln, aber Roberts Freund und Knappe schaute ins Feuer. Um seine Lippen lag ein Lächeln, doch ob vom Fortlauf der Geschichte oder wegen Raymonds Bemühungen, war nicht zu erkennen.

»Es kommt noch besser. Wer, glaubt ihr, befand sich ein paar Meilen flussabwärts und holte nichts ahnend die Brühe aus dem Fluss?«

»Was, die Schweinejauche? Wer sollte denn zum Teufel daran interessiert sein, Schweinejauche aus dem Fluss zu holen?« Robert stieß Foulques gegen den Arm. »Ich glaube, unser Spaßvogel nimmt uns auf den Arm, was?«

Foulques streckte die Hand nach dem Weinschlauch aus. Robert reichte ihn hinüber.

»Also komm schon, Raymond, wie geht die Geschichte wirklich weiter?«

»Ein paar Bauern holten die Jauche aus dem Fluss, das ist alles. Sie wunderten sich, wo die Bescherung herkam.«

Robert wartete noch ein paar Augenblicke, aber Raymond schwieg. »Wo ist der Witz bei der Geschichte?«

Raymond zuckte mit den Schultern. »Ich hielt sie für witzig.«

»Wenn du so was auf dem Fest erzählst, lass ich dich aus dem Fenster werfen. Ich glaube, du musst noch üben.«

»Kann sein. Es war ein langer Tag.« Raymond langte über das Feuer zu Foulques hinüber, um den Weinschlauch in Empfang zu nehmen, aber Foulques, der noch nicht getrunken hatte, schüttelte den Kopf und steckte den Verschluss wieder auf das Spundloch. »Leer«, sagte er. »Tut mir Leid.«

Raymond sah Robert an. Dieser blickte von ihm zum Weinschlauch und zurück, dann lachte er plötzlich. »Leer?«, echote er. »Mit ein paar Schluck hab ich deinen Weinschlauch ausgetrunken? Mein lieber Raymond, nächstes Mal musst du schon mehr mitbringen. So was anzubieten ist ja fast eine Beleidigung!«

Foulques gab Raymond den Weinschlauch. »War gut gemeint«, sagte er. »Danke.«

Raymond nickte und legte den leeren Schlauch beiseite. Sein Mund brannte vom trockenen Fleisch.

»Hauen wir uns aufs Ohr«, sagte Robert. »Nichts zu trinken, nichts zu vögeln, und der Regen tropft einem auf den Schädel.

Das Beste, was man tun kann, ist schlafen und hoffen, dass es morgen besser wird.« Er zwinkerte seinen Gefährten zu und tat so, als sei er resigniert. Raymond glaubte ihn mittlerweile gut genug zu kennen, um zu wissen, dass er sich über das Wetter, über den verspäteten Aufbruch, über ihr ungemütliches Lager und vor allem über die merkwürdige Erzählung ärgerte.

Anderem Publikum hatte Raymond ein anderes Ende der Geschichte erzählt: wie einige Meilen flussabwärts eine lange Eimerkette zu großen Wasserbehältern führte und diese bis zum Rand füllte, um für den kommenden Sommer gerüstet zu sein; wie die Männer und Frauen, die diese Arbeit verrichteten, in Wirklichkeit Fronbauern des Bischofs von Rouen waren, die seine Weinreben an den Hangleiten der Seine pflegten; wie sie die Weinstöcke wochenlang mit dem verpesteten Wasser gossen …

»Gute Nacht, Robert«, sagte Foulques. »Gute Nacht, Raymond.«

Robert wickelte sich in seinen Mantel und streckte sich auf dem Boden aus. Er rumorte ein paar Augenblicke herum, dann rülpste er lang und laut. »All ihr Heiligen, hört mein Flehen«, brummte er und wieherte über den eigenen Witz. »Du hast nicht noch zufällig einen weiteren Weinschlauch, Raymond?«

… und wie sich der Bischof den Rest seines Lebens fragen sollte, warum ein bestimmter Jahrgang aus seinem Wingert nach Schweinescheiße schmeckte.

»Leider nein«, sagte Raymond.

Normalerweise bogen sich die Zuhörer bei dieser Geschichte vor Lachen. Doch Robert hätte sie wahrscheinlich ohnehin nicht gut gefunden; die Geistlichkeit kam dabei nicht gut weg.

»Ich übernehme die erste Wache«, sagte Foulques.

»Wir brauchen keine Wache«, murmelte Robert.

»Nacht und Wald versetzen einen in Sorge, findest du nicht?«

»Wenn uns jemand zu nahe kommt, erschlagen wir ihn mit Raymonds leerem Weinschlauch.«

In Wahrheit hatte die Geschichte ein Ende, das Raymond weder heute noch sonst irgendwann zum Besten gegeben hatte: Die Bauern hatten nicht den Weinberg des Bischofs mit dem verseuchten Wasser gegossen, sondern ihre eigenen Gärten, und hatten das Wasser auch getrunken, was einige von ihnen, speziell die kleinen Kinder, mit dem Leben bezahlt hatten, während ihr Gemüse prächtig wuchs. Dass kleine Kinder und arme Bauern starben, weil ein fetter Kleriker flussaufwärts seinen Abfall ins Wasser kippte, war jedoch nichts, was erzählt werden wollte, zu gar keiner Zeit.

»Gute Nacht«, erwiderte Raymond.

5.

»Kennt ihr die Geschichte des Mannes, den sein größter Turniersieg umbrachte?«

Regen die ganze Nacht, Regen am Morgen, nichts zu essen oder zu trinken, ein ärgerlicher Robert und ein Feuer, das sich nicht mehr anfachen ließ: Die kleine Gruppe brach demoralisiert auf. Einzig Foulques nahm die Unbequemlichkeiten mit geradezu ritterlicher Gelassenheit und vertraute sich und seine Begleiter dem Schutz des Herrn an, ehe sie aufbrachen. Raymond hatte sich die halbe Nacht umhergewälzt und gefragt, an welchem Punkt seines Lebens genau er einen anderen Pfad hätte einschlagen sollen, um nicht hier im nassen Gras neben der Straße in seinen schlechten Mantel gewickelt zu liegen und vor Kälte zu schlottern; er hatte festgestellt, dass es in der Rückschau jede Menge solcher Punkte gegeben hatte. Er hatte sie nicht genutzt, nicht einmal erkannt. Vielleicht war diese Nacht wieder ein solcher Moment? Er dachte eine lange Weile darüber nach, konnte aber nicht erkennen, welche Möglichkeiten er hatte außer der, Robert und Foulques zu folgen und das Beste aus der Situation zu machen. Eine ebenso lange Weile dachte er darüber nach, dass er an all den Momenten, die er jetzt als mögliche Wendepunkte seines Lebens erkannt hatte, genau dasselbe vermutet hatte: dass es keine Möglichkeit gab und dass einfach weiterzumachen das Gescheiteste war. Wann würde er einen weiteren Rückblick dieser Art vornehmen und feststellen, dass es diese Nacht doch eine Wegkreuzung gegeben und er sie nur nicht (wieder nicht!) gesehen hatte? Es war nicht gut, solche Gedanken in einer nasskalten Nacht im Freien zu wälzen.

Robert brummte etwas. Foulques warf Raymond einen seiner undeutbaren Blicke zu. Die Stimmung war ebenso ungemütlich wie das Wetter.

»Da haben wir also unseren Helden«, versuchte es Raymond, »einen Mann von Statur, ungefähr so groß wie der Ginsterbusch auf dem Helm des Grafen von Anjou und ungefähr so schwer wie seine eigene Rüstung, und das mit nassen Haaren und Schuhen an den Füßen. Als wäre das noch nicht genug, stammte er auch noch aus dem Norden.«

»Wie hieß der Kerl?«, brummte Robert.

»Ihr werdet verstehen, dass ich keine Namen nenne, wenn ihr das Ende der Geschichte hört«, erklärte Raymond und grinste. »Sie ist dennoch wahr, nicht dass ihr denkt, ich nehme euch auf den Arm, und noch gar nicht mal so lange her.«

»Hm!«

»Das Turnier wurde in Tours abgehalten, also gar nicht so weit von hier. Eine Menge Teilnehmer: Barone und Grafen und Herzöge; und Frauen und Fräulein mit engen Miedern und das Dekolleté so weit heruntergezogen«, Raymond deutete einen Punkt in der Nähe seines Nabels an und pfiff durch die Zähne, »du liebe Zeit, die Pfaffen bekamen rote Glatzen vor Scham, so viele Brüste, die aus den Säumen herausquollen, so viele Brustwarzen, über denen sich der Stoff spannte, und wenn sie sich bückten, um ihren Favoriten ein Tuch an die Lanze zu knoten – ein Tuch, das sie dort hervorzogen, wo die Blicke der Mönche hinkrochen wie die armen Sünder zur ewigen Vergebung...«

»Alle Weiber zeigen die Titten, wenn's auf Turniere geht«, sagte Robert. »Komm zur Sache, Raymond.«

Raymond, der erzählen wollte, wie dem Helden der Geschichte aufgrund seiner mangelnden Größe die meisten erbaulichen Einblicke verwehrt blieben, versuchte mit einer späteren Szene an seinen Erzählfaden anzuknüpfen.

»Alle Teilnehmer aus dem Norden küssten schon in den ersten Durchgängen den Staub. Lediglich Sire Gisbert – ach, nun habe ich den Namen doch genannt, aber der Ruhm heftet sich ja nun mal an einen Namen, oder nicht?«, er zwinkerte Foulques zu, »Sire Gisbert glitt durch das Turnier wie ein Messer durch Rahm. Er kam sehr spät an die Reihe und geriet in einen Buhurt, bei dem seine Mitstreiter alle Gegner – auch den seinen – auf den Boden schickten, ohne dass es jemandem aufgefallen wäre, dass Sire Gisberts Lanze nicht einmal angekratzt war. Bei seinem ersten Tjost warf er dann einen Teilnehmer aus dem Sattel, der bislang unbesiegt geblieben war. Wie sich viel später herausstellte, war Sire Gisberts Gegner beim vorherigen Ritt das Schlüsselbein zertrümmert worden, und er war halb ohnmächtig und konnte sich nicht einmal bei Sire Gisberts schwächlichem Antippen mit der Lanze im Sattel halten.«

»Ein vernünftiger Mann wäre nicht angetreten«, sagte Foulques. »Es ist Pflicht, seine Kampfstärke für seinen Herrn so unversehrt wie möglich zu erhalten.«

»Ah, aber das Turnierfieber ...«, sagte Raymond, »wenn die Herren in die Hitze geraten ... Sogar Gisbert geriet in Wallung, alle hundert Pfund von ihm. Er hatte den Favoriten aus dem Rennen geworfen, und plötzlich stand er im letzten Tjost, ein paar Frauen winkten ihm zu und wollten ihre Tücher an seine Lanze heften (seine eigene Frau war nicht mitgereist), und er sah sich nach dem Mann um, gegen den er über die Planken reiten würde, eine leichte Beute für ihn, wo er doch den Favoriten gestürzt hatte ...«

»Außerdem hat Papst Innozenz die Turniere als gottlose Eitelkeit und Kraftmeierei gebrandmarkt«, erklärte Foulques. »Wer dabei ums Leben kommt, soll nicht einmal in geweihter Erde begraben werden dürfen. Es ist ein verfluchter Zeitvertreib. Man sollte nicht einmal Lieder darüber singen.«

Raymond machte eine Pause und ignorierte Foulques Einwand sowie Roberts verdrossene Miene und beschloss, wenigstens diese Geschichte so zu Ende zu bringen, wie sie bisher immer für große Heiterkeit gesorgt hatte.

»... und er ritt zu dessen Schild und warf ihn mit der Lanze um, und plötzlich verdunkelte sich die Sonne. Der Mann, den er herausgefordert hatte, war deutlich größer als der Helmbusch des Grafen von Anjou, und wenn Gisbert nackt so viel wog wie seine Rüstung, dann wog sein Gegner nackt so viel wie Gisbert *und* dessen Rüstung *und* seine eigene Rüstung dazu. Ließ sich der tapfere Sire Gisbert davon einschüchtern?«

Seine Zuhörer antworteten nicht.

»Oder davon, dass sein Gegner ein Ritter aus dem Süden war, der so ein Kerlchen aus dem Norden normalerweise zwischen dem Braten und den Süßigkeiten verspeist?«

Robert schaute missmutig.

»Nein!«, rief Raymond.

»Er gab dem Pferd die Sporen!«

Er krümmte den rechten Arm, als ob er eine Lanze in die Armbeuge klemmte.

»Er zielte auf den Schild seines Gegners ...«

Raymond machte ein Auge zu und streckte die Zungenspitze heraus wie ein Novize bei seinen ersten Schreibübungen ...

»... groß genug war der Kerl ja, man konnte überhaupt nicht vorbeitreffen ...«

Foulques verzog das Gesicht und seufzte.

»... und PENG! Traf den Schild genau da, wo die vier Nägel sitzen, so schön und gerade, wie es der Brauch verlangt. Ein Blitzstrahl von Gottes Hand hätte nicht besser treffen können!« Raymond hieb mit einer Faust in die Fläche der anderen Hand. Er legte eine Kunstpause ein.

»Das Problem war nur«, sagte er dann mit getragener Stimme, »dass Sire Gisberts Gegner im Sattel saß wie ein eingewachsener Fußnagel. Es war, als ob ein Vogel gegen eine Mauer flöge. Sire Gisberts Gegner ritt auf seinem Pferd geradeaus weiter, und Sire Gisberts Pferd lief ebenfalls geradeaus weiter. Nur Sire Gisbert selbst änderte seine Richtung, das heißt, er flog davon wie ein Flickenball, flog dorthin, wo er hergekommen war, und schlug exakt an der Stelle auf, an der er seinem Pferd die Sporen gegeben hatte. Als sie seine Rüstung öffneten, mussten sie ihm erst die Lanze aus der Hand winden, so fest hielt er sie immer noch umklammert. Natürlich war er mausetot.«

Raymond sah seine Begleiter an. Roberts Gesicht war dunkel und zu Boden gerichtet.

»Wie es Brauch ist«, fuhr Raymond fort, plötzlich überzeugt davon, dass er wieder einen Wendepunkt in seinem Leben übersehen hatte, nämlich vor fünf Minuten, als er die Wahl hatte, die Geschichte zu erzählen oder nicht, und sich falscherweise für die Erzählung entschieden hatte, »bezahlte der Verlierer das Preisgeld, was in Sire Gisberts Fall aus seinem Besitz in der Nähe von Nantes bestand, über den sein Gegner aus dem Süden nun plötzlich zum Baron geworden war. Sire Gisberts Besitz im Süden, ein befestigter Kuhstall und ein läppisches Dorf dazu, verschmähte der Sieger. Er überließ es Sire Gisberts einzigem Sprössling, seiner Tochter, als Erbe und Mitgift; er sagte, wenn sie nur halb so hässlich sei, wie ihr Vater gewesen war, könnte sie jeden Stein als Mitgift brauchen.«

Raymond verstummte. Er hatte die Geschichte erzählt, obwohl sie wegen ihres zynischen Verlaufs nicht zu seinen Lieblingserzählungen gehörte (die meisten Zuhörer aus den Reihen der Herren und Barone sahen es allerdings anders: ein Großmaul, das nicht durch Können, sondern durch pures Glück unbehelligt durch die geheiligten Sakramente des Turniers gekommen war, erhielt seine gerechte Strafe; dass das Großmaul aus dem Norden stammte, war der Honig auf diesem süßen Gebäck von einer Moritat). Er hatte gehofft, mit ihrem groben Strickmuster eher Roberts Geschmack zu treffen; außerdem war weit und breit kein einziger Geistlicher in die Sache verwickelt.

»Ist die Ballade fertig?«, fragte Robert.

Raymond zuckte mit den Schultern.

Robert gab seinem Pferd die Sporen und preschte ein paar Schritte voraus, wo er es wieder in Schritt fallen ließ. Foulques zögerte, dann lenkte er sein Pferd zu Raymond hinüber.

»Wo hast du denn diese Geschichte gehört?«

»Das weiß ich nicht mehr. Ich weiß nur, dass ich sie schon ein Dutzend Mal erzählt habe, und jedes Mal klatschten sich alle auf die Schenkel vor Lachen.«

»Zweifellos«, sagte Foulques.

»Warum lacht er nicht? Oder du – was ist an der Geschichte falsch?«

»Gar nichts ist falsch, Raymond. Sie ist sogar nur zu wahr. Das Problem ist nur, dass es die Geschichte von Roberts Schwiegervater ist und dieser unglückliche Vorfall dazu führte, dass Robert eine Frau mit einem ›befestigten Kuhstall und einem läppischen Dorf dazu‹ als Mitgift bekam anstatt des eigentlich versprochenen reichen Besitzes im Norden.«

Raymond starrte auf Roberts breiten Rücken einige Schritte weiter vorn. Ein Sturm von Gefühlen fuhr durch ihn hindurch und ließ ihn mit einem brennend roten Kopf vor Scham zurück. »Warum hast du mich nicht aufgehalten?«, stöhnte er.

»Ich habe es dir doch ohnehin dauernd zu verstehen gegeben ...«

»Warum hast du denn nicht direkt gesagt: ›Raymond, hör auf, mit der Geschichte beleidigst du Robert!‹«

»Dann wäre es für ihn noch peinlicher geworden.«

»Ich bin erledigt«, sagte Raymond.

Foulques breitete die Hände aus, dann legte er eine davon tröstend auf Raymonds Schulter. »Du kannst es wieder gutmachen«, sagte er und grinste. »Am besten mit einem Fest, über das der Bischof vor Vergnügen noch im Himmelreich berichten wird.«

Foulques trieb sein Pferd an und schloss zu Robert auf, und so legten sie die restliche Wegstrecke zurück: Robert und sein Knappe, Freund und bester Mann schweigend in Führung, Raymond ebenso schweigend mit langem Abstand als Nachhut. Seine Wangen brannten so rot, wie die Äpfel in diesem Sommer niemals werden würden.

»Ich sage der Herrin sofort Bescheid«, flüsterte das Mädchen und verbeugte sich vor Robert und seiner Begleitung. Dann lief sie eilig davon, offenbar erleichtert, aus Roberts Gegenwart entfliehen zu können. Robert nickte und umklammerte seinen Gürtel mit den Fäusten.

Raymond sah ihr hinterher. Sie trug nicht die grobe, einfache Kleidung wie das Gesinde, das in dem weitläufigen Hof zwischen Stallungen, Pferchen, Backhaus und Palas seiner Arbeit nachging; ihrem Kleid und dem Tuch im Haar und dem Umstand nach, dass sie nicht wie die anderen barfuß war, zu schließen, war sie die Zofe der Herrin. Sie hatte die drei Männer bereits erwartet, als sie die hölzerne Brücke über den Graben überquerten und durch die offene Stelle im Wall, der die gesamte Vorburg umgab und mit einer Palisade gekrönt war, den Besitz betraten. Jemand schien ihr Kommen vom Bergfried aus, dem einzigen steinernen Gebäude der gesamten Besitzung, beobachtet und das Mädchen hinuntergeschickt zu haben. Von Rechts wegen hätte es Roberts Frau sein müssen, die den Herrn und seine Begleiter willkommen hieß. Raymond machte sich seine Gedanken; darüber, über den Umstand, dass die Zofe Robert kaum ins Gesicht geblickt hatte, doch mehr noch über das Veilchen, das die eine Gesichtshälfte der Zofe verunzierte.

Während sie über die zweite Brücke hastete, die auf der anderen Seite der Vorburg wieder durch den Wall und über den Graben nach draußen führte, stemmte Foulques die Hände in die Hüften. Zum ersten Mal, seit Raymond ihn kannte, schien er ärgerlich zu sein. Robert neben ihm fuhr sich mit der Hand durch das Haar und dann über sein Gesicht. Einen Augenblick lang wirkte er, als fühlte er sich in seinem Haus alles andere als zu Hause.

Foulques stieß einen Pfiff aus, dass die Mägde und Knechte in der Vorburg aufschreckten. Die Zofe fuhr herum, stolperte fast und setzte dann ihren Weg fort; noch schneller als zuvor, wie es den Anschein hatte. Foulques Brauen zogen sich zusammen.

»Wo ist der Nichtsnutz?«, donnerte er.

Einer der Knechte duckte sich und deutete dann an den Männern vorbei nach draußen. Foulques drehte sich um und folgte dem Fingerzeig. Auf dem Weg, den auch sie genommen hatten, näherte sich eine Gestalt mit wild schlenkernden Armen und pumpenden Beinen; ein Mann, der lief, so schnell er konnte. Raymond kniff die Augen zusammen und spähte hinaus. Kein Mann, verbesserte er sich; ein Junge, und zwar derjenige, den Foulques gerade als Nichtsnutz bezeichnet hatte, kein Zweifel. Der Kerl rannte, als hinge sein Leben davon ab.

»Ich kann die Pferde nehmen«, murmelte der Knecht, der Foulques auf den Jungen aufmerksam gemacht hatte. Foulques schüttelte den Kopf.

»Es ist seine Aufgabe«, sagte er, um einiges weniger unfreundlich als vorhin. »Wo kämen wir da hin, wenn jemand andauernd für ihn einspringen würde.«

Der Knecht ging schulterzuckend zurück an seine Arbeit. Robert seufzte und wandte sich ebenfalls zu dem Jungen um, der nun mehr zum Eingang hereinfiel als lief und nach ein paar letzten langen Sätzen vor den drei Ankömmlingen zu Boden ging; wäre der Boden trockener gewesen, hätte er dabei eine Staubwolke aufgewirbelt.

»Oh ...«, stammelte er, völlig außer Atem, »... oh ...!«

Foulques bückte sich zu ihm hinunter und packte ihn an einem Ohr. Während der Junge schrill zu jammern anhob, zog er ihn in die Höhe und starrte ihm dann wütend ins Gesicht.

»Wo bist du, wenn der Herr nach Hause kommt?«, rief er und ließ das Ohr los, nur um den Jungen vorne an seinem feuchten Hemd zu packen und zu schütteln.

»Im Stall, im Stall...«, kreischte der Junge.

»Nein, zum Teufel!«, brüllte Foulques.

»Nein«, schrie der Junge, »nicht im Stall, nicht im Stall!«

»Sondern wo?«

»Im... im...« Die Augen des Jungen waren so weit aufgerissen, dass sie sein ganzes Gesicht auszumachen schienen. Er war fast ebenso groß wie Foulques und schien mindestens vierzehn oder fünfzehn Jahre alt zu sein. Raymond war sicher, dass Foulques ihn nur noch ein wenig länger schütteln musste, und der Junge würde vor Angst in seine ausgebeulten Beinlinge pinkeln.

»Lass ihn am Leben«, brummte Robert und grinste.

»Im Hof!«, brüllte Foulques. »Im Hof, mit einem freundlichen Lächeln im Gesicht und beide Arme ausgestreckt nach den Zügeln der Pferde und bereit, dir die Haxen wund zu laufen nach allem, wonach es den Herrn bei seiner Rückkehr verlangt!«

»Ja, ja, im Hof, ich weiß es doch, ich weiß es doch...«

»Wenn du es weißt, warum tust es dann nicht?«

»Weil ich... weil ich...«

»Wenn du aufhörst, ihn zu schütteln, kann er besser reden«, sagte Robert.

Foulques fletschte die Zähne, doch er ließ von dem Jungen ab. Dieser schwankte und verzog das Gesicht. Raymond wandte den Blick ab, halb mitleidig, halb amüsiert. Der Junge war ein Bild des Elends und schien zu erwarten, dass er jeden Moment enthauptet würde.

»Weil ich... weil ich... weil ich... die Fallen überprüfte!« Es brach förmlich aus ihm heraus.

Foulques trat einen Schritt zurück. »Die Fallen?«, röhrte er.

»Sind die Fallen vielleicht deine Aufgabe?«

»Nein, nein, die Fallen nicht...«

»Ist ja gut«, sagte Robert und schüttelte mit noch breiterem Grinsen den Kopf. »Bring jetzt die Pferde weg, bevor dir Foulques noch den Hals durchbeißt. Alle drei, und gib ihnen ordentlich zu fressen, wir sind schnell geritten.«

Foulques hob die Hände und ließ sie wieder fallen. »Die Fallen!«, stieß er fassungslos hervor. Plötzlich holte er aus und gab dem Jungen einen Schlag auf den Hinterkopf, der in Wahrheit nicht mehr war als ein Rüffel und den Jungen nicht einmal aus dem Gleichgewicht brachte. »Die Fallen, hat man so was schon gehört? War denn wenigstens was drin in den vermaledeiten Fallen?«

»Ein Hase...«

»Und wo hast du diesen Hasen?«

»Ist mir entwischt, als ich die Schlinge aufknüpfte...« Der Junge versuchte ein schafsdämliches Grinsen.

Foulques hob die Augen zum Himmel. »Herr«, schrie er, »halte mich zurück, sonst kommt sein Blut über mich!«

Der Junge nahm hastig die Zügel der drei Pferde an sich und zerrte sie zu den Stallungen hinüber. Foulques ließ die Schultern hängen und schüttelte den Kopf. »Die Fallen...«

Robert klopfte ihm auf den Oberarm. »Das wird *sie* ihm aufgetragen haben. Du bist selber schuld; du hast ihm eingebläut, dass er ihr genauso zu gehorchen hat wie mir oder dir.« Er warf einen dunklen Blick zum Bergfried hinauf.

»Sie ist die Herrin. Es ist nur recht so.«

»Na, du siehst ja, was du davon hast.« Er wandte sich ab und fasste plötzlich Raymond ins Auge. Einen Moment lang machte er ein finsteres Gesicht, dann stahl sich ein Lächeln auf seine Lippen und wurde immer breiter. »Du siehst ja noch belämmerter aus als dieser Nichtsnutz von einem Pferdejungen«, lachte er. »Was ist denn mit dir los?«

Raymond, den Robert auf dem ganzen Weg hierher geschnitten hatte, gab den Blick erstaunt zurück. »Ich dachte, ich sei in Ungnade gefallen.«

»Was? Wegen der Geschichte über Gisbert, diese alte Dörrpflaume? Hör auf! Wenn sich einer sein Unglück selbst zuzuschreiben hatte, dann er, oder?«

»Ich dachte...«

»Ach was!« Robert winkte ab. »Am Ende hätte ich mich auch noch um ihn kümmern müssen statt nur um den Trampel, den er seine Tochter nannte.« Robert verdrehte die Augen. »Und der sich jetzt meine Frau nennt. Vielleicht wäre es auch klüger gewesen, wenn ich anstelle von Gisbert bei diesem Turnier ins Gras gebissen hätte, was? Zum Glück war ich nicht dabei, sonst hätte ich am Ende noch in seinen Helm gepinkelt.«

»Wenn ich gewusst hätte, dass du der Leidtragende dieser Geschichte bist, hätte ich sie natürlich nie erzählt...«

»Wem, mir?« Robert stemmte die Hände in die Hüften, aber er grinste. »Nachdem du sie schon der halben Welt erzählt hast?«

Raymond seufzte.

»Komm, ich zeig dir, womit du es hier zu tun hast. Ich habe jede Menge Arbeit in dieses Furunkel am Arsch des Herzogtums gesteckt, und ich habe wenig Gelegenheit, damit anzugeben. Sag nur immer schön brav, dass du alles ganz beeindruckend findest, dann vergebe ich dir, dass du mich mit der Geschichte, warum ich diesen Scheißhaufen hier geerbt habe, zum Lachen bringen wolltest.«

Raymond lächelte. Er fühlte sich von Roberts plötzlichem Stimmungsumschwung überrumpelt, aber er war auch erleichtert. »Ich werde eine Ode auf deine Latrine dichten, wenn es sein muss.«

Robert legte die Hände als Schalltrichter um den Mund und rief dem Jungen hinterher, der mit den drei Pferden zu kämpfen hatte: »He, Jeunefoulques, bring nach dem Absatteln Raymonds Ledersack mit, hast du gehört. Und sei vorsichtig damit, sonst bricht dir dein alter Herr das Genick!«

»Worauf du dich verlassen kannst!«, brummte Foulques, auf seinem Gesicht ein beinahe ebenso schafsdummes Grinsen wie auf dem des Jungen. Doch sein Lächeln war nicht von Verlegenheit, sondern von der nur halb eingestandenen Liebe eines Vaters zu seinem ungeschicktesten Sohn bestimmt.

Robert führte Raymond in der Vorburg herum, während Foulques seinem Sohn in den Stall folgte, vermutlich, um ihm nochmals die Leviten wegen seines Fehlers zu lesen und ihm gleichzeitig zu helfen, die störrischen Pferde zu versorgen.

Die Scheune, in der Korn – Hafer, Dinkel und Roggen –, Obst, Kohl, Nüsse und Kastanien lagerten; der Viehstall, die Pferche und Schweinekoben, in denen die mächtigen Körper der Säue bewegungslos wie runde Felsen lagen, die geräumigen Pferdeställe; alles hatte Robert erweitern oder erneuern oder umbauen lassen. Lediglich das größte Gebäude der Vorburg, der hölzerne ehemalige Palas, schien von den Renovierungsarbeiten ausgespart worden zu sein. Raymond erkannte, dass das alte Herrenhaus leer stand, die Hühner liefen durch die Tür aus und ein und saßen in den Nischen.

»Die Hälfte von allem war gar nicht da und die andere Hälfte in Ruinen«, sagte Robert. »Außerhalb der Palisaden und auf dem Felshügel, auf dem der Bergfried steht, war seit Jahrzehnten nicht gerodet worden.« Robert seufzte. »Ich dachte, der Zorn Gottes hat mich getroffen, als ich sah, worauf ich mich eingelassen hatte. Allein die Rodungen dauerten einen ganzen Sommer. Ich konnte das Holz nicht mal abfackeln, sonst wäre der ganze Mist hier in Flammen aufgegangen. Wenigstens hatte ich danach genug Baumaterial.«

»Eine Menge Arbeit.«

»Das kannst du laut sagen. Zum Glück war damals das Wetter besser, sodass die Bauern unten im Dorf sich nicht so sehr um die Felder kümmern mussten wie heutzutage und ich genügend Hände zum Frondienst zur Verfügung hatte.«

Eine ältere Magd näherte sich mit scheuem Lächeln und ausgestreckten Händen, die sie schützend übereinander gelegt hatte. Als sie sie öffnete, lagen zwei Eier darin, die Schalen fleckig von den Ausscheidungen der Hühner und mit kleinen Federchen beklebt.

»Gerade gelegt, Herr«, sagte sie.

Robert lächelte zurück und pflückte ein Ei aus ihrer Hand. Er nickte ihr zu, und sie bot das andere Raymond an. Raymond zog einen seiner Handschuhe aus und nahm es entgegen. Das Ei war noch warm.

Der Backofen, ein Ziehbrunnen und die Hühnerställe schlossen den Kreis, mit dem die Gebäude den Hof der Vorburg umfingen, zum Eingang hin ab. Robert hatte einen klobigen Reiter mit in alle Richtungen starrenden, spitzen Stämmen bauen lassen, der neben dem offenen Eingang stand und als zusätzlicher Schutz vor Eindringlingen in die Lücke im Wall geschoben werden konnte. Roberts Haus war auf den ersten Blick nichts Besonderes, aber der Herr war kein Narr, und wenn die Burg sonst keinen Vorteil hatte, dann doch den, eine verlässliche Schutzburg für ihre Bewohner und die Bauern unten im Dorf zu sein.

»Früher, als das Marais noch nicht so verlandet war, waren es von hier nur ein paar Meilen bis zum Meer«, erklärte Raymond, »und irgendwo unter all dem Gestrüpp jenseits der gerodeten Flächen soll sich ein alter Kanal verbergen, auf dem man von hier bis zur Küste mit einem Boot vorankam. Jedenfalls sagen das die Alten unten im Dorf, und die haben es wahrscheinlich von ihren Großmüttern. Wenn ich das Scheißding finde, mache ich vielleicht noch einen Fischteich draus – so, wie es dauernd regnet, läuft er in einem Sommer voll. Na ja, irgendeinen Vorteil muss das Gelände gehabt haben, sonst hätte man hier nicht gebaut.« Robert hob sein Ei. »Darauf trinken wir«, sagte er und schlug auf die Spitze von Raymonds Ei. Raymond führte die aufgeschlagene Schale rasch zum Mund und trank das Ei aus. Robert drückte sein leeres Ei zusammen und feuerte es dann hinter die Umzäunung, in der die Hühner scharrten. Er zog die Nase hoch und warf einen missmutigen Blick zum Bergfried. »Wenn es schon keinen Wein zum Empfang gibt.«

Foulques gesellte sich zu ihnen. Jeunefoulques folgte ihm auf dem Fuß und schleppte den Sack mit Raymonds Instrumenten. Er musste eine große Kraft besitzen; er trug den Beutel mit spitzen Fingern und ausgestreckten Armen. Dabei machte er ein Gesicht wie ein Schreiber, der sein Handwerk nicht beherrscht und damit rechnet, dass ihm beim kleinsten Klecks die Ohren abgeschnitten werden. Raymond nahm ihm den Sack ab; der Junge atmete erleichtert auf und trollte sich zurück in den Pferdestall.

»Drei Dinge können einen Mann mit Gewalt und Gram aus dem Haus jagen: Rauch und tropfendes Wasser, aber am schlimmsten ist ein zänkisches Weib.« Robert schenkte Raymond ein schiefes Grinsen. »Bereit für die Höhle des Löwen?«

6.

Während alles in der Vorburg aus Holz war, war am Bergfried so gut wie nichts aus Holz, wenigstens nicht außen. Selbst der Turmkranz war mit breiten, mannshohen Zinnen aufgemauert anstatt mit einer hölzernen Hurde. Lediglich das Turmdach, ein flacher, spitzer Hut über einem Dachstuhl, dessen Tragbalken an den vier Ecken des Turmes weit überstanden und Laufrollen an den Enden aufwiesen, war nicht aus Stein. Das Gebäude im Lauf eines Angriffs in Brand zu setzen würde schwierig sein. Raymond schritt neben Robert über die Brücke und sah, dass an dem dem Bergfried zugewandten Ende Ketten befestigt waren, die über die Felsbrocken direkt zum Eingang des Bergfrieds hinaufführten. Man konnte die Brücke – nicht mehr als ein paar nebeneinander genagelte, starke Bretter – im Ernstfall wegziehen, ohne sich mehr als nötig aus der Deckung zu wagen. Der Weg nach oben war so angelegt, dass man die meiste Zeit über die rechte, ungedeckte Seite dem Bergfried zuwenden musste. Der Eingang in das Innere des Turms lag zwei Mannshöhen über dem Boden und war nur durch eine Leiter zu erreichen, die ebenfalls eingezogen werden konnte. Jemand beugte sich oben unter dem tief gezogenen Dach zwischen den Zinnen heraus und winkte, und Foulques winkte zurück. Raymond sollte später feststellen, dass der Wächter oben auf dem Turm und zwei weitere im Saal die einzigen Bewaffneten waren, die Robert als Burgknechte beschäftigte.

Robert hatte nicht viele Überlegungen an die Frage verschwendet, mit welcher Fenstergröße die Statik seines Bergfrieds noch gewährleistet war. Bis auf zwei große, rundbogige Eckfenster im zweiten Geschoss des Turms, die nach Süden und Westen hinausgingen und dem Saal Licht und Frischluft gaben, wies der Bergfried nur die kleinen, zwei Handspannen breiten und nicht viel höheren Fensteröffnungen eines befestigten *castrum* im Feindesland auf. Drinnen war es so dunkel, dass Raymond, nachdem er die ersten paar Schritte getan hatte, stehen blieb und die Augen schloss, damit sie sich an das Dämmerlicht gewöhnten. Es roch nach nassem Mauerwerk, kaltem Rauch, der feuchten Erde, die vom vielen Aus und Ein den Holzboden im ersten Geschoss des Bergfrieds in schmierigen Spuren bedeckte; nur aus der offen stehenden Klappe im Boden, hinter der eine Holztreppe nach unten zu den Lagerräumen und der Küche führte, drang ein angenehmer Duft: Roberts Küchenmägde bereiteten das Essen zu. An den Wänden standen Holzpritschen, drei Stück, auf denen Stroh und Decken lagen. Roberts Mannschaft lebte, wachte und schlief in diesem Raum.

Die Burgknechte begrüßten Robert und Foulques fröhlich und schulterklopfend. Raymond fühlte sich wie das fünfte Rad am Wagen. Er hatte erwartet, dass Roberts Frau sie wenigstens außerhalb des Bergfrieds begrüßen würde; doch sie war nicht einmal hier zu finden. Er glaubte zu spüren, wie Robert seine Verlegenheit durch besonders burschikosen Umgang mit seinen Knechten zu überspielen versuchte; ein Blick in Foulques' Gesicht sagte ihm nicht, ob er mit dieser Annahme Recht hatte.

»Wo ist die Herrin?«, fragte Robert schließlich.

Einer der Burgknechte deutete mit dem Daumen über die Schulter nach oben. Robert nickte. Er machte sich auf, die steile hölzerne Treppe zum zweiten Geschoss des Bergfrieds zu erklimmen. Wie der Weg zum Eingang des Bergfrieds herauf war auch sie so gebaut, dass man die linke Seite der Wand zukehrte und sich mit seinem Schild nicht decken konnte. Foulques hielt ihn auf halbem Weg auf.

»Wir hatten uns nicht verabschiedet«, sagte er. Robert zögerte kurz, dann stieg er weiter hinauf. Raymond folgte ihnen in einigem Abstand.

Das zweite Geschoss bestand aus Roberts Saal, der sich wie der Raum unten über die gesamte zur Verfügung stehende Fläche erstreckte. Wegen der großen Eckfensteröffnungen war das Licht hier besser. Raymond erkannte einen blanken Holzboden, mächtige Balken an der Decke und eine Treppe ähnlich derer, die sie gerade erstiegen hatten, in der gegenüberliegenden Ecke. Die Wände waren kahl, die Deckenbalken und die hölzernen Stützsäulen ohne Schnitzerei, das Holz noch so frisch, dass es zum Teil heller schimmerte als der Stein. Eines der wenigen Anzeichen, dass der Saal tatsächlich täglich benutzt wurde, war eine mächtige Strohschütte an der den Fensteröffnungen gegenüberliegenden Wand – der Platz, wo die dienstfreien Burgknechte und das Gesinde schliefen, die im Bergfried zu tun hatten und sich ihre Schlafplätze nicht draußen in den Scheunen oder Ställen suchten. Dunkle, struppige Schatten bewegten sich auf der Strohschütte und grollten, ohne sich zu erheben – Roberts Hunde. Weitere Anzeichen waren die aufgemauerten Sitzplätze in den tiefen Nischen der Eckfenster und die an alle freien Wände geschobenen Gestelle, denen jemand mit wenigen Kissen und Decken ein einladenderes Aussehen zu geben versucht hatte. Was sonst noch nötig gewesen wäre, Teppiche oder wenigstens bunte Holzschilde an den Wänden, herabhängende Tücher, die den Saal unterteilten, gemalte Szenen aus der Bibel, den Abenteuern Alexanders oder aus der Schlacht um Troja, fehlte. Raymond wusste sofort, dass dieser Saal, vermutlich Roberts Stolz, für das Fest völlig ungeeignet war, nicht nur seiner abweisenden steinernen Schlichtheit wegen. Er war außerdem zu klein. Er fragte sich, wann sich Roberts Laune so weit gebessert haben würde, dass er wagen konnte, ihm das beizubringen.

Wegen Roberts ständiger Sorge um die Kirche hatte Raymond – nachdem in der Vorburg nichts dergleichen zu sehen gewesen war – wenigstens im Saal eine Kapelle erwartet, wenn schon nicht abgemauert, so doch wenigstens hinter einem Holzverschlag. Doch der Saal enthielt keine Geheimnisse außer denen, die ohnehin zu sehen waren. Warum Robert, der sogar den Sarkasmus des Bischofs auf sich genommen hatte, nur um sicherzustellen, dass ihm die Einladung auch ja zugestellt wurde, die Kapelle ausgespart hatte, war ein Rätsel für sich. Und da es ums Sparen ging: Raymond, der in etlichen Sälen im ganzen Herzogtum zu Gast gewesen war, fiel auch das Fehlen des Kamins auf. Was Robert erbaut hatte, war ein grimmiger, kaum einnehmbarer Wehrbau. Dass er seinen Wohnbereich aus dem zweifelsohne komfortableren Holzbau in der Vorburg hier heraufgelegt hatte, mochte der Sicherheit seiner Familie dienen, doch in all dem Gemäuer und Gebälk und zwischen all diesen geschickt angelegten Treppen hauste er kälter, ungemütlicher und gemeiner als seine Pachtbauern drunten im Dorf, die sich mit ihren Tieren um den Feuerplatz in der Mitte ihrer Hütten drängten.

In der Nähe der Treppe, die hinauf zur Kemenate Roberts und seiner Frau führen musste, standen zwei Gestalten: Die eine war die Zofe mit dem blau geschlagenen Auge, die sie in der Vorburg empfangen hatte, die andere ein breitschultriger, dicker Mann mit einer weibisch geschnittenen Robe. Die Zofe trat einen Schritt zurück, und der Mann verbeugte sich und machte eine Handbewegung, die erkennen ließ, dass er kein Mann war. Raymond wurde mit einer Art Schock klar, dass er eine Frau vor sich hatte. Sie hatte ein grobes, bäuerisches Gesicht mit hängenden Wangen; ihr Haar war zu zwei Zöpfen geflochten und so eng um den Kopf gewunden, dass es auf den ersten Blick ausgesehen hatte wie der runde Haarschnitt, den auch Foulques trug. Was von ihrem Körper sichtbar war, presste sich von innen gegen das Kleid und füllte es rundherum ohne sichtbare Konturen aus wie ein Fass, über das jemand eine Menge Stoff gestreift hat. Sie hatte mindestens fünf Lebensjahre mehr als Robert oder

Raymond und wirkte durch ihre ausladenden Körpermaße noch älter. Als sie sich aufrichtete, ächzte sie, dann sagte sie mit einer tiefen Stimme, die ihr Erscheinungsbild abrundete: »Willkommen zu Hause.«

Robert stemmte die Hände in die Hüften. Sein Gesicht rötete sich, und seine Augen wurden zu Schlitzen. Bevor er losbrüllen konnte, sagte Foulques einfach: »Danke.«

Robert schüttelte sich. »Was ist hier los?«, rief er dann, sicherlich leiser, als er vorgehabt hatte. »Wieso wird man nicht so empfangen, wie es sich gehört?«

Raymond wandte seine Aufmerksamkeit zur Treppe, auf der ein Paar Stiefel mit einem weiten Rock herunterklapperten. Ein weiteres Paar Füße in Sandalen folgte wesentlich bedächtiger. Die Stiefel gehörten zu einem zierlichen jungen Mädchen, das in den Saal platzte und dort atemlos stehen blieb. Die Sandalen waren die eines Mannes mit einer grauen Pilgerkutte und einer Kapuze. Der Kopf unter der Kapuze drehte sich hin und her und nahm die Neuankömmlinge in Augenschein. Raymond fühlte einen heißen Schauer, als die unsichtbaren Augen an ihm hängen blieben, und er wusste, dass er die Stimme kannte, noch bevor sie sich erhob. Er tat unwillkürlich einen Schritt zu Foulques hinüber.

Der Mann in der Kutte hob beide Hände und streifte die Kapuze ab. Sein Gesicht war blass, sein Haar ein aschblonder Kranz um die Tonsur. Er sah so blasiert-empört aus wie ein Kardinal, den einer seiner Bischöfe dabei erwischt hat, wie er einem Messdiener unter der Kutte herumfummelt. Er hob einen Finger, zeigte auf Raymond und wandte sich an Robert. »Wieso lässt du diesen Mann unter dein Dach, mein Sohn?«, fragte er. Die Stimme war hell und kratzig und wäre jugendlich gewesen, hätte sie nicht vor Arroganz getrieft.

»Wer zum Teufel ist dieses Kuttengesicht?«, grollte Robert.

Foulques sah überrascht zu Raymond und fragte: »Kennt ihr euch?«

Raymond nickte. »Hallo, Bruder Guibert«, sagte er und hatte das Gefühl, dass sich Tonscherben in seinem Mund befanden, »gut durch den Regen gekommen?«

Robert machte den Mund auf und zu und sah zwischen Raymond und Guibert hin und her. Guibert zeigte immer noch theatralisch auf Raymond. »Sänger«, sagte er, »Herumtreiber. Gesetzloser. Ketzer und abtrünniger ...«

»Ich beichte«, stieß Raymond rasch auf Latein hervor. »Und nun schweig im Namen des Geheimnisses, das uns beide verbindet.«

Guibert riss die Augen auf. Sein Mund verzerrte sich vor Wut, sein Gesicht wirkte plötzlich wie das eines Kleinkindes, das im nächsten Moment einen Wutanfall bekommt. Er keuchte erstickt. Sein Finger begann zu zittern.

»Im Namen des Sakraments der Beichte«, sagte Raymond, immer noch auf Latein.

Guibert ließ den Finger sinken. »*Ego non te absolvo*«, flüsterte er voller Hass.

»Hört auf, in Zungen zu reden!«, brüllte Robert mit höchster Lautstärke. »Verrät mir endlich mal jemand, was unter meinem Dach vorgeht?«

Das junge Mädchen, das mit Guibert von oben heruntergekommen war, öffnete den Mund und schrie mit der gleicher Lautstärke zurück: »Warum fragst du mich, du Bastard? Du hältst es ja nicht mal für nötig, mir mitzuteilen, wenn du uns einen neuen Pfaffen ins Dorf holst!«

Raymond dachte, einer der Deckenbalken hätte sich gelöst und wäre auf seinen Kopf gefallen. Foulques machte eine höfische Verbeugung und sagte sanft zu dem jungen Mädchen: »Danke für das Willkommen, Dame Suzanne. Meine aufrichtige Ehrerbietung.«

»Ehrerbietung, Scheiße!«, schrie Robert. »Wer ist diese Figur? Ein Pfaffe? Ein Bettelmönch?«

»Ich bin Euer neuer Kaplan, Sire Robert«, sagte Guibert. Robert erblasste und suchte nach Worten. »Gottes Friede sei mit Euch und Eurem Haus. Ich danke für den freundlichen Empfang.«

»Äh...?«, machte Robert und wand sich vor Verlegenheit.

»Und das hier«, erklärte Foulques und wies auf Raymond, »ist Raymond le Railleur, der Mann, den unser Herr Robert engagiert hat, um das große Fest vorzubereiten.« Raymond fühlte, wie sich ein Ellbogen in seine Seite bohrte, und er machte eine Verbeugung, die so hölzern war, dass jede Heiligenfigur an der Fassade von Notre-Dame-la-Grande sie eleganter vollbracht hätte. Seine Lippen waren wie taub. Er hörte sich sagen: »Es ist mir eine Ehre, Dame Suzanne.«

Das junge Mädchen, Dame Suzanne, die Frau, die die Herrin des Hauses und Roberts Gattin war, starrte ihn an, dann fuhr sie mit einem Ruck zu Robert herum und schrie nochmals, beinahe lauter als vorher: »Und was soll diese neue Schweinerei mit einem Fest bedeuten!?«

Die Königin der Herzen

»Wir alle haben Grund zur Buße.«
Baldwin, Bruder Torhüter

1.

Raymond sah durch die Fensteröffnung im Obergeschoss des alten Palas auf die Vorburg hinaus: Hühner, Schweine, Hunde, dazwischen die ihrer Arbeit nachgehenden Bediensteten. Als er das ehemalige Herrenhaus in Augenschein genommen hatte, hatte sich herausgestellt, dass sein Innenleben weniger baufällig war, als es von außen den Anschein gehabt hatte – mit weniger Aufwand, als den steinernen Bergfried zu errichten, hätte Robert es wieder in Schuss bringen können. Das Gebäude hatte einen Obst- und Gemüsegarten verdeckt, der ideal zum Haus lag, ebenso der Backofen. Vom Bergfried aus, wo sich jetzt die Küche befand, war es jedes Mal ein weiter Weg. Vielleicht hatte sich Robert mit seiner aufwendigen Baumaßnahme doch in Wahrheit nicht verbessert, und der beeindruckende äußere Schein verblasste vor den nicht beachteten Anforderungen des täglichen Lebens. Doch das war es nicht, woran Raymond hauptsächlich dachte.

Etwas, oder besser gesagt jemand anderer, nahm den eigentlichen Teil seines Denkens ein, jemand, der jetzt vom Bergfried her mit raschen, kurzen Schritten in die Vorburg herunterstürmte, den Saum des Rocks hoch genug gerafft, dass er nicht im Schlamm schleifte. Suzanne Ambition. Was von ihren Beinen zu sehen war (und bei ihrer hastigen, resoluten Gangart war es nicht wenig, sie musste den Rock bis über die Knöchel heben, um sich so rasch bewegen zu können), war von Stiefeln bedeckt. Die Mode, hochhackige Pantoffeln unter dem Kleid zu tragen, die die Gestalt reckten und sie möglichst den kunstvoll überhöhten schlanken Figuren der Teppichsticker und Bildermaler angleichen sollten, war noch nicht bis in diese einsame Enklave vorgedrungen; oder vielleicht schien sie Suzanne nicht praktisch genug.

Suzanne hielt an, um mit einem der Dienstboten zu sprechen. Raymond erwartete, dass der Mann zusammenzuckte, doch er verbeugte sich nur knapp und zuckte dann mit den Schultern. Suzanne sah sich in der Vorburg um. Ihr Gesicht war finster. Der Knecht nahm seine Arbeit wieder auf. Suzanne steuerte auf die Stallungen zu. Als sie dort verschwand, fühlte Raymond sich unwillkürlich erleichtert.

Das unvermutete Auftauchen Guiberts und seine Versuche, Raymond mit den Blicken zu ermorden, hatten Raymond weniger erschüttert als Suzannes hitziger Auftritt. Er hatte noch niemals erlebt, dass eine Frau sich ihrem Mann derart entgegenstellte, und schon gar nicht vor Gästen. Noch nicht einmal Odile de Chatellerault hatte mehr getan, als ihrem tiefen Missfallen durch eine ernste Miene Ausdruck zu verleihen, und sie hätte weiß Gott genügend Gründe gehabt, eine Szene zu machen. Suzanne aber – wie eine Furie war sie auf Robert losgegangen. Niemand, zumindest nicht Raymond, hätte ahnen können, dass sich eine solch Funken sprühende, zornige Energie in dieser schmalen Person verbarg, die auf den ersten Anblick gewirkt hatte wie ein jugendliches Kammermädchen. Alles hatte er nach Roberts abfälligen Schilderungen über seine Frau erwartet, ein dümmlich grinsendes Püppchen, eine nicht wesentlich intelligenter schmachtende verkappte Nonne, der die Familienräson nicht gestattet hatte, den Schleier zu nehmen, eine übergewichtige Kuh mit gewaltigen Eutern und einem dicken Hintern, der die Bälger an den Rockzipfeln hingen; alles, nur nicht das, was ihm geboten worden war. Als Suzanne wieder aus dem Stall zum Vorschein kam und sich voller Ungeduld umschaute, wobei ihre Blicke auch das Herrenhaus streiften, trat Raymond einen Schritt von der Fensteröffnung zurück. Nanu, hast du Angst vor ihr?, dachte er halb spöttisch. Aber Angst war es nicht. In Wahrheit schreckte er davor zurück, ihr zu begegnen, ohne ausreichend vorbereitet zu sein. Er wusste es selbst noch nicht, doch es war ihm wichtig, sie bei einem zweiten Zusammentreffen zu beeindrucken. Die hölzerne Verbeugung und das plumpe *Es ist mir eine Ehre*, du liebe Zeit! Guilhem der Troubadour musste sich im Grab umdrehen, dass einer aus der Sangeszunft so eine schwere Zunge hatte. Gut, ihr Auftritt war auch nicht so gewesen, wie es sich die höfischen Sitten vorstellten ... hochgereckt und elegant, den linken Daumen in der Tasselschnur, mit zwei Fingern der rechten Hand den Mantel sittsam zusammenhaltend – sie hatte weder die Schnur noch einen Mantel getragen, ganz abgesehen davon –, aber das entschuldigte nicht Raymonds eigenes tölpelhaftes Benehmen. Raymond schüttelte den Kopf und trat wieder ans Fenster. Suzanne hatte bereits den halben Weg bis zu ihm zurückgelegt, jetzt gab es keine Möglichkeit mehr, das Herrenhaus zu verlassen, ohne ihr über den Weg zu laufen. Und wo blieben jetzt die eleganten Reime, die sich solchen Gestalten wie Bernard de Vontadour oder Bertran de Born in jeder Gelegenheit förmlich auf die Zunge drängten?

»Raymond?«

Raymond stand stocksteif im Obergeschoss und hielt den Atem an. Von all den Möglichkeiten, die ihn erwarteten, trat eine am deutlichsten in seinem Denken hervor: dass Suzanne Robert davon überzeugt hatte, dass seine Idee Unsinn war und dass Raymond seinen unverhofften Gönner ebenso schnell wieder verloren hatte und dass Robert zu feig war, es ihm selbst zu sagen; und von all den Gefühlen, die er dabei empfand, war am stärksten dieses: Bedauern, dass er keine Gelegenheit erhalten sollte, Suzanne von seinem Können zu überzeugen.

»Raymond? Seid Ihr dort oben?«

Es hatte keinen Zweck, sich zu verstecken. Er räusperte sich. »Ich bin hier, Dame Suzanne.«

Sie polterte die Treppe herauf. Raymond wartete am Fenster, und sie durchquerte den Raum ohne zu zögern. Dicht vor ihm blieb sie stehen. Ihre Wangen waren gerötet. Als sie merkte, dass sie immer noch den Rocksaum hob, ließ sie ihn fallen und strich ihr Kleid mit einer raschen Handbewegung glatt.

Sie war ohne Zweifel eine Schönheit. Raymond starrte sie offen an. Die mit der *fin amor* vertrauteren Standesgenossen hätten wahrscheinlich sofort zu dichten begonnen und in die Poesie übersetzt, was Raymond nur in hingerissener Prosa bewundern konnte: ihr dunkelblondes Haar (die Wellen aus Honig und Sonnenlicht, die ihr Haupt bekränzten), ihre streng geschwungenen Brauen (der lichte Schein ihrer Stirn), ihre hellgrauen, beinahe durchsichtig wirkenden Augen (die Sterne des Morgentaus auf den Lilienblüten), ein beinahe zu schmaler Mund unter einer scharfen, geraden Nase, über die sich die blassen Sprenkel von Sommersprossen zogen; und unter dem Kleid eine schlanke, eher mädchenhafte Gestalt, erstaunlich klein, kaum dass ihr Scheitel bis zu seinem Kinn reichte ... Raymond merkte erleichtert, wie sich die schwülstigen Vergleiche der Liebespoesie verflüchtigten und ihn stattdessen mit der Gewissheit zurückließen, dass Suzanne in diesem einfachen Hauskleid eine ebenso vorteilhafte Figur machte wie in einer knappen Lederrüstung und einem kurzen Speer auf der Wildschweinjagd und dass man, wenn man sie um die Hüfte packte, das Spiel harter Bauchmuskeln anstatt weichen Fleisches spüren würde ... und er ertappte sich dabei, dass er sich wünschte, sie in der Lederrüstung zu sehen und um die Hüfte packen zu dürfen.

»Was habt Ihr gesagt?«

Raymond stotterte: »Ich ... ich? Ich habe nichts gesagt ...«

Sie schüttelte den Kopf und zog ein verdrossenes Gesicht. Um ihre Mundwinkel lagen Falten, die auch nicht verschwanden, wenn sich ihre Züge glätteten, ebenso wenig wie die Linien auf ihrer Stirn und zwischen ihren Brauen. Die Sommersprossen machten sie jugendlicher, als sie war, die Sommersprossen und diese erstaunlich hellen, großen Augen, die auch in einem breiteren Gesicht nicht klein gewirkt hätten.

Raymond bereitete sich geistig auf seinen Hinauswurf vor; oder wenigstens darauf, sein eigenes, unschuldiges Hiersein verteidigen zu müssen: Ich konnte nicht ahnen, dass Euer Gatte Euch nicht... ich wollte Euch nicht in Verlegenheit bringen mit meiner Anwesenheit... ich versichere Euch, dass ich nicht das Geringste...

»Hat diese blasierte Krähe Recht?«, fragte sie.

»Diese... blasierte... Krähe...?«

Sie machte eine unwillige Kopfbewegung zum Fenster hinaus, vage in Richtung Bergfried. »Gilbert, oder wie er heißt. Das Pfäfflein.«

»Was hat er denn gesagt?«

»Dass Ihr einer von den Ketzern aus Montsegur seid, der seine Irrlehre in süßen Reimen verbreitet statt mit ehrlichen Diskussionen, und dass Ihr noch gestern eine Todsünde vor seinen Augen begangen habt und dass jeder sein Seelenheil aufs Spiel setzt, der Euch unter seinem Dach beherbergt.«

»Das ist alles?«

»Reicht Euch das nicht?«

»Ich meine, hat er sonst noch was gesagt?«

Sie musterte ihn. Plötzlich lächelte sie. Es grub die Falten wieder in ihre Mundwinkel, aber diesmal verliehen sie ihrem Gesicht Jugend, statt es ihm zu nehmen. »Er sagte, er könne noch viel mehr erzählen, wenn er nicht durch das Gelübde der Beichte gebunden wäre.«

»Ah ja.«

»Es würde mich schon interessieren, warum Ihr Euch so eine kleine aasige Ratte zum Beichtiger genommen habt.«

»Gottes Wege sind wunderbar.«

»Das heißt es, aber ich habe es noch nie so erlebt.«

»Die Hauptsache ist doch, dass er seinen Mund hält, oder nicht?« Auch Raymond probierte ein Lächeln. Ihres wurde bei seiner Antwort breiter.

»Setzen wir unser Seelenheil aufs Spiel mit Euch hier, Raymond?«

»Was glaubt Robert?«

»Robert sucht derzeit in einem Weinkrug nach der Antwort.«

»Und was glaubt Ihr?«

»Foulques hält Euch für einen, dem man vertrauen kann.«

»Aus Foulques' Mund ist dies ein mächtiges Kompliment.«

»Robert ist plötzlich der Ansicht, dass die Bauern unten im Dorf einen Hirten brauchen. Da das Dorf keine Pfarre hat, hat er diesen Mönch, diesen... Gilbert... beim Bischof in der Stadt als Kaplan angefordert. Nur leider hat mein Gatte vergessen, dass unser kleines Paradies hier keine Kapelle hat – die Kapelle war nämlich hier drin«, sie wies in eine leer stehende Ecke, »das Kreuz, das hier hing, befindet sich jetzt in unserer Kemenate, und irgendwie hat Robert bei seinem Neubau übersehen, eine richtige Kapelle einzuplanen.«

»Der Mönch heißt Guibert.«

»Und fragt sich jetzt, ob er zum Besten gehalten worden ist. Wenn er sich einbildet, ich lasse ihn fünfmal am Tag in unserer Schlafkammer Choräle singen, hat er sich verrechnet.«

»Das wird sich schon regeln.«

»Seid Ihr auch der Ansicht, Raymond? Dass Ihr zum Besten gehalten worden seid?«

»Das hängt von Euch ab«, sagte Raymond mit riskanter Ehrlichkeit.

Sie nahm es, ohne mit der Wimper zu zucken. »Genau das tut es.«

Er sah sie an. Das Lächeln aufrechtzuerhalten war mühsam, aber es gelang ihm. Sie erwiderte seinen Blick. Als er schon zu lächeln aufhören wollte, verzog sie plötzlich den Mund.

»Ihr beherrscht die Kunst des *fin amor*?«

»Nein. Aber ich kann sie lernen...«

»Foulques erweist mir bereits die Ehre. Nachdem in den

letzten zwölf Monaten niemand hier zu Gast war außer ein- oder zweimal einer der Pfaffen, zu denen Robert sich plötzlich so hingezogen fühlt, hat Foulques beschlossen, dass es seine Aufgabe ist, der Frau seines Herrn und Freundes die ferne Liebe anzutragen.«

»Ich beneide ihn.«

Sie dachte nach. »Wegen einer von vornherein als hoffnungslos geplanten Verehrung um eines Ideals willen?«

Raymond atmete ein und versuchte es: »Keine Verehrung, die man Euch entgegenbringt, ist sinnlos.«

»Ich sagte hoffnungslos, nicht sinnlos. Hoffnungslos, Raymond.«

»Ah ja.«

»Lieder? Geschichten? Erbauliche Moritaten?«

»Meine Geschichten bedürfen des Überdenkens.«

»Ach was? Was soll das heißen?«

»Robert meint, ich sei aus der Übung, das soll es heißen.« Raymond nahm sich vor, sich in Zukunft vor geschraubten Formulierungen zu hüten.

»Trotzdem hat er Euch aufgelesen?«

»Ich habe eine gewisse Tendenz dazu, trotz meines heruntergekommenen Aussehens von mitleidigen Seelen aufgelesen zu werden.«

Sie stutzte. »Ihr braucht nicht wie ein Hündchen zu schmollen, wenn man Euch versehentlich auf die Pfoten tritt.«

Raymond schwieg.

»Wo wollt Ihr schlafen? Im Stall? Oben im Saal?«

»Ich dachte hier.«

»Meinetwegen.«

Raymond wartete ein paar Momente. »Dann muss ich mich nicht zum Besten gehalten fühlen?«

»Nein.« Sie streckte eine Hand aus. Raymond streifte sich den rechten Handschuh ab und verhedderte sich damit. Ihre Hand hing immer noch in der Luft. Sie lächelte. Raymond errötete wie ein Junge. Endlich hatte er den vermaledeiten

Handschuh herabbekommen. Als er Suzannes Händedruck erwiderte, ließ er ihn in seiner Hast zu Boden fallen. Suzannes Hand war heiß und trocken und ihr Druck so fest wie der eines Mannes.

»Ihr habt kalte Hände«, sagte Suzanne und bückte sich, um den Handschuh aufzuheben, noch bevor Raymond es tun konnte. »Gott zuerst und danach sollt Ihr mir willkommen sein.« Sie stellte sich auf die Zehenspitzen und gab ihm den Begrüßungskuss. Er atmete ihren Duft ein und fühlte sich wie erstarrt, bis sie die Umarmung löste.

Als Raymond seinen Handschuh schnappen wollte, zog sie ihn außer Reichweite. »Wenn mein Mann wirklich ein Fest veranstalten will und Ihr dafür sorgen sollt, dass es ein Erfolg wird, dann müssen wir in den nächsten Tagen zusammenarbeiten, habe ich Recht?«

»Ja.«

»Das wird nicht einfach.«

»Ich werde mir alle Mühe geben ...«

»Ich meine nicht Euretwegen.« Sie fuhr sich rasch mit der Hand übers Gesicht und lächelte abermals. »Ich habe den Eindruck, Ihr seid jemand, mit dem man stets friedlich zusammenarbeiten kann.«

Raymond sagte nichts. Sie hielt ihm den Handschuh wieder vor die Nase und zog ihn diesmal nicht weg. Raymond nahm ihn mit der Linken, ohne ihn wieder überzustreifen. Er erwiderte Suzannes Blick, während seine Gedanken rasten und nach einer Erwiderung suchten, die ihr auf höfliche Art zeigen sollte, dass er zwar tatsächlich jemand war, mit dem sich zusammen ein Fest auf die Beine stellen ließ, aber dass nicht stimmte, was in ihrer Bemerkung sonst noch mitgeschwungen war: dass er ein langweiliger Wachsklumpen war, der sich unter jedem Druck verformte, weil ihm die Kraft fehlte, Widerstand zu leisten.

»Euer Pferd ist bei Jeunefoulques in guten Händen«, sagte sie. »Ihr braucht Euch keine Sorgen zu machen. Der Junge ist

Foulques Bastardsohn – wahrscheinlich weiß nur Robert, wer die Mutter ist, aber er verrät es nicht und Foulques auch nicht. Der Junge weiß, dass Foulques ihm den Kopf abreißt, wenn er seine Aufgabe nicht ordentlich erfüllt.«

»Ich habe ihn schon in Aktion erlebt«, erklärte Raymond.

»Was habt Ihr daraus geschlossen?«

Raymond zögerte. »Dass der Junge nicht unbedingt der Allerhellste ist ... und dass Foulques ihn liebt, wie der beste Vater seinen wohlgeratensten Sohn liebt.«

»Ich dachte, Ihr besäßet keine Menschenkenntnis.«

Raymond blinzelte verblüfft. »Weshalb?«

»Weil Ihr noch hier seid.«

Sie wandte sich ab und schritt zur Treppe hinüber. Über die Schulter rief sie ihm zu: »Die Mägde bereiten für Robert und Foulques ein Bad. Kommt auch dazu, wenn Ihr nicht wie die Bauern glaubt, dass man von Körperhygiene krank wird.«

»Gern«, murmelte Raymond ihrem Rücken zu.

Er sah sie über den Hof der Vorburg marschieren (marschieren war das richtige Wort, mit ihrem Tritt hätte sie auch mit einer Kompanie flandrischer Söldner mithalten können), die Röcke wieder hochgerafft. Wer vom Gesinde in ihrem Weg stand, sah zu, dass er ihr Platz machte und sich verbeugte. Die Ehrerbietung wirkte merkwürdig fehl am Platz: Von fern sah sie wieder aus wie ein junges Mädchen, das sich nur deshalb beeilt, weil es einen Teil seines Kopfschmucks in der Truhe vergessen hat.

> »Nicht hab ich meiner selber Macht,
> kenn mich nicht mehr seit jener Stund,
> da mir zuerst dein Aug gelacht
> wie eines schönen Spiegels Grund.
> Als ich dich sah, du Spiegel hell,
> stieg seufzend mir der Tod empor,
> und ich verlor mich, wie am Quell
> Narziss, der Schöne, sich verlor.«

Raymond schüttelte sich. Schrecklich plump, schrecklich peinlich, triefender als ein voll gesogener Schwamm. In seinem Herzen ahnte er, dass er damit wohl die eine oder andere (Meister Hugues Schankdirne, hahaha...) zum Schmelzen gebracht hätte; genauso wie er wusste, dass Suzanne nicht dazugehört hätte.

Die wirklich feine Liebeslyrik hatte er noch nie beherrscht, da gab es kein Drumherum. Der Unterschied war nur: Früher hatte es ihm nichts ausgemacht.

2.

»Schluck runter, Raymond, und dann unterhalte uns. Jetzt hab ich dir lange genug beim Kauen zugesehen.«

»Wie wär's mit einem *jeu-parti*? Ich stelle mich zur Verfügung.«

»*Dein* Kauen ist durchaus unterhaltend, Liebster. Wenigstens ist es laut.«

Natürlich war es Foulques, der in die Bresche sprang, wahrscheinlich um zu verhindern, dass Raymond wieder irgendeine unpassende Geschichte erzählte und den Rest des Abends versehentlich vergiftete (sofern man einem Schierlingsbecher noch so viel Gift beimischen kann, dass man es merkt). Natürlich konnte sich Suzanne nicht zurückhalten und Robert für dessen groben Scherz eine nur in der Wortwahl feinere Replik erteilen. Roberts Augen verengten sich, doch er schwieg.

Raymond, dessen Gehirn seit dem Nachmittag leer war und der deshalb weder Lust hatte, zu singen noch sich mit Foulques ein freundschaftliches Dichterduell zu liefern, sagte: »Wie wäre es mit der Geschichte von Alexander dem Großen und seinem Streitross Bukephalos?«

»Das kennt doch jedes Kind«, stöhnte einer der Burgknechte, die mit an Roberts Tafel saßen. Soweit Raymond herausbekommen hatte, hieß er Georges und war der Anführer der kleinen Truppe. Er war der Einzige der drei, aus dessen Mund mehr als unverständliches Grunzen kam, wenn er ihn zum Reden öffnete – was er nicht oft tat. Er und seine zwei Kameraden bildeten das jenseitige Ende der Tafel; das diesseitige bestand aus Robert, Foulques zu seiner rechten, Suzanne zu seiner linken Seite und einem leer stehenden Platz, der wie ein Ehrenplatz an der Stirnseite der Tafel stand. Raymond fragte sich, aus welchen Gründen oder für wen er frei gehalten wurde. Zwischen der Herrschaft und den Bewaffneten befand sich quasi als unzuordenbarer Tischgast Raymond; und ihm gegenüber wieder ein freier Platz. Neben dieser Tafel gab es noch eine zweite Stelle im Saal, an der gegessen und getrunken wurde: auf der Strohschütte des Gesindes, auf der sich mindestens ein Dutzend immer wieder wechselnder Männer, Frauen und Kinder und Roberts Hunde befanden.

»Die Geschichte ist wirklich alt«, befand Robert und sah Raymond finster an. »So alt wie die Welt. Damit hat Adam schon Eva gelangweilt.« Er nahm die dicke, mit Saft voll gesogene Brotscheibe auf, die als Unterlage für Fisch und Fleisch gedient hatte, und warf sie ungeduldig zur Strohschütte hinüber. Die Hunde schlugen die nach dem Leckerbissen haschenden Kinder um Längen. Die Kinder machten enttäuschte Gesichter. Suzanne lächelte.

»Kennt ihr die Geschichte von den zwei Engeln?«, fragte Raymond. Foulques richtete sich auf, plötzlich neugierig.

»Engel?«, echote Robert.

»Es ging dir doch um Geschichten, die die Kirche nicht beleidigen.«

»Auf dem Fest, verdammt noch mal, aber jetzt sind wir unter uns.«

»Ich möchte sie gern hören«, sagte Foulques.

»Ich auch«, sagte Suzanne. Robert warf die Hände in die Luft.

»Engel, du meine Güte!« Er schüttelte resigniert den Kopf. »Hoffentlich haben sie wenigstens kurze Hemdchen an.«

»Es sind männliche Engel«, erklärte Raymond nicht ohne Genugtuung.

Unter dem Gesinde wurde es stiller, die Kinder hörten gezischte Ermahnungen, leise zu sein. Raymond sah sich um.

Foulques Blick schien zu bedeuten, dass diesmal keine Gefahr bestand, irgendjemanden versehentlich zu beleidigen; Suzannes Gesichtsausdruck war nicht zu enträtseln. Zu Beginn des Abendessens hatte sie Robert, Foulques und Raymond noch selbst vorgelegt, doch als Robert ihr mit einem fehlgeschlagenen Scherz dankte, ließ sie es wieder sein. Nach diesem Zeitpunkt war die Stimmung auf der Strohschütte deutlich unbeschwerter gewesen als an der Tafel.

»Zwei Engel – ein älterer und ein jüngerer – waren einst unerkannt unter den Menschen auf Reisen«, begann Raymond. »In der ersten Nacht kamen sie zum Gehöft eines reiches Mannes und baten um ein Nachtlager. Der reiche Mann war so geizig und so unhöflich, dass er ihnen den Zutritt in sein Haus verwehrte. Die Engel mussten im Stall schlafen.«

»Eine Sünde, auch wenn er nicht wusste, dass es Engel waren«, kommentierte Foulques. »Sogar eine umso größere: Die Armen sind der Weg der Reichen zum Paradies, darum hätte er sie niemals zurückstoßen dürfen.«

»In der Nacht bemerkte der ältere Engel, dass in einer Wand des Stalls ein großes Loch klaffte. Er rührte Lehm und Mörtel an und reparierte das Loch. Da fragte ihn der jüngere Engel: ›Warum hast du das getan? Dieser Mann hat nicht verdient, dass du ihm hilfst.‹«

Raymond machte eine Pause. Alle starrten ihn an. Er wartete auf die unvermeidliche Bemerkung Roberts, die seinen Erzählfluss zerstören würde, doch sie blieb aus. Robert nickte ihm zu.

»›Ich habe es getan, weil die Dinge manchmal nicht so sind, wie sie scheinen‹, sagte der ältere Engel.«

Robert und Foulques machten verblüffte Gesichter.

»Weiter«, sagte Suzanne.

»Am nächsten Abend erreichten die beiden Engel die Hütte eines Pächters, der dort mit seiner Frau, seinen kleinen Kindern und ein paar Tieren hauste. Der Pächter bat die Engel herein, gab ihnen von dem wenigen, was sie zu essen hatten –

Haferbrei und Beeren – ab, so viel die beiden wollten, und schlief mit seiner Frau auf dem nackten Boden, damit die Engel das Strohlager nutzen konnten.«

Foulques wiegte den Kopf und seufzte. »Wahrer Adel kommt nicht immer von der Geburt«, brummte er. Er machte ein zufriedenes Gesicht.

»Am nächsten Morgen lag die einzige Kuh des Bauern tot in einer Ecke der Hütte. Der Bauer und seine Familie waren untröstlich – die Kuh war ihr einziger wertvoller Besitz gewesen, und sie waren so gut wie ruiniert.«

Raymond schwieg erneut. Robert kniff die Augen zusammen. »Willst du uns damit sagen, dass das Leben beschissen ist und die Engel Gottes auch nicht wissen, was sie dagegen machen sollen?«

»Ich glaube, er ist noch nicht fertig«, fuhr Suzanne ihn an.

»Da nahm der jüngere Engel den älteren beiseite und fragte ihn: ›Warum hast du zugelassen, dass die Kuh in der Nacht starb? Diese Leute sind so freundlich zu uns gewesen, und was haben sie davon? Und dem reichen Geizkragen hast du noch die Wand repariert. Ich verstehe dich nicht.‹«

»Verdammt richtig«, murrte Robert.

»›Das liegt daran, dass die Dinge manchmal nicht das sind, was sie zu sein scheinen‹, sagte der ältere Engel.« Raymond lächelte zu der Gruppe von Kindern hinüber, die ihm mit weit aufgerissenen Augen und Mündern zuhörten. Als jemand den Saal betrat, wandte sich dem Neuankömmling niemand zu; jeder wartete darauf, dass Raymond enthüllte, wie es mit den beiden Engeln weiterging.

»›Als ich in der vorigen Nacht den Stall inspizierte‹, sagte der ältere Engel, ›entdeckte ich ein Loch in der Wand. Dahinter befand sich ein geheimes Versteck, in dem Gold und Schmuck lagen. Ich mauerte es zu, sodass der geizige Mann es niemals wieder finden würde.‹«

»Ha!«, machte Robert und zog gleichzeitig eine so nachdenkliche Miene, dass selbst Suzanne zu einem Lächeln gezwungen war. Ganz offensichtlich konnte er sich in die Lage des Geizkragens, der seine geheimen Schätze plötzlich nicht mehr fand, ebenso hineinfühlen wie in die des Engels.

»›Als wir in dieser Nacht in der Pächterhütte schliefen, kam der Engel des Todes vorbei und wollte die Frau des Bauern holen. Ich gab ihm stattdessen die Kuh. Du siehst also, dass die Dinge nicht immer so sind, wie sie zu sein scheinen.‹«

Foulques und Robert lehnten sich verblüfft zurück. Das Gesinde auf dem Strohlager war still, doch es war keine peinliche Stille. Raymond lächelte zufrieden: Es war das erste Mal seit langem, dass er mit einer Geschichte Erfolg gehabt hatte. Er konnte nicht sagen, warum ihm ausgerechnet diese in den Sinn gekommen war, außer vielleicht, dass sie ihn bewegt hatte, seitdem er sie gehört hatte, und dass die angespannte Stimmung auf Roberts Besitz eher nach einer ruhig-nachdenklichen Ballade verlangte anstatt nach einer sarkastischen Moritat über die Dummheiten der Menschen. Suzanne erwiderte Raymonds Lächeln und nickte ihm zu. Raymond erlaubte sich, zurückzunicken und noch ein wenig breiter zu grinsen.

Foulques kratzte sich am Kopf. »Was für eine…«

»… widerliche Blasphemie«, vollendete ein anderer.

Die Gäste an Roberts Tisch und das Gesinde in der Ecke drehten sich überrascht um. Nur Raymond blieb ruhig sitzen. Sein Lächeln gefror. Er brauchte sich nicht umzudrehen. »Hallo, Bruder Guibert«, sagte er.

»Ich bin Vater Guibert für dich, du…«

Suzanne versuchte sich zu erheben, aber Robert war schneller.

»He, Vater Guibert«, rief er und versuchte so zu tun, als habe er den Kaplan schon die ganze Zeit über vermisst, »setz dich an unseren Tisch.«

Guibert blieb mit verkniffenem Gesicht mitten im Saal stehen.

»Ich sehe, du hast dich gegen meinen Rat entschieden.«

»Welchen Rat?«

»Den Ketzer aus deinem Haus zu weisen.«

»Das Gesetz der Gastfreundschaft gilt unter diesem Dach für jeden«, entgegnete Robert steif. Er winkte ab, als Foulques sich ebenfalls erheben wollte.

»Das Gesetz der Gastfreundschaft«, wiederholte Guibert, »gilt nur für eine Nacht.«

»Das ist schon richtig – für ein Kloster, in dem täglich so viele Bedürftige vorsprechen, dass die Teilung der Reichtümer nach Organisation verlangt.«

Robert funkelte Raymond an. »Ich melde mich rechtzeitig, wenn ich jemanden brauche, der für mich spricht.«

»Wenn dieser Mann morgen aufgebrochen ist, werde ich deinen Besitz neu einsegnen«, erklärte Guibert. »Sonst ist es Gott nicht möglich, unter all der Häresie die Seinen zu erkennen.«

Raymond versuchte einen Blick von Suzanne aufzufangen, aber Roberts Frau hielt den Kopf gesenkt. Foulques, auf Roberts anderer Seite, machte ein angespanntes Gesicht; er schien sowohl darauf zu lauern, den Kaplan in die Schranken weisen als auch Robert vor einem unbedachten Ausbruch behüten zu müssen.

Raymond schlug einen Akkord, als wolle er Guiberts letzte Bemerkung unterstreichen. Er zeigte ein amüsiertes Lächeln, von dem nur er selbst wusste, wie schwer es ihm fiel. Guibert ballte die Fäuste. »Ich brauche keine Musikbegleitung von dir, du verdammter Heide.«

»Deine Worte hatten sich so poetisch angehört. Und ein Vers ohne Musik ist wie eine Mühle ohne Wasser«, bemerkte Raymond.

»Ketzerphilosophien!«, schäumte Guibert.

»Tatsächlich? Ich dachte, das hätte der Erzbischof von Toulouse gesagt.«

»Nun setz dich erst mal zu uns«, rief Robert. »Es gibt zu essen und zu trinken; du kannst was auf den Rippen vertragen.«

Guibert zog ein Gesicht wie jemand, der sich überwinden muss, mit Kröten und Schweinen aus einem Trog zu speisen. Schließlich schlappte er in seinen Ledersandalen zu dem freien Platz an der Stirnseite der Tafel hinüber, bauschte seine Kutte und setzte sich umständlich nieder. Robert presste die Lippen zusammen und setzte sich zögernd. Foulques Blicke schossen zwischen Suzanne und Robert hin und her; Raymond sah, dass Robert einatmete und die Luft anhielt. Suzanne hob den Kopf und sah Guibert an. Der Kaplan war für die Kälte in ihrem Blick unempfindlich, aber wäre Suzanne in die Klauen eines Drachen gefallen und hätte dem Drachen diesen Blick gegönnt, der Lindwurm hätte nicht einmal mehr ein Kerzenflämmchen spucken können, dessen war Raymond sich sicher.

»Dieser Platz ist besetzt«, sagte Suzanne.

»Wie?« Guibert war ebenso überrascht wie empört, dass Roberts Frau ihn so unvermittelt und unhöflich anredete.

»Ich sagte, dieser Platz ist besetzt.«

»Das ist schon in Ordnung«, erklärte Robert hastig, »man kann ja mal eine Ausnahme machen, oder?«

»Nein«, sagte Suzanne.

»Was meinst du damit, meine Tochter?« In Raymonds Ohren schepperte der Misston: Guibert, ganz der väterliche Gottesmann.

»Ich bin nicht deine Tochter«, fauchte Suzanne. »Wenn ich das Pech gehabt hätte, als junges Mädchen von einem Kretin geschwängert zu werden, der all seine Dummheit an seinen Sprössling weitervererbte, dann könntest du vom Alter her beinahe mein Sohn sein. Also blas dich nicht auf und rede mich mit dem Respekt an, den ich verdient habe.«

Guiberts Kinnlade sank herab. Foulques schien nicht zu wissen, was er tun sollte; Roberts Gesicht verdunkelte sich. Raymond kämpfte gegen die Versuchung an, auch Suzannes Worte mit einem Akkord zu unterstreichen; er vergaß den Gedanken wieder, als ihm das Funkeln in Roberts Augen auffiel, das nicht zu seinem tödlich verlegenen Gesicht passen wollte. Robert senkte die Lider, und der Eindruck verging, dass hier zwei Dinge nicht zusammenpassten.

»Auch ich habe Respekt verdient, Dame Suzanne«, erwiderte Guibert mühsam. Er erhob sich und strich seine Kutte glatt.

»Die Herrin des Hauses besteht leider darauf, dass dieser Platz schon belegt ist«, sagte Robert ruhig. »Darf ich dich bitten, dort drüben zu sitzen?«

Er deutete auf den anderen freien Platz. Wie schön, dachte Raymond, mir direkt gegenüber. Ein Hoch auf wohlwollende Tischnachbarn.

Guibert schüttelte brüsk den Kopf. »Ich weiß es, wenn ich nicht willkommen bin.«

»Aber nie im Leben...«

»Ich werde für ein Haus beten, in dem die Ketzer an der Tafel völlern und die Knechte des Herrn an die Viehtränke verwiesen werden.«

Raymond fühlte, wie sich die Blicke des Gesindes auf ihn richteten. Foulques Gesicht spannte sich.

»Lass dir mal etwas Neues einfallen«, sagte Raymond. »Ist das alles, was du kannst? Herumlaufen und mit dem Finger auf Leute zeigen, die du nicht kennst, und schreien: Der ist ein Ketzer, und der ist ein Ketzer und der da auch?«

»Ich erkenne einen Ketzer, wenn ich einen sehe.«

Raymond zwang sich zu einem Lächeln. »Woran denn? An den Hörnern auf seiner Stirn?« Er legte die Zeigefinger an seine Schläfen und wackelte damit. »Oder an seinem Schwanz?« Er wetzte mit dem Hintern auf seinem Sitzplatz herum. Das Gesinde kicherte. »Oder an seinem Bocksbein?« Er hob mit gespieltem Ächzen einen Fuß und tat so, als wolle er seinen Stiefel ausziehen, sich dann aber eines Besseren besinnen. »Nein, die lasse ich lieber an. Meine Füße sind zwar keine Bocksfüße, aber sie könnten so riechen.«

Das Gesinde lachte. Sogar über Roberts Gesicht huschte

ein kurzes Schmunzeln. Als es ihm bewusst wurde, schlug er mit der flachen Hand auf den Tisch.

»Schluss jetzt. Ich sagte, das Gesetz der Gastfreundschaft wird an meiner Tafel nicht gebrochen.« Er breitete die Arme aus. »Du hast einen gottesfürchtigen Eifer an dir, Vater Guibert, das gefällt mir. Bischof Bellesmains hat dich nicht umsonst empfohlen. Als er mir seinen Assistenten nicht als Dorfkaplan überlassen wollte, sagte er, er würde mir an seiner Stelle seinen nächstbesten Mann senden. Aber jetzt bist du unter meinem Dach und dem der Herrin dieses Hauses, also...«

»Auch dieses Haus steht nur, weil Gott der Herr es erlaubt.«

»Amen«, sagte Robert. »Jetzt setz dich endlich, segne die Speisen, iss und trink und erzähl. Du sollst die Schrift so gut beherrschen, wie man hört?«

Guibert ließ sich nicht einwickeln. »Nicht in die Nähe dieses...« Er deutete auf Raymond. Raymond legte die Finger wieder an die Schläfen und zwinkerte den Männern und Frauen auf dem Stroh zu. Das Gesinde prustete. Sie hatten keine Ahnung, wie schwer es Raymond fiel, den unbeeindruckten Narren zu spielen.

»Raymond, hör auf damit. Das mit der Gastfreundschaft gilt auch für dich. Vater Guibert, warum setzt du dich dann nicht... äh...« Robert starrte Suzanne herausfordernd an. Ihre Augen weiteten sich. Foulques sprang auf.

»Du kannst meinen Platz haben, Vater Guibert«, erklärte er.

»Da die Herrin des Hauses ihren Sitz nicht dem Vertreter der Kirche räumen will...« begann Robert.

»Ich werde mir ein Lager im Stall suchen, den die Herrin des Hauses offensichtlich als für mich passend erachtet.« Guibert hatte den Tenor von Roberts Worten endlich aufgegriffen.

»Dein oberster Lehensherr ist in einem geboren, was regst du dich auf?«, fragte Suzanne. Foulques japste verzweifelt und versuchte mit allen Kräften, im Boden zu versinken. Suzanne gab den Blick des jungen Kaplans kampflustig zurück. Raymond ahnte, dass sie noch lange nicht fertig war. Was immer sie an Ärger über Robert die letzten Tage angehäuft hatte, sie war freudig bereit, ihn an Guibert auszulassen.

Guibert überlegte wahrscheinlich schon, wie er den Rückweg nach Poitiers schaffen sollte, um Bischof Bellesmains darüber zu berichten. »Ein Weib, Ehrwürden, das den Namen des Herrn mit Verachtung im Munde führt und dem Vertreter der Kirche nicht einmal einen Platz zum Sitzen in ihrem Saal einräumt.« Was neben der Straße mit Arnaud und seinen Gauklern passiert war, hatte er jedenfalls so schnell wie möglich an den Bischof weitergegeben.

Ob der Bischof in dieser Situation die Zusage zu Roberts Fest weiterhin aufrechterhalten würde?

»Ich danke für die Gastfreundschaft«, sagte Raymond und stellte fest, dass er aufgestanden war. Er verbeugte sich vor Robert und Suzanne. »Aber ich bin müde von der Reise und dem letzten Nachtlager. Wenn es keine Unhöflichkeit bedeutet, würde ich mich gern zurückziehen. Ich schlafe unten im alten Palas.«

Er trat von der Tafel zurück, noch bevor ihn jemand aufhalten konnte. Robert starrte ihn überrascht an. Suzannes Gesicht war verschlossen. Raymond sah zu Foulques hinüber, der sich langsam wieder niederließ.

»Findest du den Weg hinunter?«, fragte Foulques mit unbewegtem Gesicht.

Raymond nickte.

»Georges, einer der Männer soll mit ihm hinuntergehen und ihm leuchten.«

Raymond wechselte einen Blick mit Suzanne. Einen winzigen Augenblick lang überlegte er, ob er sich von ihr mit einem Vers verabschieden sollte, aber dann entschied er sich dagegen und war den ganzen Weg bis zum Palas hinunter froh und ärgerlich zugleich darüber.

Jeunefoulques hatte seine Sachen im Obergeschoss des alten Hauses abgelegt. Raymond richtete sich in einer Ecke ein Lager, notdürftig unterstützt von der blakenden Fackel, die der Burgknecht ihm zurückgelassen hatte. Als er fertig war, hörte er Schritte die Treppe heraufpoltern.

»Das war die edelste Tat des ganzen Abends«, sagte Foulques und seufzte.

»Ich bin wirklich müde.«

Foulques winkte ab und lehnte sich an die Wand. Er fuhr sich mit der Hand über das Gesicht. »Hat ohnehin nichts genützt. Robert und Suzanne haben sich weiter gezankt, bis Vater Guibert zu beten anfing. Robert und das Gesinde des Bergfrieds knien jetzt mit ihm zusammen im Stroh.«

»Und du?« Eigentlich hatte er fragen wollen: und Suzanne?

»Ich hielt es für gottesfürchtiger, dir zu sagen, dass du dich wie ein Ehrenmann verhalten hast. Als du anfingst, Vater Guibert zu widersprechen, dachte ich schon, nun hast du gleich Robert und den Kaplan gegen dich, aber dann hast du den Mund gehalten wie jemand, der weiß, was er tut.«

»Ist das der Grund, warum Robert so viel Wert darauf legt, dass ich nichts gegen die Geistlichkeit sage? Weil seine Frau es umso freizügiger tut?«

»Du hast die Herrin an einem schlechten Tag kennen gelernt.«

»Woran liegt es, dass das Verhältnis zwischen Robert und Suzanne so gespannt ist?«

»Das gehört zu den Fragen, die der alte Einsiedler Parzival zu stellen verboten hat.« Foulques wies auf Raymonds Sachen. »Alles zu deiner Zufriedenheit?«

»Indem Parzival die Lehren des alten Einsiedlers befolgte, entging ihm das Wesentliche.«

Foulques schüttelte den Kopf. »Also, passt alles?«

»Ja.«

»Wenn nicht – gib mir Bescheid. Der Junge muss noch eine Menge lernen.«

»Du bist zu streng.«

»Ich hatte einen Freund wie Robert. Jeunefoulques hat bislang nur die Pferde. Wenn ich ihm nicht auf die Sprünge helfe, wer dann?« Foulques gähnte und stieß sich von der Wand ab. »Ich möchte wieder oben sein, bevor Vater Guibert den Segen erteilt.«

»Wann hat der Bischof die Entsendung seines Assistenten als Kaplan hierher verweigert?«

»Wie meinst du das, wann? Robert ist ihm ein paar Wochen lang in den Ohren gelegen, aber Seine Ehrwürden war hartnäckig. Wann waren wir zuletzt in Poitiers? Im März, als der königliche Kastellan Roberts Steuer neu festlegte?«

»Vor gut zwei Monaten also.«

»Warum fragst du?«

»Nur so. Ich wunderte mich, dass Robert bei Bischof Bellesmains so direkt auf seinen Assistenten zu sprechen kam.«

»Er war wohl von dem jungen Mann beeindruckt.« Foulques kratzte sich am Kopf. »Vater Guibert könnte bei ihm in die Schule gegangen sein. So gesehen, hat der Bischof einen vollwertigen Ersatz besorgt.«

»Das dachte ich mir.«

»Weshalb, kennst du den Assistenten des Bischofs?«

»Was man so hört.« Hoppla, Raymond, schon bei deinen ersten Fragen als Schnüffler in den Morast geraten. Er grinste schief. »Wenn man sich in der Stadt herumtreibt.«

»Ich frage mich, woher Roberts plötzliche Frömmigkeit kommt«, brummte Foulques. »Nicht, dass sie ihm nicht gut anstehen würde, aber ...«

»Ja?«

»Nichts. Gute Nacht.«

»Das Fest sollte hier im Palas stattfinden.«

»Wie?«

»Hier, in diesem Saal. Er ist groß genug. Der Saal im Bergfried oben ist zu klein. Mit dem Gesinde und der Tafel, so wie heute, ist er fast voll.«

»Du meinst, ich soll Robert das beibringen?«

»Tust du's?«

Foulques lachte. »Ich bleibe bei meiner Arbeit, du bei deiner.«

»Meistens wird dem Überbringer schlechter Nachrichten der Kopf abgeschlagen.« Raymond lächelte. Foulques wandte sich ab und stieg die Treppe wieder hinunter. Er war fast unten, als Raymond ihm nachrief: »Für wen war der leere Sessel? Sag nicht, für Sire Gisbert!«

Foulques kehrte um und stieg wieder hoch, bis sein Kopf über den Rand des Treppenabsatzes lugte.

»Nein. Heute jährt sich der Tag, an dem Königin Aliénor nach England gebracht wurde. Der leere Platz bedeutet, dass jemand in der Mitte des Landes fehlt.«

»Das ist nicht Roberts Idee.«

»Nein, Robert ist Angeviner. Man muss wie Suzanne im Poitou geboren sein, um es verstehen zu können.«

»Ich kann es verstehen.«

Foulques nickte und lächelte. »Gute Nacht, du stolzer Poiteviner. Seit heute Abend hast du bei mir einen Stein im Brett.«

»Dann hoffe ich, dass ich dich nicht enttäuschen werde.«

Raymond hatte die Fackel gelöscht; der Schein des Mondes hinter den ziehenden Wolken malte schwache Vierecke hinter den Fensteröffnungen auf den Boden. Die Vierecke flackerten, als würde jemand draußen in der Vorburg tanzen und werfe seinen Schatten herein. Schließlich stand Raymond auf und tastete sich zu den Fensteröffnungen, um hinauszuschauen. Der weite Platz zwischen den Wirtschaftsgebäuden war leer.

Aber auf der anderen Seite der Brücke, die zum Bergfried hinüberführte, stand eine einsame Gestalt. Es war nicht zu erkennen, wohin sie schaute, doch Raymond ahnte, dass sie in seine Richtung blickte. Er fand es schwierig, nicht einen Schritt von der Fensteröffnung zurückzutreten. Nach einigem Zögern winkte er. Die Gestalt winkte nicht zurück; im Inneren des finsteren Palas war Raymond unsichtbar. Weiter oben auf der Motte, am Fuß der Leiter, stand jemand mit einer Fackel; das Licht blinkte matt auf dem Metall eines Helms.

Foulques ließ seine Herrin nicht ohne Schutz in die Nacht, nicht einmal innerhalb ihrer eigenen Burg.

Raymond schaute zu, wie die Gestalt sich abwandte und den Weg hochstapfte; er beobachtete sie, bis sie die Leiter hochgeklettert und im Bergfried verschwunden war. Als er sie nicht mehr sehen konnte, fühlte er ein so starkes Bedauern, dass es ihn selbst verwunderte. Die Aussicht auf seine muffig feuchte Decke auf dem harten Boden im kalten Inneren des verlassenen Palas war plötzlich so unerfreulich wie nie zuvor.

3.

Als Raymond am nächsten Morgen erwachte, dauerte das Geschrei in der Burg schon eine ganze Weile an. Er taumelte schlaftrunken zu einer Fensteröffnung und starrte hinaus. Pferde wieherten, Männerstimmen riefen Befehle, Kinder kreischten. Raymond erschauerte, als ihm ein Regenschleier ins Gesicht wehte. Ein Dutzend erdfarben gekleideter Gestalten rannten so schnell sie konnten durch den Morast in der Vorburg und über die Brücke aus dem befestigten Teil hinaus. Sie schwangen Stöcke, Dreschflegel und hölzerne Spieße. Ihr Geschrei klang aufgebracht. Gleich danach donnerten ihnen drei Pferde hinterher, der Schlamm spritzte auf, und die hölzerne Konstruktion des Palas erzitterte. Raymond erkannte Robert und Foulques, der dritte Mann, der den Abschluss bildete und auf einem kleineren Pferd ritt, war wahrscheinlich Georges. Foulques und Georges trugen leichte runde Helme, keine Kettenhemden oder Halsbergen. Robert war barhäuptig; sein Gesicht leuchtete zornig rot zu Raymond herauf, dann jagten die drei Reiter über die Brücke und in den dämmernden Morgen hinaus. Eines der Pferde wieherte grell. Plötzlich erkannte Raymond, dass sich das Zittern des Fußbodens nicht wieder gelegt hatte. Er fuhr herum; jemand rannte die Treppe herauf. Raymond hatte die halbe Strecke zu seiner Decke und dem in seinen Sachen versteckten Messer zurückgelegt, als der Eindringling keuchend in den Saal stürzte und sich umsah.

Raymond blieb stehen. »Jeunefoulques«, stöhnte er, »heiliger Hilarius, ich dachte, mein letztes Stündlein hat geschlagen…«

»Schnell...«, stammelte Jeunefoulques, »schnell, die Herrin... oben im Turm... schnell...«

Raymond war noch vor Jeunefoulques im Hof. In den tiefen Hufabdrücken der Pferde stand der Regen; es spritzte rot, als Raymond hineintrat. Sein Herz, das sich beim Anblick Jeunefoulques kaum beruhigt hatte, hämmerte doppelt so schnell wie zuvor. Er wartete nicht auf den Jungen, der ihm mit ungelenken Sprüngen hinterherkam; er schoss über die Brücke und den steilen Weg hinauf, dachte vage daran, dass er sein Messer im Palas zurückgelassen hatte, und keuchte bereits lauter als Foulques Bastardsohn. Die Leiter hing schief, war aber nicht eingezogen, die Holme mit frischen blutigen Handabdrücken verschmiert. Er nahm zwei Sprossen auf einmal, platzte in den Wachraum – menschenleer, Georges Männer waren nirgends zu sehen, die Spieße waren fort –, stolperte über seine eigenen Füße und schlug der Länge nach hin, spürte es kaum und krabbelte auf Händen und Füßen die Treppe in das zweite Geschoss hinauf und war noch nicht oben, als er schon brüllte: »Suzanne! Suzanne!«

»Hör auf zu plärren, hilf mir lieber!«

Raymond stürzte in den Saal und prallte zurück. Er hatte Recht gehabt, was die Feier betraf: Wenn mehr als ein Dutzend Menschen darin war, wurde er drangvoll eng. Suzanne kniete in der Mitte einer jammernden und schreienden Menschentraube, das Haar gelöst und das Gesicht gerötet. Raymond machte einen Schritt und rutschte auf einer Blutlache aus. Suzanne kniete inmitten eines Schlachthauses.

Zwei Frauen und ein Kind. Die Frauen mit zerfetzten Gewändern und aufgerissenen Armen und Beinen, die Haut hing ihnen in Fetzen von den Knochen. Das Kind...

»Oh mein Gott«, stöhnte Raymond und fühlte, wie seine Beine weich wurden...

... der Bauch aufgeschlitzt, die Gedärme...

»Komm schon und hilf mir, gottverdammt!«, kreischte Suzanne.

Er fiel neben ihr auf die Knie. Suzanne hatte eine Faust tief in das Becken des Kindes gedrückt. Er stieß gegen sie, und die Faust verrutschte, und ein heißer Blutstrahl pumpte wie eine Fontäne hervor und besudelte Raymond. Suzanne stieß die Hand wieder auf die Wunde. Das Kind warf den Kopf hin und her und stöhnte dünn, die Augen weit aufgerissen und die Augen glasig.

»Was muss ich tun?«, schrie Raymond.

»Woher soll ich das wissen!?« Über ihr Gesicht liefen Tränen und Schweiß und wuschen das Blut in langen Bahnen von den Wangen. »Er verblutet, wenn das hier nicht aufhört.«

Die Frauen schrien und jammerten. Eine von ihnen rutschte neben Raymond zu Boden und streckte die Hände nach dem Kind aus. Raymond sah mit Grauen, dass ein paar Finger nur noch an Sehnen und Fleischfetzen baumelten.

»Schaff sie weg«, schrie Suzanne und warf sich das Haar aus dem Gesicht. Ihre Faust rutschte wieder ab, ein neuer Blutschwall sprühte über sie und Raymond. Raymond fasste die Frau am Arm und zerrte sie zu ihrer Gefährtin. Deren Kittel war bis über die Schenkel hochgeschoben; sie stöhnte und biss sich auf die Lippen und hielt mit blutigen Händen die Innenseite eines Beines zusammen. Muskelstränge und Sehnen quollen aus einem Schnitt, der vom Knie bis zu ihrer Scham reichte. Sie saß in einer sich ausbreitenden Blutlache. Zwischen ihren Fingern pulste es rot und rann auf den Boden.

»Hier, sie verblutet auch!«, rief Raymond. Suzanne antwortete nicht. Er zögerte vor Entsetzen, dann umklammerte er die Finger der Frau und half ihr zu drücken; sie schrie auf. Raymonds Hände wurden warm und klebrig. Die zweite Frau kroch wieder auf Suzanne und das Kind zu.

»Wo sind deine Zofen?«

»Marie ist oben bei der kleinen Aliénor«, keuchte Suzanne. »Constance reißt Leintücher für Verbände.«

»Und die Burgknechte?«

»Gott hilf mir, Gott hilf mir, Gott hilf mir...«, stammelte die Verletzte vor Raymond. Ihre Lippen verfärbten sich blau. Raymonds Hände flatterten voller Panik über ihre Wunde hin und her, ohne etwas auszurichten. Als er dort, wo ihre Finger nicht waren, die Wundränder fasste und zusammendrückte, schrie sie wie am Spieß; er fuhr zurück.

»Draußen, sie patrouillieren um das Gut...«

»Wir brauchen Hilfe, verdammt!«

Raymond sah sich hektisch unter dem Gesinde um, das einen Kreis um sie bildete; wen er anblickte, wich zurück und schüttelte wild den Kopf. Die Frauen weinten.

»Ich kann es nicht mehr halten, ich kann nicht mehr!«, schluchzte Suzanne. Raymond starrte über die Schulter zu ihr. Die zweite Verletzte packte sie an den Armen und schrie schrill auf sie ein; Suzannes Hand rutschte wieder ab. Der Blutstrom aus der Arterie des Kindes war nur noch schwach. Die weit aufgerissenen Augen sahen ins Leere, und der Junge wimmerte stoßweise; er war so bleich, dass er im Tod nicht mehr bleicher werden konnte. Suzanne schüttelte die verletzte Frau grob ab und drückte wieder auf die Wunde.

»Wo ist der Diakon!?«, Raymonds Stimme überschlug sich.

Suzanne gestikulierte wild mit dem Kopf in eine Ecke des Saals. Guibert lag auf den Knien mit dem Gesicht zur Wand und hatte die Hände gefaltet. Seine Lippen bewegten sich hektisch.

»Guibert, hör auf zu beten und hilf uns!«, brüllte Raymond. Der Kaplan reagierte nicht, außer dass er ein hastiges Kreuzzeichen schlug und den Kopf einzog. Raymond sah Jeunefoulques, der mit aufgerissenem Mund am Eingang zum Saal stand.

»Jeunefoulques, hierher!«

Der Junge stolperte zu ihnen hinüber. Die Männer und Frauen des Gesindes machten ihm Platz. Er war grün im Gesicht, als er das viele Blut sah, und schlug die Fäuste vor den Mund.

»Hilf der Herrin!«

Jeunefoulques sank neben Suzanne zusammen. Seine Augen zuckten hin und her. »Die Wunde, hilf mir drücken!«, keuchte Suzanne.

»GUIBERT!!«, schrie Raymond.

»Herr, hilf uns in deiner unendlichen Güte…«, heulte Guibert und kniff die Augen zusammen.

»Hier sind die Tücher, Herrin!« Eine neue Stimme, schrill vor Panik. Raymond blickte auf. Constance, die Zofe mit dem blauen Auge, hielt einen Ballen Stoffstreifen umklammert.

»Gib sie mir.« Constance reagierte nicht. »Gib sie mir, deine Herrin braucht sie nicht!«

»Herrin…«

»Gib sie ihm!«, kreischte Suzanne. »Worauf wartest du, verdammt?«

Constance ließ das Bündel fallen. Ihre Lippen waren blass vor Hektik und Angst. Raymond fasste mit einer blutverschmierten Hand nach oben – keine Handschuhe, dachte er unzusammenhängend, ich habe die Handschuhe vergessen – und packte das Mädchen am Handgelenk, zwang sie neben sich auf den Boden. Sie starrte ihn an, ihr Mund verzogen zu einem lautlosen Aufschrei.

»Wickle es um ihr Bein!«, stieß Raymond hervor.

»Nein, nein, o nein, das viele Blut…«

»Jeunefoulques, halt fest, halt fest!« Der Körper des Kindes begann sich aufzubäumen. Suzanne schrie und weinte gleichzeitig. »Oh mein GOTT!!«

»GUIBERT, ICH BRING DICH UM!«

»… alle Heiligen, hört meine Gebete…«

Die Frau schrie, als Raymond und Constance die ersten Bandagen um ihr aufgerissenes Bein wickelten. Sie versuchte sie mit fliegenden Fäusten abzuwehren. Von ihren Augen war nur das Weiße zu sehen. Die Bandagen waren in Sekundenschnelle nass vor Blut und klumpten sich zusammen. Raymond keuchte. Constance schluchzte hysterisch.

»Jeunefoulques, drück ihn nach unten, ich kann die Wunde nicht zuhalten...«

»Hier, eine neue Lage! Fester wickeln...«

»Das Blut, ääääh, das Bluuuuut...«

»Jeunefoulques!«

»GUIBERT!«

»Raymond, ich kann nicht mehr, er entgleitet mir, er entgleitet mir...«

»GUIBERT, du BESCHISSENE DRECKIGE...«

»Herrin.«

»Jeunefoulques, halt ihn!«

»Herrin...«

»Halt ihn, bei Gott, oder ich...«

»Herrin, es blutet nicht mehr...«

Suzanne und Raymond sahen aus dem großen Fenster des Saals hinunter in die Vorburg. Guibert stand am Brunnen und wusch sich mit wildem Aufspritzen das Gesicht, eine kleine Gestalt mit triefender Kutte und eckigen Armbewegungen. Raymond spürte, wie Suzanne sich an ihn lehnte und wieder abrückte, als sie die Berührung spürte.

»Wir konnten sie nicht retten«, sagte Raymond. »Beide nicht.«

Hinter ihnen schepperte etwas; jemand aus dem Gesinde war an den Wassereimer gestoßen, ein anderer fing ihn ab, bevor das tiefrote Waschwasser über den Boden schwappen konnte. Die gebückten Gestalten, die das Blut aufwischten, atmeten auf. Suzanne drehte sich um und warf einen Blick auf die beiden mit Leintüchern verhüllten Körper auf der Bank in der Ecke. Jeunefoulques kauerte daneben auf dem Boden und weinte. Die zweite Verletzte – ihre Hände, Arme und Beine mit Bandagen umwickelt, durch die einzelne Blutflecken sickerten – sang mit rauer Stimme und wiegendem Oberkörper vor dem kleineren der beiden Leichname.

Suzanne schlang sich die Arme um die Schultern.

»Wahrscheinlich nicht«, erwiderte sie.

»Du hast getan, was in deiner Macht stand.«

»Ich habe Guibert ins Gesicht geschlagen ...«

»Wenn du es nicht getan hättest, hätte ich es getan, und dann stünde er nicht draußen am Brunnen, um das Blut des Jungen von seinen Backen zu waschen, sondern würde hier drinnen seine Zähne zusammensuchen.«

Suzanne lächelte schwach. »Einen Diakon zu schlagen ist eine Sünde.«

»Ein Arschloch zu schlagen ist ein Vergnügen.«

Sie lächelte nochmals. Plötzlich fasste sie nach oben und zupfte Raymond etwas aus dem Haar. Sie hielt es ihm vors Gesicht.

»Eine Hühnerfeder«, sagte Raymond, »das Zeug ist überall im Palas, wenn ich Zeit gehabt hätte, hätte ich mir eine Daunendecke stopfen können ...« Er grinste und nahm ihr die Feder aus der Hand. Auf einer Seite war sie rot und klebrig von trocknendem Blut. Sein Grinsen verging. Er ließ die Feder zu Boden fallen.

Guibert hielt in seinen wütenden Bewegungen inne und starrte zum Eingang der Vorburg. Dann richtete er sein Gewand. Die beiden Burgknechte führten eine Abordnung Bauern herein. Guibert wandte ihnen den Rücken zu und tat so, als würde er in der anderen Richtung etwas Interessanteres sehen als graue Wolken und Regen über den Feldern. Als Raymond sich Suzanne zuwandte, war sie bereits auf halbem Weg zur Treppe ins nächste Obergeschoss. Ohne nachzudenken folgte er ihr.

Bei Jeunefoulques blieb sie stehen und kauerte sich neben ihn. Peinlich berührt schlug er die Hände vors Gesicht und wich ihr aus. Sie nahm die Hände – rot und braun verkrustet wie die ihren – und zog sie weg. Die Augen des Jungen waren verheult; er sah sie an wie ein armer Sünder.

»Du warst der Einzige vom ganzen Gesinde, der Mut hatte«, sagte Suzanne und küsste ihn auf die Stirn. »Du hast das Herz deines Vaters.«

Jeunefoulques strahlte verblüfft. Als Suzanne ihn losließ, griff er hastig nach einer ihrer Hände und drückte einen Kuss darauf. Suzanne fuhr ihm durchs Haar und zog die Hand weg, als sie merkte, dass Jeunefoulques wieder zu weinen begann, noch immer über ihren Handrücken gebeugt. »Komm mit«, sagte sie zu Raymond.

Die Kemenate oben wirkte weiträumig; sie besaß dieselbe Grundfläche wie der Saal. An einer Wand hing ein Teppich mit bunten Stickereien, an der gegenüberliegenden Wand befand sich ein Kamin mit einer großen Öffnung, ein hohes schmales Loch wie eine Schießscharte gleich daneben für den Rauchabzug. Das Bett der Herrschaft bot einem halben Dutzend Schläfer Platz. Raymond sah keine weiteren Schlafstätten; wenn Suzannes Zofen nicht unten im Saal beim Gesinde nächtigten, dann schliefen sie wohl auf ihrer Seite des Bettes mit der Herrschaft zusammen. Marie, die dicke Zofe, kauerte am Fußende des Bettes und schaukelte eine hölzerne Wiege. Von dem Kind, das darin schlief, war nur ein pausbäckiges Gesicht in einer leinenen Haube zu sehen und ein stramm gewickelter Körper. Das Kind sabberte und lächelte im Schlaf.

Marie blickte auf und nickte Suzanne zu. »Sie ist eben eingeschlafen, nachdem sie noch einmal getrunken hat.« Maries Mieder war halb zugeschnürt. Sie war gleichzeitig die Amme des Kindes.

»Es tut mir gut, die Kleine so gesund und friedlich zu sehen; nach allem, was da unten soeben gewesen ist...« Suzanne zog die Schultern hoch und machte ein miserables Gesicht. Raymond dachte plötzlich an Maus und Sibylle und ihr totes Kind und dass auch heute Morgen wieder die Frage hätte gestellt werden können: Warum, Gott, warum? Guibert hätte die Antwort gewusst, aber sie hätte niemanden getröstet.

»Was ist eigentlich passiert?«

»Wildschweine. Die Bauern waren auf den Feldern, die Frauen und Kinder waren dabei: Steine klauben.« Suzanne seufzte. »Ein paar Kinder liefen wohl zum Waldrand, weil sie dort etwas gehört hatten. Was sie gehört hatten, war eine Rotte Wildschweine mit Frischlingen. Die Keiler und die Säue fielen über die Kinder her; bis auf den Jungen unten konnten alle flüchten. Seine Mutter und eine Nachbarin versuchten ihn zu retten, da griffen die Tiere auch sie an. Erst als die Männer zu Hilfe eilten, konnten sie die drei bergen, aber die Schweine waren zu viele, um sich einschüchtern zu lassen. Sie verwüsteten das Feld, während die drei Verletzten schleunigst hierher gebracht wurden.« Plötzlich begann sie zu schluchzen. »Sie hatten sich Hilfe erhofft. Dafür ist die Herrschaft da – um ihnen zu helfen und sie zu schützen. Ich konnte sie nicht schützen, und ich konnte ihnen nicht helfen!«

»Niemand hätte dem Kleinen und der Frau helfen können.«

»Es hätte gar nicht passieren dürfen! Seit Jahren terrorisieren uns die Schweine; das ist doch nichts Neues!«

»Robert hat ...«

»Robert hat unzählige Male versucht, sie auszurotten oder zu vertreiben. Beim letzten Mal hätte es Foulques beinahe das Leben gekostet. Wenn Robert nicht dazwischengesprungen und den Keiler mit dem Schwert beinahe entzweigehauen hätte, hätte das Vieh Foulques so aufgerissen wie den Jungen. Foulques Pferd war nicht mehr zu retten. Jeunefoulques war untröstlich; die Pferde sind seine Freunde.«

»Jetzt jagen sie die Schweine wieder?«

»Robert wird nicht eher locker lassen, bis er wenigstens ein paar von ihnen erwischt hat. In den nächsten Tagen wird es endlose Mengen Schweinefleisch geben.« Sie zog die Nase hoch und wischte sich über das tränennasse Gesicht. Plötzlich lächelte sie hilflos. »So hat sogar diese Katastrophe etwas Gutes.«

Das kleine Mädchen krähte im Schlaf. Marie schaukelte heftiger.

»Robert hat nichts von ihr erzählt«, sagte Raymond.

Suzanne zuckte mit den Schultern. »Sie ist eben nur ein

Mädchen. Als ich sie Aliénor nannte, sagte er zu mir, das bedeute hoffentlich nicht, dass sie auch irgendwann einmal das Erbe hier antreten müsse, so wie die Königin Aquitanien erbte.«

»Es wird sich schon noch ein Junge einstellen«, erklärte Raymond verlegen.

Suzanne machte eine finstere Miene. »Wo soll das Brot denn herkommen, wenn der Ofen nicht geheizt...« Sie schüttelte den Kopf, als würde sie den Gedanken abstreifen und mit ihm die unerwartete Offenheit, die sie Raymond gegenüber an den Tag legte. »Wir haben eine Aufgabe vor uns, oder, Raymond? Robert wird kaum vor morgen oder übermorgen zurück sein. Was ist zu tun, damit diese vermaledeite Feier stattfinden kann?«

»Wie sieht es mit dem Tisch aus?«

»Wir haben drei silberne Becher mit Deckeln, vier Schalen ohne Deckel, einen Glaspokal und zwei Löffel aus Silber; der Rest ist aus Ton oder Holz und muss genügen.«

»Wenn für das Essen gesorgt ist – Wildschweinbraten in allen Variationen, nicht wahr? –, geht es in erster Linie um die Unterhaltung.« Raymond war hin- und hergerissen zwischen Bedauern und Erleichterung, dass Suzanne das zu intim gewordene Gespräch abgebrochen hatte. Eine solche Offenheit war er nicht gewöhnt: Niemand schüttete einem Sänger sein Herz aus. Es war schwierig, die plötzliche Nähe und das Erlebnis von vorhin beiseite zu schieben und sich auf die Zukunft zu konzentrieren. »Ich werde nach Poitiers reiten. Ich glaube, ich habe dort eine Gruppe Gaukler gesehen. Ich allein bin als Musikant zu wenig.«

»Gut. Gibt es in der Stadt nicht eine ziemlich bekannte Herberge?«

»Den ›Zufriedenen Prälaten‹.«

»Wir haben nicht genug Wein. Frag ihn, ob er liefern kann.«

»Er wird sich vor Freude überschlagen.«

»Na schön.« Sie sah auf ihre Hände hinunter. »Wann reitest du los?«

»So schnell wie möglich. Wir haben nicht viel Zeit. Wer schreibt die Einladungen an die Gäste?«

»Ich kann schreiben, kein Problem.«

»Und wer verteilt sie?«

Sie dachte nach. »Jeunefoulques und ein paar von den Bauern. Ich kann ihnen Pferde und Maultiere geben.«

Raymond, dem plötzlich klar wurde, wer der famose Helfer war, den Robert und Foulques ihm versprochen hatten, nickte. Auch er hätte Jeunefoulques diese Aufgabe übertragen. Als Suzanne ihn abwartend ansah, fragte er überrascht: »Was ist?«

»Wer ist eingeladen?«

»Das weiß ich doch nicht!«

»Glaubst du, ich weiß es?«, platzte Suzanne heraus. »Bis du gestern im Saal standest, wusste ich noch nicht einmal von der Feier.«

Raymond schüttelte den Kopf. Einige Augenblicke lang war er zu verblüfft, um etwas sagen zu können. »Was für ein unseliger Zeitpunkt für den *seigneur*, auf die Jagd zu gehen«, sagte er dann.

»Und nun?«

»Ich reite trotzdem in die Stadt.«

»Bleibst du lange weg?«

Heute bis zum Abend für den Ritt nach Poitiers; übernachten würde er im Cluniaszenser-Kloster und sich nach Firmin umhören. Um Arnaud und die Gaukler in Poitiers zu finden und zum Spielen auf Roberts Besitz zu überreden, war ein halber Vormittag zu veranschlagen. Dann der Ritt zurück... Natürlich musste man immer damit rechnen, dass man durch irgendetwas aufgehalten wurde. Ich komme gleich wieder, sagte der Bauer zu seiner Frau, doch als er hinter die Hütte ging, um sich zu erleichtern, schnappte ihn das vorüberziehende Pilgerheer des Königs, nahm ihn mit ins Heilige Land, dort fiel er den Türken in die Hände und musste Sklavendienste verrichten, und als er durch glückliche Fügung endlich wieder zu Hause war, hatte seine Frau einen anderen Mann geheiratet und war alt und grau, und die Enkelkinder sprangen um sie herum. Es war schwer, sich festzulegen, und kaum jemand tat es. Raymond stellte jedoch fest, dass es ihn schon jetzt mit Macht wieder hierher zurückzog, hierher ... zu Suzanne ... zur Frau seines neuen Herrn ... und dass er gern gesagt hätte ...

Er räusperte sich. »Ich werde mich beeilen.«

»Soll ich dir Jeunefoulques als Begleiter mitgeben? Wenn ich nicht weiß, wer einzuladen ist, kann ich ihn entbehren.«

»Nein, dafür brauche ich ihn nicht.« Im Gegenteil! Im Kloster wäre ihm der Junge bei seinen Nachforschungen nur im Weg. Er erkannte, dass es ihn auf der Zunge brannte, Suzanne von seiner zweiten Aufgabe zu erzählen, doch die Drohung des Bischofs war ziemlich eindeutig gewesen. Er fühlte sich, als würde er Roberts Frau hintergehen; es hinterließ einen schlechten Geschmack im Mund, sie anzulügen. »Du kannst ihn hier besser brauchen. Ich habe keine Angst, allein zu reiten, ich bin es gewöhnt.«

»Pass auf dich auf.« Sie streckte auf einmal die Hand aus. Raymond ergriff sie. Sie sahen beide darauf nieder. Ihre Hände waren über und über besudelt und klebten aneinander.

»Vorher nimmst du ein Bad«, sagte sie. »Sonst sperrt dich die Torwache in Poitiers ein. Ich habe auch eines nötig, aber erst nach dir. Du hast es eiliger.« Sie lachte, befreiter als noch vor ein paar Minuten. »Verschütte nicht alles, hörst du? Sonst muss ich den Zuber mit kaltem Wasser nachfüllen. Nimm ein bisschen Rücksicht auf eine Dame.«

»Mein Leben ist der Rücksicht auf Damen geweiht«, sagte Raymond.

Als er wieder unten im Saal stand, kamen die Burgknechte und die Bauern die andere Treppe hoch. Die Bauern eilten zu der Verletzten und den beiden Toten hinüber, und bald riefen alle erregt durcheinander. Einer der Burgknechte nickte Raymond zu und kletterte die Treppe zu Suzanne hinauf. Schon im Hinaufgehen räusperte er sich und hustete und rief: »Alles in Ordnung um die Burg herum, Dame Suzanne, keine Wildschweine zu sehen. Die Bauern bringen ihre Leute heim, einverstanden?«

Plötzlich war Raymond froh, dass er nicht mit Suzanne oben angetroffen worden war, in der Kemenate, einem Ort, der ihm nur offen stand, wenn der Herr ihn dorthin einlud (und selbst dann war es geraten, sich gegen die Einladung zu wehren). Es war nichts passiert, doch ihm dämmerte, dass er sich insgeheim wünschte, dass etwas passiert wäre.

4.

Der Trab seines Pferdes hatte eine Melodie: Suzanne, Suzanne, Suzanne. Die Wolken hingen tief, doch ihr Grau gab den Tümpeln und Pfützen, die links und rechts der Straße in den Feldern standen, die Farbe von Suzannes Augen. Er war ein geübter Reiter, dennoch schmerzten seine Oberschenkel vom gestrigen schnellen Ritt. Er war beinahe froh über diesen Schmerz, denn die rhythmischen Bewegungen des Pferdekörpers erinnerten ihn an eine andere, ebenfalls rhythmische Bewegung, und er konnte nicht anders, als sie mit Suzanne zu verbinden, und der Schmerz half, diese unangebrachte Assoziation zu vertreiben. Suzanne, Suzanne, Suzanne. Es dauerte bis zur Straßenkreuzung westlich von Poitiers und damit bis zum Nachmittag – eine lange Strecke, eine lange Zeit, doch beides war wie im Flug vorübergeglitten –, ehe es Raymond gelang, seine Gedanken auf das zu richten, was vor ihm lag, und selbst dann nur ungenügend. Das Sehnen in seinem Herzen war ebenso stark wie das in seinen Lenden.

Arnaud würde sich vermutlich über das Angebot, bei Roberts Feier auftreten zu können, freuen, auch wenn es einen weiteren Umweg für ihn und seine Truppe auf dem Weg nach Westen bedeutete. Die Gaukler konnten Sibylle im Hospiz lassen, sich zu Robert hinausbegeben, ein paar Münzen verdienen, und auf dem Rückweg durch Poitiers nochmals bei Sibylle nach dem Rechten sehen. Entweder ging es ihr dann wieder besser, und sie konnten sie mitnehmen, oder sie war gestorben. Raymond war froh, den Gauklern diesen kleinen Auftritt vermitteln zu können; in seinem Herzen fühlte er sich in ihrer Schuld, obwohl sie eigentlich nichts für ihn getan hatten. Aus einem Grund, der ihm unklar war, hatten sie etwas für ihn übrig; Arnaud schien ihn geradezu zu verehren, und Carotte... Doch da schob sich wieder Suzannes Bild vor die Erinnerung an Carotte und ihre Zärtlichkeiten, und plötzlich war es Suzanne, die sich über ihm aufrichtete und lächelte und flüsterte: Dann sehen wir uns eben in der Hölle wieder...

Die Bauern, die hereingekommen waren, hatten Suzanne noch mehr Verehrung entgegengebracht, als die Gaukler es Raymond gegenüber taten. Ihre Bemühungen hatten zu keinem Erfolg geführt, zwei Menschen waren in ihrem Saal verblutet, und doch hatten sie sich vor ihr auf den Boden geworfen und ihre Hände geküsst und ihr unter Tränen versichert, dass sie die Personifizierung der heiligen Radegonde war. Hin- und hergerissen zwischen Scham und dem Anspruch auf Gelassenheit, den ihre Stellung verlangte, war Suzanne so steif geworden wie eine junge Novizin. Angesichts der anderen Suzanne, der Suzanne, die atemlos vor Panik trotzdem noch genügend Ruhe besessen hatte zu versuchen, die Blutung aus der aufgerissenen Ader des kleinen Jungen zu stillen (mit einer Faust in der blutschwimmenden Wunde, mancher Knappe wäre davor zurückgezuckt, wenn sein Herr derart verletzt auf dem Boden gelegen hätte) und Jeunefoulques zu Raymond zu schicken; angesichts der Suzanne, die, als alles vorüber war, mit ihren hastigen Schritten zu Guibert in seiner Ecke geeilt war, das Gesicht verzerrt vor Wut, und ihn geohrfeigt hatte, links, rechts, immer wieder (nicht mit den weit ausholenden, ineffektiven Schwüngen, wie sie die meisten Frauen angewandt hätten, sondern mit kurzen, trockenen Schlägen aus dem Handgelenk, die auf Guiberts knochigen Wangen klatschten und seinen Kopf hin und her schleuderten und sein Gesicht rot vom Blut des Verletzten und rot von den Auswirkungen der Schläge färbten) bis Guibert auf allen vieren aus ihrer Reichweite gekrochen und die Treppe hinuntergeflohen war, während Raymond ihre Hände festhielt –

warum hatte er das nur getan, am liebsten hätte er doch Guibert festgehalten, damit sie ihn noch besser treffen konnte – und das Gesinde ihr mit Entsetzen in den Blicken zusah; angesichts dieser anderen, effektiven, entschlossenen, in der Wut vollkommen unbeherrschten Suzanne hatte die hilflose Mädchengestalt, die vor der Ehrerbietung der Bauern erstarrte, etwas Rührendes.

Suzanne, Suzanne, Suzanne. Erst als das Pferd stehen blieb und schnaubte, erkannte Raymond, dass sie von der Straße abgekommen und in ein Gebüsch geraten waren, in das alte Wagenspuren hineinführten. Im Herbst mochten Bauern hier hergekommen sein, um Pilze zu suchen und Feuerholz zu sammeln; jetzt war das Gebüsch ein Dickicht aus jungen Trieben und kleinen nass glänzenden Blüten. Das Pferd warf den Kopf hin und her und schnaubte erneut. Raymond musste zweimal hinschauen, bis er erkannte, dass vor ihm auf dem Boden nicht ein Haufen alter Blätter lag, sondern ein weggeworfenes Kleidungsstück.

Er stieg ab und breitete das Teil mit den Füßen auseinander. Es war eine Kutte, wie ein Mönch sie getragen haben mochte. Das Rückenteil war zerrissen und ausgefranst, die *cuculla*, der Kapuzenmantel, den die Wohlhabenderen über der Kutte trugen, fehlte; die Nähte jedoch waren fein eingenäht und der Stoff, obwohl nass und schmutzig, feiner als die übliche Kutte. Ein begüterter Mann war ins Kloster eingetreten; er konnte es sich leisten, Kutte und *cuculla* zu tragen, und er konnte es sich auch leisten, eine beschädigte Kutte wegzuwerfen, anstatt sie flicken zu lassen.

Während Raymond dies dachte und die Kutte hin und her wendete, kam ihm zugleich ein anderer Gedanke, und er war so zwingend, dass er erschrak: Dies konnte die Kutte von Firmin sein, Bischof Bellesmains' abgängigem Assistenten. Er bückte sich und hob sie auf. Das Blut pochte in seinen Ohren, als er sie anstarrte: Er selbst hätte gut zweimal in die Kutte hineingepasst. So wie Bischof Bellesmains seinen Assistenten beschrieben hatte, wäre er wahrscheinlich sogar dreimal hineingegangen. Raymond roch vorsichtig an der Kutte; was immer ihr Besitzer an Eigengeruch hineingeschwitzt hatte, war vom Regen herausgewaschen worden, zugleich hatte sie noch nicht lange genug gelegen, um jenen Geruch von Moder und Verfall allzu stark anzunehmen, den nasse Blätter und Reisig, die in der Feuchtigkeit zerfielen, verursachten. Sie hatte höchstens zwei Wochen hier gelegen. Ihr Besitzer war in die Deckung des Gebüschs geschlichen, um sich seines alten Kleidungsstückes zu entledigen, hatte es inspiziert, festgestellt, dass sich die Reparatur nicht lohnte, eine neue Kutte übergestreift und die alte liegen gelassen. Und hatte damit Raymonds Problem gelöst, wie er nach Saint Jean de Montierneuf hineinkommen und sich drinnen unauffällig umsehen sollte.

Raymond grinste, wickelte die Kutte zusammen und band sie an seinem Sattel fest. Danke, eitler Mönch, dachte er, für die unverhoffte Verkleidung, die du mir hier zurückgelassen hast; und danke, Helinand d'Autun, dafür, dass du mich darauf gebracht hast, wie ich diese einsame Kutte nutzen kann.

Raymond ritt weiter, in Gedanken noch immer darüber grinsend, dass der geizige Helinand so lange Jahre nach seinem Tod plötzlich etwas Gutes mit seinem Trick bewirkte; wie hätte er auch wissen können, dass an seinem Ziel, dem Kloster Saint Jean de Montierneuf knapp außerhalb der Stadtmauern von Poitiers, seit einigen Tagen ein Mönch namens Thibaud, Bruder Archivar, vermisst wurde und dass Bruder Thibaud von seiner Statur eine Kutte tragen konnte, in die Raymond le Railleur zweimal hineingepasst hätte?

5.

Der äußere Eindruck von Saint Jean de Montierneuf war der einer Burg. Hinter einer halbhohen Mauer erhoben sich die Baulichkeiten wie Teile einer Festung zur Abwehr jeglichen Irrglaubens; die Ausleger der hölzernen Kräne und die Gerüste, die sich über die Flanken des Kirchenbaus zogen, bewiesen, dass die Mönche mit ihrem Bollwerk zum Ruhme des christlichen Glaubens noch nicht zu Ende gekommen waren. Die Brüder im Kloster waren Cluniaszenser. Seit der Gründung des Ordens vor mehr als zweihundert Jahren hatten die Cluniaszenser den Ruf unerbittlicher Frömmigkeit errungen, und wo immer die Umgestaltung eines Klosters oder dessen Neugründung geboten war, bat man die jeweiligen Äbte von Cluny um die Entsendung von Mönchen. Auf diese Weise hatte der Orden mittlerweile mehrere hundert Ordensklöster gegründet, die in einer Art strenger Zentralverwaltung alle von Cluny aus regiert wurden. Mit ihren Reformen hatten sie die liederlichen Zustände in den Klöstern, wie sie noch vor hundert Jahren geherrscht hatten, weitestgehend abgeschafft und den Einfluss der wankend gewordenen Kirche wieder gefestigt. Selbst Papst Gregor hatte dies anerkannt und auf dem Konzil von Rom öffentlich erklärt, dass die Abtei von Cluny die größte jenseits der Alpen sei. Man musste dem Heiligen Vater nachsehen, dass er dabei ein wenig untertrieb: Mit Fug und Recht konnte man behaupten, dass es im ganzen Heiligen Römischen Reich nichts Vergleichbares gab.

Saint Jean de Montierneuf im Herzen von Aquitanien war bei weitem nicht so bedeutend wie das Mutterkloster im Osten Frankreichs. Wenn es von Pilgern eifrig besucht wurde, dann eher, weil Poitiers mit den Reliquien der heiligen Radegonde und des heiligen Hilaire eine natürliche Station auf dem Weg nach Compostela darstellte, als wegen Saint Jeans eigener heiliger Ausstrahlung. Die Bibliothek war beeindruckend, gewiss, und mit ihr das Klosterarchiv, und wer des Lesens mächtig war, plante eine Reise nach Saint Jean, um beides zu sehen. Doch das Kloster vor den Toren von Poitiers war allgemein mehr dafür bekannt, solide ausgebildete Köpfe in die Welt zu senden, die die wichtige Hintergrundarbeit verrichteten, anstatt mit eigener Brillanz den Standort zu einem Zentrum christlicher Gelehrsamkeit oder Macht zu machen. Und dennoch – man konnte nicht anders als beeindruckt sein, wenn man davor stand.

Raymond dachte an seinen Plan, mithilfe der gefundenen Kutte ins Kloster zu gelangen und sich dort nach Firmin umzuhören. Draußen in den Feldern hatte es sich wie eine gute Idee ausgenommen, jetzt fühlte er sich alles andere als bereit. Es hilft nichts, dachte er dann. Es gibt auch Ameisen, die dem Bären ums Maul herumkriechen und die Essensreste von seinen Lefzen stehlen.

Stimmt, Raymond, aber nur, wenn der Bär schläft.

Die Menschen vor der Klosterpforte wichen beiseite, als Raymond sich unter sie mischte. Er war abgerissener als die meisten von ihnen. Mit seinem nassen Haar, das er mit Flusswasser an seinen Kopf geklatscht hatte, dem Kleidungsstück, das von ihm herabhing wie von einem Haken in der Wand, und den bloßen, schmutzbespritzten Füßen sah er aus wie ein fanatischer Eremit, den das schlechte Wetter aus seiner Höhle im Wald getrieben hat. Er grüßte und nickte nach allen Seiten und verteilte einen fahrigen Segen – heiliger Hilarius, bitte für mich wegen dieser Sünde, dachte er, und gleichzeitig: eine mehr, die am Ende gegen mich abgerechnet wird – und benahm sich wie einer, der genau das war, was er scheinbar darstellte. In besseren Zeiten wären die Leute vielleicht lachend zusammengelaufen und hätten sich um ihn geschart, die einen mit den Fingern zeigend, die anderen ihm Almosen und Essensreste aufnötigend. Aber da die Zeiten waren, wie sie nun einmal waren, hielten sie sich eher zurück.

Es mochte auch der Umstand mit dazu beitragen, dass er von der Straße in die Felder abgebogen war, als seine Fußsohlen zu schmerzen begonnen hatten, und während der Schlamm zwischen seinen Zehen hindurchquoll und seine Haut sich blau färbte vor Kälte, kroch eine immer dicker werdende braune Schicht seine Waden hinauf bis zu seinen Knien – eine Schicht, die weniger aus Erdreich als vielmehr aus dem Inhalt der Latrinen bestand, mit dem die Bauern die Felder gedüngt hatten. Wer nicht Raymonds Erscheinung wegen beiseite trat, der tat es wegen seines Duftes. Selbst die schmutzstarrenden Krüppel an der Mauer wedelten mit ihren Händen vor dem Gesicht herum und versuchten, woanders hinzukriechen.

Die meisten von Raymonds Leidensgenossen standen mit mürrischen Gesichtern herum oder waren in müden Zank verwickelt. Außer einigen Pilgern, die sich abseits hielten und sich zusammendrängten wie eine Herde Schafe, war kaum einer darunter, der nicht irgendein Gebrechen aufwies. Die Unseligen um ihn herum (in weitem Abstand!) gehörten entweder dem Bettel der Stadt an, oder sie waren Wanderbauern, die sich selbst und die Hoffnung auf Besserung aufgegeben hatten; einige schienen Pächter zu sein, denen ein gnadenloser Grundherr die Existenzgrundlage entzogen hatte oder deren Herr in einem Turnier oder einem Streithändel ums Leben gekommen war und dessen Land nun in den Erbstreitigkeiten verkam. Vielen fehlten Gliedmaßen: Finger, Hände, Unterarme, auch ein paar Gehbehinderte waren dabei, die sich auf Krücken stützten. Allen gemeinsam, den Gesunden wie den Krüppeln, war der Dreck, der an ihnen haftete und der jede bloßliegende Stelle mit einem grauen Schleier überzogen hatte; Dreck, der hinter Ohren, in verschwitzten Achselhöhlen und zwischen verkrusteten Zehen saß und der sich nicht zuletzt in wimmelndem Leben auf jeder behaarten Körperstelle offenbarte und ganz allgemein zum Himmel stank.

Angesichts der Verkrüppelungen ballte Raymond die Fäuste und versuchte, seine Hände zu verstecken. Ohne Handschuhe kam er sich hier draußen vor wie einer, der das Schicksal unzulässig herausforderte. Einen oder zwei Finger konnte man schnell verlieren, wenn man sich nicht schützte: eine kleine Wunde durch einen giftigen Dorn, der Biss eines Tieres, ein komplizierter Bruch beim Sturz von einem Pferd – nichts, was einen Pfeffersack, Bauern, Handwerker oder Krieger mehr als geringfügig belästigt hätte, aber für einen Sänger wäre es der sichere Untergang gewesen. Raymond – und die meisten seines Standes – verrichteten so viele Handreichungen wie möglich mit Handschuhen, um ihre Hände zu schützen. Ohne Finger, um die Laute zu schlagen oder auf der Leier zu spielen, war die Zukunft für einen Vaganten überschaubar kurz. Als er sich die Haare im Fluss verunstaltet hatte, waren ihm getrocknete Blutreste unter den Fingernägeln aufgefallen; er hatte sie ausgewaschen und voller Beklommenheit an die zerfetzte Hand der Frau gedacht, die ihren Sohn vor den Wildschweinen hatte retten wollen. Hier unter den Almosenempfängern befand sich das Ende dessen, wovon das blutige, zerrissene Fleisch der Anfang gewesen war... Es war zu sehen, was aus einem wurde, der sich nicht mehr selbst helfen konnte. Einer von denen, die dort hoffnungslos standen, war der Raymond der Zukunft, wenn er nicht aufpasste.

Als der feine Dauerregen sich in einen heftigen Wolkenbruch verwandelte, drängten die Leute an die Klostermauer heran. Der Wind trieb die Regenschleier jedoch gegen die Mauer, sodass sie keinen Schutz bot. Das Husten und Ausspucken unter den Wartenden wurde heftiger, die Zankereien ebenso. Die Stimmen der Streitenden klangen überlaut und rau. Raymond fragte sich, warum der Prior die Klosterpforte nicht öffnen ließ, damit sich die Bittsteller wenigstens im Torbau unterstellen konnten; doch das Kloster war noch stärker verrammelt als Konstantinopel angesichts eines Heers von Pilgerfahrern. Die Streitereien waren gehässig.

»... sieh sie dir an, da drüben...«

»Denen schieben sie das Essen doch in den Arsch!«

»Wer weiß, wo die herkommen.«

»Scheißpilger – kein Geld in der Tasche, aber überall durchkommen wollen, und die Brüder bewirten sie auch noch und geben ihnen ein Dach über den Kopf!«

»Uns behandelt man nicht so zuvorkommend, und dabei sind wir Poiteviner!«

»... Poiteviner... *hahahaaaah!*... Was heißt das schon in diesen Tagen, wo die Blutsauger des Plantagenet überall hocken?«

»... meinst du, hier im Kloster...?«

»Die sind doch überall. Normannen oder, noch schlimmer, Engländer!«

»Gesocks!«

»Und die da drüben unter ihren Mänteln...?«

»Normannen!«

»Woher willst du das wissen?«

»Ich erkenne einen Normannen, wenn ich einen sehe!«

»*Gesocks!*« Jede Menge Husten und Spucken, das Spucken vielleicht nicht immer von einem Schleimbatzen im Hals verursacht. Raymond kauerte sich in seiner gefundenen Kutte zusammen. Er fror. Von seinem Haar rann das Wasser in die Halsöffnung. Er zog den feuchten Stoff enger um sich zusammen und barg seine Hände in den Achselhöhlen.

»Wollte Gott, die Brüder würden endlich das Tor aufmachen!«

»*Wollte Gott...! Hahahahaaaah!* Warum bittest du sie nicht einfach ganz nett? *Lasst mich rein, edle Mönche, mir friert das Wasser im Arsch zusammen...*«

»Halt's Maul!«

Als Raymond angekommen war, war die Stimmung schlecht gewesen; jetzt näherte sie sich dem Tiefpunkt. Es brauchte nur einen Anführer, der den Wartenden sagte, wann die Zeit des stummen Duldens ein Ende hatte – und wie es sich anhörte, waren da gleich mehrere, die sich um das Amt des Anführers bewarben!

»Macht das Tor auf!«

»Es regnet!«

»Hört auf zu beten und verteilt lieber was zu essen!«

»Wir frieren!«

»Sonst habt ihr das Tor doch auch offen!«

Raymond war klar, dass es nicht mehr lange dauern würde, bis die ersten Steine gegen die Klosterpforte flogen. Er raffte seine zerfetzte Kutte noch enger um sich und fragte sich, ob er nicht einen anderen Tag hätte wählen sollen, um hierher zu kommen. Aber welchen? Es hatte sich ja förmlich angeboten. Und selbst wenn man annehmen würde, dass Bischof Bellesmains *nicht* auf ein rasches Ergebnis drängte, war da immer noch Roberts Fest... in ein paar Tagen würde er so in die Vorbereitungen eingebunden sein, dass er keine Zeit mehr hatte, ins Kloster zu reiten. Jetzt wurde ihm klar, dass sein merkwürdiges Gefühl der Beklommenheit von der Atmosphäre des Zorns und der Nervosität verursacht wurde, die beinahe greifbar um das Kloster hing. Nicht die Bittsteller hatten diese Schwingung hierher getragen, sondern sie war schon da gewesen, im Kloster, in der Art, wie die tief hängenden Wolken und die beginnende Dämmerung sich um seine Mauern herum zusammenballten und in dem stummen, starren Schweigen, das das verschlossene Tor der Welt entgegenstellte.

»He, ihr da drüben, vielleicht hören sie ja auf euch?«

Die Pilger sahen herüber, ohne zu antworten. Die Bittsteller standen da, wie ein großer Haufen einheitlich schmutzfarbener Gestalten. Selbst Raymond, der beinahe mitten unter ihnen saß, fiel es schwer auszumachen, wer die Sprecher waren und wer zum stummen Vieh gehörte.

»He, ihr, ich rede mit euch!«

»Na bitte, sie verstehen nicht mal unsere Sprache.«

Die Pilger wandten sich ab und steckten die Köpfe zusammen. Einer der Bittsteller stand auf, eine schwankende Gestalt im Regen, von der die Fetzen seiner Kleidung baumelten.

»HE, IHR DA DRÜBEN!«

»Sag ich's nicht? Normannen!«

»ICH REDE MIT EUCH!«

»Ja, aber sie nicht mit dir!« Gelächter.

Der Bittsteller, der aufgestanden war, machte ein paar unschlüssige Schritte in Richtung der Pilger. Raymond zog die Beine unter den Leib. Er wollte wenigstens schnell aufspringen können, wenn ... heiliger Hilarius, da stehen noch einmal zwei auf, und jetzt erhebt sich auch einer der Pilger und greift nach seinem Stock!

»Normannische Schafficker!«

Der Riegel der Klosterpforte arbeitete mit einem metallischen Klacken, zwei Brüder in Mönchskutten und über den Kopf gezogenen Kapuzen stemmten einen der Torflügel nach außen auf und traten heraus. Die Bittsteller starrten sie überrascht an.

»*Hahahaaaah!*«

Ein kleiner, magerer Mann sprang auf und schoss an drei stehenden Almosenempfängern vorbei auf das offene Tor zu. Er gab den Ausschlag; die anderen drei wandten sich von den Pilgern ab und rannten ihm nach – »Na endlich!«, »Wurde auch Zeit!«, »Aahuuuu!« –, und plötzlich kam Bewegung unter das stumme Vieh, ein Knacken und Schaben von Gelenken und Kleidungsstücken und ein vielstimmiges Schmatzen, als die Kauernden sich aus dem Schlamm erhoben, und sie drängelten, stumm die einen und schreiend die anderen, zur Klosterpforte hinein, und die Pilger waren fürs Erste gerettet.

Nachdem der Letzte, ein alter Mann, dem die Beine von den Knien abwärts fehlten und den zwei der Pilger sanft hereinschleppten, hinter dem zweiten Tor am Ende des Torganges angekommen war, verschlossen andere Mönche die Innentore und stellten sich mit verschränkten Armen davor auf. Ihre verhüllten Gestalten wirkten so abweisend wie steinerne Figuren.

Die Menge brach in lautes Gemurmel aus, als vier Mönche durch eine Seitenpforte traten. Sie trugen schwer an langen Stangen, die sie kreuzweise übereinander geschoben hatten. Wo die Stangen einander berührten, hing ein mächtiger, dampfender Kessel herunter. Ein beifälliges Raunen und Beifall gingen durch die Masse. Die Mönche stellten den Kessel in einer Ecke ab und verschwanden wieder im Inneren des Gebäudes, nur um kurz darauf mit einer Anzahl hölzerner Schüsseln wieder hervorzukommen. Sie schoben sich wortlos durch die Menge und verteilten die Näpfe an die Hände, die sich ihnen entgegenreckten; auch Raymond erhielt einen. Die Schüsseln gingen ihnen aus, noch bevor der letzte der Anwesenden versorgt war, aber sie holten keinen Nachschub mehr. Raymond gab seinen Napf einem Jungen, der mit herabhängendem Mundwinkel dastand und dessen kahl geschorener Kopf schorfig und wund war. Der Junge schloss die Finger um den Napf, ohne ihm einen Blick zu gönnen oder auch nur zu blinzeln. Die Feindseligkeit, die von den schweigenden Mönchen ausging, mischte sich in den Geruch der nassen, schmutzigen Körper, dicht gedrängt im Torbau.

Die Schüsseln ausgeteilt, stellten sich die Mönche um den Kessel herum auf. Die Hungrigen drängten vorwärts, doch sie zögerten. Es fehlte das Signal. Die Mönche standen unbeweglich; ihre Gesichter waren von den Kapuzen verdeckt und verrieten nichts. Raymond ahnte, dass sie auf den Bruder Torhüter oder einen anderen beamteten Bruder warteten, der die Erlaubnis besaß, mit dem Austeilen des Almosens zu beginnen, und spürte gleichzeitig, wie sich die Ablehnung der Mönche und die ungestillte Not der Zerlumpten in eine Wut vermischten, die dem unsinnigen Auflodern draußen nur allzu verwandt war. Raymond fragte sich, was sie tun würden, wenn die Hungrigen beschlossen, dass sie nicht länger warten wollten. Es regnete einem nicht auf dem Kopf im Torbau, aber es war dunkel, die Füße versanken in kaltem Schlamm, und es zog. Unvermittelt fiel Raymond die Geschichte eines Bischofs drüben im Heiligen Römischen Reich ein, den eine halb verhungerte Menge am hellen Tag auf dem Weg zur Messe angefallen hatte.

Irgendjemand in der Menge klatschte mit der flachen Hand auf den Boden seiner Schüssel. Es knallte so laut, dass ein paar zusammenzuckten.

Die Meute hatte den Bischof gezwungen, sein Pferd herauszugeben. Sie hatten es noch an Ort und Stelle in Stücke gerissen. Der Bischof und seine Wachmannschaft waren hilflos.

Der Schlag gegen die Schüssel knallte ein zweites Mal. Dieses Mal fand er ein Echo.

Die Mönche richteten sich auf und hielten nach den Aufrührern Ausschau. Irgendwo in der Menge weinte ein Kind, nicht zornig, sondern dünn und kraftlos, ein Ton, der stattdessen zornig macht, weil Kinderweinen kräftig und entschlossen klingen sollte. Der Duft der Suppe, die im Kessel schwamm, breitete sich im Torbau aus. Es war kein kräftiger, würziger Duft, eher der Geruch einer Wasserbrühe, in die jemandem aus Versehen ein paar Kräuter und die Knochen gefallen sind, die er eigentlich auf den Abfallhaufen werfen wollte. Raymond war davon ungerührt, aber durch die Menge ging ein Stöhnen. Das Kloster führte seine Armenspeisung zweimal am Tag durch, und vermutlich war die Zusammensetzung der Menge an diesem Abend kaum anders als diejenige der Menge von heute Morgen, aber auch wenn sie bereits am Morgen hier gewesen waren, waren sie vermutlich hungrig davongegangen und hatten seither nichts mehr zu beißen gehabt. Heißes Wasser mit vagem Suppengeschmack; der Körper wurde kurzfristig davon erwärmt, doch den Magen damit füllen? Das Kind weinte weiter. Die Mönche reckten sich noch auffälliger. Vielleicht konnten sie wenigstens das Kind mit einem herrischen Befehl zur Ruhe bringen, wenn sie die Schüsselklatscher schon nicht entdeckten. Das Geschmeiß konnte froh sein, wenn die Brüder von ihren Vorräten etwas abgaben. Gott hatte die Armen geschaffen, damit die Reichen durch sie in den Himmel kamen, aber Geschmeiß waren sie trotzdem. Raymond wusste nicht, ob die vier Mönche tatsächlich so dachten, aber für einen Augenblick sahen sie danach aus. Danach und nach …

BANG! BANGBANG!

Die Meute hatte den gleichen Eindruck wie er, doch Raymond erkannte noch etwas anderes im Gehabe der Mönche; das war es, was die Atmosphäre um das Kloster herum aufgeladen hatte: nicht Zorn, es war Angst! Deshalb hatten sie die Pforte so lange nicht aufgemacht … Etwas hatte die beschauliche Ruhe hinter den Mauern von Saint Jean de Montierneuf erschüttert!

Die Mönche sahen sich an.

»Anfangen!«, schrie eine heisere Stimme.

Raymond schloss die Augen. Er hatte gehofft, dass der Beginn der Essensverteilung die gereizte Stimmung besänftigen würde, doch das Zögern der Mönche heizte die Situation noch an. Die Wut flackerte bestürzend schnell wieder auf.

»Ja, anfangen!«

»Wir haben Hunger!«

»Teilt aus, in Gottes Namen!«

»In Teufels Namen!« Wildes Gelächter.

Das Kind weinte schriller von dem Lärm um es herum. Die Menge wogte auf der Stelle, als begänne sie, Kraft aufzuschaukeln. Raymond wich an den äußersten Rand.

»Worauf wartet ihr?«

BANG! BANG! BANG!

»Austeilen!«

»Aus-tei-len!« BANG-BANG-BANG!

Einer der Mönche warf die Kapuze zurück, ein junges Bürschlein, ein Kaliber wie Guibert (dem hoffentlich immer noch die Wangen brannten von Suzannes Ohrfeigen!) und offensichtlich vom gleichen Hochmut beseelt.

»Aufhören, ihr Gottlosen!«, quäkte er. »Ihr seid hier nicht im Badehaus!«

»Was weißt du denn davon?«, schrie eine Frauenstimme, und eine Menge Leute kicherten. Wenn Raymond an der Stelle des Mönchs gewesen wäre, hätte er zurückgeschrien: »Nichts!«, und wahrscheinlich hätte sich die Spannung in Gelächter aufgelöst. Doch der Mönch hatte dazu nicht die nötige Gewandtheit.

»Halt den Mund, Weib!«, keifte er. »Oder ich lass dich nach draußen schaffen!«

»Was?«

»Willst du uns drohen?«

»Du windiges...«

BANGBANGBANG!

»Aus-tei-len! Aus-tei-len!«

»Komm her, du Grünschnabel, dann zeig ich dir, wo du ihn im Badehaus hinstecken kannst...«

»Ruhe, oder ich...«

BANGBANGBANG!!

»Aus-tei-len! Aus-tei-len! AUS-TEI-LEN!«

»Der steckt ihn doch lieber in einen Mönchsarsch!«

»Wer hat das gesagt? Ich will auf der Stelle wissen...«

»Mein Kind hat HUNGER!«

Der Lärm hallte im engen Torbau wider wie eine Meeresbrandung, die zwischen zwei Klippen tobt.

»Fangt an!«

BANGBANGB...

Raymond stand plötzlich zwischen der Meute und dem Kessel. Er hob beide Hände. Die Menge vor ihm gaffte ihn an und verstummte; die Blicke der Mönche spürte er im Rücken. Er warf den Kopf in den Nacken.

»Brüder und Schwestern!«, schrie er, so laut er konnte. »BRÜDER UND SCHWESTERN!« Er zeichnete mit weit ausholenden Armbewegungen ein Kreuz vor seine Brust. »IN NOMINE PATRI; ET FILII, ET SPIRITUS SANCTI!« Er war sicher, dass die Formel für das Kreuzzeichen noch niemals so gebrüllt worden war.

Die Menge schwieg. Dann schrie jemand zurück: »AMEN!«

»Amen!«, erwiderte Raymond.

»Amen!«, murmelten die Mönche überrascht.

»GELOBT SEI DER HERR!«

»AMEN!«

»Brüder und Schwestern«, rief Raymond, »ihr seid hierher gekommen, um die Nahrung zu empfangen, die das Kloster für euch bereitgestellt hat auf Bitten der verstorbenen Brüder...«

»Was denn sonst?«

»... sie mögen in Frieden ruhen...«

»Amen.«

»... die Brüder...« Raymond wandte sich halb zu den Mönchen um und erdolchte sie mit Blicken. Einer von ihnen schreckte auf.

»Raoul, Vincent und Hippolyte!«

»RAOULVINCENTUNDHIPPOLYTE!«, röhrte Raymond, »die noch auf dem Totenbett der Bedürftigen gedacht haben, die an EUCH gedacht und den Prior gebeten haben, in ihrem Namen für EUCH zu sorgen und Messen zu lesen und...«

Raymond starrte die Vordersten in der Meute an. Sie starrten mit offenen Mündern zurück.

»... und EUCH zu SÄTTIGEN, meine Brüder und Schwestern!«

»Amen!«, brüllten die Brüder und Schwestern.

»Der Herr spricht: Gesegnet sind die Armen, denn über sie führt der Weg zum Himmelreich!«

»Hört das Wort des Herrn!«

»Der Herr spricht: Seht die Lilien auf dem Feld und die Vögel in der Luft; sie säen und sie ernten nicht, und die Gnade des Herrn erhält sie doch.«

»Lobet den Herrn!«

Irgendwo in der Menge hörte Raymond das wiehernde Gelächter des kleinen Mannes, doch er kümmerte sich nicht darum. Er wusste, dass er die Meute nun im Griff hatte.

»Der Herr spricht: Was ihr dem geringsten meiner Brüder tut, das habt ihr mir getan; und er spricht: Ich bin in jedem Fremden, den ihr willkommen heißt. DAHER HUNGERN DIE MÖNCHE IN DIESEM KLOSTER SELBST, UM EUCH ZU SÄTTIGEN.«

Raymond machte eine Pause, in der ein paar »Amen«-Rufe aus der Menge zu hören waren. Offenbar waren etliche Zuhörer ein wenig unkonzentriert. Die meisten starrten ihn schweigend an. Was? So hatten sie die Sache noch nicht betrachtet. Es war die verdammte Pflicht der Betbrüder, die Hungernden zu füttern, aber dass sie selbst deswegen hungerten? Raymond wagte nicht, zu den Mönchen in seinem Rücken zu schauen, doch verhungert waren sie ihm nicht vorgekommen. Natürlich spielte die Realität keine Rolle, wenn es ihm gelang, die Menge zu beruhigen, und zu keinem anderen Zweck hatte er den Mund aufgemacht. Wenn es hier zu einem Blutbad kam – eine Keilerei reichte schon! –, dann würden die Mönche zumindest heute niemanden mehr ins Innere des Klosters lassen, und dann war sein schöner Plan erledigt; und dann musste er entweder ein anderes Mal wiederkommen oder ein paar Tage hier bleiben, bis sich die Brüder beruhigt hatten, und das hieß: Robert im Stich zu lassen. Robert zu verärgern. Sein Fest aufs Spiel zu setzen.

Und Suzanne nicht zu sehen.

SuzanneSuzanneSuzanne.

»LOBET DEN HERRN!«, rief Raymond. »AmenAmen Amen«, selbst die Mönche stimmten lauthals ein. »Ich habe gehört, dass die Abtei in Cluny ihre Zellen angewiesen hat, die Großzügigkeit den Armen gegenüber einzuschränken! Und was tun die Mönche hier? Speisen euch trotzdem!«

»Dank sei Gott dem Herrn!« Eine Frauenstimme.

»Amen!«, erwiderte Raymond.

»Amen.« Die Menge war mittlerweile Raymonds Gemeinde. Seine Arme begannen zu schmerzen von seiner pathetischen Pose. Er ließ sie sinken. Die Augen der Menschen in der vordersten Reihe hingen an seinen Lippen. Sie wollten noch etwas hören; sie wollten hören, was er von ihnen erwartete. Schäfer, leite deine Schäfchen.

»Agnus Dei«, rief er mit gedämpfter Stimme. »Der Herr sagt: Esst von meinem Leib, und trinkt von meinem Blut!«

Einige sanken in den Matsch auf die Knie und machten das Kreuzzeichen. Er hörte die Mönche hinter sich überrascht einatmen. Die Menge war beinahe still.

»Benehmt euch«, sagte er leise und trat beiseite.

Als er sich umdrehte, waren die Mönche zu fünft. Einer, der den Kopf unverhüllt trug und mittleren Alters war, musste zu ihnen gestoßen sein, ohne dass es Raymond aufgefallen war. Seine schwarzen Augen ruhten auf Raymond. Er trug das Haar kurz, aber ohne Tonsur, grau an den Schläfen, grau wie der Schnurrbart, der ihm nach englischer Mode an den Mundwinkeln herunterhing und deutlich machte, dass er entweder aus der Normandie oder von jenseits des Kanals stammte. Seine Haut war bleich, und um seine Augen lagen dunkle Schatten. Die Menge drängelte vorwärts, fast lautlos diesmal, fast gesittet, auf einigen Gesichtern dümmliche Verlegenheit. Als einer nochmals mit der Hand auf seine Schüssel patschte, brachten ihn die anderen zischelnd zur Ruhe. Raymond machte ihnen Platz, dann stand er plötzlich außerhalb der Menschenmenge und atmete auf.

Die vier jungen Mönche teilten das Essen mit Schöpfkellen aus. Von der Ferne hatte der dampfende Inhalt, der sich in die Schüsseln ergoss, keine Farbe, aber vielleicht war die Düsternis im Torbau daran schuld. Der ältere Mönch mit der Postur eines Adligen kam zu Raymond herüber. Er musterte ihn von oben bis unten.

»Gott mit dir, Bruder«, sagte er. Normannischer Akzent, ganz richtig.

»Und mit deinem Geiste.« Raymond schlug die Augen nieder.

»Woher weißt du, welche Parole das Mutterkloster ausgegeben hat?«

»Ich bin viel herumgekommen in letzter Zeit.«

»Aus welchem Kloster stammst du?«

»Ich trage den Namen des Herrn in die Welt hinein.«

Der ältere Bruder nickte. »Ein Wandermönch, ich dachte es mir.« Er deutete auf den Stoff von Raymonds Kutte, wo er unter dem Schmutz zu sehen war und auf eine Herkunft Raymonds hinzuweisen schien, die nicht im Schafstall ihren Anfang genommen hatte. »Welches Haus?«

»Thouars«, log Raymond.

»Vierter Sohn?« Der Mönch lächelte dünn. Raymond lächelte zurück.

»Erster Bastard.«

»Wie ist dein Name?«

»Raymond.«

»Ich bin Baldwin, der Bruder Torhüter.« Baldwin musterte ihn. Er hob den Blick wieder. »Dein Gesicht ist schwarz vor Schlamm. Deine eigene Mutter würde dich nicht wieder erkennen.« Baldwin streckte die Hand nicht aus. Raymond konnte es ihm nicht übel nehmen.

»Man hat seinen Spaß mit mir getrieben«, erklärte Raymond und wies auf seine beschmutzte Gestalt. »Als ich durch die Felder flüchten wollte, wurde ich niedergestoßen und im Dreck gewälzt.«

»Wer hat das getan?«

»Söldner unseres allergnädigsten Königs.«

»Henri Plantagenet!«

»Sie schrien: Friss den Dreck, Poiteviner, aus dem dein Land besteht...«

Bruder Baldwins Gesicht errötete. Er hätte nicht nach der Rangfolge Raymonds in seiner (erfundenen) Familie gefragt, wenn er nicht selbst adliger Abstammung gewesen wäre. War *er* der vierte Sohn? Der erste Sohn der Erbe des Besitzes, der zweite zieht nach Paris an eine der Universitäten, der dritte erhält Schwert, Rüstung und Pferd, um sein Glück in der Welt auf eigene Faust zu suchen, und der vierte? Eine kurze, bedeutungslose Karriere in einem Kloster. All das harte Training, all die hehren ritterlichen Gedanken, die ihm zusammen mit seinen Brüdern vermittelt worden waren, für nichts; für die erfundene Geschichte eines Sängers mit ganz eigenen Zielen, um sich darüber aufzuregen und sich gezwungen zu fühlen, zu erklären, dass nicht alle aus dem Norden rohe Bastarde waren und dass es einen Unterschied zu machen galt zwischen Henri Plantagenets Rittern und Henri Plantagenets käuflichen Söldnern.

»Es tut mir Leid«, erwiderte Baldwin und sagte damit genau, was Raymond bezweckt hatte. Schon fühlte sich Baldwin ihm verpflichtet.

»Sie wussten nicht, was sie tun, der Herr vergebe ihnen.« Raymond sah zu Boden.

Bruder Baldwin seufzte. Er wandte sich zu seinen Mitbrüdern um. »Gebt reichlich!«, rief er. »Und nehmt die Frauen und Kinder zuerst dran.« Er deutete mit dem Daumen über die Schulter auf die Hungerleider. »Die Welt hat sich verändert. Um die Freude steht es jämmerlich. Die Gewalt erhebt sich, das Recht ist entflohen, der Hass setzt sich durch. Von Jahr zu Jahr werden die Zeiten böser.«

Die Meute vor dem Kessel begann, erstaunlich genug und wie um Baldwins düstere Worte Lügen zu strafen, sich widerstandslos umzugruppieren, um die Frauen und Kinder nach vorn zu lassen.

»Komm mit herein, ich werde dir einen Platz für heute Nacht im Dormitorium zuweisen lassen und dafür sorgen, dass du zur Vesper mit uns essen kannst.«

So einfach war es. Eine verdreckte Kutte, eine erfundene Geschichte, eine vollkommen eigennützige Predigt, eine kleine Manipulation, damit sich ein unter lauter Poitevinern einsamer Normanne schuldig fühlte, mehr hatte es nicht gebraucht. Bruder Baldwin öffnete eine kleine Pforte, quetschte sich hindurch und bedeutete Raymond, ihm zu folgen. Die Menge der Hungerleider blieb im Torbau zurück. Raymond hörte Gelächter und Scherze. Als die Pforte hinter ihm zufiel und von einem Mönch verriegelt wurde, war auch das nicht mehr zu vernehmen. Sie hatten die heillose Welt zurückgelassen und waren in der Heiligkeit des gottgeweihten Bereichs.

Das Schaf war im Wolfsrudel angekommen.

6.

»Setz dich.« Baldwin deutete auf eine steinerne Bank vor dem Eingang zum Kapitelsaal. Als Raymond sich niederließ, kniete sich Baldwin vor ihm auf den Boden. Raymond sah ihm überrascht dabei zu, wie er die Ärmel seiner Kutte nach hinten schob.

Ein junger Laienbruder schleppte einen hölzernen Eimer an und stellte ihn zwischen den beiden Männern auf den Boden. Baldwin beugte sich plötzlich nach vorn und schob Raymonds Kutte über seine Oberschenkel hoch. Raymond packte sein Handgelenk.

»Was soll das?«

Baldwin sah zu ihm auf. Seine Wangen waren gerötet. »Ich wollte dir die Füße waschen.«

»Das ist nicht nötig«, erklärte Raymond peinlich berührt und stand auf. Die Kutte fiel über seine Knie wieder nach unten.

»Es ist ein demütiger Brauch ...«

»Ich will es nicht.«

»Es ist ein Dienst, den auch der Herr an den ...«

»Ich will es nicht. Es beschämt mich.«

Baldwin legte die Hände in den Schoß. »Du nimmst mir die Möglichkeit zur Buße, Bruder Raymond.«

»Du hast nichts zu büßen, Bruder Baldwin.«

Baldwin schüttelte den Kopf, aber er stand auf. »Wir alle haben Grund zur Buße.«

»Was ist passiert? Ich habe bemerkt, dass die jungen Brüder bei der Armenspeisung ... sie waren so ...«

»Nichts«, sagte Baldwin. »Die Zeiten sind schlecht. Ich bringe dich jetzt zum Dormitorium.«

»Wäre es vielleicht möglich, das Archiv zu sehen? Die Bücher, die ganze Welt spricht von euren ...«

»Nein«, sagte Baldwin, und sein Ton war plötzlich gar nicht mehr bußfertig.

Der alte Mönch fegte mit sparsamen Bewegungen über den Steinboden im Refektorium. Er schien den Erfolg seiner Arbeit in Platten eingeteilt zu haben: Wann immer eine davon sauber war, hielt er inne und meditierte auf sein Werk hinab, bevor er sich an die nächste Platte machte. Womöglich hing er dem Glauben an, dass die große Welt sich im Kleinen widerspiegelt und dass die Sauberkeit einer einzigen Platte die Sauberkeit des ganzen Saals hob. Jedenfalls war es unwahrscheinlich, dass er seine Arbeit beendet haben würde, bevor die nächste Mahlzeit begann. Er war die einzige menschliche Gestalt in der weiten Halle, als Baldwin und Raymond eintraten. Die beiden Männer hatten an keinen Gesprächsfaden mehr anknüpfen können seit dem kleinen Intermezzo. Raymond hatte das Gefühl, dass er den Vorteil, den er noch im Torbau über Baldwin gehabt hatte, wieder verlor. Während er überlegte, warum ihm die Situation so schnell wieder entglitten war und was er tun könnte, um sie wieder herzustellen – und wie er das Gespräch nochmals unverdächtig auf das Archiv bringen konnte –, sah er dem Alten zu, der sich an seinem Besenstiel aufrichtete. Wie eine Schildkröte kroch er zur nächsten Steinplatte, um seine Tätigkeit dort wieder aufzunehmen. Der Reisigbesen tat seine Arbeit lautlos; der alte Mönch bewegte ihn zu langsam, als dass die Zweige hätten über den Boden kratzen können. Baldwin blieb stehen und gab Raymond Zeit, sich umzuschauen. Verspätet bemerkte er, dass Baldwin erwartete, ihn beeindruckt zu sehen.

Das Refektorium war dafür geschaffen, ein Heer von Mönchen darin abzufüttern, Roberts Saal zum Beispiel hätte mehrfach darin Platz gefunden. Die Decke war als Tonnengewölbe erbaut, zwei Säulenreihen zogen sich wie eine Allee durch die gesamte Länge der Halle und umschlossen eine lange, lange Tafel mit Bänken daran. Am einen Ende des Speisesaals stand eine Tafel erhöht; die Wand dahinter trug ein Fresko. Raymond sah das Blattgold schimmern, obwohl das Licht schlecht war. Baldwin betrachtete ihn von der Seite.

»Ich habe viel über Saint Jean gehört«, sagte Raymond. »Die Wirklichkeit übertrifft jedoch alle Erzählungen.«

»Wir versuchen, Gott mit allem lobzupreisen, Bruder Raymond.«

»Wie viele Brüder können hier essen?«

Baldwin führte ihn ein paar Schritte weiter in den Raum hinein. Sie näherten sich dem alten Mönch, der die zweite Hälfte der nächsten Platte in Angriff genommen hatte und sich mit der Beharrlichkeit einer Schnecke voranarbeitete.

»Wir haben Platz für alle Brüder und nochmals so viele Gäste. Königin Aliénor und der Junge König sind oft hier gewesen und haben ihren Verbündeten das Kloster gezeigt. Das ist jetzt natürlich anders geworden...« Baldwin räusperte sich und verstummte. Unwillkürlich biss er auf seinen Schnurrbart.

»Hat die Königin auch das Archiv besichtigt?«

Baldwin reagierte nicht. »Der Abt und seine Stellvertreter und die Brüder höherer Herkunft sitzen dort, am Stirnende des Refektoriums«, sagte er und zeigte auf die herausgehobene Tafel. »Wir haben viel Zulauf speziell aus der Adelsschicht, und nicht alle wollen unter den gemeinen Brüdern sitzen. Unter den Brüdern befinden sich Angehörige der Häuser Mauléon, Châteauroux, Issoudun, Turenne...«

Raymond hörte kaum hin. Er hatte entdeckt, dass die knotigen Hände des alten Mannes mit Tintenflecken übersät waren. Ganz offenbar war er einer der Klosterkopisten. Die Schreibkunst zu beherrschen war auch im Kloster etwas Besonderes, und die Künstler waren hoch angesehen; dass der Alte den gemeinen Dienst mit dem Besen verrichtete, war daher ungewöhnlich. Vermutlich kannte der alte Mann den verschwundenen Assistenten des Bischofs. Wenn es ihm also gelang, ihn in ein Gespräch zu ziehen: »Kennst du zufällig einen Bruder Firmin, der hier lebt? Wir stammen aus dem gleichen Landstrich, und ich möchte ihn gerne...« »Firmin? Der ist doch im Auftrag des Bischofs unterwegs!« »Ach, schade!« »Aber ich kann dir zeigen, woran er zurzeit arbeitet, möchtest du es sehen?« Vielleicht konnte er auf diese Weise den offenbar schwierigen Besuch im Archiv umgehen – wobei die Frage sicherlich interessant war, weshalb Baldwin so schroff auf Raymonds Bitte reagiert hatte. Was war nicht in Ordnung mit dem Archiv? Hatte Firmin etwas angestellt und war deshalb verschwunden? Aber dann hätte der Abt sicherlich nicht Bischof Bellesmains Ausrede geglaubt.

Der Mönch mit dem Besen hielt in seiner Tätigkeit inne, obwohl er, wie Raymond bemerkte, mit der Platte noch nicht ganz fertig war. Er überlegte, ob der Alte sich zu einer diffizileren Einteilung seiner Tätigkeit entschlossen hatte, da richtete der Mann sich auf und starrte zu Raymond und Baldwin herüber. Sein Gesicht im Halbschatten der Kapuze war fast unsichtbar, doch Raymond hatte das deutliche Gefühl, dass ein ungnädiger Blick ihn maß. Die Kapuze bewegte sich, als der Alte ihn von oben bis unten musterte; dann räusperte der Mönch sich so laut, dass es im Saal widerhallte. Baldwin sagte irgendetwas, was im Hallen unterging. Der Alte räusperte sich nochmals, länger und noch grollender.

Baldwin starrte Raymond an und schwieg. Das Schweigen war erwartungsvoll.

»Was?«, fragte Raymond.

»Ich sagte, der Prior ist nicht anwesend.«

»Mhm.« Baldwin sah ihn weiter an. Raymond erkannte, dass die Information zu einer Frage gehörte, die an ihn gerichtet gewesen war. Er hatte Baldwins Worte einfach ausgeblendet und konnte sich beim besten Willen nicht erinnern, was der Torhüter gesagt hatte. Er lächelte unsicher.

»Das Haus«, sagte Baldwin und schüttelte irritiert den Kopf. »Wie war es noch gleich?«

Raymond suchte nach einer passenden Antwort, vollkommen aus dem Konzept gebracht. Welches *Haus*? Plötzlich erinnerte er sich: *erster Bastard*. Aber welches Haus?

»Lusignan.« Baldwin sagte gleichzeitig: »Jetzt hab ich es wieder: Thouars.« Sie sahen sich an.

Baldwins Brauen zogen sich zusammen.

»Ich war sicher, du hättest Thouars gesagt!«

»Thouars? Nein, es ist Lusignan. Ich...« Heiliger Hilarius, was hatte er wirklich gesagt? Der Alte räusperte sich wieder und bekam davon einen Hustenanfall, der seine ganze Gestalt in der Kutte schlottern ließ. Das Husten beförderte einen Schleimbatzen deutlich hörbar nach oben, und die Kapuze zuckte hin und her, als die Blicke eine Stelle suchten, wohin er spucken konnte.

»Lusignan?«, fragte Baldwin zweifelnd.

»Habe ich nicht erzählt, dass meine Mutter mir immer erklärte, Melusine hätte mich gesät, so wie sie die Burgen und Städte im Süden gesät hat?«

Der Alte entschied sich für eine Platte, die er bereits gewischt hatte. Er schob einen Fuß unter seiner Kutte hervor und verrieb das Ausgespuckte. Es quietschte unter seiner Ledersohle. Raymond spürte, wie das Geräusch seinen Hals enger machte.

»Davon hast du nichts gesagt«, erklärte Baldwin.

Der Alte räusperte sich erneut. Baldwin hielt Raymonds Blick einen Moment fest, dann wandte er sich irritiert zu dem Alten um und verzog das Gesicht. »Bruder Bavard?«, fragte er.

Der alte Mann hob einen Arm und zeigte auf Raymond. Er sagte nichts. Raymond fühlte, wie sich sein Magen verhärtete. Für einen Augenblick glaubte er, dem alten Mönch wären seine Gedanken irgendwie offenbar geworden, und im nächsten Moment würde er den Mund öffnen und rufen: »Ein Betrüger! Ein Spion! Ein Unwürdiger!« Der alte Mönch öffnete den Mund und räusperte sich, bis seine Augen tränten.

Baldwin sah in Richtung des Fingerzeigs. Er seufzte und wandte sich wieder dem Alten zu. »Er ist überfallen worden, Bruder Bavard«, sagte er. »Er kann nichts dafür. Gott schickt ihn dir als Werkzeug für deine eigene Demut.«

Raymond drehte sich endlich auch um. Eine unregelmäßige Spur aus kleinen und großen Mistfladen zog sich vom Eingang des Refektoriums hinter ihnen her und endete dort, wo sie standen. Raymond sah an sich herunter. Direkt zwischen seinen bloßen Füßen lag ein weiterer Fladen. Das trockene Innere des Klosters und die Bewegung hatten sie von seinen Beinen abplatzen lassen. Noch während er hinuntersah, löste sich ein daumengroßes rundes Stück und rollte auf seiner scharfen Kante – was für eine peinliche Vorstellung! – dem Alten vor den Besen. Raymond blickte auf und sah den Alten an.

Die Augen des alten Mannes, überraschend blau im Schatten der Kapuze, begegneten denen Raymonds, irrten ab und fielen auf das trockene Stückchen Kot auf dem Boden.

»Ich bitte um Verzeihung«, sagte Raymond.

Der Alte nickte langsam. Dann schritt er würdevoll – und noch langsamer, als er die Platten geputzt hatte – um Raymond und Baldwin herum und begann damit, die kleinen Fladen mit bedächtigen Wischbewegungen zusammen- und vor sich her in Richtung Ausgang zu treiben. Das Stückchen, das ihm vor den Besen gerollt war, ließ er großzügig zurück. Baldwin verneigte sich mit gefalteten Händen vor ihm.

»Ich muss den Bruder Kämmerer fragen, ob du oben am Tisch sitzen darfst, weil der Prior nicht da ist«, sagte er dann. »Daher wollte ich wissen ...«

»Lusignan«, erklärte Raymond, nun ganz sicher, dass er vorher Thouars gesagt hatte, »glaub mir, ich habe Lusignan gesagt. Warum sollte ich ein falsches Vaterhaus angeben?«

Baldwin kaute auf den herabhängenden Barthaaren in seinem Mundwinkel herum. »Ja, warum?«, fragte er. Zwischen seinen Brauen stand eine misstrauische Falte.

Raymond hörte, wie der Alte sich draußen im Kapitelsaal räusperte. Er deutete mit dem Daumen über die Schulter. »Was ist mit ihm?«

»Bruder Bavard befindet sich im Zustand der Absolution«, erklärte Baldwin. »Wer gesündigt hat, verrichtet nach der Lossprechung niedrige Dienste, bevor er wieder in die Gemeinschaft aufgenommen wird.«

»Warum hast du dich vor ihm verbeugt?«

»Weil seine Gegenwart mich daran erinnert, nicht in Hochmut darüber zu verfallen, selbst nicht gesündigt zu haben.«

»Und was hat er ausgefressen?«

Baldwin sah ihn nachdenklich an. »Das geht nur ihn, den Abt und Gott etwas an.«

»Verzeihung.«

»Eine Gemeinschaft braucht Regeln, auf die sich jedes Mitglied verlassen kann.«

»Natürlich.«

»Das gilt für die Brüder hier drinnen ebenso wie für Besucher.«

»Ich habe nicht gesehen, dass ich den Boden verschmutzte.«

»Das habe ich nicht gemeint.«

»Natürlich nicht.«

Baldwins Aufforderung, Raymonds Verhalten zu erklären, hing zwischen ihnen; von der Weigerung, sich die Füße waschen zu lassen, bis zu seiner offenkundigen Lüge über seine Herkunft. Raymond verfluchte sich dafür, dem Mönch die Fußwaschung nicht gestattet zu haben, damit hatte er Baldwins Missfallen erregt. Aber der Gedanke, jemanden seine kotbespritzten Füße waschen zu lassen, nur weil dieser jemand dachte, er müsse die Demut übertreiben und Buße tun, und das vermutlich für so etwas Abartiges, wie beim Essen geredet oder aus Versehen eine Frau angeblickt zu haben, stieß ihn ab. *Wir alle hier haben Grund zur Buße.* Dann das kategorische Nein zu Raymonds Wunsch, das Archiv zu sehen –

etwas in Raymonds Bauch begann zu kitzeln, etwas, das sich immer regte, wenn er spürte, dass etwas nicht stimmte. Etwas, auf das er viel zu wenig hörte, zuletzt, als er die Männer im Saal von Jaufre de Chatellerault als Pfeffersäcke erkannt hatte. Bruder Firmin hatte im Archiv gearbeitet, um ein Sprungbrett zu haben für seine Karriere in der Kirche, während er in Wahrheit für den Bischof das Mädchen für alles spielte. Wenn die merkwürdige Atmosphäre im Kloster und Firmins Verschwinden zusammenhingen, dann befand Raymond sich entweder direkt inmitten der Lösung seines Falls oder inmitten eines Hornissennests. Und denjenigen, der ihn sicher hätte hindurchgeleiten können, Bruder Baldwin, hatte er zielsicher gegen sich eingenommen.

»Es ist nie zu spät für die Umkehr. Wenn du beichten willst...«

»Vielleicht kann ich mich irgendwo waschen?« Raymond zuckte mit den Schultern und probierte ein Lächeln. Baldwins Gesicht fror ein.

»Bruder Bavard wird dir Wasser bringen. Ich zeige dir das Lavatorium. Komm mit.«

Baldwin verlor kein Wort mehr über das Refektorium, über die nötige Namensmeldung an den Kämmerer und über Raymonds angebliche Herkunft. Raymond war in der Lage, das Schweigen des Normannen richtig zu deuten: Er brauchte nicht mehr darauf zu hoffen, einen besonders bevorzugten Platz an der Tafel der Brüder zu erhalten.

Das Lavatorium war ein Anhang zur Latrine, von ihr nur durch einen offenen Durchgang getrennt. Eine Reihe hoch oben angebrachter Fensteröffnungen vermochte nichts gegen das Halbdunkel. Raymond sah zwei hölzerne Waschzuber, ähnlich dem, den Robert in seinem Bergfried hatte, in die Ecke geschoben und nicht für den heutigen Gebrauch bestimmt. Die Brüder badeten höchstens ein- oder zweimal im Jahr, aus Furcht, übertriebene Körperpflege könnte zu Hochmut führen, noch mehr aber aus Furcht, das Bad könne ihnen schaden. Baldwin hatte ihn kaum verlassen, da schleppte ein Junge, zehn oder zwölf Jahre alt, einen vollen Wassereimer herein und stellte ihn auf den Boden. Raymond lächelte ihm zu, doch der Junge reagierte nicht; er sah ihn nicht einmal an. Obwohl in eine halblange Hose und ein Hemd gekleidet, schien er bereits Kukulle und Skapulier zu tragen, die halfen, die sündige Welt von ihm zu trennen.

Raymond tauchte eine Hand ins Wasser; es war grau und trüb, und als er umrührte, wirbelten Schmutzpartikel auf. Er war froh, dass das Licht nicht besser war. Das Wasser war eiskalt. Er schob die Kutte über seine Knie hoch, stieg mit einem Bein hinein und begann, sich den Schmutz abzuwaschen. Als er fertig war, war das Wasser definitiv verseucht. Raymond erwartete nicht, dass der Junge mit einem frischen Eimer wiederkäme; seufzend reinigte er auch das andere Bein, so gut es ging. Barfuß auf dem Steinboden des Lavatoriums stehend, begann er zu frieren. Es gab keine Möglichkeit, sich abzutrocknen. Schließlich rieb er mit der Kutte über seine Schenkel und Waden, auch wenn sie dadurch wieder Schmutzstreifen bekamen. Angesichts der Qualität des Waschwassers war seine Sauberkeit ohnehin nur oberflächlich.

Im Kloster war es so still, dass man meinen konnte, allein dort zu sein. Die Mönche waren während der Essenszeiten mit einem Schweigegebot belegt. Die meisten befolgten es auch während der restlichen Stunden des Tages, und wenn sie doch sprachen, taten sie es flüsternd. Ihre Sandalen, in denen sie sich schlurfend fortbewegten, machten nur leise schlappende Geräusche, die kaum vernehmbar waren. Der Raum um Raymond herum dehnte sich in die Dunkelheit und die Stille aus, bis er sich in einer Halle wähnte, und die Halle in einem unübersehbar weiten, vor Schweigen widerhallenden Palast. Er fühlte sich an die Wartezeit in Bischof Bellesmains Halle erinnert. Aus der Latrine ertönte das leise Schlurfen von Sandalen, als jemand sie durch einen anderen Eingang betrat, um sich zu erleichtern. Raymond bemühte sich, die Geräusche nicht zu hören. Die Brüder, Tag für Tag und Nacht für Nacht stets inmitten ihrer Glaubensgemeinschaft, nie mehr allein ab dem Tag ihres Eintritts in diese Welt bis zu dem Augenblick, in dem man sie in die Grube legte, waren es gewöhnt, unsichtbare Mauern um sich zu errichten. Raymond konnte es nicht. Ihm fiel es schon schwer, wenn er mehrere Nächte zwischen dem Gesinde eines *seigneurs* schlafen musste. So gesehen hatte er es bei Robert gut getroffen: Ein ganzes Gebäude stand ihm zur Verfügung, das er nur mit den Hühnern im Erdgeschoss teilen musste.

Robert. Ganz natürlich rief der Gedanke an seinen neuen *seigneur* auch die Erinnerung an seine Frau wach, aber es Erinnerung zu nennen war stark untertrieben; es Sehnsucht zu nennen wäre nicht falsch gewesen. Bernard de Ventadour, sein großer Zunftkollege, stand im Ruf, es bei keiner seiner Angebeteten bei der *fin amor* belassen zu haben, o nein. Er war ein Meister darin, die ferne Liebe zu singen und die – äußerst! – nahe Liebe zu praktizieren. Henri Plantagenet hatte ihn von seinem Hof gewiesen, als Bernard der Königin Aliénor etwas zu nahe gekommen war, wie es hieß … Aliénor … die schönste Frau ihrer Zeit und sicher auch die leidenschaftlichste! Heiliger Hilarius, und jetzt verbrachte Bernard seine Tage im Kloster. Wie mochte es ihm gehen, wenn er in der Nacht an die Königin dachte und den Geruch ihres Haars und die Hitze ihres Körpers? Raymond blinzelte, als ihm bewusst wurde, dass Aliénor in seinen Gedanken Suzannes Gesicht hatte. Als der alte Mönch, der im Refektorium den Boden gewischt hatte, hereinkam, schreckte er geradezu hoch und bekam ein schlechtes Gewissen. Suzanne. Er hatte lange nicht verstanden, wie ein Sänger die Plumpheit besitzen konnte, das Objekt seiner Lieder tatsächlich zu begehren. Immerhin gab es Regeln, auf die man sich verlassen können sollte, und eine davon lautete, dass es schicklich war, der Herrin des Hauses zwar den Hof zu machen – und wie der Teufel vor dem

Weihwasser davor zurückzuschrecken, diesem Werben Taten folgen zu lassen. Der Herr sollte sich genauso darauf verlassen wie die Herrin und der Sänger erst recht. Konnte Robert darauf bauen? Auf Suzanne wahrscheinlich schon, aber auf Raymond?

Der alte Mann, Bruder Bavard, setzte den Eimer, den er trug, neben Raymond ab. Er warf ihm einen Seitenblick zu.

»Es tut mir Leid, dass ich den Boden im Refektorium verschmutzt habe«, sagte Raymond. Plötzlich fiel ihm ein, was Baldwin getan hatte: Er faltete die Hände und verbeugte sich vor dem Alten. Bavard räusperte sich und zuckte mit den Schultern. Langsam schlurfte er zum Eingang der Latrine.

»Stimmt es, dass hier die größte Sammlung von Schriften und Codices weit und breit ist?«, fragte Raymond. Bavard zögerte, bevor er den nächsten Schritt tat. »Heiliger Hilarius, was gäbe ich dafür, die einmal sehen zu dürfen.«

Bavard drehte sich zu ihm um. Die obere Hälfte seines Gesichts lag im Dunkel der Kapuze. Er sagte kein Wort, doch sein Mund arbeitete.

»Du arbeitest im Klosterarchiv, habe ich Recht?« Raymond wies auf Bavards fleckige Hände. »Man muss sich doch gesegnet fühlen, diese Arbeit verrichten zu dürfen. Den ganzen Tag von den Schriften der weisen Gelehrten umgeben, die Rollen und die Bücher in die Hand nehmen zu können, die Worte zu kopieren und die Buchstaben zu malen...« Er sah Bavard mit dick aufgetragener Erwartung an. Doch der alte Bruder reagierte nicht anders als zuvor: Seine Lippen zuckten, aber er antwortete nicht.

»Ich kenne einen Bruder, der hier im Archiv arbeitet. Er heißt Firmin. Bestimmt kennst du ihn auch. Ich würde gern wissen, ob es ihm gut geht.«

Keine Antwort. Raymond gab den Blick Bruder Bavards verblüfft zurück. Die Brüder mochten ihr Schweigen einhalten, solange es ging, doch er hatte noch nie gehört, dass einer nicht antwortete, wenn er angesprochen wurde. Schon die einfachsten Gesetze der Gastfreundschaft geboten eine höfliche Antwort auf eine höfliche Frage; und wenn es nur ein artiges Rutsch-mir-den-Buckel-hinunter war.

»Firmin konnte von uns allen am besten lesen und schreiben. Ich wette, er arbeitet an etwas Hochinteressantem hier im Archiv.«

Bruder Bavard stand und schaute.

»Ich bin mir sicher, dass er mit seinen Fähigkeiten zu Großem berufen ist. Vielleicht wird er der nächste Bruder Archivar, was meinst du?«

Bruder Bavards Kinn zuckte.

»Oder der Bischof interessiert sich für ihn ...?«

»Hast du ihm etwas von deinen Fertigkeiten weitergegeben?«

»Bruder Bavard?«

Bavard sagte kein Wort. Plötzlich wandte er sich ab und trottete in die Latrine hinaus, ohne Raymond auch nur eines weiteren Blickes zu würdigen. Er ließ einen vor den Kopf geschlagenen falschen Wandermönch zurück. Raymond spürte nicht einmal mehr die Kälte an den Fußsohlen. Er starrte Bavard verwirrt nach. Es konnte doch nicht sein, dass der Alte wegen der Dreckspur im Refektorium noch immer so beleidigt war. Sicher, das Fegen des Bodens war nicht seine eigentliche Aufgabe, und Baldwin hatte gesagt, dass Bavard sich im Zustand der Absolution befand, also den Nachwehen einer Strafe, die ihn ereilt hatte und während derer er niedrige Dienste verrichtete, um sich wieder für die Aufnahme in die Gemeinschaft zu qualifizieren – wenn Bavard also ein bisschen empfindlicher war als üblich, dann konnte man das verstehen. Jetzt hörte Raymond auch das unmissverständliche Geräusch, das entstand, wenn jemand mit einem langen Paddel den Inhalt der Latrine aufrührte, um ihn gleichmäßiger zu verteilen und so die längere Benutzung zu gewährleisten. Ja, da kamen auch schon die ersten Geruchsschwaden durch den Eingang. Bavard hatte wirklich allen Grund, auf die Welt ärgerlich zu sein, aber dennoch: Was hatte Raymond ihm denn getan?

Raymond schüttelte den Kopf, als ihm klar wurde, weshalb Bavard so still war. War das Schweigen schon in normalen Verhältnissen eine Tugend für die Cluniaszenser, so wurde es zu einem Gebot, wenn ein Mönch eine Strafe verbüßte. Bavards Zustand der Absolution war noch Teil der Strafe – folglich war ihm ein Schweigegebot auferlegt. Außer sich zu räuspern oder mit seinen dürren Fingern auf jemanden zu zeigen, war ihm jeder andere Kontaktversuch verwehrt. Raymond betrachtete resigniert die Brühe, in der er seine Beine gewaschen hatte. Nur ihm konnte es gelingen, Kontakt zu dem einzigen Mann im Kloster zu suchen, der auf seine Fragen nicht antworten durfte. Jetzt blieb ihm wirklich nur noch Bruder Baldwin, und der überlegte vermutlich schon die ganze Zeit, wie er den seltsamen, verlogenen Gast, den er selbst ins Kloster gelassen hatte, wieder loswerden konnte.

Bruder Bavard tauchte wieder auf und brachte einen Schwall des Gestanks mit, den er dort aufgewühlt hatte. Er schob sich an Raymond vorbei und streckte die Hand nach dem Eimer aus, den er gebracht hatte. Als er bemerkte, dass er noch unberührt war, erstarrte seine Bewegung. Er trat einen Schritt näher und sah forschend in den zweiten Eimer. Dann musterte er Raymond von Kopf bis Fuß und dann wieder das Waschwasser. Er hob eine Hand, streckte einen Finger aus und deutete damit auf Raymond. Raymond seufzte. Wenn es dem alten Vogel jetzt auch nicht passte, dass er sich hier gesäubert hatte ... Er hatte sogar aufgepasst, nicht mehr als nötig auf den Boden des Lavatoriums zu spritzen.

Bruder Bavard begann zu lachen. Raymond gaffte ihn an. Der Mönch grunzte, dann gackerte er, dann krächzte er wie ein Rabe, und schließlich wieherte er und bog sich und schlug sich mit der einen Hand auf die Schenkel, während er mit der anderen weiterhin auf Raymond zeigte. Er schlug die Kapuze zurück – ein fast kahler Kopf mit langen weißen Haarfransen kam zum Vorschein, eine knotige Stirn, Augenbrauen wie Striegel und eine Nase, mit der man Holz hätte spalten können – und wischte sich über die Augen, während er weiterlachte. Er konnte gar nicht mehr aufhören. Als sein Lachanfall zu ersterben drohte, genügte es, Raymond anzusehen, um ihn von neuem anzufachen. Bavards Wiehern hallte und tönte im Lavatorium und prallte von den Steinwänden ab, als hätten diese niemals ein derartiges Geräusch gehört. Raymond konnte nicht anders – er grinste.

»Was ist denn?«

Bavard räusperte sich und platzte erneut heraus.

Plötzlich schlug er sich vor den Mund und wurde von einem Augenblick auf den anderen ernst. Seine Augen wurden groß.

»Oh-oh«, stieß er hinter seiner Hand hervor, »meine Absolution...« Seine Blicke fielen auf den Eimer, und das Grunzen hob wieder an. Er hielt sich vergeblich den Mund zu.

»Was ist mit dem Wasser?«

»Das Wasser... das Wasser... ich kann nicht mehr... o Himmel, und meine Absolution ist beim...« Bavard krümmte sich und wischte sich gleichzeitig die Augen.

»Ist was mit dem Waschwasser?«, fragte Raymond ahnungsvoll.

»Das wäre das Waschwasser gewesen, nicht wahr«, sagte Bavard völlig ruhig und deutete auf den Eimer, den er gebracht hatte. »Das hier...«, er deutete auf den Eimer, in dem Raymond sich gewaschen hatte, und seine Beherrschung war wieder zum Teufel.

Raymond sah ihn an.

»Das andere... das hier... das ist das Wasser... nicht wahr...«

»Ja?«

»Mit dem ich die Latrine im Gästehaus sauber gemacht habe!«, stieß Bavard hervor und ergab sich hilflos dem Gelächter.

7.

»Ha«, machte Raymond und sah seine Beine an.

»O heilige Radegonde, hilf, ich ersticke«, stöhnte Bavard und umklammerte seinen dürren Leib.

»Ich habe schon verstanden.«

Bavard lehnte sich gegen die Wand. »So was hab ich noch nie gesehen, nicht wahr!« Er begann erneut zu prusten.

Schließlich erinnerte sich Bavard an seine Pflicht und schleppte den Eimer mit dem faulen Wasser hinaus in die Latrine. Raymond nutzte die Gunst der Stunde und ließ etwas von dem sauberen Wasser auf seine Beine kommen, dann packte er den Zuber und trug ihn Bavard hinterher. Der Alte hatte seine Last auf das lange Holzbrett gestützt, das auf dem steinernen Latrinensockel lag, und goss den Inhalt in eines der runden Löcher. In der Latrine zog es so, dass der Gestank von vorhin schon fast wieder verschwunden war. Als Raymond das Wasser in seinem Eimer ebenfalls in eines der Löcher gegossen hatte und sich zu Bavard umdrehte, saß der Alte bereits auf einem der Löcher, die Kutte gerafft, und musterte Raymond mit unverhohlener Neugier.

»Du hast Bruder Firmin gekannt?«, fragte er.

Raymond nickte vorsichtig und rekapitulierte in Gedanken, was er bereits von sich gegeben hatte. Sich erneut in seinen eigenen unvorbereiteten Lügengeschichten zu verfangen, konnte er nicht riskieren. Er versuchte zu ignorieren, dass der alte Mann sich vor ihm erleichterte.

»Wie hast du ihn kennen gelernt?«

Raymond blinzelte verblüfft. »Wie...?«

»Na, Firmin, wo hast du ihn getroffen? Du bist doch nicht hier aus Saint Jean, nicht wahr?«

»Nein, ich... ich trage das Wort Gottes zu Fuß in die Welt...«

»Oh, oh, so einer bist du.«

Raymond lächelte. »Was gibt's dagegen zu sagen?«

»Und dabei bist du schon mal hier vorbeigekommen?«

»Nein, ich bin zum ersten Mal hier. Ich wollte eigentlich das Archiv...«

»Aber wo hast du Bruder Firmin dann getroffen?«

»Wie meinst du das – wo?«, fragte Raymond verwirrt. »Ich habe ihn als Junge...«

»Weil Bruder Firmin ein *puer oblatus* ist, nicht wahr. Er ist schon als Säugling im Kloster abgegeben worden.«

Raymond biss sich auf die Zunge. Er hörte sich, wie er vor Bischof Bellesmains stand und sagte: »Da haben Sie mir ein kleines, unwichtiges Detail verschwiegen, Ehrwürden.« Wenn der Alte ihm nicht ins Wort gefallen wäre, hätte er den nächsten ungereimten Unsinn erzählt. Er starrte Bavard an. Firmin war von seinen Eltern ins Kloster gegeben worden, entweder mit oder ohne Geldspende, damit er dort aufgezogen würde. Bislang hatte er vorausgesetzt, dass Firmin aus einem der einflussreichen Häuser stammte, vielleicht sogar von einer der Familien aus dem Norden, die mit dem Sieg Henri Plantagenets über seine Frau und seine Söhne hier im Süden zu Macht gekommen waren. Er hatte geglaubt, Bischof Bellesmains, ein treuer Poiteviner, aber ebenso ein Mann mit Instinkt für die Realität, hätte den jungen Mann unter seine Fittiche genommen, weil er eine Zukunft in der Kirche hatte, aber auch, weil der Bischof sich damit seine Familie gewogen machte. Tatsächlich aber sah es ganz anders aus. Warum war Firmin unter diesen Umständen des Bischofs Schützling geworden? Er gestand dem jungen Mann gern zu, dass er wirklich brillant war, aber wie hatte er es geschafft, den Bischof auf sich aufmerksam zu machen? Und warum ließ ihn Bellesmains nicht einfach fallen, den Unbekannten, den vollkommen Einflusslosen, den namenlosen Säugling einer ebenso namenlos gebliebenen Mutter, geboren in einem Stall oder hinter einem Marktstand oder sogar in einem der Betten in einem Frauenhaus, da er sich nun den Schnitzer geleistet hatte, spurlos zu verschwinden?

Und wenn er schon dabei war: Warum war Firmin so ein Idiot, zu verschwinden und den Schutz seines Gönners aufs Spiel zu setzen? Was trieb ihn? Raymond suchte nach einer Antwort auf Bavards Frage, da schlug der Alte sich plötzlich an die Stirn.

»Der Bischof, nicht wahr?«, krächzte er.

»Wie bitte?«

»Du bist Poiteviner, das hab ich erkannt.«

»Du auch.«

Bavard nickte. »Wenn einer den heiligen Hilarius anruft…«

»… oder die heilige Radegonde…«

»Du hast Firmin bei Bischof Bellesmains getroffen, nicht wahr? Der Bischof hat ein Auge auf ihn geworfen.«

»Richtig«, sagte Raymond. Er hoffte, dass Bavard den Unsinn vergessen hatte, den Raymond über seine und Firmins angebliche gemeinsame Vergangenheit angedeutet hatte.

»Seit er auf Reisen ist, liest keiner die Bibel mehr richtig. Er ist der beste Vorleser. Das muss man ihm lassen.« Als Raymond nicht antwortete, zuckte Bavard mit den Schultern. »Beim Essen«, sagte er. »Bei ihm wagt keiner auch nur zu rülpsen, nicht wahr?«

»Firmin ist auf Reisen?«, fragte Raymond, seiner Rolle gemäß.

»Schon eine ganze Weile. So lange hat der Bischof ihn noch nie weggeschickt.«

»Macht ihr euch Sorgen um ihn?«

Bavard starrte Raymond an. Seinem Gesichtsausdruck nach zu urteilen waren Sorgen das Letzte, was er mit Firmins Verschwinden in Verbindung gebracht hätte. »Die Arbeit bleibt liegen«, sagte er dann.

»Firmin war immer sehr standfest im Glauben«, versuchte Raymond einen Vorstoß.

»Jetzt noch mehr als vorher.«

»Was hat ihn dazu veranlasst?«

Bavard blinzelte. »Hä?«

»Firmin. Was hat seinen Glauben noch stärker ...«

»Ich rede von unserer Arbeit im Archiv, nicht wahr«, erklärte Bavard mit einem Anflug von Ungeduld.

»Ihr habt zusammen gearbeitet?«

»Ich illuminiere.« Bavard reckte sich und zeigte seine Hände vor. Die Tintenflecke waren von jahrelanger Arbeit wie eingebrannt; nicht einmal die Tage, die er im Zustand der Absolution mit Besen und Putzeimer verbrachte, hatten sie von seinen Fingern waschen können.

»Und Firmin?«

»Kopist.« Bavard schien enttäuscht, dass seine Fähigkeit, den Anfangsbuchstaben von Kapiteln und Dokumenten buntes Leben einzuhauchen, von Raymond nicht gewürdigt wurde.

»Ich dachte ...«

»Das kann er allerdings gut, nicht wahr. Da siehst du nachher keinen Unterschied mehr zwischen der Vorlage und seiner Kopie. Wenn du sie mischst, kann nur Firmin selber sagen, was was ist.«

»Ich dachte ...«

»Und natürlich an meinen Buchstaben. Ich kopiere die Vorlage nicht, ich mache eine neue Kreation.«

»Ich dachte, Firmin hätte seine Zeit hauptsächlich im Archiv verbracht?«

»Woher weißt du das?«

Raymond biss sich auf die Zunge. Eine weitere Thouars-Lusignan-Situation! Heiliger Hilarius, er machte alles falsch, noch bevor er richtig angefangen hatte. Er fluchte erbittert in sich hinein. Wenn es so weiterging, war es schlauer, morgen bei Arnaud und seinen Gauklern um Aufnahme zu bitten, anstatt sie für Roberts Fest zu engagieren.

»Er hat allerdings letztens viel mehr Zeit im Archiv zugebracht als in der Kopierstube...«

»Ja...«

»Aber ich sollte es niemandem erzählen... Von mir hast du es also nicht...«

Raymond horchte auf. Welchen Grund konnte Firmin haben, den alten Illuminator um Stillschweigen zu bitten? Seine Tätigkeit im Klosterarchiv war sanktioniert durch den Wunsch Bischof Bellesmains', seine Schriften zusammenzufassen. Der Bruder Archivar, der Prior – keiner konnte etwas dagegen haben.

»Es war ihm wichtig, dass niemand davon erfährt...«

Bavard beäugte Raymond mit gesenkten Augenbrauen. Also hatte Firmin im Archiv etwas getan, wozu er keine Erlaubnis hatte. Was konnte er dort schon tun, außer in den alten Dokumenten etwas nachzulesen? Und was konnte er daraus schon erfahren, was er nicht wissen sollte? Wann welcher Mönch ins Kloster eingetreten oder gestorben war? Welche Spenden seinen Eintritt begleitet hatten? Welchen Grundbesitz und welche jährlichen Zuwendungen das Kloster sein Eigen nannte?

»Er sagte: ›Verrate mich nicht, dann behalte ich auch für mich, dass du die letzten Male in der Nokturn eingeschlafen bist.‹«

Befand sich noch etwas im Archiv außer diesen profanen Dingen der Klosterorganisation – und Jean Bellesmains' ach so bedeutungsschwerem Briefwechsel mit Gott und der Welt? Raymond versuchte sich daran zu erinnern, was er aus seiner Vergangenheit noch wusste, aber er hatte den Weg zum Diakonium nicht über den Aufenthalt in einem Kloster angetreten, und die Erinnerung an die Tage und Wochen, die er in dem einen oder anderen in stiller Kontemplation verbracht hatte, um sich auf das Amt vorzubereiten, das er nie angetreten hatte, enthielt nichts Brauchbares.

»Ich sagte: ›Ich bin nicht eingeschlafen, ich habe nur die Augen voller Andacht geschlossen‹, nicht wahr. Und er sagte:

›Ich habe dich schnarchen gehört.‹ Und ich sagte: ›Das hast du dir eingebildet.‹ Und er sagte: ›Na gut, aber *das* habe ich mir nicht eingebildet ...‹« Der Alte schloss plötzlich den Mund. In seinem Gesicht arbeitete es.

»Was?«, fragte Raymond. Bavard verdrehte die Augen. Dann platzte er heraus: »Bei der heiligen Radegonde, ich weiß auch nicht, was daran so sündig sein soll! Aber Firmin sagte ...«

»Firmin sagte ...?«

»Ich habe Bilder gemalt«, seufzte Bavard. »Wenn ich darauf wartete, dass die Tinte trocknete. Ich habe nur altes Pergament verwendet, das sich abschaben ließ, nicht wahr.«

»Was hast du gemalt?«

»Tiere«, sagte Bavard. Er lächelte. »Vögel. Wie sie fliegen und wie sie auf Zweigen sitzen und singen.«

»Aber Firmin sagte ...«

»Er sagte, sie seien unnütz. Antiquitäten, wie die Lieder der Vaganten und die Kunststücke der Gaukler. Sie erzählten nichts über den göttlichen Heilsplan. Sei seien sündig.«

»Was ist an Zeichnungen von Vögeln sündig?«, fragte Raymond.

Bavard strahlte. »Ja, nicht? Nicht wahr?«

»Und was war so außergewöhnlich daran, dass Firmin sich im Archiv umgetan hat? Vielleicht musste er etwas für den Bischof nachsehen?«

»Firmin hat einfach in mein Pult geschaut, als ich draußen war. Da hat er die Vögel entdeckt. Ich hätte sie verstecken sollen ... Aber niemand ist je auf die Idee gekommen, einfach im Pult eines Bruders zu schnüffeln, nicht wahr? Niemand tut so was ... hat einfach herübergefasst. Dafür hätte er Buße tun müssen, aber ich konnte ja nichts sagen – wegen der Vögel, nicht wahr?«

»Ich dachte, du hättest wegen der Vögel ...?«

»Die Blätter«, sagte Bavard.

»Die Blätter, auf denen du gezeichnet hast?«

»Nein«, sagte Bavard ungeduldig, »da drüben, die Blätter in der Wasserschale. Bring mir ein paar rüber, damit ich mich abputzen kann.«

Raymond wandte sich ab, während Bavard sich säuberte. Er nutzte die Gelegenheit, in das Lavatorium zurückzuschlendern. Bavard folgte ihm schlurfend.

»Ich habe geredet«, erklärte er missmutig.

»Ja, du hast die Absolution gebrochen. Aber ich verrate dich nicht ...«

»Nein, ich meine, deswegen habe ich die Buße auferlegt bekommen. Weil ich während der Vesper geredet habe, nicht wahr?«

»Oh.«

»Ich dachte, der Prior hört es nicht. Ich beugte mich zu Firmin und flüsterte ihm ins Ohr, dass es nicht recht gewesen war, einfach in meinem Pult herumzuschnüffeln.«

»Das war noch am selben Abend?«

»Aber Firmin zischte mich an, ich solle ruhig sein, und das hat der Prior gehört.« Bavard zuckte mit den Schultern.

»Wie lange hat denn die Buße gedauert?«

»Eine Woche – und zwei für die Absolution.«

»Ungefähr so lange, wie Firmin ver...« Raymond brach ab. Diesmal blieb ihm die Verlegenheit erspart; Bavard hatte nicht zugehört. Er grummelte etwas vor sich hin und starrte auf seine schmutzigen Hände. Er schien seine Arbeit als Illuminator zu vermissen. Raymond versuchte zusammenzuzählen, was er gehört hatte – ohne sicher zu sein, dass er das, was er gehört, auch richtig verstanden hatte. Bavard zu lauschen war, wie im Halbdunkel in einem großen Heuhaufen nach versteckten Schmuckstücken zu suchen. Er wusste nicht, wie viele Schmuckstücke es waren und wie sie aussahen. Vielleicht hatte er ja die falschen eingesammelt. Aber wenn nicht, dann ergab sich, dass Firmin im Klosterarchiv etwas nachgesehen hatte, wozu er eigentlich keine Berechtigung besaß; etwas, worauf er wahrscheinlich bei seiner Arbeit als Chronist des Bischofs gestoßen war. Er hatte Bavard erpresst, der am Pult neben ihm arbeitete, und am selben Abend dafür gesorgt, dass Bavard eine Buße auferlegt bekam und aus dem Archiv entfernt wurde. Am nächsten Tag hatte er vermutlich in Ruhe (und ohne neugierigen Pultnachbarn) durchgesehen, was er herausgeschafft hatte, und war spätestens am Tag darauf verschwunden.

Was hatte er gefunden?

Und wie konnte er es anstellen, einen Blick darauf zu werfen? Raymond starrte Bavard nachdenklich an.

»Ich möchte zu gern deine Vögel sehen«, sagte er. Bavard riss die Augen auf. »Ich glaube, sie sind schön.«

Der alte Mönch grinste erfreut. »Ja.«

»Denkst du, ich könnte sie anschauen?«

»Natürlich, nicht wahr?«

»Gleich?«

Bavard verzog das Gesicht. »Nein, völlig unmöglich.«

»Wegen der Vesper? Es dauert sicher nur ein paar Minuten, und wenn wir sagen, dass ich mich verlaufen habe und du mich ins Refektorium geführt hast ...«

»Das Archiv ist geschlossen«, sagte Bavard. »Ich sagte doch, die Arbeit bleibt noch mehr liegen als vorher, nicht wahr?«

»Warum ist das Archiv geschlossen?«

Bavard seufzte. Er kämpfte mit sich. Offenbar handelte es sich um eine Information, die nicht an Außenstehende weitergegeben werden sollte. Baldwin hatte sich geradezu verschlossen, als Raymond auf das Thema zu sprechen gekommen war.

»Ich glaube, ich könnte einen Vogel nicht mal malen, wenn mir jemand die Hand führen würde.«

»Ach was ...«

»Nein, das ist eine besondere Kunst!«

»Heilige Radegonde«, rief Bavard und machte eine unwillige Handbewegung, »ich kann sie dir nicht zeigen! Solange nicht geklärt ist, was mit Bruder Thibaud passiert ist, lässt der Prior niemanden ins Archiv.«

Bruder Thibaud? Wer zum Henker war das nun wieder? Raymond blinzelte verwirrt. Noch so ein Name, der nicht in den Süden passte...

»Der Archivar«, erklärte Bavard. »Bruder Thibaud, der Archivar! Er ist seit einer Woche verschwunden. Sie suchen ihn überall.«

8.

Der Weg lag Raymond sonnenklar vor Augen: Alles, was er zu tun hatte, war, in Firmins Pult zu sehen. Wenn es stimmte, was Bavard gesagt hatte – und warum hätte er lügen sollen? –, kam kein Bruder auf den Gedanken, das kleine Fach zu durchsuchen, das unter der schrägen Platte des Pults war und in dem die Kopisten und Illuminatoren ihre Farben, Pinsel und die Dokumente aufbewahrten, an denen sie gerade arbeiteten. Firmin hätte keine Schriftrolle, keinen Codex mit hinausgeschmuggelt – die Gefahr, dabei ertappt zu werden, war viel zu groß. Er musste ja nur auf einem Fetzen notieren, was ihn bewegt hatte, und diesen Fetzen in seinen Ärmel rutschen lassen, sobald er ihn nach draußen schaffen wollte. Wenn Raymond sah, was Firmin gesehen hatte, würde er vielleicht auf einen Schlag verstehen, was den jungen Mann getrieben hatte, das Kloster zu verlassen. Im besten Fall würde es ihm klar machen, wo er zu suchen hatte. Möglicherweise lag die Lösung der ungeliebten Aufgabe nur ein paar Mauern von ihm getrennt im Archiv von Saint Jean de Montierneuf.

Nur ein paar Mauern. Raymond lauschte verdrossen dem Schmatzen und Schlürfen, mit dem die Mönche um ihn herum ihre Vesper hinunterschlangen. Wenn bei Firmin niemand auch nur zu rülpsen gewagt hatte, musste der Mönch, der heute als Vorleser tätig war, höchst eifersüchtig auf den Verschwundenen sein: Niemand machte sich die Mühe, auch nur leiser zu schmatzen. Das eintönige Leiern des Vorlesers konnte sich gegen die Essgeräusche nicht annähernd durchsetzen. Nur ein paar Mauern – und durch die Schließung des

Archivs waren diese paar Mauern so unüberwindlich wie die der Festung Gisors.

Er schlurfte mit den Brüdern hinaus und zur Kirche hinüber, nachdem die Speisung vorüber war. Niemand beachtete ihn. Nach den ersten neugierigen Blicken hatten sich auch seine unmittelbaren Tischnachbarn wieder abgewandt. Raymond hatte eine rege Kommunikation wahrgenommen – Blicke, Blinzeln, Zucken mit den Augenbrauen, kleine, flatternde Handbewegungen: Es herrschte Schweigegebot während des Essens, aber das bedeutete nicht, dass die Brüder, die zum Teil ihr ganzes Leben gemeinsam verbracht hatten, sich nicht verständigen konnten. Raymond hatte keine Ahnung, worüber sie kommunizierten, und nicht die geringste Chance, es in diesem Leben herauszufinden. Vermutlich waren es Scherze, Gerüchte, Fragen; was immer mitzuteilen wert war und was immer sich im Geist eines frommen Mönchs genauso wenig verschließen ließ wie in dem eines fröhlichen Studenten inmitten seiner Kommilitonen. Wahrscheinlich hatten sie auch Informationen über ihn, Raymond, ausgetauscht. Er war nicht traurig darüber, dass er so unauffällig zwischen den Brüdern hockte statt am erhöhten Tisch der Klosteroffizialen. Baldwin war nicht mehr auf ihn zugekommen und tat auch jetzt, oben am Tisch sitzend, so, als sei Raymond nicht vorhanden. Raymond zog es vor, ihm die gleiche Höflichkeit zu erweisen. Er wünschte nur, Baldwin hätte veranlasst, ihm Sandalen bringen zu lassen: Seine Zehen waren blau vor Kälte und seine Füße so kalt, dass es schmerzte.

In der Kirche kniete er mit den Brüdern nieder und raffte die weite Kutte so zusammen, dass er seine Füße darunter verbergen konnte. Die Mönche nahmen die gleiche Kommunikation auf wie im Refektorium. Die Stimme des Mönchs, der die Messe las, hallte. Raymond folgte den Worten, vorgetragen in plattem, kunstlosem Latein, kaum. Wie nicht anders zu erwarten, hatte die Predigt das Gleichnis vom verlorenen Sohn zum Thema. Wenn Bruder Thibaud wieder zurückkam, sollte die Gemeinschaft ihn verzeihend empfangen. Die Gemeinschaft ahnte nicht, dass noch ein zweiter Mönch abgängig war, der nicht nur der Verzeihung seiner Brüder bedurfte, sondern das Wohlwollen eines viel mächtigeren Kirchenmannes herausgefordert hatte. Was die Gemeinschaft ebenfalls nicht ahnte, war die Tatsache, dass die beiden Vorgänge zusammenhingen: Innerhalb weniger Tage waren zwei Mönche verschwunden, ihr Verbindungsglied war das Archiv, und Raymond hätte jederzeit alle seine Musikinstrumente gegen eine Mistgabel gewettet, dass das eine Verschwinden mit dem anderen zu tun hatte.

Der Mönch, der die Messe las, hatte sich inzwischen zu einem Thema vorgearbeitet, das ihm ebenso am Herzen lag: Nicht jeder, der den Schutz der Gemeinschaft verlangte, war ein verlorener Sohn – es gab auch Betrüger und Lügner und Gewissenlose, die die Freigebigkeit des Klosters ausnutzten. Raymond machte sich klein in seiner Kutte. Der Mönch vorn am Altar war Bruder Baldwin, der innerhalb weniger Minuten von einem Verbündeten zu einem Feind geworden war. Vielleicht war es geraten, statt der ganzen Musikinstrumente lieber doch nur die kaputte Fiedel zu verwetten? Aber diesmal war Raymond sich in seiner Seele sicher, dass seine Vermutung zutraf. Es war nur zu klären, wie die Reihenfolge des Geschehens war. War Firmin wegen Thibaud verschwunden oder Thibaud wegen Firmin? Oder waren beide gemeinsam unterwegs? Und was hatte Firmin im Archiv gefunden, das ihm die Idee eingegeben hatte, sich aus der Gemeinschaft fortzuschleichen? Fragen über Fragen, und viele der Antworten fanden sich an dem Ort, der für ihn unerreichbar war. Irgendwie musste er hineinkommen. Er hatte nur diese eine Nacht. Er musste sich beeilen, nicht nur Roberts und Suzannes wegen, sondern auch um seiner eigenen Sicherheit willen. Baldwin würde ihn für diese Nacht wahrscheinlich in Ruhe lassen, aber wenn Raymond sich morgen immer noch im Kloster herumtrieb... Es musste in dieser Nacht geschehen, und er würde sich aller Voraussicht nach einschleichen müssen wie ein Dieb.

Raymond erinnerte sich an einen Gehängten, den er gesehen hatte. Er war schon sehr lange dort gehangen. Seine Augen und der größte Teil seines Gesichtsfleisches waren den Vögeln zum Opfer gefallen, die Fetzen seines Hemdes flatterten unterhalb seines Beckens über nichts; die Beine waren schon abgefallen. Dass der restliche Körper noch am Hals hing, schien wie ein Wunder. Das Einzige, was nicht ein schwindelerregend erbärmliches, verfaultes, zerfleddertes Aussehen hatte, war der mit Goldfarbe gestrichene Holzkelch, der neben dem armen Teufel vom Galgen baumelte. Der Mann hatte versucht, eine Monstranz aus einer Kirche zu stehlen. Unberechtigt in das Klosterarchiv einzudringen war vermutlich nicht weniger strafbar. Heiliger Hilarius. Mit der List des Teufels hat er sich hier eingeschlichen, würde Bruder Baldwin zu Protokoll geben, und nichts als Lügen erzählt, einen Bruder in der Absolution zur Sünde verführt und dabei nichts im Sinn gehabt, als uns zu berauben. Würde ein holzgeschnitztes Buch neben Raymond hängen, wenn man ihn erwischte?

Seine Anwesenheit im Kloster war ein Spiegelbild seines ganzen Lebens: Er war zur falschen Zeit am falschen Platz und hatte die Folgen davon auszubaden. Aber nun hatte er angefangen und musste es auch zu Ende bringen, für das Empfehlungsschreiben Bischof Bellesmains', für seine eigene Zukunft, für die Zukunft Firmins, des Abtrünnigen und irgendwie und nicht näher nachvollziehbar für Suzanne Ambitien, der als Feigling und Versager wieder unter die Augen zu treten gänzlich undenkbar war.

Raymond senkte den Kopf und versuchte, über das heftige Schlagen seines Herzens und über das hohle Kribbeln in seinen Lenden hinweg nachzudenken. Er wusste es nicht, aber in der gesamten Schar der Mönche, die sich mit Blinzeln und Zucken und Fingerschnippen während der Messe miteinander verständigten, war er der Einzige, der halbwegs andächtig wirkte.

Es dauerte nicht lange, bis einer der Brüder hinter ihm herkam; er hatte dafür gesorgt, dass man ihn gesehen hatte, wie er nach dem Gottesdienst die Treppe zum Archiv hinaufschlenderte. Raymond tat so, als würde er die eingeschnitzten Ranken bewundern, die sich um die ansonsten vollkommen schmucklose Tür zum Archiv wanden. Der Neuankömmling räusperte sich.

»Was tust du hier oben, Bruder? Du weißt doch, dass ...«

Als Raymond sich umdrehte, weiteten sich die Augen des neu angekommenen Mönchs. Es war Bruder Baldwin.

»Was soll das?«, fragte Baldwin.

Raymond deutete auf die Tür. »Das Archiv«, sagte er, »ich wollte wenigstens einmal davorstehen, wenn ich schon nicht ...«

»Es ist und bleibt geschlossen!«

Baldwin drängte sich an ihm vorbei und drückte die Klinke hinunter. Die Tür war versperrt. Raymond beobachtete ihn. Bruder Baldwin war so misstrauisch, dass er in dem Beutel herumzukramen begann, der von der Schnur um seine Hüften hing, mehrere Schlüsselbunde hervorzog und einen davon aussortierte. Zwei Schlüssel befanden sich daran, beide hakenförmig und einfach aussehend. Baldwin warf Raymond einen Seitenblick zu, während er einen der Schlüssel in das Schloss einführte und den Riegel ein paar mal hin und her bewegte. Er öffnete probeweise die Tür. Dann sperrte er wieder ab und drückte die Klinke ein weiteres Mal. Die Tür blieb zu. Er nickte zufrieden und verstaute den Schlüsselbund in einer Tasche, die in seine Kutte eingenäht war. Sein Gesicht war so ausdruckslos wie vorhin, als er Raymond im Lavatorium verlassen hatte, und in seiner Kälte beinahe so blasiert wie das von Guibert, wenn ihm (und vermutlich damit auch Gott dem Herrn) etwas missfiel.

»Ich möchte beichten«, sagte Raymond.

»Ich habe jetzt keine ...«

»Bitte, Bruder, nimm meine Beichte an und erleichtere meine Seele.«

Baldwin schnaubte. »Na gut. Folge mir in die Kirche.«

Raymond sank auf die Knie und streckte die Arme nach Baldwin aus.

»Nein«, flüsterte er, »nein, ich will hier beichten. Ich habe mir von Herzen gewünscht, das Archiv zu sehen, und nun bleibt es mir verborgen. Es ist die Strafe, die mir Gott für meine Sünde zuteil werden lässt ...«

»Was beschwert dich, Bruder?«, seufzte Baldwin.

»Die Lüge und die Hoffart.«

Baldwin nickte langsam. Raymond hatte noch immer die Arme ausgestreckt. Baldwin trat näher und ließ zu, dass Raymond seine Oberschenkel umklammerte. Er legte die Hand auf seinen Kopf.

»Sprich, damit Gott dir vergeben kann.«

»Ich habe zuerst den Namen Lusignan nicht nennen wollen, weil es ein Name ist, der mit Verrat und Opportunismus einhergeht. Ich wollte nicht, dass jemand wegen meiner Abstammung schlecht von mir denkt ... auch als Bastard!«

»Aber dann hast du dich selbst verraten ...«

»Und ich wollte mir nicht die Füße waschen lassen, weil ich nicht will, dass ich es selbst einmal tun muss.«

»Lüge und Hoffart.«

»Vergib mir, Bruder, das und alles, was ich dir sonst angetan habe.«

Baldwin atmete tief ein und wieder aus. Er dachte nach. Schließlich zuckte er mit den Schultern.

»Für die Lüge verbringe die Nacht in Kontemplation und denke daran, dass auch Petrus log, weil er nicht mit dem Erlöser in Verbindung gebracht werden wollte.«

»Amen«, sagte Raymond und bekreuzigte sich.

»Für die Hoffart gehe ins Armenhaus und leiste den Elenden dort einen Dienst, den du dir aussuchen magst.«

»Amen.«

»*Ego te absolvo.* Für alles andere ist dir vergeben, denn ich wüsste nicht, was du mir sonst angetan hättest.«

Baldwin wandte sich ab und stieg die Treppe hinunter. Raymond sah ihm hinterher.

»Ich schon«, flüsterte er und öffnete die Faust mit dem Schlüssel zur Archivtür, den er Baldwin aus der Tasche gestohlen hatte.

Auf den ersten Blick sah es aus wie ein Speicherraum, von unzähligen, monströs gewobenen Spinnennetzen durchzogen; aber nein, es war nur Sackleinen, das kreuz und quer von der Decke hing, mit Tauen und Stricken an Balken und Haken befestigt und zu gigantischen Hängematten aufgespannt, in denen bündelweise Stroh lagerte. Sackleinen hing von den Wänden, als wären es kostbare Wandteppiche, und selbst auf dem Bretterboden fanden sich Lagen des graubraunen Stoffes, den man mit Stroh bestreut hatte. Der Geruch nach Stall war überzeugend; Raymond schmeckte nicht nur das trockene Stroh, sondern auch den mehligen Duft von Tierhäuten und die Ausdünstungen mangelhaft gegerbten Leders. Er schloss die Tür leise hinter sich ab und stellte die Laterne, die er aus dem Dormitorium mitgenommen hatte, mit der Kerze darin, die aus der Kirche stammte, auf den Boden. Sein Herz schlug so heftig, dass sein Atem kurz war, und seine Schultern schmerzten vor Anspannung.

Unter den Bäuchen der aufgespannten Säcke erhoben sich Regale. Mit der Schmalseite an den Längswänden aufgestellt, ragten sie zur Mitte des Raumes, durch den sich ein breiter Gang bis zum anderen Ende zog, dazwischen verlor sich das trübe Licht der Laterne. In gewisser Weise sah das Archiv nicht anders aus als das Dormitorium mit seinen Pritschen, die sich in der gleichen Weise an den Wänden entlangzogen. Irgendwo in der Mitte war Raymonds Schlafplatz für die Nacht, womöglich bis vor wenigen Tagen im Besitz eines der Mönche, für dessen Seelenheil die Armenspeisung durchgeführt worden war und auf der er seinen letzten Atemzug getan hatte. Heute Nacht lag wieder etwas Lebloses darauf: die Rolle aus Heu und Farnen, die Raymond unter der Decke geformt hatte, damit es auf einen raschen Blick aussah, als schliefe dort jemand. Das Unwetter aus Schnarchen, Stöhnen und Gurgeln, das sich im Dormitorium in stetem Rhythmus entladen hatte, hatte seine Tarnarbeiten mit einer lauten Geräuschkulisse kaschiert. Dennoch war er schweißgebadet gewesen, als er damit fertig und hinausgehuscht war. Nun mussten die Säcke und das Stroh, deren Aufgabe es war, die Feuchtigkeit zu binden und das wertvolle Pergament davor zu schützen, auch mit dem Dampf fertig werden, der aus Raymonds Poren aufstieg.

Raymond schloss die Augen und öffnete sie wieder und wartete, bis sein Herzschlag sich beruhigte (was er nur unwesentlich tat). Schließlich sah er sich genauer um und nahm das in Augenschein, weswegen er in besseren Zeiten auch ohne jede Ausrede versucht hätte, hier einen Besuch abzustatten: die Bücher.

Die Bücher; oder vielmehr die aberhundert von großen und kleinen, mit Stricken und Lederrücken und grünspanverschimmelten Kupferschließen zusammengehaltenen Codices, Folianten, Schriftrollen, Hefte und Blattsammlungen; die Tongefäße, hinter deren wächsernen Siegeln uralte Pergamente vor dem Verfall geschützt wurden, und die vom Alter braun verfärbten Ledertaschen, in denen Manuskripte gebündelt lagen; die Holzschatullen, einfach gezimmert oder mit Edelsteinen und Samt beschlagen, in denen Verträge und Abmachungen ruhten, die die Unterschriften von Kaisern und Päpsten trugen; die Stöße losen Pergaments, durch deren Mitte man ein Loch gebohrt und eine Schnur gezogen hatte, damit sie nicht auseinander fledderten; und nicht zuletzt die herrlichen irischen und angelsächsischen Bibeln aus der Werkstatt von Clonmacnoise, deren Lederumschläge vor Blattgold und kleinen wertvollen Steinen schimmerten und die auf einzeln im Raum verteilten Pulten ruhten, als hätte der Archivar sie zu seiner eigenen Erbauung aufgestellt. Raymond atmete aus. Neben all der Aufregung über sein Eindringen fühlte er das

Erstaunen und die Ehrfurcht eines Kindes, das zum ersten Mal der heiligen Messe beiwohnt.

Die Kerzenflamme in der Laterne war ein verlorenes Lichtlein in der Finsternis, als Raymond durch den Gang tappte. Es verwandelte die herabhängenden Bäuche der Säcke in unsicher schwankende Gewölbe, die jeden Moment zusammenbrechen, und die wuchtig aufragenden Regale in schlafende Ungeheuer, die jederzeit aufwachen konnten. Aus allen Ecken war hastiges Trippeln und Rascheln zu vernehmen, als die Ratten vor dem Licht flüchteten. Über das knisternde Stroh auf dem Boden schlich Raymond barfuß weiter, bis er am anderen Ende auf eine zweite Tür stieß. Er steckte den zweiten Schlüssel mit zitternden Fingern in das Schloss, sandte ein Stoßgebet an den heiligen Hilarius und drehte ihn um.

Das Schloss rührte sich nicht.

Raymond versuchte es von neuem, während ein eisiger Schauer über seinen Rücken lief. Nichts.

Meistens klemmen Schlösser, besonders, wenn die Hand, die den Schlüssel führt, zittert wie die eines alten Saufkopfs. Oder wenn man es eilig damit hat, weil etwas dahinter ist, was man dringend braucht, oder sich etwas nähert, mit dem man lieber mit einer Tür dazwischen Bekanntschaft schließt. Schlösser klemmen immer dann, wenn man es nicht brauchen kann. Raymond schüttelte seine Finger aus und blies darauf und drehte den Schlüssel dann ganz vorsichtig, spürte, wie der Haken sich in etwas fing, das Etwas hochhob und dann feststeckte.

Heiliger Hilarius.

Die Tür ließ sich nicht öffnen.

Raymond merkte, wie die Kälte aus seinen Beinen an ihm hochkroch und in sein Herz zu steigen drohte. Der Schlüssel passte nicht! Baldwin, dieser von Gott verlassene, verlauste, scheinheilige, schnurrbärtige normannische Idiot hatte seine Schlüsselbunde so schlecht sortiert, dass nicht einmal die zwei an einem Ring zueinander gehörenden Türen schlossen. Heiliger Hilarius, das durfte doch nicht wahr ...

Mit fliegender Hast probierte Raymond den anderen Schlüssel aus, den, der ihn ins Archiv gebracht hatte. Das Ergebnis war vorauszusehen gewesen. Hervorragend! Er hatte es bis ins Archiv geschafft, bis dorthin, wohin zu wollen er immer vorgegeben hatte, eine erstklassige Leistung, doch von der Schreibstube der Kopisten am anderen Ende, wo eigentlich sein Ziel lag, trennte ihn eine Tür und zwei nicht dazu passende Schlüssel.

Raymond hob die Faust, um gegen die Tür zu schlagen, erkannte, dass er keine Handschuhe trug, und ein Reflex, der sich durch das Entsetzen und die beginnende Wut durchsetzte, ließ seine Hand sinken und setzte stattdessen seinen Fuß in Bewegung. Es klang so laut, und der Schmerz, der durch seinen großen Zeh schoss, war so grell, dass Raymond keuchte. »Verdammt!«, zischte er. »Verdammte...«

Die Tür schwang auf. Langsam, gleichsam höhnisch knarrend. Auf halbem Weg verlor sie ihren Schwung und blieb einladend halb offen stehen.

Sie war nicht versperrt gewesen.

Raymond humpelte in die Schreibstube und beschloss, dass er, sollte er jemals eine Menschenseele finden, der er von diesem Abenteuer erzählte, die Geschichte mit der Tür auslassen würde.

Die Fensteröffnungen im Archiv waren klein gewesen. Man hätte sie größer machen können, aber bei weitem nicht groß genug, damit das Archiv genügend Licht erhielt und die Mauer ihre Stabilität dennoch nicht verlor. Also hatte man sie gleich kleiner entworfen – man brauchte in jedem Fall eine Kerze, um sich zu orientieren, und je kleiner die Fenster, desto geringer die Feuchtigkeit, die eindrang. In der Schreibstube hingegen war es anders: Man konnte die Farben für die Illuminationen nicht im Kerzenlicht mischen. Infolgedessen waren die Fensteröffnungen so groß, wie der Klosterbaumeister es gerade noch wagen konnte. Für Raymond stellten sie ein Problem dar. Jeder Kerzenschein, der sich dort bewegte, würde von draußen sichtbar sein. Er ließ die Laterne im Archiv zurück und tastete sich zwischen den Schreibpulten hindurch, geleitet von diffusen helleren und dunkleren Flächen und den Rechtecken der Fenster, in denen der bedeckte Nachthimmel sichtbar war.

Er atmete langsam aus. Bavard hatte gesagt, Firmin habe an einem direkt benachbarten Schreibpult gearbeitet. Bavard selbst musste als Illuminator einen Fensterplatz haben. Also kamen vier Pulte infrage, und das von Bavard würde irgendwo in dem Fach unter der schrägen Schreibfläche ein Pergament mit Zeichnungen von Vögeln enthalten. Es wäre einfacher gewesen, wenn er die Laterne mit hereinbringen hätte können. So musste er im Dunkeln in jedes der Fächer greifen, herumtasten, das darin befindliche Papier zusammenschieben, ergreifen, herausheben und nichts zurücklassen, damit ins Archiv schleichen, die Tür anlehnen und die Klappe der Laterne öffnen, um sich in ihrem Schein anzusehen, welche Beute er gemacht hatte. Ein Zeit raubender Prozess; die Furcht, dass Bruder Baldwin jeden Moment auf den Gedanken kommen konnte, in seiner Tasche eine Schlüsselinventur vorzunehmen und zu bemerken, dass ein wichtiger Bund fehlte, machte diesen Vorgang nicht gerade erfreulicher.

Zu Raymonds Erstaunen war bereits das zweite untersuchte Pult das von Bruder Bavard. Im trüben Schein der Laterne sah er Entwürfe von Buchstaben, von Hilfslinien gebildete Konstruktionspläne, wie sie für eine Kathedrale nicht aufwendiger sein konnten; atemberaubend verschlungene Ranken, Ähren, Rispen, die aneinander und übereinander klommen und zu Kapitälchen wurden, deren wundervolle Verzweigungen man auf Armeslänge entfernt studieren musste, um sie zu überblicken, und gleichzeitig auf nächste Nähe untersuchen wollte, um das wimmelnde Leben darin genau zu betrachten. Wo Bavard das teure Blau verwendet hatte, leuchtete es selbst im Laternenschein mit düsterer Tiefe; wo er das nicht weniger kostbare Rot aufs Blatt gebracht hatte, flammte es im gelben Licht auf wie ein Feuer, das in der Seite gefangen war. In seinen Entwürfen hatte er auf die Blattgoldverzierungen verzichtet. Raymond ahnte, dass es ein Versäumnis darstellte, nicht Bavards fertig gestellte Kunstwerke betrachten zu können. Die Vögel drängten sich auf einem abgeschabten Blatt zusammen und nahmen den Herbst bereits vorweg, wenn man sie in Scharen auf langen dürren Ästen nebeneinander sitzen sah. Man konnte auf den ersten Blick erkennen, wie Bavard auf die Idee gekommen war, sie zu schaffen: die blassen, fast gänzlich abgeriebenen Buchstaben auf seinem Pergament sahen nicht anders aus, und Bavard hatte hier, an dieser Stelle, damit angefangen nachzufahren, was von ihnen noch erkennbar war – da eine Rundung, dort ein Unterstrich, hier eine Seitenlänge, die zum nächsten Buchstaben führte, daneben eine Reihe von Serifen, die die Kapitälchen verloren hatten, an denen sie hingen… Es war ein Meisterstück gewesen, die in diesen Resten schlummernden Umrisse der Vögel zu erkennen, aber wenn man sah, wie sie sich aus ihnen entwickelten, am Anfang der Zeile unzusammenhängende Kringel waren und an ihrem Ende kleine, dicke Zugvögel, die sich aneinander kuschelten… Dann drängte sich ihre Entdeckung förmlich auf, und es war wie mit jedem anderen Geniestreich: Das Wunder bestand nicht darin, die Bäume zu erfinden, sondern in all den Bäumen den Wald zu erkennen…

Raymond schaffte Bavards Kunstwerke mit einer gewissen Bewunderung wieder an ihren Herkunftsort zurück und machte sich dann über das Nachbarpult her. Seine Hand zuckte kurz zurück, als er sie unter die halb angehobene Klappe schob; er leckte sich über die Lippen, dann griff er endlich hinein.

Im Licht der Laterne sortierte er die wenigen Blätter, die er aus Firmins Pult geholt hatte. Einige davon waren bei näherer Untersuchung als Briefe oder Teile von Briefen zu erkennen, manche von ihnen so alt, dass das Pergament an den beanspruchten Stellen gebrochen war. Er überflog die Texte:

»... empfehle ich die Priorei von Bourges Eurer geschätzten Aufmerksamkeit: Ich habe Dinge von dort gehört ... weise ich Euch in aller Bescheidenheit auf die Beschlüsse des Konzils im Jahre unseres Herrn 1123 hin, in denen ausdrücklich missbilligt wurde ... tut es mir in der Seele weh, feststellen zu müssen, dass die Mehrheit der Pfarren in Berry in Sünde ... muss ich darauf dringen, dass Ihr den Diakon von Bergerac ermahnt, die Buhle aus seinem Bett zu verstoßen ... dürft Ihr Euch von den Klagen über Weib und Kind nicht wankend machen lassen, denn schon der Herr Jesus Christus hat seine Jünger aufgefordert, ihre Familien zu verlassen, wenn sie ihm folgen wollten, und es handelt sich hier nicht einmal um Weib und Kind, sondern um eine Mätresse und ihre Bälger ... haben wir als die geistliche Elite uns noch mehr in die Pflicht zu nehmen als die Gemeinen, da unser Vorbild den simplen Gemütern als Halt dient ... ist es undenkbar, noch länger zu tolerieren, dass der Diakon von Bergerac sich erst aus einem Pfuhl voller Kinder und dem geilen Fleisch seiner Dirne wälzen muss, um die heilige Messe zu lesen ... ohne sich die Finger zu waschen, mit denen er die Monstranz berührt, die Finger, die eben noch das elende Fleisch von Weiberbrüsten berührt oder in der schmutzigen Kluft einer ...« Kein Zweifel, der Schreiber konnte sich drastisch ausdrücken, wenn er wollte, und ebenfalls kein Zweifel, dass es sich dabei um Bischof Jean Bellesmains handelte, den Augustinus dieser erleuchteten Zeit.

Zwischen den Ermahnungen und Tadeln des Priors von Toulouse und späteren Abts von Saint Jean de Montierneuf fanden sich andere Blätter, die an einer Seite ausgefranst waren. Firmin hatte sie offenbar aus einem gebundenen Codex gerissen. Raymond bezwang sich, beide Sorten von Dokumenten in aller Ruhe auseinander zu sortieren. Sein Herz klopfte: Er wusste, dass er den heimlichen Ausflügen Firmins ins Archiv auf der Spur war, und er verzehrte sich, die Seiten sofort anzusehen. Er endete mit insgesamt vier Blättern, rückte die Laterne näher und unterzog sie einer gründlichen Prüfung.

Otho de Bearnay, eingetreten am zehnten Tag im Januar des Jahres 1163, im fünfundfünfzigsten Lebensjahr, ein alter Sünder vor dem Herrn: Zum Zeichen seiner Demut und seiner reuigen Bekehrung zur Gemeinschaft der Mönche vermacht vorgenannter Otho der Abtei von Saint Jean de Montierneuf den Zehnten der Einkünfte aus allen Dörfern und Höfen um seinen Besitz bei Bordeaux (es folgte eine genaue Beschreibung der Lage des Besitzes), ferner Othos Anteil an den Wäldern bei La Sèvre (den Teil, den das Kloster nicht schon durch die Schenkung der Königin Aliénor anlässlich ihrer Hochzeit mit Henri Plantagenet im Jahr 1152 erhalten hatte, zweifellos eine äußerst willkommene Morgengabe, um den Besitz abzurunden), sowie eine Summe von hundert Goldsous in poitevinischer Münze (was zeigte, dass der alte Otho im Leben tatsächlich genug gesündigt haben musste, um dem Kloster so eine Summe schenken zu können). Gott nehme ihn in Frieden auf, die Gemeinschaft der Brüder bete für sein Seelenheil, Amen.

Raymond wusste, was er vor sich hatte: ein Blatt aus einem der Stammbücher des Klosters, in denen vom Eintritt bis zum Sterbetag der Lebensweg jedes einzelnen Bruders abzulesen war. Nach Jahrgängen, nicht nach Namen geordnet, stellten sie eine geniale, leicht nachvollziehbare Geschichte der Klostergemeinschaft in ihrer Gänze dar; für jemanden, der das Leben eines einzigen, bestimmten Bruders herausfiltern wollte, war es die Hölle.

Raymond überflog die nächsten Blätter: Giscard d'Arsac, ein Gascogner und damit zweifellos ebenfalls ein alter Sünder; Raoul de Vermandois (sicher nicht der gleichnamige ehemalige Ratgeber des französischen Königs, wenn auch aus dem gleichen Haus); Bernard de Mauléon, der angesichts des Besitzes seiner Familie als einer der ältesten Verbündeten der Herzöge von Aquitanien bei seiner Morgengabe reichlich geizig erschien. Giscard war ebenfalls im Januar des Jahres 1163 eingetreten, Raoul im Februar und Bernard im April. Scheinbar war 1163 ein gutes Jahr gewesen, der sündigen Welt Adieu zu sagen. Henri Plantagenets Feldzug gegen Raymond de Toulouse war vier Jahre zuvor mit einem kläglichen Maunzen vor den Toren der Stadt Toulouse zusammengebrochen und hatte einen höchst unwillkommenen, langjährigen Frieden nach sich gezogen; Thomas Becket war ein Jahr zuvor Erzbischof von Canterbury geworden und hatte sofort begonnen, gegen seinen alten Freund und Gönner Henri Plantagenet zu wettern und mehr Rechte für die Kirche zu beanspruchen; Königin Aliénor schien sich von ihrer alten Heimat abgewendet zu haben und verstrahlte ihren Glanz stattdessen jenseits des Kanals in ihrem neuen Königreich. Es konnte einen alten Kämpen schon in die Arme der Kirche treiben, und nach einem tatenlosen Winter auf einer zugigen, feuchtkalten Burg, gefangen zwischen dem Keifen der Dienstmägde und den Streithändeln der gelangweilten Burgknechte, war die Motivation ohnehin meist groß, den Sinn des Lebens auf die letzten Tage noch in der Kontemplation zu suchen.

Zwei im Januar, einer im Februar, einer im April. Vier Namen, die nicht unbekannt, aber völlig unbedeutend waren. Was hatte Firmin an ihnen so fasziniert, dass er ihretwegen heimliche Ausflüge ins Archiv unternommen hatte und nicht einmal vor dem Frevel zurückgescheut war, die Seiten aus dem Codex zu reißen? Raymond breitete die Blätter im schmalen Lichtschein der Laterne vor sich aus und versuchte zu ergründen, was diese vier Lebenswege miteinander verband.

Ohne das Knistern der hin und her gewendeten Papiere war es still in dem nachtdunklen Archiv, und bald dachten die Ratten, sie seien wieder allein mit sich und den pergamentenen Leckerbissen. Das Trippeln und Rascheln begann aufs Neue, Raymond konnte die hastigen Schritte der vielen kleinen Pfoten hören, die an ihm vorbeihuschten. Keines der Tiere kam in den Lichtkreis der Laterne; sie schienen sich bevorzugt zwischen den sackleinenen Wandbehängen und der

Mauer selbst fortzubewegen. Was hatten Otho, Giscard, Raoul und Bernard miteinander zu tun, außer dass sie ab dem Frühjahr des Jahres 1163 im selben Raum gegessen, in derselben Kirche gebetet und im selben Dormitorium geschlafen und gelernt hatten, wie man sich in den langen Schweigestunden mit Mimik und Gestik verständigte?

Bearnay, Arsac, Vermandois, Mauléon: Wenn es eine Verbindung zwischen all diesen Gegenden gab, war sie Raymond unbekannt. Zwei davon gehörten zur Krondomäne, zwei zum Herzogtum.

Zwei im Januar, einer im Februar, einer im April.

Einer im Februar, einer im April.

Keiner im März.

Keiner im März, oder jedenfalls: kein Blatt für einen Eintritt im März. Kein Blatt... was immer das bedeutete. Raymond schüttelte den Kopf. Und was bedeutete es? Er legte die Blätter übereinander, Othos zuoberst und Bernards zuunterst. Alle vier wiesen an der rechten oberen Seite den gleichen Knick auf: Firmin hatte sie alle miteinander gepackt und herausgerissen. Raymond sortierte sie wieder nebeneinander. Das erneute Knistern schien die Ratten erschreckt zu haben, denn ihr Trippeln war plötzlich verstummt. Kein Eintritt im März. Kein *Blatt* für einen Eintritt im März. Das war ein gewaltiger Unterschied. Raymond hörte sich tief ein- und ausatmen. Das Archiv war so still wie in dem Augenblick, als er dort eingedrungen und herumgeschlichen war.

Firmin hatte vier Blätter gepackt und herausgerissen. Raymond legte die Papiere wieder übereinander und ergriff sie rechts oben, tat so, als würde er sie aus der Bindung eines Codex reißen. In der Stille pochte das Blut in seinen Ohren. Die Blätter waren verhältnismäßig dünn. Es mussten viele von ihnen in einen Codex zu binden sein: Ein Jahr war lang. Es kam ihm wie ein Sakrileg vor, als er versuchte, die übereinander liegenden Dokumente an einer Seite einzureißen; er sagte sich, dass man sich an ihnen nicht mehr schlimmer versündigen konnte, als Firmin es bereits getan hatte. Es brauchte keine besondere Kraft, den kleinen Riss zu tätigen. Raymond ballte die rechte Hand und öffnete sie wieder. Es wäre ein Leichtes gewesen, mehr Blätter herauszureißen, sieben oder acht, vielleicht sogar zehn, wenn die Feuchtigkeit dem Papier in den vergangenen zwanzig Jahren genügend zugesetzt hatte.

Sieben oder acht. Oder ... zum Beispiel ... fünf.

Zwei im Januar, einer im Februar, einer im April. Und einer ... im März?

Wer war nach Raoul de Vermandois und Bernard de Mauléon ins Kloster eingetreten? Im dritten Monat im Jahr des Herrn 1163?

Raymond sortierte die Blätter wieder auseinander. Das Blut in seinen Ohren rauschte noch lauter. Wessen Blatt hatte Firmin mit herausgerissen, das Blatt, auf das es ihm eigentlich angekommen war und dessen Fehlen er für alle Fälle mit dem Fehlen von vier weiteren Blättern kaschiert hatte? Vier weitere Namen, unter denen der fünfte unterging. Fünf nur und nicht sieben oder acht oder zehn, weil auch Firmin nicht das Herz besessen hatte, sein Sakrileg noch größer werden zu lassen und noch mehr Seiten aus dem Stammbuch zu reißen.

Das Pochen in Raymonds Ohren nahm einen seltsamen Klang an, als würde sein Herz außerhalb seines Körpers schlagen, als würde sein aufgeregtes Klopfen noch draußen im Treppenhaus widerhallen, langsam und stetig wie schwere Schritte, die sich die Stufen heraufquälten ...

Raymond riss die Augen auf. Im nächsten Moment blies er die Kerze aus, packte die Dokumente und die Laterne. Das heiße Unschlitt ergoss sich über seinen Handrücken ... verdammte Pest ... jemand steckte den Schlüssel ins Schloss und drehte ihn herum. Raymond rollte sich durch eine aufwirbelnde Staubwolke tiefer in den Gang zwischen dem letzten Regal und der Stirnwand hinein, die Ratten dort stoben auseinander. Jetzt rührt ihr euch, ihr Biester! Und am anderen Ende des Archivs flog die Tür mit einem lauten Knall auf.

9.

»Es nützt nichts, sich zu verstecken«, sagte eine heisere Stimme. Raymond spürte, wie sein Mund austrocknete. Sein Handrücken brannte noch immer vom heißen Unschlitt, doch der Rest seines Körpers überzog sich mit einem eisigen Hauch.

»Na, was ist denn?« Die Stimme – die Raymond kannte, und wem konnte sie wohl gehören außer Bruder Baldwin, auch wenn der Hall des Treppenhauses und das Rauschen in Raymonds Ohren sie verzerrte? – klang spöttisch. Raymond sah vor seinem geistigen Auge, wie Baldwin in seiner Kutte nach dem Archivschlüssel suchte, stutzte, wie seine Augen sich weiteten, wie er einen Ersatzschlüssel aus der Kammer des Priors holte und zum Archiv stürmte... Nach ein paar Momenten der Stille hörte Raymond etwas, das seine Nackenhaare aufstellte: Der Mann in der Eingangstür schnalzte lockend mit der Zunge.

Raymond biss die Zähne zusammen. Der aufgewirbelte Staub legte sich auf ihn und kratzte in Augen, Ohren und Kehle. Er versuchte, so flach wie möglich zu atmen, obwohl eigentlich schon alles vorbei war. Er konnte entweder abwarten, bis Baldwin ihn hier in seinem dürftigen Versteck fand, oder er konnte aufstehen und sich mit einem Rest seiner Würde ergeben. Dass Baldwin ihn ohnehin bereits verspottete, deutete zumindest das Zungenschnalzen an. Raymond schluckte trocken und sammelte seinen Mut.

»Wo sind sie denn, wo sind sie denn?«, fragte die Stimme und kicherte. Mit einem Schock erkannte Raymond, dass ihr

Besitzer bereits in das Archiv hereingeschlichen war, so leise, wie er vorhin laut die Treppe heraufgestapft war, und sich ihm näherte. Die Bewegung, mit der er sich hatte aufrichten wollen, fror ein. Der Lichtschein einer Laterne kroch die Regalreihen entlang näher, mit ihm kroch das Locken und Zungenschnalzen. Es ist nur Bruder Baldwin, und was kann dir Schlimmeres passieren, als dass sie dich rauswerfen, sagte sich Raymond, aber er konnte sich nicht erheben. Das Stroh knisterte leise unter den sich nähernden Füßen; unter Raymond knisterten die aus Firmins Pult gestohlenen Dokumente.

»Was denn, was denn, wir werden uns schon finden, nicht wahr?«

Zwei Reihen weiter vorn bogen die vorsichtigen Schritte ab und blieben zwischen den Regalen stehen. Raymond versuchte mit aufgerissenen Augen durch die Lücken zwischen den Schriftrollen und Büchern dorthin zu spähen. Er sah nicht mehr als den groben Stoff einer Kutte, über den das Kerzenlicht sickerte und flackerte, als ihr Besitzer vorwärts schlich. Raymond hörte, wie eine Bahn Sackleinen beiseite geschoben wurde.

»Aha!«

Raymond musterte voller Panik das Sackleinen, das direkt hinter ihm an der Wand hing, ein weniger dunkler Schatten als das Mauerwerk im vagen Licht, das von der Laterne vorn zu ihm hierher sickerte. Sich dahinter zu verstecken wäre so sinnlos gewesen, wie sich in einem Bankettsaal die Tischdecke über den Kopf zu ziehen und zu hoffen, damit unsichtbar zu sein: Der Mönch zwei Regalreihen weiter ächzte, als ob er sich bückte.

»Aha!!«

Etwas quietschte leise und metallisch wie ein Riegel. »Na komm, na komm!« Zungenschnalzen, etwas wie ein Fauchen und plötzlich ein weicher, dumpfer Aufprall und ein grelles Pfeifen, das an vielen Stellen im Archiv und direkt hinter Raymond ebenso grell beantwortet wurde. Raymond schoss halb in die Höhe vor Entsetzen.

»Da fällt euch das Singen ein, ihr Biester, nicht wahr? Singt nur, nicht wahr, singt nur, ihr Teufelszeug!« Raymond sah durch die Lücken in den Regalen, wie sich das Knie des Mönchs hob und wieder senkte, es knackte, wie wenn man kleine Zweige in der Faust zerbricht: trocken und gleichzeitig feucht – das Pfeifen vorne erstarb.

Raymond schloss die Augen und bemühte sich, das plötzliche Zittern zu unterdrücken, das an seinem ganzen Körper ausbrach. Er hörte seinen Atem stoßweise gehen. Schließlich hatte er sich so weit in der Gewalt, dass er mit einem Fuß vorsichtig das Sackleinen beiseite schob, das von der Wand hinter ihm hing. Er sah etwas metallisch glänzen und hörte das verzweifelte Getrappel kleiner Krallenpfoten dahinter. Er ließ das Sackleinen wieder zurückgleiten und legte den Kopf auf seine Unterarme. Seine Stirn war kalt.

Der Mönch ächzte erneut, als er etwas vom Boden aufhob. Er trat in den Gang zwischen den Regalen hinaus und trottete bis fast zurück zur Eingangstür. Er warf das, was er in der Hand hielt, auf den Treppenabsatz hinaus; Raymond hörte es gedämpft aufklatschen. Er warf einen kurzen, hastigen Blick auf den schmalen Rücken des Mannes, der dort im Eingang stand, von der Laterne in seiner Hand seitlich beleuchtet; dann rollte er mehr, als er kroch, in den Seitengang hinein, in dem der Mönch sich eben noch umgetan hatte, und krabbelte blind bis an sein Ende. Eine warme feuchte Stelle hielt seine Hand einen Augenblick fest. Heiliger Hilarius! Dann rannte er mit dem Kopf dumpf gegen die Wand und rutschte an ihr herunter.

»Ist da wer?« Der Mönch an der Eingangstür fuhr herum.

Raymond presste die Hand gegen seine Stirn und versuchte nicht zu atmen, obwohl er fast erstickte. Die Flucht von seinem bisherigen Versteck in dieses hier (in das der Mönch vermutlich nicht mehr zurückkehren würde, da er seine Pflicht dort erfüllt hatte) hatte ihn atmloser gemacht, als wäre er die Treppe hier heraufgelaufen. Das Herz schlug wild in seiner Kehle. Sein Schädel brummte vom Aufprall gegen die Mauer.

Der Mönch vorne kicherte. »Natürlich ist da wer«, krächzte er, »nicht wahr? Und wie würden wir uns wünschen, jetzt *nicht* da zu sein, nicht? Nicht wahr?«

Plötzlich stand der Mann vor dem Seitengang und leuchtete mit der Laterne herein. Raymond konnte deutlich das Gesicht sehen, eine zerfurchte Fläche aus Licht und Schatten, Augenbrauen wie wilde Borsten und silbern schimmernde Bartstoppeln. In der freien Hand baumelte ein leerer Sack. Raymond starrte in die Kerzenflamme wie ein Kaninchen, doch der Mönch hielt die Laterne so, dass er sich selbst blendete. Er kicherte, schüttelte den Kopf und stapfte zurück. Raymond hörte ihn in einen anderen Seitengang trotten, etwas schneller jetzt, nun, da seine Anwesenheit kein Geheimnis mehr war für die Rattengesellschaft, weder die freien noch die, die er in seinen Fallen gefangen hatte. Raymond sank in sich zusammen.

»Bruder Bavard«, hörte er sich flüstern, »ich weiß nicht, soll ich dich küssen oder erschlagen ...«

Bavard hatte in jedem Seitengang eine Falle aufgestellt; seinem Treiben nach zu urteilen, saß in fast jeder davon mindestens eine Ratte. Es war unzweifelhaft, dass auch diese das Schicksal ihres zuerst entdeckten Gefährten erleiden würden; doch anstatt sie einzeln aus den Fallen zu fischen – mit dem Risiko, gebissen zu werden... und möglicherweise an diesem Biss zu sterben – fing Bavard sie in seinem Sack. Einmal hörte Raymond ihn fluchen und das geradezu euphorisch rasche Trippeln von Pfoten, als einem der Gefangenen die Flucht gelang. Langsam gewöhnten sich Raymonds Augen wieder an die Dunkelheit, die tanzenden Umrisse der Kerzenflamme vor seinen Augen verblassten; selbst sein Herz schlug wieder langsamer. Er tastete vorsichtig über die Beule an seiner Stirn und überlegte, wie lange Bavard noch seiner Jagdleidenschaft frönen würde, und stellte fest, dass er das sprichwörtliche

Glück des Dummen gehabt hatte. Wenn es Bruder Baldwin gewesen wäre, stünde jetzt schon das halbe Kloster um ihn herum und würde mit den Fingern auf ihn zeigen; wenn es nur irgendein anderer Bruder außer Bavard gewesen wäre, der die Jagd auf die Ratten betrieb, ebenso. Den Alten musste der heilige Hilarius geschickt haben. Offenbar meinte es irgendjemand irgendwo ausnahmsweise gut mit ihm. Raymond schüttelte den Kopf und lächelte.

In diesem Moment sah er das Papier, das er bei seiner Flucht hierher verloren hatte; es lag vor seinen Füßen. Er starrte es an; dann schnappte er es rascher, als ein Beutelschneider die Perlen schnappt, die von einer abgerissenen Kette hüpfen. Er drückte es an seine Brust. Hätte Bavard die Laterne nur ein klein wenig anders gehalten, hätte er zumindest dieses Blatt entdeckt.

Raymond breitete mit fliegenden Fingern seine Beute in seinem Schoß aus, während Bavard sich langsam zum jenseitigen Ende des Archivs vorarbeitete. Da waren die Briefe aus der Hand Jean Bellesmains', einige von ihnen hatten unter Raymonds Körperübungen gelitten – nun, es war nicht so, dass es nicht genügte, einen davon zu lesen, um alle anderen auch zu kennen – das Pergament war hier und dort jetzt regelrecht zerbröselt. Auf diese Niederschriften würde die Nachwelt wohl oder übel verzichten müssen. Dann die Stammblätter, von so anderer Textur, dass Raymond das trübe Licht von Bavards Laterne gar nicht gebraucht hätte, um sie zu erkennen. Eines ... zwei ... drei ...

Raymond ließ die Hände sinken. Er hatte eines davon verloren. Entweder Othos, Giscards, Raouls oder Bernards erstes Stammblatt lag irgendwo zwischen hier und Raymonds erstem Versteck und wartete darauf, dass Bruder Bavard darüber stolperte. Raymond schloss die Augen. Er wusste, dass er nicht den Mut hatte, zurückzuhuschen und das Blatt einzusammeln. Und selbst wenn: Soeben machte sich Bavard auf den Weg in die letzte Reihe, um dort das Blatt zu entdecken und Alarm zu schlagen.

Als Bavard in der letzten Reihe ankam, spannte Raymond sich. Doch er hörte nur ein unverständliches Gemurmel und das Ächzen, mit dem Bavard sich bückte; gefolgt von dem leisen Knistern, das das verlorene Blatt verursachte, als Bavard es einfach in ein Regalfach legte. Gleich danach vertauschte die letzte Ratte das Gefängnis der Falle mit dem anderen Gefängnis des Sacks, und Bavard schlurfte hinaus, nahm Sack, Licht und sein Gemurmel mit sich und ließ einen vollkommen ungläubigen Raymond in der Finsternis zurück. Die Archivtür fiel zu. Der Schlüssel drehte sich im Schloss. Raymond starrte in die Dunkelheit. Bavards Schritte entfernten sich wieder die Treppe hinunter.

Wie es schien, hatte es nur die Ratten erwischt.

Raymond schlich auf weichen Knien zurück in die Kopierstube. Als plötzlich die Glocke der Klosterkirche dröhnte, machte er einen Satz in die Luft. Dann erinnerte er sich, dass die Mönche sich sieben Mal am Tag zur Andacht versammelten. Nun war es Zeit für die Matutin, die auf die zweite Stunde nach Mitternacht fiel. Es kam ihm vor, dass die letzte Messe des vergangenen Tages, die Komplet, noch keine sechs Stunden her sein konnte, aber wer wusste schon, wie die Zeit raste, wenn man sie als Einbrecher mit dem ständigen Risiko, ertappt zu werden, verbrachte. Raymond beruhigte sich.

Er wusste nicht mehr, wie die Dokumente sortiert gewesen waren, die er Firmins Schreibpult entnommen hatte. Es spielte auch keine Rolle. Er legte sie zusammen mit dem verlorenen Blatt – Giscard d'Arsacs, die Gascogner machten einem stets Schwierigkeiten – zurück. Das Licht war diesmal besser, auch wenn er seine Laterne nicht wieder hatte anzünden können: Von draußen leuchtete genug Fackelschein von den zur Messe schlurfenden Brüdern durch die großen Fensteröffnungen, sodass an die Dunkelheit gewöhnte Augen ausreichend Helligkeit vorfanden. Vielleicht war das der Grund, warum ihm plötzlich der kleine, kaum handtellergroße Fetzen bräunlichen Pergaments auffiel, der in einer Ecke des Faches unter der Schreibplatte lag. Raymond starrte ihn ein paar lange Momente an, dann fischte er ihn vorsichtig heraus und trat an die nächste Fensteröffnung. Von draußen ertönte das Stimmengewirr der Brüder. Er achtete nicht darauf.

Es war ein Blatt ähnlich dem, auf dem Bavard seine Vögel gezeichnet hatte: ein abgeschabtes altes Dokument, das für Notizen verwendet werden konnte. Die geraden Linien der früheren Schriftzeichen waren schwach sichtbare Reihen, die schräg über den Abriss führten. Firmin hatte etwas darauf gekritzelt, die neue schwarze Tusche hob sich selbst im Zwielicht scharf von der bisherigen Schrift ab. Die alte Schrift verlief so, dass Raymond sie lesen konnte; Firmins Gekrakel fand sich im rechten Winkel dazu. »... habe ich selbst den Diakon zur Beichte gezwungen: Er gestand mir alle Arten der Fleischeslust, die er mit der Dirne in seinem Haushalt getrieben hatte...« Ohne Zweifel, ein Werk aus der Hand Jean Bellesmains', »... doch ich sage, Gott sei seiner armen Seele gnädig, denn die Dirne ist zudem die Tochter seiner Schwester...« Raymond seufzte und drehte das Blatt herum, um Firmins Notiz zu lesen. Der junge Mönch hatte in aller Hast geschrieben und nicht abgewartet, bis die Schrift trocken war; seine Hand war darüber geflogen und hatte die ersten Buchstaben fast zur Unkenntlichkeit verwischt. Firmin war ein Linkshänder, er hatte doch Recht gehabt. Wahrscheinlich hatte er seine rechte Hand so weit geübt, dass sie für das Kopieren taugte und ihn bei seinen Arbeiten inmitten seiner Brüder nicht verdächtig machte. Wenn er jedoch allein mit sich oder aufgeregt war, sprang die linke Hand ein. Als Firmin den Namen geschrieben hatte, den Raymond mühsam entzifferte, war er mit Sicherheit allein und ebenso sicher aufgeregt gewesen. Jean Bellesmains' verblassende Streitschrift gegen den blutschänderischen Diakon von irgendwo war plötzlich vergessen.

Jehanne.

Jehanne, die Königin der Herzen.

Jehanne, der Engel mit den sanften Händen.

Das Stimmengewirr der Brüder draußen wurde lauter, das Quietschen von Karrenrädern mischte sich darunter, doch Raymond hörte es nicht.

Jehanne.

Er sah auf, atemlos. Unwillkürlich verzog sich sein Gesicht zu einem Grinsen.

Das war alles?

Eine Frauengeschichte?

Ein Mädchen mit einem Beinamen, der beinahe sicher ihre Herkunft verriet, so wie in Dorée mit den dicken Duddeln oder Frederica die Flötistin oder Helena-die's-hinter-der-Herberge-treibt?

Jehanne, der Engel mit den sanften Händen.

Firmin war aus dem Kloster geflohen, weil er sich in eine Hure verliebt hatte?

Raymonds Blick fiel nach draußen, und ganz langsam sickerte in sein Bewusstsein, dass er das Läuten der Kirchenglocken vollkommen missinterpretiert hatte. Die Brüder begaben sich mitnichten zur Matutin. (Was sie im Übrigen schweigend getan hätten, selbst zum Gestikulieren zu müde.) Er ließ das Pergament sinken, und sein Mund klappte auf, während sich seine Nackenhaare aufrichteten. Endlich verstand er, wessen er da Zeuge wurde: die Brüder, die mit den Fackeln aufgeregt durcheinander liefen, das halb geöffnete Tor, die zwei Bauern mit der schlammbespritzten Kleidung, die sich nervös aneinander drängelten; Bruder Baldwin, der mit einigen anderen älteren Mönchen die Ordnung herzustellen versuchte; der zweirädrige Karren, den die Bauern an den Deichselstangen festhielten; der Karren und seine Fracht... Als in Raymonds Verstand ankam, was seine Augen sahen, traf es ihn wie ein Schlag in den Magen.

Die Fracht des Karrens war ein Mensch.

Die Fracht des Karrens war ein Leichnam.

Die geringeren Brüder bildeten einen unregelmäßigen Halbkreis um den Karren. Ihr erregtes Geschnatter verstummte nach und nach. Bruder Baldwin marschierte mit brüsken Bewegungen vor ihnen auf und ab. Schließlich wirbelte er herum und schritt auf den Karren zu, die Fackel weit von sich gestreckt. Seinem Gang konnte man entnehmen, dass er den Prior für seine Abwesenheit verfluchte und weil deshalb er, Bruder Baldwin, und die anderen beamteten Brüder sich um diesen Vorfall kümmern mussten.

Die anderen schlossen sich ihm an. Die Bauern zogen die Köpfe ein und wechselten nervöse Blicke. Der Leichnam lag auf dem Rücken, die Hände baumelten links und rechts von dem Karren herab, die Beine waren halb geöffnet; eine Decke lag auf seiner Scham und war über seinen Körper bis über sein Gesicht gebreitet. Das Fackellicht Baldwins und seiner Begleiter enthüllte eine gigantische Masse aus Fleisch, über der sich ein selbst im Tod noch praller Bauch erhob. Über die Haut zogen sich schwärzliche und braune Schlieren und Streifen wie über die Kappe eines verfaulenden Pilzes, und es bedurfte erst der Annäherung der Fackelträger, um zu erkennen, dass es sich dabei um Erde und nassen Schlamm handelte. Dass die Verwesung des Körpers dennoch fortgeschritten war, bewiesen die verbissenen Gesichter und das Zögern der Mönche, die sich dem Karren näherten. Endlich umringten sie ihn, die meisten von ihnen, auch Bruder Baldwin, die freie Hand über Nase und Mund gelegt.

»Wieso bringt ihr ihn zu uns?«, fragte Baldwin. Seine Stimme klang erstickt.

»Weil er einer von euch ist, Bruder«, erwiderte einer der Bauern und schlug die Augen nieder.

»Woher wollt ihr das wissen?«

Der Bauer ließ die Deichsel los und packte die Decke, bereit, sie herunterzuziehen. Einer der anderen Mönche ergriff sein Handgelenk und hielt es fest. Der Bauer zuckte zusammen. »Warte.«

Baldwin starrte seinen Glaubensgenossen an.

»Brauchen wir das?«, fragte dieser. »Wir wissen es doch, oder?«

Die anderen murmelten. »Bei Gott«, sagte einer und bekreuzigte sich. »Man braucht ihn doch nur anzusehen.«

»Weshalb ist er nackt?«

»Wir haben ihn so zu euch gebracht, wie wir ihn gefunden haben.«

»Wo?«

»Im Westen der Stadt – in einem Gebüsch. Wir ...«

»Er war unter der Erde?«

»Ein paar Zoll tief.«

»Und seine Kutte?«

»Er liegt so vor euch, wie wir ihn ausgegraben haben.«

Baldwin streckte die Hand nach der Decke aus und zuckte wieder zurück. Er stand dem Kopf des Toten am nächsten. Er würde die Decke nur ein wenig anheben müssen, um in das Gesicht sehen zu können.

»Wie ...?«

»Frische Hufspuren führten in das Gebüsch. Die Erde davor war zertrampelt.«

»Und er ...?«

»An einer Stelle war der Boden wie aufgewühlt. Wir haben hineingestochert und ...« Der Bauer wies auf den schmutzbeschmierten Körper.

»Wer immer es war, er hatte nicht viel Zeit«, sagte einer der Mönche. »Nur ein paar Zoll tief in der Erde.«

»Um ihn zu begraben, hätte man jede Menge Zeit gebraucht«, erklärte der Bauer, durch die Fragen der Mönche mutiger geworden. Niemand grinste auch nur über den schalen Witz.

Baldwin streckte die Hand erneut nach der Decke aus. Er zögerte und seufzte. Schließlich hob er sie hoch und schaute darunter. Er ließ die Decke wieder fallen und schloss die Augen.

Die anderen Mönche sahen ihn an. Er nickte.

»Und wie ist es geschehen?«

Der Bauer griff erneut nach der Decke, und erneut hielt ihn der Mönch auf. »Du brauchst es uns nicht zu *zeigen*.«

»Messer«, sagte der Bauer. »Zugestochen wie verrückt. Sein ganzer Oberkörper ist durchlöchert. Wenn es nicht so geregnet hätte und der viele Dreck nicht wäre, könntet ihr das Blut sehen. Die Käfer und Würmer waren schon...«

»Friede deiner Seele, Bruder Thibaud«, sagte Baldwin plötzlich. Die Mönche bekreuzigten sich und senkten die Köpfe. Die Bauern taten es ihnen nach.

»Wer kann so etwas getan haben?«

»Ich meine, Thibaud war der Archivar. Er war doch zeitlebens nur mit den Büchern und Dokumenten beschäftigt.«

»Mit so einem Hass zugestoßen.«

»Räuber hätten ihn nicht angefasst.«

»Räuber hätten ihn erschlagen, mit dem Prügel«, murmelte der Bauer. »Wer besitzt schon ein Messer, das lang genug ist?«

»Wieso hat der Mörder ihn ausgezogen?«, fragte einer der Mönche.

»Wahrscheinlich wollte er die Kutte«, vermutete ein anderer. »Wozu sonst?«

»Sie muss ja total zerfetzt sein.«

»Na ja, bei Bruder Thibauds Statur kann man aus dem Rest immer noch eine neue Kutte machen, die groß genug ist für jeden anderen.«

»Also müssen wir nach einem suchen, der...«

Bruder Baldwin brach ab. Sein Blick wurde plötzlich leer. Dann sah er zu den Fensteröffnungen der Kopierstube hoch, und Raymond zuckte zurück wie einer, dem man eine brennende Fackel ins Gesicht gestoßen hat. Baldwin konnte ihn von da unten unmöglich sehen, und dass er zum Archiv hochgeblickt hatte, lag nur daran, dass er sich erinnerte, dass jemand unbedingt in das Archiv wollte, jemand mit einer merkwürdig unpassenden Kutte...

»Heiliger Hilarius«, flüsterte Raymond und fühlte, wie sein Herz aussetzte.

»Sofort ins Dormitorium«, hörte er Baldwin zischen.

Raymond wich zurück, bis er an Bavards Pult stieß. Sein Kopf schwirrte. »Oh verdammt«, stieß er hervor, »oh gottverdammte...« Seine Finger krallten sich in das zerfetzte Vorderteil seiner Kutte.

Eine Hand fiel schwer auf seine Schulter. Raymond schrie auf.

»Ich wusste doch, dass hier was nicht stimmt«, knurrte ihm jemand ins Ohr. »Nicht wahr?«

10.

»Er hat das Heu und den Farn hier herausgekratzt«, sagte der Bruder Kämmerer und deutete auf die Stelle, an der Raymond das Material aus der flachen Kuhle geholt hatte. Er drehte sich um und sah zu den Männern hoch, die ihn umringten. »Oder sehe ich das falsch?«

Baldwin beleuchtete Raymonds leeren Schlafplatz. Im Fackellicht wirkte die aufgeflogene Tarnung wie die zerfallenden Überreste, die ein Dämon zurückgelassen hat; als sie die Decke zurückgeschlagen hatten, waren etliche seiner Brüder zurückgezuckt und hatten entsetzt eingeatmet, und Baldwin hatte zwei Finger der rechten Hand abgespreizt und gegen die Schlafstelle gerichtet. Die Wächter des Klosters, grobe Kerle unter einem Hauptmann, die König Henri Plantagenet persönlich hierher abgeordnet hatte, hatten abergläubische Formeln gemurmelt. Dann hatte jemand die Fackel näher herangehalten, und der verdorrte Inkubus hatte sich in das verwandelt, was er war: in lange, schwarz verschrumpelte Wedel des Farnkrauts und die amorphe Masse des feuchten, schimmelnden Heus. Der Bruder Kämmerer zerkrümelte eine Hand voll davon und murmelte: »Das gehört längst ausgewechselt.«

»Er kann das Kloster noch nicht verlassen haben«, sagte einer der Mönche.

»Das hier zeigt, dass er heimlich an seinen Schlafplatz zurückkehren wollte. Wenn wir hier lange genug warten...«

»Dazu haben wir viel zu viel Krach gemacht«, brummte Baldwin. »Das ganze Kloster summt.«

»Wo versteckt sich der Unhold?«

Der Bruder Kämmerer griff sich plötzlich an den Hals. »Fragt euch lieber, was er hier vorhatte: Vielleicht ist Bruder Thibaud nur der Erste auf seiner Liste...«

»Ein als Mensch verkleideter Teufel...«

»Unsinn«, knurrte Baldwin, der bei der Frage nach dem Versteck des Teufels plötzlich begonnen hatte, in seiner Tasche zu kramen. »Nichts ist hier wichtig genug, als dass der Teufel... wo habe ich denn... er muss doch...«

Er nahm die Fackel in die andere Hand und durchsuchte das Täschchen an seinem Gürtel. Schlüssel klirrten, doch Baldwin ignorierte sie. Als er seine Hand hervorzog, war sie leer. Er wurde blass.

»Pest«, flüsterte er, »Pest und Verdammnis und die Krätze an den Arsch aller Südfranzosen.«

Der Kämmerer zog die Brauen zusammen. »Für diesen Fluch musst du dem Prior geradestehen, Bruder Baldwin...«

»Scheiß auf den Prior«, fuhr Baldwin auf und starrte dem Kämmerer in die Augen. Dann erhob er seine Stimme und brüllte: »Alle Mann hinauf ins Archiv!«

Am Fuß der Treppe zum Archiv blieben die Wächter so abrupt stehen, dass die Mönche in sie hineinliefen. Der Hauptmann bellte etwas in Richtung einer Gestalt, die langsam über den Hof zum noch immer offen stehenden Tor wandelte. Einer der Wächter setzte der Person nach und packte sie an den Schultern. Der Mann, tief in der Kapuze versteckt, räusperte sich wie verrückt und versuchte sich loszumachen.

»Ich hab ihn, ich hab ihn!«, keuchte der Wächter. Er schüttelte den hageren Mönch. »Was hast du da oben getrieben?«

»Lass ihn los, du Idiot!«, schrie Baldwin und drängelte sich heran. »Das ist Bavard, du gefährdest noch seine Absolution.« Er stieß den Wächter beiseite, faltete die Hände und verbeugte sich vor dem Alten. Die anderen Mönche an der Treppe taten es ihm nach. Bavard hob einen Sack hoch, in dem etwas um sich trat und wütend fiepte, und räusperte sich erneut.

»Die Gnade des Herrn sei mit dir«, stieß Baldwin hervor, »und jetzt entschuldige mich, es ist etwas passiert!« Er wirbelte herum und eilte zu den anderen hinüber, drängte sie die Treppe hinauf, die Wächter immer noch vorweg, die Mönche hinterdrein keuchend. Baldwin hätte seine beamteten Brüder am liebsten von den Stufen gefegt, aber er konnte nicht an ihnen vorbei, sein Atem ging genauso heftig wie der der anderen, doch nicht aus Anstrengung, sondern aus Erregung.

»Wo ist der Schlüssel?«, rief der Hauptmann herunter.

»Wieso, ist abgesperrt?«, brüllte Baldwin zurück.

Er hörte ein Rütteln. »Gut und fest.«

Baldwin drängte sich durch die keuchenden Brüder nach oben und rüttelte nun selbst an der Tür. Er lehnte sich gegen die Tür. »Dem Herrn sei Dank«, flüsterte er. Dann suchte er wieder in seiner Tasche. »Aber wo ist dann …?«

»Der alte Bavard, der verrückte Kerl«, stieß einer der Mönche hinter ihm hervor und versuchte zu Atem zu kommen. »Läuft barfuß mitten in der Nacht auf Rattenfang herum. Wenn ihn eines der Biester beißt, ist er so gut wie tot!«

Baldwin zwang sich, alle Taschen langsam und gründlich zu durchsuchen. Der Schlüssel blieb verschwunden. Er schüttelte den Kopf.

»Wir hätten ihn fragen sollen, ob er jemanden im Archiv gesehen hat«, keuchte der Kämmerer.

»Um was zur Antwort zu bekommen? Außerdem – wenn der Teufel wirklich dort oben wäre, hätte er Bavard ja wohl geholt und ihn nicht laufen gelassen, oder?«

Baldwin starrte zu den beiden Brüdern ein paar Stufen weiter unten hinunter. Wo hatte er seinen Schlüssel verloren? Er drosch frustriert gegen die Tür.

Bei dem Knall sahen alle zu Baldwin und gafften ihn an. In die Stille konnte man hören, wie das Schloss von innen aufgesperrt wurde. Baldwin wich zurück, als hätte im Archiv ein Drache gefaucht.

Die Tür schwang auf. Das Licht der Fackeln enthüllte eine hoch gewachsene Gestalt, der eine zerfetzte Kutte in viel zu vielen Falten vom Leibe hing, und zwei funkelnde Augen in einem furchigen Gesicht.

Zwei der Wächter sprangen das Ungeheuer an. Mut hatten diese Grobiane, das musste man ihnen lassen. Die Gestalt fiel mit wirbelnden Gliedmaßen und aufflatternden Kuttenfalten eingeklemmt zwischen ihnen zu Boden, dass es dröhnte.

»Zeigt's ihm, Jungs!«, schrie der Hauptmann.

»Nehmt Eure Dreckpfoten von mir, ihr Fischköpfe!«, brüllte eine schrille brüchige Stimme, »ich reiß euch die Gedärme einzeln raus, so wahr mir Gott helfe, ihr normannischen Schafficker, was glaubt ihr denn, wen ihr vor euch habt, nicht wahr?«

Baldwin starrte auf die Füße des Mannes in der Kutte, die zwischen den Stiefeln der Wächter herausschauten wie die Füße einer Dirne, über die sich zwei Männer gleichzeitig hermachen. Rissige alte Zehen ragten über die blank gelatschte Sohle einer Ledersandale. Am anderen Fuß waren die Leinenstreifen, mit denen die Gliedmaße zum Schutz vor den Rattenzähnen umwickelt war, noch intakt. Es war Bavard, der verrückte Kerl, der barfuß auf Rattenfang ging!

»Bruder Bavard, deine Absolution ...«, stammelte der Kämmerer unwillkürlich.

»Ich scheiße auf die Absolution, nicht wahr!«, keifte der Alte. Die Füße zappelten, ohne sich befreien zu können. »Seit wann gehört es dazu, dass man von Schlachtochsen zusammengesprungen wird?«

Baldwin stieß die Mönche beiseite und sprang die Treppe hinunter, flog mehr, als er lief, und es war ein Wunder, dass er heil unten ankam. Er schoss in den Hof hinaus wie von einem Katapult getrieben. Der Hof war menschenleer. Das

Tor stand offen. Baldwin zögerte keinen Augenblick, rannte hinaus in den Bereich des Torbaus. Natürlich war auch das Tor nach draußen in die Welt nicht verschlossen. Baldwin brüllte im Laufen wütend auf, rannte in die Nacht hinaus, über der der Himmel tief hing und leise schimmerte vom Mondlicht darüber, das keine Wolkenlücke fand. Eine im Regen rauschende, sich nach links und rechts endlos dehnende Finsternis, in der sich keine Seele regte, während sich direkt vor ihm der dunkle Umriss der Stadt mit ihren wenigen Lichtern erhob. Ein Labyrinth bei Nacht, in dem sich eine ganze Schar erfolgreich hätte verstecken können... Baldwin blieb keuchend stehen.

Jemand gesellte sich ebenso schwer atmend zu ihm. Es war der Hauptmann der Wächter. »Was ist los?«, ächzte er.

»Gehen wir zurück«, sagte Baldwin tonlos. »Ich möchte die Beschreibung des Mörders zu Papier bringen und noch im Morgengrauen überall in der Stadt anschlagen lassen.«

»Du kennst ihn, Bruder Torhüter?«

»Ich kenne sogar seinen Namen«, erklärte Baldwin. »Er heißt Raymond.«

Nachdem das Tor des Klosters geschlossen worden war, richtete sich Raymond an der Mauerecke auf, wo er sich auf den Boden gelegt und unter Bavards Kutte gekauert hatte. Ihm war schwindlig. Hätte er mehr im Magen gehabt, er hätte sich übergeben. Als die Glocken des Klosters unvermittelt anfingen, zur Matutin zu läuten, wäre er beinahe in die Knie gesunken. Irgendwie gelang es ihm, seinen fliegenden Atem und das Zittern seiner Arme und Beine zu stoppen. Er tastete mit kalten Fingern nach dem Abriss aus Firmins Schreibpult, den er unter einer Achsel eingeklemmt hatte. Das Stück Pergament war noch da. Er umklammerte es mit einer Faust.

Die Glocken der Klosterkirche schlugen unregelmäßiger und verstummten schließlich ganz. Raymond wankte in die

Nacht hinaus, in die Richtung, wo er das Versteck seines Pferdes vermutete. Es war die zweite Stunde nach Mitternacht, der Regen fiel wie die kalten Tränen von Millionen von Engeln, und aus Raymond dem Sänger war unversehens Raymond der gesuchte Mörder geworden.

Der Geschichtenerzähler

»Ein Sünder versteht es, wenn ein anderer
Sünder dieselbe Sünde begeht.«

Robert Ambitien

1.

»Das ist zu schaffen«, sagte Arnaud, »oder nicht?«

»Ihr braucht einen Tag für die Reise nach Niort, einen Tag zurück nach Poitiers und einen weiteren für den Weg zu Robert Ambitien.«

»Das sind drei.«

»Wie lange wollt ihr in Niort bleiben?«

Arnaud grinste. »Bis sie uns mit faulen Eiern statt mit Münzen bewerfen.«

»Und wie lange dauert das üblicherweise?« Raymond wusste, dass seine Frage sarkastischer geklungen hatte als beabsichtigt. Er war zu Tode erschöpft. Seine Kehle war rau, nicht nur von der durchwachten Nacht, sondern auch von den langen Stunden, die er im Regen verbracht hatte, bis im Morgengrauen die Stadttore geöffnet wurden; vor allem aber von der Herumfragerei in den Hurenhäusern entlang der Mauer.

»Wir werden nicht versuchen, deinen Rekord in Chatellerault zu brechen«, erwiderte Arnaud und verstand es besser als Raymond, seine Worte mit einem friedlichen Lächeln zu entschärfen.

Raymond seufzte und fuhr sich über das Gesicht. Seine Bartstoppeln kratzten, und die Haut auf seinen Wangen fühlte sich roh an. Wenn er sich eine Erkältung eingefangen hatte, die ihn zu Roberts Feier seine Stimme kostete, würde Robert ihn lebendig häuten. Er räusperte sich. Sein Hals schmerzte.

»Hab ich dir schon gesagt, dass du grauenhaft aussiehst?«, fragte Arnaud.

»Gleich, als ich an den Wagen klopfte.«

»Aha.« Arnaud wiegte den Kopf und musterte Raymond. »Na, jedenfalls stimmt es immer noch.«

»Ihr kommt also?«

»Können wir's uns leisten, nicht zu kommen? Die Messe in Niort wird uns Geld bringen, aber die Reise dorthin kostet auch was.«

»Ich werde dafür sorgen, dass es euch ausreichend vergolten wird.«

»Du kannst dich auf uns verlassen, oder nicht?«

Raymond nickte. Arnaud betrachtete ihn abwartend. Der muskulöse Anführer der Gaukler füllte das enge Innere des Wagens beinahe vollständig aus, wie er da vor Raymond auf den Decken hockte. Es war kaum vorstellbar, dass außer ihm noch jemand hier lebte – und doch war der Wagen das Heim der gesamten Truppe.

»Wie geht es Sibylle?«

Arnaud verzog das Gesicht. »Carotte und die anderen sind im Spital. Du müsstest sie eigentlich gesehen haben, sie sind kurz vor deiner Ankunft weg.« Raymond schüttelte den Kopf. »Als wir sie hinbrachten, hätte niemand mehr einen Viertelsou für sie gegeben, aber die Kleine ist zäher, als ich dachte.«

»Und Maus?«

»Wenn sie stirbt, wird er es schwerer nehmen als den Verlust des Kindes. Aber er wird es überleben. Er ist zu jung, um das alles wirklich zu kapieren, oder nicht?«

»Man könnte ihn beneiden.«

»Findest du?«

Raymond zuckte mit den Schultern. Er erhob sich mühsam. Arnaud brummte: »Das mit der Fiedel auf dem Grab war ... wie soll ich sagen ... sogar Maus hat sich wirklich ...«

»Du überschätzt mich. Wir sehen uns auf dem Fest. Bist du sicher, dass du hinfindest?«

»Willst du nicht noch auf Carotte warten? Sie und die anderen werden gleich zurück sein.«

»Nein, ich ... nein ...«

Arnaud lächelte. »Du brauchst nicht verlegen zu werden.« Er breitete gönnerhaft die Hände aus.

Raymond, der aus einem vollkommen anderen Grund verlegen war (wie konnte er Carotte unter die Augen treten? Jetzt, nachdem er Suzanne gesehen hatte... Carotte, die ihm in der Nacht am Straßenrand ihr Herz geschenkt hatte, und nicht nur das... Sie schien so lange her zu sein, diese Nacht der heißen Umarmung im kühlen Regen, besonders seit er Suzanne kennen gelernt hatte. Nein, er hatte kein Verlangen danach, Carotte zu sehen) und fühlte, wie ihm die Schamesröte ins Gesicht stieg, kletterte aus dem Wagen. Arnaud folgte ihm auf die Gasse hinaus. Der Standort des Wagens, direkt an der Stadtmauer, erzählte einiges von der Wertschätzung, die die Stadt den Gauklern entgegenbrachte (nämlich keine), hatte aber den Vorteil, dass er halbwegs vor dem Regen geschützt war. Raymond ging um den Wagen herum und stand vor Carotte und den anderen aus Arnauds Truppe.

»Du siehst aus, als hättest du die halbe Nacht im Straßengraben verbracht«, sagte Carotte.

»Mitten in der großen Stadt hat Raymond uns wieder gefunden«, erklärte Arnaud und kam mit breitem Lächeln um den Wagen herum.

Carotte erwiderte das Lächeln nicht. Sie musterte Raymond von oben bis unten. »War nicht so schwer, wenn man bedenkt, wo unser Wagen steht.« Sie deutete auf die Häuser, die sich die Gasse an der Stadtmauer entlangzogen. »Er musste ja direkt über uns fallen, als er herauskam.«

Arnaud blinzelte verwirrt. Raymond spürte, wie sein Herz sank. Er suchte vergeblich nach Worten. »Hallo, Carotte«, murmelte er. »Hallo, Maus.« Er nickte den anderen zu. Maus wand sich vor Verlegenheit.

»Herauskam?« Arnaud war ratlos.

»Die Hurenhäuser«, sagte Carotte. Sie schien den Tränen nahe und bekämpfte sie mit beißendem Sarkasmus. »Und ich dachte, du seist wegen des Bischofs hierher gekommen.«

»Ich habe nicht ...«, begann Raymond.

»Komm schon, Maus hat dich gesehen, als du vorhin dort drüben rausgekrochen bist. Er kam hinter uns hergelaufen. Vermutlich hast du ihn gar nicht bemerkt. War noch Seife vom Badewasser in deinen Augen?« Maus versuchte, zwischen den anderen zu verschwinden. Er schien zu bereuen, dass er geredet hatte. Maus, die personifizierte Einfalt: »He, Carotte, dein Sänger ist auch da! Ich hab ihn gerade gesehen, als er ...« Raymond stellte sich vor, wie sich Carottes Gesicht aufgehellt hatte. »Du hast ihn gesehen? Wo?« Und dann Maus' mit dümmlichem Gesicht vorgetragene Antwort: »Er kam gerade aus dem ...« Raymond schloss die Augen.

Arnaud räusperte sich verlegen und sah von Carotte zu Raymond und zurück. »Also, Carotte, er kann doch ...«

»Ich habe nach einer Frau gesucht«, sagte Raymond.

»Da hast du an der richtigen Stelle nachgesehen«, erklärte Carotte.

»Du gehst zu weit«, brummte Arnaud.

»Als ich am Morgen aus dem Wagen kam, warst du weg«, zischte Carotte, die immer noch versuchte, die Tränen mit so viel Zorn wie möglich zurückzuhalten und in diesem Kampf immer mehr Boden verlor. »Nur deine beschissene Fiedel war da, und ich habe geheult, als ich sie sah!« Sie verlor. Ihre Augen liefen über. »Ich habe so gehofft, dich wiederzusehen. Ich dachte doch nicht, dass du nach mir gleich eine Nutte nötig hast ...«

»Carotte, ich ...« Raymond schwieg. Er wagte weder ihr noch Arnaud noch den anderen in die Augen zu sehen. Jede Nacht (außer der letzten im Kloster) seit der Nacht mit Carotte hatte er an ihre Umarmungen gedacht, mit pochender Erregung, und Carotte noch viel schlimmer dabei verraten, als wenn er wirklich zu einer Hübschlerin gegangen wäre: Er hatte ihr Gesicht in der Erinnerung mit dem Suzannes vertauscht.

»Ich suche einen Mörder«, flüsterte er.

Arnaud blickte auf. Carotte lachte bitter. »Vorhin war's noch eine Nutte.«

»Ich suche sie, weil sie der einzige Hinweis auf ihn ist, den ich habe.«

Arnaud legte ihm die Hand auf die Schulter. Raymond seufzte. Er sah den Unglauben in Carottes Gesicht. Als es ihm schließlich gelang, ihrem Blick zu begegnen, erkannte er in den grünen Katzenaugen die verzweifelte Not, seinen Worten Glauben schenken zu wollen. Er senkte den Blick wieder. Selbst jetzt gab es in seiner erbärmlichen kleinen Seele den unwiderstehlichen Wunsch, dass Suzanne ihn mit dieser Not anschauen möge.

Über ihnen wurden Schritte hörbar; die Stadtknechte drehten ihre Runden auf dem Wehrgang der Mauer. Die Schritte verharrten. »He, Gaukler!«

Carotte und die Männer blickten auf. Einer der Bewaffneten beugte sich über die innere Brüstung des Wehrgangs und sah zu ihnen hinunter. »Na, ist euer Plätzchen immer noch trocken?«

»Wenn ihr uns nicht auf die Köpfe pinkelt...«

Der Stadtknecht grinste und musterte Carotte von oben bis unten. Er versuchte ihr zuzuzwinkern, aber Carotte war nicht in der Stimmung, zu irgendjemandem freundlich zu sein. Maus und die anderen lächelten unbefangen zu ihm hinauf; offenbar kannten sie ihn und seinen Kameraden schon von den Runden, die die beiden Männer die letzten Tage auf dem Wehrgang absolviert hatten. Der Wächter sprach mit normannischem Akzent; Raymond fühlte sich ungut an Bruder Baldwin erinnert. Selbst im Kleinen achteten Henri Plantagenet und seine Leute darauf, dass die aufrührerischen Poiteviner unter der Bewachung der zuverlässigen Vasallen des englischen König standen – König Henri war nicht umsonst dafür bekannt, die Zügel straff zu halten. Der Stadtknecht, der bei dieser Betrachtung ein einfacher Söldner war und den Auftrag hatte, von der Mauer herunter in beide Richtungen wachsam zu sein, schob seinen Helm zurück.

»Wie sieht's heute mit der christlichen Nächstenliebe hinsichtlich eures Weins aus?«

»So gut wie gestern«, erwiderte Arnaud. »Wie sieht's mit der normannischen Brüderlichkeit hinsichtlich eures Specks aus?«

Der Mann auf dem Wehrgang lachte. »Genauso.«

»Dann sind wir im Geschäft, oder nicht?«

»Hört mal, ich möchte, dass ihr mir helft, ein bisschen die Augen offen zu halten. Ihr kommt ja viel in der Stadt herum.«

Die Gaukler sahen sich an. Arnaud zuckte mit den Schultern. »Kein Problem. Wonach?«

»Wir können für dich nach den Frauen in den Winkelhäusern Ausschau halten«, rief Maus hinauf und erstarrte im selben Moment. Seine Blicke huschten zu Raymond und Carotte, dann errötete er. Carotte erstach ihn mit einem Blick, den auch Raymond auf sich fühlte, ohne dass er ihn hätte erwidern können.

»Nein«, sagte der Mann auf dem Wehrgang, »es geht um einen Kerl, der sich gestern Abend ins Kloster von Saint Jean eingeschlichen und den Archivar umgebracht hat. Die Mönche hätten ihn fast erwischt, aber er ist ihnen in letzter Sekunde entkommen.«

Das Lächeln wich langsam von den meisten Gesichtern der Gaukler. Raymond spürte, wie Arnaud die Hand von seiner Schulter nahm.

»Weiß man, wie er aussieht?«

»Er hatte sich als Wandermönch ausgegeben, aber die Brüder schwören jeden Eid, dass er keiner war.«

»Woher wollen sie das wissen?«

»Göttliche Eingebung?«

Arnaud grinste schief. Raymond konnte förmlich hören, wie in seinem Kopf und in den Köpfen der meisten anderen die Gedanken rasten. Er warf Carotte einen raschen Seitenblick zu und erkannte erschrocken, dass sie ihn unverwandt musterte. Ihre Blicke kreuzten sich für einen winzigen Moment. Carottes Katzenaugen funkelten.

»Ein magerer Kerl in einer Mönchskutte, die er einem Bruder gestohlen hat«, zählte der Mann auf dem Wehrgang auf, »dunkles Haar, keine Tonsur, groß, helle Augen ...«

»So sehen hier elf unter zwölf aus«, bemerkte Arnaud. »Wenn man von der Kutte absieht, oder nicht?«

»Ein verhungernder Gesetzloser«, sagte Carotte heiser. Raymond betrachtete die Spitzen seiner Stiefel. Seine Hände ballten und öffneten sich wieder; als er es bemerkte, legte er sie hinter seinem Rücken zusammen. Die kurzen Blicke der Gaukler prasselten auf ihn nieder wie Hagel, unter dem er den Kopf nicht mehr heben konnte.

»Der Bruder Torhüter hat ausgesagt, der Kerl hätte Weiberhände, trotz seiner Verkleidung sauber und gepflegt.« Der Wächter betrachtete seine eigenen Pranken und schüttelte grinsend den Kopf. »Damit falle ich aus, gottlob. Wenn sie den Burschen erwischen, baumelt er schneller, als er ›Ich wollte das gar nicht tun!‹ sagen kann.«

»... äh ...«, machte Maus. Arnauds Kopf schnellte zu ihm herum. Der Junge schluckte angestrengt. Carottes Augen verengten sich. »Wenn er so saubere Hände hatte, muss es ja wohl ... äh ... ein Badeknecht gewesen sein ...« Er grinste wie ein junges Hündchen, das auf das Kleid seiner Herrin gepinkelt hat.

Der Normanne auf dem Wehrgang schien nachzudenken, ob Maus versuchte, ihn auf den Arm zu nehmen. Arnaud öffnete den Mund, um einer weiteren Bemerkung Maus' zuvorzukommen, doch der Junge war schneller.

»Habt ihr schon in den Badehäusern rumgefragt?«, sprudelte er hastig hervor. »Ich würde mich bei den Huren verstecken, wenn ich was ausgefressen hätte – und wenn einer von euch zur Tür reinkäme, einfach im Badezuber untertauchen, bis ihr wieder weg wärt.« Ein paar von den Gauklern lachten.

Maus warf einen zögernden Blick zu Raymond hinüber. »Von uns hier kann es ja keiner gewesen sein.« Er hielt seine mageren Hände nach oben, die von einer über die Jahre hinweg nicht mehr abwaschbar gewordenen Schicht aus Straßenschmutz, Schmiere von der Deichsel des Wagens und Farbe von ausblutenden Kleidungsstücken überzogen waren. Er wedelte damit.

»Dreckpfoten«, kommentierte der Normanne. Maus lachte.

Raymond spürte, wie ihn die Blicke des Mannes auf dem Wehrgang streiften. Maus lachte noch immer in hellen Tönen. Wenn er nicht bald aufhörte, würde er hysterisch werden und den Mann dort oben noch misstrauisch machen. Raymond wusste, dass er mit seiner schlichten Kleidung unter den Gauklern hervorstach wie ein Dienstbote unter lauter Herren, die zum Turnier ausziehen. Raymond war klar, dass Maus versuchte, eine nicht vorhandene Schuld gegenüber Raymond abzugelten, indem er die Behörden von den Gauklern ablenkte und auf eine andere Spur brachte. In seiner Naivität war ihm das Nächstbeste eingefallen: die Hurenhäuser. Raymond hatte etwa die Hälfte von denen, die ihm in der Stadt bekannt waren, aufgesucht. Der Zugang zu den anderen war ihm nun verwehrt, wenn Maus' Hinweis nachgegangen wurde. Und in denen, die er bereits besucht hatte, würde man sich nur allzu schnell erinnern, dass da bereits einer seltsame Fragen gestellt hatte. »Wie er ausgesehen hat? Lass mal sehen, mein großer, normannischer Stößel. Dunkles Haar? Helle Augen? Mager? So sah er aus, genau, bis auf die Kutte, er trug nämlich... Und seine Hände? Hab ich nicht gesehen, er hatte Handschuhe an. Na, wie sieht's aus, mein Großer, hat dir das weitergeholfen? Dann hast da ja ein paar Augenblicke Zeit; ich zeig dir noch was anderes, hier, fass mal an, ich hab sie für dich feucht gehalten...« Maus hatte mit seinen Bemühungen alles nur noch schlimmer gemacht. In spätestens zwei Stunden würde jeder Bewaffnete in der Stadt eine deutlich exaktere Beschreibung von Raymond besitzen. Huren waren es gewöhnt, genau hinzusehen. Raymond wünschte sich, im Boden versinken zu können.

»Also, wenn der Kerl euch über den Weg läuft – frisch gewaschen oder nicht«, der Normanne lachte über seinen eigenen Witz, »dann haltet ihn fest, wenn's sein muss mit Gewalt. Der Bursche ist ohnehin schon so gut wie tot.« Er zuckte mit den Schultern. »Benachrichtigt mich und meinen Kameraden hier, dann teilen wir die Belohnung unter uns allen auf.«

Einige lange Momente war es still. Dann kam es. »Belohnung?«

»Drei Goldsous. Zwei für euch, einen für uns.«

»Das ist aber nicht viel für ein Menschenleben, oder nicht?«, fragte Arnaud leise.

»Damit kämen wir halb bis nach Aragon«, flüsterte einer der Gaukler. »Und zwar sorgenfrei.«

»Der Hals dieses Mörders ist nicht mehr wert«, erklärte der Normanne.

»Ich meinte das Leben des Archivars.«

Der normannische Stadtknecht stutzte. Schließlich zuckte er mit den Schultern und grinste. »Das Kloster hat die Belohnung ausgeschrieben. Was habe ich damit zu schaffen, ob es viel oder wenig ist? In der Schänke zählt ein Goldsous unter zwei Männern eine ganze Menge.« Er stieß seinen schweigsamen Gefährten an, und dieser nickte und lächelte breit. »Also, wie sieht es aus?«

»Wir helfen, wo wir können«, sagte Arnaud.

»Wir kommen auf einen Schluck vorbei, wenn unsere Streife um ist.«

»Vergesst den Speck nicht.«

Die Männer stapften davon. Als sie außer Sicht- und Hörweite waren, drehte sich Arnaud, der wie erstarrt dagestanden war, zu Raymond um. Ein Zeichen für seine Leute, sich um ihn zu scharen. Es sah aus, als würden sich Freunde um einen der ihren versammeln. Man konnte es auch anders interpretieren.

»Jetzt suchen sie sich erst mal die Ärsche wund in den Hurenhäusern«, sagte Maus, der zuverlässig Naive, stolz auf seine Bemühungen.

Arnaud legte seine Hand wieder auf Raymonds Schulter. »Du würdest uns nicht absichtlich in Schwierigkeiten bringen, oder?«, fragte er.

»Arnaud, verdammt!«, zischte Carotte. »Was willst du damit sagen?«

»Halt den Mund, Carotte. Wie steht's, Raymond? Keiner von uns wird dich verpfeifen, aber wenn du Gesellschaft beim Tanz mit Seilerstochter suchst, hast du dir die falschen ausgesucht. Unsere Wege trennen sich dann für immer.«

»Drei Goldsous!«, murmelte jemand.

»Das ist ungefähr so viel wie dreißig Silberlinge«, bemerkte Carotte. Ihre Augen blitzten vor Wut.

»Wenn ich die Beine für diesen Kerl so weit aufgemacht hätte wie du, würde ich das auch sagen ...!«

Carotte fuhr herum. »Sag das nochmal, du ...«

»Wenn du dein *Maul* noch einmal so weit aufmachst wie eben, Ilger, fülle ich es dir mit deinen eigenen Zähnen«, erklärte Arnaud seelenruhig.

Der Gaukler verstummte. Carotte atmete heftig. Raymond blickte auf.

»Ich will euch nicht entzweien«, flüsterte er. »Danke für eure Freundschaft.«

»Nicht so hastig«, sagte Arnaud, ohne seine Schulter loszulassen. Raymond erkannte, dass Arnauds Muskeln nicht nur dekorativ waren. »Was treibst du hier? Wenn wir die Klappe halten, musst du uns wenigstens erklären, worum es geht.«

»Ich habe den Archivar nicht umgebracht. Bei allem, was mir heilig ist.« Raymond schaffte es, Carotte in die Augen zu sehen. Ihre Lider zuckten.

»Warum gibt es dann eine Beschreibung, die auf dich passt wie ein alter Schuh?«

»Der Archivar ist schon seit Tagen tot. Sie wollen es bloß einem anhängen.«

»Und da haben sie sich dich ausgesucht? Das ist eine Gemeinheit«, knurrte Maus. Carotte verdrehte die Augen.

»Ich habe mich letzte Nacht ins Kloster geschlichen.« Raymond lächelte Maus müde zu. Der Junge machte runde Augen.

»Du warst sicher nicht auf der Suche nach Liedertexten.«

»Nein, Carotte. Ich suchte nach Hinweisen zu dem Mann, um den es mir auch heute Morgen in den Badehäusern ging. Er hat den Archivar auf dem Gewissen. Ich muss ihn finden – und verhindern, dass er sein nächstes Opfer findet.«

»Wer sagt dir, dass es ein nächstes gibt?«

Raymond zuckte mit den Schultern. »Ich kann es nicht darauf ankommen lassen.«

»Du glaubst, eine aus einem Frauenhaus ist an der Reihe?«

»Ich habe ihren Namen auf einem Stück Pergament gefunden, das dem Mörder gehörte.«

»Sie kann auch mit ihm unter einer Decke stecken, hast du daran schon gedacht?«

»Und wie heißt sie?« Carottes Stimme klang ruhiger als vorher.

»Jehanne mit den sanften Händen.«

»Das ist ein passender Name für eine Nutte, wenn ich je einen passenden gehört habe, oder nicht?«

»Normalerweise geben sich die Kerle nicht mit den Händen zufrieden«, bemerkte Carotte.

»Ich habe in jedem verdammten Badehaus, in jeder Winkelstube und sogar in den Schänken entlang der Mauer auf dieser Seite der Stadt nachgefragt. Ich war nur noch nicht drüben auf der anderen Seite«, sagte Raymond.

»Da solltest du nach den hilfreichen Hinweisen unseres Freundes Maus auch nicht mehr auftauchen«, erwiderte Carotte und funkelte Maus an. Dieser zog verwirrt den Kopf ein.

»Hast du sie gefunden?«

»Mehrmals.«

Arnaud blinzelte ratlos. Raymond verzog das Gesicht.

»Ich bin Jehanne mit der Hasenscharte, Jehanne der Schluckerin und der bußfertigen Jehanne vorgestellt worden. Bei der Letzten dachte ich schon, ich sei am Ziel, weil...« Raymond brach ab.

»Weil?« Carotte starrte ihn an.

Er winkte ab. Er hatte schon mehr über seinen Auftrag verraten, als ihm lieb war; er musste die Gaukler nicht auch noch darauf hinweisen, dass er einen entflohenen Mönch suchte.

»Die bußfertige Jehanne kann Psalmen rezitieren, während sie es mit ihrem Freier treibt, und wenn den dann hinterher die Reue packt, lässt sie sich von ihm schlagen oder schlägt ihn, um für die Sünde, die sie beide begangen haben, zu büßen.«

»Sie muss großen Zulauf aus dem Klerus haben«, sagte Carotte, zu Raymonds Erleichterung, ohne den Gedanken zu Ende zu denken.

»Und jetzt?«

»Ich habe keine Ahnung.«

»Und warum tust du dir überhaupt diese Suche an?«

»Weil sie meine Zukunft sichert«, flüsterte Raymond. Noch während er es sagte, blitzte in ihm plötzlich das Bild des toten Archivars auf, der ungeheure Fleischberg auf dem Karren, der so grotesk prall lebendig gewirkt hatte trotz des Schmutzes auf seinem reglosen Körper und den tot herabbaumelnden Händen. Er fühlte den Stoff der Kutte, die er dem Toten unwissentlich gestohlen hatte, auf seiner Haut – warum hatte der Mörder, Firmin, sie ihm ausgezogen? – und sah die betörend schönen Seiten der gälischen Bibeln vor sich, die Thibaud in seinem Archiv mit besonderer Ehrfurcht behandelt und förmlich ausgestellt hatte. Er stellte fest, dass er sich dem Toten auf eine merkwürdige Art verbunden fühlte, ohne ihn jemals kennen gelernt zu haben; und dass er den Mörder finden *wollte*.

»Der Bischof sollte dir doch deine Zukunft sichern«, sagte Carotte.

»Du hast dich da in etwas verwickeln lassen, was dir über den Kopf wächst, oder nicht? Ich will gar nicht wissen, was du uns alles verschweigst.«

»Genug, Arnaud, genug.«

Die Gaukler standen da und musterten ihn. Es war klar, dass sie erwarteten, dass Raymond noch etwas mehr preisgab. Er schwieg. Die Minuten dehnten sich, bis Carotte sich abrupt abwandte und in den Wagen kletterte.

»Raymond hat uns Arbeit verschafft«, rief Arnaud über die Schulter. Sie reagierte nicht. Arnaud seufzte. Er sah Raymond von der Seite an.

»All diese Leute hier sind meine Familie«, brummte Arnaud. »Versprich mir, dass ich mein Vertrauen nicht einem Lügner schenke. Versprich mir, dass du uns nicht in die Irre führst – oder an den Galgen.«

Raymond nickte. Aus dem Augenwinkel sah er, wie der Mann, den Arnaud Ilger genannt hatte, den Kopf schüttelte und eine finstere Miene aufsetzte.

»Wir treffen uns in fünf Tagen«, erklärte Arnaud und drückte Raymonds Schulter noch einmal. Als er ging, begannen die Gaukler bereits mit ihren täglichen Übungen. Nur zwei Männer sahen ihm reglos nach. Arnaud, dessen Muskeln aus seinen knappen Ledersachen quollen und der kein bisschen zu frieren schien; und Ilger, dessen Augen zusammengekniffen waren und in dessen Kopf die Rechenmodelle einander jagten, welche Vorteile die Truppe für zwei Goldsous erkaufen könnte. Raymond musste nicht in das Gesicht des Gauklers sehen, um zu wissen, was sein Denken beherrschte. Er fror bei der Überlegung, wie lange es dauern mochte, bis Ilger beschloss, dass Arnaud die Solidarität mit einem Sänger, den sie kaum kannten und der nichts für sie getan hatte, als ein totes Kind zu segnen, übertrieb und er, Ilger, etwas dagegen unternehmen musste (mit zwei Goldsous würden sie bequem bis zum Fuß der Berge kommen, Betonung auf: bequem!). Noch mehr schauderte er, wenn er an Carotte dachte und was sie von ihm erhoffte. Am kältesten jedoch wurde es ihm, als er sich bewusst machte, dass er allein Firmin jagte und seit letzter Nacht alle anderen ihn. Würde Jean Bellesmains seinen ihm so verdammt teuren Assistenten ausliefern, wenn er ihn fasste? Oder stattdessen Raymond? Damit sparte er sich auch das Empfehlungsschreiben an den Jungen König. Ein gutes Geschäft, das musste man zugeben.

Die hölzerne Mauerkrone hockte, dunkel vom Regen und vom Alter, wie eine schwarze Gewitterwolke auf der Stadtmauer. Der Schlamm in den Gassen saugte an den Stiefeln, wo er nicht durch lockere Knüppeldämme oder Strohstreu überbrückt wurde. Ein Wind, der ständig durch die engen Durchlässe in den Gassenzügen an der Mauer fuhr, wirbelte die Regentropfen auf. Jenseits der Stadtmauer krächzten Raben. Nicht einmal der Gedanke an Suzanne konnte die Kälte aus Raymonds Innerem vertreiben.

2.

Robert war mit seiner Jagd erfolgreich gewesen: Der Geruch nach gebratenem Schweinefleisch zog sich bis in die Vorburg herab. Der Backofen hielt mit Rauch und dem Duft nach frischem Brot dagegen. Das kalte Wetter hätte das Fleisch der Wildschweine eine Weile überdauern lassen, aber im Grunde machte Robert das einzig Richtige. Er ließ seine Beute über dem Feuer rösten, hielt ein improvisiertes Festmahl ab – und was übrig blieb, würde in den kommenden Tagen zwar kalt genossen werden müssen, dafür aber länger haltbar bleiben als das frische Fleisch. Seit die Zöllner König Henri Plantagenets die Häfen und die Salzstraßen kontrollierten und mit den Zöllen auf das weiße Gold die Ebbe in der Kasse der englischen Krone auszugleichen versuchten, konnte es sich kaum einer leisten, große Mengen einzupökeln. (Nicht, dass das Salz vorher recht viel billiger gewesen wäre.)

Eine kleine Schar Kinder rannte Raymond entgegen, verlor aber bald das Interesse an seiner Person. Die Kinder kehrten zu ihrem ursprünglichen Spiel zurück und warfen Steine auf die aufgespießten, verstümmelten Köpfe der Wildschweine. Der Feind war besiegt und im Kochtopf; was man ihm weiterhin an Demütigung zufügen konnte, musste vollbracht werden. Neben dem Backofen und möglichst so aufgespannt, dass der Wind den Rauch darüber trieb, fanden sich die Felle der Wildschweine. Es waren sechs, zwei davon von gewaltigem Ausmaß. Robert hatte seinen vierbeinigen Gegnern eine empfindliche Schlappe beigebracht.

Suzanne fand sich in der Küche, die vor Hitze brüllte und es sogar vermochte, einen Teil der Wärme – mit der Gesamtheit aller Düfte – in den Saal nach oben zu schicken. Ihr Haar war zerzaust, und am Saum ihres Gewandes hingen Spinnweben und trocknender Lehm. Offensichtlich hatte sie einige Zeit im Vorratskeller zugebracht. Sie nickte Raymond zu, lächelte und schob ihn resolut beiseite, als er linkisch inmitten der Küche stehen blieb. Die Küchenmägde sandten ihm Blicke, die die ganze Bandbreite zwischen schamloser Hingabe und beißendem Jungmädchenspott ermaßen, und entschieden sich schließlich für den Spott. Sie steckten die Köpfe zusammen und kicherten.

»Wenn du nichts zu tun hast, Raymond, dann stör auch nicht die anderen bei ihrer Arbeit.«

Raymond wischte sich den Schweiß von der Stirn. »Wo ist Robert?«

Sie zuckte mit den Schultern. »Irgendwo. Was gibt's zu glotzen, hm?«

Eine der Küchenmägde zog den Kopf ein und putzte eifrig das Gemüse. Raymond trollte sich in den Saal hinauf. Er hatte sich die Begrüßung anders vorgestellt – eher den Erlebnissen der letzten Nacht angemessen: ein froher Händedruck Suzannes, ein aufmunterndes Schulterklopfen Foulques', ein begeisterter Bericht über die Wildschweinjagd Roberts. Stattdessen empfing sie ihn mit einem müden »Steh nicht im Weg herum«. Auf der anderen Seite war er beinahe froh über den Rückfall in die Normalität, selbst wenn er dabei ein wenig unsanft aufprallte.

Als er später im Saal in der Nähe des Kamins saß, seine Instrumente stimmte und für die Gruppe von Kindern, die nasebohrend und mit weit offen stehenden Mündern vor ihm standen, kleine Tonfolgen spielte, kam ihm zu Bewusstsein, dass der heutige Abend wie eine Generalprobe für die von Robert geplante Feier sein würde. Er blies in die Schalmei, die er sich mit einem Band um den Hals hängen konnte, sodass er sie mit einem kurzen Handgriff in den Mund befördern konnte; die Kinder kicherten über den trötenden Ton. Man konnte ihr auch süßere Klänge entlocken, doch als die Kinder in die Hände klatschten, ließ Raymond sie noch einmal quaken. In Chatellerault war sie gar nicht mehr zum Einsatz gekommen. Er reihte seine Instrumente neben dem Kamin auf: die Laute, die Drehleier, die kleine Harfe, das Mezzocanon. Die Kinder deuteten auf sie und wisperten. Neben der Schalmei, die um seinen Hals hing, besaß Raymond noch ein Hümmelchen, einen kleinen Dudelsack, den er so gut wie nie einsetzte, weil er ihn kaum beherrschte. Er schleppte ihn nur deshalb mit sich herum, weil der Mann, der die Fiedel gebaut hatte, ihn Raymond förmlich aufgedrängt hatte. Als er an die Fiedel dachte, starrte er seine kleine Kompanie aus Instrumenten einige Augenblicke ratlos an, bis ihm wieder einfiel, was aus der Fiedel geworden war. Er seufzte und befingerte die Laute.

»Dir dabei zuzusehen ist beinahe unanständig«, sagte eine Stimme von der Treppe zur Küche her. Die Kinder stoben auseinander. Raymond blickte auf. Suzannes Wangen waren gerötet, und ihre Augen blitzten übermütig. In dieser Stimmung sah er sie zum ersten Mal. »Wenn du deine Geliebte streichelst, kann es nicht anders aussehen.«

»Die hier sind meine Geliebten«, erklärte Raymond, um seine Verlegenheit zu überspielen.

»Was ist das?« Sie deutete auf das Mezzocanon. »So etwas habe ich noch nie gesehen. Es sieht aus wie eine kleine dreieckige Laute, aber ohne den ... wie nennt man es ...«

»Hals«, sagte Raymond. »Es funktioniert auch so ähnlich. Es kommt aus dem Land der Muselmanen; sie nennen es dort Quanum. Pilgerfahrer haben es nach dem ersten Zug in das Heilige Land mit zurückgebracht.« Er lächelte. »So hatte wenigstens die Musik einen Vorteil von dieser Unternehmung.«

»Also befindet sich auch eine feurige orientalische Geliebte unter deiner Sammlung?«

Raymond senkte den Kopf und verfluchte sich für seine Bemerkung. Suzanne lächelte ohne Spott. »Armer Raymond, nur poliertes Holz und gespannter Schafsdarm.«

»Es kommt auf die Berührung an, mit der man sie zum Leben erweckt.«

»So ist es mit den Menschen auch.« Sie trat näher und lächelte ihn an. »Robert hat die Familien der Männer, die ihm und Foulques bei der Jagd geholfen haben, zur Vesper eingeladen. Dein Publikum wird also aus Bauern bestehen.«

»Jeder schätzt die Musik. Außerdem hoffe ich doch auf deine und Roberts Anwesenheit. Und die von Foulques.« Der vermutlich der Einzige war, der die Musik wirklich schätzen konnte.

»Natürlich. Erwarte dir nur nicht zu viel.«

Raymond lächelte. Suzanne stand neben ihm und strich sich abwesend über ihr Kleid. Gestern Morgen waren sie sich ebenso nahe gewesen, nur, dass das Echo der Flüche und Schmerzensschreie im Saal gehangen hatte anstatt dem der Lautfolgen, die Raymond gespielt hatte. Er hatte gestern den Eindruck gehabt, Suzanne könnte niemals schöner sein, doch jetzt, mit wirrem Haar, geröteten Wangen und den Bratenduft der Küche ausströmend, erschien sie ihm ebenso schön. Er holte Atem und versuchte ihre Blicke einzufangen.

»Spiel für mich«, flüsterte Suzanne im selben Moment. »Für mich und Robert. Wir haben ein bisschen Liebe dringend nötig, und wenn sie nur aus Liedern kommt.«

Sie wandte sich ab und hastete wieder in die Küche hinunter. Raymond starrte ihr nach. Gerade hatte er ihr gestehen wollen, dass ihre Person sein gesamtes Denken und Fühlen ausfüllte. In einer Hinsicht war er froh, dass es ihm nicht gelungen war; andererseits brannte das Geständnis auf seiner Zunge und drückte ihm schier das Herz ab. Er seufzte und nahm die Drehleier auf. Die Wand, an die er sie gelehnt hatte, war kalt, wenn auch das Kaminfeuer die Luft erwärmte. Die Saiten hatten sich verzogen; er würde alle Instrumente nochmals stimmen müssen. Warum kann nicht einmal etwas ganz einfach sein?, dachte er und machte sich an die Arbeit.

Raymond hatte sein Publikum hauptsächlich mit *lais* unterhalten, in denen er sein Improvisationsgeschick bewies. Das waren von Rhythmen untermalte Erzählungen in kurzen Versen, deren Melodien im Spiel gefunden wurden, experimentierten, Fuß fassten, aufstiegen und an ihrem Höhepunkt plötzlich eine ganz andere Richtung einschlugen, wieder von vorn begannen und an überraschenden Stellen das Motiv der vorhergegangenen Melodie repetierten. Er erzählte von den Siegen des Cäsar in seinen Schlachten gegen die Barbaren (und vergaß auch nicht, dass die schöne Kleopatra ihn im Bett besiegt hatte), von Theseus im Labyrinth des Minotauros (hier verwickelte sich seine Melodie bewusst, bis sie selbst ein Labyrinth war), von Cuchulain, dem irischen Helden, und seinen Kämpfen gegen die böse Königin Maeve, und von Hannibal, der mit seinen Elefanten über die Berge zog (hier leistete ihm die Schalmei gute Dienste und brachte das Publikum bei jedem überraschenden Trompetenlaut zum entzückten Aufschreien). Er flickte da und dort ein paar Sirventes ein, denen er die moralisch-politische Schärfe genommen hatte, und ein Kanzone auf den Sommer, der fast alle Leute im Saal sehnsüchtig zu den Fenstern blicken ließ... vor denen der Regen unablässig herabrauschte. Raymond hätte gerne eine Ballade für Suzanne gesungen, aber er wagte nicht, den Rhythmus des Abends, den er selbst geschaffen hatte und der wie geschmiert lief, zu unterbrechen. Suzanne war so aufgeräumt, wie er sie zuvor noch kaum gesehen hatte, und schenkte am Herrentisch selbst Wein nach. Sie strahlte in ihrem altmodischen, offensichtlich für Gelegenheiten wie diese aufbewahrten Kleid. Es wirkte kaum besser als der Kittel einer Magd, verglichen mit dem Prunk, den die alternde Odile de Chatellerault – warum musste er schon wieder an Chatellerault und seine Niederlage dort denken? – zur Schau gestellt hatte. Dunkler Naturstoff gegen Odiles grelles Gelb, ein gerader Schnitt gegen Odiles verschiedene Schichten aus Hemd, Leibrock und Surcot, eine locker um die Taille geknotete Kordel anstelle von Odiles goldenem Gürtel (der sich schlecht mit dem Gelb ihres Kleides vertragen hatte); Suzannes blondes Haar steckte in einem einfachen Netz, wo Odile de Chatellerault ihres (eine rote Mähne, die mit erstem Grau durchschossen war und zu den üppigsten und schönsten Haarprachten gehörte, die Raymond je gesehen hatte) zum Großteil unter einer Kappe mit einem Kinnband versteckt hatte. Ein Kinnband, das im Übrigen so straff gesessen hatte, dass die Vizegräfin von Chatellerault nur mit zusammengebissenen Zähnen sprechen konnte und das Band zum Essen lockern musste. Raymond fragte sich, wie die Frauen der noch zu ladenden Gäste zu Roberts großem Fest gekleidet sein würden und ob sie die Gastgeberin beschämen würden, und stellte fest, dass Suzanne, wenn sie am Tag des Festes in derselben guten Laune war wie heute, alle besser gekleideten Damen dennoch überstrahlen würde. Er erwiderte ihr Lächeln und blinzelte, und sie hob den Becher und prostete ihm zu. Überall waren fettverschmierte, lachende, rotwangige Gesichter zu sehen, die Pächter, von der Kenntnis der feineren Tischsitten vollkommen unbelastet und vom Beispiel ihres Herrn bestärkt, stocherten ausgiebig mit den Messern in den Zähnen herum – selbst beim Reden –, und sogar die Frauen und Kinder der zum Mahl eingeladenen Bauern sahen ausnahmsweise gesund und froh aus. Wenn man es mit der nötigen Gelassenheit betrachtete, lieferte das unablässige Bellen, Keifen und Jappen der Hunde die rhythmische Untermalung zu Raymonds Musik. Raymond sah in Suzannes lächelndes Gesicht und beschloss, heute Abend alles mit Gelassenheit zu nehmen. Die Müdigkeit von der durchwachten Nacht war in den Hintergrund gerückt, wo sie sich mit einem leisen Kopfschmerz und einem Brennen in den Augen bemerkbar machte, zu schwach, um sich im Moment durchsetzen zu können, nur darauf wartend, dass Raymonds Spannung nachließ, um ihn zu überwältigen, und Raymond plante, ihr bis zur letzten Sekunde Paroli zu bieten.

Es gab nur einen Menschen im Saal, der sich alle Mühe gab, sich nicht zu amüsieren und dies der Welt auch unter Beweis zu stellen. Guibert saß zwischen Robert und Suzanne zu Roberts Linker, ein sehr bevorzugter Platz an der erhöhten Tafel, an der sich außerdem noch Foulques, Georges und der leere Stuhl für die Königin Aliénor befanden. Suzanne hatte die Tische und Bänke ähnlich wie im Refektorium von Saint Jean aufgestellt. Man konnte sehen, dass Robert es genoss, am abgesetzten Tisch der Herrschaft den Mittelpunkt zu bilden und seine ungewöhnliche Großzügigkeit seinen Pächtern gegenüber auch zu zelebrieren. Guibert, dem man keinerlei Genuss ansehen konnte, hielt den Kopf gesenkt und nahm nur dann kleine Bissen von dem Fleisch und dem fettgetränkten Brot vor sich, wenn niemand hinsah. Den Wein, für den er einen eigenen Becher bekommen hatte (Robert und Suzanne teilten sich einen, desgleichen Georges und Foulques), rührte er nicht an. In diesem farbenfrohen Gemälde wirkte er wie eine dürre Spinne, die sich auf die bunteste Stelle gesetzt hat.

Foulques erhob sich und schlenderte zu Raymond herüber. Er brachte den Weinbecher mit, was ihm eine grinsende Rüge von Georges eintrug, der an diesem Abend schon mindestens fünf zusammenhängende Sätze gesagt hatte und damit als außergewöhnlich redselig gelten durfte. Er bot Raymond einen Schluck an.

»Wisch dir den Mund ab, bevor du trinkst, damit du den Wein nicht verfettest!«, rief Georges und erntete Gelächter.

Der Wein war schwer und würzig, ein mit Kräutern und Honig geklärter weißer Claret. Anders als der Wein in Raymonds eigenem Becher war er nicht mit Wasser verdünnt. Georges und Foulques hatten derlei Empfindlichkeiten nicht nötig. Schon der eine Schluck breitete sich eher in Raymonds Gehirn aus als in seinem Magen.

»Leihst du mir deine Harfe?«

»Wenn du sie spielen kannst. Du kannst dir auch die Laute nehmen.«

»Nein, das ist muselmanisches Teufelszeug, genauso wie das Ding da.« Foulques zeigte auf das Mezzocanon.

»Das sagst du nur, weil du's nicht beherrschst.«

»Genau. Und jetzt gib mir die Harfe.«

Die Gäste, die das Gespräch mitbekommen hatten, lachten. Raymond reichte Foulques lächelnd die kleine Harfe.

»*Jeu-parti*?«, flüsterte Foulques.

»Nimm dich in Acht, darin bin ich gut.«

Foulques schlenderte mit übertriebener Eleganz zurück zu seinem Platz, kehrte auf halbem Weg nochmals um und nahm den Weinbecher an sich. Gelächter und Beifall, als Raymond ihn noch schnell vorher austrank, am lautesten von Robert. Guibert brachte ein paar von seinen Schäflein mit finsteren Blicken zum Schweigen, konnte sich im Saal aber nicht durchsetzen. Raymond fragte sich, was diese unübliche Schweigsamkeit zu bedeuten hatte, und befürchtete im Stillen, dass der Kaplan etwas gegen ihn im Schilde führte, aber schob alle düsteren Gedanken von sich, als Foulques an seinem Sitzplatz den Fuß auf die Bank stemmte, die Harfe abstützte und einen Akkord schlug. »Fang an!«, rief er.

Raymond schlug ebenfalls einen Akkord auf seiner Laute. Der Claret hatte sein Hirn zum Schwimmen gebracht und feuerte ihn an.

»Ich blickte auf und sah beizeiten ...«, begann er.

»... einen Mann auf einem Esel reiten!«, vollendete Foulques. Er hatte eine tiefe Tenorstimme, die er einzusetzen wusste und die sich gut mit Raymonds hellerem, rauerem Tenor vertrug. Die Harfe beherrschte er weniger gut, aber das störte weder ihn noch sonst jemanden.

»Der Mann war dick, der Esel klein ...«, sang Foulques weiter.

»... das kann doch nicht in Ordnung sein!« Raymond duckte sich unter einem imaginären Gewicht und erntete ein paar Lacher.

*Jeu-parti*s waren beliebte Zeitvertreibe, wenn Gäste oder der Hausherr einer Feierlichkeit ihre Schlagfertigkeit beweisen wollten. Es hieß, dass der Troubadour Gaucelm Faidit und Königin Aliénors dritter Sohn, Geoffroy de Bretagne, sich am Hof in Poitiers stundenlange *Jeu-parti*-Gefechte geliefert hatten, bis sie schließlich beide lachend zusammengebrochen waren. Das Publikum hatte beschworen, der junge Graf der Bretagne hatte dem älteren Troubadour in nichts nachgestanden, obwohl Faidit zu den besten seiner Zunft gehört hatte. Lang vorbei…

»Der Mann trug eine Bischofsmütze…«, sang Raymond und sah zu seiner Genugtuung, wie Guiberts Kopf nach oben schnappte.

»… und das trotz großer Sommerhitze.« Foulques warf einen Seitenblick zu dem Kaplan. Roberts Knappe und Freund mochte angetrunken sein, aber seine Rolle als Paladin Roberts und Hüter des Friedens in seinem Haus würde er noch in bewusstlosem Zustand erfüllen.

»Ich würde mir einen Kuhfladen aufsetzen, wenn es nur endlich mal wieder eine Sommerhitze gäbe«, brummte Raymond. Die Gäste lachten und klatschten Beifall.

»Der Bischof spendete den Segen…« Foulques blickte Raymond warnend an, aber dieser beschloss, nicht darauf zu reagieren. Raymond fühlte sich leicht, beschwingt vom Erfolg, den er hier so mühelos errang, beschwipst von Foulques' Claret und den Bechern, die er vorher schon getrunken hatte; Guibert stellte den einzigen düsteren Punkt dar, aber er hatte nicht wirklich die Macht, Raymonds gute Laune zum derzeitigen Moment zu beeinträchtigen, und Foulques mochte ihm tausend warnende Blicke zuwerfen. Raymond sah in Suzannes Augen und betrachtete ihre glänzenden, leicht geöffneten Lippen, ihre Zungenspitze berührte ihre Zähne, was sicher daran lag, dass sie gerade einen Bissen Fleisch im Mund hatte, aber dennoch so lasziv aussah, dass Raymond ein warmer Gedanke durch den Schoß fuhr. Sie wartete darauf, dass Raymond Foulques' betont harmlose Vorgabe wieder in die alte spöttische Richtung zwang!

»... das arme Tier konnt' sich kaum regen!«

Und sie lachte mit den anderen und schüttelte vergnügt den Kopf. Raymond holte Atem, doch da übernahm Foulques unter Missachtung der Spielregeln den nächsten Vers:

»Das Tier schritt dennoch wacker aus...«, was heißen sollte: Ich führe uns jetzt beide von dem Glatteis, auf das du dieses Liedchen unbedingt steuern willst, wieder herunter; die Replik drängte sich Raymond förmlich auf:

»... den Herrn verlangt's nach Mittagsschmaus!« Siehst du, Foulques, da sind wir wieder mitten auf der Eisfläche. Raymond grinste zu Roberts Freund hinüber. Foulques sandte weiter stumme, drängende Blicke; Robert hatte noch nichts gemerkt; den Gästen war es egal; Guibert starrte schäumend vor Wut auf seine gefalteten Hände, deren Knöchel weiß hervortraten; nur Suzanne blinzelte plötzlich, als ihr klar wurde, was für ein Duell hier stattfand, und zugleich mit dem Entstehen einer kleinen Falte zwischen ihren Brauen spitzte sich auch ihr Mund in Erwartung des Kommenden.

Foulques setzte sich erneut über die Spielregeln hinweg: »So sieht man sie von dannen gehen...«

Ah, komm, Foulques, die gleiche Taktik wie eben? Das kannst du besser. Ich zeige dir, wie es besser geht! *Jeu-parti* ist nichts als die musikalisch untermalte, lustige Version des Lebens, und hier wie da gilt: Tue das Unerwartete.

»... hat man je Edleres gesehen?«, sang Raymond und schaffte es noch im Gesang, seinem Vers so viel Zweideutigkeit wie möglich zu unterlegen.

Foulques zögerte einen Moment; er hatte etwas Eindeutigeres erwartet und fand keine Antwort. Raymond kümmerte sich nicht darum; die Lösung, wie er mit einer weiteren Zweideutigkeit die Zuhörer verblüffen, amüsieren und gleichzeitig mit aller Eleganz als Sieger aus diesem Spiel gehen konnte, drängte sich auf seine Zunge.

»Das Leben meint es fürchterlich...«, sang er, und ohne Foulques die Gelegenheit zu geben, seinen Part zu bringen, vollendete er »... der Esel, fürcht' ich, das bin ich.«

Der Saal (mit einer Ausnahme) trampelte und schrie vor Lachen. Die Hunde bellten höflicherweise mit. Foulques nahm seine Niederlage mit Grazie, verbeugte sich, ließ den Becher füllen und brachte ihn und die Harfe zu Raymond. Sie schüttelten einander die Hände.

»Ich dachte schon, du findest aus deinen Fallstricken nicht mehr heraus«, sagte Foulques.

»Ich wollte gar nicht herausfinden. Der Esel, das bin ich, das bedeutet natürlich...«

»Ich weiß, was es bedeutet. Ich kenne auch die Redensart, wonach es dem Volk unter Bären und Wölfen leichter erginge als unter dem Klerus. Gut, dass die hier nicht gemerkt haben, was du sagen wolltest.«

»Guibert weiß es.«

»Guibert ist ein Idiot. Mir kommt es darauf an, dass Robert nicht bloßgestellt wird.« Foulques schlug Raymond leicht auf den Arm. »Mach den guten Eindruck vom letzten Mal nicht kaputt.«

»Danke für das *Jeu-parti*«, sagte Raymond und grinste breit. Foulques musterte ihn einen Moment, dann wandte er sich brüsker als sonst ab und stapfte an seinen Platz zurück. Raymond straffte sich und warf einen herausfordernden Blick zu Guibert hinüber, doch der Kaplan sah nicht auf. Sein Gesicht war so finster wie das eines Wolfs, und das Brot auf seinem Teller war zermalmt wie von den Fäusten eines Mörders.

3.

»Eine Geschichte!«, rief jemand. »Wir wollen eine Geschichte hören.«

»Seine Geschichten sind langweilig«, brummte Robert, aber er lachte.

»Solange es nicht die von Alexander und Bukephalos ist«, rief Georges.

»Also gut, eine Geschichte«, sagte Raymond und stand auf. Er ging zu Roberts Platz hinüber. »Eine Geschichte.« Er schwieg und tat so, als müsse er sich sammeln. Dann legte er Robert beide Hände auf die Schultern; sein Gastgeber blickte grinsend zu ihm auf. »Eine erbauliche Geschichte?«

»NEIN!«, schrie der Saal.

»Eine fromme Geschichte?«

»NEIN!«

Raymond blickte zu Guibert hinüber, der kalkweiß war.

»Wie, keine fromme Geschichte?«

»NEEEIIIINN!«

»Eine Geschichte mit Moral?«

»NEIN!«

»Eine Geschichte mit einem edlen Helden?«

»NE ... JA!«

»Eine Geschichte mit einer schönen Frau?«

»JAAAA!«

»Und einem Ungeheuer?«

»Hör auf zu quatschen und fang an, Raymond«, übertönte Robert die Antwort, und die Gäste bogen sich vor Lachen.

»Eine Geschichte. Passt auf, verehrtes Publikum! Wer gute

Dichtung schätzt und ihr gerne zuhört, soll jetzt höflich schweigen und aufmerken. Das ist gut für ihn. Die Dichtung läutert die Gesinnung manch eines Menschen, denn er findet darin leicht das, was ihm zur Besserung gereicht. Eine Geschichte.« Raymond klopfte Robert mit einer Hand leicht auf die Schulter. »Sie handelt von einem edlen Ritter namens... Ro... Roooo...«

»Robert!«, kreischte die Stimme einer Bäuerin und erstickte in verlegenem Kichern.

»Roland«, sagte Raymond. Die Gäste lachten. Robert verdrehte die Augen und fiel ein. Raymond schlenderte zum Kamin und stellte sich davor auf.

»Eine Jagdgesellschaft. Stellt euch eine Jagdgesellschaft vor. Pferde, Hunde, tapfere Männer, die die Beute treiben, ihre Herrschaft hoch zu Ross, den Bogen gespannt und den Spieß in der Hand wiegend. Was wird gejagt?«

»Wildschweine!«, rief jemand.

»Genau, Wildschweine, eine ganze Rotte, dreißig – was sag' ich –, vierzig Tiere, die Keiler reichen den Pferden fast bis zum Bauch, Bestien, die der Teufel aus der Hölle geschickt hat! Wer sich ihnen stellt, braucht den Mut eines Löwen, das Auge eines Adlers und die Schnelligkeit eines Wiesels.«

Die Gäste riefen durcheinander. Die einfachen Bauern stellten plötzlich fest, dass sie Roberts Aufruf zur Wildschweinhatz nicht nur deshalb gefolgt waren, weil er der Herr war und zum Gehorsam aufforderte und weil sie eine dumpfe Wut gegen die Tiere verspürten, die ein paar der ihren angefallen hatten – nein, die Bauern hatten es getan, weil sie Löwen waren, Adler und Wiesel. Tapfer, scharfäugig und gewandt. Wer wagte es schon, lediglich mit einem Ast bewaffnet durchs Gebüsch zu brechen, in dem mordlüsterne Bestien hausten?

»Dazu braucht es schon mehr Mumm als zum Singen!«, rief Robert und erkannte nicht, dass sein Witz in eine unabsichtliche Beleidigung umgeschlagen war. Robert war der

Herr, aber heute Abend war Raymond der Herr des Saals. Die Gäste lachten verunsichert.

»Was?«, rief Raymond aus. »Es braucht keinen Mumm, um vor wilden Löwen, kühnen Adlern und unerschrockenen Wieseln zu singen?«

Beifall und Gelächter. Robert hob die Brauen, nahm aber dann seinen Becher und prostete Raymond zu. Raymond hatte das Gefühl, mit einem Fingerschnippen ganz Aquitanien und halb Frankreich dazu lenken zu können. Der Claret rumorte; den fast vollen Becher Foulques' mit einem Schluck auszutrinken war ein Fehler gewesen. Raymond musste sich konzentrieren, um die Worte nicht zu verschleifen.

»Die Wildschweine flüchten in den Wald hinein, und die Gesellschaft sprengt hinterher, johoooo, was immer im Wald umgeht, rück beiseite, wir kommen! Die Nachhut zögert, sie haben gehört, dass es im Wald nicht mit rechten Dingen zugeht, aber Roland und seine Männer sind schon fast von den Bäumen verschluckt. Ein Pfeil sirrt, ein Schwein quiekt, rennt noch ein paar Längen, prallt gegen einen Baum und fällt tot auf die Erde ... ein kapitaler Bursche, die Hauer bis fast zu den heimtückischen Augen hinauf gekrümmt, Rolands Pfeil steckt mitten in seinem Herz. Die Tiere sprengen auseinander, quiekend und grunzend und schnaubend und in vollem Galopp, der Waldboden dröhnt, sie versuchen sich zu teilen. Dort schwenken ein paar ab, dort drüben auch, die Jäger hart auf den Fersen, die Schweine versuchen einzeln auszubrechen ...«

»Treibt sie zusammen, treibt sie zusammen!«, brüllte Robert.

»... Roland lässt sich nicht abschütteln, er hat es auf den Anführer der Bestien abgesehen, ein Keiler, der sein Pferd mit einem Ruck aufschlitzen könnte, ein Teufel in Tiergestalt, wenn es je einen gab! Der Keiler schlägt Haken, und Roland reißt sein Pferd herum. Der Keiler rast über eine Lichtung, Roland lässt die Zügel fahren, den Pfeil auf die Sehne, schnell, zum Zielen keine Zeit, Roland schickt den Pfeil los, der Keiler schlägt noch einen Haken ... TOCK! Der Pfeil schlägt in einen Baum auf der anderen Seite der Lichtung, über den Rücken der Bestie zieht sich ein Striemen, aber sie merkt es nicht einmal. Der Wald verschluckt sie wieder, und Roland galoppiert ohne Zögern hinterher, an seinem Pfeil vorbei, dessen Schaft noch wild zittert ...«

»... und macht die Sau kalt!«, schrie Robert begeistert. Seine Leute brachen in Hochrufe aus. Raymond wartete lächelnd, bis der Aufruhr verebbte.

»... der Wald ist dunkel auf der anderen Seite der Lichtung«, fuhr er mit einem wohl geübten Flüstern fort, das man mühelos durch den Saal hörte. »Kein Licht dringt ein, kein Laut. Der Keiler ist verschwunden, nicht einmal eine Spur ist zu sehen. Und als Roland sich umdreht, um wieder in die Lichtung hinauszureiten, ist die Lichtung nicht mehr da ... Baum auf Baum reiht sich hintereinander, endlos und düster. Kein Ausweg.« Seine Zuhörer starrten ihn entsetzt an. »Roland ist gefangen.«

Die Stille im Saal war beinahe zu greifen. Selbst Georges und Foulques hingen an Raymonds Lippen. Robert machte den Eindruck eines Mannes, der im vollen Lauf mit der Stirn gegen einen Balken geprallt ist und sich nun zu erinnern versucht, wie der Balken dorthin gekommen ist, noch bevor der Schmerz einsetzt.

»Ersparen wir uns Rolands Suche«, sagte Raymond im Plauderton, »sein Rufen, sein Umherirren, den vergeblichen Versuch, den verzauberten Wald wieder zu verlassen. Ersparen wir uns die Verzweiflung des Helden. Gehen wir stattdessen«, Raymond machte plötzlich einen Satz zu Suzanne hinüber, die zusammenzuckte, alle Augenpaare im Raum sprangen ihm nach, und er fiel vor Suzanne auf die Knie, »gehen wir stattdessen zu der schönen Dame der Geschichte.« Er neigte den Kopf und blieb in seiner Haltung, und Suzanne, aus der Fassung gebracht und ausnahmsweise völlig unschlüssig, wie sie sich verhalten sollte, folgte dem nächsten Impuls und legte Raymond eine Hand auf die Schulter. Die Spannung im Saal löste sich mit Lachen und Beifallklatschen. Raymond sprang auf.

»Schöne Dame, ich habe mich in Eurem Wald verirrt.«

Suzanne blickte zu ihm hoch. Raymond ließ ihr keine Zeit, mit einer etwaigen Antwort den Fluss seiner Geschichte durcheinander zu bringen.

»Es ist nicht mein Wald, edler Herr«, fuhr er mit sanfter Stimme fort, »es ist der Wald meines Gatten. Dann empfehlt mich Eurem Gatten, schöne Dame, damit er mir sagt, wo hier der Ausgang ist.« Die Stimme, die Raymond für Roland verwendete, war tief und heiser.

»Mein Gatte ist ein Unhold. Flieht, Herr, solange Ihr könnt. Er hat noch jeden umgebracht, der sich diesem Turm näherte, in dem er mich eingesperrt hält wie Vieh.«

Die Zuhörer zogen scharf den Atem ein. Mit allem hatten sie gerechnet, nur damit nicht. Raymond warf Guibert einen Seitenblick zu – selbst der Kaplan schien in der Geschichte gefangen zu sein wie Roland im verzauberten Wald. Foulques' Augen glitzerten, es wirkte, als würde er jedes Wort Raymonds aufsaugen.

»Lässt Roland sich vertreiben?«

Raymonds Publikum gaffte ihn an, von der unerwarteten Wendung der Geschichte gelähmt. Raymond wartete, solange er es wagte, ohne den Bann zu zerstören, aber niemand regte sich.

»Natürlich nicht!«, sagte er laut. »Roland hat noch nie einen Kampf gescheut, Roland hat sich noch nie von der Furcht vertreiben lassen, und Roland hat vor allen Dingen noch nie eine schöne Frau im Stich gelassen. Und während Roland der Dame dies alles erklärt – und während sie ihn anfleht: ›Edler Herr, mein Schicksal ist besiegelt, aber Ihr könnt dem Tod entrinnen! Bitte geht, um meinetwillen, wenn schon nicht Euretwegen!‹ –, während ihre Augen also zu schwimmen beginnen und Rolands Herz mit der gleichen Geschwindigkeit schmilzt, mit der die Tränen ihre Wangen hinunterlaufen, steht plötzlich jemand keuchend und schnaubend vor dem Turm ...«

Die Zuhörer regten sich noch immer nicht. Plötzlich piepste die Stimme eines Kindes: »Der Unhold!«

»Der Unhold?« Raymond lächelte in Richtung der Strohschütte. »Das Monster? Das Ungeheuer? Der Troll? Steht neben dem Turm und keucht und holt mit der Keule aus und schlägt Rolands Kopf davon wie einen Lederball ...?«

Robert blinzelte, Suzanne versuchte mit gerunzelten Brauen Raymonds Worten zu folgen. Die Kinder auf der Strohschütte waren mucksmäuschenstill.

»Nein!«, rief Raymond und lachte. »Es ist einer von Rolands Männern, der sich wie sein Herr in den verzauberten Wald verirrt hat und ihm jetzt Spieß und Bogen zu Füßen legt!«

Die Zuhörer atmeten auf und klatschten. Raymond war erleichtert. Die plötzliche Stockung ließ in ihm den Verdacht aufkommen, dass er die Geschichte – für diese Gelegenheit und für dieses Publikum – zu kompliziert angelegt hatte, aber es blieb ihm nichts anderes übrig, als fortzufahren. Die Reaktion soeben machte ihm Hoffnung, dass sie ihm dennoch folgen würden.

»Roland und sein Gefolgsmann legen sich auf die Lauer. Die Dame hat erklärt, dass ihr Gatte – der Unhold – stets des Nachts erscheinen würde; und so wachen die beiden Männer an verschiedenen Stellen. Roland hat seinen Spieß neben sich liegen und einen Pfeil auf die Sehne gelegt; er verflucht, dass er kein Schwert dabeihat, mit dem er dem Unhold einen letzten, ehrbaren Kampf hätte liefern können. So ist er gezwungen, ihn abzuschießen, ihn abzustechen wie ein Vieh. Andererseits: Hat er die schöne Dame nicht gehalten wie Vieh? Welches Schicksal hat er da wohl verdient? Aber auch ein viehischer Gegner ist ritterlich zu behandeln, wenn man nicht auf dieselbe Stufe sinken will wie er. Doch alles, was Roland zur Verfügung steht, sind die Waffen für die Sauhatz, und über diesen Gedanken und Sorgen und Grübeleien vergeht die Nacht, die Vögel des verzauberten Waldes begrüßen den Morgen, die feinen Sonnenstrahlen, die durch das dicke Geäst dringen, malen Flecke auf den Boden ... und der Unhold ist nicht aufgetaucht.«

Raymonds Publikum atmete auf und sah gleichzeitig enttäuscht aus. Den Unhold hatten sie gefürchtet, aber eine spannende Beschreibung eines Kampfes hatten sie doch erwartet, nach all den verwirrenden Wendungen der Geschichte; eine Auflösung mit Schwertergeklirr und Todesröcheln des Unholds und seinen letzten geknurrten Worten, mit denen er zeigte, dass er im Tode zu Gott fand, seine Sünden bereute und Roland vergab. Damit hätte die ganze Erzählung plötzlich einen Sinn, den ein Mensch verstehen konnte.

»Roland streckt seine Glieder und trottet hinüber zu der Stelle, an der sein Gefolgsmann sich versteckt hält.«

Raymond bückte sich zu einer imaginären Gestalt auf dem Boden und tat so, als würde er sie an der Schulter rütteln. Dann fuhr er zurück, eine vollendete Pantomime. Die Zuschauer schrien erschrocken auf.

»Rolands Freund ist tot, die Kehle durchschnitten. Sein Blut hat den Tau auf dem Waldboden rot gefärbt.«

Die Gäste Roberts und ihr Gastgeber stöhnten auf. Raymond sah in ein paar glasige Augen und erkannte, dass er deren Besitzer mit dieser erneuten Wendung endgültig verloren hatte. Das Gefühl, die ganze Welt mit einem Fingerschnippen beherrschen zu können, machte langsam einer gewissen Panik Platz. Er konnte sich keinen anderen Fortgang denken als den, der er für die Erzählung vorgesehen hatte, dazu war sein Gehirn zu sehr mit Claret getränkt. Mit einer dumpfen Ahnung, wie seine Zuhörer wohl das Ende aufnehmen würden, machte er weiter.

»Nachdem Roland mit der schönen Dame um seinen Gefährten getrauert hat, ist er noch weniger als am Vortag bereit, dem Drängen der Dame nachzugeben. Wahrscheinlich war sein Gefolgsmann eingeschlafen und konnte so vom Unhold überwältigt werden. Da betritt ein weiterer Mann aus Rolands Jagdgesellschaft den Wald, erleichtert, seinen Herrn wieder zu finden. Seit er gestern auf der Hatz nach dem riesigen Keiler verschwunden ist, suchen sie schon nach ihm. Roland plant für die kommende Nacht die gleiche Strategie; nur tauschen er und sein neuer Gefährte die Plätze, um den Unhold vielleicht zu verwirren. Eine neue Nacht, ein neuer Morgen – Roland hat die dunklen Stunden mit halb gespanntem Bogen in der Faust und gespitzten Ohren zugebracht. Ein neuer Tag... und Rolands Gefährte ist wiederum tot, die Kehle durchschnitten wie das gestrige Opfer.«

Raymond rang die Hände.

»Edler Herr, seht Ihr nun, dass Euer Unterfangen eitel ist? Ihr könnt mich nicht retten. Wenn Ihr mein Ritter sein wollt, dann müsst Ihr meinen Wünschen gehorchen, und ich wünsche mir von Herzen, geht, solange Ihr noch könnt.«

Raymond ballte die Fäuste und machte ein finsteres Gesicht.

»Auch als Euer Ritter darf ich diesem Wunsch nicht willfahren. Außerdem habe ich zwei Freunde zu rächen.«

Raymond trat einen Schritt beiseite.

»Dann komme ich ja gerade zur rechten Zeit, alter Freund.« Eine neue Stimme, hell und klar. Die Zuhörer horchten auf.

»Rolands Waffengefährte aus vielen Kämpfen hat ebenfalls den Zugang zum verzauberten Wald gefunden. Er ist der beste Kämpfer, den Roland kennt, fast so gut wie er selbst, und er hat Rolands Schwert mitgebracht. Nun ist es um den Unhold geschehen – diesen beiden Männern kann weder Mensch noch Teufel etwas anhaben, und das Flehen der Dame verhallt ungehört.«

Robert drehte sich unwillkürlich zu Foulques um und zwinkerte ihm zu. Foulques lächelte und nickte. Georges, der seinen Becher umklammert hielt, fühlte sich mit einbezogen und nickte ebenfalls, was Robert großzügig zuließ. Als er seine Aufmerksamkeit Raymond wieder zuwandte, sprach dieser weiter.

»Schon die letzten Nächte im verzauberten Wald sind von unnatürlicher Dunkelheit gewesen, doch diese Nacht ist die dunkelste von allen. Schritte schleichen über den Waldboden zu der Stelle, an der Rolands bunter Waffenrock matt in den Schatten schimmert. Die schöne Gefangene des Turms sucht Roland auf – ganz offensichtlich ist ihr Herz ebenso in Liebe zu ihm entbrannt wie seines zu ihr. Darf man einen Ehebruch begehen, auch wenn der Gatte ein Ungeheuer ist? Wer könnte diese Frage beantworten? Die beiden Liebenden auf dem Waldboden stellen sie sich nicht. Die Nacht ist dunkel, und niemand sieht, was sie dort tun.«

Raymond konnte nicht anders, als Suzanne einen kurzen Blick zuzuwerfen. Roberts Frau hielt den Kopf gesenkt. Das Haarnetz hielt ihr Haar zurück, dennoch war es Raymond unmöglich, ihren Gesichtsausdruck zu erkennen. Er erahnte die Kurve einer Wange und den Schnitt ihrer Wangenknochen. Ihre Hände lagen locker ineinander gelegt in ihrem Schoß. Hätte er den Ehebruch besser verschweigen sollen? Hatte sein Herz über den Umweg seiner – immer noch schweren – Zunge herausgesprudelt, woran Raymond dachte, seit er gestern im Trab davongeritten war – SuzanneSuzanneSuzanne –? Und was hatte Suzanne in seinen Worten gehört? Beinahe widerwillig wandte sich Raymond wieder den Helden seiner Geschichte zu.

»Es ist noch dunkel, als die Dame zurückschleicht, doch sie kennt den Weg: jede Bodenerhebung, jedes Steinchen. Ihre Augen glitzern, und ihr Atem geht immer noch heftig, sie biegt um eine Ecke und prallt mit einer dunklen Gestalt zusammen, die sie packt und festhält und gegen die Mauer drängt!«

Suzanne fuhr auf und sah ihn aus schmalen Augen an. Robert stand der Mund offen. Jemand unter den Zuschauern schrie leise auf.

»Der Unhold, der mordlüsterne Gatte, jetzt gehörnt...«, Raymond machte ein grimmiges Gesicht und ballte die Hände zu Fäusten, »aber halt! Die Dame fühlt das Gewicht des Kettenhemdes und die rauen Handschuhe, und jetzt erkennen ihre Augen Wappenfarben! Sie hält den Atem an. Es ist Rolands Waffengefährte.«

Raymond sah sich um.

»Wohin des Wegs mitten in der Nacht, schöne Dame?«, fragte er mit Rolands Stimme.

Die Zuschauer schüttelten verwirrt die Köpfe.

»Lasst uns nachsehen, woher Ihr kommt«, sagte er, wieder mit Rolands Stimme.

»He, Raymond...«, begann Robert. Raymond fühlte Foulques' kurze Musterung und sah den Mann dann unwillkürlich den Weinbecher ins Auge fassen.

»Sie gehen zu der Stelle, wo sich gerade noch zwei Herzen und zwei Körper vereinigt haben. Die Dame stolpert an der Seite des Mannes, der sie in eisernem Griff hält, sie sieht das Schwert in seiner freien Hand blinken. Sie erreichen das Liebesnest, und Roland liegt da in tiefem Schlaf, seitlich eingerollt...«

»He, Raymond...«, begann Robert aufs Neue. Seine Miene verfinsterte sich.

»Rolands Waffengefährte stößt den Daliegenden vorsichtig mit dem Fuß an. Er rollt auf den Rücken, etwas glänzt nass auf dem Boden und auf seinem Waffenrock... Rolands Waffengefährte atmet scharf ein, er hebt den Kopf des Liegenden, bis ein schwacher Lichtschimmer auf ihn fällt. Der Mann auf dem Boden schläft nicht, er ist tot, und es ist nicht Roland, der da liegt, sondern sein Freund, und die Dame schreit auf!«

Robert starrte ihn an. Er schielte fast vor Anstrengung, um zu begreifen, was vorgefallen war. Der Rest des Publikums sah nicht besser aus. Roland war doch tot, oder doch nicht? Wie war das zu verstehen?

»Es kam mir doch gleich so seltsam vor, dass meine beiden Männer nicht einmal zum Messer gegriffen hatten, als der Unhold sie überfiel«, erklärte Raymond mit Rolands Stimme, »daher tauschten wir heute Nacht die Kleider. Es hat meinen Freund das Leben gekostet und meines gerettet; ich vermute aber, dass ich etwas versäumt habe, nicht wahr, schöne Dame?«

»Was, die drei Kerle sind gar nicht von dem ...«, stotterte Robert.

»Gehen wir jetzt zu Eurem Gatten, schöne Dame«, sagte Raymond, »ich will ihm meine Aufwartung machen. Und die Dame führt ihn in den Turm. Sie ist wie betäubt. Als sie vor einer verriegelten Tür stehen bleibt, zwingt Roland sie, die Tür zu öffnen. Es ist dunkel in der Kammer, und dennoch liegt ein geheimnisvoller Schimmer darin, ein Schimmer und ein empörender Gestank ...«

Raymond wendete den Kopf ab und hielt sich die Hand vor die Nase.

»Dort liegt der Gatte der schönen Dame mit ausgebreiteten Gliedern. Er ist es, der den Gestank verströmt, er muss seit Wochen tot sein, die Blutlache um ihn herum ist längst eingetrocknet. Der Schimmer jedoch kommt von einem gewaltigen Hügel, einem Berg von Gold, Geschmeide und Juwelen. Ein Schatz liegt in der Kammer, der mehrere Königreiche kaufen würde, und davor ein kleiner, verschrumpelter Leichnam ...«

Raymond versuchte die Blicke seiner Zuhörer einzufangen. Die meisten Augen waren stumpf vor fehlendem Verständnis. Jetzt hatte er sein Publikum endgültig verloren, und dabei war die Geschichte immer noch nicht zu Ende. Er hatte vorgehabt, den Leichnam malerischer zu beschreiben, aber mittlerweile war ihm übel vom Wein und mehr noch durch die verständnislose Stille im Saal. Nicht einmal Suzanne sah zufrieden aus.

»Mein Gatte war ein hässlicher Zwerg!«, rief Raymond mit der Stimme der schönen Dame. »Er hat mich hier gefangen gehalten als das schönste Stück seiner Sammlung. Als ich es nicht mehr aushielt, wie er in seiner Schatzkammer stand und gierig im Geschmeide wühlte und nicht auf mein Flehen hörte, stieß ich ihm mein Messer in den Hals und schnitt ihm die Kehle durch!«

Die Blicke des Publikums wechselten von Verständnislosigkeit zu Verstörung. Heiliger Hilarius! Wenn er gedacht hatte, es nicht mehr schlimmer machen zu können, dann hatte er jetzt den Gegenbeweis. Warum zum Teufel war ihm nur diese Geschichte in den Sinn gekommen?

»Dann kamt Ihr und Eure Freunde ... Ich konnte euch nicht vertreiben, nicht mit Furcht und nicht mit guten Worten, nicht einmal, als Eure Freunde starben.« Raymond fiel sich selbst mit Rolands Stimme ins Wort: » ... mit durchschnittenen Kehlen, aber mit einem warmen Gefühl im Schoß, oder nicht, schöne Dame? – Nicht einmal der Tod Eurer Freunde konnte Euch vertreiben. Ich habe Euch aufgespart, Roland, denn mein Herz ist in Liebe zu Euch entbrannt, doch heute Nacht erkannte ich, dass Ihr nie gehen würdet, solange Ihr noch am Leben wärt, und deshalb verschloss ich mein Herz vor dem Leid, das mir der Gedanke brachte, und schlich zu Euch, zu dem Mann, den ich für Euch hielt ... und ... mein Herz brach, Roland, aber ich konnte nicht anders ... ich ...«

Plötzlich wurde Raymond auf Guibert aufmerksam. Der Kaplan saß entspannt an seinem Platz, die Hände auf dem Tisch, und ein breites Grinsen lag auf seinem Gesicht. Ein Grinsen, das immer breiter wurde, je verstörter die Augen des Publikums dreinblickten. Raymond starrte ihn an und entdeckte, dass er die Augen nicht mehr von diesem Grinsen wenden konnte.

»Warum habt Ihr nicht einfach die Wahrheit gesagt, schöne Dame?«, fragte Raymond mit Rolands Stimme. »Die Wahrheit?« Die Stimme der schönen Dame klang bitter. »Was hättet Ihr getan? Ich bin nur ein Weib. Ihr hättet den Schatz für Euch beansprucht und mich heimgeschleppt wie eine Dreingabe.

Doch es ist mein Schatz, das Erbe meines Mannes, und ich spüre noch das Blut an den Händen, mit dem ich ihn zu meinem Eigentum machte...«

Raymond schnaubte verächtlich. »Das Blut eines alten Zwergs, der Euch gerade bis zum Gürtel ging.«

»Ich liebe Euch, Roland.«

»Ihr hättet mir vertrauen sollen, schöne Dame. Manchmal ist die Liebe nicht genug.«

Raymond schwieg.

Erst nach einer Weile wurde es dem Publikum klar, dass die Geschichte zu Ende war. Einige wechselten Blicke. Niemand klatschte. Niemand lachte. Robert sah so aus, wie Roland wahrscheinlich ausgesehen hatte, als er der schönen Dame auf die Schliche gekommen war. Raymond breitete die Arme aus; sein allerletzter Satz war als Hauptpointe geplant, aber er wusste, schon bevor er ihn sagte, dass er seiner Geschichte, dem ganzen Abend den Todesstoß versetzen würde: dumpfes Glotzen statt angeregt blitzender Augen, verwirrtes Schweigen statt sprudelnder Diskussion, verstörtes Kopfschütteln...

»Was soll Roland tun?«, fragte Raymond, obwohl es sinnlos war. »Wie soll er sich entscheiden? Was ratet ihr ihm, verehrte Zuhörer?«

Und das Schweigen, das die Antwort war, dehnte sich aus, erfüllte den Saal mit Kälte, ließ Roberts Gesichtszüge einfrieren, Foulques leise den Kopf schütteln, Suzanne die Hände ineinander verschränken. Georges blinzelte und sah sich verwirrt um, auf der Strohschütte erwachte ein Kind von der ungewohnten Stille und begann zu weinen, irgendwo hustete jemand. Georges fragte mit unsicherer Stimme: »Was, isschonsssuende...?«

Dann erhob sich eine helle, kratzige Stimme, die vor Hohn und Triumph triefte und durch Roberts Saal gellte wie eine Fanfare. Guibert. »Na, Raymond«, sagte er, »ist das heute dein zweites Chatellerault?«

4.

Suzanne holte ihn in der Vorburg ein. Sie rief ihn an; Raymond blieb erst beim zweiten Ruf stehen.

»Bin ich entlassen, Dame Suzanne?«, fragte er, ohne sich umzudrehen. Der Claret hatte sich in der frischen Luft in seinen Magen gesenkt und rotierte dort als saurer Klumpen.

»Was ist in Chatellerault geschehen?«

»Wozu jetzt alte Geschichten erzählen?«

»Ich möchte die Wahrheit erfahren.«

»Jeder hat seine eigene Wahrheit.«

»Wie lautet deine?«

Raymond wandte sich langsam um. Suzanne schien gerannt zu sein. Der Bergfried ragte hinter ihr in die Dunkelheit empor, die Fensteröffnungen des Saals hell erleuchtet, der Rest ein düsterer Felsen. Man konnte Stimmen herunterwehen hören, ohne sie unterscheiden zu können.

»Robert wartet auf dich, Suzanne.«

Sie faltete die Hände vor dem Schoß und sah ihn von unten herauf an. Ihre Augen waren schmal.

»Du hast mir meinen Wunsch nicht erfüllt. Du hast nichts von Liebe gesungen.«

»Ich kam nicht mehr dazu.«

»Bist du in Chatellerault dazu gekommen? Hat man dir deswegen die Fiedel um die Ohren geschlagen? Ein zweiter Bertrand de Ventadorn, allerdings glückloser? Oder hattest du Glück mit der Vizegräfin?«

»Ich ...«

»Robert erfährt dort oben soeben Guiberts Wahrheit.«

»Was ist mir dir? Willst du sie nicht hören?«

»Warum sollte ich etwas auf Guiberts Meinung geben? Er war nicht dabei.«

Raymond holte Atem. Suzannes Haarschmuck fing den schwachen Lichtschimmer aus den Fensteröffnungen ein. Raymond hatte erwartet, dass Foulques oder Georges ihr folgen würden – nun, Georges nicht, der war froh, wenn er aus dem Saal herauskam, ohne dabei auf die Nase zu fallen –, aber wenigstens Roberts Freund und Knappe hätte der Schicklichkeit gehorchen und die Herrin nicht allein mit diesem verdächtigen Sänger lassen sollen. Doch sie blieben allein, Suzanne mit ihrem leicht schräg geneigten Kopf und dem glitzernden Haarnetz und dem leichten Funkeln in den Augen, die ein Licht von Gott weiß woher einfingen; und Raymond, der plötzlich merkte, dass ihm im Augenblick nichts wichtiger war, als Suzanne die Wahrheit zu sagen und zu erklären, dass er kein fühlloser Ochse mit der Zunge eines Reptils war.

»Graf Jaufres Publikum bestand aus Pfeffersäcken«, murmelte er. »Sie konnten nichts mit meiner Musik anfangen.«

»Und Graf Jaufre selbst?«

»Er saß zwischen zwei Kaufmännern und siegelte Wachstäfelchen schneller, als er sie lesen konnte. Sein Gesicht war grau wie ein altes Pergament, und er schwitzte. Er hatte Augen so groß wie ein Lamm, das den Koch kommen sieht und unbedingt glauben will, dass er seine einzige Hoffnung ist.«

Er zog die Schultern hoch.

»Ich hätte nie anfangen sollen zu spielen. Als ich das Volk in Graf Jaufres Saal sah, hätte ich mir eine Ausrede ausdenken und mich in den Ställen verstecken sollen.«

»Erzähl es mir.«

He, du Zaunkönig, ist dir klar, dass dir keine Sau zuhört …? He, Gräfin, der Mundschenk ist wohl eingeschlafen, keiner lässt die Luft aus meinem Becher …! Raymond schüttelte sich.

»Einer der Pfeffersäcke tat sich besonders hervor. ›Deine Heldengeschichten sind verstaubt, Sangesvogel!‹ oder ›He, hör auf, so laut zu plärren, ich kann mich nicht rechnen hören!‹«

Suzanne zog die Brauen zusammen.

»Nach einer Weile lud ich ihn zu einem *Jeu-parti* ein. Ich dachte, wenn er sich schon beweisen muss, dann kann er es ebenso gut zur Musik tun. Als er begriff, worum es ging, warf er mir ein Geldstück an den Kopf und sagte: ›He, alles klar, Goldkehlchen, hier, sing meinen Part mit!‹ Der Saal brüllte vor Vergnügen.«

»Hat ihn denn niemand zurechtgewiesen?«

»Gräfin Odile sagte, ihr würden meine Lieder gefallen.« Raymond sah unglücklich aus.

»Na also…«

»Der Pfeffersack schlug Graf Jaufre auf die Schulter und schrie: ›He, Graf, hört Ihr, das ist der Grund, warum bei uns die Weiber nichts zu sagen haben!‹«

Suzanne zog scharf die Luft ein. »Das hätte er hier mal wagen sollen! Graf Jaufre hat ihn hoffentlich auf der Stelle rausgeworfen…«

Raymond imitierte eine grollende Stimme: »Du breitärschiger Bastard, pass auf, was du über die Herrin sagst, oder ich stopfe dir deine eigenen stinkenden Fußlappen ins Maul!«

Suzanne platzte heraus. »Du meine Güte!« Sie kicherte und hielt sich die Hand vor den Mund. »Das hat er gesagt?«

»Nein«, sagte Raymond.

Suzanne hörte zu kichern auf. Sie sah ihn groß an.

»*Ich* habe das gesagt«, gestand Raymond.

Suzanne suchte nach Worten. Raymond schüttelte den Kopf und fuhr fort.

»Sie saß da mit ihrem teuren Kleid, das vermutlich auf Kredit gekauft war und nicht zu ihrem Haar und ihrer Haut passte, mit Schmuckstücken, die nicht zum Kleid passten, und versuchte so zu tun, als seien Höflichkeit und Zeremoniell noch nicht ganz der Geldgier in Chatellerault gewichen.«

»Und dann?«

Raymond blickte auf, weil er meinte, aus dem Augenwinkel eine Gestalt gesehen zu haben, die den steilen Weg vom Bergfried zur Vorburg herunterkam, doch als er hinschaute, waren da nur Schatten und die undeutlichen Umrisse der Felsblöcke.

»Die Pfeffersäcke sprangen auf wie ein Mann. Sie verlangten, dass ich mich für diese Beleidigung entschuldige. Graf Jaufre befahl mir, es zu tun.«

»Hast du ...?«

»Ja.«

Sie presste die Lippen zusammen. »Ich hätte nie im Leben...«

»So.« Raymond griff sich an den Schritt und machte eine grobe obszöne Geste. Suzanne lachte auf.

»Graf Jaufre verwies mich des Saales. Als ich halb draußen war, kam mir der Pfeffersack nach. ›Das Vögelchen braucht sich nicht zu entschuldigen!‹, rief er. ›Ich gleiche den Saldo einfach aus!‹«

»Saldo?«

»Er riss mir die Fiedel aus der Hand.« Raymond musste sich räuspern. »Ich versuchte sie ihm abzunehmen mit meinen anderen Instrumenten in der Hand, er stieß mich zu Boden, und das Nächste, was ich hörte... Eine Fiedel ist ganz leicht, der Rücken spürt den Schlag nicht. Aber die Seele spürt diesen Aufschrei, mit dem der Klangkörper zerspringt, und das Knallen, wenn die Saiten reißen.«

»Hast du ihn geschlagen?«

»Ich lag am Boden wie betäubt. Er ließ die Trümmer auf mich fallen und kehrte in den Saal zurück. Tosender Beifall seiner Kumpanen. Als ich mich aufrappelte, stand Graf Jaufre vor mir. Er sagte nur ein Wort: ›Verschwinde.‹ Am nächsten Morgen verließ ich Chatellerault – unausgezahlt. Graf Jaufre wollte meinetwegen wohl nicht noch tiefer bei den Pfeffersäcken in die Kreide geraten.«

»Und die Gräfin hat das alles hingenommen? Hat sie nichts zu dir gesagt? Immerhin bist du ihr doch...«

Raymond unterbrach sie. »Keine Romanze, Suzanne, wenn du das meinst. Kein heimlicher nächtlicher Besuch im Stall, um den dämlichen Ritter zu trösten, der für sie in den Ring gesprungen war. Bevor mich der Pfeffersack zu Boden schlug, hatte ich meine Instrumente zusammengesucht, die an der Wand neben der Gräfin lagen. Sie sah mich an und sagte laut: ›Das war gut gemeint, aber ich muss dir sagen, mein Lieber, du bist nicht mehr auf der Höhe der Zeit. Roland von Roncesvalle ist tot, und Lanzelot du Lac hat es nie gegeben.‹«

»Diese...«

»Das Schlimme daran war, dass ihr dabei die Tränen in den Augen standen.«

Suzanne stockte. Sie sah blinzelnd zu Raymond auf. Irgendwie hatten sie sich im Verlauf des Gesprächs so gedreht, dass das Licht aus den Fensteröffnungen ihr Gesicht jetzt von der Seite beschien. Er sah, dass sich eine Haarsträhne aus dem Netz gelöst hatte und über ihre Schulter ringelte, und ohne nachzudenken hob er die Hand und streifte sie zurück; und ebenfalls ohne nachzudenken neigte Suzanne den Kopf und streifte mit ihrer Wange seinen Handrücken. Sie sahen sich an und zuckten beide zurück.

»Verzeihung, Dame Suzanne«, sagte Raymond förmlich.

»Unfug, ich...«, begann sie rau.

»Mit deiner Erlaubnis: Ich bin müde, und der Sack mit diesen Instrumenten ist schwer, obwohl die Sammlung nicht mehr vollständig ist.« Er lächelte schief; es kostete Kraft. »Ich werde mich schlafen legen.«

»Raymond...«

»Gute Nacht, Suzanne.«

Er wandte sich ab und schritt auf den Eingang des alten Palas zu. Er spürte, dass sie stehen geblieben war.

»Es tut mir Leid«, sagte sie.

»Ich habe angefangen.«

»Ich meine, was dir in Chatellerault passiert ist.«

Raymond antwortete nicht. Erst als er vor der schiefen Tür des Holzbaus stand, wandte er sich wieder um. Er sah ihre kleine Gestalt den Weg zum Donjon hinaufschreiten, ohne dass sie sich noch einmal nach ihm umgesehen hätte.

»Mir auch«, sagte er leise, »mir hat es auch Leid getan. Bis mir klar wurde, dass ich ohne diese Geschichte niemals hierher gekommen wäre.«

Er lächelte und war sich darüber im Klaren, dass ihm spätestens an dem Tag, an dem er Roberts Besitz wieder verlassen würde, alles noch viel größere Schmerzen bereiten würde und sein Herz noch endgültiger gebrochen wäre, als es seine Fiedel jemals gewesen war.

Als er zu den Fensteröffnungen im ersten Stock des alten Palas auf die im Dunkel liegende Burg hinaussah, gewahrte er erneut einen Schatten, diesmal auf dem Rückweg von der Vorburg in den Bergfried. Foulques hat auf die Ehre seiner Herrin und auf den unberechenbaren Sänger aufgepasst, dachte er. Doch dann stutzte er. Er war sicher, dass der wiegende Gang, den die Gestalt zeigte, bevor sie endgültig mit dem Schatten des Bergfrieds verschmolz, zu Robert Ambitien gehörte.

5.

»... und hier wird die Kirche entstehen, was sagst du dazu?« Robert wies auf den rechteckigen Umriss eines Gebäudes, dessen steinerne Mauern bis auf Mannshöhe geschleift waren. Ein großer Steinhaufen in seiner Mitte zeigte, dass die Mauern noch erhöht werden würden. Geschälte und entastete Baumstämme würden später ein Gerüst ergeben. Aus der Entfernung wirkte die kleine Baustelle zwischen den Pächterhütten wie ein Fremdkörper. Raymond erkannte eine Gestalt, die mit in die Hüften gestemmten Händen neben dem Steinhaufen stand wie ein Feldherr inmitten seiner Truppen. Die graue Kutte wies ihn als Guibert aus. Robert kniff die Augen zusammen, als er ihn entdeckte. Raymond erwartete, dass Robert ihn nun wegen des gestrigen Abends zur Rede stellen würde, doch Robert sagte nichts. Seit sie losgeritten waren – Roberts aufgekratzte Aufforderung, ihn hinunter ins Dorf zu begleiten, war die erste Überraschung des Tages gewesen –, hing die gestrige Pleite drohend über Raymonds Haupt. Er wusste, dass er Robert dringend auf die noch fehlenden Einladungen für das Fest ansprechen musste und darauf, wie er sich dessen Ablauf vorstellte. Wollten die Herren ein paar Lanzen zerbrechen? Oder war eine Treibjagd geplant, diesmal zum Vergnügen? Oder waren sportliche Zweikämpfe angemessen? Wie waren die Beziehungen der Eingeladenen untereinander, und konnte man es überhaupt riskieren, Wettkämpfe zu veranstalten, ohne dass dabei jemand »versehentlich« zu Tode kam? Tausend Fragen, zu deren Klärung die Zeit ohnehin schon fast zu knapp war; aber Raymond wagte das Thema nicht anzuschneiden. Roberts Saal gestern Abend und Graf Jaufres Saal vor ein paar Tagen; sie waren vorerst genug, um Raymonds Selbstbewusstsein zu erschüttern. Man brauchte seine Verwirrung wegen Suzanne und den vermaledeiten Auftrag des Bischofs und seinen plötzlichen Mordverdacht noch nicht einmal mit hinzurechnen. Und dabei war seine Scheu wahrscheinlich umsonst: Robert würde jeden Moment von sich aus mit seiner Meinung zu gestern Abend aufwarten, und einem muslimischen Folterknecht in die Hände zu fallen würde im Vergleich mit Roberts Standpauke wie ein Plausch unter alten Freunden sein. Raymond fühlte Foulques Blicke im Rücken. Roberts Freund ritt hinter ihnen und hatte noch kein Wort gesprochen. Der saure Klumpen aus Wein, der Raymond gestern zu seiner Schlafstatt begleitet und ihm bis zum Morgen die Treue gehalten hatte, hüpfte bei jedem Schritt des Pferdes auf und ab. Doch das war die zweite Überraschung des Tages: Robert weigerte sich hartnäckig, auch nur ein Wort über Raymonds klägliche Vorstellung zu verlieren.

»Suzanne sagte, wenn sie Guibert auch nur ein einziges Mal in der Kemenate auf den Knien erwischt, wirft sie ihn eigenhändig zum Fenster hinaus. Du weißt ja, wie die Weiber sind: Wenn die sich mal was in den Kopf gesetzt haben ... Also habe ich gestern, nach der Rückkehr von der Jagd, Anordnung gegeben, diesen leer stehenden Bau in eine Kirche zu verwandeln. Die Bauern sind Feuer und Flamme, dass sie eine eigene Kirche bekommen sollen; Guibert auch.« Robert zwinkerte ihm zu. »Er muss ja nicht erfahren, dass es vorher ein Schweinestall war, oder?«

»Warum wird im Moment nicht gebaut?«

»Wer nicht auf den Feldern ist, hält im Wald nach Wildschweinen Ausschau. Wer weiß, ob die Biester nicht nochmal zurückkommen. Der Bau hat keine so große Eile, Hauptsache, es ist ein Anfang gemacht und Guibert hat ein Plätzchen, wo er beten kann, damit ich ihn nicht doch noch von den Felsen unterhalb des Donjons kratzen muss.« Robert lachte laut auf, langte herüber und schlug Raymond auf die Schulter. Raymond hatte das Gefühl, in einem Traum gefangen zu sein – oder dass der gestrige Abend ein Traum gewesen war. Nur Foulques' finstere Miene bewies ihm, dass er sich durchaus in der Realität befand. Foulques und Raymonds empfindlicher Magen.

»Diese Frau kann einem Mann die Hölle heiß machen.« Robert grinste und schüttelte den Kopf. »Sie hat ein verflucht scharfes Mundwerk. Na, du hast sie ja in Aktion erlebt.«

Raymond bemerkte verlegen, dass Robert von Suzanne sprach. Unwillkürlich wandte er sich zu Foulques um, doch dieser musterte mit zusammengekniffenen Augen das Dorf und die Gebäude und tat so, als würde er nicht zuhören. Raymond sank im Sattel zusammen und fragte sich, ob Robert ihn nur in Sicherheit wog, damit sein Zorn hinterher einen noch größeren Eindruck hinterließ.

Robert seufzte. »Dabei ist an ihr nicht nur das Mundwerk scharf... ich kann dir sagen... hoho... Wir Kerle werden nicht jünger, was? Aber Suzanne: Von einem Augenblick auf den anderen im gestreckten Galopp, da kommst du gar nicht mehr mit. Eine Hofdame, der das Pelzchen juckt, ist nichts dagegen! Suzanne ist so jung geblieben wie damals, als wir zum ersten Mal im Heu nach Jerusalem ritten. Jungejunge, nach Jerusalem, hahaha... jedenfalls war ich danach im Gelobten Land, so viel ist sicher.«

Das Dorf, dessen Herr Robert war, stellte sich als unregelmäßiges Haufendorf dar, um dessen Grenze Gärten, Felder und Viehweiden angelegt waren, und es mochte vielleicht zwanzig Familien beherbergen. Die Bauern hatten es nach der traditionellen Weise strukturiert; die Felder rundherum waren in Streifen von je einem Morgen Größe unterteilt, und die Art und Weise, wie sie diese bepflanzt hatten, zeigte, dass sie den Fruchtwechsel untereinander abstimmten. Auf den meisten Feldern standen Hafer und Gerste; was sie an Erbsen, Linsen oder Bohnen anbauten, wuchs näher zum Dorfkern hin in den parzellierten Gärten. Ein größeres Stück Weide auf der anderen Seite des Flusses wurde nicht von einem Feldrain, sondern einer Umzäunung aus roh behauenen Balken abgegrenzt: der Gemeindeanger. Ein paar Schafe standen mit hängenden Köpfen darin, die Füße in den Wasserlachen, nicht anders als die Pflanzen, die sich, wo der Boden kleine Senken aufwies, ebenfalls aus Wasserlachen erhoben. In Zeiten wie diesen waren alle, die aus eigener Kraft gehen konnten, auf den Feldern und halfen mit, dem Boden wenigstens ein Minimum an Frucht abzuringen. Raymond sah die Menschen zwischen dem Hafer und der Gerste, wie sie sich bückten und Steine sammelten oder Pflänzchen wieder festdrückten. Das Dorf selbst wirkte ausgestorben. Die kleinen Kinder und die hilflosen Greise waren in den Hütten und gaben kein Lebenszeichen von sich. Auf dem Weg von der Burg her hatte Raymond eine aufgewühlte Fläche am Waldrand gesehen – der Ort, wo die Wildschweine eingefallen waren. Er wusste nicht, was er zu Roberts Worten sagen sollte; seine gute Laune schien merkwürdig aufgesetzt. Es wirkte, als hätte er die scheinbar leichthin gesprochenen Worte genau überlegt. Und weshalb ließ er sich auf einmal dazu herab, gut über Suzanne zu reden? Hatte er sie auf dem Herweg nicht noch als Trampel beschrieben, sodass Raymond die titanische Zofe Marie auf den ersten Blick für Roberts Frau gehalten hatte? Ein Ritt nach Jerusalem im Heu? Ins Gelobte Land? Heiliger Hilarius! Beinahe hoffte Raymond, die Ankunft im Dorf würde Robert zum Schweigen bringen oder er würde endlich damit beginnen, Raymond wegen Chatellerault und wegen seiner verunglückten Geschichte das Fell über die Ohren zu ziehen.

»Ja, wir werden nicht jünger, was, Foulques? Manchmal möchte man fast wieder ein junger Kerl sein, keine Lasten, keine Verantwortung, kein Grundbesitz mit Bauern, die einem am Rockzipfel hängen. Damals hatte man keine Mühe, am Morgen einen halben Ochsen zu verspeisen, am Mittag ein bisschen zu buhurdieren oder zu tjosten und dabei jede

Menge blaue Flecken zu verteilen und am Abend bei dem süßen Dämchen mit dem engen Schnürleibchen vorbeizuschauen, das einem während der Wettkämpfe geile Blicke zugeworfen hatte und einen jetzt noch mal zu einem scharfen Ritt einlud...«

Die Behausungen der Pächter bestanden fast ausschließlich aus hölzernen Fachwerkhütten, in deren Zwischenräume man Steine geschichtet und diese wiederum mit Lehm und Erde dicht zusammengefügt hatte. Raymond ahnte, dass mehr als ein Schweinestall für das Fundament der neuen Kirche hatte weichen müssen und dass Robert selbst von seinem Steinvorrat auf der Burg dazugegeben hatte. Die Dächer der Häuser reichten bis zum Boden und waren aus unterschiedlich gut gepflegten Strohgarben. Über dem einen oder anderen Dach stand eine dünne Rauchfahne – Anzeichen, dass hier jemand zu Hause war und sich nicht auf dem Feld nützlich machen konnte. Es waren nur wenige Rauchfahnen. Das Dorf machte einen so ordentlichen Eindruck, wie es ein Bauerndorf unter diesen Umständen machen konnte. Was immer sich sonst gegen Robert Ambitions sagen ließ, auf seinen Besitz und die Pächter darauf übte er einen positiven Einfluss aus.

»Und heute? Manchmal ist mir ein Becher aufgewärmten Weins lieber, als mich am Abend noch mal in den Sattel zu schwingen. In der Bibel heißt es, die Weiber hätten es nötiger als die Männer, da kann ich schon verstehen, wenn Suzanne manchmal krätzig ist. Ich wollte, ich wäre so ungebunden wie du, Raymond. Du kennst solche Sorgen nicht. Wie heißt es? ›Gesegnet ist der Mensch, der vor sich hinreiten kann...‹«

»›... und der dabei die Winde aushalten muss.‹ Leider wartet nicht in jedem Straßengraben, in dem ich übernachten muss, ein geiles Dämchen auf mich!«

Robert brüllte vor Lachen. »Nein, weiß Gott nicht, was? Aber wenn euresgleichen dann mal ein Dach über dem Kopf hat... Den Hunger spürt man erst, wenn man vor dem gedeckten Tisch sitzt, und dann singt man ein Liedchen und erzählt eine Geschichte, und der Wein fließt.«

Raymond sah sich erneut zu Foulques um. Roberts Freund hatte den Kopf gesenkt. Als er Raymonds Blick fühlte, erwiderte er ihn kurz; sein Ausdruck war undeutbar.

»Robert, ich habe gestern gründlich daneben...«

»Man nimmt es eben, wie es kommt!«, sagte Robert. »Schau, in Poitiers, als Foulques mich auf dich aufmerksam machte, was glaubst du, wo ich da war?« Er schwieg so lange, bis Raymond zu ihm hinübersah. Robert formte mit einer Hand einen Ring mit Daumen und Zeigefinger und stach mit dem Zeigefinger der anderen Hand heftig hinein. »Du solltest mal einen Streifzug durch die Häuser an der Mauer machen, mein Freund, da wartet reiche Beute!« Er seufzte tief. »Ich erinnere mich, dass ich einmal mit einer Gesellschaft auf der Jagd war... Ein Haufen Weiber war dabei, auch Suzanne. Wir schüttelten die ganze Meute ab, sogar Foulques verlor unsere Spur, und probierten aus, wie weich der Waldboden war. Aber so ist das eben heute: Man hat hier zu tun, das Weib hat dort zu tun, eine Tagesreise entfernt, was soll ein Mann da machen? Da kann das Bett zu Hause noch so heiß sein. Ich bin ein Sünder.«

Robert hielt das Pferd an. Sie waren an der Kirchenbaustelle angekommen. Zwei Köpfe waren über die Mauer zu sehen – Guibert hatte zwischenzeitlich Besuch bekommen, einen Mann, mit dem er in eine Unterhaltung verwickelt war. Robert fasste zu Raymond hinüber und hielt ihn am Oberarm fest. Er sah ernst aus.

»Der Vorteil bei einem Sünder ist, dass er versteht, was die Sünde auslöst, und dass der Mensch manchmal zu schwach ist, um ihr zu widerstehen. Ich meine, ein Sünder versteht es, wenn ein anderer Sünder dieselbe Sünde begeht...« Er lachte plötzlich laut. »Deshalb sollte man auch nie zu einem Pfaffen gehen, um seine Sünden zu beichten, denn er hat keine Ahnung davon und vergibt sie auch nicht!« Robert schaute über die Mauer hinweg und verzog das Gesicht zu einer komischen Grimasse. »Zumindest nicht so ein Typ wie Guibert«, brummte er.

Raymond fühlte sich schwindlig. Er versuchte zu begreifen, was Robert mit seinen vielen Worten zu sagen versucht hatte. Oder vielmehr versuchte er herauszufinden, ob das, was er, Raymond, aus diesen Worten herausgehört hatte, auch tatsächlich darin gelegen war. Ein Sünder würde einem anderen Sünder dieselbe Sünde vergeben? Robert hatte sich in Poitiers eine Nutte genommen ... was sollte das für Suzanne bedeuten, die – darauf hatte Robert ja besonderen Wert gelegt – zu Hause und unbefriedigt war und dieselbe, wenn nicht größere Lust verspürte wie ihr auf Abwegen befindlicher Gatte? Immerhin stand es ja in der Bibel, dass die Weiber ... Raymond blinzelte. Sein Kopf fühlte sich gleichzeitig heiß und kalt an. Was wollte Robert ihm sagen? Heiliger Hilarius, was gab es noch, dass Robert *nicht* gesagt hatte? Sollte es bedeuten, dass Robert, wenn Raymond und Suzanne ... wenn sie beide zusammen ... Hatte er sie gestern tatsächlich dabei beobachtet, wie Raymond ihr die Haarsträhne zurückgesteckt und sie ihre Wange an seine Hand geschmiegt hatte? Wollte er Raymond das Tor öffnen ...?

»NEIN!«, schrie eine helle Stimme, und die drei Männer auf den Pferden fuhren zusammen.

Der Mann, mit dem Guibert gesprochen hatte, kam geduckt aus der Baustelle, gefolgt von Guibert, der wütend mit den Armen wedelte.

»Nein, bei allen Heiligen«, schrie er, »geh mir aus den Augen, du Verfluchter!«

»Aber bitte, ich wollte doch ...«, rief der Mann.

Guibert stutzte, als er die Reiter sah. Robert richtete sich auf. Der Pächter, der vor Guibert geflüchtet war, zog den Kopf noch weiter ein und starrte auf die Hufe von Roberts Pferd. Guibert hatte hektische rote Flecken auf den Wangen.

»Was ist denn hier los?«, grollte Robert.

»Dieser unselige Heide hat verlangt, dass ich mich an seiner Sünde beteilige!«, erklärte Guibert und zeigte mit ausgestrecktem Arm auf den Pächter.

»Du bist doch Sansdent, dessen Weib schwanger ist«, stellte Robert fest. Der Pächter blickte auf und wagte ein scheues Lächeln. In seinem Kiefer fehlten sowohl unten als auch oben die Vorderzähne.

»Ja, Herr«, murmelte er.

»Na und?«

»Das Kind ist gestern auf die Welt gekommen, Herr ... mmm ... mmm ... Es ist schwach. Es wird wahrscheinlich sterben.«

»Mist«, sagte Robert.

Der Pächter zuckte mit den Schultern.

»Ich soll das Balg taufen!«, rief Guibert.

»Dann tu's, zum Teufel nochmal.«

»Mein Sohn«, kreischte Guibert, »dieser Mann und seine Buhle sind nicht einmal verheiratet vor dem Sakrament! Das Kind ist ein Bastard!«

Raymond starrte Guibert an. Der Kaplan wandte sich von Robert ab und gab Raymonds Blick herausfordernd zurück. Seine Augen blitzten. Ein verkniffenes, blau angelaufenes Gesichtchen schob sich plötzlich vor Guiberts Anblick und verschwand so schnell, wie es gekommen war. Raymond war sprachlos. Robert kratzte sich am Kopf.

»Herr, mein Weib und ich werden selbstverständlich das Sakrament nachholen, aber bis jetzt war ja nie ein Diakon da, der ...«

»Das will ich dir auch geraten haben!«, versetzte Guibert.

»Aber ... in dem feuchten Wetter ... Das Kind kann nicht so lange warten ... Wenn es nicht getauft wird, kann es nicht in den Himmel kommen.«

Dieselben Argumente, dachte Raymond, und derselbe schlechte Geschmack, der in seinem Mund brannte. Er schluckte ihn hinunter. Diesmal würde er sich nicht einmischen.

»Ich mache mich nicht schmutzig, indem ich ein Balg der Sünde taufe«, sagte Guibert. »Mag es taufen, wer will.« Raymond fühlte Guiberts Blick auf sich. Er bemühte sich, ihn nicht zu erwidern. Seine Zunge lag im Mund wie Blei, und sein Magen verknotete sich vor Wut.

»Foulques, hol die Herrin«, sagte Robert. »Erklär ihr, was hier los ist. Vielleicht ist ja alles nicht so schlimm, und das kleine Wurm ist zu retten.«

Foulques nickte und riss das Pferd herum.

Robert wandte sich an den Pächter. »Führ uns zu deinem Weib.« Sansdent strahlte über die unerwartete Ehre. »Und du, Kaplan«, knurrte Robert, »bete für die Leute.«

Guibert senkte mit aufgesetzter Bescheidenheit den Kopf. »Das habe ich schon vorher getan.«

»Raymond, komm mit. Geben wir diesem Mann und seinem Weib ein bisschen Zuspruch.«

Sansdent platzte vor den beiden Männern in die Hütte, statt Robert den Vortritt zu lassen. »Der Herr ist da, der Herr ist da!«, rief er aufgeregt. »Steht auf, na los...!«

Im Inneren der Pächterhütte war es stickig, obwohl es durch die Wände zog. Raymond brauchte einige Augenblicke, um sich an die Dunkelheit zu gewöhnen. In der Mitte des einzigen Raumes schwelte ein Gluthaufen und sandte einen dünnen Rauchfaden durch das Loch im Dach; von den Rändern des Lochs tropfte es herein. Die rückwärtige Hälfte des Raums war mit dicken Ästen in der Art eines Korrals abgegrenzt. Im Winter würden sich dort die Tiere der Pächterfamilie aufhalten, vermutlich ein oder zwei Ziegen und mit etwas Glück ein Schwein. Zum Dorfweg hinaus befand sich die einzige Fensteröffnung und davor die knichoch abgesägte, an der Oberfläche grob polierte Scheibe eines dicken Baumstamms. Geschälte Stücke eines anderen Baumstamms davor stellten die Sitzgelegenheiten zu diesem Tisch dar, auch sie blank von den darauf wetzenden Hinterteilen. Direkt vor dem Verschlag für die Tiere war die Strohschütte, die der Familie als Bett diente. Menschen und Vieh wärmten sich in den kalten Nächten gegenseitig. Sansdent hielt die Behausung seiner Familie in Ordnung, das musste man ihm lassen. Raymond spürte dennoch, wie sein Magen angesichts der Gerüche revoltierte.

Sansdents Weib lag, in grobe Decken aus Sackleinen gehüllt, auf der Strohschütte, umgeben von drei kleineren Kindern. Sie wirkte fiebrig. Neben ihr wiegte eine andere Pächterin ein kleines Bündel auf den Armen.

»Bleib, wo du bist, Weib«, brummte Robert. »Du auch – kümmere dich lieber um das Kind. Jede Menge Mäuler, die du da zu füttern hast, Sansdent, ich muss schon sagen.«

»Die Ältesten sind draußen auf dem Feld, Herr«, sagte Sansdent und wusste nicht, ob er sich stolz fühlen sollte.

Robert trat an das Lager der Wöchnerin und sah auf sie hinab. »Wie fühlst du dich?«

»Es geht, Herr, es geht«, sagte sie mit schwacher Stimme. »Gott ist gnädig.«

»Wie war die Geburt?«

»Hatte sich gedreht, Herr«, erklärte die zweite Pächterin. »Dauerte lang.«

»Die Gebete haben mir geholfen«, entgegnete Sansdents Frau.

Raymond seufzte und sah sich um. Die Kinder betrachteten ihn mit großen Augen. Robert war der Herr und als solcher eine Person, der mit Ehrfurcht zu begegnen war, aber er war auch eine bekannte Gestalt. Raymond hingegen war fremd. Die Kinder trugen Hemdchen oder Kittel und hatten schmutzige Gesichter. Unwillkürlich fühlte sich Raymond an die Kinder aus der Pfahlsiedlung vor der Pont Joubert erinnert. Die Erinnerung beschwor keine fröhlichen Bilder herauf. Er wandte sich ab. Er fühlte sich beklommen. Vor zwei Tagen im Saal des Bergfrieds, mit dem sterbenden Jungen und den beiden verletzten Frauen, hatte Suzanne ihn sofort in die Hektik des Augenblicks hineingezogen. Hier konnte er nichts weiter tun, als Roberts tröstenden Worten zu lauschen und den Blicken der Kinder auszuweichen. Er wünschte, er hätte draußen gewartet und währenddessen weiter darüber nachdenken können, was Robert ihm mit seinen rätselhaften Worten hatte mitteilen wollen. Als seine Blicke auf ein Stück Holz auf dem Boden fielen, in das jemand grob die Umrisse eines Menschen geschnitzt hatte, bückte er sich und hob es auf. Eine Puppe... Er hielt es den Kindern entgegen, doch keines kam angelaufen, um das Spielzeug zu holen.

Sansdent irrte ein paar Momente in seiner kleinen Hütte umher und fischte schließlich eine Hand voll Körner aus einem Lederbeutel, der an einem hölzernen Pfriem an der Wand hing. Er bot Robert scheu davon an. »Gerösteter Hafer, Herr?«

Robert fasste in Sansdents offene Handfläche und nahm sich ein paar Körner. Sansdent wandte sich an Raymond. »Der Herr?«

Sansdents Handfläche war schwielig und voller Schmutz. Auf seiner Stirn standen Schweißperlen von der Aufregung, den Herrn in seiner Hütte zu haben. Auch in den Falten seiner Fingergelenke stand der Schweiß. Raymond streckte die Hand aus, und Sansdent ließ sofort den Rest hineinrieseln. Auf dem hellen Leder der Handschuhe sahen die Körner aus wie die schwarz gewordenen Larven von Ungeziefer. Er nickte Sansdent zu und steckte die Körner in den Mund. Sansdent nickte zurück, lächelte vorsichtig und schlich ans Lager seiner Frau. Die Körner waren feucht und mehlig in Raymonds Mund.

»Kommt der Diakon?«, fragte Sansdents Frau.

»So weit ist es noch nicht«, knurrte Robert.

»Gott der Herr wird es leben lassen, wenn er es wünscht.«

»Gott der Herr und Suzanne die Herrin. Ich habe schon nach ihr geschickt.«

Sansdent bekreuzigte sich wegen Roberts ungewollter Blasphemie. »Es wäre endlich ein Junge gewesen«, murmelte er. Für einen Moment fielen seine Gesichtszüge zusammen, dann nahmen sie wieder die übliche Starre an, die für seinesgleichen typisch war.

»Bräuchte jemanden, der sich mit Kräutern auskennt«, sagte die zweite Pächterin.

»Die Herrin weiß einiges darüber.«

»Die Herrin ist eine Heilige. Bräuchten aber eine Heilerin.«

Robert grinste. »Weißt du nichts darüber, Weib?«

»Was jede andere auch weiß. Schafgarbe hilft bei Nasenbluten, Honig stillt die Blutung, Lavendel für alte Narben, Fenchel treibt die Würmer aus, und mit Maulwurfsblut lässt sich die Fallsucht bekämpfen. Hilft hier alles nichts.«

Die beiden älteren Mädchen sahen die Bauersfrau mit gerunzelten Brauen an. Dann wechselten sie einen raschen Blick.

Robert sah unschlüssig zur Tür. »Wo bleibt sie?«, brummte er. Raymond, der das Gefühl hatte, dass sich der Hafer in seinem Mund von selbst bewegte, beobachtete, wie Robert mit unauffälligen Fingerbewegungen das halbe Dutzend Körner, das er aus Sansdents Handfläche gefischt hatte, zu Boden rieseln ließ und einen tarnenden Stiefel darauf stellte. Dann wischte er die Fingerspitzen sorgfältig an seiner Hose ab. Raymonds Kehle verschloss sich.

Sansdent kauerte neben der zweiten Pächterin und betrachtete das Bündel auf ihren Armen. Es gab ein schwaches Geräusch von sich, als er mit dem Finger daran stupste. »Endlich ein Junge ...«, murmelte er. Seine Frau seufzte und schloss die Augen.

Die Pächterin, die Sansdents Frau beistand, drückte das Bündel auf ihrem Arm an sich. »Gott verzeih mir, dass ich nicht die wundertätigen Hände habe«, brummte sie.

Raymond blickte scharf auf und schluckte unwillkürlich die ekelhafte Masse in seinem Mund hinunter. Es schüttelte ihn.

»Du hast genug getan ...«, sagte Sansdents Frau. Robert stapfte zur Türöffnung und spähte hinaus. »Wo steckt sie, wenn man sie braucht?«

»Bin eine ungeschickte Kuh. Der Mann und ich lebten in der Nähe von Niort, bevor wir hierher kamen.«

Sansdents Frau zuckte mit den Schultern.

»Gab ein Weib dort, das als Hebamme arbeitete. Engel nannten die Leute sie: Engel mit den wundertätigen Händen. Hättest du in der Nacht besser gebrauchen können als mich.«

Raymond vergaß den lebenden Hafer. Er gaffte die Bauersfrau fassungslos an. Der Engel mit den wundertätigen Händen? Niort?

»Soll eine Schönheit gewesen sein, den Kerlen stieg der Kittel hoch, wenn sie von ihr redeten.«

Die schöne? Jehanne?

»Raymond...«, sagte Roberts ungeduldige Stimme.

Raymond schreckte auf. »Was?«

»Schläfst du, zum Teufel? Ich habe gesagt, schau mal nach draußen, wo die Schl... wo die Herrin bleibt!«

Raymond zögerte. Sein Mund ging auf, ohne dass ein Ton hervorgekommen wäre. Robert funkelte ihn an. Raymond schüttelte sich und raffte sich zusammen. Er musste mit der Pächterin sprechen, aber nicht jetzt. Er durfte sie nur nicht aus den Augen verlieren.

»Ich höre Pferde«, sagte Sansdent.

»Die Herrin kommt«, flüsterte Sansdents Weib aufgeregt.

»Bleib bei dir, keine Angst«, sagte die zweite Bauersfrau.

Raymond trat vor die Tür. Suzanne ritt vor; als sie Raymond sah, zog sie hart an den Zügeln. Sie saß auf Foulques Pferd, breitbeinig in Foulques Sattel, der Rock bauschte sich vorn und hinten über dem Sattelbogen und war bis über ihre Knie hochgerutscht. Foulques war hinter ihr, zusammen mit Constance auf einem ungesattelten Pferd. Die Zofe klammerte sich an ihn wie an ihr liebes Leben. Raymond glotzte Suzanne an. Sie warf ihm nur einen kurzen Seitenblick zu, dann stemmte sie sich aus dem Sattel und sprang seitlich herab. Raymond packte die schleifenden Zügel.

»Diese Hütte?«

Raymond nickte. Foulques ließ die keuchende Constance zu Boden gleiten. Suzanne zerrte an ihrem eng geschnürten Oberteil und raffte ihren zerknüllten Rock aus dem Straßendreck.

»Constance, die Leinenbinden, beeil dich, verdammt nochmal. Verschütte das Öl nicht.«

Sie stürmte in die Hütte. Raymond hörte sie bis nach draußen. »Habt ihr dem Kind die Augen und die Ohren gereinigt? Womit? Ich habe Olivenöl dabei, wir machen es nochmal. Und saubere Binden ... Ich habe saubere Binden. Wir müssen es warm halten! Raus mit den Männern, ich brauche keine Gaffer.«

Constance drückte sich an Raymond vorbei und wurde fast von Robert und Sansdent umgerannt, die schneller aus der Hütte schossen als zwei Flüchtlinge. Foulques nahm Raymond die Zügel ab. Sansdent ergriff Roberts Hand und küsste sie.

»Herr«, stammelte er, »Herr, Ihr seid zu gütig, und die Herrin ... Mein Leben gehört Euch ...«

»Ist ja gut«, knurrte Robert, »dann bring dein Leben und den Körper, in dem es steckt, wieder raus aufs Feld und sieh zu, dass wir heuer wenigstens ein bisschen was ernten.« Er schüttelte den Kopf und nahm sein Pferd in Empfang, das Foulques zusammen mit seinem eigenen heranbrachte. Das dritte, ungesattelte Pferd schnupperte an Sansdents Dach und begann daran zu zupfen.

Robert schwang sich in den Sattel. »Los geht's, Foulques«, sagte er.

»Ich bleibe bei der Herrin und begleite sie zurück.«

»Raymond kann das machen.«

»Aber ...«

»Er kann ihr die Zeit besser verkürzen als du. Sing ihr ein Liedchen, Raymond.« Robert zerrte sein Pferd herum. Er grinste spöttisch. »Erzähl ihr nur keine Geschichte ...«

Die zweite Bauersfrau trat aus der Hütte und sagte über die

Schulter: »Bleib, junge Dame. Hab noch was von diesen Kräutern in der Hütte. Kann's holen.« Sie trabte eilig davon. Raymond versuchte zu erkennen, zu welcher Hütte sie lief, bevor er sich wieder zu Robert und Foulques umwandte. Foulques musterte Raymond mit starren Augen wie schon seit heute Morgen. Wie eigentlich stets war sein Gesichtsausdruck für Raymond nicht zu entschlüsseln. Diesmal machte es Raymond wenig aus. Soeben hatte er die Gelegenheit erhalten, in aller Ruhe mit der zweiten Bauersfrau über die Hebamme mit den wundertätigen Händen in Niort zu sprechen.

6.

»Aber wozu?«, fragte Suzanne.

»Ich könnte auf dem Weg nach Niort Roberts Einladungen überbringen. Ich kann ja auf Umwegen reiten und ...«

»Robert hat noch kein Wort darüber gesagt, wen er alles zu seinem verdammten Fest bitten will.«

»Ja, doch das wird er bald tun, und dann ...«

»Ich glaube, du verheimlichst mir etwas, Raymond.«

»Nie im Leben, ich ...«

»Wenn du lügst, bekommst du einen ganz verzweifelten Gesichtsausdruck.«

»Suzanne, du weißt doch ...«

»Was weiß ich? Dass sich zwei Männer auf dem Besitz meines Gatten dazu verpflichtet haben, mich mit *fin amor* zu beehren – und dass der eine davon nie den Mund aufbekommt, weil er denkt, er muss noch dafür sorgen, dass die Hühner die Eier in der richtigen Größe legen – und nach allen Sitten der höfischen Zucht! Und der andere erzählt entweder Geschichten, die niemand versteht, oder treibt sich in der Gegend herum ...«

»Heiliger Hilarius, Suzanne ...«

»... auf der Suche nach alten Weibern, die so heißen wie eine Hübschlerin im Winkelhaus!«

Raymond seufzte. Suzanne ritt neben ihm, diesmal schicklicher sitzend, auf dem ungesattelten Pferd, das Foulques mit heruntergebracht hatte. Sie saß mit natürlicher Anmut auf dem schwankenden Rücken des Tiers und schien sich nur deshalb an seiner Mähne festhalten zu müssen, weil Constance mit bedeutend weniger Eleganz hinter ihr saß und die Arme krampfhaft um ihre Hüften geschlungen hatte.

»Ich muss etwas Dringendes mit Jehanne klären ...«

»Bis gerade eben hast du sie doch gar nicht gekannt.«

Raymond seufzte erneut. Suzanne wandte den Blick nicht von ihm ab. Er ahnte, dass sie sich nicht mit halben Auskünften würde abspeisen lassen. Sie hatte sich in den Kopf gesetzt herauszufinden, was Raymond von Jehanne, der Königin der Herzen, Jehanne mit den wundertätigen Händen, Jehanne Garder, hoch geachtete Hebamme von Niort, wollte. Und irgendwie kam es ihm so vor, als sei er ihr die Antwort darauf auch schuldig. Er hatte Bischof Bellesmains seiner Verschwiegenheit versichert, aber was konnte es schon schaden, wenn Suzanne von seiner eigentlichen Aufgabe erfuhr? Welche Berührungspunkte würde sie schon mit Jean Bellesmains haben, außer dass er ihr vielleicht einmal zufällig in der Kirche ein flüchtiges Kreuz auf die Stirn malte – und wie es aussah, besuchte Suzanne die Kirche zudem äußerst selten.

»Wenn es da eine andere Frau gibt, Raymond, bist du verpflichtet, es mir zu gestehen.« Suzanne lächelte gezwungener als sonst.

»Herrin, muss ich wirklich heute vor der Vesper nochmal ins Dorf hinunter?«

»Es gibt keine andere Frau ...«, stotterte Raymond.

»Da bin ich beruhigt: Ich muss die Einzige in deinem Leben sein.«

»Ich ...«

»Solange du hier bei uns bist, natürlich.« Es wirkte genauso, wie es war: ein lahmer Nachsatz, weil das, was sie vorher gesagt hatte, plötzlich mehr Bedeutung hatte als nur »Ich muss das einzige Ziel deines gespielten – gespielten? – Liebesrituals sein«.

Ein Sünder versteht es, wenn ein anderer dieselbe Sünde begeht. Raymond konnte seinen Blick nicht von Suzannes Gesicht abwenden: erhitzt von ihrem Einsatz, für das Leben von Sansdents erstem Sohn, mädchenhafter denn je und widersprüchlicher denn je. Die Augen einer klugen, erfahrenen Frau im Gesicht einer jungen Prinzessin. Raymond hörte sich plötzlich hervorsprudeln: »Suzanne, du *bist* die Einzige, seit ich dich gesehen habe, hat mein ganzes Fühlen einen Namen, Suzanne, ich liebe, ich begehre dich, sag ein Wort, und ich verbrenne meine Musikinstrumente und spanne mein Pferd in den Pflug, ich gehe ins Heilige Land und erobere Edessa zurück für einen Kuss von dir...«

»Äääh, Herrin, es ist schmutzig dort unten, und es stinkt...«

Überrascht und erleichtert stellte Raymond fest, dass er nichts von alledem wirklich gesagt hatte. Suzanne verdrehte die Augen.

»Du bringst die Suppe hinunter, wie ich es versprochen habe. Ich will kein Wort mehr hören.«

Constance errötete und senkte den Kopf. Suzanne musterte Raymond. Es hing etwas zwischen ihnen, was gesagt werden musste.

»Es ist wegen Bischof Bellesmains«, stieß Raymond hervor, nur um zu verhindern, dass er das laut ausspräch, woran er eigentlich gedacht hatte. »Wegen seines Auftrags.«

»Auftrag?«

Raymond warf einen Blick zu Constance und sah dann Suzanne an. Suzanne griff nach unten und löste Constances vor ihrem Bauch verklammerte Hände. Sie machte eine rasche Körperdrehung. Das Mädchen quiekte erschrocken auf, als es vom Pferderücken rutschte.

»Du schnürst mir die Luft ab. Geh ein Stück zu Fuß.«

»Aber Herrin...«

Suzanne schnalzte mit der Zunge. Ihr Pferd machte folgsam ein paar Sätze nach vorn. Raymond folgte ihr. Constance blieb einige Dutzend Mannslängen zurück. Als Raymond sich nach ihr umdrehte, trottete sie mit hängendem Kopf hinter ihnen her.

»Ich habe versprochen, dass ich alles für mich behalten würde.«

»Niemand kann einer Frau etwas verschweigen, wenn sie es wissen will. Fang an, Raymond. Und keine Angst – es kann auch niemand einer Frau etwas entreißen, wenn sie es nicht sagen will.«

Robert stand mit einem graubraunen Bauernrock im Saal und raffte einen Strick um seine Hüfte. Statt der Stiefel trug er flache, bäuerische Lederschuhe. In der ungewohnten Aufmachung wirkte er klein und mager; Foulques neben ihm, nicht besser gekleidet, geradezu schmalschultrig. Suzanne blieb stehen und musterte die beiden Männer misstrauisch.

»Foulques und ich sehen nach Holz für das Kirchendach«, sagte Robert mehr in Raymonds Richtung als in die seiner Frau. »Vielleicht kriegen wir den Dachstuhl noch fertig, bevor das Fest steigt.«

»Hast du nichts Besseres zu tun? Als ob das Eile hätte ...«
»Überlass das mir, Suzanne!«
»Oh, bitte! Ich überlasse es dir auch, deinen Sänger davon zu überzeugen, dass er hier nötiger gebraucht wird als anderswo.«

Raymond war enttäuscht über Suzannes Ärger. Sie hatte für seinen Wunsch, nach Niort zu reiten (das nicht weiter weg lag als Poitiers, und gegen diese Reise hatte sie keine Einwände gehabt), wenig Verständnis gezeigt, und sein ausführlicher Bericht über den Auftrag Bischof Bellesmains' hatte ihre Einwände nicht wegwischen können. Ich brauche dich hier, ich kann nicht alles alleine machen, warum lässt du mich im Stich, ich dachte, wenigstens du hältst zu mir ... Sie wäre nicht sie selbst gewesen, wenn sie ins Jammern verfallen wäre, und so waren ihre Argumente, jedes einzelne davon, ein ärgerlicher Vorwurf an seine Adresse gewesen. Wenn man bedachte, was Robert beim Ritt ins Dorf hinunter von sich gegeben hatte, benahm sie sich fast wie eine Geliebte, die ihr Galan zu versetzen gedachte. Doch in dieser Richtung weiterzudenken war Raymond entschieden zu heiß, und in seinem Herzen stritten sich zwei Stimmen: Du hast eine Aufgabe zu erfüllen, lass dich von ihr nicht so herumkommandieren, wie sie ihre Zofe herumkommandiert! Doch vielleicht hatte sie sich andererseits etwas ausgedacht, etwas erhofft, etwas zusammen mit ihm in der unerwarteten Privatheit seines einsamen Schlaflagers Stattfindendes, und war deshalb vor enttäuschter Erwartung so schroff? Während er diesen Stimmen lauschte, ließ er Suzannes ärgerliche Tiraden über sich ergehen, bis sie das Haus erreicht hatten.

»Was willst du denn in Niort?«

»Ich könnte auf dem Weg dorthin Einladungen aussprechen. Sicherlich haben einige der Herren, die du auf dem Fest dabeihaben willst, dort in der Nähe ihre Güter. Es macht sich immer besser, wenn eine Einladung gesungen wird, anstatt dass ein schmutziger Bote ein Stück Papier überreicht.«

Robert wandte sich an Foulques. »Hat Jeunefoulques die Zugpferde bereit?«

»Ich will's ihm geraten haben.« Foulques trat zu einer der Fensteröffnungen und spähte hinaus. Er nickte befriedigt.

»Wo sind die Handschuhe?« Robert sah sich um.

»Hier.«

»Denkst du, dass drei Pächter zu viel sind? Die Felder brauchen auch Aufmerksamkeit.«

Foulques zuckte mit den Schultern. »Was können sie schon groß tun zurzeit? Wenn der *seigneur* ruft, haben sie zu folgen, und du bist ohnehin kein fordernder Herr. Du hättest Anrecht auf mehr Fronarbeit, als du ihnen abverlangst.«

Robert grinste. »Ich habe ja auch einen eifrigen Mahner, der mich zur Gerechtigkeit anhält.«

»Du brauchst mich nicht dazu.«

»Robert«, sagte Suzanne, und in ihrer Stimme schwang ein drohender Ton mit, den Raymond mittlerweile kannte. Robert brummte. Er stopfte die Handschuhe unter den Strick.

»Wenn du ihn brauchst, dann bleibt er hier, und jetzt lass mich in Ruhe!« Robert fasste Raymond ins Auge. »Du bist jetzt mein Mann, also verschieb deine eigenen Pläne, bis du dir wieder selber gehörst.«

»Aber die Einladungen ...«

»Äxte?«, fragte Robert.

»Hat Jeunefoulques auf die Pferde gebunden.«

»Seile?«

»Bringen die Bauern mit.«

»Robert, wer soll die Einladungen aussprechen? Ich möchte doch nur ...«

»Einladungen, Scheiße, Einladungen!«, schrie Robert plötzlich und warf die Arme in die Luft. »Ihr beide seid schlimmer als die Waschweiber! Robert, sag ihm, was er tun soll! Robert, die Einladungen! Robert, darf ich atmen? Zum Teufel!« Er stapfte schnaubend zur Treppe. Foulques löste sich vom Fenster und folgte ihm. »Es braucht keine Einladungen mehr, ist alles schon erledigt!«

»Was? Aber ...«

»Wann hast du das gemacht?«, fragte Suzanne überrascht. »Wer hat sie dir geschrieben? Ich dachte, ich sollte ...«

»Ich hab sie in der Stadt schreiben lassen«, knurrte Robert etwas leiser. »Von einem Schreiber. Richtig edel!«

»Das hat doch ein Vermögen gekostet!«

»Halb so wild!«

»Wie hast du sie denn zugestellt?«, erkundigte sich Raymond verwirrt.

»Selber!«

»Selber!? Wie viele ...

»Wie viele, wie viele! Verdammt, es gibt nur *eine* Einladung!«

»WAS?«, riefen Suzanne und Robert wie aus einem Mund.

»Was glaubt ihr denn, wen ich hier alles bewirten will? Die Hungerleider in der Umgebung nützen mir genauso wenig wie ich ihnen! Es gibt nur einen Mann, für den ich dieses Fest halte, und das ist Bischof Bellesmains! Und jetzt komm, Foulques, sonst müssen wir noch mit ansehen, wie ihnen die Mücken in die offenen Mäuler fliegen.«

7.

Niort versank vor ihm im Grau des Spätnachmittags: ein Ensemble nass-schwarzer Dächer und fleckiger Wände, verteilt über zwei Hügel, die sich aus dem sumpfigen Umland erhoben, auf einer Seite gekrönt von der Baustelle des mächtigen Donjons, den Henri Plantagenet begonnen hatte und dessen Fertigstellung sein Sohn Richard nun überwachte. Die Banner des Königs von England hingen schlaff darüber. In Niort war der Schiedsgerichtshof gewesen, den Königin Aliénor eingerichtet hatte, um über die Qualität der modernen Liebeslyrik zu entscheiden. Eine Angelegenheit der Vergangenheit, über die schon die ersten spöttischen Bemerkungen im Umlauf waren, am wenigsten – um Gerechtigkeit walten zu lassen – von den Niortaisern, denen die Königin alle möglichen Freiheiten beurkundet hatte (vielleicht aus besonderer Verbundenheit zu der Gegend, in der sie zur Welt gekommen war?). Niort hatte nach dem Tod der höfischen Lyrik seine Bedeutung nicht verloren, nur dass nun saubere Zahlenkolonnen und die Auflistungen von Schiffsladungen den Versen den Rang abgelaufen hatten. An der Kreuzung zweier wichtiger Verbindungen liegend, der Straße von Poitiers nach La Rochelle und der von der Loire ins südliche Aquitanien, war die Stadt für das Aufblühen des Handels prädestiniert. Nicht einmal die bestürzend weit fortgeschrittene Verlandung des seichten Beckens, das Niort früher mit dem Meer verbunden hatte und das an vielen Stellen zu einer morastigen Landschaft herabgesunken war, konnte Niorts Stellung als Handelsknotenpunkt schmälern. Geleitet von den großen Abteien im Westen Niorts, Maillezais, Saint Maixent und Nieul-sur-l'Autise, hatten die Menschen sogar begonnen, das Gebiet systematisch trockenzulegen, um aus dem Verlust des direkten Meereszugangs wenigstens den Gewinn von Landfläche zu machen.

Raymonds Oberschenkel zitterten. Sein Pferd keuchte, als er es vor den verstreuten Hütten der Pfahlsiedlung in Schritt fallen ließ. Es würde die Nacht zum Ausruhen brauchen. Wenn Jeunefoulques auffindbar gewesen wäre, hätte er ihn überredet, ihm ein zweites Pferd mitzugeben, aber den Jungen schien die Morgendämmerung verschluckt zu haben, und so war er ohne Reserve aufgebrochen. Er war scharf geritten, teils, weil er so schnell wie möglich wieder zurück sein wollte, teils, weil ein Alleinreisender gut daran tat, sich nicht lange auf der Straße aufzuhalten; hauptsächlich aber, um zu verhindern, dass der Trab der Pferdehufe wieder sein Lied in den Boden stampfte: Suzanne-Suzanne-Suzanne. Natürlich hatte er ihren Namen dennoch ständig im Gedächtnis getragen, zusammen mit dem untrüglichen Gefühl, einen Fehler gemacht zu haben, sie trotz ihrer Vorwürfe allein zurückzulassen, vor allem aber zusammen mit einer hilflosen, bohrenden Wut auf Robert.

Bis er die Straße zwischen Poitiers und Niort erreichte, hatte er sich auf den Weg konzentrieren müssen, danach waren seine Gedanken freier gewesen und sofort zum gestrigen Tag gewandert. Es war ihm nicht gelungen, sie wieder von dort wegzubewegen. Jeder bewusste Versuch, sich etwas anderem zu widmen, wurde von seinem eigenen aufrührerischen Denken vereitelt. Eine Gruppe Pilger, die ihn anhielten und über Dinge ausfragten, die er selbst nicht wusste – schon waren seine Gedanken bei Bischof Bellesmains. Ein Mann auf einem großen Pferd, hinter ihm ein zweirädriger Karren, hoch beladen mit Taschen und Säcken, gelenkt von zwei Figuren, die so aussahen, als gingen sie keinem Streit aus dem Weg; am Karren weitere Pferde angebunden, darunter ein Schlachtross, lange, bunt bemalte Stangen von Turnierlanzen waren quer über den Rücken eines Maultiers gebunden, sodass Raymond von der Straße heruntermusste, um die Männer passieren zu lassen, ein Ritter mit Sack und Pack unterwegs von einem Turnierplatz zum nächsten – unwillkürlich dachte Raymond an Robert, der seine Kraft statt dem Turnier dem Aufbau seines Besitzes und der Festigung seines Einflusses widmete (und der Aufgabe, Bischof Bellesmains in den Hintern zu kriechen). Ein Mönch mit Habit und Skapulier auf einem kleinen Esel, begleitet von einem Knaben, der mit heller Stimme geistige Lieder sang – und schon dachte er an Firmin. Der einsame Reiter, der weit von der Straße entfernt in derselben Richtung durch die Felder galoppierte und für ein oder zwei Meilen ein ferner, unbekannter Weggefährte war, bis er Raymond abhängte, stand für ihn selbst. Ein Mann für sich allein, den irgendetwas vorantrieb (der Unterschied war nur, dass der Reiter vom Fleck kam, während Raymond schon zu lange auf der Stelle trat). Was schließlich Suzanne betraf, so lenkte alles, was er wahrnahm, die Gedanken auf sie: Vögel in den Bäumen, Wildblumen am Straßenrand, eine Viertelstunde ohne Regen, die Wärme, die durch seinen Leib rieselte, als er während einer Pause einen Schluck aus dem Weinschlauch nahm. Sobald er gedanklich bei Suzanne angekommen war, fiel er in eine Schleife, aus der er sich jedes Mal mit Gewalt befreien musste: Er sah Suzannes vorwurfsvolles Gesicht vor sich, als sie ihm endlich den Dispens erteilte, nach Niort zu reiten (es gab jetzt zwar keinen Grund mehr, dorthin zu reiten, es waren keine Einladungen auszusprechen; aber auch keinen, hier zu bleiben, denn der Aufwand für die Vorbereitungen war mit Roberts überraschender Ansage massiv zusammengeschrumpft). Und sein schlechtes Gewissen, das schweigsame Abendmahl, ohne Robert und Foulques, die offenbar unten im Dorf nächtigten, um den Weg hin und zurück zu sparen; er dachte an Suzannes verfrühten Aufbruch nach oben in die Kemenate, die langen Stunden, die es trotz seiner seit Saint Jean de Montierneuf andauernden Müdigkeit gebraucht hatte, bis Raymond einschlafen konnte, die Gewissheit, dass er, hätte er sich Suzannes Wünschen nicht widersetzt, in dieser einen Nacht nicht allein gelegen hätte (und die geistigen Ohrfeigen, die der lüsterne, über beide Ohren verliebte Raymond seinem eigenen Ich wegen dieser versäumten Chance verpasste). Die Gewissheit, gespeist aus Suzannes Blicken und aus der Erkenntnis seines eigenen Herzens plagte ihn. Suzanne. Hatte Robert ihnen mit seiner merkwürdigen Rede wirklich die Erlaubnis erteilt, Ehebruch zu begehen? Suzanne, die vor Wut so gebebt hatte und Robert bis in die Vorburg hinaus nachgelaufen war und ihn beschimpft hatte, bis sie vor Zorn zu weinen begann; statt sie noch einmal um Erlaubnis zu fragen, den Besitz verlassen zu dürfen, hätte er sie in den Arm nehmen und küssen und in das nächste Bett tragen und ihre leidenschaftliche Wut in eine andere Leidenschaft verwandeln sollen. Ein schöner Vertreter seiner Zunft war er; und ein noch schönerer Freund!

Nur einmal war sein Gedankenkreislauf gestockt: Das Donnern von Hufen schreckte ihn auf, quer über die Felder, vage aus der Richtung von Poitiers her, galoppierte eine kleine Schar Reiter direkt auf ihn zu. Die Männer trugen einheitliche Farben, Helme und Spieße; Dreck und Wasser spritzten um sie herum auf wie ein schmutziger Halo. Ohne es zu merken, zügelte Raymond sein Pferd und schaute ihnen mit offenem Mund entgegen. Sein Herz vibrierte im Takt des Trommelwirbels der Hufe. Er war überzeugt, dass die Männer auf der Suche nach dem Mörder des Klosterarchivars waren. Irgendwie waren sie auf seine Spur geraten, hatten ihn gefunden, eingeholt. Raymond war wie erstarrt. Die Gruppe hielt auf ihn zu. Als er endlich den Gedanken an Flucht fasste, konnte er schon die Gesichter unter den Helmen erkennen – zu spät. Er tastete, wie lächerlich, nach dem Dolch an seinem Gürtel. Heiliger Hilarius, steh mir bei! Und die Berittenen erreichten die Straße, sprengten herauf, kreuzten sie keine zehn Schritte vor ihm, donnerten auf der anderen Seite des Damms wieder hinunter in die Felder und entfernten sich mit grollendem Galopp in Richtung Süden, nicht ohne Raymond in einen Schauer aus Schmutzwasser, Schlamm und kleinen Steinchen zu hüllen. Er schauderte noch, als alle Geräusche längst verklungen und die Reiter trotz ihrer bunten Farben im Einheitsgrau der Felder untergegangen waren.

Die einzige Begegnung, die ihm nicht gelang und nach der er sich gesehnt hatte, war die mit Arnaud und seinen Gauklern. Er wusste, dass sie sich auf der gleichen Straße bewegen mussten, doch entweder waren sie noch nicht aufgebrochen, oder sie hatten einen zu großen Vorsprung. Er musste zusehen, dass er sie in Niort traf – und ihnen beibringen, dass es mit dem Auftritt bei Robert Ambitien doch nichts wurde. Carotte tanzen und so tun zu lassen, als würde sie die Männer unter ihre Röcke schauen lassen, war vermutlich das Letzte, was Robert als Zeitvertreib für seinen einzigen Gast vorgesehen hätte.

Es war schon übel genug, dass Jean Bellesmains den Liedern des Mannes zuhören musste, den er inkognito als Spürnase beschäftigte.

Die Leute wiesen ihm den Weg zum Pranger. Niort besaß etwas so Merkwürdiges wie einen Rat, der sich aus einigen einflussreichen Stadtbewohnern zusammensetzte – Königin Aliénor hatte den Niortaisern *wirklich* einige *Freiheiten* zugestanden – und der sich nicht einmal von den Truppen Henri Plantagenets den Schneid hatte abkaufen lassen (der mächtige zweiteilige Donjon auf dem einen Hügel, der weniger ein Wach- als ein *Über*wachungsinstrument war, sprach eine deutliche Sprache). Der Rat hatte ein Versammlungsgebäude errichtet, auf dem zweiten der beiden Hügel, die die Stadt trugen. Ein Haus, das man am besten fand, wenn man dem Geschrei und Gespött folgte, das vom Pranger ausging. Aufgrund des Lärms und des Gewühls, das die Messe hervorrief, fand

Raymond es schwierig, den punktuellen Krach von dort herauszufiltern. Er zerrte sein Pferd eine Weile hinter sich her, dann gab er auf und schlug sich zu einer Schänke durch, wo ihm der Wirt erlaubte, das Tier gegen Bezahlung in seinem Rückgebäude unterzustellen. Es unbewacht irgendwo anzubinden wäre gleichbedeutend gewesen, dem nächstbesten die Zügel in die Hand zu drücken und das Pferd zum Geschenk zu machen. Die Forderung des Wirts riss ein gewaltiges Loch in den Münzvorrat, den Bischof Bellesmains ihm so widerwillig gegeben hatte.

Der Pranger war ein Schandpfahl, dicht besetzt. Ereignisse wie eine Messe zogen jede Menge Gesindel an, und nicht immer entkamen alle der Strafe. Raymond sah einige hängende oder mit aufgesetztem Hochmut erhobene Köpfe, frisch kahl geschoren. Die Kinder hatten ihren Spaß daran, um die Gefesselten herumzuwimmeln und sie zu zwicken oder anzuspucken. Den Erwachsenen bereitete die gleiche Beschäftigung nicht weniger Vergnügen. Zwei der Unseligen am Pranger waren aufrecht stehend aneinander gefesselt, so eng, dass sie die Hälse verdrehen mussten, um atmen zu können: ein Jüngling und eine Frau, er mit bloßem Oberkörper und weit aufgerissenen, angstvollen Augen, sie in einem dünnen Leinenhemd, das Gesicht von Schlägen geschwollen. Die Gassenjungen versuchten immer wieder, den Saum des Hemdes anzuheben, um darunter zu schauen, doch da die letzte Schlinge der Fessel um ihre Knie ging, hatten sie kein Glück damit. Der Henker, der sie gebunden hatte, hatte die Gesetze der Schicklichkeit streng befolgt. Raymond wandte den Blick von dem jämmerlichen Paar ab, sein Herzschlag beschleunigt und sein Mund trocken, obwohl ihr Anblick sein Verlangen nach Suzanne keine einzige Sekunde außer Kraft setzte. Die beiden waren Ehebrecher. Wie es schien, hatte der gehörnte Ehemann das Geständnis aus seiner Frau herausgeprügelt. Wenn sie nur mit Ruten aus der Stadt gejagt wurden, konnten sie sich glücklich schätzen; oft wartete der Strick.

Raymond hatte auch von Praktiken aus der Heimat des deutschen Kaisers gehört, nach denen die Verurteilten mit einem dünnen Holzpflock aufeinander genagelt und dann bei lebendigem Leib begraben wurden – wenn sie die Prozedur des Zusammennagelns überlebten. Vielleicht waren die Verantwortlichen ja hier, in der ehemaligen Stadt der Liebeslieder, ein wenig nachsichtiger mit den Opfern der eigenen Leidenschaft.

Die Stadträte hatten nicht verhindern können, dass die Fahne des Plantagenet auch vom Gipfel ihres Versammlungshauses hing; der Kastellan des englischen Königs wiederum hatte nichts gegen die in den blauweißen Farben der Stadt gestrichene, mächtige Eingangstür unternehmen können – oder gegen den Umstand, dass die Niortaiser die Farben rein zufällig kurz vor der Ankunft des Kastellans noch einmal aufgefrischt hatten. Während die Fahne sich um den Ladegalgen gewickelt hatte, an dem sie befestigt war, und aussah wie ein nasser Sack, leuchtete das Portal des Ratshauses schon von weitem durch die Dämmerung. Die Türen waren unbewacht und offen. Mit dem Läuten der Vesperglocken trat Raymond ein.

Es dauerte bis zum Ende der Vesper, bis Raymond sich zu dem Haus durchgeschlagen hatte, das ihm ein mit der Hektik des Marktgeschehens überarbeiteter Schreiber genannt hatte. Erst in den entlegeneren Gassen war der Verkehr weniger dicht gewesen, und nachdem er mit dem letzten klobig in die Gasse hängenden Schild, das die Fertigkeiten seines Besitzers pries, das Handwerkerviertel hinter sich gelassen hatte, war er beinahe allein unterwegs. Das Haus, in dem er Jehanne Garder finden sollte, lag in der Nähe der Mauer. Nicht nahe genug daran, um wirklich als verrufen zu gelten – aber auch nicht nahe genug an den ehrbaren Gassen, um ganz ohne Makel zu sein. Als Raymond um die letzte Ecke bog und das Haus nach der Beschreibung erkannte, sah er aus der anderen Richtung einen

Mann sich dem Eingang nähern. Vor der Tür trafen sie zusammen.

Der Mann lächelte und ließ Raymond mit einer Handbewegung den Vortritt. Er war elegant und teuer gekleidet in einen Mantel mit Pelzkragen, dessen Stoff vorn und hinten geschlitzt war und ein komplementär gefärbtes Seidenfutter aufblitzen ließ. Die Beinlinge seiner Hose lagen eng an wie eine zweite Haut und zeigten, dass das Fleisch darunter muskulös war. Er hatte die Kappe abgenommen; sein Haar war vorne kurz und hinten lang geschnitten nach der Mode des jungen Adels, doch statt das Gesicht glatt rasiert zu haben, trug er einen vornehm gestutzten Kinnbart. Die Enden seiner Haare waren, wo sie auf die Schultern fielen, mit der Brennschere gekräuselt und nach außen gedreht. Als er eine knappe Verneigung andeutete, sah Raymond die leere Scheide eines kurzen Stoßschwerts. Er wirkte wie die Personifizierung des sorglosen, jüngeren Sohns eines *seigneurs*, der sich auf den Turnierplätzen einen gewissen Wohlstand erkämpft hat.

Raymond musterte die kleinen Fensteröffnungen. Im Erdgeschoss waren sie mit hölzernen Läden zugestellt wie im tiefsten Winter. Im Obergeschoss waren sie offen. Die Dämmerung war hier, in dieser engen Gasse, noch düsterer als anderswo, dennoch brannte hinter keiner der Fensteröffnungen ein Licht. Nicht einmal durch die Spalten der hölzernen Läden im Erdgeschoss sickerte ein heller Schein. Das Haus wirkte unbewohnt und verlassen. Raymond zögerte, die Tür zu öffnen.

»Seid Ihr zum ersten Mal hier?«, fragte der Mann, der mit Raymond eingetroffen war. Raymond nickte.

»Sieht merkwürdig aus, oder nicht? Merkwürdig.«

»Wieso merkwürdig?«

»Na, sonst treten sich hier die Besucher auf die Zehen. Aber heute – nur Ihr und ich, und das Haus sieht aus wie eine Totengruft. Eine Totengruft.«

Raymond erschauerte unwillkürlich bei dem Vergleich. Er fragte sich, ob der Mann ihn bewusst wiederholt hatte.

»Mir hat ein Schreiber im Rathaus den Weg hierher gewiesen«, sagte er schließlich.

»Na ja, warum nicht? Die Qualität der Dienste hier kennt jeder, nehme ich an.«

»Dienste?«

Der Mann wies auf die Tür. »Ist abgesperrt?«

Raymond schob den einfachen Riegel auf und versetzte der Tür einen Stoß. Sie schwang ein paar Handbreit auf und schrammte dann mit der unteren Kante des Türblatts auf den Boden. Er drückte ein wenig fester. Schabend und knarrend gab sie nach. Der kurze Gang dahinter war dunkel.

»Tja, das habe ich nicht erwartet«, sagte der Mann. »Nicht erwartet.«

Er griff nach seiner leeren Schwertscheide und stutzte. »Dummes Marktgesetz«, brummte er.

»Ich dachte, das Haus sei so etwas wie ein Geheimtipp«, erklärte Raymond, ohne zu wissen, wohin sich seine Gedanken bewegten. Der Mann winkte ab und spähte neugierig in die Dunkelheit jenseits des Eingangs.

»Ach was, Geheimtipp. Wer behält denn so etwas für sich? Wenn man hier rauskommt, fühlt man sich so entspannt wie ein Sarazene nach dem Haremsbesuch. Dem Haremsbesuch. Das spricht sich sofort herum.«

Der kurze Gang erweiterte sich zu einer Art Halle, in der hölzerne Stützpfeiler eine niedrige Decke trugen. Geduckte Formen wuchsen aus den Schatten und enthüllten auch im trüben Licht, das von der offenen Tür kam, nicht, was sie waren. Es roch nach scharfen Kräutern und verbranntem Unschlitt, nach Öl und Räucherwerk und nassem Holz. Die Halle barg eine ungewisse Wärme. Raymonds Begleiter sah sich suchend um.

»Jemand da?«, rief er schließlich laut. »Hallo?«

Raymond schüttelte den Kopf. Er hatte das Gefühl, seine Gedanken wären in vollem Lauf gegen eine Mauer geprallt. Der Schreiber hatte ihn hierher verwiesen, ohne Zweifel. Mit dem Namen Jehanne Garder konnte es auch kein Missverständnis gegeben haben, er hatte ihn mehrfach wiederholt. Aber wenn sie eine Hebamme war, weshalb fand man sie dann in einem Haus, das roch wie ... und in einem Teil der Stadt lag, der nur noch eine einzige Stufe über den Vierteln der Stadt war, die man auch bei Tag besser mied? Was stimmte denn nun an Jehanne Garder mit den sanften Händen? War sie am Ende doch das, worauf ihr Beiname scheinbar hingedeutet hatte?

»Weit können die Leute nicht sein, die Feuerstelle glimmt noch«, brummte Raymonds unfreiwilliger Begleiter. Er pflückte eine festgeklebte Unschlittkerze von einer Truhe auf dem Boden und schaffte es, den Docht an einem Stück Glut zu entfachen. Das Licht, das sie gab, war mehr als dürftig.

»Ein Badehaus«, hörte Raymond sich sagen.

»Habt Ihr gedacht, Ihr seid in einer Kirche?« Raymonds Begleiter wieherte los.

Das Kerzenlicht wies den geduckten Umrissen rundherum ihre eigentliche Bedeutung zu: Holzbottiche, groß genug für mindestens zwei Badende, über den ganzen Raum verstreut. Der Boden wies an einigen Stellen noch letzte feuchte Spuren auf, war aber ansonsten frisch gewischt. Bis auf eine Ausnahme war auch der Boden um die Badezuber trocken oder wenigstens wischfeucht; dort war offenbar noch ein kleines Quantum Wasser aus dem lecken Boden getreten und hatte einen dunklen Ring um den Zuber gebildet, nachdem der Putzlappen in Aktion gewesen war. In fast allen Zubern befanden sich große weiße Tücher, jetzt zum Trocknen über die Öffnung gespannt, aber bei Gebrauch sicherlich über das Innere des Zubers gebreitet, damit kein Badender sich einen Span einziehen konnte. Die Truhen rings an den Wänden waren geschlossen; von ihnen strömte der Kräutergeruch aus. Im Hintergrund führte eine enge Holztreppe in den ersten Stock hinauf.

Raymonds Begleiter leuchtete nach oben; während Raymond wie erstarrt in der Mitte der Halle stehen geblieben war, untersuchte er unbeeindruckt die Räume und rief immer wieder nach den Bewohnern. Auch aus dem Obergeschoss meldete sich niemand. Schließlich kam der Mann zu Raymond zurück.

»Keiner da«, knurrte er. »Was meint Ihr, sollen wir warten? Die Glut in der Esse deutet darauf hin, dass Meister Alex das Haus heute noch in Betrieb nimmt. In Betrieb.«

»Meister Alex?«

»Na ja, wer sonst? Wer sonst?«

»Wer ist Meister Alex?«

Der Mann grinste. »Was hat man Euch eigentlich über dieses Haus erzählt? Ihr wisst ja gar nichts.«

»Ich habe von Jehanne Garder gehört«, sagte Raymond lahm. Zuzugeben, dass sich sein gesamtes Bild der Lage in den letzten Momenten auf den Kopf gestellt hatte und er nicht mehr wusste, woran er war, brachte er nicht über sich.

Der Mann hielt ihm den Kerzenstumpen hin; Raymond griff unwillkürlich danach. Sein Gesprächspartner drückte beide Hände ins Kreuz und machte dann eine langsame, tiefe Verbeugung bis zum Boden, während er seine Hände weiterhin in den Rücken presste. Er ächzte. Als er sich wieder aufrichtete, war sein Gesicht verbissen.

»Alle Heiligen, mein Kreuz. Hoffentlich macht Meister Alex heute wirklich noch auf.« Er blickte sich missmutig um. »Der alte byzantinische Bastard. Wieso versperrt er die Tür nicht, wenn das Haus nicht in Betrieb ist? Wieso ist er nicht da? Wenn ich das geahnt hätte, hätte ich mir den Abstecher hierher erspart. Was glaubt Ihr, vielleicht hat ihn der verdammte Kastellan des Plantagenet zu sich in den Donjon befohlen? Der Kerl ist ein blöder Angeviner, aber das heißt ja nicht, dass ihm nicht auch mal der Rücken wehtut, oder? Oder?« Er spazierte zu einem der Holzzuber und trat dagegen. »Wo drückt Euch eigentlich der Schuh? Oder wolltet Ihr Euch die Diagnose stellen lassen?«

»Diagnose?«

»Ich weiß nicht, was besser wirkt, die Kräuterbäder oder Meister Alexios' Griffe.«

Raymond wies auf die Zuber und auf die Treppe, die nach oben führte. »Das hier ist kein ... ich meine ... da oben geht es nicht zu den ...?«

Raymonds Begleiter lachte plötzlich auf. »Du liebe Güte! Jetzt verstehe ich!« Er gab Raymond einen spielerischen Stoß vor den Bauch. »Ihr wolltet hier einen wegstecken! Da hat man Euch aber gründlich falsch geleitet! Hier könnt Ihr Euch nur die Schmerzen aus den Gliedern massieren lassen, sonst nichts!«

Raymond trat einen Schritt zurück und stieß gegen einen Badezuber. Er lehnte sich unwillkürlich dagegen. Sein Gesprächspartner lächelte mitleidig. »Hat Euch der Ratsschreiber hierher geschickt? Teufel! Der wollte Euch wohl in Schwierigkeiten bringen? Ich stelle mir gerade vor, Ihr hättet Meister Alex gefragt, wo die Bademädchen sind und welche die Geilste von ihnen ist. Die Geilste! Mann, er hätte Euch die Ohren abgerissen und in die Nasenlöcher gestopft. In die Nasenlöcher.«

»Nein, der Ratsschreiber kann nichts dafür ...«

»Kommt, hier können wir zurzeit ohnehin nichts ausrichten. Wenn Meister Alex im Donjon ist, muss er ja irgendwann mal wiederkommen. Sonst hätte er doch abgesperrt und das Feuer gründlicher gelöscht. Gründlicher. Ich lade Euch auf einen Schluck ein und erkläre Euch, wo die fettesten Täubchen in Niort zu finden sind«, er kicherte, »jedenfalls nicht bei Meister Alex. Ich bin übrigens Bertrand d'Amberac. D'Amberac.«

Sie schüttelten sich die Hände. Der Gascogner – der ständig Wörter wiederholte, ohne dass Raymond klar geworden wäre, ob es nur eine Manie war oder ob er damit bestimmten Aussagen eine besondere Bedeutung verleihen wollte – nahm Raymond am Arm, blies die Kerze aus und führte ihn wieder hinaus. Er schloss die Tür hinter ihnen und schob sorgfältig den Riegel vor. Dann rieb er sich die Hände und sah die Gasse auf und ab. »Am besten, wir gehen in den ...«

»Ihr habt immer von Meister Alex gesprochen«, unterbrach ihn Raymond. »Wo ist Jehanne Garder?«

»Alexios leitet das Haus seit ein paar Wochen allein«, erklärte Bertrand. »Jedenfalls war ich vergangenen Monat das letzte Mal hier, und da erzählte er mir, Jehanne habe sich auszahlen lassen. Auszahlen.«

»Sie ist ... weg!?«

»Sie hätte Euch ohnehin nicht massiert – und schon gar nichts anderes.« Bertrand zwinkerte. »Mit ihren Händen ...«

»Was war mit ihren Händen?«

»Wahrscheinlich hat sie deshalb auch aufgegeben. Das Wasser ist zwar immer warm, aber ihren Händen hat es wohl trotzdem nicht gut getan.«

Raymond hob unwillkürlich seine eigenen Hände und spreizte die Finger. Nachdem er Bertrand die Hand geschüttelt hatte, hatte er vergessen, den rechten Handschuh wieder anzuziehen. Seine Finger, lang und kräftig, waren gerade. Bertrand nickte.

»Das Reißen«, sagte er. »Ich habe gehört, sie arbeitete als Hebamme, bevor sie das Haus hier eröffnete und Meister Alex als Partner anheuerte. Da hat sie wahrscheinlich zu oft in kaltem Wasser herumgeplantscht. An manchen Tagen konnte sie nicht mal die Kräutersäckchen für das Badewasser richtig halten.«

Raymond stieß die Luft aus. Ihm war schwindlig. »Und sie ist seit ein paar Wochen nicht mehr hier?«

Bertrand zuckte mit den Schultern. »Was habt Ihr nur immer mit ihr? Wenn Ihr Meister Alex fragt, wird er Euch sicher sagen, wohin sie wollte – wenn sie es ihm mitgeteilt hat.«

»Ich danke Euch für Eure Auskünfte.« Noch immer mit dem Schwindelgefühl im Kopf machte Raymond Anstalten, sich zu verabschieden. Der Ritt war vollkommen umsonst gewesen. Und die Rückreise würde er heute natürlich nicht mehr schaffen. Er musste irgendwo in Niort übernachten. Eine verschwendete Nacht und zwei verschwendete Tage; und Suzanne, die wartete ...

»He, wir wollten doch einen zusammen trinken. Wenn Ihr in das nächstbeste Winkelhaus lauft, werdet Ihr vielleicht noch ausgeraubt. Es ist Messe, Gevatter, da ist die Stadt gefährlich. Vertraut lieber auf meinen Rat.«

»Danke, sehr freundlich. Ihr könntet mir höchstens eine Herberge...« Raymond brach ab.

»Was ist denn?«

Raymond blinzelte angestrengt. »Nichts, nichts«, sagte er und riss den Blick krampfhaft von Bertrands Füßen los.

»Eine Herberge?«

»Ja, wo ich übernachten kann.«

»Ihr seid auf einmal so blass.«

»Die Kälte ... und die Schmerzen in den Schultern ...« Er gestikulierte zum Hauseingang.

»Ja, die hätte Euch Meister Alexios schon ausgetrieben. Also, eine Herberge...«

Nach einigem Nachdenken empfahl Bertrand d'Amberac eine Herberge, deren Namen Raymond sofort wieder vergaß. Nach ebenfalls einigem Hin und Her gelang es Raymond, die Einladung Bertrands zu einem Becher Wein auszuschlagen. Endlich stapfte Bertrand davon. Raymonds Blicke wanderten wieder dorthin, wo er sie zuvor mit Gewalt losgerissen hatte; auf die Spuren, die Bertrands Schuhsohlen auf dem nassen Lehm der Gasse hinterlassen hatten. Im letzten Tageslicht schimmerten sie rot.

Das Innere des Hauses war stockfinster. Raymond tastete sich in die Halle hinein, bis seine Augen sich an die Dunkelheit gewöhnt hatten und er wieder die Umrisse der Holzzuber erkennen konnte. Der Kräuter- und Seifenduft hatte plötzlich einen dumpfen, metallischen Unterton. Raymond nahm den nächsten Kerzenstummel, über den seine Finger strichen – er hatte den Handschuh noch immer nicht angezogen, doch nun war es zu spät dazu – und entzündete ihn umständlich an der Glut. Seine Hände zitterten. Als er sich aufrichtete und das kleine Flämmchen in die Höhe hielt, wich das Blut aus seinem Kopf und ließ ihn für einen Augenblick taumeln.

Der Holzzuber mit dem dunklen Rand war trotz des schlechten Lichts leicht von den anderen zu unterscheiden. Jetzt fiel Raymond auf, dass er etwas abseits stand, von der Feuerstelle aus am leichtesten zu erreichen. Ihm fiel auch auf, dass ein Schürhaken in der Glut steckte; und dass die Stellen, an denen der Boden vom Wischen am feuchtesten war, sich zwischen der Feuerstelle und dem Bottich befanden. Ganz zu schweigen von den schwachen Flecken, die in regelmäßigen Abständen in Richtung Tür führten und bewiesen, dass Bertrand d'Amberac einen spreizfüßigen Gang hatte. Raymonds Herz klopfte schwer und laut, als er an den Zuber trat.

Die Feuchtigkeit glänzte dunkel im Licht des Kerzenstummels. Raymond tippte mit einer Stiefelspitze hinein. Klebrig. Er trat einen Schritt zurück und bückte sich. Seine Ohren sausten. Näher besehen, war die Feuchtigkeit dicklicher als Wasser und besaß vor dem voll gesogenen Holz des Fußbodens ihre eigene Farbe. Das Tuch über der Öffnung des Zubers war weniger straff als die anderen, und es hing ungleichmäßiger über. Der Kräuterduft schien jetzt vollends verschwunden.

Raymond redete sich ein, dass nur er es tun könne. Dann packte er das Tuch an einer Seite und riss es mit einer Bewegung vom Zuber herunter. Es flatterte auf und dann zu Boden.

Bertrand d'Amberac würde seine Rückenschmerzen noch ein wenig länger mit sich herumtragen müssen.

Meister Alexios hatte seinen letzten Kunden massiert.

Während er mit aufgerissenen Augen auf den Leichnam starrte, der verkrümmt in seinem Badezubersarg lag, machten sich Raymonds Gedanken selbstständig. Der Mörder musste den Schürhaken verwendet haben; Meister Alex erst in den Nacken geschlagen haben, dass er in die Knie ging, dann damit zugestochen und zugestochen ... die plumpe Spitze hatte große Löcher in den Kittel gebohrt und das darunter liegende Fleisch perforiert ... und zugestochen ... bis Meister Alex auf dem Boden lag und ein zweiter wuchtiger Hieb mit dem Schürhaken seinen Schädel aufplatzen ließ und das Leben aus ihm vertrieb. Ein Vorgehen mit ebenso viel Ungeschicklichkeit wie roher Gewalt. Der byzantinische Bademeister hatte keinen sanften Tod gehabt. Danach hatte der Mörder die Leiche über den Fußboden gezerrt – sie war schwer –, in den nächsten Bottich geworfen, das Tuch wieder hastig darüber gebreitet, den Boden so gut wie möglich sauber gemacht ... Nur gegen das Blut, das unten aus dem Zuber rann, weil das dicke Tuch nicht darin lag und ihn abdichten half, konnte in der Eile nichts getan werden. In der Eile ...

Raymond riss den Kopf herum und lauschte in die Stille des Hauses. Sein Herzschlag wirbelte. Meister Alexios war noch keine Stunde tot, das Blut war noch viel zu frisch. Raymond hatte nicht auf die Leute geachtet, die sich an ihm vorbeigedrängt hatten auf dem Weg hierher, aber eines stand ziemlich fest: Der Mörder war unter ihnen gewesen. Er hatte das Haus nur Minuten verlassen, bevor Raymond und Bertrand es betreten hatten.

Raymonds Nackenhaare stellten sich auf. Etwas im Obergeschoss hatte geknackt. Er wusste, dass es nur das Holz war. Er wusste, dass der Mörder dort oben auf ihn lauerte. Er wusste, dass jedes Haus Geräusche von sich gibt und dass dieses völlig harmlos war. Er wusste, dass der Mörder im nächsten Moment über ihn herfallen würde.

»Firmin«, flüsterte er in die Dunkelheit.

Dann wurde das Grauen zu mächtig, und er warf sich herum und rannte in Panik aus dem Haus, in die Gasse hinein, hinterließ selbst ein paar blutige Fußabdrücke auf dem nassen

Lehmboden, rutschte bei der nächsten Kurve aus und fiel der Länge nach hin, rappelte sich mit fliegenden Gliedmaßen auf und raste mit pumpenden Knien und stöhnendem Atmen, bis er in eine belebtere Gegend gelangte und die empörten Ausrufe der Angerempelten ihn anhalten ließen. Er lehnte sich keuchend gegen die nächste Hausmauer und versuchte, das Zittern seiner Knie zu unterdrücken.

Erst als es ihm gelungen war, stellte er fest, dass er seinen einen Handschuh unterwegs verloren hatte.

8.

SuzanneSuzanneSuzanne.

Der Rhythmus war der gleiche, aber das Lied war ein anderes: FirminFirminFirmin.

Raymond jagte im gestreckten Galopp dahin, wann immer es die Verfassung seines Pferdes und die Straße erlaubten. Es vermochte seine Gedanken nicht abzulenken. FirminFirminFirmin. Er wusste, dass er in Niort hätte bleiben sollen; es hätte eine winzig kleine Chance gegeben, Firmin dort zu finden. Sein Vorsprung war so gering, dass Raymond ihn vielleicht sogar überholt hatte, als er voller Panik von Meister Alexios' Badehaus geflohen war. Aber Raymond wollte den Assistenten des Bischofs nicht finden; zumindest nicht im Moment. Auf die Spur welches Ungeheuers hat Bischof Bellesmains mich gesetzt?, dachte er voller Entsetzen. Nun glaubte er zu wissen, warum der Bischof so nervös gewesen war. Er musste geahnt haben, dass der junge Mann nicht nur einfach aus dem Kloster davongerannt war, weil ihn die sündige Welt anzog. Er war nicht geflohen, er war ausgebrochen, losgelassen, entfesselt. Und er folgte einer Fährte, die Raymond nicht im Ansatz verstehen konnte. Bruder Thibaud, der Archivar... Jehanne Garder... Raymond glaubte keinen Augenblick, dass der Mörder hinter Meister Alexios her gewesen war. Der Byzantiner hatte sterben müssen, weil er gewusst hatte, wo Jehanne Garder sich aufhielt, oder weil er es nicht gewusst hatte. Wie auch immer, Firmin war wahrscheinlich auf dem Weg zu ihr. Solange Raymond keine Ahnung hatte, wie sie ins Bild passte und was sie, Bruder Thibaud und Firmin verband, bestand keinerlei Chance, sie zu finden. Doch finden musste er sie, wenn er verhindern wollte, dass Firmin sie umbrachte, und zwar so schnell wie möglich. Und wie? Nur indem er Bischof Bellesmains entlockte, was dieser ihm bisher verschwiegen hatte.

FirminFirminFirmin.

Es schien heute Morgen, als ob die Sonne einmal ausnahmsweise ein Wolkenloch finden würde. Das Licht über der Landschaft war heller als sonst, und es regnete nicht. Die Wetterverbesserung war nicht von langer Dauer; was Raymond betraf, hätte sie ohnehin nicht unpassender kommen können.

Im Dorf hielt Raymond eigentlich nur deshalb an, weil Guibert an ihm vorbeistürmte, ohne ihm auch nur einen Blick zuzuwerfen. Der Kaplan hastete durch die Pfützen, dass das Wasser aufspritzte. Als Raymond sich umdrehte, sah er, dass Guibert einen langen Stecken in der Faust trug wie ein Schwert. Er rannte auf eine Pächterhütte zu; nach einem langen Moment erkannte Raymond, dass es die Behausung von Sansdent war.

»Heraus mit ihr!«, brüllte Guibert so unvermittelt, dass Raymond zusammenzuckte. Der Kaplan blieb vor der Hütte stehen und hob den Stecken über den Kopf. »Heraus mit ihr!«

Raymond zögerte. Wenn er nach Poitiers weiterreiten wollte, um Bischof Bellesmains zur Rede zu stellen, dann hatte er keine Minute zu verlieren; er würde zwar heute nicht mehr aufbrechen können, aber morgen beim ersten Tageslicht –; und dazu musste er erst wieder die Erlaubnis von Robert – oder wenn er noch nicht zurück war: von Suzanne – einholen. Was immer Guibert für einen neuen bigotten Unsinn ausgebrütet hatte, war eine Angelegenheit zwischen ihm und Sansdent und der kräuterkundigen Pächterin, um die es ihm vermutlich ging; war vielleicht noch Angelegenheit Roberts, des Herrn. Keinesfalls ging es Raymond etwas an.

»Heraus mit der Hexe!« Guibert drosch mit dem Stecken gegen Sansdents niedriges Grasdach. Aus der Hütte drang das dünne Greinen des Neugeborenen, von Guiberts Gebrüll erschreckt. Raymonds Pferd schnaubte und schüttelte den Kopf, dass ein paar Flocken zu Boden fielen. Es war erschöpft und konnte eine Pause vertragen.

»Guibert, sei still, du weckst die Kinder auf«, sagte Raymond. Er stieg ab und stapfte zu Sansdents Hütte hinüber.

Guibert fuhr herum. Seine Augen traten vor Wut heraus. In seinem Gesicht zuckten ein paar Muskeln.

»Misch dich nicht ein, du Ketzer!«, donnerte er. »Du bist als Nächster dran!«

»Komm nur nicht durcheinander bei der Reihenfolge.«

Guibert schüttelte die Fäuste gegen den Himmel, dann wischte er das Sackleinen, das vor dem Eingang zu Sansdents Hütte hing, beiseite und stürzte hinein. Zwei Frauenstimmen schrien erschrocken auf. Raymond ballte hilflos seine ungeschützte Faust, dann folgte er Guibert.

Die Szene in der Hütte hätte von einem Fresko an einer Kirchenwand stammen können; das Motto: der Herr Gott Zebaoth schlägt die verstockte Sünderin. Guibert stand mit hoch erhobenem Stock vor dem Lager, auf dem Sansdents Frau lag und sich und ihr Kind mit ausgestreckten Armen zu schützen versuchte; er keuchte und stöhnte, und der Stock zuckte in seiner Faust. Das Kind schrie dünn. Guiberts Zorn richtete sich gegen die zweite Frau in der Hütte, die anstatt sich zu ducken hoch aufgerichtet vor ihm stand und nicht einmal blinzelte. In einer Ecke der Hütte kauerte Constance und betrachtete die Szene mit weit aufgerissenen Augen, auf dem Schoß eine schwere Tonschüssel.

»Verschwinde aus dieser Hütte, du Auswurf!«, schrie Guibert, als er wieder zu Atem gekommen war. »Oder ich ...«

»Oder was?«, fragte die Frau. »Pinkelst du dir in die Kutte vor Wut?«

Raymond erkannte überrascht, dass es nicht die Pächterin war, der er die Informationen über Jehanne Garder entlockt hatte. Diese hier hatte eine heisere, tiefe Stimme, die so kühl war, dass man die Verachtung greifen konnte. Ihr Gesicht war unter dem weiten, fleckenlosen Kopftuch fast unsichtbar. Guibert gab ein Geräusch von sich.

»Auf dem Weg nach draußen kannst du den Eingang offen lassen«, sagte die Frau. »Wir brauchen frische Luft hier drin.«

»Satansbuhle!«, keuchte Guibert und hob den Stock noch ein wenig höher. »Heidnische Hexe!«

»Kriech in dein Loch zurück, Kleiner, und hol dir einen runter, wenn dir die Säfte kochen«, sagte die Frau mit aufreizender Gelassenheit. »Aber lass die Erwachsenen ihre Arbeit tun.«

Guibert stöhnte und holte mit seinem Stecken aus. »Ich werde dich...«

»Gehört er zu dir?«, fragte die Frau und blickte über Guiberts Schulter zu Raymond.

Guibert war für einen Moment abgelenkt. Sie sprang nach vorn und trat ihm mit aller Kraft auf die in den Sandalen ungeschützten Zehen. Raymond sah, dass sie halbhohe Stiefel mit ledernen Sohlen trug. Guibert prallte zurück und verlor den Stock. Er riss den verletzten Fuß hoch und sprang auf einem Bein herum. Sein Mund und seine Augen formten sich zu großen runden Löchern. Als er wieder Luft bekam, stieß er ein gequetschtes Stöhnen aus.

»Bring ihn raus, bevor er noch ohnmächtig wird«, sagte die Frau mit einem Seitenblick zu Raymond. »Und dann bleib auch selber draußen.« Sie wandte sich zu dem Kind um, das immer lauter schrie. Die Mutter, Sansdents Frau, streichelte es hilflos und begann selbst zu weinen. Constance in ihrer Ecke sah mit ruckartigen Bewegungen von einem zum anderen. In der Hand hielt sie bewegungslos einen Stößel über dem Mörser.

»Ich gehöre nicht...«

»Du Hure, du sollst im Feuer braten«, winselte Guibert und lehnte sich gegen die Hüttenwand. »Ooooh ihr Heiligen, mein

Fuß, mein Fuß! Du ketzerisches Miststück, du Teufelsfotze ... du stinkende Missgeburt von einer Drecks ...« Er rutschte an der Wand herunter, dass sich die Kutte über seine Knie schob.

»Ich gehöre nicht zu ihm«, sagte Raymond mit Nachdruck.

»Bring ihn trotzdem raus.«

Raymond streckte die Hände aus, um Guibert hochzuzerren, aber der Kaplan rappelte sich ohne Hilfe auf. Er funkelte Raymond an. In seinen Augen standen Tränen. »Fass mich nicht an«, zischte er. Er trat mit dem verletzten Fuß auf, stieß einen Wehlaut aus und taumelte gegen Raymond. Er zuckte schneller von ihm zurück als von einem heißen Kamin. »Ich werde dem Herrn berichten!«, ächzte er. »Und dem Bischof.«

»Ich zittere«, sagte die Frau. Ihr Kopftuch war verrutscht, sodass Raymond jetzt ihr Gesicht sehen konnte. Sie mochte gut zehn Jahre älter sein als er, und keines der Jahre schien gut zu ihr gewesen zu sein. Dennoch waren unter den Falten und dem Haar, das ihr wirr bis über die Augen fiel, Gesichtszüge zu erkennen, die sie früher, als junges Mädchen, zu einer atemberaubenden Schönheit gemacht haben mussten. Ihre Augen hatten nichts davon verloren. Sie waren eisig blau, von einem dichten Kranz schwarzer Wimpern umrahmt, die sich von dem blonden Haupthaar abhoben wie aufgemalt. Raymond erkannte mit einem Schock, dass er sie schon irgendwo gesehen haben musste. Guibert humpelte hinaus.

»Vergiss deinen Rückenkratzer nicht«, sagte die Frau und hob Guiberts Stecken fein ausbalanciert auf eine Fußspitze. Mit einer nachlässigen Bewegung schoss sie ihn ihm hinterher. Er traf Guibert quer am Hinterkopf und fiel zu Boden. Der Kaplan hob ihn auf, blind vor Wut wegen dieser neuen Demütigung, und wankte hinaus; sogar Raymond verspürte in diesem Augenblick fast Mitleid mit ihm.

»Kriecherischer Pfaffenarsch. Und was willst du?«

Raymond wandte sich Guiberts Bezwingerin zu. »Ich bin ihm gefolgt, weil ich ihn aufhalten wollte, bevor er eine Dummheit beging. Ich sehe, dass ich überflüssig war.«

»Niemand ist überflüssig, wenn er helfen will.«

Raymond zögerte. »Was kann ich tun?«

»Kümmere dich um das Kind. Ich möchte sehen, ob ihr Leib hart ist und wo.« Sie wandte sich an Sansdents Frau. »Hast du die Engelswurz genommen, die ich deinen Kindern mitgegeben habe?«

Sansdents Frau nickte schwach.

»Besser geworden?«

»Die Hitze ist zurückgegangen ...«

Die Frau nickte. »Das habe ich gehofft. Aber das war erst der Anfang. Wird das nun was mit dem Kind, oder soll ich dich dem Pfaffen hinterherschicken?«

»Ich bin Raymond, der Spielmann des *seigneurs*«, versuchte Raymond sich vorzustellen. Selbst wenn die Frau vor ihm nur eine Pächterin war, die keinen Respekt vor einem Geistlichen hatte – sie hatte es geschafft, dass Raymond Respekt vor *ihr* empfand, und er wollte ihr zeigen, dass er aus anderem Holz geschnitzt war als Guibert. Er hätte ebenso gut gegen eine Wand reden können. Sie wies nur mit einer stummen Kopfbewegung auf das schreiende Kind.

Raymond trat näher, obwohl er eigentlich hatte sagen wollen, dass er es eilig habe (dass er zum Bischof wollte, hätte er ausgelassen; er hatte den Verdacht, dass es sie nicht beeindruckt hätte). Das Lager, auf dem Sansdents Frau und das Neugeborene lagen, roch nach Blut und Schweiß und einem ungewaschenen Frauenkörper. Das Kind bewegte sich schwach und schrie mit zusammengekniffenen Augen. Es hatte die nachlässig gewickelte Binde losgestrampelt. Raymond sah mit einer Mischung aus Ekel und Mitleid, dass es fast am ganzen Körper wund war. Seit es vor zwei Tagen zur Welt gekommen war, schien es wenig oder nichts zu sich genommen zu haben; es war so dünn, dass die Haut wie Pergament über den Vogelknöchelchen hing. Raymond wagte nicht, es anzufassen.

»Ich könnte dir eine Tinktur aus Kuhschelle verabreichen«, murmelte die Frau. »Bist du wund?«

Sansdents Weib flüsterte etwas, das Raymond nicht verstand. Sie schämte sich wegen seiner Anwesenheit. Er verfluchte sich dafür, nicht einfach Guibert hinausgefolgt zu sein. Das Kind verschluckte sich und hustete. Raymond legte ihm eine Hand auf den Bauch und klopfte unbeholfen. Die Haut des Neugeborenen fühlte sich heiß und schmierig an. Unwillkürlich erinnerte sich Raymond an die kalte Haut des kleinen Leichnams, den er im Unterstand neben der Straße von Chatellerault nach Poitiers hatte begraben helfen. Das Kind bekam wieder Luft und schrie noch lauter. Raymond wurde bewusst, dass seine ungeschützte rechte Hand eiskalt vom Halten der Zügel war.

»Nachwehen? Da hilft Arnika.«

»N ... n ... nein.«

Raymond zog unwillig den übrig gebliebenen Handschuh aus und fuhr mit der Linken unter den Rücken des Kindes. Es fühlte sich dort noch heißer und nässer an. Er hob es an und riss es beinahe aus seinen sich entrollenden Binden; es wog fast nichts. Wieder erinnerte er sich an das Kind von Maus und Sibylle und wie schwer der Tod das kleine Ding gemacht hatte.

»Also gut, ich geb dir Frauenhilf. Du musst dir die getrockneten Blätter mit heißem Wasser aufbrühen.«

Raymond drückte das Kind an seine linke Schulter und half mit der rechten Hand beim Halten nach. Der Rücken des Neugeborenen war von einem nassen, glitschigen Belag überzogen. Ein scharfer Geruch stieg Raymond in die Nase. Plötzlich wurde ihm klar, dass er mit beiden Händen in einer Schicht Kinderkot herumwühlte. Er starrte auf den Rücken des Kindes und sah entgeistert zu, wie die Masse unter seinen Handflächen heraus und auf seine Stiefel tropfte.

»... gib auch etwas davon, so oft du kannst, auf deine wunde Möse, das wirkt Wunder. Hat der Pfaffe bei der Geburt das Johannesevangelium zitiert und die heilige Margarethe angerufen?«

»Nein, er war doch gar nicht...«

»Gut. Das hätte nämlich nichts genützt. Wie steht's mit Bilsenkrautsamen und Lorbeerblättern?«

»Nein, woher denn...?«

»Schade. Na, die Frauenhilf wird das meiste richten. Und die Engelswurz. Keine Angst, Kleine, in ein oder zwei Wochen kannst du wieder aufs Feld und Steine klauben, wenn dir das ein Trost ist.«

»Gesegnet seist du, gesegnet bei allen Engeln im Himmel und...«

»Papperlapapp. Danke deinen Kindern, dass sie mich geholt haben. Wenn's nicht so kalt wäre, könntest du sie losschicken und Wiesengeißbart pflücken lassen, ein Sud aus den Blütenblättern hilft – aber bei dem Wetter wird es noch ein paar Wochen dauern, bis die Blüten hervorkommen. Ich könnte dir eine Mischung zusammenstellen aus den Sachen, die ich noch getrocknet habe: Himbeerblätter, Johanniskraut, Brennnessel, Melisse, Schafgarbe... aber die Frauenhilf erfüllt den gleichen Zweck. Was ist jetzt mit dir, du Trampel? Das Kind schreit ja immer noch!«

»Es ist...«

»Vollgeschissen, ja und? Was glaubst du, warum es schreit?«

»Ich habe noch nie...«

»Heiliger Pantaleon, die Männer sind so hilfreich wie ein Schluck Wasser für einen Ertrinkenden. Gib schon her.«

Die Frau streckte die Hände nach dem Kind aus. Raymond hielt es weiterhin gegen seine Schulter gedrückt. Er hätte das schreiende Bündel nicht einmal überreichen können, wenn es um sein Leben gegangen wäre. Was sich ihm aus dem überraschend feinen Stoff der Ärmel entgegenstreckte, waren keine menschlichen Hände, sondern die deformierten, verkrümmten Klauen eines Dämons.

BEICHTGESPRÄCHE

»Die Wahrhaftigkeit
ist der einzige Weg zum Heil.«
Jean Bellesmains

1.

»Wo willst du eigentlich hin, Kleiner?«
»Ich möchte mit dir reden.«
»Tatsächlich? Hast du Geburtsprobleme?«
Die Frau mit den verkrüppelten Händen war wenige Schritte nach dem Verlassen von Sansdents Hütte stehen geblieben, als sie bemerkt hatte, dass Raymond ihr folgte.
»Ich könnte dir ja deine Sachen tragen helfen.«
»Wenn ich Hilfe brauchte, hätte ich gewartet, bis die Ziege da drin mit dem Wickeln des Kindes fertig ist.«
»Wie es nun mal ist, hast du Constance aber damit beauftragt; und wie ich sie kenne, wird es eine Weile dauern, bis sie fertig ist.«
»Du kennst die Kleine also gut?«
»Ich bin der ...«
»Ich weiß schon, das Singvögelchen.« Sie sah ihn mit spöttischer Neugier an. »Du hättest dich nicht vorzustellen brauchen. Das halbe Dorf spricht von dir.«
»Oh.«
»Die einen sagen, du hättest ein Lied vom Teufel gesungen. Die anderen sind der Meinung, dass es teuflisch langweilig war.«
»Die Welt hat zu wenige Künstler und zu viele Philister.«
»Immerhin hast du einen Ruf, der sogar bis zu mir gedrungen ist, obwohl ich erst seit kurzem hier bin.« Sie verstummte und sah ärgerlich zu Boden. »Also gut, Kleiner, flieg auf irgendeinen Ast und sing dort ein neues Liedchen.« Sie wandte sich ab und stapfte davon. Raymond folgte ihr. Mittlerweile

war ihm klar geworden, dass er sie noch nie gesehen hatte; aber ihre Haltung und vor allem ihre Augen kamen ihm bekannt vor. Es fiel ihm nicht ein, an wen sie ihn erinnerten, aber es war eine Ähnlichkeit, die ihn mit Beunruhigung erfüllte. Auch ohne ihren entschlossenen Auftritt in Sansdents Hütte wäre er ihr nur mit äußerstem Respekt begegnet. Er musste sich zwingen, leichtherzig und überlegen zu tun. Sie sah ihn irritiert an, blieb aber nicht stehen.

»Du kommst aus Niort?«, fragte Raymond.

»Wer sagt denn so was?«

»Engelswurz«, erklärte Raymond. »*Angelique de Niort*. Wächst in den Sumpfgebieten um die Stadt herum.«

»Engelswurz wächst überall.«

»Aber nur die Niortaiser machen Medizin und Konfekt daraus.«

»Sieh an, das Vögelchen kennt sich aus.«

»Ich bin Poiteviner.«

»Ist das was Besonderes?«

Sie beschleunigte ihren Schritt. Raymond ließ sich nicht abschütteln. Schließlich hielt sie an und blieb mitten auf der Straße durch die Pächterhütten stehen. Das Dorf war so ausgestorben wie üblich; sie waren, ausgenommen ein paar Schweine, gelangweilt herumtrottende Hunde und die allgegenwärtigen Hühner, scheinbar die einzigen Lebewesen. Ihre kalten blauen Augen hielten Raymonds Blicke fest, bis er die Lider niederschlagen musste. Er verrieb mit der Stiefelspitze einen Klecks von einem Huhn und stellte dabei fest, dass das Leder seines Stiefels angefangen hatte, sich unter der Einwirkung des Kinderkots zu verfärben. Er sah wieder auf.

»Lass uns aufhören, um den Busch herumzutanzen«, sagte er. »Ich möchte wissen, ob du Jehanne Garder, die Hebamme, bist.«

Sie blinzelte nicht einmal.

»Wer soll denn das sein?«

Raymond seufzte. »Ich komme gerade aus Niort.«

»Hast du dir Konfekt gekauft?«

»Ich war bei Meister Alexios.«

»Noch ein Name.«

Etwas weiter unten trat Constance aus Sansdents Hütte heraus. Das dünne Wimmern eines kleinen Kindes drang bis zu ihnen. Constance schritt mit einem Bündel auf den Armen auf und ab und wiegte es; besser gesagt: schüttelte es ungeschickt. Ihr Gesicht war nicht zu erkennen, aber es war zum Himmel gewandt, und ihre Haltung und ihre eckigen Bewegungen sagten mehr als deutlich, dass sie sich fragte, womit sie diese Aufgabe verdient hatte. Als Raymond die Blicke abwandte, sah er, dass seine Gesprächspartnerin sich bereits wieder ein paar Schritte entfernt hatte. Er schloss erneut zu ihr auf.

»Wenn du mir weiter hinterherläufst, glauben die Leute noch, wir hätten ein Verhältnis.«

»Das würde mir zur Ehre gereichen.« Raymond probierte ein strahlendes Lächeln.

Sie verzog das Gesicht. »Viel zu dick aufgetragen, Kleiner.« Ihre Hände, versteckt in den weiten Ärmeln, zuckten. »Aber ich mag keine solchen Hühnchen, wie du eines bist.«

»Ich schätze, da entgeht uns beiden etwas.«

»Vor allem dir. Und jetzt endgültig: Verschwinde.«

Raymond zeigte in die Richtung, die sie bisher gegangen waren. »Ist deine Hütte dort vorn?«

»Was geht dich das an? Erwarte bloß keine Gastfreundschaft, das ist was für die feinen Herren.«

»Es ist wichtig«, sagte Raymond.

»Für wen?«

»Für mich.«

»Falsche Antwort. Wenn es wichtig für mich gewesen wäre, hätte ich dir vielleicht zugehört.«

»Meister Alex ist tot«, sagte Raymond.

Einen Augenblick lang schien sie zu erstarren. Ihr Erschrecken zeigte sich weniger in einer entsetzten Reaktion als vielmehr in ihrem völligen Ausbleiben.

»Ist das der Mann in Niort?«, fragte sie heiser.

»Er hatte bis vor wenigen Wochen eine Partnerin: Jehanne Garder. Sie stellte Kräutertinkturen und Salben her, er massierte damit die Leute, die mit Gliederschmerzen zu ihnen kamen. Ich glaube, sie waren ein recht erfolgreiches Gespann. Dann plötzlich«, er schnippte mit den Fingern, ohne zu bemerken, welche Wirkung diese Geste auf jemanden haben musste, dessen Finger das Reißen zu Klauen geformt hatte, »verließ sie ihn. Mach's gut, Meister Alex, ich suche mir ein neues Revier, bleib sauber und fass die Kunden nicht unschicklich an! Warum hat sie das getan?«

»Fragst du mich das?«

»Jehanne, ich will dir nichts Böses. Im Gegenteil. Ich ...«

»Hau ab, Kleiner. Ich habe jetzt wirklich keine Zeit mehr für dich.« Sie strafte ihre Worte Lügen, indem sie stehen blieb.

»Jehanne Garder, der Engel mit den sanften Händen. Die nicht mehr sanft sein konnten, als sich ihre Glieder verbogen. Sie war hoch angesehen als Hebamme, und als sie diesen Beruf nicht mehr tun konnte, verlegte sie sich auf Heilkräuter und deren Anwendung und erlangte damit wieder hohes Ansehen. Warum hat sie das aufgegeben? Warum bist du hierher in dieses lächerliche Dorf gekommen, Jehanne? Hat dich jemand besucht? Hat dich jemand darum ... gebeten?«

Sie riss sich sichtbar los. Ihr Gesicht war blass geworden. Sie war daran gewöhnt, ihre Hände so wenig wie möglich zu benutzen, sodass sie auch das Haar, das ihr in die Augen fiel, mit einem ruckartigen Kopfschütteln beiseite fegte, anstatt es mit den Fingern wegzustreichen. Selbst das Kopfschütteln hatte sie unterlassen. Jetzt vollführte sie es ganz energisch und drehte sich auf dem Absatz herum. »Mach's gut, Kleiner. Wage nicht, mir weiter nachzulaufen.«

»Meister Alex wurde umgebracht. Ich fand ihn in einem der Badezuber, im eigenen Blut schwimmend.«

Ihr Rücken war sehr gerade, als sie von ihm fortstrebte.

»Jehanne...«, rief er. Sie zuckte nicht einmal zusammen.
»Firmin ist spurlos verschwunden«, sagte er halblaut. Da begann sie zu laufen.

Constance hielt Raymonds Oberkörper mit beiden Armen fest umklammert. Ihre Brüste wippten mit den rhythmischen Stößen gegen ihn. Ihr Mund war nahe an seinem Ohr und machte kleine, seufzende Geräusche. Schließlich lockerte Raymond mit einem Griff ihre Hände und hielt ihr eines Handgelenk fest.

»Du fällst schon nicht runter«, sagte er.

»Wer weiß«, brummte sie.

»Das Pferd ist müde; es geht ganz langsam. Ich werde dich auch nicht runterstoßen, so wie Suzanne es getan hat. Wenn du mir versprichst, mir nicht die Luft abzudrücken, nehme ich dich ganz brav mit bis hinauf zu Roberts Haus.«

Sie rutschte hinter ihm auf dem Pferderücken herum, um besseren Halt zu bekommen. Das Pferd ging im langsamen Schritt in den fahler werdenden Spätnachmittag hinein. Was er durch seinen schnellen Ritt an Zeitvorsprung herausgeholt hatte, war durch den Aufenthalt im Dorf wieder verloren gegangen. Raymond trieb den Gaul dennoch nicht an. Constance verlor beinahe den Halt und packte mit der freien Hand wild Raymonds Gürtel. Sie murmelte etwas ganz und gar unzofenhaftes wie verdammter Drecksgaul oder Ähnliches und drückte sich noch dichter an Raymonds Rücken.

»Du kannst meine Hand jetzt loslassen«, sagte sie.

»Wenn du dich sicher genug fühlst...«

»Haha!«

»Hat sie ihren Namen genannt?«

Constance schwieg eine Weile. »Wer?«, fragte sie dann.

»Die Frau, die Sansdents Weib die Medizin brachte.«

»*Du* hast doch mit ihr geredet.«

»Ja, aber sie hat ihn... ich habe sie nicht gefragt.«

»Ich auch nicht.«

Constance kicherte plötzlich. Sie löste ihre Hand ganz von Raymonds Gürtel und legte sie flach auf den Knoten, in den Raymond die beiden Enden des Gürtels verschlungen hatte und der vom Reiten unter seinen Bauchnabel gerutscht war.

»Das hat mir gefallen, als sie ihm seinen Prügel an den Kopf getreten hat.«

»Guibert?«

Sie kicherte erneut. Das Pferd machte einen Schritt, und ihre Hand rutschte weiter nach unten und kam direkt auf Raymonds Schoß zu liegen. Raymond zuckte zusammen.

»Schmieriger Pfaffe«, sagte sie. »Hat mich zur Beichte aufgefordert. Die Herrin sagte, ich müsse nicht, aber er hat keine Ruhe gegeben. Er wollte nur was über die Sünde der Härterei wissen.«

»Härterei? Du meinst Häresie?«

»Was weiß ich.« Ihre Hand zuckte leicht. Sie machte nicht den Eindruck, als sei ihr klar, was sie da berührte. Raymond griff nach ihrem Handgelenk, bevor das Teil, das unter ihrer Handfläche wuchs, noch mehr Eigenleben entwickelte und sie spüren konnte, dass es hart wurde; er platzierte ihre Hand wieder auf dem Gürtel.

»Ich nehme an, du bist in dieser Beziehung unschuldig.«

»Wieso bist du der Frau nachgelaufen?«

»Weil ich ihren Namen erfahren wollte.«

»Vielleicht weiß ihn die Herrin.« Ihre Stimme klang gelangweilt.

»Ja, vielleicht.«

Das Pferd trat in ein Loch und machte einen ungelenken Schritt, und Constances Hand rutschte hinunter und legte sich wieder auf Raymonds Geschlecht. Sie begann mit leichten kreisenden Bewegungen.

»Und was wolltest du von ihr? Hat sie dir gefallen?«

»Keine Eifersucht«, sagte Raymond und versuchte, es leichthin klingen zu lassen. Er wünschte mittlerweile, er hätte so getan, als hätte er Constance nicht gesehen, wie sie den Weg zu Roberts befestigtem Haus hinauftrottete.

»Ääääh«, machte Constance. »Worauf denn? Du hast ja noch nicht mal ihren Namen rausgekriegt.« Sie kicherte. »Die Sünde der Härterei, was?«

»Constance, nimm die Hand da weg.«

Sie kicherte erneut. »Ich glaube, du begehst auch gerade die Sünde der Härterei.« Sie drückte ein wenig zu.

»Constance...«

»Ich hoffe, das Balg unten im Dorf kratzt bald ab, damit die Herrin mich wieder zurückholt. Ich hasse diese Leute.« Sie sagte es ohne jegliche hörbare Regung; immerhin nahm sie die Hand wieder zurück an Raymonds Gürtel. »Und es stinkt da.«

Das Pferd blieb einen Augenblick stehen, um an einem Grasbüschel neben dem Weg zu rupfen. Raymond ließ die Zügel locker. Constance nahm die andere Hand von Raymonds Brustkorb und setzte sich neu zurecht. Dann schnupperte sie an ihrer Hand.

»Ich rieche schon danach...«

Raymond besah seine eigene Hand, mit der er ihr Handgelenk festgehalten hatte. »Ich habe das Kind angefasst«, sagte er. »Es war voller Kot.«

Sie schwieg einen langen Moment. »Äääääääh«, brummte sie dann und hielt sich wieder an ihm fest. Kaum zwei Schritte weiter fummelte sie erneut an Raymonds Schoß herum.

»Wofür hat dir eigentlich Robert das blaue Auge verpasst?«

Raymond konstatierte zufrieden, dass seine gehässige Bemerkung Constance dazu brachte, ihn endlich in Ruhe zu lassen. Er hörte sie etwas murmeln.

»Wie war das?«

»Ich sagte, es war nicht der *seigneur*...«

Sie brummelte erneut.

»Wer? Georges?«

»Nein, verdammt!«, rief sie. »Es war die Herrin!«

Raymond riss überrascht die Augen auf. Suzanne? Aber eigentlich war es gar nicht so bemerkenswert – sie hatte in ihrem Wutanfall ja sogar Guibert geohrfeigt. Der Eindruck, dass Suzanne nicht davor zurückschreckte, auf jemanden loszugehen, wenn sie nur wütend genug war, war wohl richtig, und im Zusammenhang mit ihrer zierlichen, mädchenhaften Gestalt ließ dieser Umstand Raymond eher schmunzeln als betroffen sein.

Und wenn man es recht bedachte, hatten Suzannes Schläge zweimal Ziele gefunden, bei denen man es verstehen konnte. Ein groberer Mann als Raymond hätte nach Constances Bemerkung über Sansdents Kind vielleicht sogar selbst das Bedürfnis verspürt, ihr bestehendes, im Schwinden begriffenes Veilchen wieder ein wenig aufzufrischen.

2.

Der bunte Wagen saß wie ein Fabelwesen inmitten der Vorburg und wirkte im trüben Nachmittagslicht zweimal so groß wie üblich. Die Holzbauten schienen sich vor ihm zu ducken. Raymond zügelte sein Pferd, damit Constance herunterspringen konnte. Sie ging, ohne ihn noch eines weiteren Blickes zu würdigen, zum Donjon. Raymond stieg ab und führte seinen Gaul zum Stall, aus dem Jeunefoulques herausgaffte. Er nahm Raymond im ersten Augenblick nicht einmal wahr; seine Blicke hingen wie festgesaugt an dem ungewöhnlichen Anblick, den der Wagen der Gaukler bot; seine Hände streichelten und kneteten unabhängig davon das Leder und die Behänge eines fein verzierten Sattels. Die Pferde von Robert und Foulques standen in ihren Verschlägen, das zottige Fell um die Hufe herum noch voller Lehm. Sie mussten erst vor wenigen Augenblicken zurückgekommen sein. Im Hintergrund stampften und wieherten ein paar andere Pferde, als würden sie nicht in diesen Stall gehören. Raymond spürte die Blicke der Gaukler, die sich mit dem Abschirren der beiden struppigen Maultiere beschäftigten, als er an ihnen vorbei zum Bergfried hinaufmarschierte. Einer der Männer war Ilger; der andere musterte Raymond mit nicht weniger Abneigung. Offenbar hatte Raymond es schon geschafft, dass die Gaukler in zwei Lager zerfallen waren.

»Arnaud?«

Ilger machte eine Kopfbewegung zum Donjon. »Mit Carotte.« Ilger schob die Zungenspitze zwischen den Lippen hervor und machte ein obszönes Geräusch. Raymond wandte sich ab und trottete hinauf. Er hatte eine Ahnung, was Arnaud gerade von Robert zu hören bekam, und er konnte die Verwirrung des Gauklers schon spüren, ohne ihn gesehen zu haben. Aber wir wurden doch hierher eingeladen, oder nicht? Raymond verzog das Gesicht. Warum zum Teufel war Arnaud mit seinen Leuten nicht zuerst nach Niort gegangen, wie sie es vorgehabt hatten? Raymond konnte es sich denken. In Niort hätte es jede Menge Gelegenheiten für Ilger und seine Fraktion gegeben, dem Kastellan zu erklären, dass sie bei der Lösung eines Mordfalles im benachbarten Poitiers behilflich sein konnten. Hier auf Roberts Besitz gab es diese Möglichkeit nicht. Wahrscheinlich hatte Carotte sich für diese Lösung stark gemacht. Er stand tiefer in der Schuld der Gaukler, als er sich vorstellen konnte, und sein Magen revoltierte bei der Vorstellung, mit welcher Münze Robert soeben Raymonds Dank über sie ausgoss. Gesindel! Ich lasse euch von meinem Besitz prügeln, wenn ihr nicht sofort …! Raymond beschleunigte seinen Schritt, bis er fast im Takt seines schnell hämmernden Herzens lief.

»Hallo … äh … Raymond.«

Maus saß auf dem Wall, der die Rückseite der Vorburg zum Donjon abgrenzte, und winkte. Raymond beachtete ihn nicht. Er konnte nirgends Georges und seine Männer sehen, eine Gestalt ausgenommen, die sich kurz über die Brüstung der Hurde oben am Bergfried beugte und bei Raymonds Anblick gelassen nickte. Hatte Robert sie hineingerufen, damit sie Arnaud die Spieße an den Hals hielten? Raymond verhedderte sich in den Leitersprossen und stolperte dann über eine Kante, als er in den Saal platzte. Er prallte gegen eine Gestalt aus Stein, die herumfuhr und ihn instinktiv festhielt, damit er nicht zu Boden stürzte. Arnaud.

Robert stand in der Mitte des Saals, Foulques lehnte in einer Ecke an der Wand. Beide trugen noch immer die schäbigen Gewänder, mit denen sie beim Holzmachen gewesen waren. Suzanne, mit einem Arm voll Decken am Aufgang zur

Kemenate stehend, wurde von Constance in den Stand der Dinge unten in Sansdents Haus eingeweiht, schien sich aber mehr für Raymonds Ankunft zu interessieren. Arnaud stellte Raymond wieder auf die Beine. Carottes Gesicht war angespannt. Arnaud bürstete Raymond mit der flachen Hand einen Fleck von der Schulter und probierte es mit einem Grinsen. Vom Eingang des Saals führten nasse Spuren bis zu den beiden Gauklern; sie konnten nur wenige Augenblicke vor Raymond eingetreten sein. Carotte machte unwillkürlich einen Schritt auf Raymond zu; Suzannes Blicke folgten ihr, und ihre Augenbrauen hoben sich.

»Robert ... ich kann alles erklären ...«, keuchte Raymond.

Robert kam heran und legte Raymond einen Arm um die Schultern. Er lächelte über sein ganzes Gesicht. Raymond folgte dem sanften Zug ein paar Schritte beiseite. Er versuchte sein heftiges Atmen zu unterdrücken und merkte, wie ihm trotz der Kühle im Inneren des Donjon der Schweiß auszubrechen begann. Als er sich zu Arnaud umwandte, machte dieser eine ermutigende Geste. In Raymonds Hirn wirbelten die Gedanken durcheinander. Zu sehen, wie Robert und Arnaud sich gegenseitig durch den Saal prügelten, hätte ihn weniger überrascht als diese friedliche Szene.

»Das sind Gaukler«, sagte Robert leise zu Raymond. »Sie musizieren und singen und jonglieren, einer kann Feuer spucken, die Süße mit der Rattenfrisur tanzt, und der Riese dort behauptet, er kann mit Kopfstößen Holzbretter zerschmettern.«

»Er heißt Arnaud und ist ihr Anführer.«

Robert lächelte noch immer. Sein Mund war fast an Raymonds Ohr.

»Die sagen, du hättest sie geschickt.«

»Ich dachte ... ich wusste doch nicht, dass du nur ...«

Robert schüttelte lächelnd den Kopf. Er zog Raymond noch näher zu sich heran.

»Du wirst ihnen beibringen, dass sie auf der Stelle verschwinden«, sagte er leise und ohne dass sich seine Miene im

Geringsten verändert hätte. »Sonst lasse ich dich mit ihnen gemeinsam von meinem Besitz peitschen.« Er zwinkerte Raymond zu. »Haben wir uns verstanden?«

»Aber Robert...«

In Roberts Lächeln waren auf einmal zu viele Zähne zu sehen.

»Ich fragte: Haben wir uns verstanden?«

»Ja.«

»Hervorragend.«

Robert schlug ihm auf die Schulter, wandte sich ab und winkte Foulques mit einem Kopfnicken zu sich. Die beiden verließen ohne Hast den Saal. Raymond stand, wo Robert ihn stehen gelassen hatte; die Wände tanzten um ihn herum, und der Boden schien sich zu schütteln. Undeutlich nahm er wahr, wie Suzanne Constances Handgelenk packte und sie zum Abgang zur Küche zerrte. Arnaud und Carotte und er waren plötzlich allein im Saal. Er wandte sich ihnen zu. Arnaud grinste und breitete die Arme aus. Raymond spürte, wie sich sein leerer Magen umdrehte.

»Du hast uns gerufen, und da sind wir schon«, sagte Arnaud. »Oder nicht?«

Raymond beobachtete, wie Arnaud und seine Gaukler wieder abfuhren. Wenn er etwas im Magen gehabt hätte, hätte er sich auf der Stelle übergeben. Ilger trottete neben dem Wagen her und überprüfte, ob alle Truhen und Kisten und Fässer sicher festgemacht waren. Dann schwang er sich durch die frei herabhängende Flappe ins Innere des Wagens. Ein paar von Roberts Bediensteten, die nichts zu tun hatten, standen links und rechts neben dem Tor und betrachteten die Abfahrt der Gaukler mit der gleichen offenmäuligen Neugier, wie sie wahrscheinlich deren Ankunft betrachtet hatten. Raymond dachte an Arnauds stilles Gesicht, als er ihm beigebracht hatte, dass die Einladung, nun, voreilig – gewesen war; mehr noch dachte er an den Schock, der das Funkeln in Carottes Luchsaugen für ein paar Momente ausgelöscht hatte. Er hatte ihnen alle Münzen angeboten, die noch in seiner Börse waren, und die Situation damit noch verschlimmert. Ein saurer Geschmack stieg in seiner Kehle auf, Wut auf Robert, noch mehr Wut auf sich selbst, am meisten Wut darauf, wie sich aus Gutgemeintem meistens Schlechtgemachtes entwickelte. Die Flappe hinten am Wagen der Gaukler wurde zurückgeschlagen, und Raymond erwartete, sich mit Carottes tödlich getroffenem Schweigen und ihren ungläubigen Blicken auseinander setzen zu müssen, doch es war Ilger.

»He, Ratte«, sagte Ilger halblaut. Raymond seufzte. Ilger hob drei Finger einer Hand in die Höhe, legte sie zusammen und deutete damit wie mit einer Pfeilspitze auf Raymond. Raymond ließ den Kopf hängen. Die Geste war klar: drei Goldstücke. Mit ihrem Anteil davon würden die Gaukler bequem bis zum Fuß der Berge kommen, mit der Betonung auf: bequem. Selbst wenn Arnaud noch immer nicht damit einverstanden sein sollte, Raymond den Behörden in Poitiers zu verraten, würde er sich jetzt nicht mehr mit seiner Meinung durchsetzen können. Raymond wandte sich ab. Er wollte nicht, dass Ilger sah, wie Tränen des Zorns und der Enttäuschung seine Augen schwimmen ließen.

Foulques stand am Fuß des Donjon, als ob er auf ihn gewartet hatte. Roberts Freund sagte nichts, und sein leises Kopfschütteln konnte sowohl Mitgefühl mit Raymond als auch Verständnislosigkeit über seine Aktionen ausdrücken. Raymond war zu frustriert, um danach zu fragen. Sie blickten beide zum äußeren Wall hinter der Motte hinüber, auf dem ein paar Männer mit Helmen und Spießen beieinander standen. Robert war unter ihnen und schien sie mit ausholenden Armbewegungen mit der Umgebung vertraut zu machen. Es waren mehr Bewaffnete als üblich, über ein halbes Dutzend, die meisten davon bunt, aber einheitlich gekleidet. Georges und seine Leute waren deutlich unter ihnen auszumachen. Plötzlich dachte Raymond an den Reitertrupp, dem er auf dem

Weg nach Niort begegnet war und von dem er einen Moment lang angenommen hatte, die Männer wären hinter ihm her. Waren sie es? Oder war es eine Abordnung aus Poitiers, die auf Bitten von Bruder Baldwin und den anderen beamteten Brüdern im Kloster zu allen Besitztümern in der Umgebung der Stadt gesandt worden war, um den flüchtigen Mörder des Klosterarchivars zu suchen? Hätte Ilger – drei Goldstücke, Mann! – nur zum äußeren Wall zu gehen brauchen, um Raymond dem Henker zu überliefern? Raymond merkte erst, dass sein Mund offen stand und sein Gesicht den Ausdruck aufsteigender Panik zeigte, als Foulques ihn mit zusammengekniffenen Augen musterte.

»Wer sind die?«, fragte er rau. Was geschah, wenn Robert plötzlich kapierte, dass der Mann, den das Kloster suchte, auf seinem Hof zu finden war? Robert würde vermutlich eine gute Gelegenheit wittern, seine Beziehungen zum Klerus weiter zu verbessern, und es fragte sich, ob das Problem, dann keinen Sänger für das Abendmahl mit Bischof Bellesmains zu haben, ihn aufhalten würde. Einen irren Moment lang überlegte Raymond, wie lange es dauern würde, sein Pferd aufzusatteln und von Roberts Besitz zu fliehen.

»Du denkst wahrscheinlich, Robert hätte den Gauklern wenigstens für eine Nacht ein Dach über dem Kopf anbieten sollen.«

Raymond blinzelte irritiert.

Foulques machte ein verdrossenes Gesicht. »Die Ehre und die Gesetze der Gastfreundschaft hätten es geboten, das stimmt.«

Robert hatte sich aus der Gruppe der Bewaffneten gelöst und kam den Wall herunter und durch den flachen Graben dahinter auf die Motte zu. Die gerüsteten Männer verließen den Wall zur anderen Seite. Raymond sah sie wenige Augenblicke später jenseits der Palisade auf der freien Fläche um den Besitz herum auftauchen; sie teilten sich in zwei Gruppen und gingen in verschiedene Richtungen auseinander. Georges und seine Männer teilten sich ebenfalls auf und schritten innerhalb der Palisade auf dem Wall entlang.

»Die Männer sollten ausreichen, den Hof zu schützen«, murmelte Foulques. »Und wenn ich Georges wieder mit unverdünntem Wein in seiner Flasche erwische, lasse ich ihn die nächsten hundert Nächte die Schweinepferche ausmisten.«

Robert kam mit raschen Schritten die Motte herauf. Er wirkte aufgekratzt und fahrig.

»Tatsache ist«, sagte Foulques, »dass Roberts Gastfreundschaft heute Abend bereits vergeben ist.«

»Das wäre erledigt«, rief Robert und klatschte nervös in die Hände. »Du hattest Recht, mein Freund, dass diese Scheißkerle keine Befehle von Georges entgegennehmen würden. Auf mich haben sie aber gehört.«

»Das will ich ihnen auch geraten haben. Du bist der *seigneur* hier, sie haben sich dir unterzuordnen.«

»Schon gut, schon gut, sie sind eben den Umgang mit hohen Herrschaften gewöhnt.« Robert atmete einmal tief aus und ein und bemühte sich dann, für ein paar Sekunden nicht herumzuzappeln. Er fasste Raymond ins Auge. »Was war das für eine Bockmistidee mit den Gauklern, zum Teufel?«

»Robert, woher sollte ich denn wissen, dass du…«

»Wenigstens bist du das Gelichter losgeworden.«

»Sie sind kein…«

»Schickt mir der Kerl diese Landstreicher auf den Hof.« Robert hieb mit der Faust durch die Luft.

»Robert, wer sind die Männer mit den Helmen und Spießen?«

Robert drehte sich um und folgte Raymonds Fingerzeig. »Die da? Leute von Bischof Bellesmains.«

»Aus Poitiers?«

»Nein, aus dem verzauberten Wald, von dem du letztens erzählt hast.« Robert lachte unlustig. »Natürlich aus Poitiers!«

»Haben Sie gefragt nach… Was haben sie dir erzählt?«

»Erzählt?« Robert runzelte die Brauen. »Was sollen die Typen schon erzählt haben?«

»Ich glaube, er will wissen, warum sie hier sind«, sagte Foulques.

Robert warf die Hände in die Luft.

»Warum sie hier sind?«, dröhnte er. »Ja zum Teufel, weil sie Bischof Bellesmains hierher begleitet haben. Was für eine blöde Frage ist das?«

Raymond gaffte Robert an. »Der Bischof ist hier?«, brachte er schließlich hervor.

»Deswegen konnte ich doch das Gauklerpack nicht aus meinem Saal hinausprügeln lassen! Herrgott! Wenn der Bischof oben in der Kemenate aufgewacht wäre und sie hier gesehen hätte, wäre er auf der Stelle wieder abgereist.«

3.

»Wasser und Brot.«

»Wasser und Brot? Aber Ehrwürden ... ich meine ...«

»Wasser und Brot, mein Sohn. Ich werde es oben einnehmen, wenn du gestattest.«

»Aber natürlich. Ich dachte nur ...«

»Ich will doch die Überraschungen, die du dir für dein Festmahl ausgedacht hast, nicht verderben.« Bischof Bellesmains sah Robert Ambitien freundlich an wie der König inmitten seiner ergebensten Untertanen, der sich bemüht, menschlich zu ihnen zu sein. Es war jedoch nicht zu leugnen, dass mit seinem Auftauchen das Gleichgewicht im Saal sich sofort auf ihn zentriert hatte. Selbst Suzanne, deren Anblick für Raymonds Augen üblicherweise alles überstrahlte, wirkte unscheinbar und nervös neben ihm. Bellesmains stand in seinem schlichten dunklen Rock hinter dem freien Platz, die Hände vor dem Leib gefaltet, und lächelte in die Runde.

»Wie Ihr wünscht, Ehrwürden.« Robert bemühte sich, sich auf Bellesmains' überraschenden Wunsch einzustellen. Er sah ratlos zu Foulques und dann zu Suzanne.

Suzanne fasste sich als Erste. Sie deutete auf die in einer Ecke des Saals stehende Constance und sagte: »Du hast es gehört. Sag in der Küche Bescheid.« Constance schreckte zusammen und schlurfte eiliger als gewöhnlich zur Treppe.

»Wollt Ihr Euch setzen, Ehrwürden, bis alles gerichtet ist?«

Bellesmains deutete ein knappes Kopfnicken an. Er zögerte einen winzigen Moment vor dem freien Platz, dann wandte er sich rasch entschlossen ab und setzte sich zu Raymonds endloser Überraschung direkt neben ihn. Zögernd nahmen auch die anderen Platz. Suzanne, deren Kleid unscheinbar war, hatte einen Mantel mit hohem Kragen um die Schultern geworfen, der für die Jahreszeit zwar zu warm gewesen wäre, in der feuchten Kühle des Saales aber durchaus angebracht schien. Sie war kaum geschmückt, lediglich da, wo die Tasselschnur über ihrer Brust lag, war eine feine Schnur aus weißen Perlen befestigt, in die sie den linken Daumen gehakt hatte. Sie hielt den Mantel mit zwei Fingern der rechten Hand vor ihrem Schoß zusammen, als sie sich setzte – die höfische Geste wirkte zugleich ungewohnt und elegant an ihr.

Der Bischof brachte einen Schwall von Kerzen- und Weihrauchduft und den weniger angenehmen Geruch eines Körpers mit, der sich vor kurzer Zeit heftig angestrengt hat, ohne seither ein Bad oder die Möglichkeit gefunden zu haben, die Kleider zu wechseln. Ohne sich wirklich dafür zu interessieren, fragte sich Raymond, ob Robert und Suzanne wegen des unerwarteten Besuchs vollkommen vergessen hatten, Jean Bellesmains ein Bad anzubieten, oder ob er es aus diversen religiösen oder würdevollen Gründen ausgeschlagen hatte. Raymonds Herz war immer noch in Aufruhr von den Augenblicken des Entsetzens, als er gedacht hatte, die Wache des Bischofs wären Bewaffnete aus Poitiers, die ihn verhaften wollten; und der Klumpen in seinem Magen, der von Arnauds und Carottes Blicken kam, als er ihnen erklärt hatte, die Einladung sei ein Missverständnis gewesen, war immer noch zu groß, als dass es ihn nach mehr Speise verlangt hätte als der, um die auch der Bischof gebeten hatte. Raymonds Gedanken schlugen Purzelbäume von den raschen Wendungen der letzten Stunden (da war auch noch die sehr große Wahrscheinlichkeit zu bedenken, dass die lang gesuchte Jehanne, Jehanne mit den jetzt-nicht-mehr-sanften Händen, unten im Dorf war und entweder den Schlüssel zu Firmin oder sein nächstes Opfer darstellte), und es fiel ihm schwer, wirklich bei der Sache zu sein. Er war höchstens vage erleichtert, dass der Bischof keinerlei Notiz von ihm zu nehmen schien.

»Aber Ehrwürden...«, sagte Robert und deutete unsicher auf den freien Platz an seiner und Suzannes Seite.

»Der Platz ist nicht für mich«, erklärte der Bischof.

»Aber...«

»Für wen hältst du ihn frei, mein Kind?«

Suzanne sah Bellesmains in die Augen. »Für die Königin.«

Jean Bellesmains nickte. »Es ist recht, dem Herrn einen Platz in unserer Mitte einzuräumen.« Er deutete auf sein Herz. »Hier ist der Platz für den Herrn Jesus. Und dort...«

»Natürlich gebührt der Platz mehr dem König, Henri Plantagenet...«, platzte Robert heraus.

Foulques schloss unangenehm berührt die Augen und schien dann verlegen, dass Raymond ihn dabei beobachtet hatte.

»In einem poitevinischen Haus soll nur Platz für die Herzogin von Poitou, unsere Königin Aliénor, freigehalten werden«, erklärte Bellesmains.

»Natürlich... das wollte ich damit sagen...«

Bellesmains lächelte. Er faltete die Hände. »Erlaubt Ihr mir, das Tischgebet zu sprechen?«

»Es wäre uns eine Ehre«, sagte Suzanne und senkte den Kopf.

»Herr, segne diese Gaben«, begann Bellesmains auf Latein und sang in derselben Sprache weiter, »diesen gebratenen Esel und die fliegenden Kalbsköpfe in ihrem Bett aus HeuschrECKENNNN...«

Raymond blinzelte und dachte einen langen, abgründigen Moment, dass sein Geist sich soeben verwirrt habe, und einen noch längeren, dass Jean Bellesmains an seiner Stelle plötzlich dem Wahnsinn zum Opfer gefallen war. Dann sprach der Bischof weiter, und er verstand. Die anderen Tischgäste hielten die Köpfe weiterhin gesenkt und zuckten nicht einmal zusammen.

»Ich-hoffte-keiner-würde-Latein-sprECHENNN«, fuhr der Bischof in seinem leiernden Segensgesang weiter, »aber-ich-wollte-sie-sicherheitshalber-auf-die-Probe-stellen-hast-du-schon-Ergebnisse-zu-melden-mein-SOOOHOOON-nur-deshalb-bin-ich-schon-heute-eingetrOFFENNNN ...«

»Amen«, flüsterte Raymond. Die anderen taten es ihm mit einiger Verspätung nach.

»Das-will-ich-hoffen-damit-ich-weiß-warum-ich-dich-vor-dem-Galgen-bewAAAHAAAREEEE.«

»Amen.«

»AAAAAAAAMEEEHEEEN«, sang der Bischof. Dann öffnete er die Augen und sah sich strahlend um. »Ich möchte euch während des Mahls die Möglichkeit zur Beichte geben«, erklärte er.

Selbst Foulques gelang es nicht, seine Überraschung zu verbergen. Robert und Suzanne schienen vollends verwirrt zu sein. Zuerst die Bitte um Wasser und Brot und nun das... Raymond erinnerte sich, dass der Bischof auch ihn innerhalb kürzester Zeit aus dem Gleichgewicht gebracht hatte. Er hatte eine Art, seine Umgebung so blitzartig zu verwirren, dass man nicht anders konnte, als ihm die Führung zu überlassen – und sogar noch dankbar dafür war.

»Ich ... ich ... gerne ...«, stotterte Robert. »Ich werde auch dem Gesinde Bescheid sagen und ...«

»Ach nein, mein Sohn, nicht dein Gesinde. Was für Sünden kann es schon begangen haben unter deiner und der Aufsicht deines Weibes?«

Robert stand unsicher auf. »Soll ich gleich ...?«

Bellesmains wandte sich zu Raymond um. »Dieses Gesicht ist mir unter deinen Gefolgsleuten neu. Ein neuer Burgknecht?«

»Äh ... nein ... das ist ...«

Raymond rappelte sich auf und verneigte sich. »Raymond le Railleur, der niedrigste unter Euren Dienern, Ehrwürden. Der *seigneur* gibt mir die Gnade, für mein Brot hier zu arbeiten.« Die Komödie machte ihm nicht wirklich Spaß, schon gar nicht, wenn er daran dachte, was der Bischof als kleinen freundlichen Nachsatz an seinen vermeintlichen Speisesegen angehängt hatte, aber wenn sie schon gespielt werden musste, dann wollte auch er das seine tun.

»Er singt«, sagte Robert.

»Ein Sänger und Geschichtenerzähler?«

»Nein, Geschichten kennt er keine«, rief Robert hastig.

»Wie lange hast du schon nicht mehr gebeichtet, mein Sohn?«

»Meine Seele ist schwer und hungert nach der Absolution.«

»Du glaubst also, es liegt etwas darauf?«

»Es gibt genug, das ich Euch bekennen möchte.«

»Der Bußfertige bekennt nur vor Gott, mein Sohn.«

»Und ihm wird die Wahrheit zuteil.«

Der Bischof machte plötzlich schmale Augen. »Die Wahrhaftigkeit ist der einzige Weg zum Heil«, sagte er leise.

»Ich bin sicher, der ehrwürdige Vater wird mir auf diesem Weg als Führer vorangehen.«

Bellesmains musterte ihn durch den dichten Vorhang seiner Wimpern. »Wahrscheinlich gehört eine schnelle Zunge zu einem Sänger dazu«, sagte er dann.

»Um Vergebung, Ehrwürden«, zischte Robert und warf Raymond einen Blick zu, der ein Loch in ein Stück Holz gebrannt hätte. »Ihr wisst ja, das fahrende Volk...«

Der Bischof schlug ein rasches Kreuzzeichen über den Tisch und die Speisen darauf und erhob sich. Er hatte keinen Bissen gegessen und den Becher Wasser nicht angerührt.

»Folge mir in einem Moment nach oben, mein Sohn«, sagte er zu Raymond. »Ich möchte mich sammeln, bevor du mich mit der Wucht deiner ungebeichteten Sünden belastest.«

Raymond nickte und verzichtete darauf, das letzte Wort haben zu wollen. Als Bellesmains schwerfällig davonschritt, standen auch alle anderen auf und verbeugten sich. Bellesmains stapfte die Treppe hinauf. Raymond setzte sich wieder und griff nach dem nächstbesten Becher vor sich; es war der von Jean Bellesmains. Er trank schnell, damit niemand merkte, wie seine Hände leise zitterten. Als er den Becher absetzte, begegnete er den Blicken von Suzanne, Robert und Foulques.

»Der Mann hat nicht erkannt, wer der größte Sünder hier am Tisch ist«, sagte Raymond und zwinkerte Robert über den Becherrand hinweg zu. Robert verzog keine Miene.

»Verdirb ihm die gute Laune, und wir sind Feinde«, knurrte er dann. Raymonds bemühtes Lächeln erstarb. Er warf einen Seitenblick zu Foulques, doch dieser wich ihm aus. Suzanne hatte eine Sorgenfalte zwischen den Brauen. Raymond stellte den Becher auf den Tisch. Ein bisschen Wasser schwappte heraus. Als er sprach, stellte er fest, dass seine Stimme eine Spur zu heiser klang.

»Ich werde ihm nichts sagen, was er nicht hören will«, erklärte er. Es hatte keinerlei besänftigende Wirkung auf Robert.

Marie, die umfängliche Zofe, war entweder aus freien Stücken oder auf Anordnung des Bischofs in die Nische neben der Kaminöffnung gekrochen und schaukelte Suzannes und Roberts Tochter auf den Knien. Bischof Bellesmains stand vor der Fensteröffnung; er hatte den tuchbespannten Rahmen herausgenommen und hielt sein Gesicht in die kühle Abendluft. Als er sich zu Raymond umdrehte, waren seine Wangen gerötet. Er machte eine herrische Kopfbewegung. Als Raymond an seine Seite trat, sah er, dass unter dem Fenster, auf einer Truhe mit flachem Deckel, ein Schachbrett stand. Die Figuren waren in verschiedenen Stellungen erstarrt, rote und weiße, die roten im Begriff, einer Sturmspitze der weißen mit einer Zangenbewegung auszuweichen.

»*Confiteor deo omnipotenti*«, begann Raymond.

Bellesmains' Augen verengten sich zornig. Er deutete zu Boden. »Knie nieder.«

Raymond ließ sich auf die Knie nieder und griff nach Bellesmains' Hand, um den Ring zu küssen. Der Bischof zog die Hand weg. »Was soll das Geschmeichel?«

»Ich dachte ...«

»Du sollst niederknien, damit es nach einer wirklichen Beichte aussieht, falls jemand hereinplatzt.« Der Bischof brachte es fertig zu flüstern. Er warf unwillkürlich einen Blick zu Marie, die leise summte und keinerlei Anteil am Geschehen um sie herum zu nehmen schien, aber wahrscheinlich dachte der Bischof, dass man nie wissen konnte. Raymond senkte den Kopf.

Bellesmains nahm eine der Figuren des Schachspiels in die Hand, wog sie unschlüssig und stellte sie schließlich auf ein neues Feld. Es war der rote Bischof. Raymond konnte nicht erkennen, welchen Vorteil der Zug gebracht hatte.

»Ich wusste nicht, dass Robert Schach spielt«, sagte er, um das Schweigen zu überbrücken.

»Das ist mein Spiel. Robert wäre schon beim Tric-Trac überfordert. Höchstens Foulques könnte ein ernst zu nehmender Gegner sein.«

»Und die Herrin.«

»Ich spiele nicht mit Weibern.«

»Nun«, sagte Raymond, »ich beherrsche es jedenfalls nicht.« Er fühlte plötzlichen Ärger wegen Bellesmains' brüsker Worte über Suzanne.

»Natürlich nicht. Dazu braucht es Intelligenz und Ausdauer, nicht nur ein großes Maul.«

Bellesmains tippte nachdenklich auf den roten Bischof, ohne ihn noch einmal zu bewegen. Ohnehin wären die weißen Figuren am Zug gewesen. Wie es schien, spielte Bellesmains gegen sich selbst. Bei näherem Hinsehen erkannte Raymond, dass die roten dabei waren, die nächsten Züge für sich zu entscheiden. Der Zug des roten Bischofs hatte doch einen Vorteil: Er schnitt der Sturmspitze der weißen den weiteren Weg ab. Die Vorhut der roten zu beiden Seiten des weißen

Keils konnte ebenfalls nicht weiter, wenn sie den flankierenden Fußsoldaten der weißen Sturmspitze nicht zum Opfer fallen wollte; doch am Rand des Brettes waren nun Wege für die höherwertigen Figuren der Roten offen geworden, und von diesen Positionen aus konnten sie tief in Linien der Weißen eindringen. Zwei, drei geschickte Züge der Roten, während die Weißen nur auf der Stelle treten konnten, und dem weißen König würde zum ersten Mal Schach geboten werden. Bellesmains schien unbewusst die dunkle Seite in diesem Kampf gegen sich selbst zu bevorzugen.

»Das Schachspiel ist die Welt«, sagte Bischof Bellesmains in die Stille. »Das Land wird nicht von seinen Grenzen zusammengehalten, sondern von seinen Ständen. Jeder hat seinen Platz, jeder ist irgendwann mal am Zug, und jeder muss sich den Regeln unterwerfen, die für ihn gelten: Rex, Regina, Alphilus, Miles, Rochus, Pedinus.«

Raymond erwiderte nichts, als Bellesmains nacheinander die Figuren berührte.

»Du bist kein Pedinus«, sagte Bellesmains und tippte einen der weißen Fußsoldaten an, die sich zu weit vorgewagt hatten.

»Ich hoffe nicht«, erklärte Raymond.

»Du bist überhaupt nichts. Einer wie du hat keinen Platz in diesem System.« Bellesmains ließ den Pedinus hin und her wackeln, dann warf er ihn um. Die Figur rollte dem roten Alphilus in seiner strategischen Stellung vor die Füße. Plötzlich – Raymond zuckte zusammen – wischte der Bischof das ganze Brett von der Truhe. Marie fuhr erschrocken auf. Die Schachfiguren fielen klackernd zu Boden. Bellesmains atmete heftig aus und kniete sich dann direkt neben Raymond. Ihre Gesichter waren nur Zentimeter auseinander.

»Du bist auch dieser Meinung, oder?«, zischte Bellesmains. »Dass für dich die Regeln nicht gelten?«

»Ist alles in Ordnung? Ich habe einen Krach gehört...«

Die beiden Männer blickten auf, als hätte Suzanne sie bei etwas Verbotenem gestört. Raymond fand sich überrascht, dass nicht Robert gekommen war, um nach dem Rechten zu sehen. Suzannes Blicke verirrten sich zu Marie und dem Kind, natürlich, sie machte sich Sorgen, ob die Kleine... Doch der Blick war nur oberflächlich und wandte sich sofort wieder Raymond und dem Bischof zu. Raymond hatte Suzanne schon wütend, in heller Panik und in geschäftiger Betriebsamkeit erlebt, aber bislang noch nicht von so dumpfer Nervosität erfüllt. Es schien unwahrscheinlich, dass Robert sie mit seiner Arschkriecherei angesteckt hatte, aber unzweifelhaft maß sie dem Wohlwollen des Bischofs die gleiche Bedeutung zu wie ihr Mann.

»Ich habe das Schachbrett umgestoßen«, sagte Raymond und konnte sich nicht verkneifen, hinzuzufügen: »Die Partie stand sowieso schlecht.«

»*In nomine patris, et filii, et spiritus sancti*«, murmelte der Bischof und schlug das Kreuzzeichen über Raymonds Haupt. Suzanne senkte den Kopf und zog sich zurück. Sie hörten ihre Schritte die Stufen hinunterpoltern.

»Berichte«, sagte Bischof Bellesmains.

»Ich versichere Euch, dass an der Geschichte mit dem Archivar...«

»Lass den normannischen Betbruder und seine Genossen aus dem Spiel. Ich möchte wissen, was du über Firmin herausgefunden hast. Wie du dich bisher angestellt hast, darüber reden wir nachher.«

»Damit ich über Firmin reden kann, müsst Ihr mir erst mal eine Frage beantworten.«

»Was ich muss und was ich nicht muss, bestimmst nicht du.«

»Wann ist Firmin ins Kloster eingetreten?«

Bischof Bellesmains musterte Raymond einige Sekunden lang. »Er ist dem Kloster dargebracht worden«, sagte er schließlich.

»Was bedeutet das?«

»Firmin gehört zu den *pueri oblati* – Knaben, die als Kleinkinder dem Kloster übergeben werden, damit die Gemeinschaft und Gott der Herr sich ihrer annehmen.«

»Vermutlich nicht ganz gratis.«

»Was soll die Frage?«

»Ihr sagtet, Firmin ist ungefähr zwanzig Jahre alt?«

»Er wurde in dem Jahr nach der Berufung des heiligen Thomas Becket zum Bischof von Canterbury dem Kloster dargebracht – das Jahr bevor der heilige Thomas und sein unheiliger König sich zerstritten und Thomas hierher auf das Festland floh.«

»Frühling, Sommer, Herbst?«

Bischof Bellesmains hob zwei der Schachfiguren vom Boden auf und wog sie nachdenklich in der Hand. Es waren die weiße Königin und ein roter Bischof. Er drehte sie und ließ sie auf der Handfläche einen unbeholfenen Tanz umeinander aufführen. »Im März«, sagte er schließlich und runzelte die Stirn.

»Ihr wisst gut Bescheid.«

»So wie ich von jemand anderem weiß, dass er den Vizegrafen von Chatellerault beleidigt hat, sich die Würde eines Klerikalen angemaßt hat, sich mit Gauklergesindel herumtreibt und in Wollust suhlt; einer, der die heiligen Weihen der Kirche zurückgewiesen hat, der sich in die Gemeinschaft eines Kloster einschleicht und einem arglosen Bruder die Kehle durchschneidet...«

Raymond schwieg. Vorhin hatte er das Gefühl gehabt, einen kleinen Zipfel von dem zu erhaschen, was den Bischof trieb, aber die Anklage Bellesmains' verscheuchte es wieder aus seinem Kopf.

»Was hast du im Kloster zu suchen gehabt?«

»Eure Frage hängt mit der meinen zusammen.«

Der Bischof atmete scharf ein und blickte dann von den Figuren in seiner Hand auf. Er starrte Raymond ins Gesicht. So achtlos wie er sie aufgenommen hatte, ließ er die Figuren wieder fallen. Seine Augen waren gerötet vor Wut – oder vom Schlafmangel. Im Saal unten war es nicht so aufgefallen, aber hier, in unmittelbarer Nähe, sah seine Gesichtshaut noch teigiger aus und waren die Schatten unter seinen Augen von einem fleckigen, ungesunden Braun. Seine Wangen waren stoppelig, und in seinen Mundwinkeln saßen kleine, entzündete Bläschen.

»Firmin kam im März 1163 ins Kloster St. Jean de Montierneuf?«

»Was ist daran so auffällig?«

»Wollt Ihr wissen, wer vor und nach ihm ins Kloster eingetreten ist? Allerdings in fortgeschrittenerem Alter als das Knäblein Firmin?«

»Nein.«

»Otho de Bearnay, Giscard d'Arsac, Raoul de Vermandois – vermutlich nicht *der* Raoul de Vermandois – und Bernard de Mauléon.«

Der Bischof fuhr sich durch den Haarkranz, als ob er sich nur mit Mühe beherrschen könnte, eine andere Bewegung mit der Hand zu machen – etwa eine, die auf Raymonds Wange endete.

»Ich weiß das«, fuhr Raymond fort, »weil ich ihre Stammblätter gesehen habe. Sie befanden sich vor und nach dem Stammblatt Firmins in einem Codex – oder vielmehr: hätten sich dort befinden sollen. Sie waren herausgerissen worden.«

»Firmin?«

»Ich nehme es an. Ich fand sie in seinem Pult.«

»Und ...?«

»Firmins Stammblatt fehlte. Er hat es an sich genommen.«

Der Bischof ließ sich sachte auf die Fersen zurücksinken und starrte an die Decke. Die Rötung seiner Wangen verschwand langsam. In der Brise vom geöffneten Fenster her zitterte sein Haarkranz. Raymond spürte nichts von diesem Luftzug.

»Warum hast du das getan?«, fragte Bellesmains schließlich langsam und richtete die Frage an die Decke der Kemenate.

»Was? Das mit Bruder Thibaud? Ich habe Euch doch erklärt, dass ich es nicht war. Der Archivar war seit Tagen tot, als sie ihn ...«

»Warum hast du in Firmins Angelegenheiten im Kloster herumgeschnüffelt?«

»Na, wie sollte ich denn sonst herausfinden, was er zuletzt getan hatte?«

»Ich habe dich nicht dazu ermächtigt.«

»Ich dachte nicht, dass ich dazu eine Ermächtigung...«

»Ich habe dir alles gesagt, was du wissen musstest. Du sollst Firmin wieder finden, nicht die Aufmerksamkeit der Brüder auf ihn lenken und ihn im Kloster kompromittieren. Denn das ist genau, was du getan hast!« Plötzlich schrie der Bischof los, so unvermittelt, dass Raymond zurückzuckte und das Kind in der Kaminecke nach einer Schrecksekunde zu weinen begann. »Dieser unsägliche normannische Betbruder wagt es, ohne Anmeldung zu mir zu kommen«, brüllte Bischof Bellesmains, dass der Speichel spritzte, und beruhigte sich nur allmählich, »und mir eine Geschichte von einem Eindringling zu erzählen, der sich für die Arbeiten von Bruder Firmin interessiert hat – ›Und übrigens, ehrwürdiger Vater, wir vermissen ihn, könntet Ihr uns mitteilen, wann er von seinem Auftrag für Euch zurück ist?‹ – und der sich trotz Verbotes in das Archiv eingeschlichen hat – ›Der mir meine Schlüssel gestohlen hat wie ein gemeiner Dieb! – Und der einen armen Bruder im Zustand der Absolution dazu zwang, die Kutte mit ihm zu tauschen, als wir ihn im Archiv eingeschlossen hatten – dieser Teufel, die Mächte der Finsternis müssen ihm geholfen und ihn in einer Nebelwolke versteckt haben, dass er so durch unsere Finger schlüpfen konnte! – Und als wir in das Archiv eintraten, fanden wir den guten Bruder Thibaud in seinem Blut und den armen Bruder Bavard in Thibauds Kutte gehüllt – die Kutte, in deren Deckung sich der Teufel eingeschlichen hat! – Und Bruder Bavard war vollkommen verwirrt und sprach von Vögeln, der Ärmste, und wir brachten Thibaud nach draußen und sahen...‹«

»Baldwin lügt«, sagte Raymond.

»›... dass er ermordet war, und ich frage mich, ehrwürdiger Vater, was hat das Ganze mit Bruder Firmin zu tun, denn um ihn ging es dem Eindringling ja wohl, könnt Ihr Euch einen Grund denken?‹«

»Heiliger Hilarius«, knurrte Raymond.

»Zum Teufel!«, begann der Bischof wieder zu toben, »ich habe nie einen größeren Dummkopf als dich gesehen! ›Ich kenne den Namen des Eindringlings‹, sagte dieser aufgeblasene Normanne, ›er heißt Raymond, und er sieht so und so aus‹, und siehe da! Die Beschreibung passt genau auf dich, und ganz Poitiers sucht den Mann, den ich beauftragt habe, insgeheim nach meinem Assistenten zu forschen, als Mörder!«

»Ich habe Bruder Thibaud nicht...«

»Das Kloster hat zwei Goldsous für die Ergreifung des Täters ausgelobt. Ich habe nochmal vier drauflegen müssen, damit der Mönch nicht misstrauisch wurde. Sechs Goldsous! Judas hat den Herrn für weniger verraten!«

Ja, und Ilger wird nie erfahren, dass der normannische Stadtwächter ihn über den Löffel balbiert, dachte Raymond. Laut sagte er: »Das Geld könnt Ihr Euch sparen. Ich war es nicht, und ich kann es beweisen.«

»Wo ist Firmin?«

»Das hängt alles zusammen.«

»Was hast du bislang getan, außer dich anzustellen wie die Axt im Walde?«

»Firmin ist bei seiner Arbeit, Eure Briefe zu archivieren, auf etwas gestoßen, das ihn veranlasst hat, sein eigenes Stammblatt zu entwenden.«

»Wozu sollte er das tun? Er kann es jederzeit einsehen.«

»Aber nicht, wenn er sich zuvor trotz Verbotes ins Archiv geschlichen hat.«

»Wer? Firmin? *Du* hast dich...«

»Firmin hatte die Erlaubnis, Euren Briefwechsel als Abt von Saint Jean einzusehen. Für alles andere hätte er eine Erklärung benötigt. Die hatte er nicht. Also nutzte er seine Arbeit als Kopist und ließ sich entweder im Archiv einschließen oder fand irgendeinen anderen Weg, um dort in aller Ruhe nach den Dokumenten zu fahnden, um die es ihm ging.«

»Was für eine lächerliche Annahme!«

»Bis er von Bruder Thibaud dabei ertappt wurde.«

»Das ist genauso...« Bischof Bellesmains stutzte. Raymond sah ihn an. Die Augen des Bischofs verengten sich. »Ich kann mir nicht vorstellen«, sagte er langsam, »dass du damit sagen willst, was ich glaube, das du damit sagen willst.«

»Wenn Ihr schon aufgrund dieser Anmerkung denselben Gedanken habt...«

Bellesmains schüttelte den Kopf. Für den Augenblick schien er sprachlos.

»Ohne Thibauds Leichnam genauer gesehen zu haben, würde ich doch annehmen, er ist seit mehr als nur ein paar Tagen tot. Und Firmin ist seit mehr als nur ein paar Tagen verschwunden. Wenn Thibaud ihn ertappt hat und eine Strafe in den Raum stellte oder wenn das, was Firmin gefunden hat, für ihn so wichtig war, dass er es nicht mehr zurückgeben wollte...«

Bischof Bellesmains stemmte eine Hand auf die Truhe und richtete sich ächzend auf. Als er aufrecht stand, ragte er vor Raymond auf wie ein dunkler Fels.

»Jetzt reicht es«, grollte er. »Du fügst deiner Unfähigkeit noch Feigheit und Verleumdung hinzu. In drei Tagen unternehme ich eine Reise in ein befreundetes Bistum. Bis dahin will ich Ergebnisse von dir haben, sonst...«

»Es gibt noch einen zweiten Mord«, sagte Raymond. »Der Besitzer eines Badehauses. Meister Alexios.«

Bellesmains sah auf ihn hinab. Sein Gesicht war nicht weniger dunkel als sein schlichter Rock. Überrascht konstatierte Raymond, dass die Nacht hereingebrochen war und dass das einzige Licht mittlerweile von dem trübe flackernden Kaminfeuer kam. Irgendwie war der Bischof so vor ihm gekniet, dass er die Kühle und das Nieseln, die zum Fenster hereinkamen, abgefangen hatte. Raymond erschauerte.

»Es gibt keinen Meister Alexios in Poitiers«, erklärte Bellesmains.

»Nein, aber in Niort.«

Bellesmains blinzelte. Er schwieg.

»Ich bin Firmins Spur nach Niort gefolgt – oder jedenfalls nehme ich als sicher an, dass es Firmins Spur ist. Der Bademeister muss kurz vor meinem Eintreffen ermordet worden sein. Ich fand seine Leiche in einem Badezuber, hastig versteckt.«

»Hat dich jemand gesehen?«

»Gesehen? Wieso? Ja, ein Mann namens...« Raymond brach ab. »Heiliger Hilarius, was wollt Ihr damit andeuten?«

»Da sind eine Menge Knoten an deinem Strick.« Bellesmains' Gesicht war finster und unbewegt. Raymond sah, dass er im Aufstehen eine der Schachfiguren von der Truhe aufgeklaubt haben musste; er drehte sie zwischen den Fingern. Es war der weiße König. Verglich man ihr Gespräch mit der Schachpartie, war Raymond in der Lage, in der die weißen Steine gewesen waren, bevor der Bischof das Schlachtfeld auf seine Weise bereinigt hatte. Er hatte Bellesmains mehrfach überrascht, doch der Bischof hatte die Vorstöße jedes Mal abgewehrt und Raymond seinerseits in die Klemme gebracht. Ihre Aussprache hätte ein Austausch von Informationen sein sollen – tatsächlich aber war sie zu einem ungleichen Zweikampf verkommen, und Raymond fragte sich, wer damit angefangen hatte. »Allein, was ich von Guibert über deine Aktivitäten hier und im Dorf gehört habe, reicht aus, dich an den Galgen zu bringen: ketzerische Sprüche, Geschichten über Hexen und Zauberei, Gewalt gegen einen Vertreter der Kirche... Einen Diakon ins Gesicht zu schlagen, ihn mit einem Stock zu verprügeln...«

»Ihr glaubt doch selbst nicht, was dieser Giftpilz...«

»... und dazu noch zwei Morde, von denen du dich nicht freikaufen kannst! Wahrscheinlich kannst du froh sein, wenn du deswegen zum Strick verurteilt wirst anstatt wegen deiner Ketzerei zum Feuer.« Der Bischof grinste kalt.

»Ich war es nicht!«, hörte Raymond sich rufen. »Es war Firmin!«

»Unfug!«

»Euer Assistent läuft herum und ermordet Leute. Ist es das, was Ihr befürchtet habt, als er verschwand? Habt Ihr gewusst, dass Firmin ein Irrer auf einem persönlichen Feldzug ist? Und wenn – welches Ziel verfolgt er? Wie passen ein fetter alter Klosterarchivar und der Besitzer eines Badehauses für medizinische Massagen zusammen? Ihr wisst es doch, Ehrwürden! Sagt es mir! Ich kann nicht nach jemandem suchen, den Ihr bewusst zu einem Phantom gestaltet!«

»Drei Tage«, sagte Bellesmains. »Wenn du aufhörst, irrsinnige Theorien zu erfinden, und dich auf deine Aufgabe konzentrierst, kannst du es schaffen. Wenn nicht...« Er stellte den weißen König zurück auf die Truhe. »Wenn nicht...«

»Firmin ist nicht wegen Meister Alex nach Niort gegangen. Er hat jemanden verfolgt, dessen Namen er im Archiv gefunden hat...«

»... wenn nicht...«, knurrte der Bischof und legte einen Finger auf den weißen König.

»... aber statt seiner ist er auf den Bademeister gestoßen!«

Der weiße König neigte sich zur Seite und blieb in dieser prekären Haltung, nur gehalten von Jean Bellesmains' Finger. Auch einem weniger sensiblen Mann als Raymond wäre die Analogie aufgefallen.

»Ich habe keinen dieser Männer auf dem Gewissen«, stieß Raymond hervor, »aber ich habe Grund zur Annahme, dass Firmin der Täter ist – ob Ihr das nun hören wollt oder nicht. Ich bin nach Niort geritten, weil ich genau das befürchtet habe: dass ein zweiter Mord geschieht. Der Unterschied zu Bruder Thibaud ist nur der, dass Meister Alexios wahrscheinlich ein unschuldiges Opfer ist; er kam Firmin lediglich in den Weg. In Wahrheit war er auf der Suche nach einer Frau, auf deren Name er beim Schnüffeln im Archiv gestoßen ist. Eine Hebamme. Sie heißt Jehanne Garder.«

Der weiße König zitterte und fiel plötzlich zur Seite, rollte ein paar Fingerbreit und stürzte zu Boden. Sein Fuß war dicker als sein Haupt; er rollte einen erratischen Halbkreis und blieb direkt vor Raymond liegen. Als Raymond aufblickte, stapfte der Bischof bereits davon.

»Schachmatt«, murmelte Raymond.

»Drei Tage«, sagte Bischof Bellesmains dumpf.

Ich pfeife auf das Empfehlungsschreiben!

Ich pfeife auf Firmin!

Sucht Euch Euren verdammten Klosterbruder selber, wenn Ihr solche Sehnsucht nach ihm habt – aber passt auf, dass er Euch nicht ein paar nette Streifen aus der Haut schneidet, wenn Ihr mit ihm allein seid ...

Ich brauche Eure Empfehlung für den Hof den Jungen Königs nicht.

Tatsache ist – ich *will* sie gar nicht mehr!

Steckt sie Euch was weiß ich wohin ...

Ich habe genug von all diesen Verdrehungen und Halbwahrheiten und von Vertretern der Kirche, die schon gelogen haben, wenn sie Guten Morgen sagen.

Ich habe genug davon, für Euch den Dummkopf zu spielen!

Raymond le Railleur kündigt Euch den Dienst!

Raymond seufzte. Das war es, was er dem Bischof hätte hinterherrufen sollen. Tatsächlich hatte er gar nichts gesagt. Und er wusste genau, warum.

Das Empfehlungsschreiben. Seine Zukunft.

Aber Bischof Bellesmains hielt die Zukunft von Raymond le Railleur noch auf ganz andere Art und Weise in den Händen.

Wenn er Firmin nicht anschleppte, würde er für die Morde an den Galgen kommen, die Firmin begangen hatte; und selbst wenn der Bischof ihm diese nicht anhängen konnte, dann waren da noch Guiberts Bemühungen, ihn auf den Scheiterhaufen zu bringen …

Hallo, Raymond, dachte er. Willkommen in der Mausefalle!

Unten im Saal standen Suzanne, Robert und Foulques zusammen wie drei erschreckte Chorknaben. Scheinbar war der Bischof wortlos an ihnen vorbeigestürmt. Drei Augenpaare starrten Raymond groß und rund an. Wenn die Situation eine andere gewesen wäre, hätte er es als komisch empfunden. Robert deutete vage in Richtung der Treppe hinunter zum Ausgang.

»Was ist?«, stotterte er. »Kommt er wieder zurück?«

»Nein«, sagte Raymond und seufzte. »Heute vergibt der Bischof keine Sünden mehr.«

4.

»Was hast du vor?«, fragte Suzanne. Raymond drehte sich überrascht um. Das Pferd nutzte die Gelegenheit, die Decke mit den Zähnen zu packen und von seinem Rücken zu ziehen. Sein Schnauben klang, als ob es lachen würde. Raymond bückte sich und hob die Decke auf.

»Wo ist Jeunefoulques?«, brummte er. »Alles muss man selber machen.«

Suzanne trat neben ihn und half ihm, die Decke erneut über den Rücken des Pferdes zu breiten. Sie tätschelte die Flanke des Tiers, während Raymond den Sattel hochwuchtete und vorsichtig absetzte. Das Pferd schüttelte sich ein wenig, nur um zu beweisen, dass es die Aktion des Sattelauflegens aus eigenem Antrieb duldete und jederzeit weitere Schwierigkeiten machen konnte, wenn ihm danach war. Raymond hieb ihm ein paar Mal ohne Grobheit gegen die Rippen, damit es die angestaute Luft abließ und Raymond den Sattelgurt stramm ziehen konnte.

»Willst du abreisen?«, fragte Suzanne. Ihre Stimme klang dünn.

»Ich habe etwas zu erledigen.«

»Wo diesmal? In Tours? In Paris? Am anderen Ende der Erdscheibe?«

Raymond drehte sich zu ihr um. Das einzige Licht, das in den Stall fiel, kam vom ungewissen Leuchten der Wolken draußen am Nachthimmel. Suzannes Augen glitzerten schwach.

»Unten im Dorf.«

»Wer wartet dort auf dich?«
»Warten? Niemand!«
»Die kleine Gauklerin mit den Zöpfchen?«
»Niemand, Suzanne...«
»Warum willst du dann hinunter?«
»Ich...« Raymond brach ab. Die Nähe des Pferdekörpers erfüllte ihn mit Wärme, und das Schnobern und Knabbern des weichen Mauls an seinen Beinen und Hüften hatte eine merkwürdige Qualität, die durch Suzannes Anwesenheit eindeutig ins Körperliche verändert wurde. Plötzlich wurde ihm bewusst, dass sie hier im Stall völlig allein miteinander waren. Jeunefoulques war irgendwohin verschwunden, Robert und Foulques waren im Donjon geblieben, und der Bischof hatte, als Raymond den Stall betreten hatte, am jenseitigen Ende des Walls gestanden, eine von Ferne kleine Gestalt, die sich mit scharfem Umriss vom Himmel abhob, einen seiner Leibwächter in respektvoller Entfernung daneben stehend, deutlich zu erkennen gebend, dass er wünschte, allein zu sein. Suzanne sah zu Raymond auf. Das Pferd gab Raymond einen unbeabsichtigten Schubs mit dem Maul, und plötzlich standen sie so dicht voreinander, dass Suzanne sich nur ein wenig hätte nach vorn lehnen müssen, um ihn zu berühren. Sie wich nicht zurück.

Firmin wird das Dorf heimsuchen, wollte Raymond sagen. Heute Nacht oder morgen Nacht – jedenfalls bald. Er wird einen weiteren Mord begehen: an einer Frau namens Jehanne Garder. Ich muss diesen Mord verhindern, und ich muss versuchen, den Mörder einzufangen. Es ist die einzige Chance, die ich habe, um meinen Auftrag zu erfüllen – und dem Galgen zu entgehen. Ich werde mich heute Nacht vor Jehannes Haus auf die Lauer legen und...

»Wir sollten hier nicht allein miteinander sein«, hörte er sich stattdessen sagen. Seine Stimme war dick.

Suzanne schwieg. Er konnte sehen, dass ihr Atem schnell ging.

»Ich kann sonst nämlich nicht garantieren, dass ich...«
»Raymond«, flüsterte sie.
»Ja?«
»Raymond!«
»Suzanne, bitte...« Er fühlte sich hilflos wie ein Grashalm, den der Wind in jede gewünschte Richtung bläst. Sein Herz schlug so schwer, dass es seine Stimme abschnürte, und unterhalb seines Herzens schien sein Körper aus Wachs zu bestehen, das in beängstigender Geschwindigkeit zerschmolz.
»Raymond, ich möchte...«
»Was?«
»... ich möchte...« Sie schloss die Augen und öffnete sie wieder. Sie seufzte.
»Suzanne... ich... wir... du musst wissen...«
Seine Gedanken wateten durch Morast. Er hörte das Schlagen seines Herzens wie auf dem Ritt nach Poitiers die Hufe des Pferdes: SuzanneSuzanneSuzanne. Er wünschte sich mit jedem Aspekt seines Fühlens (und mit jeder Faser seines Körpers), dass Suzanne die letzte kleine Distanz zwischen ihnen überbrücken würde, dass sie einfach diesen einen letzten, kleinen, in Wahrheit riesengroßen Schritt in seine Arme tun würde. Heiliger Hilarius, er wäre schon zufrieden damit, sie nur zu halten. Einmal über das Haar streichen, das hinter der Kinnbinde hervorquoll, und seinen Duft einatmen – Olivenöl, verblasste Spuren einer Blütenessenz und der Geruch der Küche, in der das Mahl für den Bischof vollkommen vergeblich gefertigt worden war: Für ihn war es der begehrenswerteste Duft des Universums –, einmal die Binde lösen und die Kappe abnehmen und sein Gesicht auf ihren Scheitel drücken und dann sterben. Gleichzeitig wusste er, dass die Umarmung nicht so unschuldig bleiben würde, ganz bestimmt nicht. Der überwältigende körperliche Anteil, den seine Zuneigung besaß (Zuneigung? Welch ein schwaches Wort für das Lodern, das Brennen, für den Scheiterhaufen, den Raymond schon bestiegen hatte; was für ein bestür-

zend unadäquates Wort im Vokabular eines Sängers!), ließ ihn zittern. Es bedurfte keines langen Blicks in Suzannes Gesicht, um festzustellen, dass sie seine Gefühle teilte. Die Erinnerung an die unglücklichen Liebenden am Pranger in Niort blitzte in ihm auf und besaß sogar noch eine heroische Süße... Angebunden am Pfahl zusammen mit Suzanne dem Spott der Leute preisgegeben wäre immer noch besser als irgendwo in Frieden sitzend – aber ohne Suzanne. Tatsächlich: Was stand zwischen ihnen? Robert mit seinen merkwürdigen Sprüchen vom Sünder, der einen anderen Sünder versteht, und damit Raymond fast schon einen Freibrief ausstellte, bezüglich Suzanne seinem Herzen zu folgen? Foulques auf der anderen Seite, der sich, ohne es explizit zu sagen, darauf verließ, dass Raymond das Anständige tat? Raymonds Anstand? (Was den betraf, so war er auf Raymonds persönlichem Scheiterhaufen ziemlich dicht an den Flammen und brannte bereits lichterloh.)

Das Pferd bewegte sich und stampfte auf. Sie traten beide unwillkürlich einen Schritt beiseite, und plötzlich war der Abstand zwischen ihnen wieder wie zuvor. Das Pferd schnaubte und schüttelte die Mähne. Raymond war enttäuscht und ahnte gleichzeitig, dass er später, wenn das Denkvermögen in sein Hirn zurückgekehrt wäre, froh darüber sein würde. Suzanne wirkte, als kämpfte sie sich aus einem reißenden Fluss ans Ufer zurück. Sie räusperte sich.

»Welche Buße hat der Bischof dir auferlegt?«, fragte sie.

»Was...? Äh... keine...«

»Da hast du aber Glück gehabt. Sein Gesicht sah nicht so aus, als habe er sich mit einem Heiligen unterhalten, als er nach eurem Gespräch herunterkam.«

Wenn das ihre Taktik war, um die unerträglich gewordene Spannung zwischen ihnen abzubauen, dann funktionierte sie. »Suzanne«, sagte Raymond, plötzlich irritiert, »wenn es dir darum geht herauszubekommen, was ich ihm erzählt habe, dann...«

»Constance hat sich bei mir beschwert, dass Guibert sie zur Beichte gezwungen hat.«

Raymond versuchte, ihr zu folgen. »Constance. Sie hat mir erzählt, dass Guibert ...«

»Weißt du, dass er auch hinter mir her war wegen der Beichte?«

»Nein.« Raymond verzog das Gesicht. »Ich hätte es mir aber denken können!« Er horchte ihren Worten nach. »War?«

»Ich habe ihm seinen Wunsch erfüllt.«

»Das hätte ich nicht gedacht.« Raymond fühlte ein Lachen in seiner Kehle aufsteigen, das den kurzen Ärger auf Suzanne und den Unmut wegen ihrer scheinbar plumpen Neugier mit sich nahm. »Ich hätte gewettet, dass eher die Hölle zufriert.«

»Er wollte hören, was er zu hören erwartete, nicht die Wahrheit. Also beichtete ich ihm.« Sie schnaubte; vermutlich hätte es ein Lachen sein sollen, aber es klang verächtlich. Galt die Verachtung Guibert oder ihr selbst? Raymond wusste mittlerweile, dass ihre scheinbar kaltschnäuzige Frechheit zum großen Teil Fassade war. »Wie ich es mit Robert treibe. Und mit den Knechten, wenn es mich juckt. Oder mit Robert und den Knechten gleichzeitig, weil ein Weib niemals von einem Mann befriedigt werden kann. Mit den Bauern im Dorf und den verbündeten Baronen und *seigneurs* und ihren Weibern, wenn mir danach ist. Ich habe es ihm in allen Einzelheiten geschildert.«

»Heiliger Hilarius! Suzanne ...«

»Ich habe gelogen, dass sich die Balken bogen, und jede Nuance, die sein Atem schneller ging, jedes unterdrückte Stöhnen, das er äußerte, gab mir neue Erfindungen ein. Wenn ich in sein Gesicht geblickt hätte, hätte ich mich wahrscheinlich zu den dichterischen Höhen aufgeschwungen, die du und deine Genossen zu erreichen versuchen ...«

»Suzanne ...«

»Er hat mir nicht die Absolution erteilt.« Diesmal klang ihr Lachen echt. »Er jaulte auf und rannte aus der Kemenate wie vom Teufel gehetzt. Als er aufsprang, konnte ich nicht umhin, den nassen Fleck vorn auf seiner Kutte zu sehen, wo es durch den Stoff gedrungen war.«

»Ich glaube, bei der Beichte zu lügen zählt zu den schwereren Sünden.«

»Man sündigt nur, wenn man eine Tat nicht vor seinem eigenen Gewissen verantworten kann.«

Er hörte sich sagen: »Das ist von Pierre Abaelard.«

»Nein, es ist von Heloise. Er hat es aufgenommen, aber die Idee stammt von ihr.« Suzanne lächelte. »Ich bin sicher, sie hat an ihre Liebe zu ihm gedacht, als sie das niederschrieb.«

»Woher weißt du ...?«

»Was denn? Woher ich Abaelards Lehren kenne? Nur weil die Scholaren an den Universitäten alle Männer sind, soll eine Frau nicht wissen, was dort gelehrt wird?« Sie schüttelte den Kopf. »Was für ein unmoderner Gedanke, lieber Raymond.« Er hörte das leise Lachen in ihrer Stimme. »Abgesehen von den Klerikern und ein paar Schöngeistern wie Skribenten«, das Lachen in ihrer Stimme verstärkte sich, »Dichtern und Sängern sind es die Frauen, denen Lesen und Schreiben und das Reden in schönen Worten gelehrt wird. Die Männer verachten diese Künste doch. Sieh dir Robert an!«

»Selbst vom alten Plantagenet heißt es, dass er Kenntnis aller Sprachen besitzt, die es zwischen dem Nordmeer und dem Jordan gibt.«

»Natürlich. Und Lancelot du Lac lehrte die Damen, fröhlich zu singen.«

»Alles erfunden, oder?« Raymond sah, wie Suzanne mit den Schultern zuckte. Er lächelte. »Nun, warum sollte eine kluge Frau nicht von Pierre Abaelards Theorien gehört haben, selbst im mittlerweile von Gott vergessenen Poitou? Mit dem Konzil von Sens sind Abaelards Schriften in den letzten Winkel der Welt posaunt worden.«

»Selbst wenn man ihren Urheber damals zum Schweigen verdammt hat.« Suzanne seufzte. »Tatsächlich weiß ich kaum etwas von dem, was er gelehrt hat: Theologie als Wissenschaft, die Lehre der Scholastik... alles leere Worte für mich. Nur eines ist bei mir hängen geblieben – dass die Entscheidung des eigenen Gewissens über alle Dogmatik zu stellen ist.«

»Wenn es immer nur danach ginge...«

»Was dann, Raymond, was dann? Wären die Menschen nicht glücklicher?«

»Ich weiß, dass ich glücklicher wäre.«

»Weshalb?«

»Weil ich... weil wir...«

»Weil wir was?«

»Suzanne, du weißt doch, dass ich...«

»Weiß ich es? Was weißt du von meinen Gefühlen?«

»Bitte. Wir sollten nicht mal hier sein... allein! Wenn wenigstens der verdammte Jeunefoulques...!«

»Wäre es dir wirklich lieber? Ich kann sofort gehen.«

»Nein.«

»Ich habe Guibert belogen. Dass ich hier bei dir bin, ist keine Lüge.«

»Ja, Guibert. Guibert und deine Beichte!« Raymond lachte gepresst. »Dir ist wahrscheinlich klar, dass er ab jetzt jedes Wort, das einer deiner vermeintlichen Liebhaber an ihn richtet, danach prüfen wird, ob er eine Bestätigung deines sündigen Lebens heraushören kann? Er wird kein einziges Mal mehr die Beichte abnehmen können, ohne an die Geschichten zu denken, die du ihm eingeblasen hast.«

»Da wünsche ich ihm viel Vergnügen.« Sie zuckte mit den Schultern, kaum sichtbar in der Dunkelheit. »Dafür sollten mir ein paar wirkliche Sünden erlassen werden.«

»Du hast Foulques nicht erwähnt.«

»Was? In meiner Aufzählung? Foulques ist zu nobel, als dass ich auch nur seinen Namen beschmutzen möchte.«

Er musste es fragen: »Du hast mich nicht erwähnt...« Seine Stimme verlor sich, als ihm bewusst wurde, dass er damit wahrscheinlich endgültig die Mauer einriss, die sie noch zwischen sich zu haben vorgeben konnten. Die Mauer, die auch mit ihrem nur scheinbar harmlosen Gedankenaustausch der letzten Sekunden nicht wieder gestärkt worden war. Ganz und gar nicht, sie waren nur eine Weile um den Busch herum geschlichen, nicht zuletzt, weil die Verzögerung fast ebenso süß war wie das, was kommen würde, was Raymond fürchtete und zugleich mit jedem Nerv herbeisehnte.

Suzanne folgte ihm ohne zu zögern über die letzte Brücke. »Nein«, sagte sie. »Aber ich habe dabei die ganze Zeit über an dich gedacht.«

»Ich ... oh, Suzanne, ich ...«

Sie zögerten beide einen Moment, als würde keiner von ihnen glauben, dass nun keine Ausreden mehr übrig waren. Dann presste sie sich plötzlich an ihn, mit einer Kraft, die im ersten Augenblick die Luft aus seinen Lungen drückte, und seine Arme schlossen sich um ihren Körper und zogen sie noch stärker an sich. Sie scheute nicht davor zurück, sich so dicht wie möglich an ihn zu schmiegen, und dass sie bemerkte, was sie damit unter seinem Hemd anrichtete, bewies sie, indem sie noch fester dagegen drückte. Ihr Gesicht glühte, als ihre Lippen sich fanden. Ihre Zunge kam der seinen sofort entgegen. Sie war süßer als alles andere. Ein glühender Pfeil schoss in seine Lenden und ließ ihn erschauern, während ihre Zähne gegeneinander schlugen in ihrem beiderseitigen Bemühen, noch tiefer vorzudringen, noch mehr vom anderen zu schmecken. Er hörte sie stöhnen und fühlte ihren Körper zucken und keuchte in ihren geöffneten Mund. Hätte sich ein Schwert über sie beide erhoben in diesem Moment, er hätte den Tod glücklich akzeptiert ... Hätte ein Richter einen Spruch über sie gefällt, er hätte gejubelt über jedes Urteil ... Seine Gefühle explodierten in seiner Seele und ließen ihn wünschen, nie wieder einen anderen Augenblick zu erleben, weil keiner mehr diesem gleichkommen konnte. Liedfetzen wirbelten durch sein Gehirn, Worte, die er stets für absolut lächerlich gehalten hatte. Abaelards Theorie der eigenen Gewissensentscheidung; die Liebe zu Heloise, für die er so furchtbar bezahlt hatte – sie drehten sich in seinen Gedanken in demselben Rhythmus, in dem ihre Zungenspitze seine umkreiste, ihre Hände über seinen Rücken fuhren, ihr Schoß gegen den seinen pochte. Die Sünde, der Verstoß gegen eines von Gottes heiligen Geboten ... Aber es konnte keine Sünde sein, wenn es sich so richtig anfühlte, wenn es alles war, was seine Seele auf Erden wünschte! Heloise, Pierre Abaelard, muss man selbst aus Liebe sündigen, um eure Theorie zu verstehen? Suzanne löste sich von ihm, als er dachte, es nicht mehr aushalten zu können.

»Suzanne«, stöhnte er, kaum dass er Atem geholt hatte, doch sie küsste ihn sofort wieder, mit einer Wildheit, die fast schon schmerzte. Er presste sie an sich. Eine ihrer Hände verließ seinen Rücken und wanderte nach vorn, ohne dass sich ihre Lippen gelöst hätten, fuhr zwischen seine Beine und umklammerte ihn, und nun begann er hilflos zu zucken.

»Jetzt«, keuchte sie, »jetzt, jetzt, jetzt ...« Beinahe in Halbtrance spürte er, wie sie mit der anderen Hand versuchte, ihren Rock hochzuschieben, und die ungeschickte Hast ihrer Bewegungen verstärkte seine Erregung noch. Ihre Hand, die drückte und knetete und liebkoste, auch das mit einer Kraft, die fast schmerzte – er bekam ihren Rocksaum an einer Seite zu fassen und hob ihn hoch, fuhr an einem nackten Schenkel entlang nach oben ...

»O mein Gott, Suzanne, ja, lass mich ... lass mich dich ...«
»Raymond. Jetztjetztjetzt ...«

Das Pferd wieherte grell und stieß sie an. Ineinander verschlungen, wie sie waren, taumelten sie und wären gefallen, wenn eine Tragsäule des Stalles sie nicht aufgehalten hätte. Das Pferd schüttelte die Mähne und wieherte erneut. Raymond sah eine Gestalt im Eingang zum Stall stehen:

Bischof Bellesmains!

Doch dafür war die Gestalt zu schmächtig... Sie fuhren auseinander, zwei Verbrecher, auf frischer Tat ertappt.

Robert Ambitien!

Und erneut wallte dieses sinnlos süße, heroische Gefühl in ihm auf: An den Pranger gestellt und ein mögliches Todesurteil vor Augen, aber wenigstens konnte nun jedermann ihre Liebe sehen – alle Welt, seht her! Wir sind gesegnet! –, doch es war auch nicht Robert.

Suzanne strich sich mit grober Hast das Kleid glatt und trat noch einen Schritt beiseite. Das Pferd wieherte ein drittes Mal, verdammte Mähre, hättest du damit nicht loslegen können, bevor – und dann erlangten Raymonds Augen ihre Sehkraft wieder, sodass er erkennen konnte, wer da wie vom Donner gerührt draußen stand und gaffte.

»Jeunefoulques, vor ein paar Augenblicken hätte ich dich besser brauchen können«, hörte sich Raymond sagen. Es war das Erste, was ihm in den Sinn kam.

Jeunefoulques gab ein verwirrtes Geräusch von sich. Sein Kopf zuckte zwischen Suzanne und Raymond hin und her. Hinter sich hörte Raymond das schwere Plumpsen, mit dem der Sattel zu Boden fiel, gefolgt von der Decke, das Schnauben des Pferdes klang diesmal *wirklich* wie Gelächter, und Suzanne trat auf den jungen Burschen zu und zerrte ihn in den Stall herein.

»Ich wollte Raymond mit seinem Pferd helfen«, sagte sie zu Jeunefoulques. »Aber ich bin zu schwach für diese Arbeit. Hilf du ihm.« Sie zog Jeunefoulques Kopf zu ihrem Gesicht herab, bis sie ihn auf die Wange küssen konnte – links und rechts –, Jeunefoulques winselte vor glücklicher Verwirrung. »Und dann leg dich schlafen«, flüsterte sie. »Dein Vater braucht ja nicht zu wissen, dass du deine Arbeit im Stall vernachlässigt hast.«

Suzannes Augen funkelten, als sie sich zu Raymond umwandte. Trotz der Dunkelheit war der Blick ohne Schwierigkeiten zu lesen. Er enthielt das Versprechen, in einer oder zwei Stunden in Raymonds einsame Schlafkammer zu kommen und dort weiterzumachen, wo sie jetzt unterbrochen worden waren. Er enthielt die Bitte: Bleib hier, bleib hier – und wir werden das erfüllen, wonach unsere Herzen und unsere Leiber brennen. Er traf Raymond wie ein Geschoss in den Bauch. Sie trat aus dem Stall, ohne sich noch einmal umzublicken, mit der Langsamkeit einer Königin, die mit all ihren Taten mit ihrem Gewissen völlig im Reinen ist.

Jeunefoulques, der ihr vollkommen verzaubert nachgestarrt hatte, wandte sich langsam zu Raymond um. In dessen Ohren rauschte noch immer das Blut, seine Knie waren mit Werg ausgestopft und hielten ihn nur aufrecht, weil er sie durchdrückte. Jeunefoulques bückte sich und hob Sattel und Decke auf, um sie in eine Ecke des Stalls zu tragen.

»Hilf mir beim Aufsatteln«, sagte Raymond mit schwerer Zunge. Jeunefoulques hielt mit allen Anzeichen des Staunens inne. Er warf Raymond einen Blick aus dem Augenwinkel zu, und noch als er sein Pferd zwischen die ersten Hütten des Dorfes lenkte, fragte Raymond sich, ob in diesem Blick Bewunderung, Neid, Fassungslosigkeit oder einfach purer Hass gelegen hatten.

Abgesehen davon fragte er sich, ob er vollkommen verrückt geworden war, sich bei der Überwachung von Jehanne Garders Hütte die Nacht um die Ohren schlagen zu wollen, anstatt mit Suzanne die Vereinigung ihrer Herzen und ihrer Körper zu genießen.

Es musste etwas mit dem zu tun haben, worüber Heloise und Abaelard theoretisiert hatten.

5.

Das Erste, woran er dachte, nachdem er seinen Beobachtungsposten bezogen hatte, war die Geschichte von Roland im verzauberten Wald. Jehannes Hütte lag nicht viel anders, als er sich die Lage des einsamen Turmes vorgestellt hatte – zwar nicht auf einer Lichtung, aber doch mit Wald im Rücken und an einer Flanke, weit genug entfernt von den ohnehin verstreut liegenden Gebäuden des Dorfes. Wer immer Jehannes Vorgänger gewesen waren, sie mussten eine Art Vorhut der Pächter gegen den Wald gewesen sein und hatten irgendwann offensichtlich die Kraft für diesen Außenposten verloren: Die Hütte sah selbst in der Finsternis aus wie etwas, was lange Zeit unbewohnt gewesen und erst in letzter Zeit wieder hergerichtet worden war. An einigen Stellen schimmerten helle Steine in der dunklen lehmverschmierten Fläche der Außenwände – Jehanne hatte es irgendwie geschafft, von Roberts Kirchenbau etwas abzuzweigen. Unter Roberts Knechten war sicher einer, der ihr half. Unabhängig davon schien es bezeichnend, dass Jehanne ausgerechnet diese Hütte bezogen hatte. Und wieder ganz unabhängig davon halfen alle diese Gedanken Raymond nicht, das ungute Gefühl abzuschütteln, das sich seiner bemächtigt hatte. Die Geschichte von Roland und dem verzauberten Wald, also wirklich – es brauchte nur Nacht zu werden, und schon fürchtete ein Mann sich vor den Gespenstern, die er selbst erfunden hatte.

Rolands Gefährten waren während einer nächtlichen Lauer umgebracht worden.

Ja, von der betrügerischen Dame, die in dem einsamen Turm hauste. Wen hatte er hier zu fürchten? Jehanne mit ihren verkrüppelten Händen? Dass sie ihm – wie es Guibert widerfahren war – auf die Zehen trat?

Wenn es nur das gewesen wäre… Aber in Wahrheit sah es danach aus, dass ein gemeingefährlicher Irrer mit einer Mönchskutte durch die Finsternis schlich und schon mindestens zwei Menschen auf dem Gewissen hatte. Dass er bei Jehannes Bewachung versagen könnte, kam Raymond nicht einmal in den Sinn, dazu überblickte er die Umgebung der Hütte zu gut, nicht die kleinste Regung konnte ihm entgehen. Doch Firmin mochte sich stattdessen zuerst an ihn selbst heranschleichen, ohne dass Raymond ihn hörte. Seine Erfahrungen bezüglich des nächtlichen Lebens unter freiem Himmel beschränkten sich auf Schlaflager am Straßenrand in Gesellschaft irgendeiner Reisegruppe, der er sich angeschlossen hatte. Wahrscheinlich hätte sich eine Armee blutdürstiger Muslime in knarrenden Rüstungen an ihn heranschleichen können, ohne dass er es gehört hätte. Nein, die wahre Gefahr ging von dem Wahnsinnigen aus, der irgendwo dort draußen umging.

Raymond seufzte und dachte daran, dass Rolands Gefährten von hinten die Kehlen durchgeschnitten worden waren.

Es begann zu regnen. Raymond saß nur halbwegs trocken in seinem Gebüsch. Das Pladdern der Regentropfen auf den Blättern machte jedes andere Geräusch unhörbar und die Nacht noch dunkler als zuvor. Jehannes Hütte war auf einen dunklen Umriss inmitten der Schatten reduziert. Raymond zerdrückte einen Fluch zwischen den Zähnen und arbeitete sich aus dem Busch heraus, als es wieder aufhörte. Eine dünnere Wolkenschicht zog auf und ließ die Wiese rund um Jehannes Haus aufschimmern.

Raymond erstarrte, als er die gebückte Gestalt sah, die mit fließenden Bewegungen die Strecke zwischen dem Waldrand und der Hütte zurücklegte. Sie sah so unwirklich aus, als schwebte sie über dem nassen Gras. Raymond kniff die Augen zusammen und öffnete sie wieder. Die Gestalt stand jetzt im Freien und verharrte reglos. Raymonds ungeschützte Hand klammerte sich um den Griff des Messers. Er erkannte, dass sein genialer Plan eine Lücke aufwies: Er hatte nicht darüber nachgedacht, wie er Firmin dingfest machen würde. Der Griff des Messers fühlte sich schlüpfrig an. Die Gestalt auf der Wiese war ein paar Schritte weitergeglitten, ohne dass Raymond die Bewegung bemerkt hätte. Ein gedämpftes Keuchen drang zu ihm herüber.

Die Gestalt bewegte sich wieder ein paar Schritte zurück. Weitere Schatten folgten aus dem Walddunkel und schnürten über den grauen Schimmer der Wiese, bis sie sich um die erste Gestalt versammelt hatten. Raymond ließ den Griff seines Messers los und atmete aus. »Dreckviecher«, zischte er.

Die Wildschweine, jetzt zu einer Rotte von einem Dutzend Tieren vereint, überquerten die Wiese lautlos und ohne von Jehanne Garders Hütte Notiz zu nehmen. Sie verschwanden im Schatten der Bäume auf der anderen Seite.

Verspätet wurde Raymond klar, dass er nur Glück gehabt hatte, dass sie nicht auf seiner Seite wieder in die Deckung der Bäume gewollt hatten.

Vielleicht hätte er eine Episode in die Geschichte einfließen lassen sollen, in der einer von Rolands Gefährten von einem Wildschwein gefressen wurde.

Sein Magen knurrte. Der Bischof hatte ihnen allen seine Abendkost aufgezwungen, doch Wasser und Brot waren die falsche Vorbereitung für eine Nachtwache – und nicht einmal davon hatte er reichlich gegessen. Er hoffte, dass wenigstens Jehanne Garder eine anständige Abendmahlzeit gehabt hatte. Wenn Sansdent nur halbwegs Anstand besaß, hatte er sie mit geräuchertem Fleisch und Hafer versorgt, immer vorausgesetzt, er hatte selbst noch genug davon. Suzanne hatte nach Küche gerochen. Er fragte sich, was mit dem zubereiteten Mahl passiert war. Vermutlich hatten sich Robert und Foulques darüber hergemacht, nachdem die erste Überraschung über des Bischofs stürmischen Abgang abgeklungen war. Und Suzanne? Hatte sie die Gelegenheit genutzt, so zu tun, als müsse sie sich erleichtern, und war zu Raymonds leerem Schlaflager geeilt – aber halt, das war eine Richtung, in die seine Gedanken keinesfalls laufen durften, nicht hier mit der Aufgabe, die er zu bewältigen hatte, und nicht später. Sich diesen Träumen hinzugeben war noch fataler, als an das erdichtete Schicksal von Rolands erdichteten Gefährten zu denken. Du bist Poet, Raymond, lenke deine Leidenschaft in die Verse. Du bist Sänger, Raymond, lass die Musik zu deinem Gedicht in deinen Gedanken erklingen, bis der Gegenstand deines Liedes eine unerreichbare Gestalt geworden ist auf einem Sockel, auf den du sie selbst gehoben hast – vielleicht kühlt es dein Herz ab, wenn du die Frau, die du liebst, dir selbst entrückst. Plötzlich schienen die Narreteien seiner bekannteren Genossen gar nicht mehr so närrisch: Jaufre Rudel hatte wegen der Schönheit einer Fürstin aus Antiochia das Kreuz genommen und war am Fieber gestorben; selbst Guilhem der Troubadour hatte von der unerreichbaren Herrin gesungen (während er die Entführung der erreichbareren Maubegeon de Chatellerault plante?); einzig und allein zu beneiden blieb Gaucelm Faidit, der sich, wenn man den Gerüchten glauben durfte, zwar am Hof des Jungen Königs herumtrieb, sein Herz aber an eine Hure verschenkt hatte. Mit den Worten: »Ich kann mir die Zeit besser mit einfachen Frauen vertreiben!«, lebte er zusammen mit ihr in fröhlicher Sünde.

Und nicht zu vergessen Raymond le Railleur, der sich in einem nassen Gebüsch versteckte, um dem nächtlichen Beilager mit der Frau seines Herrn zu entgehen – etwas, nach dem er sich mehr sehnte als nach allem anderen.

Kann mir jemand sagen, was Liebe ist?
Ach, Raymond ...
Ach, Suzanne ...

> *Stets hänge meine Liebe ich*
> *An sie, die mir kein Glück beschert.*
> *Sie nahm mein Herz, mein ganzes Sein,*
> *sich selbst und alle Welt mit fort,*
> *und da sie ging, blieb ich allein*
> *voll Sehnsucht und Begehren dort.*

Raymond ertappte sich dabei, dass er eine Melodie summte.
Ach, Suzanne ...

Raymond fror. Selbst die behandschuhte Hand war kalt, und an seine Füße wollte er lieber gar nicht erst denken. Bei Suzanne hätte es diese Schmerzen nicht gegeben. Und mit diesem Gedanken stieg auf einmal, seltsam genug, die Erinnerung an die Nacht mit Carotte auf, an ihre kalten Füße, die nicht einmal nach der Liebe warm geworden waren. Carotte und Arnaud ... heiliger Hilarius, das war etwas, womit man sich beschäftigen konnte und wobei einem wirklich jede Form von uneingelöster Lust verging. Nie hatte er jemanden derart verraten wie Arnaud und seine Gauklertruppe. Dass es nicht seine Schuld war, spielte keine Rolle. Sie würden es nicht anders wissen, als dass er sie hereingelegt hatte. Die Gefahr, die Ilgers mögliche Rachsucht darstellte, war im Augenblick nebensächlich vor der Scham, die Raymond empfand. Es hatte keine Möglichkeit gegeben, ihnen die Sachlage zu erklären, als sie von Roberts Besitz gefahren waren. Stimmte das? Sicher, ihm war vor schlechtem Gewissen übel gewesen, aber hatte er nicht irgendwo tief innen Erleichterung verspürt, Carotte losgeworden zu sein? Er hatte den Blick gesehen, den Suzanne der Gauklerin zugeworfen hatte, als Carottes Gesicht beim Anblick Raymonds die überlegene Maske kurz verloren hatte... Dazu kam Suzannes spitze Bemerkung, ob Carotte unten im Dorf auf ihn wartete. Nein, wenn er ehrlich sein wollte (einsame Nachtwachen in triefendem Buschwerk, während man hungerte und fror, waren hervorragend dazu geeignet, zur Abwechslung einmal ehrlich mit sich selbst zu sein), hatte er beim Abschied der Gaukler nicht ausschließlich Scham empfunden. Er hätte es gern jemandem erzählt, aber wem? Außer Suzanne?

Schließlich gab er auf und ließ seinen Wunschträumen freien Lauf. Jehanne Garders Haus lag noch immer einsam unter dem Nachthimmel, der wenigstens nicht mehr mit einem heftigen Regenguss aufwartete (leichtere Nieselregen waren praktisch schon so alltäglich, dass man sie nicht mehr wahrnahm); Raymonds Gliedmaßen schmerzten noch immer vor Kälte; sein Magen rollte noch immer hohl um sich selbst; die Wildschweine waren nicht mehr zurückgekommen; und Raymond sank in sein Gebüsch zurück und ließ es zu, dass der Anblick der dunklen Hütte vor seinen Augen einer helleren Zukunftsvision Platz machte.

In dieser Vision fand er Firmin, so viel war klar, sonst würde ihm Bischof Bellesmains nicht knurrend das Empfehlungsschreiben aushändigen. Er hatte den Mord an Jehanne Garder verhindert, auch das war klar: Er sah sie in Notre-Dame-la-Grande der Messe beiwohnen. Er hatte selbst die Feier Robert Ambitiens in den Griff bekommen, Robert und Foulques standen in einer der vorderen Reihen der Gläubigen, und Foulques sah zu Raymond herüber und nickte ihm gemessen zu. Dann war die Kirche plötzlich leer bis auf Raymond und die Kirchendiener, die umhergingen und Kerzen löschten und nach dem Rechten sahen, was sie flüsternd taten. Die Kirche hallte vom Messgesang nach, aber eigentlich war sie still; in die Stille hinein hörte Raymond langsame, zögernde Schritte. Er trat hinter der Säule hervor, an die er sich gelehnt hatte, und stand ihr gegenüber. Er hörte sich sagen: Ich liebe Euch wie nichts anderes auf der Welt, Herrin. Er sah sie lächeln und fühlte, wie sie in seine Arme kam.

In seiner Zukunftsvision, die die Gesetze von Stand, Gesellschaft und Kultur außer Kraft setzte und dem Wunsch Vorrang vor der Realität verlieh, ging Suzanne mit ihm.

6.

Der Morgen kam so allmählich, dass Raymond sich des angebrochenen Tages erst bewusst wurde, als er vom Dorf her Stimmen und das Gebell von Hunden hörte. Der Morgendunst trug die Geräusche weiter und ließ sie lauter erscheinen als üblich. Als er sich bewegte, um aus dem Gebüsch zu kriechen, fühlte er die kalte Feuchtigkeit seiner Kleidung auf der Haut: Die Nässe hatte die Nacht genutzt, um sie aufzuweichen. Er schauderte und blies in seine Hände. Jemand hustete, irgendwo schrie eine Kuh, Gemeinschaftseigentum der Pächter, nach dem Melker. Seine Wangen waren so klamm, dass er die Kälte der Hände nicht spürte und an den Händen die Rauheit der Bartstoppeln nur wie ein schwacher Hauch war. Er würde erst vorsichtig dehnen und die Finger über dem Feuer strecken müssen, bis er auch nur daran denken konnte, ein Instrument zu spielen. In den Knöcheln saß ein leiser Schmerz, der nichts mit der Kälte zu tun hatte. Er fragte sich, ob es bei Jehanne auch so angefangen hatte. Nachdenklich zog er den feuchten Handschuh wieder über die Linke; es war unangenehm, doch die Ungeschütztheit war noch unangenehmer. Irgendwie schien es ihm unglaublich, dass diese lange Nachtwache vorüber war. Ebenso unglaublich war, dass Firmin sich nicht hatte blicken lassen. Bis auf die Wildschweine hatte es keinerlei Bewegung bei Jehannes Hütte gegeben. Er trat hinaus ins Freie.

Das Gras rund um die Behausung troff vor Nässe. Die Spur der Wildschweine war nur noch sichtbar, wenn man wusste, wo sie war; die Halme hatten sich fast vollständig wieder aufgerichtet. Jehannes Hütte lag so unberührt wie in der Nacht. Jetzt waren die Stellen, an denen das Fundament durch die Steine von Roberts Kirchenbau ausgebessert worden war, deutlicher zu sehen, so deutlich wie die Tatsache, dass das Dach an ein paar Stellen undicht war. Wie war das... Drei Dinge konnten einen Mann mit Gewalt und Gram aus dem Haus treiben? Dort zu schlafen konnte nur unwesentlich komfortabler sein als auf Raymonds Horchposten, aber wenigstens waren Verbesserungsarbeiten im Gang. Er stampfte mit den Füßen und trampelte einen Kreis platt, um die Zehen zu erwärmen. Ein leichter Wind trug ihm Rauchgeruch zu; die Pächter versuchten sich für die Tagesarbeit aufzuwärmen. Er hörte sein Pferd wiehern; er hatte es im Dorf angebunden. Da er eine von Roberts Decken benutzt hatte, würde kein Dörfler es wagen, es auch nur anzufassen. Es hatte sicher Hunger. Raymond bildete sich ein, den Duft von geröstetem Hafer über dem Rauchgeruch wahrzunehmen, und sein Magen meldete sich kollernd. Er fragte sich, ob er zu Jehanne hinübergehen und sie mit der Tatsache vertraut machen sollte, dass er die ganze Nacht über sie gewacht hatte. Vielleicht würde diese Eröffnung sie redseliger machen. Er betrachtete die stille Hütte und verzog das Gesicht. Wenn es ihm schon nicht gelungen war, Firmin zu fangen, wollte er den Tag wenigstens nutzen, um weitere Informationen zu sammeln (und so wenig wie möglich daran denken, dass Firmin ja vielleicht in der nächsten Nacht zur Tat schreiten würde und dass das für Raymond eine weitere Nachtwache bedeutete... heiliger Hilarius! Dabei war es nur der Kälte zu verdanken, dass er nicht im Stehen einschlief). Seine Nase lief; er schniefte und versuchte eine Anrede zu formulieren, die Jehanne nicht dazu ermunterte, ihn mit den Füßen zu treten, als ihm auffiel, weshalb da schon die ganze Zeit ein Zweifel in seinem Gehirn saß und nagte und ihn hier im nassen Gras herumtrampeln ließ wie einen Narren, anstatt sich schnellstens zu Roberts festem Haus hinaufzubegeben.

Drei Dinge konnten einen Mann aus dem Haus treiben: Zwei davon waren tropfendes Wasser und Rauch.
Kein Zweifel, dass es durch Jehannes Dach tropfte.
Aber aus der Dachöffnung stieg kein Rauch auf.
Es wehte kein Essensgeruch herüber.
Es kamen keine Geräusche.
Jemand hustete und räusperte sich und spuckte aus. Raymond fuhr herum. Ein Mann stapfte über das andere Ende der Wiese, einen Weidenkorb in einer Hand. Er sah nicht zu Raymond herüber. Vielleicht hoffte er, unter den Bäumen trockenes Feuerholz zu finden. Er marschierte dicht an Jehannes Hütte vorbei und rülpste markerschütternd, räusperte sich erneut und spuckte aus. Dann zupfte er seine eng anliegenden Wollbeinlinge aus dem Schritt und furzte nicht weniger laut, als er gerülpst hatte. Schließlich trat er in den Schatten der Bäume, ein strahlendes Beispiel dafür, dass Leben im Allgemeinen mit Lärm verbunden ist.
Raymonds Blicke wanderten von der Stelle, an der er verschwunden war, zu Jehannes Hütte hinüber. Sie war inmitten des schrill tönenden Vogelgesangs hier zwischen den Bäumen so still wie die Nacht.

Das Haus war lang gestreckt, vielleicht knapp zwanzig Schritte in der Länge und sieben in der Breite, ein *domus longa*, wie es die anderen Hütten im Dorf nicht waren. Jehannes Vorgänger war nicht ausschließlich ein Pionier gewesen; jetzt, im helleren Licht, erklärte sich die vom Dorf entfernte Lage durch eine Nische, die durch eine zurückspringende Ecke gebildet wurde. In der Nacht hatte sie wie ein zufälliger Schatten ausgesehen; der Morgen zeigte sie als überdachte Fläche, drei mal drei Schritt allerhöchstens. Der Erdboden war glatt getrampelt, und der Dachteil wurde von mehr hölzernen Tragsäulen gestützt als notwendig. Jehanne war in das Haus des Dorfschmieds eingezogen, als diesem von Robert eine Unterkunft oben in der Burg angeboten worden war. Der Schmied galt als

Respektsperson, wenn man ihn nicht ohnehin fürchtete und mit dem Teufel im Bund wähnte. Dass Jehanne seine verlassene Behausung gewählt hatte, war ein ebenso deutlicher Beweis wie die Steine, dass sie von jemandem unter Roberts Gefolge bei ihrem Ortswechsel von Niort hierher unterstützt worden war. Die Nische war die frühere Schmiedewerkstatt (deshalb der auffällig glatt getrampelte Boden, deshalb die vielen Säulen, an denen man Werkzeug aufhängen konnte); der Eingang lag dahinter, in einer Düsternis, die die Nacht noch nicht losgelassen hatte. Raymond bildete sich ein, noch immer den Räuchergeruch des an der Unterseite rußgeschwärzten Daches wahrzunehmen. Er räusperte sich und wartete.

»Jehanne?«

»Jehanne!«

Seine Stimme verrutschte um ein paar Oktaven nach oben. Er dachte an Meister Alex, der in seinem eigenen Blut gelegen hatte. Die Tür stand einen Spaltbreit offen und führte in noch größere Finsternis.

Es war eine Einladung, wenn es jemals eine gegeben hatte. Raymond hatte sich selten weniger versucht gesehen, ihr zu folgen. Er nahm das Messer in die Hand und trat ein.

Das hintere Drittel des Innenraums war Tieren vorbehalten, doch es waren keine Tiere da. Von der Längswand zur Linken zog sich eine kniehoch aufgemauerte und dann mit Weidenflechtwerk fortgesetzte Trennwand bis zur Mitte des Hauses, um den Lebensbereich von Menschen und Tieren zu trennen. Das Bett stand direkt davor, ein wuchtiges Möbel mit einem Kopf- und Fußteil, die beide so hoch waren, dass man einen Baldachin hätte darüber hängen können. Es war kein Baldachin vorhanden. Der Herd war eine dunkle Form in der Mitte der Hausfläche, die Oberseite vom Licht beschienen, das durch die Abzugsöffnung im Dach darüber fiel: nicht viel mehr als eine aufgemauerte Fassung für ein offenes Feuer, über das ein großer Kessel oder eine Pfanne gestellt werden konnten. Vor dem Fußteil des Betts stand eine Sitztruhe, eine weitere frei im Raum, durch die oben geglätteten kniehohen Baumschnitte davor als Tisch zu identifizieren. Die Wände waren leer. Jehanne Garder reiste mit leichtem Gepäck durchs Leben.

»Jehanne?«

Sie hatte das Bett so platziert, dass das hohe Fußteil gegen die Tür, vor Blicken ebenso wie vor der Zugluft, abschirmte. Raymond musste fast bis vor das Bett treten, um es überblicken zu können. Er zögerte. Er hatte festgestellt, dass es im Inneren des Hauses nicht ganz so still war, wie es von draußen den Anschein gehabt hatte. Es lag ein Summen in der Luft, das an- und abschwoll wie der unregelmäßige Atem eines Schläfers. Auch der Geruch nach nasser Erde, nassem Gras und nassem Laub war hier drinnen nicht so stark wie im Freien; war von einem anderen Geruch überlagert, der in Raymonds Nüstern kleben blieb.

Er trat an das Bett heran. Das Summen stammte von den Fliegen. Raymonds Herz schlug so hart, dass es schmerzte. Als er unwillkürlich tief Atem holte, drehte der faule Geruch ihm den Magen um.

Sie war so sehr in die Vielzahl von Decken eingewickelt, dass nur ihr blonder Schopf oben heraussah. Eine Hand war unter den Decken hervorgerutscht und lag frei auf dem Bett. Es war wirklich ein großes Lager, in dem zwei Menschen bequem Platz gefunden hätten und das durch die einsame verhüllte Gestalt darauf noch flächiger wirkte; die Strohmatratze war mit weißem Leinen überzogen, ein Hinweis darauf, dass sie es in Niort, oder wo immer sie davor gewesen war, zu Wohlstand gebracht hatte. Ihre Hand war von einem wollenen Handschuh geschützt und sah klumpig aus. Die Fliegen tanzten träge über dem nassen Fleck auf und ab, der sich dort auf den Decken ausgebreitet hatte, wo sie ihr Gesicht bedeckten, und über dem anderen Fleck, der unter ihrem Körper hervorgesickert war. Raymond hörte sich tief hinten in der Kehle ein kleines Geräusch machen. Beide Flecken glänzten in der Düsternis. Noch ein Schritt näher, und das Glänzen wirbelte in die Höhe, und das Summen wurde um einige zornige Oktaven lauter; es waren Hunderte von Fliegen.

»Jeh...?«

Es war lächerlich. Er wusste doch bereits, dass sie tot war. Doch es konnte nicht sein! Er hatte sie die ganze Nacht über beschützt, über sie gewacht. Das Einzige, was sich um die Hütte herum bewegt hatte, waren die Wildschweine gewesen, und er war nicht eingeschlafen... gewiss nicht... Er starrte auf die stille, verhüllte Gestalt hinunter und schluckte trocken. Der Geruch, das Summen der Fliegen... Am schlimmsten aber die reglose, verkrüppelte Hand in ihrem unbeholfenen Handschuh. Seine Augen brannten. Wie hatte es geschehen können, dass er so sehr...

... versagt hatte?

Der Traum, zusammen mit Suzanne in eine hellere Zukunft zu ziehen, war es tatsächlich ein Traum gewesen, nicht nur ein tröstlicher Gedanke im nächtlichen Regen? War er nicht doch eingenickt? Er sah, wie seine Hand sich förmlich ohne sein Zutun ausstreckte und etwas tat, von dem er sich nach der Enthüllung von Meister Alexios' Leichnam in Niort geschworen hatte, es nie wieder zu tun. Er zog die Decke von etwas weg, von dem er bereits wusste, wie es aussah...

Hau ab, Kleiner. Ich habe jetzt wirklich keine Zeit mehr für dich.

Er hörte ihre Stimme so deutlich, als hätte sie es gesagt. Nun, jetzt hatte sie alle Zeit der Welt, und sie würde niemanden mehr wegschicken, sei es mit groben Worten oder mit einem Fußtritt. Seine Hand zögerte. Er spürte den Anprall von ein paar trunkenen Fliegen auf der Haut, haarig-harte Berührungen, die einen Schauer in seine Eingeweide sandten.

An den Rändern war die Decke noch nicht von der Feuchtigkeit durchzogen. Er zitterte, als er sie lüpfte und noch ein paar Dutzend weitere Fliegen in die Luft sandte. Einige flogen direkt in sein Gesicht und umschwirrten ihn laut brummend.

Als eine gegen seine Lippen prallte, würgte er. Die Decke klebte an Jehannes Gesicht. Er zog ein wenig fester – es war nicht nur die Schwere des Blutes, der Stoff war schon angebacken...

... heiliger Hilarius, er wollte nichts weniger als in ihr totes, blutverschmiertes Gesicht sehen!

Von der Tür erklang ein gedämpftes Husten.

Raymond schrie nur deswegen nicht auf, weil er keine Luft zum Schreien hatte. Er wirbelte herum und fühlte, wie sich die Decke unter seinen vor Schreck verkrampften Fingern vom Untergrund löste. Die Linke mit dem Dolch fuchtelte herum. Das dunkle Innere der Hütte mit dem hellen Spalt der Türöffnung schwankte vor seinen Augen, als er den Kopf herumwarf auf der Suche nach Firmin, der sich draußen versteckt und hereingeschlichen hatte. Wenn er schnell genug war, dann konnte er ihn vielleicht... Firmin musste genauso überrascht sein wie Raymond...

Die Hütte war leer. Das Husten war in Wahrheit von draußen gekommen. Als er das dumpfe Brummen hörte, wusste er, dass der Bauer mit den morgendlichen Blähungen auf dem Heimweg war. Kein Firmin. Seine Linke senkte sich langsam. Etwas schlug gegen sein Bein. Er sah an sich herunter und erkannte, dass er die Decke gänzlich weggerissen hatte... Sie war heruntergerutscht und lag nun mit einem Ende auf dem Boden. Der Geruch von Blut und Exkrementen waberte in die Höhe. Seine Augen folgten der Spur, die die untere Hälfte der Decke über das Leinen gezogen hatte, folgten den übereinander geschlagenen Beinen und dem seitlich verdrehten Becken; nackte Haut, die teigig im Zwielicht schimmerte und ihn erneut trocken schlucken ließ. Ein Arm war unter dem Körper eingeklemmt. Er hatte sie im Schlaf überrascht, sie hatte sich noch halb aufrichten können und war dann wieder zurückgefallen. Ein vergebliches Strampeln mit den Beinen, sie hatte eine Art langes Hemd getragen, das bis über ihren Bauchnabel hochgerutscht war...

... Er sah ihr ins Gesicht und ließ den Dolch fallen.

Die einzigen sichtbaren Fußspuren waren Raymonds eigene gewesen; selbst Jehanne schien ihre Schuhe draußen unter dem Vordach der Schmiede ausgezogen zu haben und barfuß ins Innere ihres Hauses gehuscht zu sein (er war beim Hinausrennen beinahe über die Schuhe gefallen). Der Täter musste lange vor dem großen Regenschauer bei Jehanne gewesen sein. Raymond stand im Freien, hielt das Gesicht in den Nieselregen und sog die frische Luft ein, um nicht am Ende seinen Mageninhalt doch noch hergeben zu müssen. Ihr Gesicht ... Was bedeutete es für ihn, dass sie schon tot gewesen sein musste, als die Nacht hereinbrach? Bevor Raymond seinen Lauschposten bezogen hatte? Dass er sie nicht hatte schützen können, weil er die ganze Nacht über eine Tote gewacht hatte, *das* hieß es, dass Firmin sein Werk schon verrichtet hatte, als Raymond noch mit Suzanne oben im Pferdestall gewesen war. Der Gedanke daran machte sein Versagen nicht geringer. Wäre Suzanne nicht zu ihm gekommen, wäre er nur etwas standfester gewesen, wäre er dem Gefühl gefolgt, das ihn hinuntertrieb, statt der Lust, die ihn zum Zögern verleitet hatte, wäre er nur etwas eher bei Jehanne eingetroffen ... Aber bei Suzanne zu bleiben hatte sein Gefühl mit der gleichen Stärke gefordert.

Ihr Gesicht ...

Der Regen tat gut. Raymond schloss die Augen und öffnete den Mund, ließ die Feuchtigkeit auf seine Zunge sickern, den Nachgeschmack des Gestanks in der Hütte fortwaschen. Schließlich bückte er sich und spuckte aus, streifte den Handschuh von der Linken, fuhr mit den Händen über das hohe, triefend nasse Gras und verrieb die Nässe auf seinem Gesicht, bis er das Gefühl hatte, dass seine Haut nicht mehr taub war. Als er sich aufrichtete und den klammen Handschuh wieder überstreifte, fiel ihm auf, dass beide Hände leer waren. Sein Dolch lag noch vor dem Bett. Schlagartig verließ ihn das Gefühl der Erleichterung. Er drehte sich um und musterte den dunklen Eingang zur Hütte.

Irgendwann würde wieder jemand vom Dorf hier vorbeikommen, auf dem Weg in den Wald oder sonst wohin. Er würde ihn hier stehen sehen wie einen Mörder nach der Tat. Oder – wenn er jetzt Fersengeld gab – der Dörfler würde in der stillen Hütte nachsehen, ob alles zum Rechten stand mit der neuen Dorfbewohnerin, und sie so finden: mit Raymonds Dolch vor dem Bett. Der wievielte Strick für seinen Hals wäre das? Bruder Thibaud, Meister Alex, Jehanne Garder und nicht zu vergessen Guiberts Bemühungen, ihn als Ketzer zu identifizieren ...

Er musste noch einmal in die Hütte hinein, und das so schnell wie möglich.

Heiliger Hilarius, dachte Raymond und ließ den Kopf hängen. Heiliger Hilarius ... Er drehte sich um und stapfte zurück.

Auf den zweiten Blick war es nicht mehr erschreckend. Raymond starrte in die Fläche, die einmal Jehanne Garders auch im Alter noch schönes Gesicht gewesen war. Es war nichts mehr davon zu erkennen. Weiße Stellen in der Röte hier und dort waren Knochensplitter und Zähne, der Rest ... Raymond kämpfte mit sich, ob er die Fliegen wegscheuchen sollte, die sich nun in dicken Packen auf Jehanne festgesetzt hatten, doch er verzichtete darauf. Sie würden wiederkommen, noch bevor er die Hütte verlassen hatte. Dann fiel sein Blick auf ihre behandschuhte Hand, die der Mörder nicht mehr unter die Decke gedrückt hatte. Er nahm sie behutsam und legte sie auf ihre Brust. Er brachte es nicht über sich, den zweiten Arm unter dem Körper hervorzuziehen, aber er streifte das Hemd so weit hinunter, wie er konnte. Es bedeckte sie nun bis zu den Knien. Dann bückte er sich nach der Decke und breitete sie wieder über sie. Er zögerte, dann ließ er sie auch auf ihr zerstörtes Gesicht sinken. Die Fliegen brummten verärgert.

In Niort war Raymond in Panik aus dem Badehaus geflohen, von der plötzlichen Angst beseelt, der Mörder von Meister Alexios könne sich im Obergeschoss verbergen. Hier fühlte er keine Furcht mehr. Er klaubte seinen Dolch auf und steckte ihn ein. Es schien, als würde die Tote unter der Decke ihn dazu ermutigen; er schritt zu ihrer Truhe hinüber und öffnete sie. Weitere Decken kamen zum Vorschein, Kleider, die für das Dorf ungeeignet waren und deshalb in der Truhe auf einen Tag gewartet hatten, an dem sie wieder zu ihrem Recht kämen. Raymond zweifelte nicht, dass die Dörfler, wenn sie schließlich den Weg zu Jehanne fanden, Verwendung für die feinen Stoffe finden würden. Ganz unten war ein kleines Päckchen in unbeschriebenes Pergament eingeschlagen. Das Pergament allein hatte einen Wert, der Sansdent und seine Familie über die nächsten Tage gebracht hätte, und wenn sie das Essen in Poitiers auf dem Markt gekauft hätten. Raymond nahm es vorsichtig heraus und öffnete es. Es war steif von den Jahren, in denen es gefaltet auf dem Boden dieser Truhe gelegen hatte. Ein Taufkleidchen für ein Kind kam zum Vorschein, so makellos rein, dass es niemals benutzt worden sein konnte. Raymond trug es zu Jehanne hinüber und breitete es auf einem sauberen Teil der Decke aus, die ihren Körper verbarg. Kein Zweifel, dass die Dörfler auch das Taufkleid als die Hinterlassenschaft ihrer kurzfristigen Dorfgefährtin an sich nehmen würden, doch bis dahin hielt Raymond es für ein Sakrileg, es zu beschmutzen. Der Anblick des kleinen Hemdchens auf der schmutzigen Decke schnitt ihm ins Herz.

»Ich war ein zu mageres Hühnchen für dich«, hörte er sich sagen. »Für deinen Mörder war ich zu langsam. Ich mache falsch, was ich anfasse. Wo du auch bist, leg ein Wörtchen für mich ein, damit ich es wenigstens schaffe, das Vieh zur Strecke zu bringen, das dir das angetan hat.« Er sah auf die reglose Gestalt hinab. Das Fliegensummen und der Geruch trieben Tränen in seine Augen. Das Taufkleidchen schimmerte. »Amen«, sagte er schließlich und ging hinaus.

7.

Vor dem Tor durch den Wall der Vorburg stand Guibert. Er wandte sich um, als er den Hufschlag von Raymonds Pferd hörte, und trat beiseite, um ihn durchzulassen. Raymond, verblüfft von dieser Geste, drehte sich im Sattel um, als er an ihm vorbeiritt. Guibert erwiderte seinen Blick mit einem Grinsen, das bis zu den Ohren reichte, und nickte ihm zu. Er trat ohne Eile durch das Tor und schlenderte durch die morgendliche Betriebsamkeit von Roberts Gesinde. Raymond gaffte ihm nach, bis sein Pferd den Stall erreichte und Raymond noch in letzter Sekunde am Zügel zog, bevor er vom oberen Türrahmen abgestreift wurde. Während er sein Pferd in den Stall zerrte und sich vergeblich nach Jeunefoulques umsah, versuchte er zu ergründen, was Guiberts gute Laune ausgelöst haben konnte. Eines war klar: Sie konnte nichts Gutes bedeuten. Beim Verstauen der Decke stieß Raymond auf Jeunefoulques, der zusammengerollt im Heu in einer der hinteren Ecken schlief. Er unterdrückte seinen ersten Impuls, den Jungen zu wecken. Jeunefoulques' merkwürdiger Blick vom Vorabend war ihm noch deutlich in Erinnerung, und mit ihr kam die tödliche Verlegenheit wieder, dass Foulques' Bastardsohn die Szene zwischen Suzanne und ihm gesehen hatte.

Als er das Pferd versorgt hatte, trat er aus dem Stall heraus und blinzelte in die vage Helligkeit. Die Gruppe von Männern, die vom Bergfried und mit entschlossenen Schritten durch das Gewimmel aus Menschen und Tieren kam, hielt er zuerst für die Truppe von Bischof Bellesmains. Als seine Augen sich wieder an das Tageslicht gewöhnt hatten, erkannte er, dass es Robert, Foulques und Georges mit seinen Knechten waren. Raymond fuhr sich durch die Haare und bereitete eine Ausrede vor, während er ihnen entgegenlächelte. Sein Lächeln gefror, als er Guibert hinter ihnen hereilen sah wie jemand, der nichts versäumen möchte. Robert löste sich aus der Gruppe und schritt voran. Sein Gesicht war beängstigend rot. Plötzlich setzte Raymonds Herz aus. Jeunefoulques hatte Guibert gebeichtet, was er gesehen hatte, und Guibert hatte die Sache für zu gravierend gehalten, als dass er das Beichtgeheimnis gewahrt hätte. Er hatte Raymond beim Tor so angegrinst, weil er im Begriff gewesen war, Robert die Neuigkeiten bezüglich seiner Frau und seines Sängers mitzuteilen. Vielleicht war es doch nicht so, dass ein Sünder einem anderen verzeihen konnte... Robert stürmte heran wie ein Unwetter.

»Ich weiß nicht, was diese Schlange dir erzählt hat, Robert, aber glaub mir, da war nichts...«

»Was hast du gesagt?«, brüllte Robert und stieß Raymond ohne anzuhalten vor die Brust. Raymond fand sich plötzlich auf dem Boden sitzend wieder, ein paar Schritte von seinem ursprünglichen Standort entfernt. Er japste; die Erschütterung hatte ihm die Luft aus den Lungen getrieben. Einen lächerlichen Augenblick lang fiel ihm Sire Gisbert ein, der wie ein Flickenball davonflog, als er in vollem Galopp den Schild seines Gegners traf. Sire Gisbert, ja, Roberts Schwiegervater. Und wie Raymond ganz unschuldig auf der Reise von Poitiers hierher diese Geschichte erzählt hatte... heiliger Hilarius... und nun diese Attacke von Seiten Roberts. All das wirbelte im Bruchteil einer Sekunde durch Raymonds Kopf, dann war Robert auch schon heran, bückte sich, packte Raymond vorn am Halsausschnitt seines Umhangs und zerrte ihn in die Höhe. »Was hast du gesagt, he?«

»Ich weiß nicht, was du meinst«, stotterte Raymond.

»Was hast du zu ihm gesagt, du Bastard?« Roberts Atem roch nach Wein und nach jemandem, dessen erste Tagesmahlzeit aus einer Menge Ärger bestanden hat. Guibert faltete die Hände und senkte den Kopf und tat so, als würde er die grobe Szene nur mit Mühe ertragen.

»Ich habe Guibert das letzte Mal gesehen, als ...«

»Scheiße, Guibert!« Raymond sah es in Roberts Augen aufblitzen, aber er war bei weitem zu langsam. Robert setzte sein Knie mit einem Ruck zwischen Raymonds Beine, und Raymond hatte noch Zeit zu denken: O nein, nicht das!, bevor der Schmerz einsetzte und seine Bauchmuskeln sich verkrampften. »Wer sagt was von Guibert?«

Raymond wollte sich zu Boden sinken lassen und sich zusammenkrümmen und seine glühenden Hoden umklammern. Er spürte undeutlich, wie sich eine Welle von Übelkeit in seinen Eingeweiden ausbreitete; doch Robert hielt ihn aufrecht. Raymond hatte plötzlich das Gefühl, dass er alles wie durch eine gläserne Wasserkaraffe betrachtete. Er bekam keine Luft mehr; seine Knie sackten weg.

Robert zerrte ihn vom Eingang des Stalls weg und schleppte ihn vor den Eingang des alten Palas. Die Wut schien ihm übermenschliche Kräfte zu verleihen. Raymonds Beine waren wie aus Federn, und Robert trug ihn praktisch bis vor die Türöffnung, wo er ihn endlich von sich stieß. Raymond rollte sich auf dem Boden zusammen. Gesichter schwankten an ihm vorbei: Foulques, Sorgenfalten auf der Stirn, Georges und seine Männer, ausdruckslos, Guibert, selig... Er sah plötzlich Suzanne zwischen den Männern auftauchen, totenbleich, und zog die Knie unter den Leib, versuchte sich aufzurichten und fiel nach der anderen Seite um. Das Blut brauste in seinen Ohren. Der Schmerz war, als wühlten alle Teufel der Hölle mit ihren Dreizacken in seinen Eingeweiden. Er hörte, wie Foulques sagte: »Das ist eine Sache unter Männern«, und er sah Robert aus dem Palas kommen; er hatte nicht registriert, dass er hineingegangen war. Robert schleppte einen Ledersack hinter sich her, in dem es klang und jaulte, als er die Treppenstufen hinunterpolterte. Die Geräusche schnitten durch das Sausen in Raymonds Gehör. Er hörte sich keuchen.

»Meine Instrumente...!«

Er kam aus eigener Kraft auf die Knie; dann zerrten ihn Georges' Männer ganz in die Höhe und hielten ihn fest, indem sie ihm die Arme auf den Rücken drehten. Der Schmerz in Raymonds Unterleib ging in den pulsierenden Drang über, sich übergeben zu müssen. Er kämpfte dagegen an und würgte trocken. Suzanne stand neben Foulqes und versuchte sich loszureißen; Roberts Gefährte hielt sie an den Handgelenken fest und machte ein verzweifeltes Gesicht. Die Bediensteten bildeten einen weiten Ring um sie herum, jederzeit bereit, Arbeit vorzuschützen, sollte der Zorn ihres Herrn sich in ihre Richtung bewegen. Raymond stellte fest, dass er atmen konnte.

»Was soll der Unsinn?«, krächzte er.

Robert warf den Sack zu Boden und hob die Fäuste. Sein Gesicht war verzerrt und dunkelrot. Georges' Männer drehten Raymonds Arme noch weiter nach hinten, bis der Schmerz in Raymonds Schultergelenken den in seinen Eingeweiden übertönte. Er wand sich vergebens. »Kämpf wenigstens ehrenhaft«, stöhnte er.

»Ehre!?«, schrie Robert. »Du hast keine Ehre!«

»Ich habe sie nicht... wir haben nicht... was immer er dir erzählt hat...«

»Er hat vielleicht keine Ehre, aber du hast welche«, sagte Foulques.

Roberts Augen blitzten wie die eines Wahnsinnigen, dann warf er den Kopf in den Nacken und schrie in den Wolkenhimmel hinein: »LASST IHN LOS, IHR ARSCHLÖCHER!«

Georges' Männer zuckten zurück. Raymond fand schwankend sein Gleichgewicht wieder. Robert streckte die Arme nach ihm aus und krallte Löcher in die Luft, bevor er die Fäuste wieder ballte. Er zitterte vor Wut. Im nächsten Moment würde er anfangen, Raymond mit bloßen Händen in

Stücke zu reißen. Raymond stierte ihn an. Er dachte an das Messer in seinem Gürtel, aber es wäre blanker Wahnsinn gewesen, es herauszuziehen.

»Was hast du zu ihm gesagt...?«, flüsterte Robert heiser.

»Zu wem denn, bei allen Heiligen?«

»AAAARGH!« Raymond hatte das Gefühl, die Faust erst heranfliegen gesehen zu haben, als sie ihn schon traf. Seine Zähne schlugen aufeinander. Den Ruck, mit dem er sich wieder auf den Boden setzte, spürte er schon nicht mehr. Sein Unterkiefer wurde taub. Er musste sich auf die Lippe gebissen haben; er fühlte das Blut herunterlaufen, ohne dass es schmerzte. Er rappelte sich auf und brauchte eine Menge rudernder Armbewegungen, bis er in die Höhe kam. Robert sprang wieder heran. Raymond hob die Unterarme vors Gesicht und versuchte gleichzeitig, seine Hände zu schützen.

»Zu ihm, du Schwein, zu IHM!«, brüllte Robert und deutete zum Donjon. »Was hast du ihm gebeichtet, was, was, WAS?«

»Ketzerisches Treiben, kein Zweifel« sagte Guibert. »Was triebe ihn sonst aus diesem gottesfürchtigen Haus?«

»Bischof Bellesmains«, stöhnte Raymond, »ich habe nicht... ich habe gar nichts...«

Er hörte Suzanne aufschreien: »Robert!«

Der nächste Schlag traf ihn in den Magen. Er fand sich auf allen vieren wieder, hustend und würgend. Schleim, vermischt mit dem Blut von seiner Lippe, lief ihm aus dem Mund. Er konnte den Brechreiz nicht mehr bezwingen, aber es kam nichts hoch. Tränen liefen aus seinen Augen. Mit dem Feuer in seinem Solarplexus loderte hilflose Wut in ihm auf, die seine Augen noch mehr tränen ließ. Er fühlte sich plötzlich wie ein Kind, das von älteren Spielkameraden terrorisiert wird und weiß, dass es nichts dagegen ausrichten kann.

»Wolltest du jetzt abhauen, he?«, rief Robert. Raymond sah seine Stiefelspitzen einen Tanz des Zorns vor ihm tanzen und hob mühsam den Kopf. Robert schlug mit beiden Händen durch die Luft. Er war wie rasend. »Hab ich dich gerade noch erwischt, was?«

»Nein, ich bin zurückgekommen«, hörte Raymond sich ächzen. »Deine Gastfreundschaft hat mich nicht losgelassen.«

»Deine blöden Geschichten und dein freches Maul!«, schrie Robert. »Warum singst du mir nicht noch ein Lied dazu? Warte, ich hole deine Musikinstrumente!«

»Nein, Robert...«, sagte Foulques. Doch Raymond wusste, dass Roberts Freund ihn diesmal nicht würde aufhalten können. Ihm war klar, was jetzt kommen würde, und er dachte mit heller Verzweiflung: Lass es nicht zu, wehr dich! Er konnte sich nicht erheben. Er kauerte auf allen vieren im Dreck des Burghofs wie ein Büßer und spannte seine Rückenmuskeln für den Schlag. Es war weniger ein körperlicher Schmerz, denn dazu war die Laute nicht kompakt genug gebaut, aber der grelle Aufschrei der Saiten und das hohle Splittern des Holzes hallten in seiner Seele wider. Ein paar kleinere Trümmer flogen ihm um die Ohren, wie davonkatapultiert durch die plötzliche Entspannung der gerissenen Saiten, dann warf Robert den kläglichen Rest auf den Boden. Der zerschmetterte Bauch hing noch mit zwei oder drei Saiten am Hals, und als er auf den Boden traf, klang er noch einmal dumpf auf. Raymond hörte das Lachen der Pfeffersäcke in Graf Jaufres Saal.

»Als mir Guibert erzählte, was du in Chatellerault angerichtet hast, hätte ich auf ihn hören sollen!«, heulte Robert. »Aber ich sorge dafür, dass so was nicht mehr vorkommt!«

Raymond versuchte wieder auf die Beine zu kommen und fand irgendwo die nötige Kraft dafür, stolperte nach vorn und über die Trümmer der Laute und landete flach auf dem Bauch. Als er es ein zweites Mal versuchte, kam er wie durch ein Wunder in die Höhe und tappte auf Robert zu.

Robert hielt die kleine Harfe in seinen Pranken und hob sie schwungvoll in die Höhe, um sie über seinem Knie zu brechen.

»Gnade!«, rief Raymond laut.

Robert drehte ihm das Gesicht zu, ohne die Harfe zu senken. Er atmete schwer. Die Röte in seinem Gesicht hatte sich an den Wangen in eine fahle Blässe verwandelt. Ein Netz aus Schweißperlen lag über seiner Stirn. Er starrte Raymond in die Augen, und einen schwindelnden Moment lang sah dieser nichts darin, als den wahnsinnigen Drang zu zerstören, zu zerbrechen, einen Hals in den Händen zu halten und ihn umzudrehen, bis das Genick mit einem scharfen Knacken nachgab und brach. Dann irrten Roberts Blicke ab, der Ausdruck in seinen Augen veränderte sich, und er senkte die Hände, die die Harfe umklammerten. Der Moment war vorüber.

Er schleuderte Raymond die Harfe mit einem plötzlichen Ruck gegen den Körper. Raymond griff ungeschickt danach, und sie entglitt ihm; er führte ein paar lächerliche Schaufelbewegungen aus, bis er sie wieder sicher hatte und gegen die Brust drückte. Georges' Männer lachten unterdrückt auf. Raymond drehte sich in die Richtung um, in die Robert geblickt hatte. Bischof Bellesmains saß auf seinem Pferd, von seinen Männern umgeben, und beobachtete die Szene mit ausdruckslosem Gesicht.

»Alle hier können es bezeugen!«, schrie Robert mit höchster Lautstärke. »Ich halte diesen Mann für einen Ketzer, und ich verweise ihn von meinem Land. Wenn ich oder einer meiner Untertanen ihn jemals hier aufgreifen sollten, darf er totgeschlagen werden wie ein Hund!«

Bellesmains machte eine Kopfbewegung zu Guibert, und dieser eilte zu ihm hinüber. Der Bischof beugte sich zu ihm hinab und raunte etwas. Guibert nickte. Bellesmains trieb mit einem Schnalzen sein Pferd an, ohne sich von jemandem zu verabschieden.

»Ehrwürden, bitte wartet doch!«, rief Robert. »Ich habe das Problem beseitigt...«

Foulques trat zu ihm und packte seinen Oberarm, um ihn zum Schweigen zu bringen, bevor seine Stimme gänzlich ins

Bettelnde abglitt. Raymond konnte Suzanne nicht mehr sehen. Guibert schlenderte zu ihnen herüber.

»Ehrwürden ...!«

»Küss doch seinem Pferd den Arsch, dann kommt er vielleicht zurück«, murmelte Raymond. Robert wirbelte herum und hob die Faust. Raymond sah ihm ohne zu blinzeln in die Augen. Foulques griff wieder nach Roberts Arm. Robert ließ die Schultern sinken und atmete langsam aus. Foulques gab Georges und seinen Männern ein Zeichen, und sie wandten sich ab. Die gaffenden Bediensteten stoben auseinander, um sich ihrem unterbrochenen Tagwerk zu widmen. Robert holte noch einmal tief Atem und drehte sich schließlich auch um. Foulques legte ihm einen Arm um die Schultern. Raymond schloss die Augen und schwankte.

Robert riss sich von Foulques los, wirbelte herum und schlug Raymond noch einmal mit der Faust ins Gesicht. Foulques hatte ihn schon wieder eingefangen, als Raymond zu Boden fiel. »Lass dich noch mal hier blicken, und ich reiß dir die Eier ab und ersticke dich damit!«, kreischte Robert, während Foulques ihn wegschleppte. Raymond wälzte sich stöhnend auf die Seite und betrachtete die Harfe, auf die er gefallen war. Der Klangkörper und der Hals waren intakt, aber die Säule wies einen Knick auf. Mechanisch begann er die Spannung der Saiten zu lockern, damit der Druck des Halses auf der Säule nicht zu noch größeren Beschädigungen führte, doch dann ließ er die Hände plötzlich sinken. In seinem Gesicht tobte es, doch der Schmerz war weniger schlimm als die Mutlosigkeit, die ihn hier, auf dem Boden vor dem Palas liegend, überfiel. Er drückte die Stirn gegen den Klangkörper der Säule. Als er die Augen wieder öffnete, sah er Stiefel vor sich. Er blinzelte an den Stiefeln entlang in die Höhe.

»Hast du noch was dort drin, was dir gehört?«, fragte Foulques und deutete auf den Palas.

»Meine Decken und den Packsack«, hörte Raymond sich sagen.

»Ich hole sie dir. Jeunefoulques macht dein Pferd reisefertig. Es war nass. Du bist tatsächlich von einem nächtlichen Ritt zurückgekommen, stimmt's? Du wolltest nicht fliehen.«

»Wenn ich vorher gewusst hätte, dass Robert ...«

»Er glaubt, du hast den Bischof mit deinen Reden vertrieben. Du weißt doch, was er sich von diesem Fest versprach. Wie konntest du ihm das antun?«

»Ich habe nichts getan.«

»Der Bischof reist doch nicht ohne Grund plötzlich ab.«

»Ihr wisst nichts«, stöhnte Raymond und wünschte sich, dass Foulques ihn in Ruhe ließ. Mochte er auf ihn spucken oder ihn in die Seite treten, Hauptsache, er trollte sich. Foulques seufzte und schüttelte den Kopf und machte sich daran, Raymonds Sachen zu holen.

Als er wieder aus dem Palas kam, kniete Raymond vor den Trümmern der Laute und packte sie in den Ledersack, ohne aufzusehen. Die Hühner pickten um ihn herum; ihr Glucken hörte sich an wie leises Lachen. Jeunefoulques stand in einiger Entfernung von ihm und hielt das Pferd am Zügel. Raymond schwankte mit dem Instrumentensack zu ihm und befestigte den Sack hinter dem Sattel. Foulques wuchtete den Packsack dazu. Raymonds Hände zitterten so stark, dass er die Lederschnüre nicht binden konnte; Foulques half ihm und hob ihn halb in den Sattel. Raymond versuchte ihn vergeblich abzuwehren, als er ihm die Füße in die Steigbügel schob.

»Ich habe es nicht so gemeint, als ich sagte, du hättest keine Ehre«, erklärte Foulques. »Es tut mir Leid.«

»Wahrscheinlich hattest du Recht«, sagte Raymond und drückte dem Pferd die Fersen in die Flanken. Es setzte sich in Bewegung. »Sag der Herrin Grüße von mir.«

»In Ordnung.«

Foulques und sein Sohn blieben stehen, als Raymond zum Tor ritt. Sie begleiteten ihn nicht hinaus. Raymond umrundete den Reiter mit seinen spitzen Stacheln und bewegte sich durch die Lücke im Wall. Die Palisaden ragten links und rechts von ihm auf. Er war erleichtert, so vergleichweise günstig weggekommen zu sein, während zugleich alles in ihm wegen der Ungerechtigkeit schrie, die er erfahren hatte. Man konnte nicht umhin festzustellen, dass er auf der ganzen Linie versagt hatte: Er hatte Jehanne nicht retten können, er hatte Firmin nicht gefunden, er hatte Arnaud und seine Leute verraten, und was Robert von ihm glaubte ... nun, das spürte er am ganzen Körper. Er hätte am liebsten vor Wut und Enttäuschung geschrien. Am lautesten von allen schrie sein Herz: Leb wohl, Suzanne, leb wohl ...

Ein paar Schritte außerhalb des Tores stand Guibert und sah ihm entgegen. Er wirkte wie jemand, dem nach langem Kampf Gerechtigkeit widerfahren ist.

»Gratuliere«, knurrte Raymond. »Du hast gewonnen.«

»Der *seigneur* hat weise entschieden«, sagte Guibert. »Es ist nicht mein Verdienst.«

»Das muss dich hart treffen.«

Guiberts Augen verengten sich. »Ich werde beten, dass das Feuer dich frisst, Ketzer, damit deine Seele frei werden kann.«

»Ich wünsche dir auch alles Gute.«

Raymond trieb das Pferd an, doch Guibert stellte sich ihm in den Weg. Sein Mund war zusammengekniffen; selbst im Augenblick seines Triumphs dominierte noch der Hass. Er blickte sich um, um sich zu vergewissern, dass niemand zuhörte.

»Du hast geglaubt, du kannst dir alles erlauben, solange die Herrin hinter dir steht«, zischte er, und das Wort *Herrin* hörte sich in seinem Mund an wie: *Miststück*. Raymond war sicher, dass Guibert genau dies gedacht hatte, doch er war viel zu glatt, um es selbst jetzt, in diesem kleinen intimen Gespräch, tatsächlich zu sagen. Raymond hütete sich, etwas zu bemerken, was Guibert am Ende so lange verdrehen würde, bis etwas dabei zustande kam, was Suzanne schaden könnte. Wenn Guibert plante, sie bei Robert anzuschwärzen, hatte sie sich mit ihrer zynischen Beichte schon genügend hineingeritten. Er versuchte, das Pferd um Guibert herumzulenken.

»Wo war sie, als der *seigneur* dich strafte? Hat sie dir auch nur einen Becher Wasser gereicht, als du am Boden lagst? Du hast auf Sand gebaut. Der *seigneur* hat das ganz klar erkannt.«

»Friss Scheiße«, murmelte Raymond so leise, dass Guibert ihn nicht hören konnte. Er war fast schon bereit, den Diakon einfach umzustoßen, als ihm dämmerte, was Guibert gesagt hatte.

»Was hat Robert erkannt?«

Guibert lächelte überlegen. Raymond beugte sich zu ihm hinab und deutete auf seinen Schoß. »Hast du den Fleck wieder rausgewaschen?«

Guiberts Augen weiteten sich. Er stotterte. Raymond legte einen Finger auf die Lippen. »Psst«, machte er. »Wem sie es erzählt, ist ihre Sache. Aber dir hat sie es unter dem Beichtgeheimnis anvertraut, und du bist zum Schweigen verpflichtet.«

»Du ... du ...«

»Das gilt auch für das, was ich dir mitgeteilt habe. Versündige dich nicht gegen die Regeln der heiligen Kirche, Vater Guibert.«

»Gottes Zorn ... Gottes Zorn ... Er soll über dich kommen!«

Raymond breitete die Arme aus. »Ich habe nicht das Gefühl, dass seine Gnade derzeit auf mir ruht, was meinst du, Vater Guibert?«

»Auf dich wartet das Feuer!«, schrie Guibert, heiser vor Wut. Ein Spuckefaden lief über sein Kinn. Er hob die Arme und krallte die Finger zitternd zusammen. »Das Feuer! Und auf diese Metze auch, wenn sie erst verstoßen ist!«

»Vorsicht, du sprichst von deiner Herrin.«

»Herrin!«, kreischte Guibert. »HERRIN! Nur solange der *seigneur* noch so will! Sobald Seiner Ehrwürden klar geworden ist, dass sie es ist, die eine Laus wie dich unterstützt hat, und nicht der *seigneur* selbst, und dass du nur auf ihre Gnade hier bleiben konntest und dass der *seigneur* wie ein unschuldiges Kind auf deine Ketzersprüche hereingefallen ist und dass du sie wahrscheinlich auf dem Misthaufen ... dass sie dich auf dem Misthaufen ... dass du ...« Er brach mit einem Winseln ab, hilflos in seinem Zorn und dem Satz, in dem er sich verstrickt hatte. Er schloss die Augen und schüttelte sich. Als er sie wieder öffnete, waren Tränen der Wut darin zu sehen. Sein ganzer Körper bebte. »Dann wird er die Ehe auflösen, siebter Grad oder nicht, ob sich Dokumente dafür finden oder nicht!«

»Robert hat den Bischof um die Annullierung seiner Ehe mit Suzanne gebeten?«

»HAAAA!«, schrie Guibert. »Das hast du nicht gewusst, Ketzer! HAAAA! Wenn du auf dem Scheiterhaufen brennst, wird sie in einem Kloster ihre Sünden büßen – wenn man sie dort überhaupt aufnimmt und nicht auf die Straße jagt, damit sie ihr Brot auf dem Rücken verdient!«

»Gib dir keine Mühe«, sagte Raymond und fand es schwer, ruhig zu sprechen. »Heloise ist sogar Äbtissin geworden, und sie hat's mit einem Erzsünder wie Abaelard getrieben.«

Guibert machte ein paar verkrampfte Bewegungen. Schließlich biss er sich auf die Knöchel vor Wut. Sein Gesicht war so verzerrt wie das eines Kleinkindes, das vor Zorn und Hunger brüllt. Er riss die Hand vom Mund weg, dass die Haut auf den Knöcheln von seinen Zähnen aufgerissen wurde. »BRENNE!«, schrie er. »ICH WERDE ÖL AUF DEINEN SCHEITERHAUFEN GIESSEN!« Er wirbelte herum und stakste mit unbeholfenen Schritten zum Toreingang.

»Versuch lieber, das Feuer auszupinkeln, damit wäre mir mehr geholfen«, rief ihm Raymond hinterher. »Liebe deinen Nächsten wie dich selbst, *Vater Guibert*.«

Er sah Guibert zu, wie er hinter den Wall flüchtete. Dann zog er sein Pferd herum und trieb es zum Dorf und zur Straße hinunter an. Sein Schädel hallte von Guiberts unverhoffter Information wider.

»KETZER!«, hörte er Guiberts raue Stimme hinter sich. Er drehte sich im Sattel um, ohne das Pferd anzuhalten. Guibert stand wieder vor dem Tordurchgang. Er hatte beide Arme erhoben. »ICH HABE VERGESSEN, DIR VON SEINER EHRWÜRDEN ETWAS AUSZURICHTEN! ER BRAUCHT DEINE DIENSTE NICHT MEHR! HAST DU GEHÖRT? ER HAT GESAGT, DU SOLLST DICH ZUM TEUFEL SCHEREN!«

8.

Unten im Dorf war Raymond kurzfristig versucht, zu Jehanne Garders Haus zu reiten, aber er ließ es sein. Wenn die Dörfler ihn dort zufällig mit der Leiche entdeckten... Nein, der Bischof hatte schon Recht gehabt: Für seinen Hals gab es bereits genügend Stricke. Was ihn zu Jean Bellesmains brachte und der Aufkündigung seines Dienstes. Guibert würde nicht lügen, was den Bischof betraf: Bellesmains hatte ihm mit Sicherheit tatsächlich aufgetragen, Raymond seine Entlassung auszurichten. War es das gewesen, was er ihm zugeraunt hatte, während Robert an Raymond seine Fäuste ausprobierte? Wahrscheinlich... Aber: Hieß das, dass er an Firmin kein Interesse mehr hatte? Unwahrscheinlich. Oder dass Firmin sich gestellt hatte? Noch unwahrscheinlicher. Was also trieb Bischof Bellesmains an, Raymond von der Suche abzuziehen? Hatte er einen Besseren gefunden? Besser Geeignete als ihn, diese Aufgabe zu erfüllen, gab es an jeder Straßenecke – dennoch war es unwahrscheinlich, dass Bellesmains ein zweites Mal einem Fremden sein Vertrauen schenken würde. Es musste mit dem zusammenhängen, was Raymond dem Bischof berichtet hatte. Aber mit welchem Teil der Informationen? Die tatsächlichen Umstände des Todes von Bruder Thibaud? Der Mord an Meister Alexios in Niort? Dass Firmin mit einem blutigen Messer unter der Kutte umherlief...?

Raymond zügelte das Pferd und starrte ins Leere. Zu seiner Linken befand sich Roberts Kirchenbaustelle, dahinter verstreuten sich die letzten Hütten in den Feldern. Das dichter werdende Gebüsch schnitt die Straße ab. Bruder Thibaud hatte dran glauben müssen, weil er hinter Firmins Aktivitäten im Archiv gekommen war. Dort hatte Firmin die Spur zu Jehanne Garder aufgenommen und Meister Alex in Niort beseitigt, weil er ein Mitwisser zu viel war. Es hing mit Jehanne zusammen, sie war der Mittelpunkt aller Geschehnisse, und auch sie hatte sterben müssen. Falsch, Raymond, dachte er, Jehanne war nicht der einzige Mittelpunkt, um den der verrückt gewordene Mönch kreist. Er ist in den Unterlagen des Bischofs auf ihren Namen gestoßen. Bellesmains hatte die Verbindung sofort erkannt – und gewusst, dass Firmin über kurz oder lang zu ihm zurückkehren würde. Deshalb benötigte er Raymond nicht mehr. Firmin würde zu ihm kommen, und Bischof Bellesmains vertraute offenbar darauf, dass ihn Firmins Messer nicht treffen würde. Raymond war es egal, ob der Bischof sich täuschte oder nicht. Für ihn hatten sich die Voraussetzungen nicht geändert, ganz gleich, ob der Bischof ihn ...

»Raymond?«

Als er die Stimme hörte, verflogen alle Überlegungen um Bischof Bellesmains und seinen Auftrag. Er fuhr ihm Sattel herum. Suzanne stand in der Türöffnung der unfertigen Kirche. Sie hatte die Kappe abgenommen; ihr zerzaustes Haar tanzte im Wind, ihre Wangen waren erhitzt. Raymond hatte keine Ahnung, wie er vom Pferd gekommen war; plötzlich stand er vor ihr, und sie kam ohne jegliches Zögern in seine Arme und presste sich an ihn. Ihr Gesicht hob sich dem seinen entgegen, und er küsste sie. Der Schmerz, der dabei durch seine aufgerissene Lippe zuckte, war belanglos, er spürte ihr Zittern und zitterte selbst. Sie zerrte ihn in die Deckung der halbhohen Mauern hinein, ohne ihn loszulassen. Sie stießen an ihr Pferd, das schnaubend zur Seite wich.

»Ich konnte dir nicht helfen«, sprudelte sie hervor. »Ich bin losgeritten, so schnell es ging. Ich wusste, dass er dich von seinem Hof weisen würde ... Ich verließ mich darauf, dass Foulques Schlimmeres verhindern würde. Was hätte ich tun können, ohne mich vollkommen unmöglich zu machen? Das hätte uns beiden nicht...«

Raymond verschloss ihren Mund mit der rechten Hand. Sie sah zu ihm auf; ihre Augen schwammen in Tränen. Er zerrte sich den Handschuh von der Linken und ließ ihn zu Boden fallen. Dann nahm er ihr Gesicht in beide Hände und wischte mit den Daumen die Tränen von ihren Wangen. Doch sie hörte nicht auf zu weinen. Er trocknete ihre Tränen, bis Suzanne plötzlich zu lächeln begann. »Wenn das mal angefangen hat...«, sagte sie halb schluchzend und zuckte die Schultern, während ihre Augen wieder überquollen. Sie küsste seine Handflächen.

»Ich liebe dich«, sagte er.

»O Gott«, stieß sie hervor, »ich liebe dich auch, Raymond le Railleur, ich liebe dich so sehr, dass mein Herz den ganzen Tag den Rhythmus deines Namens klopft...«

Sie schlang die Arme um ihn und drückte ihn mit wilder Zärtlichkeit. »Ich weiß nicht, was du von mir dachtest, als ich mich nicht mal von dir verabschiedete in der Burg, aber da war ich schon unterwegs hierher. Ich konnte mich doch oben nicht so von dir... Ich konnte dir doch oben nicht die Wahrheit...«

»Suzanne«, sagte er und drückte sie an sich, »du brauchst nichts zu erklären.« Sein Unterleib schmerzte von Roberts Schlägen und dem Tritt. Er drückte sie noch fester an sich. »Aber ich muss dir eine Frage stellen.«

Sie versuchte in sein Gesicht zu sehen. Die Hitze und ihr Duft, der von dem schnellen Ritt von ihr aufstiegen, vernebelten seinen Verstand. Würde das der Duft sein, den sie nach der Liebe miteinander teilten? Blüten, Olivenöl, der Schweiß ihres Körpers und des Pferdes, der Lavendelgeruch ihres Kleides, wenn sie ineinander versanken und den anderen mit allen Sinnen aufzunehmen versuchten... Warum kommst du nicht mit mir?, wollte er fragen. Warum verlässt du nicht alles, was du hier hast und was dir nur Schmerzen bereitet und begleitest mich? Ich kann dir nichts bieten als eine vage Hoffnung auf ein besseres Leben am Hof des Jungen Königs und auf eine Liebe, die so groß ist, dass sie mich noch kitschigere Verse dichten lässt als meine Zunftgenossen; als die Aussicht darauf, bis an dein Lebensende auf Händen getragen zu werden. Ich würde mir die Hand abhacken lassen und das Kreuz nehmen für dich. Warum kommst du nicht mit mir, Suzanne Ambitien, der ich dich mehr liebe als alles, was mir bisher begegnet ist, und der im Schlafen und im Wachen von dir träumt...

»In welchem Grad bist du mit Robert verwandt?«, fragte er stattdessen.

Sie schwieg so lange, dass er fast dachte, sie habe die Frage nicht verstanden. »Nur über Adam und Eva«, sagte sie schließlich. Sie bewegte sich in seinen Armen. Er gab sie frei. Sie trat einen Schritt zurück und musterte ihn. Zwischen ihren Brauen stand eine Falte. Er versuchte sie wegzureiben, doch sie kehrte wieder. Sie lachte hilflos und ergriff schließlich seine Hand, um sie mit Küssen zu bedecken. Er spürte, wie Tränen darauf tropften. Er entzog sie ihr und leckte die Tränen auf, ohne ihren Blick loszulassen.

»Du weißt es«, sagte er. »Deshalb sagtest du auch, ich solle von Liebe spielen, da du und er ein bisschen Liebe nötig hättet.«

Sie nickte. »Er hat mich seit Monaten nicht angerührt, damit nicht noch aus Versehen ein Kind entsteht. Wenn ihn die Lust packt, reitet er in die Stadt und...«

»Ich habe ihn gleich danach getroffen«, erklärte Raymond rau.

»Es fiel mir schwer, dich darum zu bitten, wo ich dich bereits ins Herz geschlossen hatte...«

»Ich konnte es nicht. Wenn ich von Liebe gesungen hätte, dann hätte ich nur von der Liebe singen können, die ich für dich empfinde.«

»Ich weiß«, sagte sie mit gebrochener Stimme.

»Wie lange plant er es schon?«

Sie zuckte mit den Schultern.

»Was verspricht er sich davon?«

»Die Möglichkeit, vollkommen legal eine neue Ehe einzugehen.«

»Aber wozu? Mit wem? Hat er sich verliebt?«

Suzanne lachte humorlos. »Raymond, die Beschäftigung mit der Dichtung hat dich doch nicht so vollkommen blind gegenüber dem wahren Leben gemacht.«

»Vermögen«, sagte er.

»Die Witwe von Raymond de Baimiac.«

»Aber er ist als Ketzer verdammt worden... in Narbonne... Bischof Bellemains hat ihn noch in Poitiers examiniert vor ein paar Jahren...«

»Das ist richtig. Seine Frau hat daraufhin die Auflösung der Ehe beantragt. Sie hatte das Geld in die Ehe gebracht, und man sprach ihr nicht nur ihre ursprüngliche Mitgift zu, sondern auch alles Vermögen, das ihr Mann geschaffen hatte. Sie konnte beweisen, dass sie immer gegen den Irrglauben ihres Mannes war. Sie brachte sogar Dokumente, dass sie in ein Kloster geflohen war, als er zu einem der Ordensoberen ernannt wurde.«

»Sie muss zehn Jahre älter sein als Robert.«

»Zwanzig.« Sie blickte ihn zärtlich an. »Armer Raymond, bist du tatsächlich so weit von der Gemeinheit des Lebens entfernt?«

»Dazu diente all der Aufwand mit dem Fest für den Bischof: nur, um ihn gnädig zu stimmen, der Annullierung eurer Ehe zuzustimmen.«

»Robert will hoch hinaus. Als gebürtiger Angeviner rechnet er sich Chancen aus, sich Henri Plantagenet gewogen zu machen. Er hat sich aus dem Aufstand der Söhne des Plantagenet klug herausgehalten und sich auch sonst nichts zuschulden kommen lassen, was dem englischen König sauer aufstoßen könnte. Du siehst ja, dass er sogar seine Pächter mit dem größten Anstand behandelt.«

»Von Anstand können du und ich kein Liedchen singen.«
Sie seufzte. »Es kommt auf das an, was zählt in der Politik, oder nicht?«
»Um den alten Plantagenet auf sich aufmerksam zu machen, braucht Robert Vermögen.«
»Natürlich. Der Krieg gegen seine Söhne und die Königin hat die Truhen von Henri Plantagenet geleert.«
»Dass der Bischof verfrüht aufgebrochen ist, hat Roberts Pläne zunichte gemacht.«
Suzanne lächelte plötzlich böse. »Dafür danke ich dir.«
»Du glaubst doch nicht, dass er jetzt aufgibt.«
»Nein, bestimmt nicht...«
»Als du dich am ersten Tag mit Guibert angelegt hast, dachte ich zuerst, es sei ihm peinlich. Doch einmal passte er nicht auf. Ich konnte seinen Gesichtsausdruck nicht enträtseln, aber jetzt ist es mir klar: Er genoss jeden Moment, mit dem du dich bei einem Vertreter des Klerus unbeliebt gemacht hast.«
»Selbstverständlich. Er wusste ja, dass Guibert, diese elende kleine Ratte, alles, was ihm nicht unter dem Beichtgeheimnis anvertraut war, so schnell wie möglich an Bischof Bellesmains weitergeben würde.«
»Robert wird versuchen, dir Ehebruch anzuhängen.«
»Unter anderem, ja.« Sie sah sich um und fasste schließlich nach seiner Hand. »Es ist das Risiko wert.«
»Suzanne, er hat schon versucht, mich in die Falle zu locken. Er hat mir förmlich schmackhaft gemacht, mich mit dir im Bett zu wälzen, und mir schon vorab seine Verzeihung dafür angekündigt.«
»Armer Raymond...«
»Ich verabscheute ihn dafür und dachte gleichzeitig: Heiliger Hilarius, darf es wirklich so einfach sein? Ich glaubte ihm beinahe jedes Wort...«
»Wenn er mich dabei ertappen sollte, dann wünsche ich, dass es keines anderen Mannes wegen als deinetwegen ist.«

Raymond schloss die Augen und schluckte schwer. Er spürte, wie sich der Druck ihrer Finger um seine Hand verstärkte, und als er ihr die Hand zu entziehen versuchte, folgte sie ihm und presste sich wieder an ihn.

»Küss mich«, flüsterte sie, »küss mich, halt mich, liebe mich. Zeig mir, dass es zwischen Männern und Frauen auch etwas gibt, das reinen Herzens ist.«

»Es ist zu ...«

»Nichts ist gefährlich. Die Dörfler sind auf den Feldern. Hier kommt niemand her, solange Robert nicht befiehlt, weiterzubauen – um den Bischof auch damit zu beeindrucken. Dieser Tempel wird nicht aus Liebe zu Gott, sondern aus Ehrgeiz errichtet; der Herr wird uns beschützen, wenn wir einen Augenblick der Liebe dazugeben.«

»Suzanne ...«

»Bitte. Bitte.« Sie umklammerte ihn. »Muss ich dich anflehen? Sieh her, ich knie vor dir nieder und bettele darum. Raymond, du bist alles, was mein Herz begehrt. Liebe mich, nimm mich ... Das Feuer brennt in mir, und es verzehrt mich deinetwegen ...«

»Nein, Suzanne, nein«, stöhnte Raymond. Er zog sie auf die Beine und hielt sie. Sie begann zu weinen. »Du sollst nicht vor mir knien.« Er holte tief Atem. »Komm mit mir.«

»Wohin? Hier ist der sicherste Platz ...«

»Nein, ich meine: Komm mit mir für immer. Werde meine Gefährtin. Wir gehen zu Jung-Henri; der Bischof hat versprochen, mir zu helfen. Der junge König wird seinen Vater besiegen und die Königin befreien, und dann wird sich Aquitanien neu ordnen. Wir ...«

»Wie soll denn das gehen?«

»Ich muss nur noch die Aufgabe des Bischofs lösen: Ich muss Firmin fangen. Er hat mich rausgeworfen, aber wenn ich ihm Firmin anbringe, bevor etwas passiert, dann kann er mir sein Versprechen nicht verweigern.«

»Raymond, du träumst.« Suzanne löste sich von ihm und starrte ihn an. Er griff nach ihrer Hand und drückte sie.

»Nein, Suzanne, kein Traum. Glaube mir! Ich bin so dicht dran. Ich habe versagt, als ich Jehanne Garder beschützen und Firmin überraschen wollte, aber das passiert mir nicht noch mal. Ich bin überzeugt davon, dass er sich als Nächstes den Bischof vorknöpft, ich muss nur ...«

»Raymond, du hast selbst gesagt, er hat dich aus seinem Dienst entlassen.«

»Ja, aber ich werde ... ich werde ihn überzeugen!«

Nun legte sie ihm einen Finger auf die Lippen. Er verstummte. Sie schüttelte den Kopf.

»Vergiss es, Raymond«, sagte sie. »Der Bischof wird dir nicht helfen.«

»Aber ich ... aber ... er ist unsere gemeinsame Zukunft!«

»Wir haben keine gemeinsame Zukunft«, sagte sie.

Raymond prallte zurück, als habe sie ihn ins Gesicht geschlagen.

»Nicht? Aber wir ... du hast doch gesagt ... und ich ...«

»Was ich gesagt habe, ist die Wahrheit. Was ich fühle, ist die Wahrheit. Doch dass wir keine Zukunft miteinander haben, ist auch die Wahrheit.«

»Warum? Robert wird dir keine Steine in den Weg legen. Es erfüllt doch seine Pläne, wenn du einer Annullierung eurer Ehe zustimmst!«

»Und dann? Meine Mitgift waren ein halb verfallenes festes Haus und ein Dorf voller hoffnungsloser Existenzen. Robert hat das alles aufgebaut. Glaubst du, er würde darauf verzichten? Glaubst du, jemand würde es mir zusprechen?«

»Wir brauchen es nicht!«

»Und wovon werden wir leben, Raymond? Wie werden wir unser Schicksal gestalten? Soll das eine Geschichte werden wie die zwischen Heloise und Abaelard? Ich ziehe mich in ein Kloster zurück, und du versuchst dein Glück irgendwo, und einmal im Jahr tauschen wir über Boten unsere Briefe aus?«

»So muss es doch nicht werden!«

Sie sah ihn mitleidig an. »Wir haben nicht mehr als ein paar Augenblicke, die Gott uns in seiner Gnade schenkt.« Sie kam wieder in seine Arme. »Lass sie uns nutzen. Ich will mir nicht bis an mein Lebensende vorwerfen, von der größten Liebe, die ich erlebt habe, nicht wenigstens gekostet zu haben.«

»Du gibst dich mit einem Augenblick zufrieden, wo wir die Ewigkeit haben könnten«, sagte Raymond mit schmerzender Kehle.

»Die Ewigkeit wartet nach unserem Tod auf uns.« Suzanne begann, an ihrem Oberteil herumzunesteln.

»Suzanne, es gibt doch Hoffnung. Ich muss nur Firmin finden!«

»Firmin, Firmin, Firmin!«, rief sie plötzlich. »Wer ist dieser Firmin? Hast du ihn jemals gesehen? Du jagst ein Gespenst in der eitlen Hoffnung, dass ein Mann, der bereits den Stiefel in deinen Nacken gestellt hat, dir dafür eine Belohnung gibt!«

»Kein Gespenst!«, stieß Raymond hervor. »Geh ans andere Ende des Dorfs und schleich dich in Jehanne Garders Hütte, dann siehst du, was das Gespenst angestellt hat!«

»Jehanne Garder! Wer ist sie? Wie gut kennst du sie? Ich bin hier, und ich bin schon einmal auf den Knien gelegen, um dich um deine Liebe zu bitten! Was ist dir noch alles wichtiger als ich?«

»Unsere Liebe ist das Wichtigste für mich. Gerade deshalb will ich doch ... Suzanne, hör auf damit.« Er legte die Hand auf ihre Finger, die ihr Oberteil schon mit fliegender Hast bis zum Brustbein aufgeschnürt hatten. Sie sah ihn verzweifelt an.

»So verlasse ich dich nicht. Eine Vereinigung im Nieselregen in einer halb fertigen Kirche, während ein paar hundert Schritt weiter die Bauern die Säue durch den Schlamm treiben. Nein, Suzanne. Ich bitte dich, ich bitte dich von ganzem Herzen: Vertrau mir. Lass mich meine Aufgabe für Bischof Bellesmains erfüllen. In ein paar Tagen bin ich zurück mit einem Empfehlungsschreiben für den Jungen König, das Bischof Jean Bellesmains persönlich ausgestellt hat. Ich werde Sansdent oder eines seiner Kinder zu dir hinaufsenden. Wir werden uns hier in der Kirche wiedersehen, und du wirst sehen, dass es eine Zukunft für uns gibt. Dann können wir alles weitere mit Robert besprechen.«

»Wir haben keine Zukunft«, flüsterte sie. »Wir haben nur dies hier, und du willst es nicht.«

Sie riss sich von ihm los und lief zu ihrem Pferd hinüber. Er holte sie ein, als sie den Rock raffte und sich in den Sattel schwang. Er legte die Hand auf den Sattelrand, aber sie stieß ihn weg. Über ihr Gesicht strömten die Tränen.

»Alles, was ich von unserer Liebe erhofft habe, war ein bisschen Wärme!«, schrie sie. »Wenn du mir nicht einmal das geben willst, wie soll ich dir glauben, dass du die Zukunft für uns in den Händen hältst?«

Raymond wich betroffen zurück. Suzanne sprengte zum Eingang hinaus, dass Kies und Lehm aufspritzten. Draußen gackerten ein paar Hühner, die sich eilends in Sicherheit brachten. Raymond stürzte ihr nach, doch sie galoppierte schon an den Hütten vorbei in Richtung der Straße, die zu Roberts Besitz hinaufführte. Er wollte rufen, aber seine Stimme versagte. Eine Biegung der Straße verschluckte sie.

Raymond kehrte zu seinem Pferd zurück, führte es hinaus und ritt in Richtung Poitiers aus dem Dorf. Nach einigen Minuten bemerkte er, dass er seinen zweiten Handschuh in der Kirche vergessen hatte. Er hatte nicht die Kraft, noch einmal dorthin zurückzukehren.

Firmin der Heilige

»Ich habe dich nie für einen
Dummkopf gehalten.«
Suzanne Ambitien

1.

Seine Unterlippe war an einer Stelle dick wie eine Geschwulst; die Stelle, wo er sich gebissen hatte, prickelte schmerzhaft, sobald er mit der Zungenspitze darüber fuhr. Sein Magen und sein Gemächt schmerzten dumpf. Schlimmer noch als die körperlichen Beschwerden war der Anblick der zerschmetterten Laute und der beschädigten Harfe, und am allerschlimmsten war natürlich die Seelenqual. Raymond ließ sich ächzend in das nasse Gras zurücksinken und starrte in den trüben Himmel. Kaum zu glauben, dass es erst Mittag war nach all den Ereignissen, die seit seiner Entdeckung des Mordes an Jehanne Garder eingetreten waren. Seiner Schätzung nach musste es irgendwann zwischen Sext und Non sein. Plötzlich fühlte er das Gewicht der durchwachten Nacht. Seine Augen brannten, als er sie kurz schloss, und er war bestürzt, wie schwer es fiel, die Lider wieder zu öffnen. Das Rascheln des Gebüschs, in das er sich zurückgezogen hatte, wirkte einschläfernd. Er rollte sich auf die Seite und sah die Trümmer der Laute. In Chatellerault hatte er die zerstörte Fiedel mit den gleichen mechanischen Bewegungen eingepackt wie jetzt die Laute. Der Zorn erwachte in ihm, und verglichen mit der Leere, die seit Suzannes Flucht in ihm gähnte, war der Zorn geradezu willkommen. Er streckte eine Hand aus und ließ eine der zerrissenen Saiten zwischen Daumen und Zeigefinger hindurchgleiten. Man hatte zweimal eines seiner teuren Musikinstrumente auf seinem Rücken zerschlagen, und alles, was er dabei getan hatte, war, den Kopf einzuziehen und seine Finger zu schützen. Er betrachtete sie: Die Handflächen waren gerötet vom Halten der Zügel, die Knöchel blau angelaufen von der Kälte, und unter den Fingernägeln – kurz an der Linken, lang an der rechten Hand – hing Dreck. Der Nagel am Zeigefinger der rechten Hand war gesplittert. Nutzlose Hände; er hätte sie besser zu Fäusten geballt und sich verteidigt, auch wenn das geheißen hätte, dass die Prügel noch viel schlimmer ausgefallen wären. Foulques hatte schon Recht gehabt, er besaß keine Ehre. Warum um alles in der Welt hatte er gedacht, Suzanne würde mit einem wie ihm gehen?

Plötzlich hielt er den Anblick der zertrümmerten Laute nicht mehr aus. Er sprang auf, wollte sie mit einem Fußtritt unter den Busch befördern, doch die Saiten verwickelten sich um seinen Stiefel, und er musste das Bein schütteln, um die Teile loszuwerden, und da brach der Zorn in ihm los und ließ ihn wild auf der Laute herumtrampeln und treten. Er hörte sich vor Wut heiser schreien. Das Holz zersprang und zersplitterte, die Saiten verfingen sich, als wollten sie ihn an seinem Zerstörungswerk hindern, doch er trampelte weiter und weiter darauf herum, bis selbst die Wirbel zerbrachen und der kompakte Hals des Instruments zersplitterte. Schließlich taumelte er und fiel; er setzte sich mit einem harten Ruck hin und stierte auf sein Werk. Er fühlte sich so erschöpft wie kaum jemals zuvor. Schließlich verbarg er das Gesicht in den Händen und ließ seinen Tränen freien Lauf.

2.

Das Schnauben des Pferdes ließ ihn hochfahren. Er musste eingeschlafen sein, er war völlig orientierungslos. Wo um alles in der Welt...? Dann sah er die Hütte Jehanne Garders auf der Lichtung hocken und erinnerte sich wieder. Die Nachtwache! Und er war eingeschlafen, beim heiligen Hilarius! Die feuchte Kühle der Nacht und der Schreck über sein Versagen ließen ihn frösteln. Er hörte das Schnauben und Trampeln des Pferdes noch immer. Seltsam, wo er es doch weit hinten im Dorf angebunden hatte. Es klang, als sei es direkt neben ihm. Plötzlich durchzuckte es ihn wie ein Blitz: Es war nicht sein Pferd, es war das von Firmin, der mörderische Klosterbruder hatte sich von irgendwoher einen Gaul besorgt und stand nun direkt neben seinem Versteck. Ihm wurde so heiß, wie es ihm vorher kalt gewesen war. Am besten wäre es, herauszuspringen und den Mönch zu überraschen, ihn vom Pferd zu zerren, bevor er reagieren konnte, ein paar harte Schläge ins Gesicht, weg mit seiner Waffe... aber wie? Das Pferd hörte nicht auf zu schnauben, wahrscheinlich roch es Raymond in seinem Gebüsch. Verdammter Gaul!

Raymond fuhr mit einem Schrei in die Höhe. Das Pferd wieherte erschrocken und sprang mit einem Satz zurück, stieg auf die Hinterbeine und schlug mit den Vorderbeinen, bevor es mit ein paar ungelenken Bocksprüngen zur Straße setzte, dass Zweige und Blätter aufwirbelten. Raymond hörte, wie es draußen ein paar Schritte die Straße entlanglief, bevor es Halt machte und nach einer verlegenen Sekunde wieder zurücktrottete. Er fuhr sich über das Gesicht.

»Verdammter Traum«, murmelte er. Die Nacht, die nur in seinen Gedanken da gewesen war, löste sich langsam auf, Jehannes Hütte mit ihr. Das Schnauben des Pferdes hatte ihn geweckt, aber nicht schnell genug, der Teufel hatte noch Zeit gehabt, ihm einen Traum voller Schuldgefühle zu schicken. Er war nicht auf der Nachtwache eingeschlafen, aber er hätte es ebenso gut tun können. Jehanne war schon tot gewesen, als er die Wache angetreten hatte. Er war seiner Tradition treu geblieben: Er war zu spät gekommen. »Verdammter Traum...«

Er begann seine Sachen zusammenzusuchen. Der Traum wirkte immer noch nach; er hatte das Gefühl, beobachtet zu werden. Ärgerlich schüttelte er den Kopf. Was von der Laute nicht so in den Erdboden getrampelt war, dass man es nicht mehr bergen konnte, klaubte er zusammen; erst als er das erste Bruchstück in den Sack stecken wollte, wurde ihm klar, was er tat, und er ließ die Hände seufzend sinken. Die Überreste würden hier bleiben; wenn irgendwann in ferner Zukunft einmal ein Reisender auf der Suche nach einem Platz zum Schlafen oder für seine Notdurft auf das kleine, wohl geordnete Häufchen stieß, würde er über etwas nachzudenken haben, bis er Poitiers oder irgendein anderes Ziel erreichte. Raymond grinste schief, ohne sich amüsiert zu fühlen. Er hob den Sack mit den heil gebliebenen Instrumenten auf und machte einen großen Schritt über die kahle Stelle hinweg, wo das Pferd gefressen hatte und herumgetrampelt war. Als er den Fuß aufsetzte, erstarrte er.

Zwischen seinen Beinen sah er die halbmondförmigen Hufabdrücke seines Pferdes, dicht an dicht und übereinander wie ein unordentliches Muster. Der Boden war schon vorher weich gewesen; die Aktivitäten des Pferdes hatten ihn in Schlamm verwandelt. An einer Stelle war – *auf* einem Hufabdruck, nicht halb darunter zertreten – die klare Spur eines menschlichen Fußes. Fußballen, fünf Zehen, jemand, der nicht mit dem ganzen Fuß aufgetreten war, sondern geschlichen war... herangeschlichen. *Auf* dem Hufabdruck, also *nachdem* das Pferd das Bein dorthin gestellt hatte, also während Raymond geschlafen hatte ... also womöglich vor wenigen Augenblicken!

Er fuhr herum, dass der Sack gegen einen Ast stieß und melodisch klang. Das Gefühl, beobachtet zu werden, stieg wieder in ihm auf.

Er wirbelte in die andere Richtung, als er das Geräusch hörte. Das Messer, wo war das Messer? Das Pferd glotzte herein und schnaubte. Von dort, wo er zuerst hingesehen hatte, hörte er ein Rascheln, das definitiv nicht von seinem Pferd stammte ... Er fuhr wieder herum. Das Buschwerk schien zu erbeben, aber es war ohnehin in Bewegung vom Regen. Hatte er geradewegs in Firmins hasserfüllte Augen gestarrt, ohne es zu bemerken, als das Pferd ihn abgelenkt hatte? War es Firmin gewesen, der...? Wer immer es gewesen war, er hatte keine Schuhe getragen; ein Mönch, dessen dünne Sandalen längst zu Bruch gegangen sind. Das Blut stieg Raymond in den Kopf. Firmin, auf dem Weg nach Poitiers. Vielleicht hatte er ebenfalls in diesem Gebüsch Zuflucht gesucht, er musste ja die ganze Nacht auf den Beinen gewesen sein ... Raymond hatte ihn geweckt, und er hatte sich tiefer ins Buschwerk zurückgezogen, bis Raymond vom Schlaf übermannt worden war. Hatte er es auf das Pferd abgesehen gehabt? Natürlich, er musste die Zügel schon fast in der Hand gehabt haben, es war ein Wunder, dass es geschnaubt hatte, das Biest war in der Regel so lammfromm, dass es sich von jedem berühren ließ ... Das Buschwerk weiter vorn raschelte und bewegte sich wild ...

»Firmin!«, schrie Raymond plötzlich auf und ließ den Sack fallen. Er sprang mit einem Satz in das Geäst und wühlte sich hinein. Die Zweige peitschten ihn, und er hatte nasse Blätter im Mund. Er spuckte sie aus. »Firmin!« Das Astwerk war dünn, es brach, er wand sich hindurch und blieb mit den Stiefeln in Wurzeln und kleinen Stämmen hängen. Die Büsche überschütteten ihn mit Nässe, als würde ein Platzregen niedergehen. »Firmin ...!« Er versuchte sich in die Richtung vorzuarbeiten, aus der er das Rascheln gehört hatte, das Dickicht wurde leichter, Farne streckten ihre Wedel bis an seine Brust, er trampelte in eine Schneise hinein. Das Rascheln war weg. Er bezwang seinen Atem, bis sein Kopf zu platzen drohte, nichts mehr zu hören. Plötzlich lief die Aufregung wie Wasser aus seinen Beinen und ließ ihn schwer atmend stehen bleiben. Firmin war geflohen.

»F...!« Raymond brach ab. Er schüttelte den Kopf. Ein Riss auf seiner Wange brannte; er tupfte geistesabwesend mit den Fingern darauf herum, bis das darunter liegende Gewebe, von Roberts Fäusten angeschwollen, mehr schmerzte als der Kratzer. Wenn er sich richtig erinnerte, zog sich das Buschwerk für einige Meilen neben der Straße hin; ein kleiner Landstrich für sich, den die Bauern der Umgebung noch nicht gerodet hatten – vermutlich wegen der Beeren und wegen des Feuerholzes und weil so ein Dickicht noch schwerer umzulegen war als ein alter Wald –, und es war so verfilzt, dass Firmin zehn Schritte von ihm entfernt auf den Boden kauern konnte, ohne dass er ihn bemerkte. Es war hoffnungslos, und nicht nur das, es war gefährlich. Wenn er wie eine Wildsau durchs Gebüsch trampelte, brauchte Firmin nur an einer halbwegs passenden Stelle auf ihn zu warten und ihm sein Messer in den Leib zu rammen. Raymond würde nicht einmal die Chance haben, eine Abwehrbewegung zu machen. Er hätte schneller reagieren sollen, dann hätte er den Mönch vielleicht erwischt. Aber so ...

Dennoch fühlte Raymond sich besser, als er zu seinem Pferd zurückgekehrt war. Der Vorfall war der Beweis dafür, dass er zumindest richtig gedacht hatte: Firmin war auf dem Weg nach Poitiers, zu Bischof Bellesmains. Raymond würde ihn dort empfangen, und es würde enden, wo es begonnen hatte – in Jean Bellesmains' Palast. Raymond schwang sich in den Sattel, ohne noch einmal zu dem traurigen Häuflein zu blicken, das einst seine Laute gewesen war.

Den ganzen weiteren Weg jedoch schaute er sich immer wieder um, ob Firmin nicht plötzlich hinter ihm auftauchte, und das Kribbeln zwischen seinen Schulterblättern wollte nicht vergehen.

»Ehrwürden ist noch nicht zurück«, sagte der alte Dienstbote, der an die Tür gekommen war. Raymond ahnte seine Worte mehr, als dass er sie über das Läuten der Vesperglocken von Notre-Dame-la-Grande gehört hätte. Der alte Mann musterte ihn von oben bis unten, als hätte er ihn nie zuvor gesehen.

Raymond blickte über die Schulter zur Kirche hinüber. Die Glocken verstummten langsam.

»Das war die Konsekration. Die Vesper ist gleich vorbei. Vielleicht kann ich warten, bis Ehrwürden vom Gottesdienst zurück ist.«

»Ehrwürden ist nicht in der Vespermesse.«

»Wo ist er dann?«

»Nicht deine Angelegenheit.« Der alte Mann schloss die Tür vor Raymonds Nase, sodass dieser unwillkürlich einen Schritt zurücktrat. Wütend und verwirrt wandte Raymond sich ab. Wenn er den Bischof auf der Strecke von Roberts Besitz nach Poitiers überholt hätte, hätte er ihn notgedrungen sehen müssen. Da dies nicht der Fall gewesen war, hatte er für sicher angenommen, dass Jean Bellesmains und sein Trupp Poitiers vor ihm erreicht hatten. Wo hatte der Bischof Halt gemacht, dass Raymond ihn nicht hatte treffen können? Und wozu? Wann würde er wieder in Poitiers sein? Und vor allem – wie sollte er den Bischof nun davon unterrichten, dass Firmin in Richtung Poitiers unterwegs war?

Gar nicht, dachte er. Immerhin hat er dich rausgeschmissen.

Und immerhin war da noch ein bestimmtes Empfehlungsschreiben, das der Bischof ihm schuldig war, und wenn er ihm die Informationen betreffs Firmin, mit denen dieses Schreiben zu verdienen war, aufzwingen musste.

Raymond drehte sich wieder um und hob die Hand, um erneut an das Eingangsportal des Bischofspalastes zu schlagen. Jemand kam ihm zuvor und riss die Tür von innen auf: der alte Dienstbote. Er riss den Mund auf, um zu brüllen, erkannte dann, dass Raymond direkt vor ihm stand, und musterte ihn erneut von oben bis unten.

»Du warst schon einmal hier«, konstatierte er.

»Das ist richtig.«

»In der Kapelle. Du warst in der Kapelle.«

Raymond nickte.

»Was ist mit deinem Gesicht?«

»Ist was mit meinem Gesicht?« Raymond versuchte den Alten niederzustarren, der mit einem zittrigen Finger auf Raymonds geschwollene und zerschundene Gesichtshälfte zeigte. Schließlich ließ der Alte die Hand sinken und blinzelte verwirrt.

»Wie war doch gleich dein Name?«

Raymond bemerkte aus dem Augenwinkel eine Bewegung auf dem ansonst menschenleeren Platz. Er wandte sich um, und es traf ihn wie ein Schock: ein Mönch mit tief ins Gesicht gezogener Kapuze trat langsam aus einer Gasse auf der gegenüberliegenden Seite des Platzes und blieb stehen. Der dunkle Schatten unter der Kapuze schien in seine Richtung zu starren. Über den Platz schien plötzlich ein Schatten zu fallen. Raymond spürte, wie sein Herz aussetzte. Er holte unwillkürlich Atem.

»Ich bin Raymond...«, murmelte er.

Der Mönch stand bewegungslos auf dem Platz. Wende dich ab, dachte Raymond, tu so, als hättest du ihn nicht gesehen! Doch er konnte sich nicht bewegen. Firmin. Wie war er so schnell hierher gekommen? Und was sollte nun...? Da kam ein zweiter Mönch aus der Gasse und gesellte sich zu der stillen Gestalt, und Raymonds Herz begann wieder zu schlagen und pumpte Eis in seine Glieder.

Der zweite Mönch war Baldwin.

Bruder Thibaud, die Belohnung, Ilger und der normannische Söldner auf der Stadtmauer, dreißig Silberlinge...

In Poitiers suchte man Raymond wegen Mordes...

Wie blöde musste man sein, um so etwas zu vergessen? Und tatsächlich hatte er es vollkommen verdrängt.

»Wie war der Name? Ich habe ihn nicht...«

»Robert!«, sagte Raymond und wandte das Gesicht ab. Er spürte Baldwins Blicke über die Distanz hinweg in seinem Nacken brennen. Unwillkürlich zog er die Schultern hoch.

»Raymond? Wie der, den sie suchen?«

»Ich sagte: Robert!«

»Ah ja...?«

Raymond spähte vorsichtig zu den beiden Mönchen hinüber und sah zu seinem Schrecken, dass sie näher gekommen waren. Er musste so schnell wie möglich von der Gasse wegkommen.

»Lass mich rein«, keuchte er, »ich habe eine wichtige Nachricht für den ehrwürdigen Bischof!«

»Er ist nicht da!«

»Sag ihm... sag ihm... äh...«

»Ehrwürden ist auf dem Weg nach Narbonne.«

»Er ist was!? Wohin?«

»Narbonne«, sagte der alte Mann, als gäbe es für Bischöfe im Leben nur Narbonne als Ziel einer Reise.

»Was will er denn in Narbonne, heiliger Hilarius?«

»Übergabeformalitäten.« Der alte Mann machte eine wissende Geste.

»Übergabe?«

»Ehrwürden ist zum Erzbischof von Narbonne ernannt worden. Es braucht einen starken Arm, um das Voranschreiten der Häresie aufzuhalten.« Der alte Mann nickte beifällig.

Die Glocken von Notre Dame la Grande begannen mit einem Schlag aufs Neue zu dröhnen, dass Raymond zusammenfuhr. Er wirbelte herum. Die Mönche waren noch gar nicht so weit gekommen, wie es den Anschein gehabt hatte.

Sie standen in der Mitte des Platzes und wandten sich jetzt der Kirche zu. Nach kurzem Zögern schritten sie darauf zu. Die ersten Gläubigen, die die Kirche nach dem Ende der Messe verlassen wollten, stießen das Portal von innen auf. Die beiden Mönche hatten nicht ein einziges Mal zum Bischofspalast herübergesehen.

»Ehrwürden ist der neue Erzbischof von Narbonne. Wenn du ihn suchst, wirst du ihn dort finden.«

Der alte Mann machte sich an der Tür zu schaffen. Raymond bemühte sich, sich auf ihn zu konzentrieren. »Was hast du gesagt? Narbonne?«

»Such ihn dort.«

»Warte...«, rief Raymond, doch der Alte schloss das Portal wieder, diesmal etwas vorsichtiger. Raymond starrte das verwitterte Holz an.

»Verdammt!«, fluchte er. Er sah sich vorsichtig um. Baldwin und der andere Mönch bettelten die Kirchgänger um Almosen an – oder fragten sie über den Mörder von Bruder Thibaud aus und baten sie, die Augen offen zu halten; von der Ferne konnte man das nicht so genau sagen. Raymonds Herz schlug noch immer viel zu schnell. Er musste erst einmal untertauchen und herausfinden, wie intensiv noch nach ihm gesucht wurde. In den Gassen durfte er sich vorerst nicht blicken lassen; aber vom Bischofspalast durfte er sich ebenfalls nicht zu weit entfernen. Firmin würde früher oder später hier auftauchen. Mit dem Gefühl aufsteigender Panik suchte Raymond die Hausfassaden rund um den Platz nach einer Lösung seines Problems ab. Wenn er nicht in den Bischofspalast hineinkam, musste er eine andere Bleibe finden. Über die Gläubigen hinweg, die aus der Kirche drängten und den Platz jetzt dicht an dicht füllten, sah er das Schild des ›Zufriedenen Prälaten‹ leise in seiner Halterung schaukeln.

Der Weg über den Platz war lang. Jedes Mal, wenn er angerempelt wurde, schrak er zusammen. Baldwin und der zweite

Mönch drehten ihm die Rücken zu und bewegten sich gegen den Strom der Kirchgänger zum Eingangsportal hin. Raymond schlich um sie herum wie die Maus um das Frettchen, nur, dass die Maus keinen vor Aufregung trockenen Mund gehabt hätte. Schließlich verschwanden die beiden Kutten in der Kirche. Raymond richtete sich auf und schritt ein wenig befreiter aus. Als er die Hand auf die Eingangstür des ›Zufriedenen Prälaten‹ legte, wurde ihm erst klar, was ihm der alte Dienstbote mitzuteilen versucht hatte.

Die Ernennung Jean Bellesmains zum Erzbischof von Narbonne war nicht erst vor kurzem erfolgt. Bellesmains hatte sie schon vor Wochen, wenn nicht Monaten empfangen. Das war es auch gewesen, was Robert als Spatzengesang von den Dächern gehört und fälschlich als Bitte eines alten Freundes um Unterstützung in Lyon eingeordnet hatte. Einen geistlichen Führer eines Bistums durch einen anderen abzulösen bedurfte langer und komplizierter Vorbereitungen. Hatte der Bischof darum die Suche nach Firmin angezettelt? Weil er unter seine Angelegenheiten in Poitiers einen Schlussstrich ziehen wollte, bevor er die Stadt verließ? Oder weil er Firmin hatte mitnehmen und keinen schwarzen Fleck in dessen Vergangenheit hinterlassen wollen? Raymond lachte humorlos in sich hinein; Firmin hatte seine Seele bereits so schwarz angepinselt, dass nicht einmal alle Heiligen noch eine weiße Stelle darauf gefunden hätten. Was ihn wieder zu der Frage zurückführte, ob Jean Bellesmains geahnt hatte, welche Mission sein Assistent sich vorgenommen hatte, und verhindern wollte, dass nach seinem Weggang aus Poitiers ein unberechenbarer Verrückter im Kloster und in der Stadt zurückblieb? Des Bischofs Motive waren so dunkel wie die, die Firmin antrieben, und in ihrer Finsternis hatten sie vermutlich miteinander zu tun. Wenigstens eine Sache hatte sich aufgeklärt – Roberts merkwürdiges und unpassendes Betragen gegenüber Suzanne und Raymond. Aber das Thema war zu empfindlich, um lange breitgetreten zu werden. Der Abschied von Suzanne schmerzte stärker als Raymonds geschwollenes Gesicht. Raymond stieß die Tür zur Schankstube des ›Zufriedenen Prälaten‹ auf und hoffte, dass Meister Hugues Erinnerung an seinen Auftritt vor den Pfeffersäcken verblasst sein würde.

Meister Hugue stand inmitten einer kleinen Gruppe von Männern, die sich an einen der langen Tische gesetzt hatten, beide Arme erhoben in der Geste eines Mannes, der den Himmel zum Zeugen einer besonders schlimmen Untat anruft.

»... und was glaubt Ihr, *seigneurs*, da sagt dieses Aas, nachdem ich ihm meinen besten Wein eingeschenkt habe: ›Es ist ein Irrtum, Leute!‹ Und rennt zur Tür hinaus wie einer, den der Teufel bei den Eiern hat! Und ich stehe da mit meinem Versprechen, das ich nicht einlösen kann! Und deshalb, *seigneurs*, möchte ich Euch bitten, mich nicht noch einmal wegen Musik zu fragen! Und...« Meister Hugue drehte sich um und starrte Raymond entgeistert an. »... und da ist er ja wieder.«

Meister Hugue sah womöglich noch schlechter aus als vor ein paar Tagen. Sein linkes Augenlid zuckte. Er schien die Bedienung der Gäste mittlerweile selbst übernommen zu haben; die Schankdirne war nirgends zu sehen.

»Ich habe den Wein bezahlt«, sagte Raymond.

»Raus!«

»Und ihn nicht mal getrunken.«

Meister Hugue schritt auf Raymond zu. Auf seiner Stirn pochte eine Ader; man konnte es selbst in der Dunkelheit der Schankstube sehen. Raymond wich zurück. Das Letzte, das er sich leisten konnte, war, in Poitiers Aufsehen zu erregen. Er verfluchte sich dafür, sich den ›Zufriedenen Prälaten‹ als Zuflucht ausgesucht zu haben. Er hätte es sich denken können... und wenn Meister Hugue seinen Gästen soeben seine persönliche Version von Raymonds missglücktem Auftritt erzählt hatte, würde ihm auch keiner der Männer im Raum beispringen. Sowieso nicht. Chatellerault, so schien es Raymond einmal mehr, war überall.

»Sachte, sachte, Meister Hugue«, erklärte einer der Männer, mit denen der Wirt gesprochen hatte. »Wir sind hierher gekommen, um auszuruhen und nicht um zuzusehen, wie du einem Gast den Kopf abreißt. Abreißt.«

»Dieses Rabenaas ist kein Gast, sondern ...«

»Er ist mein Gast, also ist er auch deiner.«

Raymond wandte sich den Männern auf der Bank mit der gleichen Überraschung zu wie Meister Hugue. Sie waren zu fünft; einer von ihnen grinste durch die dämmrige Stube zu Raymond hinüber, die anderen schienen an den Geschehnissen nur mäßig interessiert. Meister Hugue warf die Arme in die Luft und ließ sie wieder fallen; dann stieß er die Luft aus und schlurfte zurück zum Tisch.

»Von welchem Wein hast du geredet, Meister Hugue?«

»Anjou«, brummte der Wirt.

»Anjou-Wein. Anjou-Wein. Bring doch einen Krug, einverstanden?«

Der Wirt trottete ohne Widerrede davon. Raymond war stehen geblieben; nun trat er an den Tisch, an dem die fünf Zecher saßen. Er fühlte sich wie überrollt, als er in das grinsende Gesicht des Mannes sah, der gesprochen hatte. Fünf Augenbrauenpaare hoben sich amüsiert beim Anblick von Raymonds ramponiertem Gesicht.

»Ich nehme an, Ihr wisst, was Meister Alex zugestoßen ist«, sagte Raymond. Es war das Erstbeste, das ihm einfiel. Das Lächeln verschwand von Bertrand d'Amberacs Gesicht.

»War Stadtgespräch in Niort bis gestern, als wir aufbrachen. Stadtgespräch. Woher wisst Ihr es?«

»Ich habe später nochmal versucht vorbeizuschauen. Die Büttel waren schon da«, log Raymond.

Bertrand schüttelte den Kopf. »Es war nichts gestohlen, nichts zerstört. Na, Ihr habt es ja gesehen. Wenn ich daran denke, dass der arme Kerl tot in seinem Bottich lag, während wir davor standen und uns fragten, warum zum Teufel er uns nicht bediente. In seinem Bottich.«

»Der Herr sei seiner Seele gnädig.«

Die Männer um Bertrand d'Amberac herum nickten und murmelten die Phrase nach. Bertrand deutete in die Runde. »Wir haben seit der Entdeckung des Toten über kaum etwas anderes gesprochen. Als ich ihnen erzählte, dass Ihr und wir beinahe über den Toten gefallen wären, haben sie sich ganz schön erschreckt. Erschreckt.«

»Der Schreck war mehr auf deiner Seite, Bertrand«, lachte einer der Männer. »Ich meine, wenn euch die Büttel im Badehaus gefunden hätten mit dem toten Meister Alex im Zuber, hätten sie euch ganz schön am Arsch gehabt. Zumindest hätten sie euch verhört.«

»Stellt euch das mal vor.« Bertrand strahlte Raymond an. »Verhört.«

»Ja, ein Glück«, sagte Raymond.

»Setzt Euch, setzt Euch. Wenn man sich so zufällig wiedertrifft, muss man sich auch unterhalten. Der Wein geht auf meine Rechnung. Ich habe letztens gar nicht gefragt, was Eure Spezialität ist.«

»Spezialität?«

»Na, was Ihr anbietet. Wenn Ihr nicht gerade davon Abstand nehmt, in Wirtsstuben zu singen.«

»Ich *bin* Sänger.«

»Ach so?« Bertrand schien verblüfft. »Ich dachte, Ihr wärt...« Er wies auf seine Trinkgenossen. »Na, egal. Egal. Ich will euch mal miteinander bekannt machen.«

Raymond hatte gedacht, die Überraschungen könnten nicht mehr größer werden. Er stellte fest, dass er sich geirrt hatte. Die Namen der Männer, die Bertrand d'Amberac vorstellte, wirbelten in seinen Ohren durcheinander und verließen sein Gedächtnis, kaum dass sie es erreicht hatten, aber welcher Beschäftigung sie nachgingen, brannte sich förmlich bei ihm ein: Meister Soundso, dessen *Spezialität* es war, Wolle von irischen Schafen zu den kanarischen Inseln zum Spinnen, von dort nach England zum Weben und von dort nach Italien zum Färben zu bringen, damit Kleidung daraus würde, und der unglaublicherweise damit auch noch Geld verdiente; Meister Irgendwie, der über eine Kette von Treidelschiffen verfügte, die in Marseille ihren Anfang nahm und in Poitiers endete, und der über diese Kette Gewürze und Spezereien immer ein bisschen früher als die Konkurrenz vom Hafen von Marseille ins aquitanische Herzland schaffte; in dieser Art ging es weiter bis zu Bertrand d'Amberac, der ebenfalls über eine *Spezialität* verfügte: beste Beziehungen zu den muselmanischen Waffenschmieden in Spanien, die gar nicht so viele Schwerter, Lanzen und Rüstungen herstellen konnten, wie Bertrands Kunden orderten. Sie waren alle Gascogner. Es war klar ersichtlich, dass Bertrand der Wohlhabendste und Einflussreichste unter ihnen war.

»Meine Lieferanten sind ganz begeistert darüber, dass sich die Christen wieder einmal gegenseitig die Köpfe einschlagen, anstatt mit Banden von Raufbolden im so genannten Heiligen Land einzufallen, und sie machen die Klingen extra schön scharf, damit es uns Ungläubigen leichter gelingt, uns die Hälse durchzuschneiden. Die Hälse.«

»Ihr seid Kaufleute«, stieß Raymond hervor.

Der Mann, der die Treidelschiffe befehligte, klopfte sich auf den flachen Bauch. »Mitnichten, mein Freund, wir sind veritable *Pfeffersäcke*!«

»Ich dachte, Ihr ...« Raymond deutete auf Bertrands langes Haar.

»Was denn? Die Haartracht?«

»... und in Niort hattet Ihr eine leere Schwertscheide an der Seite.«

Bertrand machte eine abfällige Geste. »Nur weil es irgendwelchen Baronen mit schlechten Manieren eingefallen ist, dass nur Adlige ihr Haar lang tragen dürfen, werde ich mir doch nicht die Locken abschneiden. Und was das Tragen von Schwertern betrifft: Ausnahmsweise sollen wir Händler welche besitzen dürfen, aber nur eingerollt in eine Decke hinter dem Sattel? Und wenn eine Bande Gesetzloser meinen Treck überfällt, sage ich: Moment mal, ich muss erst meinen Obstschäler herausfummeln, haltet mal für ein paar Augenblicke still? Wo kämen wir denn da hin? Am Ende verhängt der Papst aus lauter Neid noch eine Kleiderordnung. Kleiderordnung.«

»Du hattest eine *leere* Scheide am Gürtel, Bertrand?«, spottete einer der anderen.

»Marktgesetz«, brummte Bertrand. »Als ob ihr das nicht wüsstet. Bei Gelegenheiten wie einer Messe so wie in Niort passen die Stadtherren besonders auf. Sogar die übelsten Schwertschwinger halten sich dann daran.«

»Kein Wunder – wenn's keine Messe gäbe, hätten sie irgendwann nichts mehr zu beißen. Jeder achtet den Markt.«

»Na ja, ich meine, das hat man aber nicht gemerkt in Niort!« Der Wollkaufmann zwickte sich ungehalten in die Nase. »Ich meine, der Verkauf lief schon vorher schlecht, aber als rauskam, dass jemand Meister Alex abgemurkst hatte, war gar nichts mehr los.«

Raymond verlor den Faden. Ihm war aufgefallen, dass Meister Hugue noch nicht wieder aufgetaucht war. In seiner Erinnerung war die Schankdirne in derselben Zeit, die der Wirt benötigte, um *einen* Krug Wein zu finden, zweimal gelaufen. Nach der Befremdung kam schlagartig die Bestürzung. Wo stand geschrieben, dass Meister Hugue nicht auch wie diverse andere auf die Belohnung scharf war, die das Kloster dank der Höflichkeit Bischof Bellesmains auf die Ergreifung von Bruder Thibauds vermeintlichem Mörder ausgesetzt hatte? Und wer sagte, dass es ihm nicht schon längst gelungen war, den Raymond aus Baldwins Beschreibung und den echten Raymond, der offenbar arglos in seiner Schankstube in der Falle saß, zusammenzubringen? Raymond reckte den Hals. Meister Hugue war nirgends in der dämmrigen Stube zu sehen. Sein Herz begann schneller zu klopfen, und trotz der Kühle in der Schankstube fühlte er, wie seine Achselhöhlen plötzlich feucht wurden. Einer der Kaufleute rechnete vor, wie viel ihn die Entlöhnung der Karrenlenker und des Wachpersonals kostete, das seine Waren nach Niort begleitet hatte, und wie das Marktgeschehen hätte verlaufen müssen, damit er zumindest auf seine Kosten kam. Heiliger Hilarius, diese Pfeffersäcke sorgten sich in erster Linie immer um ihren Wohlstand... Wo blieb der verdammte Wirt? Er brauchte nur zu den Stallungen hinaus und von dort in die nächste Gasse und auf den Platz zu laufen, und... ah, welch göttliche Fügung, Bruder, schnell, folgt mir, in meiner Schankstube sitzt der Vogel, dem Ihr einen Käfig überstülpen wollt! Und lasst uns doch gleich über die Belohnung reden, ich habe ihn unter Lebensgefahr in mein Haus gelassen... Als die Eingangstür aufflog, zuckte Raymond zusammen und wirbelte so hastig herum, dass selbst Bertrand d'Amberac und seine Genossen erschraken. Raymond wäre aufgesprungen, wäre er nicht zwischen Bank und Tisch eingeklemmt gewesen. Er keuchte.

In der Tür standen zwei Silhouetten in weiten Kleidern.

»Gott zum Gruß«, sagte einer davon.

Raymond hörte sich ächzen. Er versuchte, ein Bein unter der Tischplatte herauszubekommen, und stieß sich das Knie an, dass die Becher und Öllampen auf dem Tisch in die Höhe hüpften.

Hinter den beiden drängelten weitere Gestalten heran. Eine ganze Gruppe betrat den Raum und schüttelte sich missmutig den Regen von den Kappen und aus den Mantelkrägen. Sie nickten Bertrand und seinen Freunden zu, musterten Raymond misstrauisch und setzten sich schließlich an einen Tisch in der Nähe der Tür.

»Aber nur einen Becher, zu Hause wartet zur Abwechslung mal wieder was Anständiges zu essen auf mich«, rief einer.

Die anderen lachten. »Was denn, Guilhem, bist du neuerdings zu Wohlstand gekommen? Dann kannst du uns ja was ausgeben.«

Es waren Poiteviner, die nach der Vesper einen Abstecher in Meister Hugues Schankstube machten. Sie waren völlig harmlos. Raymond starrte sie an. Sein Herz klopfte so wild, dass ihm übel wurde. Bertrand sagte etwas zu ihm. Raymond bemerkte, dass seine Tischnachbarn ihn ebenso befremdet angafften wie die Neuankömmlinge. Er sah von ihnen zu Bertrand und zurück, als sie mit den flachen Händen auf die Tischplatte zu klopfen und nach dem Wirt zu lärmen begannen.

»Ich sagte, ›was ist denn mit Euch los?‹«, wiederholte Bertrand.

»Mein Pferd«, stotterte Raymond. »Ich habe mein Pferd noch draußen. Es wird mir gestohlen!«

»Meister Hugues Stallbursche kümmert sich schon drum, keine Sorge. Zum Teufel, machen die Kerle da drüben einen Krach – als wenn sie schon besoffen wären, bevor der Wein ankommt. Ankommt.«

»Hoffen wir, dass die guten Leute hier morgen auf dem Markt auch so gut aufgelegt sind«, brummte der Herr der Treidelschiffe.

Raymond ließ sich langsam auf die Bank niedersinken. Sein Gesicht brannte vor Verlegenheit. Seine Sorge wurde dadurch nicht geringer. Er saß hier tatsächlich in der Falle. Wo war Meister Hugue? Wenn es nun Baldwin und der andere Mönch gewesen wären, hereingekommen in der Hoffnung, unter den Zechern Zuhörer für ihre Betteleien – oder für ihre Hasstiraden gegen Raymond – zu finden? Sie waren es nicht gewesen, aber... heiliger Hilarius... *wenn* sie es gewesen wären? Er musste die Tür höllisch im Auge behalten. Und wohin sollte er fliehen, falls die Mönche doch noch eintraten?

Bertrand lachte und schlug Raymond auf die Schulter, dass dieser zusammenfuhr. »Dem Pferd passiert schon nichts, wirklich! Meine Partner hoffen, dass sie morgen hier in Poitiers noch Geschäfte machen können. Wir haben uns eine Marktgenehmigung erteilen lassen. Nicht, dass *ich* Absatzschwierigkeiten gehabt hätte mit meinen Waren, ganz im Gegenteil. Gegenteil. Ich habe extra für Poitiers ein paar Stücke zurückgehalten; ein besonders schön ziselierter Dolch ist darunter, den der Bischof bei mir in Auftrag gegeben hat. Aber es stimmt schon – nach dem Bekanntwerden von Meister Alex' Tod war das Marktgeschehen passé. Der Mann war einfach zu beliebt in Niort.«

»Ist doch scheißklar, wer's gewesen ist«, sagte der Wollkaufmann, und Raymond wandte sich von der Tür ab und starrte ihn entgeistert an. Der Wollkaufmann hatte eine undeutlich nuschelnde Art, seine Invektiven an den Mann zu bringen, und Raymond musste sich anstrengen, um ihn über den fröhlichen Lärm der ungeduldigen Trinker verstehen zu können. »Einer, der keine Ahnung vom Markt hat, oder? Ich meine, diese Arschlöcher überlegen sich überhaupt nicht, wen sie alles ruinieren, wenn sie jemanden abmurksen!«

Bertrand sah auf, als das Klopfen vom Tisch bei der Tür einen anderen Rhythmus bekam. »Ah, da kommt der Wein. Ihr müsst uns erzählen, was wirklich passiert ist hier in der Schankstube, Raymond. Passiert ist. Das hört sich nach einer guten Geschichte an. Und wer weiß, wenn wir genug miteinander getrunken haben, vielleicht lasst Ihr Euch dann sogar herab, mit uns zu singen? Singen?«

»Ich hatte meine Gründe und ...«

»Ich wollte nicht unhöflich sein«, wehrte Bertrand ab. »Jetzt stoßen wir erst mal an.« Er wandte sich an jemanden hinter Raymonds Rücken. »Vielleicht will die Geistlichkeit auch mithalten? Gott sei mit euch, ihr Brüder. Und macht die Tür hinter euch zu, es regnet herein.«

Als Raymond in dem winzigen Innenhof stand, der sich hinter dem Hauptgebäude des ›Zufriedenen Prälaten‹ befand und an dessen einer Seite die im Abendzwielicht finstere Öffnung des Stalls gähnte, wusste er nicht, wie er herausgefunden hatte. Er hatte noch deutlich im Ohr, dass er ganz ruhig sagte: »Ich muss jetzt wirklich nach meinem Pferd sehen« und scheinbar gelassen hinter dem Tisch hervorgeklettert war; dass er wie auf rohen Eiern durch die Trinkstube schritt, weg von der Eingangstür, weg vom Tisch mit den lärmenden Poitevinern daneben. Die Hintertür zum Innenhof musste ihm freundlicherweise entgegengekommen sein, anders konnte er es sich nicht vorstellen. Seine Brust schmerzte von den heftigen Herzschlägen. Er fühlte eine Dankbarkeit, die nicht mit Worten auszudrücken war, für die Zecher am Tisch neben der Tür – mit ihrem Lärm hatten sie die Aufmerksamkeit der beiden Mönche auf sich gezogen und Raymond die Flucht zu den Stallungen ermöglicht. Raymond schloss die Augen und wandte sich dem Regen entgegen. Die Tropfen schienen auf seinem glühend heißen Gesicht zu verzischen. Was mochten Bertrand und seine Genossen von ihm denken? Vollkommen egal! Er blickte an sich hinunter und fühlte vage Erleichterung – der alte Instinkt hatte ihn dazu gebracht, den Sack mit den Instrumenten zu packen und mit hinauszunehmen. Er war reisefertig; und er würde die Gelegenheit nutzen! Wo er die Nacht verbringen würde, war im Augenblick zweitrangig. Nur dass es nicht hier geschehen konnte, schien klar. Er stelzte mit weichen Knien zur Pforte hinüber: offen. Alles, was er brauchte, war sein Pferd, das nicht der Stallknecht, sondern Raymond selbst in den weiträumigen Holzverschlag gebracht hatte. Die Ausrede war willkommen gewesen, und beinahe wunderte er sich selbst darüber, dass sie ihm eingefallen war. Er hörte das Schnauben eines Pferdes aus der Finsternis und nahm an, dass es seines war, das ihn gerochen hatte. Er nahm den Sack über die Schulter und eilte auf das dunkle Tor des Stalls zu, ohne zu ahnen, dass dort der Tod auf ihn wartete.

4.

Der Messerstich erfolgte mit solcher Wucht, dass er mühelos durch alle Schichten drang: das Leder des Tragesacks, das Leder des Dudelsacks, der sich zu seinem eigenen Unglück genau an dieser Stelle befand, und an der anderen Seite des Sacks wieder heraus, durch Raymonds Kleidung und durch seine Haut... und dann stecken blieb, die Klinge irgendwo zwischen den Pfeifen des Dudelsacks und den anderen Instrumenten verklemmt... und Raymond nicht schlimmer ritzte als der Ast, der ihm heute Mittag im Gebüsch die Wange aufgerissen hatte. Der Körper des Angreifers prallte von hinten gegen Raymond, der nach vorne stolperte. Der Dudelsack, der noch über einen Atemzug Luft in seinem Beutel verfügt hatte, die wahrscheinlich darin gewesen war, seit Raymond ihn gekauft hatte, gab einen kläglichen Schrei von sich. Raymond fiel mit wild rudernden Armen in die Dunkelheit hinein und stürzte zu Boden. Der Schock war zu groß, als dass er hätte aufschreien können. Der Angreifer fiel auf ihn; Raymond spürte, wie die Luft aus seinen Lungen getrieben wurde. Der Mann auf seinem Rücken zerrte, um sein Messer freizubekommen, doch es steckte fest – er ruckte mächtig, und Raymond ließ endlich den Sack los, und der Mann wurde von seinem eigenen Ruck von den Füßen geholt und fiel hintenüber.

»Firmin...«, keuchte Raymond mit dem ersten Atemzug und hörte, wie das Leder des Sacks aufriss und etwas auf dem Stallboden zersplitterte. Er fühlte sich wie unter Wasser. Er versuchte sich auf den Rücken zu rollen, was ihm mit scheinbar unendlicher Langsamkeit gelang, und die Messerklinge

fuhr dicht neben seinem Gesicht in den harten Dreckboden und zerbrach. Raymond rollte weiter, noch immer mit einer Trägheit, die er nur fühlte. In seinem Kopf schrillte eine Stimme, die kreischte: Flieh, flieh, flieh ... Er kam auf die Beine wie ein Käfer, dem man einen Grashalm hinhält, damit er sich aus der Rückenlage befreien kann, und taumelte zurück, bis er mit dem Kopf so hart gegen einen Dachbalken stieß, dass er gleich wieder in die Knie sank. Die Pferde stampften und schnaubten wild. Das zerbrochene Messer lag in dem trüben Rechteck aus Licht, das vom Stalleingang hereinfiel, dahinter, noch näher zum Eingang, der aufgerissene Sack und die kleine Drehleier daneben. Die Pfeifen des Dudelsacks waren in den Lederfalten des Tragesacks zu erkennen. Das Mezzocanon hatte den Angriff ebenso wenig überlebt wie der Dudelsack; es war ein kleiner Haufen zersplitterter Einzelteile. Firmins Aufprall hatte Raymond in den Stall hineinstolpern lassen, er musste sich direkt hinter dem Eingang versteckt haben. Und wo war die Harfe?
Und wo war F...?
Raymond war viel zu langsam. Eines der Pferde wieherte grell. Die Harfe zersprang auf seinem Schädel und warf ihn nach vorn, doch sie war von Roberts Grobheit bereits viel zu beschädigt, um Raymond ernsthaft verletzen zu können: aufjaulend fiel sie auseinander. Raymond bekam den Klangkörper zu fassen und wirbelte herum und drosch mit dem Holz um sich, ohne mehr als Luftlöcher zu schlagen. Er drehte sich voller Panik um sich selbst ... Sein Gegner war nicht zu sehen und über den Lärm, den die ausschlagenden und wiehernden Pferde machten, nicht zu hören. Die Dunkelheit im Stall war jetzt vollkommen; Firmin musste jedes Licht, das dort vielleicht angezündet gewesen war, gelöscht haben. Der Stall erdröhnte unter den Hufschlägen der Pferde. Raymond drehte sich atemlos und mit wirbelndem Herzschlag von links nach rechts. Von wo aus der Dunkelheit würde Firmin ...

Ein Körper flog auf ihn zu und riss ihn zu Boden, bevor er so viel tun konnte, wie den Klangkörper der zerbrochenen Harfe zu heben. Die armselige Waffe sprang davon. Raymond prallte mit dem Hinterkopf auf den Boden und sah plötzlich alles nur noch verschwommen. Eine Faust klatschte in sein Gesicht und warf seinen Kopf herum, dann klammerte sich eine andere Hand um seine Kehle und begann zuzudrücken. Raymond hörte den pfeifenden Atem des Angreifers über den Lärm der Pferde und sein eigenes Röcheln und versuchte zu sagen: »Aufhören!«, aber es kam nichts heraus. Sein Kehlkopf wurde langsam eingedrückt. Brechreiz stieg in ihm hoch und wurde von der Klammer um seine Kehle eingeschlossen; er konnte nicht einmal den Kopf drehen, um Firmin ins Gesicht zu sehen. Die Hand um seinen Hals verstärkte ihren Druck noch. Er hatte das Gefühl, dass seine Augen aus den Höhlen gepresst würden. Er dachte: O mein Gott, ich sterbe …, und die Panik schoss in ihm hoch und ließ ihn sich aufbäumen. Der Körper auf dem seinen – Schweiß und schlechter Atem und Stallgeruch – rutschte ab und versuchte von neuem Halt zu gewinnen, und Raymonds Knie machte sich selbstständig und fuhr dem Mann zwischen die Beine. Ein überraschtes Erstarren und ein Zucken der Hand – nochmal! –, und der Halt der Hand löste sich, ein brennender Atemzug floss Raymonds Kehle hinunter, und nochmal! Diesmal rammte er sein Knie mit voller Absicht ins Gemächt seines Gegners, und Firmin bäumte sich auf wie ein Fisch auf dem Trockenen und schnellte förmlich von ihm herunter und versuchte, zum Stalleingang zu kommen. Raymond hörte eine brüchige Stimme vor Wut brüllen und erkannte, dass es die seine war, als er rittlings auf dem Rücken seines Gegners landete und mit beiden Händen in seinen Haarschopf griff und Firmins Gesicht in die Pfütze tauchte, die vor dem Stalleingang stand.

»Da, du Drecksack!«, hörte er sich keuchen. Er riss Firmins Kopf zurück. »Wie gefällt dir das? Das ist für Jehanne!« Er tauchte den wild Zappelnden wieder ein. »Und das ist für

Meister ALEX!« Firmin versuchte sich unter ihm hervorzuwinden und schüttelte ihn beinahe ab. Raymond achtete nicht darauf. »Und das«, schrie er und stieß Firmins Gesicht erneut mit aller Kraft in die Pfütze, »ist für meine HAAAARRRFEEE!«

Firmin warf sich herum. Raymond verlor den Griff in den nass gewordenen Haaren und fiel zur Seite, selbst in die Pfütze hinein. Das kalte Wasser stoppte seine Raserei mit einem Schlag. »Nein«, gurgelte er, »nein!« Er schlang die Beine um Firmins Hüfte und beide Arme um Firmins Hals. Firmin schlug spuckend um sich. Raymond zwang ihn wieder zurück auf den Bauch und wusste, dass er sich nur deshalb behaupten konnte, weil der Schmerz von den drei Kniestößen durch den Unterleib des anderen tobte und dass er selbst mit diesem Vorteil den Kampf verlieren würde, wenn er ihn nicht so schnell wie möglich beendete.

»Gib auf, oder ich ersäuf dich!«, stöhnte er Firmin ins Ohr und presste dessen Gesicht wieder zum Wasser. Firmin gelang es, einen Arm nach vorn zu bringen und sich wegzudrücken. Seine Kraft war erstaunlich für einen seit zwei Wochen auf der Flucht befindlichen Mönch, es musste die Kraft des Wahnsinns sein! Raymond löste einen Arm von Firmins Hals und umklammerte dessen Nacken, drückte mit dem Unterarm auf Firmins Hinterkopf und dem anderen Unterarm gegen seine Kehle. Firmin gurgelte und spuckte und erkannte, dass Raymond ihn auf diese Weise nochmals unter Wasser drücken würde. Er versuchte sich herumzuwerfen.

»Halt still, heiliger …!«

Firmin gab ein merkwürdiges Geräusch von sich, als sein Kopf in einen seltsamen Winkel zu seinem Körper geriet.

»Halt still, oder …«

Firmin bäumte sich verzweifelt auf, und Raymond riss ebenso verzweifelt in die andere Richtung, als er merkte, dass sein Gegner sich tatsächlich in die Höhe zu stemmen begann.

»Gib auf, du …«

Firmins Kopf glitt noch einen Ruck weiter herum, und plötzlich war da ein kleiner Widerstand, wie wenn etwas durch Butter glitt, und ein unaufdringliches Knirschen, und Firmins Körper wurde schlaff, sein Gesicht fiel in die Pfütze und Raymond über ihn hinweg. Er wusste, dass Firmin tot war, noch bevor er sich von dem Körper unter sich lösen konnte. Er rollte keuchend auf die Seite, während sich kaltes Entsetzen in ihm ausbreitete. »Oh mein Gott!«, stöhnte er. Dann brüllte er mit aller Lautstärke, die seine wunde Kehle zuließ, in den Regen hinein, der aus dem Himmel fiel, in die Gesichter der Schankgäste hinein, die aus der hinteren Tür platzten und beim Anblick der beiden lehmbeschmierten Körper auf dem Boden zurückprallten: »Du GOTTVERDAMMTER BLÖDER IDIOOOOOOT!«

»Scheiße, ich meine, was ist denn hier passiert?«, stieß einer der Schankgäste hervor.

Raymond rappelte sich auf und kniete neben der stillen Gestalt in der Pfütze. Nach seinem Schrei fühlte er eine hallende Leere in sich. Aus dem Augenwinkel sah er, wie sich jemand durch die Gaffer an der Tür arbeitete, um ins Freie zu kommen. Er packte den Leichnam an den Schultern und versuchte ihn umzudrehen. »Firmin, du gottverdammter Idiot«, sagte er. Es hörte sich mehr wie ein Schluchzen an. Der Leichnam löste sich widerwillig aus seiner Stellung und sank schließlich gegen Raymonds Oberschenkel und blieb in seinem Schoß liegen.

Raymond fühlte ein Zucken durch seinen Körper gehen.

Er spürte den nassen Haarschopf in seiner rechten Hand, den er gepackt hatte, um Firmins Kopf in die Pfütze zu drücken. Eigentlich hätte dort, wo das Haar gewesen war, die kahle, in zwei Wochen kaum überwucherte Tonsur sein müssen.

Er starrte in das Gesicht, das nicht anders als das eines Schlafenden aussah, bis auf die Tatsache, dass die Augen halb offen in den Regen starrten.

Raymonds Pferd hatte draußen im Gebüsch nicht aus Angst, sondern aus Wiedersehensfreude geschnaubt. Genau, wie es hier im Stall nicht wegen Raymonds vertrautem Geruch Laut gegeben hatte, sondern eines anderen Geruchs wegen, der ebenso vertraut war.

Herr!, hörte er Foulques mit komischer Verzweiflung brüllen, *halte mich zurück, sonst kommt sein Blut über mich!*

»Falsch, Foulques«, sagte Raymond und bemerkte nicht, dass er es laut sagte. Er strich über die Lider des Toten, der in seinem Schoß lag wie ein Freund, dessen letzte Atemzüge er begleitet hatte, und schloss ihm die Augen. Dann ließ er ihn langsam zu Boden gleiten. »Es kommt über *mich*.«

Der Tote war Jeunefoulques.

5.

»Ist er tot?«

Raymond sah auf. Die Stimme sprach in einem breiten normannischen Akzent. Er hätte entsetzt sein müssen, aber er war es nicht. Er fühlte sich wie betäubt. Bruder Baldwin kauerte neben ihm und warf ihm einen kurzen Blick zu.

Raymond nickte langsam. Aus dem Augenwinkel sah er, wie sich zwei weitere Beinpaare näherten. An der Lederschürze vor dem einen erkannte er Meister Hugue, an der Stoffqualität der Beinlinge des anderen Bertrand d'Amberac. Er blickte nicht auf. Er war die ganze Zeit über sicher gewesen, vor Baldwins Blicken wie ein Kaninchen vor der Schlange hocken zu müssen, sollten sie sich nochmals begegnen, und nun stellte er fest, dass Jeunefoulques' schlaffes Gesicht seine Augen stärker in Bann zog als die Blicke des Mönchs. Er dachte an den rätselhaften Blick, den Jeunefoulques ihm nach dem Techtelmechtel mit Suzanne zugeworfen hatte, doch mehr noch erinnerte er sich an Foulques' unausgesprochene und dennoch in jedem barschen Wort mitschwingende Liebe zu diesem Jungen. Sein Magen schien sich zusammenzuballen, wenn er an Roberts Waffengefährten dachte.

Meister Hugue, in dessen Stimme unverkennbare Panik lag, quietschte: »Was ist denn passiert? Wer ist das? Du bringst das Unglück über mein Haus, du verdammter Ketzer.«

Jeunefoulques' Nasenrücken und ein Teil der Stirn waren aufgeschürft, aber die Stellen bluteten nicht. Es musste vom Eintauchen in die Pfütze stammen. Das ist für Jehanne? Das ist für Meister Alex? Raymond hatte gedacht, Firmin vor sich zu haben. Was mochten die Namen Jeunefoulques bedeutet haben, als sie in seinen Ohren klingelten? Plötzlich wünschte Raymond nichts dringender, als dass dieser Junge, der ihn umzubringen versucht hatte, noch am Leben wäre. Was habe ich dir getan, Jeunefoulques? Wozu hast du mich verfolgt? Das ist für die Harfe? War das Letzte, was Jeunefoulques gehört hatte, das irre Kreischen seines Gegners gewesen, der ihn wegen einer zerschmetterten Harfe umbrachte?

»Du solltest ihn anhören, bevor du ihn verurteilst, mein Sohn«, sagte Baldwin ungehalten. Seine Augen ruhten beinahe unverwandt auf dem schmutzstarrenden Vorderteil von Jeunefoulques' Hemd. Der Kampf hatte es oben aufgerissen. »Dieser Mann kann uns sicher erklären, warum es einen Kampf gegeben hat.« Er hob die Hand, zuckte zurück, wirkte plötzlich verlegen und zeichnete ein hastiges Kreuz auf Jeunefoulques' Stirn. »Gott sei deiner Seele gnädig.« Er begann auf seinem Schnurrbart zu kauen.

Raymond sah auf. Baldwin starrte ihn an. Schließlich zuckte der Normanne mit den Schultern, als wollte er ihn auffordern, endlich zu reden. Langsam dämmerte Raymond, dass der Mönch ihn nicht wieder erkannte. Die andere Kleidung, das zerzauste Haar, das zerkratzte, geschwollene Gesicht, das im Kloster schwarz vor Schlamm gewesen war ... Doch es war nicht nur das, erkannte er, es lag vielmehr daran, dass Baldwins Gedanken hauptsächlich um Jeunefoulques kreisten und ihn, Raymond, nur am Rand wahrnahmen, seit der Mönch den Blick auf den aufgerissenen Kragen des toten Jungen geheftet hatte. Raymond spähte hinein; er sah einen schwachen Schimmer zwischen den Stofffalten und dem Schmutz.

»Als ich den Stall betrat, griff er mich an. Ich wusste gar nicht, dass er sich dort versteckte«, sagte Raymond. Das Sprechen machte müde. Er wies mit dem Kopf hinter sich. »Da liegt noch das Messer.«

»Und wie seid Ihr entkommen?«

Raymond blinzelte zu Bertrand d'Amberac nach oben. »Er hat nicht mich erwischt, sondern meinen Dudelsack.«

»Nicht nur den, fürchte ich. Diese Trümmer dort ...«

»Mein Mezzocanon. Es war ohnehin ein heidnisches Instrument.« Raymond hörte sich beim Reden zu und fragte sich, welchen Unsinn er von sich gab. Er wurde sich bewusst, dass er immer noch in der Pfütze kniete und den Toten quer über dem Schoß liegen hatte. Vorsichtig, als hätte er ein kleines Kind in den Händen, ließ er ihn zu Boden gleiten. Um sich aus seiner knieenden Position aufzuraffen, fehlte ihm die Kraft.

»Kennt Ihr den Burschen? Das ist doch nicht mehr als ein Kind. Kind! Ist das Elend hier in Poitiers schon so, dass ein Mann im Stall einer einstmals guten Herberge überfallen wird?«

Unter den Gaffern brach Rumoren aus.

»Das möchte ich mir verbitten«, keuchte Meister Hugue. »Er wird schon selber wissen, was er ihm angetan hat, dieses Aas. Er hat mich vor ein paar Tagen um das einzige Geschäft gebracht, das ...«

»Entschuldigt, aber ...« Bruder Baldwin hielt es nicht mehr aus; er griff in Jeunefoulques' Kragen. »Was ist das?« Er kniff die Augen zusammen.

Meister Hugue und Bertrand d'Amberac beugten sich über Baldwin und den Toten. In Baldwins dunkler Handfläche lag, stramm gehalten von der feinen Kette um Jeunefoulques' Hals, ein klobiges silbernes Kreuz mit einem dunklen Fleck in seinem Herzen. Der dunkle Fleck war ein winziger Holzsplitter, der in dem Metall gefasst war.

»Ist das ...?« Meister Hugue zeigte neugierig mit dem Finger, wagte das Kreuz aber nicht anzufassen.

»Ein Splitter vom Holz unseres Herrn Jesus Christus«, sagte Baldwin. Seine Stimme klang plötzlich hart und bitter.

»Das ist doch eine teure Reliquie. Wie kommt dieser Bursche dazu?«

»Sie gehörte ihm nicht.« Baldwin wandte sich zu den Gaffern um. »Bruder Simon!«

Der zweite Mönch wand sich durch die Zuschauer. Als er das Kreuz in Augenschein genommen hatte, wechselte er einen langen Blick mit Baldwin, dann sah er das Schmuckstück noch einmal genauer an. Raymond fühlte sich wie der unfreiwillige Mitspieler in einer Gauklerposse, die er nicht verstand. Plötzlich nahm er Baldwin das Kreuz aus der Hand. Das Schmuckstück mochte tatsächlich von Wert sein, doch Raymond wusste, dass Jeunefoulques' Überfall nicht aus Hunger oder Elend geschehen war, und er hatte die Vermutung, dass es sich um ein Geschenk seines Vaters handelte, der damit den himmlischen Beistand für seinen geliebten Bastard sichern wollte. Baldwin schloss die Faust zu spät. Raymond ließ das Kreuz zurückgleiten.

»Was immer er getan hat, das Ding gehört ihm, und wenn überhaupt jemand das Recht hätte, sich über seinen Wert zu unterhalten, dann ich, den er überfallen hat!«

»Aber es gehört ihm *nicht*!«, sagte Baldwin heftig und musterte Raymond aufgebracht. Seine Augen verengten sich plötzlich, als fiele ihm etwas auf, das er nicht zuordnen konnte, und Raymond dachte träge: Leg dich nur mit ihm an, bis ihm wieder einfällt, dass er dich doch kennt, und dann – tu dein Handwerk, Meister Scharfrichter! Doch Baldwins Gedanken waren viel zu okkupiert von der Erkenntnis, die die Entdeckung des silbernen Kreuzes ihm beschert zu haben schien. »Es gehörte Bruder Thibaud!«, rief er.

»Als wir ihn heimholten, war es verschwunden«, ergänzte Bruder Simon.

»Nur einer kann es ihm gestohlen haben.«

»Sein Mörder«, sagte Bruder Simon.

»Ja!« Bruder Baldwin hieb mit der Faust in die Handfläche. »Und da liegt er vor uns, gerichtet von Gottes Hand, als er einen neuerlichen Mord begehen wollte.«

»Er sieht aber nicht so aus wie der Kerl, den du beschrieben hast, Bruder Baldwin«, bemerkte Simon. Baldwins Augen weiteten sich.

»Warst du dabei, Bruder Simon, als wir versuchten, diesen Sünder im Archiv zu fassen?«

»Nein.«

»Dann zweifle nicht an meinen Worten.« Baldwin blickte auf den toten Jeunefoulques hinunter und versuchte, ein befriedigtes Lächeln aufzusetzen. Man konnte ihm deutlich ansehen, dass er seine eigenen Zweifel bekämpfte. »Ich möchte, dass Seine Ehrwürden und der Kastellan des Königs benachrichtigt werden. Die Suche nach Bruder Thibauds Mörder hat ein Ende.« Er fasste wieder in Jeunefoulques' Kragen, zuckte zurück und ballte schließlich die Hand zur Faust. »Der Herr sei seiner armen Seele gnädig!«, stieß er hervor.

Raymond trottete wie betäubt hinter Bertrand d'Amberac her, nachdem die Leiche von den Knechten des Scharfrichters abgeholt worden war. Bruder Baldwin und Bruder Simon hatten ihr das Geleit gegeben, der Normanne immer noch bemüht, in seiner Sache sicherer zu wirken, als er sich selbst fühlte, der andere Mönch mit gleichmütigem Gesicht. Raymond versuchte, Erleichterung zu verspüren, aber es gelang ihm nicht. In seinem Kopf ließ sich überhaupt kein gradliniger Gedanke finden.

Das ist für Jehanne!

Das ist für Meister Alex!

Jeunefoulques war der Mörder von Bruder Thibaud. Firmin hatte damit nichts zu tun.

War Jeunefoulques damit auch der Mörder Jehannes und Alexios'?

Wenn ja, wo war dann Firmin?

Wenn ja, warum hatte er es getan? Warum ... warum ... warum ...?

»Aus heiterem Himmel überfallen zu werden, und das hinter Mauern, die einen eigentlich schützen sollten. Meister Hugue ist nachlässig geworden. Nachlässig.« Bertrand d'Amberacs Stimme drang kaum durch den Wirbel in Raymonds Gedanken. »Na, trinkt erst mal. Das kann einen Mann schon verunsichern. Und dann noch zwei Musikinstrumente verloren. Verloren. Ich lade Euch ein, das Nachtlager hier mit uns zu teilen, das ist das Mindeste. Immerhin fühle ich mich ein bisschen schuldig – wenn ich Euch nicht an unseren Tisch gebeten hätte, wärt Ihr gar nicht hier geblieben.«

»Genau, der Wirt hätte ihm gleich nach seiner Ankunft einen Arschtritt gegeben. Ich meine, du hast Recht, Bertrand.«

Warum hatte Jeunefoulques Bruder Thibaud ermordet? Warum hatte er eine Spur gezogen, die genauso gut Firmin hätte ziehen können? Es gab nur eine Antwort: weil er und Firmin miteinander zu tun hatten. Doch wo war die Verbindung zwischen beiden? Auch darauf gab es nur eine einzige Antwort.

Raymond stürzte den Wein hinunter, den Bertrand ihm angeboten hatte.

»Na, so langsam kommt er wieder zu sich. Zu sich.«

»Ja«, sagte Raymond, »aber es hat viel zu lange gedauert.«

6.

»Ich hätte es Euch gestern mitgeteilt, wenn nicht so viel geschehen wäre.«

Bertrand d'Amberac sah enttäuscht aus. »Und Ihr seid sicher, dass er nicht da ist?« Er deutete auf seine Waren, deren Umrisse sich sacht unter den Leintüchern und Decken auf dem Verkaufskarren abzeichneten. »Wozu habe ich mir dann die ganze Arbeit gemacht? Seinetwegen bin ich eigentlich hierher gekommen. Seinetwegen.«

»Ich habe gestern im Bischofspalast nachgefragt, und man sagte mir, dass er nach Narbonne abgereist wäre.«

»Nach Narbonne!« Bertrand zog die Mundwinkel herab. »Narbonne, Beziers, Carcassonne... die ganze Ketzergegend. Nichts, wo man in der nächsten Zeit sein will, wenn es um friedliche Geschäfte geht.« Er sah auf und begegnete Raymonds scheinbar unbewegtem Blick. »Überhaupt – das liegt ja keineswegs auf meiner Strecke! Narbonne im Süden und ich nach Norden. Oh, so eine Unverschämtheit! Ich hatte eine Menge Auslagen. Den großen Herren kann man nicht trauen! Nicht trauen!«

Raymond rückte ein wenig näher an den überdachten Karren, als der morgendliche Nieselregen an Kraft gewann und zu einem schwächlichen, doch kühlen Regenguss wurde. Bertrand spähte missmutig unter der Deckung heraus nach oben. »Wenn Ihr es mir ein bisschen eher gesagt hättet...«

»Tut mir Leid, Meister Bertrand. Als ich im Schlaflager erwachte, wart Ihr und Eure Genossen schon aufgestanden. Ich bin, so schnell ich konnte, hierher geeilt.«

»Na ja, ich sollte nicht klagen. Für mich ist es ja in Niort gut gelaufen.«

»Warum gebt Ihr den Dolch nicht bei Bischof Bellesmains' Personal ab?«

»Und wie komme ich dann jemals an mein Geld? Das Stück ist nicht billig! So einen Betrag wird der Verwalter Seiner Ehrwürden nicht herausrücken, zumal er mich nicht kennt. Nicht kennt. Die Bestellung hat der Bischof persönlich bei mir getätigt, als ich das letzte Mal hier in Poitiers war.«

»Ich könnte Euch helfen. Gestern habt Ihr mir geholfen, heute zahle ich zurück.«

Bertrand legte den Kopf schief und grinste plötzlich. »So fängt ein guter Handel an«, sagte er. »Aus Euch kann noch was Anständiges werden.«

»*Ich* reise nach Narbonne. Ich könnte dort ...«

»... den Dolch Bischof Bellesmains übergeben.«

»Nein, ich reise allein, und ich möchte so ein wertvolles Stück nicht bei mir haben. Außerdem könnte ich ihn verlieren oder damit durchbrennen.«

Bertrand dachte eine Weile nach. »Ihr habt gestern *doch* zugehört, als ich vom Schuldscheinsystem der Waffenschmiede in Cordoba erzählte. Und ich glaubte, Ihr wärt mit den Gedanken bei dem armen Teufel gewesen, dem Ihr den Hals umgedreht habt.«

»Es funktioniert doch, oder?«

»Nur wenn Ihr, nachdem Ihr in Narbonne beim Bischof wart, wieder mit mir zusammentrefft und mir seine Bestätigung übergebt.«

»Was sind Eure nächsten Stationen?«

»Chatellerault, dann Tours, dann Le Mans, Aufträge ausliefern und Bestellungen aufnehmen. Dann wieder zurück in die schöne Gascogne, um bei mir zu Hause nach dem Rechten zu sehen. Nach dem Rechten.«

»Ich werde Euch finden.«

»Und mir hoffentlich spätestens dann ein paar Kostproben

Eures Könnens geben. Ich lade alle maßgeblichen Zunftgenossen dazu ein, das kann ich Euch versprechen.«

Raymond zögerte. Er hatte von Gelagen, bei denen er auftreten, und Festivitäten, deren Mittelpunkt er sein sollte, fürs Erste die Nase voll, aber er wollte sich nicht aus dem Tritt bringen lassen. »Ihr habt ja gehört, was Meister Hugue über mich erzählt hat.«

»Und ich kenne immer noch nicht Eure Version der Geschichte.«

»Abgesehen von der Sache mit dem Geld für den Wein ist sie wahrscheinlich ziemlich ähnlich.«

»Ach was! Ich habe keine Ahnung von Musik, noch nicht mal von der, die in der Kirche gesungen wird, und von schöner Dichtung auch nicht, und meine Partner und Konkurrenten ebenso wenig. Ebenso wenig. Was soll's? Ihr könnt uns ja was Neues beibringen. Aber reden wir erst mal vom gegenwärtigen Geschäft, nicht von dem, was die Zukunft bringt.«

»Einverstanden.«

»Wie kann ich den Verwalter Seiner Ehrwürden für mich interessieren?«

»Darum braucht Ihr Euch keine Sorgen zu machen. Ich bin dort bekannt.«

Bertrand riss die Augen auf. »Tatsächlich?«

»Ich begleite Euch. Wir können sofort zum Palast hinübergehen.«

Bertrand drehte die offene Handfläche nach oben und spuckte kräftig hinein. Dann hielt er sie Raymond vors Gesicht.

»Schlagt drauf«, sagte er. Raymond tat es, dass die Nässe in sein Gesicht spritzte. Er merkte, wie er grinste. Bertrand grinste ebenfalls. Ein guter Handel, tatsächlich, dachte er, bei dem jeder seinen geheimen Vorteil hat. Du, weil du keinerlei Risiko eingehst und einen Dummen hast, der gratis für dich den Boten spielt und dem du fröhlich die Schuld in die Schuhe schieben wirst, falls irgendetwas schief geht. Ich, weil es keinen anderen Weg gegeben hätte, an das bischöfliche Siegel zu kommen. Wenn das tatsächlich das Wesen eines guten Handels ist, dann beginne ich fast zu verstehen, was daran so viel Spaß macht.

»Gehen wir«, sagte Bertrand. »Meine Knechte können auf die Ware aufpassen. Wenn ich hier noch lange herumstehe, werde ich müde. Ihr habt mich mit Eurer Kratzerei gestern Nacht wach gehalten. Ihr solltet Eure Feder wieder mal schärfen.«

»Ich brauche sie eben nicht so oft wie Ihr. Meine Lieder behalte ich im Kopf.«

»Das ist keine Entschuldigung dafür, sein Werkzeug verkommen zu lassen.«

»Ihr habt Recht.«

»Was habt Ihr da eigentlich geschrieben, wenn Ihr Euch Eure Lieder schon merken könnt?«

»Ich versuche, etwas Neues zu lernen.«

»Was denn?«

»Handel.«

Bertrand lachte laut auf und schlug Raymond auf die Schulter. Dann schüttelte er den Kopf. »Ihr macht Fortschritte. Aber ich muss Euch sagen, mit dem Handel ist es wie mit der Poesie. Man hat es, oder man hat es nicht.«

»Ich werde mein Bestes geben.«

»Für Seine Ehrwürden ist keinerlei Gefahr damit verbunden«, erklärte Raymond. »Ihr habt den Dolch. Alles, was Meister Bertrand hat, ist ein Stück Pergament.«

»Und woher soll ich wissen, dass Seine Ehrwürden wirklich dieses Ding da bestellt hat?« Der Verwalter des Bischofs war ein mittelalter Mann mit formlosen Gewändern und einer Tonsur, den der alte Dienstbote nach einigem Diskutieren zum Eingangsportal geholt hatte. Er spähte nach draußen, während Raymond und Bertrand im Regen unter dem ungenügenden Schutz des Tympanons über dem Eingangsportal standen und versuchten, nicht noch nässer zu werden.

»Das kann Euch doch egal sein. Wenn der Bischof es nicht haben will, wirft er es weg und zahlt niemals auch nur einen Viertelsou dafür. Wieder ist das Risiko bei Meister Bertrand.«

»Ich händige euch also ein Dokument aus, das aussagt, dass ich für Seine Ehrwürden die Ware entgegengenommen habe mit der Verpflichtung, dass dem Lieferanten der vereinbarte Preis erstattet wird. Statt der Ware wird dieses Dokument von einem namentlich genannten Boten dem Bischof überbracht.«

»Das mit dem Namen des Boten ist wichtig«, erklärte Bertrand, »weil das Schreiben damit für jeden anderen seinen Wert verliert. Es ist narrensicher. Narrensicher.«

»So sehr, dass auch ein Narr wie ich es schon verstanden hat«, erwiderte der Verwalter trocken.

»Seine Ehrwürden quittiert das Schreiben mit dem Hinweis, dass Ihr, sein Verwalter, den vereinbarten Preis auszahlen dürft – und zwar wiederum an einen namentlich genannten Empfänger, hier Meister Bertrand d'Amberac oder einen von ihm legitimierten Gehilfen.« Raymond zuckte mit den Schultern. »Weder Ware noch Geld müssen eine gefährliche Reise antreten, und dennoch kommt ein Handel zustande. Ihr persönlich geht gar kein Risiko ein, denn Ihr zahlt nur dann, wenn Ihr die schriftliche Erlaubnis Seiner Ehrwürden habt. Dieses System läuft so gut wie eine gewissenhaft gedichtete *canzone*.«

»Vom Gehilfen eines Händlers hätte ich einen weniger poetischen Vergleich erwartet«, bemerkte der Verwalter.

»Wir haben alle unsere kleinen Besonderheiten«, sagte Raymond, bevor Bertrand irgendetwas von sich geben konnte, das die Situation kompliziert hätte.

Der Verwalter dachte eine Weile nach. Raymond und Bertrand betrachteten ihn geduldig. Wenn Raymond den unauffälligen Ellbogenstoß, den Bertrand ihm versetzte, richtig deutete, war der Händler überzeugt, dass sie den Verwalter am Haken hatten.

»Na gut«, sagte der Mann schließlich. »Ich erkenne nichts Falsches an Euren Worten. Wenn Ihr eine Teufelei im Sinn habt, dann ist sie so gut verdeckt, dass selbst die Engel Gottes nicht dahinter kämen. Folgt mir.«

»Das Siegel ist wichtig«, erklärte Raymond, während der Verwalter sie durch den Palast führte. »Ohne das Siegel könnte irgendwer das Dokument verfasst haben. Sowohl das Siegel Seiner Ehrwürden als auch das von Meister Bertrand.«

»Schon gut«, brummte der Verwalter. »Ich habe auch das verstanden.«

Raymond schwieg, während das Dokument und eine Kopie angefertigt wurden. Als der Verwalter das Siegel des Bischofs aus einer verschließbaren Lade holte und die Stange mit dem Siegellack über einer Flamme drehte, erklärte er plötzlich den Vorgang nochmals von vorn, bis sowohl Bertrand als auch der Verwalter ihn irritiert anblickten. Raymond zuckte mit einem entschuldigenden Grinsen mit den Schultern. Der Verwalter faltete die beiden Ausfertigungen des Dokuments und siegelte sie, dann legte er das Siegel beiseite, um Bertrand die Gelegenheit zu geben, auch sein Zeichen in den noch weichen Lack zu drücken. Raymond nahm das Siegel und versuchte, es zurück in die Lade zu legen.

»Finger weg!«, schnappte der Verwalter. Raymond zuckte zurück.

»Ich wollte Euch nur helfen.«

»Gebt mir das Siegel. Jetzt.«

»Heiliger Hilarius! Ich bitte um Verzeihung.«

Der Verwalter beäugte das Siegel misstrauisch und drehte es in alle Richtungen, als hätte Raymond ein Stück davon abgebrochen. Schließlich legte er es zurück in die Lade und verschloss sie. Er sah Raymond ins Gesicht.

»Dieses Siegel kann Todesurteile gültig machen«, erklärte er, etwas weniger scharf. »Damit spielt man nicht herum.«

»Selbstverständlich.«

»Wo ist die Ware?«

Als Raymond und Bertrand zurück zu Bertrands Karren schlurften, legte der Händler Raymond plötzlich eine Hand auf die Schulter.

»Ich meinte es ernst mit meiner Einladung. Soviel ich weiß, kann ein Mann mit Euren Fähigkeiten ganze Festlichkeiten organisieren. Festlichkeiten. Warum wollt Ihr nicht ein Fest für mich auf die Beine stellen? Wir Gascogner verstehen es zu feiern. Sorgt Ihr für die Musik und die Akrobaten, dann kümmere ich mich darum, dass Ihr vor einem vollen Saal spielt.«

Raymond dachte an Chatellerault, aber er lächelte. »Lasst uns eines nach dem anderen tun. Erst mal ist dies hier an der Reihe.« Er hielt die Ausfertigung des Dokuments in die Höhe, die für Bischof Bellesmains gedacht war.

»Der Kerl war vielleicht grob, als Ihr das Siegel zurücklegen wolltet. Man könnte meinen, Ihr hättet eines von den Dingern unter seinen Augen aus der Lade stehlen wollen. Er passte doch ohnehin auf wie ein Höllenhund.«

»Ja, er war ein misstrauischer Bursche«, sagte Raymond und schüttelte leichthin den Kopf. Dabei umschloss er das Siegel, das er tatsächlich aus dem kleinen Kästchen gestohlen hatte und das zu beschaffen der einzige Zweck des ganzen Handels mit Bertrand d'Amberac gewesen war, fest mit der Faust.

Der Abschied von Bertrand d'Amberac und den anderen Händlern ging nicht ohne Unterstützung eines weiteren Kruges Anjou-Wein vonstatten. Bis auf Bertrand waren die Männer unzufrieden mit ihrem Halt hier in Poitiers, aber sie ließen es sich am Abend in der Schankstube des ›Zufriedenen Prälaten‹ nicht anmerken. Raymond, der die Blicke des Wirts im Rücken spürte, blieb bei seiner Ablehnung und war weder zu einer Geschichte noch zum Einsatz seiner letzten heil gebliebenen Musikinstrumente zu bewegen. Die Händler nahmen es ihm nicht übel; sie waren ebenso zufrieden damit, sich selbst bei ihren Erzählungen zuzuhören. Die Schankstube war angesichts des gestrigen Ereignisses voller als bisher. Als Raymond in den Innenhof hinausging, um im Stall sein Wasser abzuschlagen, blieb er vor der Stelle stehen, an der Jeunefoulques gestern zu Tode gekommen war – an der er Jeunefoulques umgebracht hatte, um genau zu sein. Das Lärmen und Lachen aus der Schankstube war ihm plötzlich so zuwider, dass er sicher war, nicht mehr dorthin zurückkehren zu können.

Dann dachte er an den Brief; den Brief, dessen Erstellung in der vergangenen Nacht Bertrand d'Amberacs Schlaf gestört hatte, dem er in einem ruhigen Augenblick Bischof Bellesmains' Siegel aufgedrückt hatte und den er morgen früh, nach der Abreise der Händler, einem zuverlässigen Boten zusammen mit dem Rest seines Geldes aushändigen würde.

Er hatte den Brief für Jeunefoulques geschrieben. Und für Jeunefoulques würde er wieder in die Schankstube zurückkehren und so tun, als würde ihn die Sensationslust der Poiteviner in Meister Hugues Herberge nicht anekeln.

An den treuen Diener der Kirche, Robert Ambitien:

Wir möchten dich über einen Todesfall unterrichten, der sich in einer Herberge hier in Poitiers ereignete. Ein fahrender Sänger ist überfallen und getötet worden, ohne dass man den Täter hätte fassen können. Wir schreiben dir dies, da du den Mann kanntest und einige Tage auf deinem Besitz beherbergt hast. Da wir für sicher annehmen, dass er dem verfluchten Ketzerglauben aus dem Süden anhing, solltest du über seinen Tod keine Bestürzung, sondern Freude zeigen. Gott der Herr hat in diesem Fall Gericht gehalten und das Urteil sogleich vollstreckt.

Wir wünschen nun das Problem mit dir zu erörtern, dass du mit deinem Weib hast. Von Vater Guibert haben wir gehört, wie sie sich gegenüber ihm als dem von dir rechtmäßig eingesetzten Kaplan geäußert hat und dabei nicht einmal davor zurückgeschreckt ist, über die Herkunft unseres Herrn und Erlösers Jesus Christus zu lästern. Wir glauben, dass dein Weib vielleicht den Einflüsterungen dieses Ketzers erlegen ist, und wir halten es nicht für unwahrscheinlich, dass er sein Gift in ihre Ohren träufelte, als sie im Geheimen bei ihm lag. Dies macht es uns leichter, über deine Wünsche nachzudenken und sie freundlich zu gewichten. Wir raten dir sogar zu, sie zu verstoßen, bevor sich das Gift, das nun ihres ist, in deinem Haushalt noch weiter verbreitet und Unschuldige verführt.

Suche uns, am Tag nachdem du dieses Schreiben erhalten hast, nach der Vesper im Großen Dom unserer Heiligen Mutter Gottes in Poitiers auf. Wir werden dort ungestört beraten können. Sollte dich die Treue und Liebe, die du zweifellos deinem Weib gegenüber empfindest, zögern lassen, so wisse, dass es hier nicht um sie allein, sondern um den Kampf gegen die Ketzerei geht, den wir im Kleinen führen müssen, damit er unsere herrlichen Lande nicht irgendwann im Großen überrollt. Wisse auch, dass Gott und der rechtmäßige König, Henri Plantagenet der Ältere, auf diejenigen ein wohlwollendes Auge haben werden, die sich diesem Kampf mit allen Mitteln und ohne Rücksicht auf persönliches Leid widmen. Diese Zeit braucht Führer im Kampf gegen das Böse.

Episcopus Ioannes Ballemajus venerabilis

Raymond schlenderte langsam zurück zum Hintereingang der Schankstube. Jeunefoulques war der Mörder von Bruder Thibaud gewesen, nicht Firmin. Die Wahrscheinlichkeit, dass Firmin danach Meister Alex und Jehanne Garder getötet hatte, war gering; es stand zu vermuten, dass der Mörder auch hier in Jeunefoulques zu suchen war. Der Junge hätte diese Taten nie im Leben von sich aus auch nur geplant; jemand, dem zu gehorchen ihm sein Vater stets eingebläut hatte, hatte es ihm befohlen, jemand, der einen Plan verfolgte und dabei über Leichen ging. An diese Person war das Schreiben gerichtet.

Wenn das Schreiben ihn erreichte, würde es ihn in fliegendem Galopp nach Poitiers holen, aber er würde in Notre

Dame la Grande nicht mit Bischof Bellesmains zusammentreffen, sondern mit Raymond.

Das hättest du nicht gedacht, dass wir auf diese Weise doch noch einmal zusammenkommen, dachte Raymond und fühlte einen Stich dabei, der ihn langsam und tief Atem holen ließ.

Er tastete mit einer Hand unter sein Hemd, wo an einem Leinenbeutel um seinen Hals das gestohlene Siegel des Bischofs verwahrt war; das Siegel und ein zweites Schreiben, das ebenfalls in der vergangenen Nacht entstanden war. Wenn er schon den Frevel beging, das bischöfliche Siegel unter den Augen seines Verwalters zu stehlen, dann sollte es sich wenigstens lohnen.

Er öffnete die Tür, und Lärm und Gestank der Schankstube hüllten ihn ein. Bertrand d'Amberac warf ihm durch die Dünste einen freundlichen Blick zu, und Raymonds Gesicht verzog sich zu einem ebenso freundlichen Lächeln, das seine Augen niemals erreichte.

7.

Wenn man zu warten hat, vergehen zwei Tage so zäh wie die Ewigkeit. Wenn man auf etwas zu warten hat, vor dem man tief in seinem Inneren die Furcht seines Lebens empfindet, vergehen sie so schnell wie ein Herzschlag. In beiden Fällen empfindet man die Qual eines Mannes, der zum Tod durch Sieden in heißem Öl verurteilt ist.

Raymond, dessen Herz jeden einzelnen Schlag so schmerzhaft durch sein Innerstes sandte, dass ihm manchmal der Atem knapp wurde, saß in seinem persönlichen Feuerkessel und schmorte.

8.

Notre Dame la Grande war nach der Vesper so verlassen wie die im Entstehen begriffene Kirche in Roberts Dorf. Es regnete; es schien in den letzten beiden Tagen nicht aufgehört zu haben, als ob der Himmel jetzt Ernst machte und Aquitanien endgültig ertränken wollte. Die hellen Steine der Kirche glänzten fahl im Abendlicht, die Bohlen und Bretter des Gerüsts an der Fassade waren schmutzig. Raymond zog das Portal mit unsicheren Händen auf. Der Weihrauchduft der Messe hing noch in der Kirche und der Geruch, den eine große Menschenmenge mit nassen Kleidern hinterlässt. Raymonds Schritte klangen hohl durch das Kirchenschiff. Der Messdiener, der die Unschlittkerzen löschte, blickte nicht auf, als Raymond eine schnelle Runde drehte, um sich zu vergewissern, dass sich niemand hinter den Säulen oder in einer Nische versteckte. Dann inspizierte er den Kirchhof, doch auch zwischen den eingesunkenen Grüften und den morschen Grabkreuzen verstorbener Prälaten war keine Menschenseele zu entdecken. Eine tote Krähe lag auf dem Boden, eine Schwinge anklagend gegen den Himmel gereckt, als hätte sie das Bedürfnis gehabt, sich selbst ein Grabmal zu setzen. Raymond wendete sie mit dem Fuß um; sie lag schon ein paar Tage, und die Ameisen hatten ein emsiges kleines Fußheer dort aufgestellt, wo ihnen eine aufgeschundene Stelle im Leib der Krähe Zugang zu den Innereien verschaffte. Als er in die Kirche zurückkehrte, war sein Mund trocken und sein Schädel dumpf vor Angst.

Die Apsis lag halb im Schatten; der Altar und die eine der

beiden hochlehnigen Bankreihen, die links und rechts neben dem Tabernakel an der Wand standen, waren verdunkelt. Die heilige Radegonde sah Raymond so indifferent entgegen wie bei seinem ersten Besuch. Er wandte sich ab, ohne gebetet zu haben, obwohl er das Gefühl hatte, dass er noch nie zuvor in seinem Leben ein Gebet so nötig gehabt hätte. Der Messdiener schlurfte hinaus. Als das Portal zufiel, war Raymond allein. Die Gegenwart Gottes war nicht zu spüren; es lag vermutlich an seiner Verfassung und nicht an der Kirche, doch ohne Menschen und mit den abgestandenen Überresten der Dünste vieler vergangener Messen war die Kirche so leer wie ein hohler Knochen.

Langsam schritt er zum Altar hinauf und blickte das Kirchenschiff entlang. Mit den verschiedenfarbigen Steinfliesen auf dem Boden erinnerte es an eine flache Landschaft voller Getreidefelder, über der die Gewitterwolken tief und erdrückend hingen. Die Schmutzspuren von den vielen Füßen der Gemeinde, die vor kurzem noch dort versammelt gewesen war, lagen darüber wie ein sinnloses Muster. Von hier konnte er zwar jeden sehen, der hereinkam, noch bevor dessen Augen sich an die Dunkelheit gewöhnt hatten, aber auch er wurde viel zu früh erblickt. Er sah sich um. Da seine Schritte verhallt waren, traten andere Geräusche hervor: das Rascheln von kleinen Nagetierfüßen, die ungesehen hinter den Säulen vorbeihuschten, das Knacken des Holzes von einem der hochlehnigen Sitze neben dem Altar, das langsame Tropfen des Regenwassers, das an einigen Stellen in die Pfützen fiel, die sich unter lecken Stellen des Daches gebildet hatten. Raymond lauschte in die Stille, bis sie sich um ihn herum zusammenzufalten schien und ihm die Luft nahm, und er räusperte sich beinahe wütend. Sein Herzschlag hatte sich nicht verlangsamt, und er spielte mit dem Gedanken, das Warten zu beenden und die Kirche zu verlassen. Der Gedanke, dass daraus eine Flucht werden würde, die nicht aufhörte, bis Raymond sein eigenes Grab erreichte (wie nah oder fern dieser Zeitpunkt auch immer liegen mochte), hielt ihn zurück, aber auch die grimmige Hoffnung, dass seine Schlussfolgerungen vielleicht – heiliger Hilarius! –, vielleicht falsch sein mochten.

Er hörte das Klappern der Pferdehufe vor dem Portal, als das Licht schon um ein gut Teil trüber geworden war. Im gesamten Kirchenschiff herrschte nun ein graues Halbdunkel; nur auf dem Altar flackerte ein kleiner, heller Schein von der Unschlittkerze, die er aus einer der Halterungen entnommen und erneut entzündet hatte. Er wusste nicht mehr, ob es ein Sakrileg war, wenn ein Nichtgeweihter auf dem Altar ein Licht entzündete, doch er hatte das Gefühl, dass er es nicht mehr schlimmer machen konnte. Die Flamme brannte unruhig im zugigen Inneren der Kirche. Ihr Licht reichte nicht bis zu der Säule, hinter der er sich versteckt hielt. Es hatte sich angehört, als sei es nur ein Pferd gewesen. Er war erstaunt darüber, erleichtert und gleichzeitig enttäuscht: Wenn sie zu zweit gekommen wären (wäre Foulques auf diese Mission mitgekommen, der noch nicht wusste, dass sein Bastardsohn nicht mehr am Leben war?), hätte er eine Ausrede gehabt zu fliehen. Er hielt den Atem an und lauschte auf die Geräusche, die von draußen kamen.

Es war nicht das Hauptportal, das sich nach einigen Minuten öffnete, sondern der Seiteneingang, der über den Kirchhof erreichbar war. Geschickt, geschickt ... Raymond fühlte vage so etwas wie Triumph, dass er nicht beim Altar stehen geblieben war: Der Seiteneingang befand sich nahe der Apsis, und was immer er an Vorteilen gehabt hätte, wenn er ganz vorn gestanden hätte, wäre zunichte gewesen. Tatsächlich befand er sich, vom Altar aus gesehen, nun sogar hinter dem Seiteneingang, eine ideale Position, um das Überraschungsmoment auf seiner Seite zu haben, wenn er aus dem Schatten der Säule trat und sich zu erkennen gab. Er hörte die Schritte der Stiefelabsätze auf dem Boden nur, weil er sich darauf konzentrierte; in seinen Ohren brauste es, seine Hände zitterten, und eine miese kleine Stimme in seinem Herzen rief: Du kannst immer noch fliehen! Er hatte gedacht, er würde ruhiger werden, wenn die Konfrontation bevorstand, aber er hatte sich getäuscht. Er war der Neuling kurz vor der Schlacht, der die Feinde brüllend auf seine Reihen zustürmen sieht und feststellt, dass er plötzlich sein Schwert nicht mehr heben kann. Er hörte, wie die Schritte vor dem Altar endeten und sein Gegner sich ungeduldig umdrehte, um nach dem Bischof zu suchen.

Er hatte nicht mit dieser Geschichte angefangen, aber er musste sie zu Ende bringen.

Heiliger Hilarius ... hilf mir ...

Er trat hinter der Säule hervor, blind und taub und das Herz so heftig hämmernd, dass seine Kehle eng war.

Die vermummte Gestalt vorne am Altar drehte sich um und sagte unsicher in die Stille: »Ehrwürden? Bischof Bellesmains?«

»Falsch geraten«, hörte Raymond sich sagen. »Ich bin es nur. In dem Brief stand, dass ich tot sei, aber das war etwas übertrieben.«

9.

Die Gestalt schwieg so lange, dass er dachte, alle seine Schlussfolgerungen seien am Ende doch falsch gewesen und Foulques würde im nächsten Moment das Schwert ziehen und aus einem Versteck hervorstürzen und ihn, Raymond, einem Thomas Becket gleich im heiligen Raum der Kirche niederstrecken. Dann sah er, dass die Gestalt sich mit einer Hand an den Hals gegriffen hatte und plötzlich schwankte. Sie stammelte etwas Undefinierbares.

Er schritt zum Altar, bis der Lichtschimmer der Kerzenflamme auf sein Gesicht fiel und er nur noch ein paar Mannslängen von ihr entfernt stand.

»Guten Abend, Suzanne«, sagte er.

Sie starrte fassungslos zu ihm auf. Ihr Gesicht war totenblass. Sie stolperte einen Schritt zurück und hob die Hand, als wollte sie ihn abwehren oder das Kreuzzeichen machen, doch dann ließ sie die Hand wieder sinken und krallte sie in den Stoff ihres dunklen Mantels.

»Raymond«, sagte sie mit kranker Stimme.

Raymond nickte. Sie schloss die Augen und blinzelte heftig. Dann machte sie einen zögernden Schritt auf ihn zu; es schien, als würde sie durch kniehohes Wasser waten. Auf halber Strecke blieb sie stehen, als hätte sie sich eines Besseren besonnen. Sie waren sich so nah, dass sie sich mit ausgestreckten Armen an den Fingerspitzen hätten berühren können, und er roch den Duft, den sie mitgebracht hatte; das Leder des Sattels, der Hauch von Lavendel, der in der Truhe gelegen hatte, in der auch der dunkle Mantel aufbewahrt worden war, und der herbe Kräuterduft ihres Haars. Sie hatte es aufgesteckt und einen Zopf darum geflochten. So hatte er sie noch nie gesehen; mit dieser Frisur wirkte sie noch mehr wie ein junges Mädchen, ungefähr so, wie er sie zum ersten Mal gesehen hatte, als sie die Treppe in Roberts Saal herunterpolterte und anfing, Gott und die Welt und ihren Ehemann zu verfluchen. Er blickte ihr in die Augen, die in ihrem bleichen Gesicht brannten, und spürte, wie auch seine Augen zu brennen begannen und die Tränen aufstiegen. Der Schmerz in seinem Inneren wühlte und umklammerte sein Herz. Er holte Atem und begann zu sprechen. Es war schwer anzufangen.

Raymond sagte: »Es hat eine Art poetischen Sinn, dass wir uns in der Baustelle einer Kirche wiedersehen, wo wir uns doch in einer anderen Kirchenbaustelle verabschiedeten; und zumindest ich hatte gedacht, es sei für immer. Ich hatte dir ein so großes Stück von meinem Herzen zurückgelassen, dass ich sicher war, ich würde die folgenden Stunden nicht überleben.«

Er hörte sie schluchzen, doch er hatte beschlossen, sich weder durch ihre noch durch seine eigenen Tränen vom Kurs abbringen zu lassen. Seine Stimme klang belegt in seinen Ohren, als er fortfuhr.

»Robert kann nicht lesen. Er hat sicher das bischöfliche Siegel erkannt, aber das ist schon alles. Ich wusste, dass er den Brief ganz einfach dir in die Hand drücken würde. Was hast du ihm vorgelogen, was darin stand?«

»Eine Erklärung, warum er unser Haus so überstürzt verlassen hat«, flüsterte sie nach einer langen Pause.

»Gabst du mir dabei die Schuld?«

»Ja.«

»Nahe liegend«, sagte er, aber es versetzte ihm einen neuen Stich.

»Wie ... wie geht es dir?«, stammelte sie.

»Ich bin äußerlich unverletzt.«

»Und ... und ...«

»Jeunefoulques ist tot. Nicht ich. Ich habe nicht nur einen Brief des Bischofs gefälscht, sondern ich habe auch noch darin gelogen.«

»Oh mein Gott!« Sie griff sich erneut an den Hals. »Wie ...?«

»Ich habe ihn umgebracht, wenn du das fragen wolltest. Ich. Es ging um mein Leben, und ich erkannte ihn erst, als er schon tot war. Natürlich teile ich diese Schuld mit dir, da du ihn geschickt hast, aber das macht es nicht leichter.«

»Oh Gott ... Foulques ... er wird es nicht ...«

»Nein«, sagte Raymond. »Wird er nicht.«

Suzanne begann leise zu weinen. Er ließ ihr Zeit. »Ich hatte keine Wahl«, wisperte sie zuletzt.

»Als ich ihn umdrehte, um zu sehen, wer versucht hatte, mir im Stall der Herberge ein Messer in den Rücken zu rammen, hätte ich alles erwartet, außer Foulques' heiß geliebten, naiven Bastard zu erblicken. Da sah ich plötzlich das ganze Muster. Wie beim Tric-Trac-Spiel, Suzanne; erst wenn der Gegner seine Angriffslinie aufgebaut hat und beginnt, seinem Sieg entgegenzuhüpfen, erkennt man, worauf man die ganze Zeit schon mit blinden Augen gestarrt hat.«

»Nur ein guter Spieler kann das entdecken.«

»Ich bin ein hundsmiserabler Spieler, Suzanne. Aber das hast du schnell gemerkt. Lediglich als Spielfigur habe ich eine Zeit lang getaugt.«

Sie schüttelte den Kopf. Wie er hatte auch sie sich nicht von der Stelle bewegt. In den Tränenspuren auf ihrem Gesicht glitzerte das Kerzenlicht.

»Foulques hat seinem Sohn stets eingebläut, dass er auf dich zu hören hatte. Dass er Robert gehorchte, verstand sich von selbst; dass er auch der Herrin aufs Wort zu folgen hatte, hatte er von seinem Vater, der sich stets bemühte, in seinem eigenen Leben wie in der Erziehung seines Sohnes den Tugenden zu folgen, die irgendein naiver Geschichtenerzähler für die Foulques dieser Welt aufgestellt hat.«

»Ich habe ... ich hatte niemanden, dem ich ...«

»Abgesehen davon hat der Junge dich vergöttert. Für ein freundliches Wort von dir wäre er von jeder Kirchturmspitze gesprungen. Als er uns im Stall überraschte, warf er mir einen Blick zu, den ich zuerst nicht deuten konnte. Jetzt kann ich es: Es war blanke Eifersucht. Du hattest leichtes Spiel mit ihm.«

»So ist es nicht... ich...«

»Und so hast du den einen Mann, der dich abgöttisch liebte, losgeschickt, um den anderen Mann, der dich ebenso sehr liebte, zu ermorden.«

»Liebte?«, stieß sie hervor.

»Weiterhin war klar, dass es nicht Robert gewesen sein konnte, der Jeunefoulques losgeschickt hatte. Wenn Robert mich hätte umbringen wollen, hätte er vor drei Tagen nicht nur meine Laute, sondern auch mich in Stücke geschlagen. Foulques hätte ihn nicht aufhalten können. Und selbst wenn er erst später Lust an meinem Blut bekommen hätte, wäre er mir selbst nach Poitiers nachgekommen, anstatt einen Mörder zu senden. Damit bliebst von dem Haushalt, dem Jeunefoulques angehörte, nur du übrig. Es ist wie in der Geschichte mit Roland im verzauberten Wald, die ich bei euch im Saal erzählt habe; nur dass ich mir diesmal die Wahrheit zusammengereimt habe anstatt einer albernen Moritat.«

»Und warum habe ich es getan?«, fragte sie tonlos. »Hast du diesen Teil deines Liedes auch schon gereimt?«

Raymond trat beiseite und ließ sich langsam auf der ersten Stufe nieder, die zum Altar hinaufführte. Seine Knie zitterten so stark, dass er nicht länger hätte stehen bleiben können. Er hob die Hände, wohl wissend, dass Suzanne ihr Beben sehen musste, und hielt zwei Finger in die Luft.

»Um diesen Teil in Worte zu fassen«, sagte er und fühlte sich plötzlich so müde, dass es schwer war, langsam und deutlich zu sprechen, »muss man zuerst zwei andere Fragen stellen: Warum hast du Jeunefoulques auch die Morde an Bruder Thibaud und Jehanne Garder aufgetragen, den beiden Menschen, die in direkter Verbindung mit Firmin, dem Assistenten des Bischofs, standen? Dabei habe ich Meister Alex in Niort, der vermutlich nur aus dem Weg geräumt wurde, weil er zu viel über Jehanne wusste, großzügig ausgelassen. Und die zweite Frage lautet: Wo ist Firmin?«

Suzanne blieb stehen, wo sie war, auch wenn sie sich umgewandt hatte, um ihn nicht aus den Augen zu lassen. Der Stein, auf dem Raymond saß, war kalt. Die Kälte drang durch Raymonds Fleisch bis an seine Knochen, wo sie auf eine andere Kälte traf, die viel mörderischer war als diejenige des Marmors.

»Ich erzähle dir, was ich mir zusammengereimt habe. Robert kannte Firmin; du hast selbst gesagt, dass Robert schon den Bischof und seinen Gehilfen bewirtet hatte, und Robert forderte einen Kaplan von Bischof Bellesmains, der die Fähigkeiten seines Assistenten besitzen sollte. Das Letztere hörte sich so an, als sei es Robert an blindem Glaubenseifer, Fanatismus und Engstirnigkeit gelegen gewesen, und ich will nicht ausschließen, dass Firmin auch in diese Kategorie von Klerikern einzureihen ist. Aber ich habe im Kloster erfahren, wie bewandert Firmin im Inhalt des Klosterarchivs ist und dass er an Unterlagen herankommen konnte, die interessant waren. Sagen wir: Geburtsurkunden, Genealogien, Berechnungen von Verwandtschaftsgraden...«

Suzanne keuchte und ballte die Fäuste. Raymond holte Atem und pflügte mit schmerzender Kehle weiter.

»Ich habe selbst gehört, wie Robert Guibert fragte, ob er in der Kunst des Schreibens so gut sei wie Firmin. Robert meinte wohl in der Kunst des Fälschens. Robert liebt es, mehrere Eisen im Feuer zu haben, oder? Er versuchte mich zu manipulieren, damit ich mit dir Ehebruch beging. Er versuchte den Bischof auf seine Seite zu ziehen, indem er ihm in den Hintern kroch. Er versuchte, dich beim Klerus zu diskreditieren, indem er insgeheim jede Ausfälligkeit, die du dir gegenüber Guibert erlaubtest, noch förderte, ohne dass es aufgefallen wäre. Und er versuchte, Firmin dazu zu missbrauchen, die Verwandtschaftsberechnung, die einer der Grundsteine der Ehe zwischen euch war, so zu fälschen, dass er behaupten konnte, ihr wärt zu nahe verwandt. Hat man alles schon gesehen, zuletzt bei Königin Aliénor und König Louis Capet, Gott hab ihn selig. Alles nur zu dem einen Zweck: sich ganz legitim und möglichst mit der Schuld auf deiner Seite von dir trennen zu können, die Mitgift zu behalten, seine reiche Witwe zu heiraten und damit in Aquitanien eine große Nummer zu werden, ohne dass auch nur der geringste Schatten einer Unregelmäßigkeit auf seine Person gefallen wäre. Ein Mann auf dem geraden Weg nach oben. Die Idee mit dem gefälschten Verwandtschaftsgrad war die stichhaltigste von allen; darum war Robert so verzweifelt auf der Suche nach einem Mann von Firmins Kaliber, als dieser verschwand. Wahrscheinlich bewegt Robert insgeheim die Frage, wohin Firmin verschwunden ist, mit der gleichen Intensität wie Bischof Bellesmains, der mich auf seine Fährte setzte. Und wir wollen im Licht dieser Tatsachen nicht vergessen, dass zumindest Robert keinerlei Vorteile vom Verschwinden Firmins hatte.«

»Was willst du damit sagen?«, flüsterte Suzanne.

»Ich komme noch drauf. Wir haben jetzt so lange um die Person des Klosterbruders und bischöflichen Assistenten Firmin der Verschwundene herumgeredet, dass wir ihn uns näher ansehen sollten. Bischof Bellesmains hält ihn immerhin für einen Mann, auf dessen Schultern die Zukunft der Kirche ruht; er beauftragt ihn sogar damit, die Korrespondenz Ehrwürdens wahrscheinlich seit dem Tag, als ein verlauster Lehrmeister ihm die Grundlagen der christlichen Dialektik einpaukte, zu katalogisieren und für die Nachwelt festzuhalten. Während Firmin dies tat – und nebenbei für Robert ein bisschen in Stammbüchern und sonstigen persönlichen Unterlagen herumschnupperte, um dir eine neue Verwandtschaft zu deinem geliebten Gatten zu besorgen –, stieß er auf etwas, das ihn genügend aufregte, sein eigenes Stammblatt zu entwenden, in höchster Erregung den Namen Jehanne Garder irgendwo hinzukritzeln und von einer Nacht zur anderen aus der Gemeinschaft des Klosters zu verschwinden.«

»Du hast...«

»Nein, unterbrich mich nicht. Ich habe so lange gebraucht, um all diese Dinge, die ich eigentlich wusste, in den richtigen Zusammenhang zu bringen, dass ich mir jetzt auch das Recht herausnehme, sie mit der gebotenen Detailtiefe darzulegen. Immerhin bist du mir was schuldig: ich nehme an, mindestens die Zeit bis zum Jüngsten Tag, die ich hätte abwarten müssen, wenn dein Anschlag gelungen wäre.«

Diese zynischen Worte, die er sich abringen musste, brachten sie dazu, erneut zu weinen. Tränen liefen über ihr Gesicht, ohne dass sie sie abgewischt hätte.

»Bald nach Firmins Verschwinden lauert Jeunefoulques dem Archivar des Klosters auf und ermordet ihn, zieht ihm die Kutte aus und nimmt – vermutlich, weil er ahnt, dass er für seine Taten später einmal den Beistand des Allmächtigen braucht – einen teuren Talisman des Ermordeten an sich. Wozu er die Kutte zu brauchen glaubte, die er dann später in das Gebüsch warf, wo es dem Schicksal gefiel, mich mit der Nase draufzustoßen, weiß ich nicht; ich hoffe, du wirst diese Wissenslücke füllen. Noch vor dem Tod des Archivars – wohlgemerkt, der Mann, der mindestens ebenso viel über den Inhalt seiner Regale weiß wie mittlerweile Firmin und der der Einzige sein dürfte, der zu der Entdeckung Firmins wichtige Details gekannt haben dürfte; was auch immer das war – aber um die Zeit herum, in der Firmin auf den Namen Jehanne Garder stieß, ereignete sich eine merkwürdige Begebenheit: die nämliche Jehanne Garder, anerkannte medizinische Badefrau in Niort, vertauschte ihr einträgliches Geschäft in der Stadt mit einer heruntergekommenen Hütte in genau dem Dorf, das sich zu Füßen von Roberts und deinem Besitz duckt; obwohl die Leute im Dorf ihr bestenfalls misstrauisch gegenüberstanden und die einzige Unterstützung, die sie bekam, in ein paar von der Kirchenbaustelle gestohlenen Steinen bestand.«

»Lass mich...«

»Mm-mm! Ich bin gleich fertig. Dann tritt auf: der Dummkopf Raymond, seines Zeichens erfolgloser Sänger und pointenloser Erzähler langweiliger Geschichten. Er erzählt der Frau, die sein Herz erobert hat und es nie wieder verlassen wird, dass er auf der Suche nach – heiliger Hilarius! – unserer im Dorf unten versteckten Jehanne Garder ist und ihn die Spur nach Niort geführt hat. Noch bevor der Dummkopf dort ankommt, hat Jeunefoulques wieder zugeschlagen, mit ganz knappem zeitlichem Vorsprung, denn der Weg nach Niort ist weit, und Jeunefoulques muss die Straße meiden und durch die Felder hetzen, wo ihn der Dummkopf sogar noch sieht und sich nichts dabei denkt. Meister Alex ist noch in Niort, und er weiß natürlich, wo Jehanne jetzt ist, und es muss vermieden werden, dass Meister Alex dieses Wissen an den Dummkopf weitergibt...«

»Hör auf, dich selbst zu beschimpfen«, sagte Suzanne erstickt. »Ich habe dich nie für einen Dummkopf gehalten.«

»Ich nutze lediglich den Titel, den Bischof Bellesmains mir verliehen hat. Jedenfalls führt diese Sache zu Meister Alex' letalem Abgang aus diesem Possenstück – das im Übrigen genauso wenig zum Lachen ist wie meine eigenen Erzählungen, und auf die Pointe hätte ich gut und gern verzichtet.«

»Ich auch... ich auch...«

»Doch Raymond stößt durch pures Glück im Dorf auf Jehanne Garder und erzählt es einer dummen Kuh, die von ihrer Herrin abgestellt worden ist, um die Pflicht der Herrschaft gegenüber ihren Pächtern für Sansdents Weib und sein neugeborenes Kind wahrzunehmen; und die dumme Kuh erzählt es ganz arglos ihrer Herrin. Wahrscheinlich sogar in den gleichen Minuten, in denen ich von Robert gezwungen wurde, meine Ehre zu beschmutzen und mein Ehrenwort gegenüber Arnaud und den Gauklern zu brechen, übrigens den einzigen

Menschen seit langem, abgesehen von Foulques, die mich stets ehrlich behandelt haben. Was passiert?«

»Jehanne...«

»... muss sterben«, vollendete Raymond. Er setzte sich anders hin, hob die Hände und ließ sie wieder fallen. Diesmal kippte seine Stimme, als er hervorstieß: »Wozu, Suzanne? Wozu? Was hat Firmin herausgefunden, von dem du verhindern wolltest, dass es noch jemandem anderen bekannt wurde? Wie bist du an sein Wissen gekommen? Was hat Jehanne in der Geschichte zu suchen? Und wo ist Firmin? Was hast du ihm versprochen, damit er nicht nur Roberts Auftrag, sondern auch den Bischof vergaß und sich mit deiner Hilfe seitdem versteckt? Wartet er nun draußen im Kirchhof, um mir die Kehle durchzuschneiden, jetzt, wo Jeunefoulques, dein eigentlicher Handlanger, nicht mehr lebt?«

»Firmin ist tot«, sagte sie.

9.

Ihr Worte hallten durch das große Kirchenschiff, noch lange nachdem sie wieder schwieg. Irgendwelche hölzernen Verbindungen knackten, einer der Vögel im Dachgebälk flatterte auf und kam wieder zur Ruhe, und der Regen tropfte in die Pfützen auf dem Steinboden. Von irgendwo her schlurfte der Messdiener heran, durchquerte das Kirchenschiff, ging an ihnen vorüber, ohne dass er ihnen Aufmerksamkeit gezollt hätte, und verschwand wieder in den Schatten zwischen den Säulen auf der anderen Seite. Suzanne starrte zu Boden; Raymond starrte in die Höhe, wo sich das Dach der Kirche in der Finsternis verlor. Es war nicht so, dass er überrascht war; er suchte sogar vergeblich in seinem Herzen nach Überraschung. Stattdessen sah er sich selbst, wie er langsam nickte, und er stellte fest, dass er es auch in Wirklichkeit tat.

»Wie lange schon?«, fragte er schließlich.

Sie zuckte mit den Schultern. »Fast einen Monat.«

»Ich habe von Anfang an nach einem Toten gesucht.«

Sie antwortete nicht. Raymond, der erwartet hatte, dass all diese Enthüllungen sein Blut in Wallung bringen würden, stellte fest, dass die Müdigkeit sich nur noch tiefer auf ihn senkte. Seine Augenlider waren schwer und seine Zunge ein unbewegliches Stück Fleisch in seinem Mund. Er hatte den Verdacht, dass er sich anhörte wie ein Betrunkener. Er wünschte mit solcher Intensität, dass diese Geschichte plötzlich vorüber wäre, dass er sich nur mit Mühe selbst davon abbringen konnte, aufzustehen und davonzulaufen.

»Um vor einem Altar zu beten, muss Guibert in die Schlafkammer Eures Turms steigen«, sagte Raymond. »Das musste Firmin, wenn er – mit oder ohne den Bischof – bei euch war, ebenfalls. Auf diese Weise habt ihr näheren Kontakt zueinander bekommen, als Robert wahrhaben konnte. Hat er dir von Roberts Plänen erzählt?«

»Zuerst nicht.«

»Aber er hat mit dir darüber geredet?«

Suzanne nickte.

»Wie hast du ihn dazu gebracht, dir sein Vertrauen zu schenken und das Schweigegebot, das Robert ihm sicher auferlegt hat, zu brechen? Gibt es etwas, was du Guibert wirklich hättest beichten sollen?«

»Das hältst du von mir?«, hauchte sie. Raymond erwiderte nichts. Sie presste die Lippen zusammen und schüttelte wild den Kopf.

»Komm schon, Suzanne, wenn Firmin recht viel anders gebaut ist als Guibert, dann soll mich der Teufel holen. Er hätte doch nicht von sich aus mit einem Weib gesprochen, um ihr irgendwelche wichtigen Dinge zu enthüllen und ...«

»Firmin war schlimmer als Guibert«, unterbrach sie ihn. »Guibert ist ein scheinheiliges Schwein. Firmin dagegen hat aus ganzem Herzen alles geglaubt, was er gesagt hat.«

»Und ...?«

»Und genau das hat ihn dazu gebracht, mit mir zu reden. Er erkannte die Ähnlichkeit zwischen seiner Geschichte und meiner und hatte Angst, sich zu versündigen.«

»Indem er deine Genealogie fälschte? Die halbe Welt versinkt in dieser Sünde, und der Klerus leistet dazu kräftig Beistand!«

Suzanne wirkte auf einmal ebenso müde wie Raymond. »Nein, indem er mich in eine zu nahe Verwandtschaft mit meinem Mann rücken wollte.«

»Die Kirche sagt, es ist eine Sünde, wenn es den Tatsachen entspricht, aber in deinem Fall ...« Raymond brach ab.

Etwas drehte sich langsam in seinem Gehirn auf die andere Seite und brachte eine Vielzahl plötzlich hervorschießender Gedanken zum Vorschein, die wie ein Funkenregen in die Höhe stoben. Er konnte nur einen einzigen davon fassen: Es war die Erinnerung daran, wie Arnaud sagte: »So was passiert, oder nicht?«

»Zu nahe Verwandtschaft?«, stotterte er. »*Firmins* zu nahe Verwandtschaft? Zu wem? Zu... heiliger Hilarius... zu...?«

Suzanne schnaubte. »*Episcopus Ioannes Ballemajus venerabilis.*«

»Der Bischof ist sein...?«

»... Vater«, sagte Suzanne.

»Heiliger Hilarius!«

Die Zukunft der Kirche. Das Rückgrat des Klerus. Der Stern unter den Kirchendienern und das leuchtende Vorbild für das gemeine Volk. Firmin. All das mochte wahr sein, aber letztlich hatte den Bischof nur eines angetrieben: die Sorge um seinen Bastard, der nicht einmal gewusst hatte, von wem er abstammte. Raymond sah fassungslos zu Suzanne auf.

»Wie hat er es herausgefunden?«

»Bischof Bellesmains' Eitelkeit hat ihm ein Bein gestellt«, sagte sie. »Es ist, als ob er insgeheim gewollt hätte, dass Firmin es erfuhr. Ein paar seiner Dokumente, die Firmin katalogisieren und in Ordnung bringen sollte, waren auf gebrauchtem, abgeschabtem Pergament verfasst. Schlecht abgeschabtem Pergament. Firmin empfand Muße und begann, die eine oder andere fast gelöschte Zeile nachzufahren...«

»... aber es wurden keine Vöglein daraus.«

»Wie meinst du das?«

»Unwichtig. Dabei stieß er auf...?«

»... einen Brief an seine Mutter, den der Bischof anscheinend nie in dieser Form abgeschickt hatte. Welchen Namen das Kind erhalten sollte, dass es im Kloster aufwachsen sollte, welchen Geldbetrag das Kloster anonym dafür erhalten würde und so weiter.«

»Und all das kam ihm so merkwürdig vor, dass er heimlich sein eigenes Stammblatt hervorsuchte, die Daten miteinander verglich und schreckliche Übereinstimmungen feststellte.«

»So ähnlich«, seufzte sie. »Er war so aufgeregt, dass er weinte. Mir ist nicht alles klar geworden.«

»Aber dir ist spielend klar geworden, welche Chance sich plötzlich für dich bot.«

Suzanne sah ihn an, ohne etwas zu erwidern. Ihre Wangenmuskeln zuckten, dann begann sie erneut zu weinen. »Ich weiß jetzt, warum du den Beinamen ›Der Spötter‹ trägst«, stieß sie hervor.

»Ich hätte ganz andere Beinamen verdient.«

»Raymond, kannst du mich nicht verstehen…?«

»Erst mal will ich die Geschichte verstehen. Was tat Firmin als Nächstes? Ich an seiner Stelle hätte nach der Mutter gesucht, um herauszufinden, ob ich wirklich auf die Wahrheit meiner Abstammung gestoßen war.«

»Genau das hat er getan.«

»Und wie…?« Raymond schnippte plötzlich mit den Fingern. »Jehanne Garder! Die ehemalige Hebamme! Irgendwo muss er auf ihren Namen gestoßen sein. Sie hat den kleinen Firmin auf die Welt gebracht…«

»Das hat sie, aber anders, als du denkst.«

»Was soll das heißen? Dass sie… heiliger Hilarius! Du willst doch nicht etwa sagen, dass Jehanne…?«

»Sie ist die Mutter.«

»*War* die Mutter.«

Suzanne schluchzte laut. »Hör auf, mit meinem Gewissen herumzuspielen!«, schrie sie auf.

Raymond senkte den Kopf. »Weiter«, forderte er sie auf, doch Suzanne war nicht in der Lage zu sprechen. Nach ihrem Ausbruch begann sie erbärmlicher zu weinen, als er es je zuvor bei ihr erlebt hatte. Sie schwankte auf den Füßen, und ihr ganzer Körper bebte von den Stößen. Er wünschte sich, sie in den Arm nehmen zu können, sie an sich zu drücken und ihr ins Ohr zu flüstern, dass alles gut werde, aber er blieb sitzen.

»Wann ist dir der Gedanke gekommen, ihn umzubringen, Suzanne? Als er rotzend und schniefend vor dir auf den Knien lag? Oder erst, als er plötzlich den Kopf hob und voller Hass sagte, er würde seinen Vater bei der Kirche anzeigen? Seine Verfehlungen an den Pranger bringen und ihn öffentlich verhöhnen, bis seine Karriere, seine Lehren und sein ganzes Leben nichts weiter mehr wären als die tönerne Schale um eine ausgehöhlte Seele, die dem Spott der Bevölkerung preisgegeben wäre?«

»Woher weißt du das?«, heulte Suzanne.

»Es war nicht schwer, von deinen Schilderungen auf seinen Charakter zu schließen.« Er fügte bitter hinzu: »In eines meiner dummen Lieder hätte ich so eine Wendung eingebaut.«

»Die Wahrheit ist erbärmlicher«, sagte Suzanne.

»Das kann ich mir nicht vorstellen.«

»Als er es mir erzählte, war er in Tränen aufgelöst. Danach sah ich ihn ein paar Tage nicht. Als er wieder bei uns auftauchte und Robert ihn wie üblich allein im Haus ließ, weil er mit Foulques zusammen irgendetwas zu tun hatte, kam er zu mir hinauf: Er war ein anderer Mensch.«

»Wie meinst du das?«

»Er wollte den Bischof vernichten.«

»Was? Der ach so christliche und heilige Firmin!?«

»Jeder ist nur so lange heilig, bis er einen Weg entdeckt, einfacher ans Ziel zu kommen.«

»Und Firmins Ziel?«

»Eine Karriere in der Kirche. Eine Stellung in Rom. Er hatte die Schnauze voll von seinem Kloster und seinen stupiden Arbeiten für Bischof Bellesmains. Was glaubst du, warum er zuerst Roberts Bitte, meine Dokumente zu fälschen, angenommen hat? Wenn Robert aufstieg, wäre er mit aufgestiegen – ihr kleines gemeinsames Geheimnis, das zu Roberts besserer Wiederverheiratung geführt hätte, hätte dafür gesorgt. Dann erkannte er aber eine viel bessere Chance, die auch nicht so viel Geduld erforderte. Wenn er den Bischof von Poitiers, den großen Sprecher auf dem Laterankonzil und unnachsichtigen Verfolger der Ketzerei, als Kapitalsünder entlarvte, der nicht nur einmal im Leben gestolpert war, sondern auch noch viele Anstrengungen darauf verwandt hatte, seinen Fehler zu verschleiern und daraus seinen eigenen Vorteil zu schlagen, dann wäre Firmin ein blitzartiger Aufstieg in der Kirche sicher gewesen. Bischof Bellesmains hat nicht nur Freunde in der Kirche, vor allem hier in Aquitanien. Keiner hat je vergessen, dass er einer von diesen Engländern ist, deren Söldner unsere Königin gefangen haben und deren König sie im Kerker festhält.«

»Ich weiß jetzt, warum er und Robert sich prächtig verstanden.«

»Raymond«, sagte Suzanne, »ich will, dass du verstehst: Er erst hat mich auf die Idee gebracht.«

»Auf die Idee ...«

»... den Bischof mit meinem Wissen unter Druck zu setzen.«

Raymond atmete tief ein. »Und damit zu verhindern, dass er je die Ehe zwischen dir und Robert scheiden würde.«

Sie nickte.

»Du warst bereit, einen Mord zu begehen, um dir diesen lieblosen Käfig zu erhalten?«

»Was glaubst du, welcher noch lieblosere Käfig auf mich wartet, wenn Robert mich zum Teufel jagt?«

»Heloise«, sagte Robert. Sie nickte.

»Am Ende war sie Äbtissin und lehrte ihre Philosophie, aber alles, was sie in ihren Briefen wirklich schrieb, war: Lasst mich raus. Lasst mich leben.«

Raymond schüttelte den Kopf. »Davon bin ich nicht überzeugt.«

»Alles, was ich jemals schreiben würde, wenn ich im Kloster eingesperrt wäre«, sagte Suzanne tonlos, »würde sein: Lasst mich raus!«

»Aber Firmin hatte seine eigenen Pläne.«

»Ich war stets sicher, dass Robert mich nie bei einem Ehebruch hätte ertappen können. Ich habe die Liebe bei ihm kennen gelernt, und seine Schule war nicht so, dass ich jemals hätte verstehen können, warum Menschen Kopf und Kragen für dieses grobe, kurze Gerammel riskieren.« Sie sah ihm in die Augen. »Ich konnte es mir erst vorstellen, als ich dich traf...«

»Aber da war es schon zu spät«, seufzte er und musste wegsehen, als ihre Augen erneut überliefen. Er wollte sie nicht erkennen lassen, dass auch ihm die Tränen angesichts dieser Beichte in die Augen gestiegen waren. Vertane Chancen, vertane Liebe. Sein Herz krampfte sich zusammen. Wie viel Zeit lag zwischen der Möglichkeit, zusammen mit Suzanne in eine Zukunft voller Liebe zu blicken, und der Wirklichkeit, dass sie beide in eine Finsternis starrten, die größer war als die im Inneren der Kirche? Ein paar Wochen? Die Zeit, die ein Reisender in einer Stadt vertrödelte, weil der Wein in seiner Herberge gut, die Schankdirnen hübsch und das Wetter zu schlecht zum Weiterreiten war? Die Zeit, die er in Chatellerault damit verbracht hatte, auf das Fest Graf Jaufres und auf seine öffentliche Demütigung zu warten? Was wäre gewesen, wenn...?

»Um Roberts Bemühungen, aus unserer Ehe einen Inzest zu fabrizieren, brauchte ich mir ebenfalls keine Sorgen zu machen, wenn ich den Bischof in der Hand hatte. Und trotz meiner spitzen Zunge hätte er es nie geschafft, mich als eine Ketzerin hinzustellen, auf deren Beschuldigungen niemand gehört hätte und die der Bischof auf den Scheiterhaufen hätte binden können.«

»Firmin jedoch...«

»Ich bat ihn, den Bischof nicht anzuprangern, und erklärte ihm, dass er mit einer Erpressung genauso weit kommen würde, nur ein wenig langsamer. Ich brauchte den Bischof weiterhin in Amt und Würden, wenn ich Firmins Entdeckung zu meinem Schutz verwenden wollte.«

»Zu deinem *Schutz*!«, stieß Raymond hervor.

»Ja, genau«, rief sie. »Für den Tag, an dem der Bischof mich hätte kommen lassen und mir in der trauten Zweisamkeit dieses stickigen Tempels oder in seinem verdammten Palast die Mitteilung gemacht hätte, dass in einem Frauenkonvent am anderen Ende Frankreichs ein Platz für mich eingerichtet wäre und dass ich den Mund halten würde, wenn ich wüsste, was gut für mich sei. Für diesen Moment hätte ich Firmins Geheimnis aufbewahrt. Es wäre ein Geschäft gewesen: seine Unterstützung für mein Schweigen. Es wäre meine Lebensrettung gewesen.«

»Aber Firmin war fest entschlossen, seinen Vater zu zerstören.«

»Ohne Rücksicht auf Verluste«, stimmte sie zu. »Ich beschwor ihn in seinem eigenen Namen, davon abzusehen. Ich beschwor ihn sogar im Namen des Bischofs und appellierte daran, dass er ihm selbst nur Liebe und Zuneigung entgegengebracht hätte. Zuletzt sagte ich ihm die Wahrheit, wie ich sie eben dir gesagt habe. Er antwortete: Das ist alles nichtig, Weib. Er hat die Kirche, er hat Christus und Gott und die Welt angelogen und betrogen. Er ist ein schlimmerer Sünder als jeder Heide und jeder Ketzer. Er ist der Wurm, der den Apfel frisst und der aus dem Apfel getilgt werden muss, damit die Reinen sich aus seinen Überresten erheben können.«

»Damit hat er sich selbst gemeint.«

»Ich sagte: ›Dann um meinetwillen, Firmin. Ich bitte dich um meinetwillen. Lass mir dieses Geheimnis, um mich damit zu verteidigen; es ist alles, was ich habe.‹«

»Du konntest ihn nicht überzeugen.«

»Ich habe dir bereits erklärt, dass er und Guibert aus demselben Holz geschnitzt waren.«

»Ich bin erstaunt, dass er sich dir anvertraut hat.«

»Er brauchte doch eine Zeugin, wenn er den Bischof anklagte. An wen hätte er sich denn sonst wenden sollen? Das

Wort einer Frau gilt in Gerichtssachen nicht, doch in dieser Sache hätte man es angehört. Ich bin sicher, es hat ihm den Magen rumgedreht, sich mit mir einzulassen.«

»Also ...«

Suzanne schwieg. Raymond sah auf seine Hände hinunter. Sie waren schmutzig, da seine Handschuhe verloren waren, und die Nägel an seiner Rechten waren so zersplittert gewesen, dass er sie gestern so kurz geschnitten hatte wie die an seiner Linken. Nichts an seinen Händen sah noch danach aus, dass er sich eigentlich mit Musik befasste. Es waren die Hände eines Mannes, der im Schmutz gewühlt hatte. Er dachte daran, wie er sich vorgestellt hatte, Suzannes Hände in seinen zu halten, ihren Körper damit zu liebkosen und sie damit an sich zu pressen und sie erst wieder loszulassen, wenn die Welt untergegangen wäre.

»Wo hast du ihn verscharrt?«, fragte er nach einer langen Pause.

»Ich weiß es nicht«, wisperte sie. »Ich habe Jeunefoulques verboten, es mir zu sagen.«

»Und Bruder Thibaud?«

»Ich wusste nicht, in welchem Zustand Firmin die Unterlagen im Kloster zurückgelassen hatte. Ich konnte nicht riskieren, dass der Archivar die gleiche Entdeckung machte; Firmin hatte mir geschildert, wie gut Thibaud sich in seinem Archiv auskannte.«

»Wie hast du ihn aus seinem Kloster gelockt?«

»So, wie du mich hierher gelockt hast.« Sie lachte und versuchte, das Lachen nicht in Schluchzen umkippen zu lassen. »Mit einem fingierten Brief.«

»Und Jeunefoulques hatte den Auftrag, sich ins Kloster zu schleichen, um nachzusehen, ob Papiere beiseite zu schaffen wären und welche Aufzeichnungen Firmin gemacht hatte. Deshalb hat er die Kutte an sich genommen. Er hätte es nie zuwege gebracht, Suzanne. Ich bin in seinen Spuren gewandelt, buchstäblich. Ich hatte die Kutte des toten Archivars an.

Und es wäre auch mir beinahe nicht gelungen. Und Jeunefoulques konnte nicht mal lesen!«

»Ich hatte doch niemand anderen!«

»Wenn Jeunefoulques nicht schlau genug gewesen wäre, vor diesem Auftrag Angst zu bekommen und ihn zu verweigern – und die Kutte Thibauds voller Panik in einem Gebüsch zu verstecken, wo ich sie fand –, wäre deine ganze Geschichte schon vor Wochen aufgeflogen.«

»Ich wünschte, sie wäre es. Bevor ich dich kennen gelernt habe. Dann wäre mir wenigstens der Schmerz erspart geblieben, Jeunefoulques mit seinem letzten Auftrag loszuschicken. Und der Junge wäre auch noch am Leben.«

»Tröstlich zu hören, dass dir der Mordauftrag an meiner Person ein paar Gewissensbisse bereitet hat.«

»Du bist wirklich ein Dummkopf und Klotz, wenn du glaubst, dass es nicht die Hölle für mich war.«

Raymond sagte nichts. Suzanne schüttelte den Kopf und schwieg ebenfalls. Die Dämmerung draußen hatte auch das Innere der Kirche mittlerweile in Nacht getaucht, in der nur die einsame Kerze, die Raymond entzündet hatte, ein wenig Licht gab. Sie flackerte unruhig. Raymond stand mühsam auf und trat an die Kerze. Ihr Leben war fast beendet. Er holte eine andere, entzündete ihren Docht an der schwächlichen Flamme und stellte sie daneben. Nach kurzem Zögern drückte er die sterbende Flamme der ersten Kerze mit zwei Fingern aus. Sie hatten so viel vom Töten gesprochen, dass es ihm schwer fiel, nun die Kerzenflamme zu töten, die sich wand und zuckte, als wäre Leben in ihr. Der scharfe Schmerz, der in seine Fingerkuppen stach, war ihm fast willkommen. Er drehte sich zu Suzanne um.

»Hast du Jehanne Garder hier ins Dorf geholt?«

»Ja.«

»Damit sie in der Nähe und unter Kontrolle wäre, wenn Firmins Geheimnis doch noch aufflog, bevor du es verwenden konntest.«

»Ja.«

»Wie?«

»Ich habe ihr die halbe Wahrheit mitgeteilt. Dass Firmin von seiner Herkunft wisse.«

»Das reichte?«

»Sie war in heller Panik bei dem Gedanken, er könnte sie als seine Mutter aufsuchen wollen.«

»Das verstehe ich nicht. Es sei denn, der Bischof hat sie mit Drohungen zum Schweigen gebracht... oder mit viel Geld...«

»Ich hatte das Gefühl, ein Zusammentreffen mit Firmin wäre das Schlimmste, was ihr passieren könnte.«

»Warum musste sie sterben, Suzanne?«, zischte Raymond. »Warum hast du auch ihr Jeunefoulques auf den Hals gehetzt, nachdem du sie schon im Dorf versteckt hattest und ihr sogar noch halfst, die alte Hütte wieder instand zu setzen? Meinetwegen? Weil ich sie entdeckt hatte und die Gefahr zu groß war, dass ich sie hätte ausfragen und hinter die ganze Angelegenheit kommen können? Glaubst du, sie hätte mir auch nur ein Sterbenswörtchen verraten? Du hast sie doch kennen gelernt! Und glaubst du nicht, dass ich versucht hätte, dir eine Chance zu geben, anstatt mit meiner Entdeckung sofort zum Bischof zu laufen?«

»Ich konnte nichts riskieren«, flüsterte sie fast unhörbar.

Raymond rang die Hände. »Fünf Tote!«, rief er. »Heiliger Hilarius! Ein schwer bewaffneter Kämpfer erlegt an einem Tag auf dem Schlachtfeld nicht so viele Feinde, wie du auf dem Gewissen hast, Suzanne! Ich hätte es mir denken können, dass du nicht so zart bist, wie du wirkst, als ich sah, wie du Guibert geohrfeigt hast. Das Veilchen von Constance... Ich dachte immer, Robert hätte es ihr verpasst. Aber es stammte von dir.«

»Willst du das auch noch aufrechnen...?«

»Diese Kaltschnäuzigkeit, den Jungen zu den Morden anzustiften. Was hättest du ohne Jeunefoulques getan? Gift genommen? Oder deine Opfer mit deinem eigenen Gürtel erdrosselt? Und das alles nur, um dir das Weiterleben mit deinem ungeliebten Ehemann zu ermöglichen, weil du eine Höllenangst vor dem Kloster hast! Es hätte vielleicht noch andere Möglichkeiten gegeben, weißt du? Lieber Gott...« Er ließ die Hände sinken und hörte zu, wie die letzten Worte seines plötzlichen Ausbruchs durch die Kirche hallten. Suzanne hatte die Hände vor die Augen geschlagen und schluchzte bitterlich. Ihre Qual drehte ihm das Herz ebenso erbarmungslos herum wie ihre Taten seinen Magen. Er hörte, wie sie »Herr, vergib mir!«, hervorstieß, dann knickten ihre Beine weg, und sie fiel auf dem Kirchenboden in sich zusammen wie ein unordentlicher Kleiderhaufen und blieb leblos liegen.

Im ersten Moment starrte er sie mit offenem Mund an. Dann hörte er seine eigenen Worte in der Kirche widerhallen: Gift genommen, Gift genommen, genommen, genommen...

10.

Raymond wusste nicht, wie er an ihre Seite gekommen war. Er fand sich neben Suzanne auf dem Boden kniend und sie an den Schultern in die Höhe reißend. Ihr Kopf fiel zur Seite, ihr Mund stand offen, und ihre Augen schauten durch ihn hindurch. Ihr bleiches Gesicht verschwamm in seinem Blickfeld, als ihm Tränen des Entsetzens in die Augen schossen. Wenn er nicht schon neben ihr auf den Knien gelegen hätte, wäre er zu Boden gesunken. »O mein Gott, Suzanne«, flüsterte er. Dann hob er den Kopf und schrie durch das finstere Kirchenschiff: »SUZANNE!«

Ihre Lider flatterten, und das Leben kehrte in ihre Augen zurück. Sie war noch bleicher als zuvor, mit plötzlichen tiefen Schatten unter den Augenhöhlen. Auf ihrer Stirn stand ein feines Netz aus Schweißperlen. Sie lag auf Raymonds Oberschenkeln, ihren Oberkörper eng gegen seinen gedrückt, und ihr Gesicht war nur Zentimeter von seinem entfernt. Sie starrte ihn verwirrt an. Raymond erinnerte sich, dass der tote Jeunefoulques ebenso auf seinem Schoß gelegen hatte, aber die Erinnerung zerflatterte sofort wieder.

»Raymond«, seufzte sie. Sie fasste in sein Gesicht und wischte die Tränen von seinen Wangen, und er stammelte: »Suzanne... einen Augenblick dachte ich...«; und noch bevor sie wieder ganz aus ihrer Ohnmacht zurückgekehrt war und ihr Verstand einsetzen konnte, hob sie ihr Gesicht nach oben und presste ihre Lippen auf die seinen. Ihre Arme machten sich frei und umschlangen seinen Nacken, drückten ihren Leib noch enger an ihn, und Raymond spürte gleichzeitig, wie sich ihre Brüste gegen ihn drängten und wie sich ihre Zunge zwischen seine Zähne schob und ihr Mund sich öffnete. Er spürte den Film aus kaltem Schweiß auf ihrer Stirn und das Zittern ihrer Muskeln. Er erwiderte ihren Kuss wie ein Ertrinkender. Als sie beide Atem holen mussten, kam Raymond wieder zu sich. Er löste ihre Arme und ließ sie zu Boden gleiten. Sie starrte ihn voller Unbegreifen an, dann setzte die Erinnerung wie ein Schlag ein.

»Raymond«, schluchzte sie, »Raymond, ich liebe dich ... ich liebe dich ...«

»Ich weiß«, sagte er und schluckte etwas hinunter, was in seiner Kehle brannte wie das Feuer der Hölle und seine Seele zerquetschte. »Ich weiß.«

Sie rappelte sich auf, aber zu mehr, als ihm gegenüber auf die Knie zu kommen, reichte ihre Kraft nicht. Raymond spürte noch immer ihren Kuss auf seinen Lippen.

»Was geschieht jetzt?«, fragte sie erschöpft und wischte sich mit der Hand über das nasse Gesicht.

»Der Bischof ist mir noch immer das Empfehlungsschreiben an den Jungen König schuldig«, sagte Raymond. »Die Bedingungen lauteten nicht, dass ich Firmin lebend zu ihm zurückbringen müsste.«

»Wenn ich freiwillig in die Scheidung von Robert einwillige und die Schuld auf mich nehme, dann wird er uns vielleicht sogar unterstützen. Wir haben den Bischof in der Hand; er kann die Strafe wegen Ehebruchs, die uns erwartet, milde gestalten. Vielleicht stellen sie uns an den Pranger, aber das dürfte schon alles sein. Das kann uns nicht stören, oder?« Sie sah ihn hoffnungsvoll an.

Raymond dachte an die beiden Liebenden in Niort; vor allem aber dachte er daran, dass er und Suzanne schon einmal ähnliche Worte gewechselt hatten, nur mit vertauschten Rollen. Der Eindruck, dass sie ihr Gespräch in Roberts halb aufgebauter Kirche im Dorf fortsetzten, war zwingend und machte ihn zugleich schwindlig.

»Du träumst, Suzanne«, sagte er fast gegen seinen Willen und wiederholte damit das, was sie zu ihm gesagt hatte.

»Aber...« Zu sehen, wie sich Entsetzen in ihr Gesicht schlich, und die Hoffnung zu verdrängen, zu hören, wie ihre Stimme klein wurde und abbrach, gehörte zum Schlimmsten dieses ganzen unwirklichen Gesprächs.

»Du hast es selbst gesagt«, fuhr er fort. »Wir haben keine gemeinsame Zukunft.«

»Aber das war doch... Das habe ich...«

»Das hast du gesagt, als du dachtest, deine Pläne würden funktionieren. Jetzt, wo du keinen Ausweg mehr siehst, kannst du dir plötzlich doch ein Leben mit mir vorstellen.«

»Nein! Nein!«

»Ich hoffe, die Toten können dir verzeihen. Ich hoffe, du selbst kannst dir verzeihen...« Er schluckte. »Und ich hoffe, der Bischof kann dir verzeihen. Wenn er sich für dich einsetzt, kann er dich vielleicht vor dem Richtschwert bewahren.«

»Was hast du vor?«, flüsterte sie. Ihre Hände krochen hoch und pressten sich auf ihren Mund.

Raymond versuchte zu lächeln und spürte, wie sich sein Gesicht verkrampfte. Seine Hände begannen zu zittern; er verbarg sie in seinem Schoß. Heiliger Hilarius, gib mir Kraft! Von der Ferne hörte er seine eigene Stimme, und sie klang fast zärtlich.

»Ich werde dem Bischof berichten, was vorgefallen ist. Möglicherweise will er den Deckel auf der Geschichte halten, und er verfügt deine Einweisung in ein Kloster mit einem Schweigegelübde. In diesem Fall werde ich dir jeden Monat einmal schreiben, so wie Abaelard an Heloise geschrieben hat.« Er musste Atem holen. »Sollten sie dich dem Henker ausliefern, werde ich dich nie vergessen.«

Suzanne ließ die Hände sinken, und ihr Gesicht beruhigte sich den einen kleinen Moment lang, in dem sie glaubte, er machte nur einen geschmacklosen Scherz. Dann sah sie ihm genauer ins Gesicht, und ihre Mundwinkel begannen zu zucken.

»Das kannst du nicht«, sagte sie mit spröder Stimme. »Du liebst mich.«

Raymond zuckte mit den Schultern. Seine Muskeln waren steif und so unbeweglich wie die eines alten Mannes. »Ich kann«, sagte er.

»Dann bedeute ich dir nichts.«

»Du bedeutest mir alles«, krächzte er. »Aber das spielt keine Rolle. Du hast fünf Menschen auf dem Gewissen.«

»Was sind sie für dich gewesen?«, fuhr sie auf. »Firmin war nicht viel anders als Guibert. Den Klosterbruder und den Mann in Niort hast du nicht mal gekannt. Jehanne lag in der Nacht wach und weinte vor Schmerzen in ihren verkrüppelten Händen. Der Tod war eine Erlösung für sie. Und Jeunefoulques? Vergiss nicht, dass du ihn getötet hast; und vergiss nicht, dass er sich auf den Weg gemacht hatte, um dich zu töten.«

»Firmin war ein fanatischer, selbstgerechter Idiot«, sagte Raymond. »Aber dafür hat niemand den Tod verdient. Was die anderen angeht: Sie haben dir nichts getan, außer deinen Plänen im Weg zu stehen. Und Jeunefoulques wollte mich umbringen, weil du es ihm aufgetragen hast. Jemand, der ertrinkt, schlägt um sich und droht, die anderen um ihn herum auch in den Tod zu reißen. Dir stand das Wasser noch nicht mal am Hals, und doch hast du schon angefangen, die anderen zu ersäufen.«

»Ich bin durch die Hölle gegangen deswegen!«, schrie sie plötzlich auf und weinte wieder. »Ich habe es dir schon mehrfach gesagt. Wenn du mich liebst, ist das alles doch völlig nebensächlich.«

»Der Tod ist nie nebensächlich.«

Sie zwinkerte sich die Tränen aus den Augen und fand nun doch die Kraft, sich aufzurichten. Forschend sah sie ihm ins Gesicht.

»Nenn mich eine Mörderin und sag, dass du mich verachtest«, sagte sie leise. »Wirf mir vor, dass ich über Leichen gegangen bin, um meine eigenen Lebenspläne zu retten. Aber dann lass mich dir zuerst sagen, dass du ein ganz erbärmlicher Heuchler bist. Was willst du mir einreden? Dass du diese Toten nach Rache schreien hörst? Dabei hörst du nur die Stimmme des verdammten Bischofs, die dir deinen Auftrag erteilt hat; und den willst du um jeden Preis zu Ende führen, damit du deine Empfehlung für den Hof des Jungen Königs bekommst und deine Schäfchen ins Trockene bringst. Welche Stimme wirst du zuletzt hören, wenn dies alles vorüber ist? Wird es meine Stimme sein, die ruft...«, sie hielt den Blick fest auf ihn gerichtet und sprach stockend weiter: »... ich liebe dich, Raymond. Ich liebe dich.«

Raymond schüttelte verzweifelt den Kopf. »Ich kann dir nicht helfen«, stöhnte er.

»Dann verstoße mich aus deinem Herzen. Aber geh nicht zum Bischof.«

»Ich dachte, die wahre Liebe ruft: ›Töte mich, aber verlass mich nicht?‹«

Sie starrte ihn an. Raymond starrte zurück. Da es darauf nichts weiter zu sagen gab, fuhr er fort: »Ich muss zu ihm gehen. Wenn ich es nicht tue, wird er mich suchen lassen. Er wird mich finden, und wenn ihm bis dahin klar ist, dass Firmin nicht mehr lebt, wird er an mir Rache nehmen. Ich bin schon gesucht worden für den Mord an Bruder Thibaud, und es wird ihm ein Leichtes sein, mir den Tod von Meister Alex und von Jehanne anzuhängen. Ich bin jedes Mal in der Nähe der Toten gesehen worden. Ich werde für etwas untergehen, das du zu verantworten hast.«

Sie hob die Hand, als wollte sie ihm über das Gesicht streicheln, aber sie saßen zu weit auseinander. »Das ist nur eine Vermutung«, wisperte sie. »Willst du nicht einmal dieses Risiko für mich auf dich nehmen?«

»Ich kann nichts riskieren«, zitierte er sie. »Außerdem: Roland von Roncesvalle ist tot, und Lanzelot du Lac hat es nie gegeben.«

Ihr Gesicht zuckte. »Du heuchelst noch immer«, sagte sie. »Wenn es eine Möglichkeit gäbe, wie Roland oder Lanzelot zu sein, würdest du sie sofort ergreifen. Was bringt dich dazu, mir das anzutun?«

Er blickte in ihr Gesicht, das im entfernten Licht der Kerzen schimmerte, und in ihre großen Augen, und noch während er dachte: Wie kann ich ohne dich weiterleben?, brach es aus ihm hervor: »Du hast mir einen Mann auf den Hals gehetzt, um mich zu töten. Wieso sollte ich für dich das Risiko auf mich nehmen, vom Bischof als vogelfrei erklärt zu werden, wenn du nicht einmal das Risiko auf dich nehmen wolltest, mir Vertrauen zu schenken? Willst du mir das etwa als Beweis für eine Liebe bringen, für die es sich lohnt, alle seine Grundsätze fortzuwerfen? Nein, Suzanne – du hattest immer die Wahl, das Falsche oder das Richtige zu tun, und du hast immer das Falsche getan, nur weil es bequemer war. Du hättest die Kraft gehabt, Firmin zu beruhigen und ihn dazu zu bringen, mit dem Bischof zu reden; du hättest sogar selbst mit ihm sprechen können, um dich seiner Dankbarkeit zu versichern und der Bedrohung durch Roberts Machenschaften so zu entkommen. Aber dieser Weg barg das Risiko, dass er dir diesen Dienst nicht vergelten würde. Also wolltest du die Macht über ihn bekommen. Die Menschen lassen sich immer leichter zu etwas zwingen, als zu etwas überreden, nicht wahr? Das Schlimmste aber daran ist, dass du das Falsche bewusst getan hast. Erzähle mir nicht, du hättest die Alternativen nicht gesehen. Wenn jemand, der wie du handelt, mit dem Rücken zur Wand steht, dann kann ich das vielleicht verstehen; aber du hattest noch alle Möglichkeiten.«

Er holte Atem. Suzannes Augen waren noch weiter aufgerissen als zuvor. Ihre Unterlippe bebte, und das war die einzige Bewegung an ihr. Sie schien wie erstarrt vor seinem Ausbruch. Raymond schöpfte nochmals Luft und sprach ruhiger weiter.

»Wenn ich dich jetzt rette, tue ich bewusst das Falsche. Ich glaube nicht an diese Ammenmärchen von Erbsünde, von der Belohnung unserer Taten im Jenseits oder an die Auferstehung und das Jüngste Gericht; ich glaube nicht, dass die Zehn Gebote göttlicher Natur sind oder dass der Heilige Vater erleuchtet ist, nur weil er auf dem Stuhl Petri sitzt. Aber ich glaube, dass es ein paar Prinzipien gibt, nach denen es sich zu leben lohnt; und ob man diese Prinzipien nun Moral oder Gewissen oder ganz einfach seinen Lebensweg nennt, sie sind die Eckpfeiler, die das Dach über unserem wackligen Dasein halten, und man stößt sie nicht einfach um. Ich stoße sie nicht einfach um. Ich werde nicht bewusst etwas tun, was mir im tiefsten Innersten schrecklich falsch erscheint, selbst wenn es mir dabei das Herz zerreißt.«

»Das ist doch alles Philosophie, Raymond«, rief sie heftig. »Sie steht in den Briefen, die ein gebrochenes Herz aus dem Kloster geschickt hat!«

»Ja, aber es ist auch meine Philosophie, und zufällig ist sie alles, was ich habe. Außerdem bin ich dem Bischof noch eine Antwort schuldig, und selbst wenn ich nicht befürchten müsste, dass er sie sich mit Gewalt holt, würde ich mich zu ihm begeben und ihm die Antwort überbringen. Ich habe seinen verdammten Auftrag angenommen, und das ist so gut wie ein Versprechen, selbst wenn er mich rausgeworfen hat, als ich ihm von Jehanne Garder berichtete und er plötzlich Angst bekam, ich könnte hinter sein Geheimnis kommen. Ich kann nicht einfach so aussteigen.«

»Wenn du mich liebst«, sagte sie, »spielt das alles keine Rolle.«

Raymond schüttelte den Kopf.

»Um zu lieben, muss man den Respekt vor sich selbst ebenso bewahren wie den Respekt vor dem anderen. Würde ich mit dir fliehen, könnte ich weder das eine noch das andere mehr haben. Meine Liebe würde sterben, und dann hätte ich gar nichts mehr.«

Sie nickte langsam, als ob sich seine Worte erst jetzt in ihren Verstand senken würden. Ihr Gesicht verlor für ein paar Momente jeden Ausdruck; sie fasste wie in Trance in ihren Mantel und zog einen zierlichen Dolch daraus hervor.

»Ich könnte dich mit Gewalt daran hindern, hier wegzugehen.«

»Du hast ein Messer im Mantel, und ich habe eines im Stiefel«, sagte Raymond und verzog den Mund. »Abgesehen davon bin ich ein ganzes Stück größer, schwerer und kräftiger als du. Nur weil dein Mann mich verprügelt hat, heißt das noch lange nicht, dass du es auch könntest. Steck dein Messer wieder weg, Suzanne; du beleidigst dich und mich damit.«

Sie sah das Messer und dann Raymond an. Plötzlich verzog sie angeekelt das Gesicht und schleuderte es zu Boden. Raymond bückte sich danach und hob es auf. Dann stand er auf und schritt zum Portal der Kirche. Er spürte, wie ihm der Schweiß den Rücken hinunterrann. Der Anblick des Eingangsportals verschwamm vor seinen Augen.

»Raymond«, sagte sie.

»Dadurch, dass du Firmin ermordet hast, hast du auch gleichzeitig deinen Plan zerstört«, hörte er sich sagen. »Dein ganzes Vorhaben war auf Sand gebaut von dem Augenblick an, an dem du auf die Fragen des Bischofs: ›Woher weißt du das alles? Und wo ist Firmin, der es bezeugen könnte?‹, nichts hättest antworten können. Alle sind umsonst gestorben.«

»Raymond...«

Der Weg zum Eingangsportal war so lang wie keiner, den er je gegangen war. Als er es erreicht hatte, war er beinahe selbst erstaunt. Er musste sich an dem wuchtigen Drücker festhalten, um nicht zu ihr zurückzulaufen. Mit dem Öffnen des Türflügels wehten Dämmerung und Regenschleier herein. Raymond blieb halb in der Tür stehen, dann wandte er sich doch noch einmal um. Vom plötzlichen Luftzug war die Kerze erloschen. Suzanne war nichts als ein Schatten unter Schatten. Ihr Gesicht war nicht zu erkennen. Es kam ihm vor, als ließen der Wind und der Regen in seinem Rücken seinen Schweiß gefrieren.

»Ich liebe dich«, sagte er.

Dann trat er ins Freie hinaus und ließ die Tür zufallen. Falls sie darauf noch etwas erwidert hatte, hörte er es nicht mehr. Das Knallen der Tür war wie ein Schlussakkord unter ein Lied, von dem er sich sein Leben lang wünschen würde, es niemals gesungen zu haben.

Ein grosser Dummkopf,
Teil Zwei

»So was passiert, oder nicht?«
Raymond le Railleur

1.

Bischof Bellesmains hatte mehrere Tage Vorsprung. Als Raymond nur ein paar Meilen südlich von Limoges in einer Senke auf eine Ansammlung von Zelten stieß und sich vorsichtshalber bei Bauern im nächstliegenden Dorf erkundigte, um wen es sich dort handelte, erfuhr er zu seinem Erstaunen, dass es der Bischof war. Seine Ehrwürden war mit einem umfangreichen Tross unterwegs, doch dass er es trotz seines Vorsprungs nur bis hierher geschafft hatte, war unnatürlich. Er musste eine Pause eingelegt haben. Um auf jemanden zu warten? Neben dem größten Zelt stand ein Reisewagen. Auf Roberts Besitz war der Bischof zu Pferd erschienen; er musste den Wagen vorab von Poitiers aus nach Süden geschickt und ihn nach seinem Abschied von Robert Ambitien wieder eingeholt haben. Wenn dies zutraf, dann hatte er vermutlich von Anfang an nicht vorgehabt, sich mit einem Fest huldigen zu lassen, und die Prügel, die Raymond bezogen hatte, waren für nichts gewesen. Nun, andere hatten ebenfalls unverdient bekommen, worum sie nicht gebeten hatten ... Jehanne Garder, beispielsweise ...

Er ritt langsam von der Straße herunter zum Lager und rief schon von weitem, dass er mit einer Botschaft zu Bischof Bellesmains wollte. Jetzt, wo das Ende so nahe war, von einem nervösen Knecht des Bischofs mit einem Pfeilschuss vom Pferd geholt zu werden, weil er sich zu schnell genähert hatte, wäre der Gipfel des Zynismus gewesen. Und der resignierte Gedanke, der plötzlich in Raymonds Herz emporschwamm und sagte: Na und, dann wäre der Schmerz wenigstens vorbei, diesem Gedanken durfte er keinen Raum lassen.

Einer der Männer, der wahrscheinlich auch zu Bellesmains' Knechten während seines Besuchs bei Robert gehört hatte, nahm ihm die Zügel aus der Hand und führte ihn zum Zelt des Bischofs. Er sprach kein Wort. Raymond blickte umher und sah die einzelnen Tätigkeiten, die zur Erhaltung eines solchen Lagers dienten, mit einer Art dumpfer Langsamkeit ausgeführt. Das Lager war still, obwohl es mitten am Nachmittag war, und wer sich bewegte, tat es leise und mit Bedacht. Das Gefühl, dass etwas nicht stimmte, war plötzlich übermächtig und schnürte Raymond die Kehle zu. Er kletterte vom Pferd, und der Knecht schlang die Zügel lose um einen Pfahl, der in den Boden gerammt war, um eine der Zeltbahnen zu fixieren, und geleitete Raymond hinein.

Das Zelt des Bischofs bestand aus zwei Häuten; die äußeren Stoffbahnen bildeten einen geräumigen Kreis, in den ein kleineres Innenzelt eingehängt war. Ein paar Hocker und eine Truhe standen vor dem Eingang zum Innenzelt, und zwei Männer sprangen auf, als Raymond und sein Begleiter eintraten.

»Ehrwürden hat die Egel angesetzt«, sagte einer von ihnen.

»Nichts, was ich nicht schon gesehen hätte«, erklärte Raymond.

»Er sagt, er hat eine Botschaft für Ehrwürden«, brummte der Knecht.

Der Mann, der die Egel erwähnt hatte, musterte Raymond und seinen Begleiter ungnädig. Schließlich zuckte er mit den Achseln, fragte nach Raymonds Namen und schlüpfte in das Innenzelt. Raymond hörte keinerlei Stimmen, doch als der Mann wieder herauskam, hielt er eine der Stoffbahnen beiseite und winkte Raymond mit dem Kopf.

»Geht es dem Bischof gut?«, fragte Raymond.

»So gut man es erwarten kann.«

»Was ist passiert?«

»Wie lang willst du mich noch warten lassen, Ketzer?«, rief Bischof Bellesmains aus seinem Zelt heraus. »Ich habe dich nicht eingeladen, also stiehl mir nicht noch mehr Zeit!«

»Rein mit dir«, flüsterte der Mann, der die Stoffbahn beiseite hielt. »Sonst machen wir dir Beine.«

Während der Boden des äußeren Zeltes unbedeckt geblieben war, hatte man für das Innenzelt schwere Teppiche auf das Gras gelegt. Das Tageslicht drang diffus durch die helle Leinwand. Man hatte zwei Dreifüße mit Ölfeuern aufgestellt, um dem Licht ein wenig nachzuhelfen und auch, um die klamme Feuchtigkeit aus dem Zelt zu vertreiben. Das Zeltinnere war nicht sehr geräumig; ein großes, zerlegbares Bett nahm den meisten Platz darin ein und drängte einen kleinen Tisch mit einem unbequemen Hocker davor an die Seite. Im Bett selbst befand sich Bischof Bellesmains.

»Was ist mit deinem Gesicht passiert?«, grollte er.

»Robert Ambitien.«

»Er hätte dich totschlagen sollen.«

»Er zeigte sich in dieser Hinsicht gnädiger als Ehrwürden.«

Der Bischof saß mit freiem Oberkörper im Bett, gegen einen Wulst aus Kissen und Decken und gegen den wuchtigen Kopfteil des Bettes gelehnt. Die Blutegel hingen an ihm wie Verschmutzungen. Seine Haut war blass bis auf die Stellen, an denen Egel abgefallen waren und kleine, rot unterlaufene Entzündungen verursacht hatten. Der Medicus, den Raymond schon im Palast in Poitiers gesehen hatte, klaubte mit spitzen Fingern ein paar Exemplare aus Bellemains' Schoß und versuchte einen, der sich noch nicht satt gesaugt hatte, wieder anzusetzen. Bellesmains drückte ungeduldig gegen den weichen Leib des Tiers und blinzelte, als es sich endlich wieder festbiss.

»Was willst du von mir? Willst du dir den Strick für deinen Hals abholen?«

»Der Mord an Bruder Thibaud ist geklärt. Ich bin unschuldig.«

»Dann suchst du das Feuer? Ketzer?«

»Ihr wisst, dass ich kein Ketzer bin.«

Der Bischof legte den Kopf schief und sah ihn unter seinen schweren Lidern hervor an. Der Blick hinter den dichten

Wimpern war undeutbar, die ganze Mimik vertraut. Er fragte sich, wieso ihm diese Gleichheit nicht schon beim ersten Zusammentreffen aufgefallen war. Er war zu aufgeregt gewesen... dort in der Hütte in dem kleinen Dorf... Raymond schüttelte den Gedanken ab. Er wusste, wie dünn das Eis war, auf das er sich mit dem Eintritt in Bellesmains' Zelt begeben hatte.

»Ich komme mit Nachrichten über den von Euch Gesuchten«, sagte er schließlich und warf dem Medicus einen Blick zu.

»Du bist nicht mehr in meinem Dienst.«

»Ich hatte ein Versprechen zu erfüllen.«

»Was erwartest du davon?«

»Dass Ihr Euer Versprechen haltet.«

Der Bischof begann zu lachen. Der eben angesetzte Blutegel fiel durch die Erschütterung, die durch den massigen Körper ging, wieder ab. Bellesmains schnippte ihn mit dem Finger auf den Boden und knurrte den Medicus an: »Ich hole dich, wenn ich dich brauche.«

Sie sahen dem Mann zu, wie er schweigend den Blutegel aufhob und in einem Gefäß platzierte. Beim Hinausgehen sagte er: »Ihr müsst den Engelswurz-Sud trinken, solange er noch heiß ist, damit er seine Wirkungskraft entfalten kann. Die Kräuter, die der Bote mitgebracht hat, waren schon fast zu welk.« Er deutete auf einen Kelch, der auf einer Truhe neben Bellesmains' Bett stand und leise dampfte.

»Jaja!« Bellesmains winkte ab. Der Medicus verbeugte sich und schlüpfte hinaus.

»Ihr hattet jemanden nach Niort geschickt, Ehrwürden?«

Bellesmains musterte Raymond. »Wie kommst du darauf?«

»*Angelique du Niort.*« Raymond versuchte, unter der unbewegten Maske, die Bellesmains' Gesicht war, etwas zu erkennen.

»Warum sollte ich den Medicus hinausschicken?«

»Warum *habt* Ihr ihn hinausgeschickt?«

Der Bischof bewegte sich überrascht in seinem Bett. Schließlich nahm er einen der fettesten Blutegel zwischen die Finger, zupfte an ihm, bis er losließ, und hielt das Tier in die Höhe. Der Egel krümmte sich schwach um Bellemains' Fingerspitzen. Als der Bischof zudrückte, zuckte Raymond zusammen. Das Blut und eine breiige Masse quollen zwischen den starken Fingern des Mannes hervor; er achtete nicht darauf, dass ihm zwei dünne rote Fäden über Handrücken und Handfläche hinunter bis zum Ellbogen rannen und von dort auf das Leinen des Bettzeugs tropften. Als er die Finger öffnete, fiel der zerquetschte Leib des Blutegels auf den Boden. Bellesmains betrachtete nachdenklich seine besudelte Hand.

»Vielleicht ringst du dich endlich dazu durch, mir zu erzählen, weswegen du hier bist«, sagte er mit ganz normaler Stimme.

»Sie war nicht mehr in Niort.«

Bellesmains erwiderte nichts darauf.

»Schon seit Wochen nicht mehr. Meister Alex führte das Badehaus allein. Sie hätte Euch über ihren Ortswechsel benachrichtigt, wenn man sie nicht zum Schweigen erpresst hätte.«

»Sollte ich wissen, von wem du sprichst?«

»Ihr hättet es ihm sagen sollen. Das ist das ganze Geheimnis. Ihr hättet es ihm sagen sollen.«

Der Bischof sah Raymond von oben bis unten an. Sein Gesicht war weiterhin unbewegt; Raymond hätte jedoch schwören können, dass sein Gesicht sich verfärbt hatte. Im ungewissen Licht des Zeltinneren war es schwer zu sagen, doch Bellesmains' Züge wirkten auf einmal spitzer, jünger und gleichzeitig erschöpfter... So merkwürdig ähnlich wieder jenem anderen, ebenso spitzen, erschöpften Gesicht, als die Angst plötzlich darin hochgeschwappt war, so ähnlich wie vorher bei diesem einen Augenaufschlag. Es waren viele Blutegel, die an Bischof Bellesmais saugten; die Erschöpfung war jedoch nicht nur von ihnen verursacht.

»Eine Menge hochrangiger Vertreter des Klerus hat Bastarde, die meisten ganz öffentlich. Keiner kümmert sich wirklich darum. Immerhin ist selbst ein Kardinal nur ein Mensch, und das Volk hat dafür Verständnis, wenn es ihn juckt. Der Klerus selbst hat zumeist auch Verständnis, da es ihn selbst ja ebenfalls juckt. Es wäre also kein Problem gewesen, Firmin zu sagen, dass er Euer Sohn ist, ohne dass Euch oder ihm wirkliche Nachteile daraus erwachsen wären.«

»Für die Hälfte dieser Aussage könnte ich dich brennen lassen.«

»Die Frage ist, warum habt Ihr es ihm nicht gesagt?«

»Nach einer Nacht der Befragung wärest du sogar glücklich, den Scheiterhaufen besteigen zu dürfen.«

»Ich bin in Eurer Hand, Ehrwürden«, sagte Raymond fast ungeduldig. »Schneidet mir die Kehle durch, oder lasst mich reden, ganz wie es Euch beliebt.«

»Ich brauche mir deine Frechheiten nicht gefallen zu lassen. Ich kann dafür sorgen, dass du deine lächerliche Geschichte unter Qualen herausschreist.«

»Mir war lange nicht klar, dass das eigentlich die zentrale Frage ist: Warum habt Ihr Firmin nicht eingeweiht? Warum all der Umstand mit der Arbeit als Assistent, nur um ihn in Eurer Nähe zu haben? Warum war es nicht möglich, dass er und die Welt einfach erfuhren, dass es auch Euch mindestens einmal gejuckt hat?«

Ein weiterer Blutegel löste sich, direkt über Bellesmains' Herz, und kullerte in seinen Schoß. Ein kleines rotes Rinnsal sickerte aus der Wunde und verlor sich in Bellesmains' schütterer grauer Körperbehaarung. Der Bischof achtete nicht darauf.

»War es wegen Eures vehementen Eintretens für die Keuschheit des Klerus? Für den Zölibat? Sicher, der eine oder andere hätte vielleicht gesagt: Schau an, der alte Schwerenöter; jetzt kann er leicht darüber schreiben, nachdem er sich ausgetobt hat! Aber das wäre es auch schon gewesen. Eure

Karriere hätte es nicht beeinträchtigt. Hat nicht selbst der heilige Augustinus gesagt: ›Herr, mach mich keusch, aber noch nicht gleich‹?«

»Du wagst es auch noch, den Namen des heiligen Augustinus in den Schmutz zu ziehen?«

Raymond winkte ab. Er fühlte sich zugleich müde und leicht im Kopf.

»Es hätte weder Eurer Einsetzung als Bischof von Poitiers geschadet, noch hätte König Henri Plantagenet sich bemüßigt gefühlt, Euch deswegen in der Kirche erschlagen zu lassen so wie Thomas Becket. Eurer Berufung als kirchlicher Richter in die Ketzerhochburg nach Narbonne hätte es auch nicht im Weg gestanden. Ihr hättet Firmin sogar dorthin mitnehmen können, ohne dass jemand etwas Schlechtes gedacht hätte.«

Bellesmains starrte ihn an. Raymond hatte leise gesprochen. Er ließ seine Worte im Raum hängen, und der Bischof erhob dagegen keinen Einspruch. Einen kurzen Moment lang dachte Raymond an Suzanne und daran, dass dieses Gespräch eigentlich ihr gebührt hätte: Ein scheinbar trautes Tête-à-Tête mit dem Bischof vor dem Kamin in ihrer Kemenate, ein Beichtgespräch nach außen hin, wie Bellesmains schon eines in Suzannes und Roberts Schlafkammer geführt hatte, eines, mit dem Suzanne ihre ungeliebte Zukunft sicherte, an die sie sich klammerte, weil sie glaubte, es war alles, was sie jemals haben konnte. Stattdessen führte er, Raymond, diese Unterhaltung, und er hasste sie aus ganzem Herzen. Er drehte sich um und hob eine der Stoffbahnen beiseite, die das Innenzelt abtrennten. Die beiden Wachen und der Medicus sahen ihn an.

»Lasst uns allein«, sagte er.

Die drei Männer rührten sich nicht. Der Medicus versuchte, einen Blick zu Bellesmains zu erhaschen.

»Tut, was er sagt«, grollte der Bischof.

»Noch immer nicht«, murmelte Raymond. »Noch immer darf es niemand erfahren, nicht wahr, Ehrwürden?«

»Wenn der Grund für die Geheimnistuerei nicht in Eurer und nicht in Firmins Person liegt, dann muss es mit Firmins Mutter zu tun haben. Habe ich Recht?«
»Wo ist Firmin?«, knurrte der Bischof.
»Mit Jehanne Garder.«
»Wo ist Firmin?«
»Hat der Bote Euch mitgeteilt, dass Meister Alex tot ist?«
Der Bischof schwieg so lange, dass Raymond dachte, er müsse die Frage wiederholen. Als die Antwort endlich kam, war sie leise. »Ja.«
»Ich kenne einen Mann, der sagte zu mir: ›So was passiert, oder nicht?‹ Euch ist es zweimal passiert, Ehrwürden. Ich weiß nicht, woran es liegt, dass die Liebe manchmal auf einen Boden fällt, auf dem sie eigentlich nicht blühen dürfte. Sie tut es dennoch. Liebe blüht auch auf Steinen, wie mir scheint. Ich dachte, ich könne als Experte für die Liebe gelten, doch ich habe gelernt, dass es keinerlei Gelehrsamkeit gibt, die sie auch nur annähernd erklären würde. Erklären, Ehrwürden, tut man mit dem Hirn. Verstehen hingegen tut man mit dem Herzen, und man muss einfach akzeptieren, dass das Herz keine Erklärungen liefert. Es ist so, wie es ist. Wir können es bekämpfen, wir können es unterdrücken, aber wir können es niemals besiegen.«
Raymond zuckte mit den Schultern. Er sah sich nach einer Sitzgelegenheit um, zog eine Truhe näher an das Bett heran und setzte sich darauf. Der Bischof verwehrte es ihm nicht. Ein weiterer Blutegel löste sich und rollte auf das helle Leinen hinab. Raymond beugte sich nach vorn, klaubte ihn auf und legte ihn zu den anderen in das Gefäß. Er fragte sich, warum Blutegel sich niemals an ihresgleichen festsaugten. Er fragte sich, wie er dem Bischof mitteilen sollte, was er zu sagen hatte. Er fragte sich, warum die Welt so war, wie sie anscheinend war. So was passiert, oder nicht?
»Sie ist tot«, sagte er schließlich und war erstaunt, wie sanft es herauskam. »Jehanne Garder, die Mutter Eures Sohnes Firmin, ist tot. Jehanne Garder, Eure Tochter, ist tot.«

Bischof Bellesmains starrte ihn an. »Du hast dein eigenes Todesurteil gesprochen, Ketzer.«

Raymond breitete die Arme aus. »Ich habe schon erwartet, dass ich das mindestens einmal zu hören bekommen würde. Ich habe keine Angst.«

»Weshalb nicht?«

»Wegen dieser Geschichte sind schon zu viele Unschuldige gestorben. Es reicht ganz einfach.«

»Wo ist Firmin?«

»Er ist ebenfalls tot.«

Der Bischof blinzelte.

»Sie sind beide tot«, sagte Raymond. »Sie waren Fleisch von Eurem Fleisch, Blut von Eurem Blut. Ihr habt ihnen das größte Geschenk, das des Lebens, gemacht und gleichzeitig mit ihnen die größte Sünde begangen. Ihr wart einmal von dem Weg abgewichen, von dem Ihr glaubtet, es wäre Euer, und das Ergebnis war Jehanne. Danach habt Ihr Euer Herz zu einem Stein werden lassen in der Hoffnung, die Liebe würde darauf verdorren und Euch niemals mehr peinigen. Doch wie ich schon sagte, wächst die Liebe auch auf Steinen. Und weil ihr sie gegenüber allen Menschen auf der Welt zu unterdrücken versucht habt, ist sie in die einzige Spalte dieses Felsens hineingewachsen, den Ihr in Eurer Brust habt entstehen lassen. Die einzige Spalte, das war der einzige Mensch, der trotz allen Gelöbnissen und Fastenkuren und Anstrengungen, die die Liebe abtöten sollten, alles in Euch weckte, was Ihr vernichtet geglaubt habt: Eure Tochter. Ich weiß nicht, wann Ihr es ihr gesagt habt; ich nehme an, als es für Euch und sie schon zu spät war.«

»Firmin ist tot?«, flüsterte der Bischof.

»Sie war Hebamme. Seid Ihr so wieder auf sie gestoßen? Bei einer Befragung, ob sie nicht eventuell der Ketzerei verdächtig sei? So wie Ihr schon viele befragt habt, die besondere Fähigkeiten haben oder anders dachten, als man es ihnen vorschreibt. Habt Ihr das Gesicht wiedererkannt? Diesen Blick aus den Augen, die direkt von Eurem Gesicht in ihres gewandert zu sein schienen? Ihr habt Euer Herz gegen alle Menschen verhärtet, die Euch begegneten; Ihr habt nicht damit gerechnet, dass ausgerechnet Eure Tochter diesen Panzer aufsprengen würde. Sie war schön, nicht wahr, Ehrwürden? Sie war so schön, dass nicht einmal Dreck und Elend und Angst und die Jahre dieser Schönheit viel hatten anhaben können, als ich sie sah. Ihr saht sie, Ihr saht Euch, und da war die Lösung für all das Drängen, gegen das Ihr vergeblich angekämpft habt. Sie war Eure Tochter, sie würde Eure Geliebte sein, und eigentlich liebtet Ihr Euch somit selbst.«

»Was ist passiert?«, fragte der Bischof, und Raymond erkannte bestürzt, dass er um Fassung rang. »Was ist Firmin zugestoßen?«

»Die Vergangenheit«, sagte Raymond. »Die Lüge.«

»Das Archiv«, flüsterte Bellesmains. »Der Briefwechsel.«

Raymond nickte. »Er hat ein wenig zu weit recherchiert.«

»Ich hätte ihm diesen Auftrag niemals geben dürfen...«

»Ehrwürden«, sagte Raymond, »Ihr *wolltet* doch, dass er darauf kam. Das ersparte Euch das Geständnis seiner Abstammung.«

»Das ist ein Lüge, du ketzerischer...« Der Wutanfall des Bischofs war nicht überzeugend und verlosch, kaum dass er versucht hatte, ihn heraufzubeschwören. Er ließ die Hände sinken und starrte darauf nieder. »Er hatte die gleichen Hände wie ich«, flüsterte er. »Jehanne hätte jeder als meine Tochter erkennen können, der nur den Willen gehabt hätte, genau hinzusehen; Firmin hatte nur meine Hände geerbt.« Er spielte mit den Fingern und ballte sie plötzlich zu Fäusten. Seine Mundwinkel zitterten, und seine Wangenmuskeln traten mächtig hervor, dann hatte er sich wieder unter Kontrolle.

»Wer hat beschlossen, es zu beenden, als Firmin geboren war? Sie oder Ihr?«

»Sie hatte schon das Reißen bekommen. Sie konnte nicht mehr als Hebamme arbeiten. Ich fand das Badehaus in Niort und Meister Alex. Es schien nicht zu nahe und nicht zu weit entfernt...«

»Ist es nach Firmins Geburt weitergegangen?«

Der Bischof schüttelte den Kopf. Seine Augen waren dunkel. Es war nicht zu erkennen, was er dachte. Es war nicht einmal zu erkennen, ob er litt, wenn man von den Händen absah, die immer noch zu Fäusten geballt in seinem Schoß lagen.

Raymond erhob sich und schob die Truhe zurück. »Ich möchte jetzt um mein Empfehlungsschreiben bitten.«

»Woran sind sie gestorben? Jehanne und Firmin?«

»Wie ich schon sagte...«

»Unsinn«, stieß Bellesmains hervor. »Daran stirbt man nicht.«

»Nicht im wörtlichen Sinn, nein.«

»Du weißt es nicht. Du kommst hierher und erzählst mir eine Geschichte, für die jeder andere als ich dir die Haut in Streifen vom Rücken schneiden würde, und kannst nicht einmal auf die erste Frage Antwort geben. Ich habe von Anfang an gewusst, dass du ein winselnder Straßenköter bist, aber sogar darin habe ich dich noch überschätzt.«

»Es ist mir egal, was Ihr von mir denkt.«

»Ist er umgebracht worden?«

Raymond nickte grimmig.

»Hast du Firmins Leiche gesehen?«

»Nein, aber ich weiß, dass er tot ist.«

»Wer ist sein Mörder?«

Raymond sah dem Bischof in die Augen und schwieg. Der Bischof lachte; es klang rau und unecht. »Ich hätte erwartet, dass einer wie du den nächstbesten anschwärzt, einen, der dich irgendwann einmal getreten hat.«

»Es war Guibert«, sagte Raymond.

»Scheißdreck!«

»Ich möchte gehen«, sagte Raymond leise. »Ich habe Euren Auftrag erfüllt, und jetzt möchte ich gehen. Ich habe es getan für ein Stück Papier, das meine Zukunft sichert, und ich weiß nicht einmal, ob ich diese Zukunft noch will. Aber sie ist das Einzige, was ich habe, und ich habe es verdient, dass Ihr Euer Wort haltet und mir dieses Papier gebt.«

Bellesmains musterte ihn einige lange Augenblicke.

»Warum sagst du nicht: ›Und wenn ich das Empfehlungsschreiben nicht erhalte, erzähle ich der ganzen Welt, was ich weiß.‹?«

Raymond seufzte. »Ich habe es dem einzigen Menschen erzählt, für den es von Belang ist: Euch. Kein anderer wird sich dafür interessieren, schon gar nicht, wenn die Geschichte aus meinem Mund kommt. Dies war immer eine Sache, die nur für diejenigen wirklich Bedeutung hatte, die darin verwickelt waren, und wer sich außerdem darin verwickelte, dem hat sie Unglück gebracht. Zwei der drei Menschen, denen diese Geschichte etwas bedeutete, sind tot. Es sind noch ein paar andere gestorben, aber das interessiert wiederum Euch nicht. Ich habe mich in diese Geschichte verwickelt und mich selbst wieder ausgewickelt, und ich habe meinen Preis dafür bezahlt. Gebt mir nun, was mir zusteht. Es ist auch unnötig, mir von einem Knecht einen Pfeil in den Rücken schießen zu lassen, wenn ich Euer Lager verlasse, denn ich werde niemals wieder ein Wort über das verlieren, was ich in den letzten zehn Tagen erfahren und erlebt habe, und wenn Ihr nur ein Fünkchen Menschenkenntnis besitzt, dann wisst Ihr das auch.«

»Firmin ist nicht tot«, sagte Bellesmains.

»Von mir aus glaubt auch das.«

»Damit hast du deinen Auftrag nicht erfüllt. Du hast ihn nicht gefunden.« Bischof Bellesmains kniff die Augen zusammen und bemühte sich, seine Stimme nicht schwanken zu lassen. »Oder führ mich zu seiner Leiche.«

»Das kann ich nicht.«

»Dann führ mich zu seinem Mörder.«

Raymond gab Bellesmains' Blick zurück, dann stellte er fest, dass er ihm nicht standhalten konnte. Er blickte auf die Blutegel, die am Körper des Bischofs hafteten.

Nichts leichter als das, hörte er sich sagen. Folgt mir zu Robert Ambitiens Besitz, lernt dort eine Frau kennen, die fünf Menschen auf dem Gewissen hat und außerdem mein Herz – es ist schon wahr, die Liebe blüht auf dem seltsamsten Boden... Aber seid nicht enttäuscht, wenn auch sie Euch nicht zu Firmins Leichnam führen kann und wenn Ihr sie schlimmer schindet, als alle Märtyrer des Herrn zusammen geschunden worden sind, denn sie weiß es auch nicht! Das Geheimnis von Firmins Grab hat einer der Unschuldigen mit sich genommen.

»Ich kenne ihn nicht«, sagte Raymond.

Bellesmains schüttelte den Kopf. »Und Jehanne?«

Alles, was er zu Suzanne gesagt hatte, war nur Gerede gewesen. Es hatte nur dazu gedient, den Abstand zwischen ihnen zu schaffen, der nötig gewesen war, damit Raymond sich hatte losreißen können, war nur ein lautes Summen gewesen, um das nicht wesentlich leisere Geräusch zu übertönen, mit dem sein Herz brach. Er konnte Bischof Bellesmains zu Jehanne führen, ganz recht. Irgendwann würde sich auch die Spur zu Suzanne finden; und dann... die Qualen aller Märtyerer des Herrn zusammen, für nichts. Noch ein Menschenleben für nichts, für eine Geschichte, die passiert war, weil ein mächtiger Mann der Sünde nachgegeben hatte, wohl wissend, dass es eine Sünde war, nicht nur vor der Welt, sondern auch vor seinem eigenen Gewissen – und sie trotzdem begangen hatte, weil er nicht anders konnte...

»Jehanne ist in Niort ermordet worden«, log Raymond. »Als ich sie und Meister Alex entdeckte, rannte ich weg. Als ich nach einiger Zeit zurückkam, war ihre Leiche verschwunden. Der Mörder hat sie vermutlich beseitigt, um seine Spuren zu verwischen.«

»Alles, was du erzählst, ist eine Lüge«, flüsterte der Bischof.

»Mein ganzes Leben ist eine Lüge. So wie Eures.«

»Verschwinde. Aus diesem Zelt. Aus dem Herzogtum. Aus dem Königreich. Lauf, so weit du kannst, damit mein Arm dich nicht erreicht, Ketzer.«

»Und das Empfehlungsschreiben?«
»Lauf.«

Raymond zuckte mit den Schultern und wand sich aus dem Zelt, ohne sich noch einmal umzudrehen.

2.

Derselbe Knecht, der Raymond zum Zelt des Bischofs geleitet hatte, führte ihn wieder zum Rand des Lagers.

»Als ich vorhin hier eintraf, dachte ich, dem Bischof sei etwas zugestoßen, weil alle hier so bedrückt scheinen«, sagte Raymond.

Der Knecht schüttelte den Kopf und sah ihn über den Rücken des Pferdes hinweg erstaunt an.

»Weißt du nicht, was passiert ist?«, fragte er. »Ich dachte, du seist mit einer neuen Botschaft deswegen gekommen?«

»Was *ist* denn passiert, heiliger Hilarius?«

Der Knecht bekreuzigte sich.

»Der Bote erreichte Ehrwürden gestern. Der Junge König ist tot.«

Raymond blieb stehen. »WAS?«

»Wie es heißt, wurde er vom Fieber ergriffen, als er seine Truppen erneut sammelte, um den alten Plantagenet endgültig aus unserem Land zu vertreiben. Man brachte ihn zu einem seiner festen Häuser an der Dordogne, aber es war wohl von vornherein klar, dass er keine Chance hatte...« Die Stimme des Knechts, eines Mannes mit zerfurchtem, hartem Gesicht, brach plötzlich, und er bekreuzigte sich erneut, während er eine Träne wegwinkerte. »Der Herr sei seiner Seele gnädig. Ohne ihn ist Aquitanien verloren.«

»Wann war das?«, hörte Raymond sich schreien. »Wann hat ihn das Fieber befallen?«

»Vor zehn Tagen ungefähr. Es hat eine Weile gedauert, bis die Nachricht auch zu Ehrwürden kam. Zuerst wollte man wohl nicht, dass die Krankheit des Jungen Königs bekannt würde. Nur der Bischof von Agens wurde informiert, der in die Normandie zum Vater des Jungen Königs ritt, zum alten Plantagenet. Sogar der alte Henri hat...«, der Knecht schluckte und kämpfte mit den Tränen, »... sogar der alte Henri hat seinem Sohn vergeben und ihm einen kostbaren Ring geschickt zum Beweis, wie sehr er sich die Besserung seines Gesundheitszustandes wünsche...« Der Knecht wischte sich mit der Hand über die Augen und machte sich keine Mühe mehr, die Tränen zu unterdrücken. »Der Herr erbarme sich unseres Jungen Königs.«

Raymond fühlte sich schwindlig. Er musste die Hand auf die Kruppe seines Pferdes legen, damit er nicht fiel. Vor zehn Tagen? Er merkte, dass ihn plötzlich ein Lachen ankam. Er schluckte es hinunter, um den weinenden Knecht nicht zu beleidigen. Während er mit Bischof Bellesmains um das Empfehlungsschreiben gerungen hatte und dessen Auftrag schließlich annahm, war der Adressat des Schreibens, Raymonds Belohnung, schon dem Tode geweiht gewesen. Man konnte sich vorstellen, dass irgendwo jemand saß und über all das spöttisch lachte, die Possen der Menschen, und wie blutig war die Posse am Ende, die sie alle aufgeführt hatten.

»Der Junge König wollte auf dem Totenbett den Ring seines Vaters nicht abnehmen, obwohl er sonst alles verschenkt hatte. Er sagte, er wolle vor den obersten Richter mit diesem Unterpfand treten, dass sein Vater ihm verziehen hätte. Als man den Ring nach seinem Tod abziehen wollte, ließ er sich nicht mehr lösen.«

Sie waren am Rand des Lagers angekommen. Zwei Männer häuften Gestrüpp auf und rammten lange, am dickeren Ende vor Pech triefende Fackeln in den weichen Boden. Aus dem Lager würde wohl ein Nachtlager werden. Der Knecht übergab Raymond die Zügel. Raymond schwang sich aufs Pferd.

»Danke, dass du mir das gesagt hast«, sagte er.

Der Knecht nickte.

»Mein Feuerstein ist fast verbraucht. Kann ich eine der Fackeln mitnehmen? Ihr habt genug davon.«

Der Knecht zögerte nur kurz, dann ging er hinüber, schnappte sich eine der Fackeln und überreichte sie Raymond. »Wir sind Poiteviner«, sagte er. »Für uns ist die Schlacht jetzt verloren, oder nicht?«

»Ja«, sagte Raymond und dachte an sich selbst.

Der Knecht deutete auf Raymonds Ledersack. »Bist du ein Sänger?«

Raymond schüttelte den Kopf. Der Knecht schien es nicht wahrzunehmen. »Sing einen *planh* auf den Jungen König.«

»Leb wohl«, sagte Raymond.

Der Knecht nickte und marschierte wieder zurück. Raymond trieb sein Pferd an, bis es die Straße erreichte, die oberhalb der Senke vorbeiführte. Er schaute auf die Ansammlung von Zelten, Tieren und Menschen hinunter. Der Bischof hatte den Tod Jung-Henris mit keinem Wort erwähnt. Er schaute bereits in die Zukunft, nach Narbonne, auf seine neue Aufgabe als Richter über die Ketzerbewegungen. Raymond war überzeugt, dass er auch, was Jehanne und Firmin betraf, bald wieder in die Zukunft schauen würde. Es wäre nichts dabei gewesen, Raymond das Empfehlungsschreiben auszustellen, selbst wenn es keinerlei Wert mehr hatte.

Raymond fasste in die Satteltasche und wickelte aus einem Leder ein Pergament heraus, das zum Schutz vor Nässe noch einmal in ein anderes Pergament gehüllt war. Er hatte in Poitiers fast sein letztes Geld für diese Vorsichtsmaßnahmen ausgegeben.

Er las das Schreiben, das er selbst verfasst hatte, mit kratzender Feder, und mit dem er Meister Bertrand d'Amberac wach gehalten hatte. Das Empfehlungsschreiben an Jung-Henri Plantagenet, den gekrönten und von seinem Amt fern gehaltenen König Englands, die Hoffnung Aquitaniens, der zu diesem Zeitpunkt schon tot gewesen war. Der Siegelabdruck Bischof Bellesmains baumelte an einem kleinen Bändchen darunter. Raymond holte das gestohlene Siegel aus seiner Gürteltasche und drehte es hin und her. Der Satteltasche entnahm er das Dokument, das den Besitzwechsel und damit den Geldtransfer für den von Meister Bertrand beschafften Dolch bestätigen sollte. Dann stieg er ab, setzte sich am Straßenrand nieder, baute den Ledersack als Windschutz auf und entzündete die Fackel. Es war ihm egal, ob ihn jemand aus dem Lager beobachtete. Er schmolz das Siegel auf dem gefälschten Empfehlungsschreiben und siegelte damit das Dokument, das er für Meister Bertrand transportiert hatte, so gewissenhaft, wie er das Empfehlungsschreiben gesiegelt hatte, und packte es wieder ein, als der Lack trocken war.

Er sah auf die Fackel hinunter, die über einem Stein auf der Straße lag und brennend fetten Rauch in die Luft sandte.

Er hielt das gefälschte Empfehlungsschreiben in die Flamme. Es krümmte sich und verbrannte nicht anders als das Schreiben von Guy de Lusignan, das Bischof Bellesmains in seiner Kapelle verbrannt hatte.

Raymond ließ das Pergament erst los, als die Flamme so schmerzhaft über seine Fingerspitzen strich, dass er es nicht mehr aushalten konnte.

Das Pferd schnaubte und schüttelte seine Mähne. Im Westen erschien ein hellerer Fleck in den Wolken. Es würde wieder einen jener Sonnenuntergänge geben, der die Menschen mit dem verspottete, was sie seit Monaten vermissten.

Raymond stieg auf und zog den Ledersack zu sich nach oben. Um zu Meister Bertrand in die Gascogne zu kommen, musste er sich nach Südwesten halten. In dieser Richtung würde er auch zu den Bergen und schließlich nach Aragon oder Navarra gelangen, dem Ziel Arnauds und seiner Truppe.

Raymond schnalzte mit der Zunge. Das Pferd setzte sich in Bewegung. Als er nach dem Zügel griff, erkannte er, dass er das Siegel des Bischofs noch in der Hand hielt. Er warf es ins Gras neben der Straße. Seine Augen brannten... Es musste Sand hineingekommen sein...

Manche Dinge passierten eben.
Oder nicht?

Nachwort

Die Geschichte der wichtigsten Jahre Aquitaniens, die Bischof Jean Bellesmains kurz an den fünf Fingern seiner Hand abzählt (wobei der kleine Finger eine so wichtige Rolle spielt), ist natürlich etwas differenzierter, als Seine Ehrwürden es vermitteln will. Da diese Zeit und die Konflikte ihrer Protagonisten eng mit meiner Erzählung verknüpft sind – und da die absolut herausragende Figur, Aliénor Poitou, eine der faszinierendsten Frauen der Geschichtsschreibung ist –, will ich mich im Rahmen dieses Nachworts ein wenig länger damit aufhalten.

Zunächst eine Anmerkung zu den Namen: Ich habe sowohl im Roman als auch in diesem Nachwort bewusst die französische bzw. die Schreibweise der Langue d'oc für die Namen der historischen Personen verwendet. Henri Plantagenet mag uns besser als König Henry bekannt sein und Aliénor als Eleanor, aber vergessen wir nicht, dass sie beide – auch als König und Königin von England – sowie ihre Söhne »Franzosen« waren und blieben und sich hauptsächlich auf dem Festland aufhielten. In diesem Kontext erschien mir die heute geläufige Anglisierung der Namen unpassend. Und da wir gerade bei den Namen sind: Natürlich trugen auch damals die Schänken und Wirtshäuser Namen so wie heute. Überliefert sind Bezeichnungen wie »Zur Schnecke«, »Zum Gelben Narren«, »Zum Wilden Schwein«, »Zum Geilen Mönch«. Ich habe daraus den »Zufriedenen Prälaten« abgeleitet. Meines Wissens gab es diese Lokalität aber zu keiner Zeit in Poitiers.

Als Herzog Guilhem X Poitou, auch genannt Plantevelue (wegen seiner Helmzier), im April 1137 auf der Pilgerfahrt nach Santiago de Compostela stirbt, hinterlässt er seiner fünfzehnjährigen Tochter Aliénor ein Herzogtum, das sein Vorgänger, Herzog Guilhem IX Poitou, genannt »Der Troubadour«, groß und reich und vor allem zu einem Zentrum der höfischen Kultur gemacht hat. Aliénor, die mit Liedern, Gedichten, Sangeswettstreiten und allen Facetten des übersteigerten höfischen Lebens aufgewachsen ist, wird dieses Erbe ihr Leben lang nicht vergessen; es bleibt eine große und wichtige Facette ihres Charakters, der außerdem von großer persönlicher Tapferkeit, Organisationstalent, Leidenschaft und rascher Entschlossenheit bestimmt ist.

Aliénors Vater gibt seine geliebte älteste Tochter in seinem Vermächtnis in den Schutz seines Königs, Louis VI Capet, der selbst im Sterben liegt. Louis verheiratet Aliénor mit dem Thronerben, Louis, seinem zweiten Sohn, der nach dem kürzlich erfolgten Tod seines älteren Bruders auf eine kirchliche Karriere verzichten musste, um die königliche Linie weiterzuführen. Die Hochzeit findet drei Monate nach Herzog Guilhems Tod in allem Prunk statt; weitere vier Wochen später ist der König tot, und Louis, siebzehnjährig, besteigt den Thron als Louis VII Capet. Aliénor ist plötzlich Königin von Frankreich. Der König ist, zum Leidwesen seiner Ratgeber und entgegen den Sitten seiner Zeit, rettungslos in seine Frau verliebt.

Zwischen 1138 und 1143 treibt Aliénor ihren Mann von einem Feldzug zum anderen: hauptsächlich gegen die poitevinischen Barone, die ihrem Vater das Leben schwer machten. Es sind dies Aktionen, die sie ihrer alten Heimat kurzzeitig entfremden. Daneben betreibt sie eine eher unsinnige Hochzeitspolitik, indem sie ihrer jüngeren Schwester Aelith die Heirat mit Raoul de Vermandois, dem geschätzten Ratgeber ihres Mannes, ermöglicht. Hierzu muss erst die bestehende Ehe Raouls (der von der Zuneigung der um Jahrzehnte jüngeren Schwester der Königin offenbar geblendet ist) aufgelöst werden; Aliénor erreicht dieses Ziel, indem sie einige Bischöfe dazu bringt, plötzlich eine zu nahe Verwandtschaft zwischen Raoul und seiner Gattin festzustellen. Durch diese Vorgehensweise macht sie sich einen wichtigen Verbündeten des Throns, den Grafen von Blois, dessen Nichte Raouls Frau ist, zu einem Feind.

1143 verbrennt die Bevölkerung des kleinen Orts Vitry-en-Perthois während eines von Louis VII geleiteten Angriffs in der Kirche: 1300 Tote sind zu beklagen. Louis ist erschüttert und fällt in tagelanges Fieber. Die französischen Bischöfe drohen ihm mit Exkommunikation. Als Louis aus dem Fieber erwacht, ist er ein anderer Mann, dem das Heil seiner Seele näher liegt als die Befriedigung der Wünsche seiner Gattin. Seine Liebe zu ihr ist nach wie vor ungebrochen; doch er ist nun nicht mehr der fröhliche unbekümmerte Bursche, der zu Aliénors Charakter passen würde.

Der Zweite Kreuzzug, 1146 – 1149, markiert das Ende der Ehe zwischen Louis und Aliénor. Je nach Stimmungslage geben die Chronisten Aliénors allzu engem Umgang mit ihrem Onkel, Raymond von Antiochia, die Schuld oder Louis' Zögern, als es darum geht, Raymonds strategische Pläne im Heiligen Land zu unterstützen. Nicht zu leugnen ist, dass Aliénors Beharren darauf, selbst und in Begleitung des ganzen Hofstaates ihren Mann auf dem Kreuzzug zu begleiten, maßgeblich zu dessen Scheitern beiträgt. Der Kreuzzug wird ergebnislos abgebrochen, Raymond fällt im Kampf um Edessa, Aliénor trauert um ihn, und nach den guten Sitten der Zeit wird auf dem Höhepunkt der Ehestreitigkeiten entdeckt, dass auch Louis und Aliénor eigentlich zu nahe verwandt sind, um weiterhin Mann und Frau bleiben zu können.

Schlichtungsversuche des Papstes scheitern, Ansätze zur Versöhnung, die das Paar zwischen 1146 und 1151 unternimmt, sind fruchtlos. Als sich Louis während der Erbstreitigkeiten um den englischen Thron auf die Seite von Stephan von Blois schlägt und damit gegen Geoffroy von Anjou wendet, der ebenfalls Ansprüche anmeldet, ist die Ehe des Königspaares endgültig gescheitert. Man sagt Aliénor ein Verhältnis mit Geoffroy nach, der allgemein »Der« Schöne genannt wird und wegen seiner Helmzier den Beinamen Plantagenet trägt. Abt Suger von St. Denis gelingt es, einen innerfranzösischen Krieg zu verhindern; doch Louis und Aliénor werden Weihnachten 1151 geschieden. Im Herbst zuvor ist Geoffroy von Anjou am Fieber gestorben. Aliénor kehrt, knapp dreißigjährig, als Herzogin von Aquitanien in ihre Heimat zurück. Louis ist ein lediger König ohne männlichen Thronerben (die Ehe war ausschließlich mit Töchtern gesegnet) und mit gebrochenem Herzen.

Für die machthungrigen Barone ist Aliénor nun Freiwild. Zweimal kann sie Hinterhalten nur aufgrund ihres Mutes und der Loyalität ihres Gefolges entkommen. Im Mai 1152 heiratet sie zur Empörung aller gesellschaftlichen Kreise Henri von Anjou, den Sohn Geoffroys, der von seinem Vater nicht nur den Beinamen Plantagenet und den Machtanspruch auf den englischen Thron, sondern auch die Frau in seinem Bett übernommen hat. Die Lage ist nun für Aliénor genau umgekehrt: Sie liebt ihren um zehn Jahre jüngeren Gatten mit aller Leidenschaft.

Um seine Ansprüche zu festigen, setzen Henri, dessen menschliche und politische Entwicklung dank Aliénor plötzlich neuen Schwung bekommt, und seine Frau im Januar 1153 nach England über. Stephan von Blois, der bedrängte, alte, müde, nie wirklich anerkannte König von England, ernennt den ungestümen Henri zum Thronerben. 1154 ist Stephan tot, Henri König, und Aliénor die einzige Frau in der Geschichte, die hintereinander Königin von Frankreich und Königin von England war.

Zwischen 1154 und 1164 hat sich das Glück von Frankreich und dem leidenden Louis abgewandt und lächelt stattdessen seiner ehemaligen Frau und dem König von England. Aliénor schenkt Henri drei Söhne, Jung-Henri, Richard und Geoffroy.

Henri zieht gegen Aliénors alte Widersacher in Frankreich zu Felde, ohne sich um die Proteste von Louis zu kümmern. Unter Aliénors Obhut entsteht eine hohe Zeit der Troubadourslyrik, die unter anderem die Geschichten von Tristan und Isolde, Roland und Olivier, die Artuslegenden und den Roman de Troie hervorbringt. Mindestens ein bekannter Troubadour, Bernard von Ventadorn, umwirbt die Königin von England aufs Heftigste. Henri vermählt seinen Erstgeborenen Henri mit einer Tochter Louis' aus einer anderen Ehe, um seiner Linie spätere Ansprüche auf den französischen Thron zu sichern (Louis, mittlerweile dreimal verheiratet, wartet immer noch auf einen männlichen Erben). Henris Freund und Vertrauter, der Engländer Thomas Becket, erhält das höchste kirchliche Amt in England, die Bischofswürde von Canterbury; das Zweiergespann hält nun die weltliche und geistige Gewalt in England in Händen, große Teile des französischen Festlandes gehören der englischen Krone, und von einigen kleineren, eher aus taktischen Gründen zugelassenen Niederlagen auf dem einen oder anderen Feldzug sind Henri und Aliénor auf dem Höhepunkt ihres Glanzes und ihrer Würde.

Louis' einziger Höhepunkt in dieser Zeit ist eine Pilgerreise nach Santiago de Compostela.

Ab 1164 wendet sich das Glück in raschen Schritten. Becket und Henri entzweien sich; die französische Königin schenkt einem Sohn das Leben, Philippe, genannt Dieudonné; über Henris Affäre mit Rosamund von Clifford gerät das englische Königspaar in Streit – und schon 1167 findet sich Aliénor wieder in Aquitanien, getrennt von Henri und tief verletzt über seine Treulosigkeit. Ihre drei älteren Söhne hat sie mitgenommen; nur Jean, 1166 geboren, bleibt bei Henri in England.

Von 1167 bis 1174 dauert die Blüte des höfischen Lebens in Aquitanien, das wiederum um Aliénor herum entsteht. Erec und Enide, die Lancelot-Sage, die Geschichte von König Herla entstehen am Hof von Poitiers, Männer wie Chrestien de Troyes, Bernard de Ventadorn, Gaucelm Faidit oder Bertran de Born leben in Aliénors Umgebung. Selbst ihr zweiter Sohn, Richard, der später den Namen Löwenherz erhalten wird, versucht sich in höfischer Dichtung und macht sich einen Namen damit.

Während dieser Zeit überträgt Henri seiner Frau in einem Versöhnungsversuch die Alleinverantwortung über Aquitanien; Jean le Maréchal macht zum ersten Mal von sich reden, indem er Aliénor aus einem Hinterhalt der Grafen von Lusignan rettet; Antiochia wird von einem Erdbeben zerstört; Henri ernennt in dem völlig missglückten Versuch, seinen ältesten Sohn auf seine Seite zu ziehen, Jung-Henri zum designierten König von England (was dieser ihm damit dankt, dass er umgehend die Krone fordert); Thomas Becket wird in Canterbury ermordet, eine Tat, an der Henri sein Leben lang eine Mitschuld abstreiten wird; der Papst verhängt den Kirchenbann über England; Henri tut öffentlich Buße für den Tod Beckets; und mit dem ebenfalls missglückten Versuch Henris, Jung-Henri als Geisel bei sich zu behalten, beginnt der Aufstand Aliénors und ihrer Söhne gegen Henri Plantagenet.

Der alte Henri ist mittlerweile wegen seiner rigorosen Politik und nicht zuletzt wegen der Sache mit Thomas Becket verhasst. Überall im Königreich erheben sich Barone, Grafen und Kirchenfürsten gegen ihn, selbst König Louis unterstützt die Söhne seiner früheren Frau. Alle Hoffnung ruht auf Jung-Henri, der im Geist des edlen Rittertums von seiner Mutter erzogen wurde, der Liebling der Menge auf allen Turnierplätzen ist und für den sich das Volk von Aquitanien wie von England wünscht, dass sein Vater endlich sein Versprechen hält und ihm den Thron überlässt.

Doch Henris militärisches Genie hat nicht im gleichen Umfang nachgelassen wie seine politischen Instinkte. Im Juni 1173 starten die Kriegshandlungen, für die Henri, unter Verpfändung seines Prunkschwerts und unter Missachtung aller Konventionen, brabantische Söldner angeworben hat. Von Anfang an verlieren die Aufständischen an Boden, und schon im Januar 1174 erleiden sie ihre schwerste Niederlage: Aliénor, die als Knappe verkleidet nach Chartres durchzukommen versucht hat, wird erkannt und gefangen genommen. Im Juli 1174 lässt Henri seine Frau nach England bringen; im September geben Jung-Henri, Richard und Geoffroy fürs Erste auf.

Aliénors Macht und Einfluss überdauern ihre Abwesenheit. Erst ca. 1180 erstirbt das höfische Prunkleben in Aquitanien, und es stirbt in so kleinen Portionen, dass es den meisten vermutlich kaum bewusst wird. In diesen Jahren scheitert Henri beim Versuch, sich von Aliénor scheiden zu lassen, stirbt Rosamund von Clifford, vernichtet Henri die Chancen, sich mit Louis auszusöhnen, indem er dessen Tochter Adelaide, die eigentlich Richard versprochen war, kurzerhand in sein eigenes Bett nimmt. Philippe Dieudonné wird zum König von Frankreich gekrönt, und Louis stirbt im Kloster, in das er sich für seine letzten Lebensmonate zurückgezogen hat.

Die Troubadoure, Poeten und Sänger verlassen Aquitanien auf der Suche nach neuem Glück. Ihre Ziele sind jetzt die Höfe in Spanien, Flandern und der Champagne, deren Herrscher während verschiedener Aufenthalte bei Aliénor ihren Lebensstil übernommen haben.

Jung-Henri, der sich nie wirklich gebeugt hat, beginnt nach 1180 mit den Vorbereitungen für den letzten großen Kampf gegen seinen Vater; doch während eines Jagdausrittes erkrankt er. Er stirbt im Juni 1183 und die Hoffnung der Poiteviner auf Befreiung von der Herrschaft des Königs von England mit ihm.

1189 stirbt der alte Henri Plantagenet, von fast allen verlassen und von seinem vermeintlichen Lieblingssohn Jean hintergangen. Am Ende hält nur noch Jean le Maréchal, der einen Treueeid geschworen hat, zu ihm.

Aliénor, die ihre drei ältesten Söhne überlebt hat und nun mit dem ungeliebten Jean allein zurückgeblieben ist, zieht sich erst nach 1200 aus der Politik zurück. Nach dem Tod Richards 1199 unterstützt sie noch für einige Zeit Jean in seinem Ringen gegen die Barone, die gegen seine irrationale Herrschaft aufbegehren. 1204 stirbt sie in ihrem geliebten Kloster Fontevrault.

Ich habe für die Zeitangaben im Roman die Stundeneinteilung der Mönche nach der Benediktsregel verwendet. Diese schwankt ganz leicht, abhängig von der Jahreszeit, ist aber im Wesentlichen wie folgt in unsere Zeiteinteilung zu übersetzen: Matutin: 2.00 Uhr; Prim: 6.00 Uhr; Terz: 9.00 Uhr; Sext: 12.00 Uhr; Non: 15.00 Uhr; Vesper: 18.00 Uhr; Komplet: 20.00 Uhr.

Zum Wetter: Laut Gerlach von Mühlhausen stürzte »die ganze Welt« nach dem Tod Kaiser Heinrichs IV im Jahr 1197 in Anarchie. Die Zustände wurden verschärft durch die Tatsache, dass bereits seit mehreren Jahren Missernten angefallen waren und die kriegerischen Auseinandersetzungen das Eintreten von katastrophalen Hungersnöten noch begünstigten. Den Annales Marbacenses und den Annales Reineri zufolge »wurden auf Feldern und in Dörfern haufenweise Verhungerte gefunden«, »lagen die Armen auf den Straßen umher und starben«. Ich habe aus diesen Beschreibungen die schlechten Witterungsverhältnisse abgeleitet, die den Personen meines Romans einige Jahre früher als die in den Chroniken geschilderten Geschehnisse zusetzen. Man sieht, dass die Befürchtungen hinsichtlich der immer schlechter werdenden Ernten, die die Charaktere des Buches bedrücken, durchaus ernst zu nehmen sind.

Die Beschreibung von Roberts Küchenausrüstung – ein halbes Dutzend silberne Becher mit Deckeln, vier Schalen ohne Deckel, einen Glaspokal und zwei Löffel aus Silber, der Rest ist aus Holz – stammt zum Teil aus dem Codex Falkensteinensis vom Ende des 12. Jahrhunderts, in dem die Besitztümer der Grafen von Neuburg-Falkenstein verzeichnet sind. Entsprechend Roberts geringerem Rang habe ich sie noch ein wenig ärmlicher dargestellt. Aber auch die bayerischen Grafen besaßen – wie Robert Ambitien – nur zwei silberne Löffel.

Die kleinen Anekdoten, die Raymond erzählt oder die ihm erzählt werden, sind teils tatsächlich geschehen (z. B. die Sache mit den Schweinen des Bischofs von Rouen), teils erfunden (Sire Gisberts Turnierunfall). Auch die Erfindungen basieren jedoch auf Ableitungen aus Ereignissen, Traditionen oder moralischen Einstellungen, die geschichtlich überliefert sind.

Ich habe in vielen Dialogen Zitate aus der Zeit verwendet, in der mein Roman spielt. Nach einigem Überlegen habe ich mich dagegen entschieden, sie im Fließtext zu kennzeichnen; das hätte meine Intention, eine spannende Geschichte zu erzählen, unterlaufen. Nachfolgend stelle ich sie Ihnen in der jeweiligen Form vor, in der ich sie in den Werken verschiedener Historiker gefunden habe:

»Nun ist cit, daz wir dencken, wi wir selve sulin enden.« Annolied, 1180.

»Diu welt ist allenthalben ungenaden vol.« Walther von der Vogelweide, Elegie, ca. 1227.

»Wo zwei oder drei zusammenkommen, wird gesungen.« Geistliche Ermahnung zu frommem Leben, Mainz.

»Tanzen lachen singen zergat mit sorgen gar; nie kristenmann gesach so jaemerlichiu jar.« Walther von der Vogelweide, Elegie, ca. 1227.

»... das Wertvollste wird verwüstet, die Höfe verbrannt ...« Propst Gerhard, Chronik des Stiftes Stederburg, ca. 1180.

»Diu mugge ihr künec.« Walther von der Vogelweide.

»Wan selten im gelinget, der wider sinen orden ringet.« Wernher der Gartenaere.

»Und Nacht und Wald versetzten ihn in große Angst und Sorge.« Chretien de Troyes, Yvain.

»Got alrest, dar nach mir, weste willekommen.« Wolfram von Eschenbach, Parzival.

»Ein Vers ohne Musik ist wie eine Mühle ohne Wasser.« Folquet de Marselha, Erzbischof von Toulouse (gest. 1231).

»Nicht hab ich meiner selber Macht...« Bernard de Ventadorn, Gesang von der aufsteigenden Lerche, vermutlich ca. 1150.

»Diu werlt hat sich verkeret. Ir vreude jammerliche stat...« Wirnt von Grafenberg, Wigalois.

»Er daz ir tinkt, so wischt den munt, daz ir besmalzet niht den trank.« Thannhäuser, Tischzucht, ca. 1250.

»Es wäre besser, wenn wir in die Gewalt von Bären und Wölfen fielen, als in der Hand dieser Teufel zu sein.« Okzitanische Redensart, auf den Klerus gemünzt, 12. Jhdt.

»Swer guote rede minne und si gerne hoere sagen, der sol mit zühten gedagen und merken sie rehte. Daz ist im guot. Si getiuret vil manges mannes muot, wand er vernimt vil lihte da des er sich gebezzert sah.« Wirnt von Grafenberg, Wigalois.

»Ahi wie saelic ist ein man, der für sich mac geriten!« Thannhäuser, ca. 1250.

»... Kenntnis aller Sprachen besaß, die es zwischen der Nordsee und dem Jordan gibt.« Walter Map, De nugis curialium.

»Die vrouwen lerten in da mite baltliche singen.« Lied von Lanzelot vom See.

»Ich mac baz vertriben die zit mit armen wiben.« Hartmann von Aue.

»Diu tassel, die da solten sin, da war ein kleinez snuorlin von witen berlin...« Gottfried von Straßburg, Tristan (s. auch die Figur von Markgräfin Reglindis im Naumburger Dom).

»Saget mir ieman, waz ist minne?« Walther von der Vogelweide.

»Stets hänge meine Liebe ich...« Bernard de Ventadorn, Gesang von der aufsteigenden Lerche, vermutlich ca. 1150.

Danksagung

Liebe Leserin, lieber Leser, ich habe wieder vielen Menschen zu danken (und *will* es auch sehr gerne tun). Die erste Danksagung ist immer die leichteste, denn es ist klar, dass sie an erster Stelle stehen muss; danach wird es schwierig. Das Schwierige ist die Reihenfolge; diese will nämlich unter gar keinen Umständen als Rangfolge verstanden werden. Damit das auch so funktioniert, wird es am besten sein, beim Lesen einfach keinen auszulassen. Was meinen Sie? Ich kann Ihnen jedenfalls versichern, dass alle hier Ihre Aufmerksamkeit verdient haben.

Vielen Dank:

An meine Frau Michaela, die es nun schon eine ganze Weile mit mir und meinen Büchern ausgehalten hat.
An meinen Sohn Mario, der hoffentlich nie aufhören wird zu fragen, ob ich ihm eine Geschichte erzählen möchte; und an meinen Sohn Raphael, der während der Arbeit an diesem Buch vom Himmel gefallen ist und unsere Familie nun komplett macht.
An meinen Schriftstellerkollegen Guido Dieckmann, der bereitwillig die Erkenntnisse des Dr. Hahnemann mit mir geteilt hat, was schließlich zur Rettung von Sansdents Weib führte (auch wenn das Buch nicht mehr so explizit beschrieben wird...).
An meinen Freund und Schriftstellerkollegen Georg Brun, der die Mühe nicht scheute, ein ganz frühes Manuskript dieser

Geschichte zu lesen und trotzdem den Glauben daran niemals verlor.

An Angela Seidl, Sabine Stangl und Thomas Schuster (meine bewährten Probeleser), die diesmal keine toten Hunde zu beanstanden hatten, aber dafür vieles andere an meinem Skript verbessert haben.

An Anke Vogel, die ganz einfach die beste Literaturagentin der Welt ist.

An Rudi und Uschi, Mike und Michèle und alle anderen Freunde, für die sie hier stellvertretend stehen und die mich so nehmen, wie ich bin, selbst wenn ich zuviel über mein gerade aktuelles Buch rede oder zur Unzeit um Übersetzungen ins Lateinische nachsuche.

An Anja Rüdiger, Anne Bubenzer und Marco Schneiders, die mich als Lektoren durch den Entstehungsprozess dieses Buches begleiteten, und alle ihre ungenannten Kolleginnen und Kollegen, die dafür gesorgt haben, dass es so schön geworden ist, wie Sie es in Händen halten.

An diejenigen Kolleginnen und Kollegen in meiner Firma, die sich für meine Arbeit als Schriftsteller interessieren und mich mit ihrem Verständnis dafür, dass ich meinen Broterwerb zwischen Beruf und Schriftstellerei aufgeteilt habe, unterstützen.

An Helmut Stix, Thomas Link, Ludwig Bichlmaier und Toni Greim in Landshut: für das Öffnen vieler Türen, für das Durchkauen vieler Ideen, für Freundschaft und Vertrauen und für den einen oder anderen leckeren Cappuccino ... (Asyl!)

An die Damen und Herren von Maison-de-France, die ich mit meinen ständigen Reiseannullierungen an den Rand der Verzweiflung brachte und die es sich nie anmerken ließen.

An die Mitglieder meiner Schreibwerkstatt, die mich immer freundlich im Glauben gelassen haben, ich könnte ihnen etwas Neues erzählen, und von denen doch ich so manches gelernt habe.

An das gütige Geschick, das es vollbrachte, die Grundidee zu dieser Geschichte in verschiedenen Schubläden die Jahre überstehen zu lassen, bis ich sie jetzt zur Vollendung führen konnte.

Und ... natürlich! ... wie immer und keinesfalls zuletzt an Sie, liebe Leserin, lieber Leser! An Sie, die mir schon so lange die Treue gehalten, und an Sie, die wir uns gerade eben kennengelernt haben. Für niemanden schreibe ich lieber!

www.duebell.de

Quellen:

»Königin der Troubadoure«
Régine Pernoud, Deutscher Taschenbuchverlag, München,
14. Aufl. 1996

»Höfische Kultur«
Joachim Bumke, Deutscher Taschenbuchverlag, München,
8. Aufl. 1997

»Alltagsleben im Mittelalter«
Otto Borst, Insel Verlag, Frankfurt, 1983

»Kulturgeschichte der Menschheit, Band 6«
Will und Ariel Durant, Verlag Naumann und Göbel, Köln,
1985

Internetseiten:

www.jadu.de/musikgeschichte
www.uni-koblenz.de/
www.francebalade.com
www.cr-poitou-charentes.fr
www.magister-rother.de
www.zum.de
www.anthroposophie.net
www.snl.ch

»Fans von Diana Gabaldon werden dieses Buch lieben.«

Wakefield Library

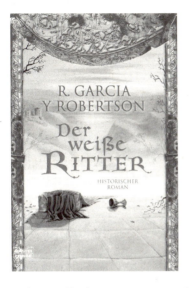

R. Garcia y Robertson
DER WEISSE RITTER
Historischer Roman
640 Seiten
ISBN 978-3-404-15644-3

Robyn Stafford, eine junge Amerikanerin, macht nahe der walisischen Grenze Urlaub. Bei einer Wanderung taucht plötzlich vor ihr ein junger Mann auf, angetan mit Rüstung, Schwert und Wappenrock und auf einem Schimmel reitend. Er stellt sich vor als Edward Plantagenet, Earl of March. Nach einem Abschiedskuss reitet er zurück in die ferne Vergangenheit, in das Zeitalter der Rosenkriege.
Nun muss Robyn einen Weg finden, ihre eigene Zeit zu verlassen und ins fünfzehnte Jahrhundert zu gelangen, wo sie sich in einen weißen Ritter verliebte. Eine fremde und mitunter grausame Welt, aber eine Zeit, in der es sich zu leben und zu lieben lohnt...

Bastei Lübbe Taschenbuch

Eine fesselnde Familiensaga: Liebe, Hass, Rachegefühle, Sehnsucht und Glück auf dem schwarzen Kontinent

Beverley Harper
DAS FLÜSTERN DES WINDES
Roman
544 Seiten
ISBN 978-3-404-15640-5

Die Idylle auf der Farm von Robert und Lorna Granger-Acheson wird jäh gestört, als der »Krieg des weißen Mannes« im Süden Afrikas losbricht: Holländische Siedler kämpfen gegen die britische Krone. Es geht um Gold, Diamanten und die Vorherrschaft in diesem faszinierenden Land. Lorna fürchtet um die Sicherheit ihrer Familie: Welches Schicksal wartet auf ihre drei Söhne und ihre beiden Töchter? Und wird sie ihren Mann Robert abermals verlieren, wie damals vor vielen Jahren, als er sie und ihre gemeinsame Heimat Schottland so plötzlich verlassen musste?

Bastei Lübbe Taschenbuch